Engendro

Das Geheimnis der Kryptiden

Viktoria Schmidt

Bibliografische Information der Deutschen Nationalbibliothek:
Die Deutsche Nationalbibliothek verzeichnet diese Publikation in der
Deutschen Nationalbibliografie; detaillierte bibliografische Daten sind im
Internet über *http://dnb.dnb.de* abrufbar.

Impressum
Copyright © 2018 Viktoria Schmidt
http://viktoriaschmidt-autorin.de
Umschlagbild: Anika Stein-Marciniak
Umschlaggestaltung: Petra Kirchner
Satz: Petra Kirchner
Lektorat und Korrektorat: Vanessa Priem, Anika Stein-Marciniak

Herstellung und Verlag:
© 2018 BoD - Books on Demand, Norderstedt

ISBN: 978-3-7481-4764-0

Prolog

»*L*AUF! *LAUF!*«

Ein Schuss hallte durch die Luft.

Vögel stoben aus den Wipfeln der Bäume hervor und schossen in den Himmel. Mäuse verschwanden in ihren Löchern, Dachse huschten ins Dickicht, Rehe sprangen über umgestürzte Baumstümpfe. Die Erde bebte, ein bestialischer Gestank hing in der Luft und ein ohrenbetäubendes Getöse erhob sich. Der ganze Wald war auf der Flucht.

Sie rannten, so schnell sie nur konnten. Versuchten verzweifelt über den unebenen Waldboden einen Ausweg zu finden. Doch die Erde war tückisch, nicht für sie gemacht. Seine Matre atmete schnell und hektisch, drückte das Junge panisch an ihre Brust. Sein Patre lief vor ihnen her, suchte einen sicheren Weg durchs Geäst. Mit aller Macht klammerte sich das Junge an seine Matre. Es versuchte zu verstehen, was los war, wieso alle so eine Angst hatten und wieso sie von Zuhause wegliefen. Es wusste nicht, wo die anderen waren oder was mit ihnen passiert war. Mit seiner Familie, seinen Freunden ... die, die im Wald gespielt hatten. Sie waren alle weg.

Vielleicht waren es Wölfe? Oder Bären? Oder die Donnervögel?

Plötzlich fuhr ein Ruck durch seine Matre. Sie keuchte laut auf, stolperte über eine große Wurzel und fiel hin. Ihr schwerer Körper begrub es unter sich und es bekam keine Luft mehr. Jämmerlich quietschte es auf, versuchte sich gegen sie zu stemmen. Erschrocken setzte sich seine Matre wieder auf, hob es hoch und sah es ängstlich an.

»Du musst aufstehen! Schnell!« Sein Patre kam zu ihnen gelaufen, zog seine Matre auf die Beine, aber sie konnte sich nicht halten, fiel immer wieder hin. Ihr Gesicht verzog sich schrecklich und sie griff nach ihrem Bein. Bebend sah das Junge an ihr hinab und weitete die Augen. Da war rotes Wasser! Ganz

viel! Sie war verletzt! Wimmernd klammerte es sich an sie, sah zwischen seinen Eltern hin und her, Tränen in den Augen.

»Das schaffen wir nicht. Wir haben keine andere Wahl, wir müssen fliegen!«

»Das geht nicht, sie werden uns sehen. Sie werden uns töten. Wir müssen weiterlaufen.«

»Ich kann nicht. Mein Fuß ... sie werden uns kriegen!«

Sein Patre hob den Kopf, schaute an ihnen vorbei und sein Gesicht wurde ernst. Für einen Moment sah er es an, blickte aus seinen gelben Augen auf es hinab. Sie schauten nicht mehr so fröhlich und freundlich wie sonst. Sie waren dunkel und böse geworden.

»Du musst es versuchen. Lauf so schnell du kannst, ich werde sie aufhalten.«

»Nein, ich lass dich nicht zurück!«

»Ich werde nachkommen, vertrau mir. Lauf zur Steinhöhle. Warte dort auf mich.«

»Nein!«

»Tu, was ich sage!« Die Stimme seines Patres wurde laut und das Junge zuckte zusammen, vergrub sein Gesicht in der Schulter seiner Matre. Ihr Herz schlug schnell und es machte ihm Angst. Die Geräusche wurden lauter. Es donnerte überall. Tiere rannten an ihnen vorbei, ignorierten sie auf ihrer Flucht. Dann waren da fremde Stimmen. Sie waren ganz nah, schrien in einer fremden Sprache. Es klang kalt und unheimlich. Sein Patre drehte sich um, packte seine Matre und drückte seine Stirn gegen ihre, schloss die Augen.

»Lauf. Beschütze unseren Spross. Das ist deine Aufgabe. Ich werde nachkommen.«

Dann verschwand er zwischen den Bäumen. Erschrocken sah das Junge ihm nach, japste auf. Er lief weg? Er ließ sie alleine? Was hatte er vor? Wieso trennten sie sich? Sie durften sich nicht trennen, wenn sie im Wald waren! Sein Patre hatte es doch verboten. Wieso hielt er sich nicht daran?

Ein Schluchzen kam von seiner Matre, dann lief sie weiter. Aber sie war langsam. Viel langsamer als vorher. Bei jedem Schritt wurde ihr Atem lauter. Zu laufen tat ihr weh und es wollte nicht, dass ihr etwas weh tat. Aber was sollte es tun? Es war viel zu klein, es konnte ihr nicht helfen. Immer näher kamen die Stimmen, das Getöse wurde lauter. Über ihnen bedeckten dunkle Rauchschwaden den Himmel und die Luft war stickig.

Dann war da ein Schrei. Laut und kreischend. Lauter als die Stimmen und fremden Geräusche. Ruckartig blieb seine Matre stehen, sah sich um.

»Nein ...«

Wie erstarrt stand sie da, blickte in den Wald. Was hatte sie nur? Aber jedes Ziehen und Zerren, jedes Jammern, jedes Flehen, es brachte nichts. Sie sagte kein Wort, tat keinen Schritt mehr und es machte ihm nur noch mehr Angst.

Dann drehte sich die Welt. Äste knackten, Blätter fielen herab, Bäume stürzten um. Ein Monster wälzte sich durch den Wald! Kam direkt auf sie zu, war groß und lief auf vier seltsamen runden Beinen. Und es war schnell! Unglaublich schnell, mit einem schimmernden Zeichen auf seiner glatten Haut, das wie ein halber Kreis aussah. Es hatte kein Gesicht und zwei seltsame Wesen ragten aus seinem Kopf. Panisch schrie das Junge auf und schließlich biss es zu, bohrte seine Zähne in die Schulter seiner Matre und endlich bewegte sie sich wieder.

Sie wich zurück, dann rannte sie los. Sprintete durch den Wald und landete in einem großen Busch am Fuße eines Baumes. Zitternd riss sie es von ihrer Schulter und strich ihm über den Kopf. Ein trauriges Lächeln erschien auf ihrem Gesicht, ehe sie es auf den Boden setzte. Ins Dunkle. Gut versteckt in einem hohlen Baumstamm.

»Bleib hier und rühr dich nicht. Du musst ganz still sein! Alles wird - ...«

Es knallte. So laut, dass seine Ohren wehtaten. Erschrocken zuckte das Junge zusammen, presste sich die Hände auf die Ohren und kniff die Augen zu. Was war DAS gewesen? So was hatte es noch nie gehört. Noch nie! Ganz langsam öffnete es seine Augen. Vor ihm lag seine Matre.

Sie bewegte sich nicht. Ihre Augen waren trüb und auf ihrer Stirn war ein Loch. Es war groß und pechschwarz und rotes Wasser tropfte aus ihm heraus, bedeckte ihr ganzes Gesicht.

»Matre!« Panisch wühlte sich das Junge aus seinem Versteck, stolperte zu ihr und rüttelte an ihrer Schulter. »Matre! Matre, was hast du?«

»Ha, das war ein Volltreffer!«

Das Monster! Es war jetzt ganz nah. Starr vor Schreck machte sich das Junge klein und presste sich an seine Matre, duckte sich so tief es konnte. Sie durften es nicht finden!

Dann knirschte der Boden. Da waren Schritte und plötzlich ragten zwei große Schatten über ihm hoch.

»Und? Wie sieht es aus? Hast du dieses Mal was getroffen oder daneben geschossen?«

»Von wegen daneben geschossen! Ich hab es voll erwischt, siehst du doch!«

»Gar nichts sehe ich.« Die Schritte kamen noch näher und dann bewegte sich seine Matre. Aber nur ganz leicht. Sie ruckelte ein paar Mal, aber ihr Gesicht blieb starr. »Klasse! Du Idiot hast es getötet! Jetzt bringt es uns gar nichts mehr.«

»He, Moment, was haben wir denn da! Schau mal.«

Eine große Hand grabschte nach dem Jungen, packte sein Fell und zerrte es unter seiner Matre hervor. Ängstlich kreischte es auf, rief nach seiner Matre, nach seinem Patre, aber keiner kam.

»Ein Junges? Scheiße, du hast ein Muttertier erlegt? Ich dachte, du wärst hinter dem Leittier her! Na großartig ... Verflucht, ist das Ding laut!«

»Jetzt halt endlich die Klappe, dein Gejammer erträgt ja kein Schwein. Sieh dir das Kleine doch an. Wenn das hier vorbei ist, werden diese Viecher eine Rarität! Du kennst doch die Sammler. Die werden ein Vermögen dafür hinblättern und wir werden stinkreich! So war der Plan. Los, hol einen der Käfige. Die Chance lasse ich mir nicht entgehen!«

»Nein, das läuft ganz und gar nicht nach Plan. Wir wollten das Leittier einfangen! Und wie sich das anhörte, haben die anderen ihn schon erwischt. Das heißt, er ist tot und wir gehen leer aus. Für das kleine Biest kriegen wir bei Weitem nicht so viel. Ich sag dir, das geht nach hinten los und wir fliegen auf!«

»Und ich sagte, halt's Maul! Niemand wird hiervon erfahren! Noch hat keiner gemerkt, dass wir uns abgesetzt haben. Aber wenn du nicht willst, dann nicht, dann habe ich mehr vom Gewinn.« Das eine Monster brummte gefährlich und das andere lachte. »Geht doch! Los, machen wir, dass wir hier wegkommen. Der Einsatz soll bis heute Abend erledigt sein und es fällt auf, wenn wir zu lange weg sind. Die anderen Viecher sind nach Norden geflohen. Wenn wir uns beeilen, nehmen wir die Fährte wieder auf.«

Nicht ein Wort verstand das Junge von dem, was die Monster sagten. Es wusste nicht, was sie wollten, ob sie es fressen würden. Es wollte nicht gefressen werden, es wollte nur zu seiner Matre zurück und es kannte einen Weg! Es schrie. So laut es nur ging. Tat das, was ihm sein Patre beigebracht hatte, wenn es in einer Falle steckte. Es warf sich hin und her. Biss in die Hand des Monsters, das an seinem Fell zerrte, aber es schaffte nicht, sich zu befreien. Das Monster war zu stark, zischte nur, aber es ließ nicht los. Es trug das Junge weg von dem Baumstamm - und von seiner Matre. Ließ sie einfach liegen! Das konnte es doch nicht tun ...! Sie war verletzt!

Plötzlich wurde es durch die Luft geworfen, landete auf etwas Hartem und stieß sich den Kopf. Ein böser Schmerz jagte durch seine Stirn, ein kreischendes Schnappen ertönte, dann wurde es stockdunkel.

Kapitel 1

An der Leine

Es gab Menschen, die mussten sich Mut antrinken, bevor sie irgendetwas zustande brachten und verdammt, wie gerne würde Mikhael genau das jetzt tun. Einfach zur Flasche greifen und seine Angst hinunterspülen! Leider das kam nicht in Frage, also blieb ihm nichts anderes übrig, als zu der Alternative zu greifen.

Bibbernd hob er seine Hände und hauchte warme Luft in seine Handinnenflächen. Es war verdammt kalt für diese Jahreszeit und mit jedem weiteren Atemzug schraubten sich kleine weiße Wölkchen in den Himmel. Aber was beschwerte er sich? Er war selbst schuld. Wieso saß er auch so früh am Morgen in einem Busch, wie ein Strauchdieb? Kein normaler Mensch würde so etwas tun. Allerdings sagte man ihm sowieso nach, er wäre nicht ganz richtig im Kopf, also was sollte es? Mit steifen Fingern wühlte er in seiner Jackentasche und holte eine Schachtel Zigaretten und ein Feuerzeug hervor. Zittrig zündete er sich eine Kippe an, inhalierte tief und spürte, wie sich seine Lungen mit dem aromatischen Rauch füllten. Schon viel besser. Vollkommen entspannen konnte sich Mikhael trotzdem nicht und kurz schielte er auf das Display seines Smartphones. Langsam wurde die Zeit knapp ...

Unschlüssig drehte er den Kopf und blickte auf das Gelände, das sich vor ihm ausbreitete. Es war ein großes freistehendes Gebäude, umgeben von einem weitläufigen Parkplatz und in fünfzehn Minuten musste er genau dort eintreffen. Um Punkt 8:00 Uhr. Ziemlich erbärmlich, wenn man bedachte, dass er schon seit einer geschlagenen Stunde hier hockte und alles beobachtete. Aber Vorsicht war besser als Nachsicht und Fehler konnte er sich nicht erlauben.

Seine Hände wurden feucht und unruhig verlagerte er das Gewicht, verengte die Augen. Eigentlich hatte sich Mika auf diesen Moment gefreut. Er war richtig erleichtert gewesen, als man ihn vor einigen Tagen benachrichtigt hatte. Er hatte es geschafft! Aus eigener Kraft! So mancher einer hätte ihm das nicht zugetraut. Blieb zu hoffen, dass heute alles glatt lief. Denn mit dem heutigen Tag würde sich alles entscheiden. Also musste er sich zusammenreißen und die Sache durchziehen. Im Grunde war es ganz einfach, das Normalste der Welt und er, Mikhael Auclair, würde an seinem ersten Arbeitstag sicher nicht den Schwanz einziehen.

Als Mikhael um 7:45 Uhr den Personaleingang erreichte, herrschte reges Treiben in dem Hof hinter dem Gebäude. Eine ganze Horde von Leuten tummelte sich im Anlieferungsbereich und war voller Eifer dabei, einen großen LKW auszuräumen. Wo man auch hinsah, stapelten sich Kisten und die Menschen wuselten wie Ameisen umher. Von Mikhael nahm keiner Notiz, alle waren zu beschäftigt damit, die Waren ins Innere des Gebäudes zu bringen. Für einen Moment hielt er inne und betrachtete die braunen Kartons. Der vertraute Geruch von Stroh kroch ihm in die Nase und aus einer der Kisten kam ein verdächtiges Zirpen. Ein Grinsen schlich sich auf seine Lippen und schnaubend schüttelte er den Kopf. Das weckte Erinnerungen und er entspannte sich. Vielleicht ging dieser Tag doch nicht so übel aus, wie befürchtet. Glücklicherweise wusste er, wo es lang ging und musste niemanden nach dem Weg fragen. Ohne den anderen groß Beachtung zu schenken, ging er weiter und betrat das Gebäude. Vor ihm lag ein langer, schmaler Flur und das dumpfe Geflüster fremder Stimmen drang an seine Ohren. Ab und an huschte ein Mitarbeiter an ihm vorbei, aber nirgendwo sah er die Person, die ihn hergerufen hatte.

Tja, was hatte er erwartet? Dass man mit Pauken und Trompeten vor dem Eingang extra auf ihn wartete und ihn im Empfang nahm? Schwachsinn. Aber wenn der Berg nicht zum Propheten kam, ging der Prophet eben zum Berg.

Bedächtig lief er den Flur hinunter, Augen und Ohren offen haltend. Am Ende bog er einmal links ab und erreichte endlich sein Ziel - eine geöffnete Bürotür.

Im ersten Moment wollte er nach vorne preschen, das Büro stürmen und voller Elan verkünden, dass er da war und loslegen konnte - zumindest hätte er das gerne getan. Doch erneut ergriffen ihn Zweifel. Dieselben Zweifel, die sein Ego gefährlich schrumpfen ließen und ihn eine Stunde eher als nötig aus dem Haus getrieben hatten. Nur, damit er pünktlich war. Nur, damit er die Lage checken konnte. Nur, damit er genügend Zeit hatte, sich vorzubereiten. Denn was, wenn etwas schief ging? Wenn er einen Fehler machte? Was, wenn er wieder durchdrehte?

Tief durchatmend rieb Mika seine Hände aneinander und schielte über seine Schulter. Er sah und hörte nichts, das ihm in die Quere kommen könnte. Kein unheilvolles Omen, das aus dem Nichts auftauchte und alles ruinierte. Nein, es stand ihm nichts im Weg. Außer er selbst.

»Jetzt reiß dich zusammen, Auclair! Schlimmer kann es nicht werden«, knurrte er in sich rein, kniff die Augen zusammen und nahm einen weiteren Atemzug. Schluss mit dem albernen Getue, er hatte sich entschieden und jetzt gab es kein Zurück mehr. Wenn er locker blieb, bekam er das hin! Ein letztes Mal richtete er seine Klamotten, überprüfte seine Hände und Fingernägel und strich sich die Haare über die Ohren. Dann trat er vor. Ging die wenigen Schritte zu der Bürotür. Klopfte gegen den Rahmen - und mit rasendem Herzen schob er die Tür schließlich auf.

»Hallo? Ich - ...«

»Wollen Sie mich auf den Arm nehmen? Wissen Sie eigentlich, welcher Tag heute ist? Welches Datum?«

Erschrocken zuckte Mikhael zurück. Eine laute, wütende Stimme fuhr über ihn hinweg. Giftete ihn ohne Grund an. Na super, das war's dann wohl. Damit war die Sache gelaufen. Nur ein Wort hatte er gesagt und schon schnauzte man ihn an. Großartig. Konnte er nicht einmal Glück haben und - ...?

»Sind Sie taub? Wollen Sie mich über den Tisch ziehen oder wie darf ich das verstehen? Der Vertrag besagt ganz deutlich, zwei Fuhren alle zwei Wochen. Zwei! Nicht eine! Zwei! Und was steht bei mir im Hof? Genau! Eine Fuhre! Schon wieder! Und jetzt geben Sie mir Ihren Vorgesetzten.«

Moment.

Erstaunt hob Mika den Kopf und schielte ein weiteres Mal in das Büro. Ein großer Mann mit schwarzen Haaren und bärtigem Gesicht tigerte in der Mitte des Raumes auf und ab. In einer Hand hielt er ein mobiles Tablet, in der anderen ein Smartphone.

So war das also. Erleichtert atmete Mika auf. Nicht er war es, der gerade angemault worden war, der Mann stritt mit jemand am Telefon. Noch mal Glück gehabt. Am besten, er mischte sich nicht ein und wartete ab, bis das Telefonat beendet war. Er wusste aus Erfahrung, dass man niemanden stören sollte, der sowieso schon schlechte Laune hatte. Doch just in dem Moment, als er sich in den Flur zurückziehen wollte, drehte sich der andere Mann um und sah direkt in seine Richtung. Verwirrung spiegelte sich auf seinem Gesicht, dann kam die Erkenntnis.

»Ah!«, entfuhr es ihm. Er nahm den Hörer von seinem Ohr, drückte ihn gegen seine Schulter und winkte ihm mit dem Tablet zu. »Komm rein, komm rein. Mikhael Auclair, hab ich Recht?«

Zögerlich trat Mika vor und nickte einmal, setzte ein schiefes Lächeln auf.

»Genau. Ich fange heute an und -«

»Ja, schon klar. Warte kurz. Dauert nur eine Sekunde, dann bin ich für dich da.« Damit wandte sich der Mann wieder dem Telefon zu. Mika blieb wie bestellt und nicht abgeholt in dem Raum stehen und sah den anderen skeptisch an. Wen auch immer er gerade an der Strippe hatte, der Kerl konnte einem leidtun und eine Sache bläute sich Mika direkt ein: Mit Karl Jakobson legte man sich lieber nicht an, denn niemand anderes war der Mann vor ihm. Der Inhaber des Ladens und somit auch der Personalchef. Als Mika damals zum Vorstellungsgespräch hier gewesen war, war der grobschlächtige Mann viel ruhiger und freundlicher gewesen. Na ja, was hieß freundlich. Rüde und kurz angebunden war er schon gewesen, aber derartig gemotzt hatte er nicht, auch wenn sich Mika wie der letzte Idiot aufgeführt hatte. Vorstellungsgespräche waren nicht sein Ding. Er hatte so seine Probleme mit Autoritätspersonen, dabei war besonders in seinem Fall Vorsicht das oberste Gebot. Er hatte sich damals wirklich Mühe gegeben und sich von seiner besten Seite gezeigt und scheinbar hatte es funktioniert, sonst hätte man ihn sicher nicht eingestellt. Blieb abzuwarten, wie sich der heutige Tag entwickeln würde.

Schließlich hatte Jakobson den armen Tropf am anderen Ende der Leitung genug zur Schnecke gemacht und mit einem dumpfen Aufschlag landete das Smartphone auf dem Schreibtisch. Genervt seufzte Jakobson und schüttelte den Kopf, sah noch mal auf sein Tablet. »Verdammte Schlamperei«, murmelte er in sich hinein und kratzte sich unzufrieden am Kinn. Es dauerte noch eine ganze Weile, ehe er den Kopf hob und Mika seine Aufmerksamkeit schenkte. »Tut mir leid, aber wir haben eine falsche Lieferung bekommen und ich musste die Sache geradebiegen. Verstehst du sicher.«

»Klar. Kein Problem.«

»Gut, setz dich.«

Das Tablet landete ebenfalls auf dem Schreibtisch und Mika in einem unbequemen Stuhl, während Jakobson einen schmalen Ordner hervorholte und ihn aufschlug. Nachdenklich überflog er die darin abgehefteten SD-Karten.

»Auclair, Auclair ... Ah, hier haben wir dich.« Damit nahm er eine der Karten heraus und steckte sie in das Tablet. »Genau. Der Job für den Posten als Tierpfleger.«

Mikhael schluckte trocken und nickte, schielte auf das digitale Dokument, das sich geöffnet hatte und vor ihnen als Holodatei in der Luft schwebte. Musste seine Bewerbung sein, trotzdem machte ihn der nachdenkliche Blick seines Vorgesetzten in Spe nervös.

»Es ist immer noch klar, dass es sich um eine Vollzeitstelle handelt, mit

Spezialisierung auf die Heimtierabteilung?«

»So hatten wir es abgesprochen.«

»Gut. Wir brauchen dringend jemanden für den Posten. Schauen wir mal, ob du hältst, was deine Vita verspricht. Am besten, ich zeige dir- ...«

Ein schrilles Klingeln unterbrach ihr Gespräch und fluchend verdrehte Jakobson die Augen. Er vertröstete Mika für einen weiteren Moment und nahm das Telefonat an.

»Ja, was gibt es?«, begann er und ein düsterer Ausdruck schlich sich nach und nach auf sein Gesicht. Sofort war Jakobson wieder auf den Beinen, marschierte zu einem der Regale an der Wand und ging die einzelnen Ordner durch, die dort standen. »Das darf ja wohl nicht wahr sein. Wie oft haben wir das alles abgesprochen? Das wird dauern, ich muss die Unterlagen erst suchen.«

Das klang gar nicht gut. Angespannt knetete Mika seine Hände und rieb sich ein paar Mal über den Stoff seiner Hose. Das fing ja gut an. Hoffentlich wurde er nicht wieder weggeschickt, weil die gerade interne Probleme hatten. So leicht wurden die ihn nicht los, er wollte diesen Job! Überhaupt war es extrem unhöflich, während eines Einstellungsgesprächs einfach ans Telefon zu gehen! So etwas tat man nicht! Das hier war wichtig! Es war entscheidend! Etwas in Mika begann zu brodeln und tief atmete er durch, wippte mit seinem Bein auf und ab. Ruhig bleiben, das war alles. Einfach ruhig abwarten, bis dieser Idiot es endlich auf die Reihe bekam. Aber er bekam es nicht hin. Fing am Telefon an zu diskutieren. Mikas Fäuste zuckten. Hatte der ihn hier vergessen oder was? Das durfte doch wohl nicht ...!

»Eine Sekunde«, meinte Jakobson auf einmal zu der Person in der Leitung und Mika hielt den Atem an, fasste sich wieder. Verwirrt beobachtete er, wie Jakobson zu der Bürotür lief und sie aufstieß, seinen Kopf hinaus auf den Flur steckte. »He, Ben! Komm mal her!«

Zweifelnd neigte Mika den Kopf und sah ebenfalls zu der Tür, in der ein junger Mann erschien.

»Was gibt's?«, fragte dieser und warf ihm einen Blick zu, ehe er sich an Jakobson wandte.

»Das ist Mikhael Auclair. Er fängt heute an. Zeig ihm alles und arbeite ihn ein. Heimtiere und Glaszimmer. Ich muss mich mit WildFood rumschlagen. Die wollen die ausgebliebene Futterlieferung nicht vor nächster Woche schicken. Übernimm du das.« Damit ging Jakobson zurück zum Schreibtisch. »Auclair, du gehst mit ihm mit. Ich komme nachher dazu. Tut mir leid, heute geht alles drüber und drunter.«

Mehr als *Okay* konnte Mika nicht sagen, da wurden er und der andere Mann auch schon aus dem Büro gescheucht. Kurz blieben sie vor der Tür stehen, ehe der andere seufzte und den Kopf schüttelte.

»Hat der heute wieder eine Laune.«

Da konnte Mika nur zustimmen. Ihm lag schon ein Spruch auf der Zunge, aber er hielt sich zurück. Es war mehr als unklug, sich gleich am ersten Tag unbeliebt zu machen, nur weil er einen blöden Witz losließ. Besser, er machte seinen Mund gar nicht erst auf. Stumm betrachtete er den jungen Mann, in dessen Obhut er übergeben worden war. Er war etwa in Mikas Alter, Mitte zwanzig, etwas kleiner und weniger muskulös, mit schwarzem welligem Haar.

»Alles Naturlocken. Ich schwöre es!«

Der Kommentar ließ Mika zusammenzucken und mit weiten Augen sah er in das Gesicht seines Gegenübers. Ein viel zu freundliches Lächeln wurde ihm entgegengeworfen. Der Kerl strotzte nur so vor positiver Energie.

»Ich bin Benjamin Rosenbaum.« Erwartungsvoll streckte er Mika eine Hand entgegen, sah ihn dabei neugierig an. »Du bist also der Neue?«

Zögernd musterte Mika die ausgestreckte Hand, ehe er einschlug.

»Mikhael Auclair. Freut mich.«

»Mikhael? Okay. Komm mit, ich zeig dir alles. Hast du schon mal im Tierfachhandel gearbeitet?«

»Nein. Aber in einem Wildtierpark.«

Ein anerkennender Pfiff ertönte und skeptisch wurde er von oben bis unten gemustert. Unwohl reckte Mika die Schultern, strich sich die Haare vor die Ohren. Was schaute der denn so?

»Wildtierpark? Du siehst gar nicht danach aus, als würdest du in dem Gebiet was machen.«

Ein schiefes Grinsen glitt auf Mikas Lippen und er schüttelte den Kopf.

»Sondern so, als würde ich in irgendwelchen Hinterhöfen Leute ausrauben?«

»Was? Nein, so hab ich das nicht gemeint!« Schnell schüttelte Rosenbaum den Kopf, aber man sah ihm deutlich an, dass er sich ertappt fühlte. Nicht, dass Mika überrascht war. Er nahm es der halben Portion nicht übel. Ihm war klar, dass er mit seiner Größe, den auffällig karottenroten Haaren und mit mehr Piercings an den Ohren, als man zählen konnte, nicht in das Bild passte, das die meisten Leute von einem Tierpfleger hatten. Er kannte die Blicke und Kommentare und hatte sich schon vor langer Zeit eine Standartantwort dafür zurechtgelegt.

»Ich kann mit Tieren besser als mit Menschen. Ich lass mich leicht provozieren und dann endet alles in einer Katastrophe.« Schulterzuckend schnaubte Mika, während sein neuer Kollege versuchte, die Situation zu retten.

»Dann übernimmst du also eine der Pflegestellen?«

»Ja, in der Heimtierabteilung, wie Jakobson sagte.«

»Alles klar, gehen wir. Wenn ich dir alles zeigen soll, haben wir einiges vor uns.« Damit setzte sich Rosenbaum in Bewegung. Mikhael folgte mit etwas

12

Abstand.

Karl Jakobsons *Pet-For-You Zoofachgeschäft*, oder auch kurz *Pet4You*, war das größte Tierfachgeschäft von Akeron, der Hauptstadt des westlichen Staates der Allianz. Mika hatte schon viel von dem Laden gehört und er musste zugeben, die Geschichten stimmten. Das Geschäft war riesig und obwohl hier tatsächlich lebende Tiere verkauft wurden, hatte sich das Pet4You einen Namen für die außergewöhnlich gute Haltung und Pflege gemacht. Zudem arbeiteten sie nur mit den besten Züchtern zusammen, wie es hieß. Der Laden war ziemlich beeindruckend und auch wenn Mika am Tag seines Bewerbungsgesprächs schon hier gewesen war, hatte er sich nicht das ganze Geschäft angeschaut. Genau genommen hatte ihn damals nur interessiert, dass es hier einen Job gab und dass er ihn haben musste. Alles andere war zweitrangig gewesen. Umso erstaunter war er, als er sah, wie weitläufig das Sortiment war. Es gab so ziemlich alles an Tierbedarf, was man sich vorstellen konnte.

Rosenbaum führte ihn durch die einzelnen Abteilungen und erklärte ihm das Wichtigste, angefangen dabei, dass er zwar hauptsächlich für einen Bereich zuständig war, doch war Not am Mann, musste er überall einspringen. Sei es bei der Verladung von Waren, beim Saubermachen oder beim Verkauf. Dass Mika, obwohl er hauptsächlich als Tierpfleger arbeitete, auch direkt mit den Kunden in Kontakt treten sollte, gefiel ihm nicht. Verkauf an der Kasse war nicht das Problem. Das war eine routinierte Abfolge von Kleinigkeiten, ohne dass man viel reden musste. Aber die Kundenberatung konnte er nicht ausstehen. Als er noch in dem Park gearbeitet hatte, hatte er sich so gut es ging von den Besuchern ferngehalten. Er war gerne draußen in der Natur und mit Tieren zusammen, sie faszinierten ihn. Menschen hingegen ... Es hatte ihm nie gefallen, wie sie die Tiere angafften. Natürlich war das der Punkt bei einem Tierpark, trotzdem gefiel es ihm nicht. So herablassend wie manche waren, so dumm und rücksichtslos. Je mehr er darüber nachgedacht hatte, desto mehr Probleme hatte es gegeben und eines Tages war alles eskaliert. Was darauf gefolgt war, hatte alles verändert. Seitdem versuchte er sich nur noch auf die Tiere zu konzentrieren. Hier in dem Geschäft würde das zwar nicht so einfach werden, aber er würde das schon schaffen. Eine Wahl hatte er nicht.

Was ihm allerdings mehr Kopfschmerzen bereitete als die unausweichliche Konfrontation mit den Kunden, war das Gerede seines neuen Kollegen. Benjamin Rosenbaum. Bei der Führung durch den Laden redete er ununterbrochen, fragte ihm Löcher in den Bauch und versuchte immer wieder seinen kleinen

13

Fauxpas gut zu machen. Der Kerl war viel zu neugierig und Mika musste sich alle Mühe geben, um freundlich zu bleiben. Leider verstand Rosenbaum den Wink mit dem Zaunpfahl nicht und fragte munter weiter.

»Um auf die Sache von vorhin noch mal zurückzukommen. Ohne dass du es falsch verstehst! Aber ich frag mich, wie du in dieser Branche gelandet bist«, begann Rosenbaum von Neuem, als sie die Abteilung für Tierzubehör verließen und den hinteren Bereich des Geschäfts ansteuerten. Nachdenklich betrachtete Mika die mit diversen Kleidungsstücken behangenen Regale, überlegte, wie er die Frage beantworten sollte. Smalltalk war nicht sein Ding, bei ihm gingen solche Gespräch zu oft nach hinten los, aber er versuchte böse Miene zum guten Spiel zu machen und ging auf seinen Kollegen ein.

»Ich bin da irgendwie reingerutscht«, erklärte er und begutachtete eines der Regale genauer. Oberteile und T-Shirts. Dass einige übermütige Tierliebhaber ihre Haustiere in extravagante Kleider steckten, wusste Mika, aber die große Auswahl ließ ihn stutzig werden. Welche Haustiere brauchten so eine Garderobe? »Tiere haben mich schon immer interessiert. Sie sind faszinierend und vor allem unkompliziert. Das mag ich an ihnen«, fuhr er fort. »Ich hab in einem kleinen Ort draußen vor der Stadt gewohnt. Da gab's nicht viele Möglichkeiten, außer dem Wildtierpark.« Eine plumpe Erklärung, aber auf den Punkt gebracht.

»Verstehe. Dann bist du noch nicht lange in der Stadt?«

»Bin grad' erst hergezogen.« Deswegen war dieser Job auch so wichtig für ihn. Er hatte zu lange in dem Dorf gelebt, in dem er aufgewachsen war und nach den Ereignissen der letzten Monate hatte er es dort nicht mehr ausgehalten. Das war der Nachteil, wenn man in einem kleinen Ort lebte. Jeder kannte jeden und Geheimnisse blieben nie lange unentdeckt. Irgendwann hatte er das Gefühl gehabt, alle würden ihn anstarren und über ihn tuscheln. So war er hier gelandet und ohne diesen Job würde er seine gerade frisch gemietete Wohnung nicht lange halten können. Allerdings bezweifelte er, dass Rosenbaum seine ganze Lebensgeschichte hören wollte. Sich räuspernd ließ er seinen Blick durch das Geschäft wandern. Die erste Hälfte des Ladens hatten sie hinter sich, die zweite lag noch vor ihnen und ganz hinten, an der äußersten Wand, entdeckte Mika eine hohe Glastür, die in einen gesonderten Bereich führte. Was wohl dort lag? Eine Exotenabteilung?

»He, Auclair? Bist du noch da?«

Erst ein Fingerschnippen vor seinen Augen holte Mika aus seinen Gedanken und erstaunt sah er seinen Kollegen an. Verflucht, hatte er etwas gesagt?

»Du bist nicht so der gesprächige Typ, oder?«

»Nein, eher nicht.«

»Auch gut.« Rosenbaum atmete durch und deutete dann auf den Hauptgang, der mitten durch das Geschäft führte. »Mit der Futter- und Zubehörabteilung sind wir durch. Gehen wir nach hinten, da wirst du dich die meiste Zeit über aufhalten.«

Mikas Mine erhellte sich, als sie ihren Weg in der Aquaristikabteilung begannen. Die großen Aquarien und die darin schwimmenden Fische beeindruckten ihn, aber die Terraristik war auch nicht ohne. Die Auswahl an Echsen und Reptilien war nicht zu verachten, allerdings langweilten die ihn schnell, da sie die ganze Zeit nur an einem Fleck hockten. Bei den Vögeln ging es ihm ähnlich. Hübsch anzusehen, aber zu laut und zappelig. Sie irritierten ihn. Worum er einen großen Bogen machte, waren die Arachniden. Spinnen mussten nicht sein. Sie waren zu schnell, hatten zu viele Beine und zu viele Augen. Ihr Anblick verursachte ein Kribbeln unter seiner Haut und er war sich nie sicher, ob er auf die Dinger treten oder sie doch lieber einfangen sollte.

»Und das ist deine Abteilung«, meinte Rosenbaum schließlich, als sie in den nächsten Gang abbogen.

Mika konnte nicht anders, ein erwartungsvolles Grinsen stahl sich auf sein Gesicht. Jetzt wurde es endlich interessant.

»Willkommen bei den Heimtieren. Hier beginnt dein Territorium.«

Neugierig beäugte Mika die üppigen Nagergehege, die sich rechts und links vor ihm aufbauten. Langsam ging er neben Rosenbaum her und beobachtete die kleinen Tierchen, die zwischen Stroh und Heu herum wuselten.

»Futter und Wasser holst du hinten, da wird alles gelagert. Sauber gemacht wird alle zwei Tage. Wenn Tiere krank sind, werden sie rausgenommen und in einen separaten Raum gebracht. Ob sich ein Tierarztbesuch lohnt, musst du selbst entscheiden.«

Bei der Anmerkung wurde Mika hellhörig und runzelte die Stirn.

»Was soll das heißen, ich muss das entscheiden?«

»Jakobson sagt, bei den Kleintieren lohnt sich der Arztbesuch meistens nicht. Er meint, es wäre das Beste, den Tieren ihren Leidensweg von vornherein zu ersparen.«

Empört blieb Mika stehen, wusste nicht, was er dazu sagen sollte. Den Leidensweg ersparen? Er meinte wohl Kosten einsparen und sofort zur Spritze greifen. Das war ...! Aber was wunderte er sich? Karl Jakobsons freundlich-rüde Art war wohl nichts anderes als Fassade. Eins war klar, Mika würde nicht leichtfertig ein Tier in den Tod schicken, wenn man noch helfen konnte, egal, was sein Chef sagte.

»Was die Beratung angeht, bist du der Experte«, fuhr Rosenbaum fort. »Sollten dich Kunden ansprechen, halte dich einfach an die Vorschriften. Der Kunde ist König, das gilt auch hier.«

Der Kunde und König? Ein ziemlich ausgelutschter Spruch, aber Mika wusste, was von ihm erwartet wurde. Trotzdem würde er sich nicht zurückhalten, wenn sich ein Kund dämlich anstellte. Ganz wie Rosenbaum sagte, war er der Experte, nicht irgendwelche neunmalklugen Laien, die glaubten, alles besser zu wissen, nur weil sie es im Netz gelesen hatten.

»Keine Panik, das krieg' ich schon hin.«

Sie ließen die Nager hinter sich und betraten den nächsten Bereich, in dem große eingezäunte Ausläufe aufgebaut waren. Erstaunt blinzelte Mika, als ihn eine unerwartete Geräuschkulisse empfing. Vor ihm, auf dem Boden in den Ausläufen, tummelten sich Hundewelpen, fiepsten und winselten, während auf der gegenüberliegenden Seite Kätzchen untergebracht waren. Ein wenig überrascht war er schon, auch wenn er wusste, dass der Laden Hunde und Katzen verkaufte.

»Die Kleinen brauchen besondere Pflege. Deswegen wirst du auch mal an den Wochenenden herkommen müssen und wenn wir geschlossen haben.«

»Sicher, das erklärt sich von selbst.« Er trat vor und hockte sich vor eines der Gitter. Putzig waren die Fellknäule schon, aber er wusste immer noch nicht, was er davon halten sollte und sein Inneres verkrampfte sich. »Ist das wirklich artgerecht?«

»Das zeichnet unser Geschäft aus! Deswegen nehmen wir auch nie mehr als einen Wurf und auch nie mehr als fünf Tiere pro Wurf. Keine Sorge, wir achten schon darauf, dass sie es gut haben. Beziehungsweise, du wirst ab jetzt darauf achten.«

»Trotzdem.« Brummend stellte sich Mika wieder hin und verschränkte die Arme. Wie das bei den Nagern ablief, wusste er. Wurde ein Tier nicht verkauft, ging es zurück an den Züchter und endete im schlimmsten Fall als Schlangenfutter. Er wollte sich nicht vorstellen, was mit den anderen Kerlchen passierte und eine Gänsehaut fuhr seinen Rücken hinab.

»Mach dir keine Gedanken. Bis jetzt sind wir immer alle losgeworden.«

»Für die Kleinen wäre es auf jeden Fall das Beste.«

»Sicher. Das Hunde- und Katzenfutter ist übrigens auch im Hinterzimmer. Nach Ladenschluss werden die Kleinen nach hinten gebracht.« Rosenbaum deutete auf mehrere kleine Klapptüren, die in die Ausläufe eingebaut waren und in besagtes Hinterzimmer führten. »Dort gibt es auch einen Weg nach draußen. Jakobson hat extra eine Rasenfläche für die Welpen eingezäunt, damit wir keinen Ärger mit irgendwelchen Tierschützern bekommen. Gab's alles schon. Sie dürfen pro Tag eine halbe Stunde raus.«

Begeistert war Mika zwar noch immer nicht, aber scheinbar gab sich sein neuer Chef Mühe, den guten Ruf seines Ladens aufrecht zu erhalten, was den Tieren zugute kam. Nachdenklich sah er sich um, machte sich einen kurzen Überblick. Er würde alle Hände voll zu tun haben, das stand fest, und Abwechslung gab es auch.

»Alles klar. Dann leg ich mal los.« Es war immerhin Montagmorgen und die Fütterungszeit war längst überfällig. Am besten, er arbeitete sich von hinten nach vorne durch, das sparte Zeit.

»Nein, noch nicht. Wir sind noch nicht ganz fertig. Ein Bereich fehlt noch.« Da stutzte Mika. Noch ein Bereich? Wie groß war dieser Laden denn noch? Rosenbaum führte ihn an den Hunden und Katzen vorbei und steuerte die ominöse große Glastür an, die Mika schon von Weitem gesehen hatte, warf ihm dabei immer wieder unsichere Blicke zu.

»Das hier gehört auch noch in deine Zuständigkeit«, erklärte sein Kollege schließlich und öffnete die Tür, forderte Mika mit einem Kopfnicken auf, voraus zu gehen. Wieso tat er plötzlich so geheimnisvoll? Hatte der Laden etwa wirkliche eine geheime Exotenabteilung oder handelte am Ende mit illegalen Fängen?

Als Mika jedoch den Raum hinter der Glastür betrat, erkannte er, dass es weitaus schlimmer war. Große Ausläufe bauten sich zu seiner Rechten und Linken auf, nahmen die kompletten Wände ein und reichten bis unter die Decke. Doch es waren keine Gitter, die die Insassen in ihren Gehegen hielten, sondern hohe Glasscheiben. Und in diesen Plastikkäfigen ... saßen Kinder!

Zumindest sah es im ersten Moment so aus. Erst der zweite Blick verriet, dass es nicht so war. Sie sahen aus wie Kinder, doch es waren keine. Ihre Körper waren mit Fell bedeckt, spitze Ohren ragten aus ihren Köpfen und als sie Mika erblickten, wedelten sie mit ihren buschigen Schwänzen und gaben fremdartige Laute von sich.

Mikas Kehle zog sich zusammen und entsetzt wich er zurück, weitete die Augen.

Engendros. Verdammt! Das waren Engendros!

Kapitel 2

Pet4You

»IHR haltet hier Engendros? Das soll wohl ein schlechter Scherz sein!«

Mikhael war außer sich, konnte es einfach nicht glauben. Mit vielem hatte er gerechnet und vieles konnte er dulden, aber das?

Mäuse, Hamster, Meerschweinchen, auch Hunde und Katzen. Aber Engendros? In einem Tiergeschäft? Fassungslos starrte er Rosenbaum an, der erschrocken zurückwich. Er schien überfordert mit Mikas plötzlichem Ausbruch, doch bevor er etwas sagen konnte, kam ihm jemand zuvor.

»Gibt es hier ein Problem?«

Jakobson war hinter Rosenbaum aufgetaucht, beäugte sie einen Moment, dann schloss er die Glastür, sodass sie unter sich waren.

»Hast du etwas gegen Gendros, Auclair? Oder wieso hört man dich im ganzen Laden?«

»Nein, aber- . . . !«

»Dann sehe ich keinen Grund, wieso du dich aufregst.«

»In meinem Vertrag stand nichts von Gendros!«

»Dein Vertrag bezieht sich auf alle Tiere, die innerhalb meines Ladens verkauft werden und innerhalb deines Zuständigkeitsbereichs liegen. Somit auch diese besonderen Exemplare. Das war der Grund, wieso ich ausgerechnet dich herbestellt habe, obwohl du eine schwierige Vorgeschichte hast. Ein junger Mann mit Eintrag im Führungszeugnis, na?«

Mikhaels Mund klappte auf, doch er bekam nicht einen Ton heraus, fühlte sich überrumpelt. Jakobson schmunzelte.

»Du musst zugeben, dass ein Tierpfleger mit deiner Erfahrung mit der Pflege von Heimtieren reichlich unterfordert ist. Aber nicht jeder Pfleger hat Erfahrung mit wilden Tieren. Deswegen kam mir deine Bewerbung gerade recht.« Jakobson trat an eines der Gehege und klopfte gegen das Plexiglas, worauf die kleinen Geschöpfe darin zu fiepsen begannen. »Engendros sind selten, aber sehr beliebt. Durch die ganzen Auflagen, die es wegen ihnen gibt, bekommen wir nur alle paar Monate einen Wurf rein. Natürlich nur die offiziell genehmigten Rassen. Und da du in einem Wildtierpark gearbeitet hast, hast du die nötige Kenntnis, um mit ihnen fertig zu werden. Aber wenn du dich nicht in der Lage siehst, dieser Arbeit nachzukommen, dann sollten wir vielleicht überlegen, ob das wirklich der richtige Job für dich ist.«

Die Ansage war klar. Wütend presste Mika die Kiefer aufeinander und starrte seinen Vorgesetzten an. Er hatte gewusst, dass man sich mit dem Typen nicht anlegen durfte! Sein Blick wanderte zu den kleinen Kreaturen hinter der Glasscheibe und er atmete tief durch. Jakobsons Botschaft war eindeutig. Hatte er ein Problem mit ihnen, war er den Job los.

»Ich sehe mich sehr wohl in der Lage dazu! Aber- . . . «

»Nein, kein aber. Ich weiß, dass die Meinungen wegen diesen Tieren auseinandergehen. Die letzten Bewerber haben deswegen alle abgesagt. Du musst dich nur um sie kümmern und sie an den Mann bringen. Mehr nicht. Mach einfach deinen Job und es gibt keine Probleme. Wie klingt das für dich?«

Wie das klang? Eine üblere Fangfrage hatte Mikhael noch nie gehört und er ballte die Fäuste. Mit aller Macht hielt er sich zurück, seinen neuen Chef nicht anzufahren, dass er sich nicht erpressen ließ! Aber leider saß Jakobson am längeren Hebel, denn Mika brauchte diesen Job. Ein weiteres Mal schielte er zu den Glasscheiben, dann atmete er tief durch.

»Klingt eindeutig«, presste er zwischen den Zähnen hervor und versuchte möglichst einsichtig zu klingen. Ob Jakobson ihm glaubte, konnte er nicht sagen. Zumindest wurde er nicht sofort gefeuert und aus dem Laden geschmissen. Stattdessen legte Jakobson ihm eine Hand auf die Schulter.

»Sehr gut. Dann sind wir uns ja einig. Ben hat dir alles gezeigt, nehme ich an?«

Langsam nickte Mika und versuchte sich so unauffällig wie möglich aus dem Griff seines Chefs zu winden.

»Dann bin ich hier wohl überflüssig und du kannst anfangen. Ich komme im Laufe des Tages nochmal vorbei und schaue nach, wie du dich machst. Bei Fragen wende dich an mich oder deine Kollegen. Ben, du kannst dann auch weitermachen.«

Mit einem freundschaftlichen Schlag auf Mikas Schulter verabschiedete sich Jakobson und verließ den Raum. Auch Rosenbaum entschuldigte sich und ging seiner eigenen Arbeit nach.

Mika blieb allein zurück.

Er fasste nicht, was gerade passiert war. Dass er sich dermaßen hatte unterbuttern lassen. Engendros. Warum mussten es unbedingt Engendros sein? Bei allen Übeln dieser Welt ausgerechnet sie! Er konnte nicht sagen, dass er sie mochte, aber er hatte etwas dagegen, dass man sie in Käfigen sperrte. Denn Engendros gehörten nicht in Käfige, sie waren keine Haustiere! Nicht für ihn.

Engendros ... Die Existenz dieser Kreaturen war das offenste Geheimnis der Welt. Seit Jahrzehnten lebten sie nun schon als *Haustiere* unter den Menschen. Engendros waren Kryptiden. Das war ihr eigentlicher Name, aber niemand nannte sie so. Sie waren humanoide Kreaturen, die in den tiefsten Urwäldern und den extremsten Gebieten lebten und sich selten zeigten. Der Yeti, Big Foot, Mothman – von vielen seltsamen Erscheinungen wusste man heute, dass es Kryptiden waren. Diese Wesen waren unglaublich scheu und schwer zu fangen und alte Geschichten dichteten ihnen sogar magische Kräfte an - was lächerlich war. Tatsächlich sahen einige Leute in ihnen eine Gefahr, weil sie den Menschen extrem ähnelten und es vor einigen Jahren eine Auseinandersetzung zwischen Gendros und Menschen gegeben hatte. Dennoch galten die meisten Arten als friedliebend, weswegen niemand sie als ernsthafte Bedrohung ansah.

Lange Zeit hatte sich niemand für sie interessiert, weil es zu aufwendig war, sie aufzuspüren. Bis irgendein Promi eines Tages mit einem von ihnen an einer Leine aufgetaucht war. Seitdem war ihre Anzahl gewachsen. Es gab immer mehr Läden, die sie verkauften, immer mehr Leute, die sie züchteten. Wobei Jakobson Recht hatte. Es gab sehr strenge Auflagen, was ihre Haltung anging. Luxushaustiere nannte man sie, weil ihr Preis kaum bezahlbar war – was die Leute nicht davon abhielt, Hobbyzuchten zu beginnen und sie unter der Hand zu verkaufen. Ihren Spitznamen, Gendro, hatten sie Wanderern mit spanischen Wurzeln zu verdanken, die sie damals in den Wäldern entdeckt und von *Engendros* gesprochen hatten – von Ausgeburten, von Monstern. Daraus war irgendwann Gendro geworden und der Name war geblieben.

Was Mika anging, war er gegen die Haltung dieser Kreaturen, gegen ihre Ausbeutung und Zurschaustellung. Aber es gab eine Menge Leute, die sie als Haustiere hielten oder die sie für sich arbeiten ließen. Für ihn war das nichts anderes als Sklaverei, denn auch wenn viele Gendros tierische Eigenschaften besaßen, waren sie einfach zu menschlich. Man wusste, dass sie in ihren Kolonien in Hierarchien lebten, bestimmten Lebensweisen folgten und dass sie sehr sozial waren. Man konnte sie sogar mit Menschen kreuzen, aber das Ergebnis waren Halbblüter, die einem nur leidtun konnten, da sie schon nach wenigen Jahren den Verstand verloren. Bisher hatte Mika immer einen großen Bogen um diese Wesen gemacht. Schon seine Eltern hatten ihm den Umgang mit ihnen ausdrücklich verboten und er fand sie unheimlich und unberechenbar. Dennoch war er der Meinung, dass Lebewesen, die so viel mit den Menschen gemein hatten, nicht einfach als Haustiere abgestempelt werden konnten! Es war einfach nicht richtig! Und jetzt sollte ausgerechnet er bei diesem ganzen Mist mitmachen? Bei dem Gedanken schnürte sich seine Brust zusammen und mitleidig sah er auf die kleinen Wesen, die ihn durch die Glasscheibe anschauten. Wie Kinder ... Nur so viel kleiner. Seufzend fuhr er sich über die Augen, knetete seine Stirn. Verdammt und jetzt? Sollte er das wirklich durchziehen und seine Prinzipien verraten? Für einen Job? Hatte er überhaupt eine Wahl?

🦇

Es ging auf den Abend zu, als Mika ein paar der gelieferten Kartons in das Hinterzimmer brachte. Das Problem mit der Lieferung war *das* Thema unter den Angestellten, aber sein Bereich war davon nicht betroffen. Bei den Reptilien hingegen sah es nicht so gut aus, da die Lebendfuttervorräte ausgeblieben waren. Während seiner Mittagspause hatte er mehr schlecht als recht versucht, ein paar Kontakte zu knüpfen und war dadurch an einige Infos gekommen. Allerdings war sein Versuch, sich in die Gemeinschaft einzugliedern, nach hinten losgegangen, als er auf den Witz, die Mäuse aus seiner Abteilung zu verfüttern, sehr schroff reagiert hatte. So viel zum Smalltalk. Er hatte Rosenbaum ja gewarnt.

Nachdem er schließlich die Regale aufgefüllt und die leeren Kartons auf einen Wagen gestapelt hatte, machte er sich auf den Weg zurück in die Anlieferungshalle. Es war nicht mehr viel los im Laden, in einer halben Stunde wurde geschlossen und die ersten Aufräumarbeiten hatten schon begonnen.

Seufzend schob er den Wagen durch die Gänge und reckte unauffällig die Schultern. Der Tag war anstrengend gewesen und die letzten Stunden waren wie im Flug vergangen. Noch nie in seinem Leben war er so oft von fremden Menschen angesprochen worden, aber er konnte stolz auf sich sein. Nicht einmal hatte er die Beherrschung verloren. Das war definitiv ein Erfolg. Er hatte sogar durch sein Wissen glänzen können und ein paar Kunden verdeutlicht, dass Käfighaltung oft nicht artgerecht war. Zumindest wenn man die Normkäfige nutzte, die im Laden angeboten wurden. Ob seine Ratschläge gut aufgenommen worden waren, wusste er nicht, aber noch hatte sich niemand beschwert.

Die Versorgung der Welpen hingegen war eine willkommene Abwechslung gewesen. Die freche Rasselbande hielt ihn auf Trab, trotzdem war es ihm lieber, sich um die kleinen Kläffer zu kümmern, als sich mit den Kunden auseinandersetzen zu müssen. Die anschließende Raucherpause hatte er sich redlich verdient, denn als nächstes ging es zu den Kätzchen. Mit denen hatte er aber keine Probleme und zur Belustigung seiner Kollegen, hing er bald voller kleiner Miezen, die an ihm hochkletterten, während er die Ausläufe sauber machte. Von den Gendros hatte sich Mika ferngehalten. Nur ab und zu hatte er in den Raum mit der Glastür geschaut, drauf geachtet, dass sich die Kleinen nicht zerfleischten und dass genug zu fressen da war. Je weniger er sich mit diesen Tieren beschäftigte, desto besser. Er wollte keine persönliche Bindung zu ihnen aufbauen. Das Beste war, er dachte nicht mehr als nötig über sie nach und erledigte schlicht seine Arbeit. So, wie Jakobson es wollte.

Stumm marschierte er auf eine der Personaltüren zu, als ihm Rosenbaum mit einem Wischmopp entgegenkam. Bis jetzt waren sie gut miteinander ausgekommen, auch wenn es jedes Mal, wenn sie sich trafen, zu Missverständnissen kam.

»He, Auclair. Und? Hast du schon eine Zwischenbilanz nach dem ersten Tag?«, fragte er grinsend. Mika hob eine Braue.

»Es ist genauso, wie ich es mir gedacht hab.«

»Also bleibst du dabei? Trotz Gendros?«

»Hängt von Jakobson ab.«

»Ich glaub, der ist soweit zufrieden. Du musst dir keine Sorgen machen.« Zwinkernd deutete Rosenbaum auf die Tür hinter sich, wo Jakobsons Büro lag. Hatte sein Kollege etwas aufgeschnappt oder wie kam er darauf?

Allerdings nahm Mika die Neuigkeit mit gemischten Gefühlen auf. Einerseits freute er sich. Natürlich wäre es gut, wenn er den Job behielt. Andererseits entsprach der Laden nicht ganz seinen Vorstellungen. Bleiben würde er trotzdem, auch wenn ihm die Sache mit den Gendros missfiel.

»Übrigens kannst du bald mit dem Aufräumen anfangen. Schauen, ob die Käfige in Ordnung sind oder gewischt werden muss und so weiter«, holte ihn Rosenbaum aus seinen Gedanken und wedelte provokant mit dem Wischmopp vor seiner Nase herum.

»Erstmal bring ich den Kram hier nach hinten.« Knapp deutete Mika auf den Wagen mit leeren Kartons, den er vor sich herschob.

»Geht klar. Wischzeug ist übrigens in der Kammer hinten im Personalbereich. Da kannst du-...«

»Ich will sofort den Geschäftsführer sprechen!«

Erschrocken zuckte Mika zusammen und fuhr alarmiert herum. Zur Hölle, was war denn jetzt los?

Ein ohrenbetäubender Krach hallte durch den Laden und augenblicklich schlug die Stimmung um. Mika konnte es hören, es beinahe fühlen. Die Tiere wurden unruhig, erhoben ihre Stimmen, begannen zu kreischen. Die Luft knisterte und ein Schauer jagte über seinen Rücken. Ein ungutes Gefühl überkam ihn und er verengte die Augen.

22

»Das klingt gar nicht gut«, hörte er Benjamin neben sich und warf seinem Kollegen einen Blick zu. Auch er wirkte angespannt.

»Was ist los?«, fragte er dunkel, worauf Rosenbaum mit den Schultern zuckte.

»Keine Ahnung, aber ich werd's herausfinden.« Er lehnte den Mopp gegen ein Regal und verschwand um die Ecke. Mika zögerte, biss sich auf die Lippe. Was auch immer da los war, es war definitiv eine Männerstimme, die diesen Krach verursachte. Eine tiefe, unangenehme Stimme, bei der seine Alarmglocken klingelten und seine Instinkte ihn anschrien, sich von ihr fernzuhalten. Aber die Neugier war stärker, also parkte er seinen Wagen in einem der Gänge und folgte Rosenbaum zum Haupteingang des Geschäfts – und was er sah, verschlug ihm die Sprache.

Jakobson stand an einer der Kassen und stritt mit einem Kunden. Der andere Mann war außer sich vor Zorn, ließ Jakobson nicht einmal zu Wort kommen. Er war groß, gekleidet in eine protzige schwarze Lederjacke. Er machte einen üblen Eindruck, zog alle Aufmerksamkeit auf sich und ganz gleich, was sein Chef auch versuchte, er kam nicht dazu, ihn zu unterbrechen oder die Situation zu entschärfen.

»Das ist eine Frechheit!«, rief der fremde Mann lautstark, gestikulierte wild mit seinen Händen herum. »Ich hab ein Vermögen ausgegeben! Und wofür? Dass man mir schlampige Ware unterjubelt! Ich will sofort mein Geld zurück! Und zwar die gesamte Summe!«

»Bitte, beruhigen Sie sich. Ich bin mir sicher, wir werden eine angemessene Lösung finden und ...«

»Und ob es eine angemessene Lösung gibt! Sie geben mir mein Geld wieder und zwar sofort! Sie können froh sein, dass ich nicht Anzeige erstatte! Womit Sie hier handeln, ist illegaler Schrott! Die Sicherheit Ihrer Kunden ist Ihnen wohl völlig egal! Geschweige denn, dass man Sie als seriöses Unternehmen ansehen kann, wenn Sie Ihre Kunden derart über den Tisch ziehen!«

Langsam wurde Jakobson nervös, zog die Brauen zusammen. Immer wieder schielte er sich über die Schulter, denn das Publikum des Schauspiels wuchs langsam an. Mika hatte keinen Schimmer, worum es eigentlich ging, allerdings waren die Anschuldigungen, die dieser Typ vorbrachte, nicht ohne.

»Was hat der denn für Probleme?«, raunte er und verschränkte die Arme. Irgendetwas musste dem Kerl gewaltig die Laune verdorben haben, dass er so einen Aufstand veranstaltete.

»Oh nein, nicht schon wieder«, kam es plötzlich von der Seite und Mika drehte den Kopf.

Neben ihm stand Rosenbaum, der ebenfalls der Auseinandersetzung zuhörte. Allerdings wirkte sein Kollege erstaunlich ernst. Nicht schon wieder?

»Wovon redest du?«

»Ich hab's mir fast gedacht«, murmelte Rosenbaum nur, sprach noch immer in Rätseln. Mit einem Kopfnicken deutete er auf den schimpfenden Kunden. Fragend folgte Mika seinem Blick, nahm den anderen Mann genauer in Augenschein – und da entdeckte er es.

Es war gut versteckt, von Mikas Position heraus nicht sofort zu erkennen und doch auffällig genug.

Erstaunt weitete er die Augen und eine Gänsehaut fuhr seinen Rücken hinab. Zum Teufel …! Wie um alles in der Welt hatte er DAS übersehen können?

»Sieht ganz so aus, als wäre Black Beauty wieder zurück …«

Kapitel 3

Black Beauty

Es war Gift. Pures, grünes Gift, das ihm entgegengeworfen wurde. Voller Verachtung, voller Hass ... voller Angst. Mika stockte der Atem und für einen Moment konnte er sich nicht bewegen, war wie gelähmt. Es war das erste Mal, dass er solche Augen sah. Riesige grüne Mandelaugen, mitten in einem schmalen Gesichts, umrahmt von schwarzweiß gesträhnten Haaren. Er wollte seinen Blick abwenden, doch er konnte nicht. Es war kein menschliches Gesicht, in das er sah. Es war ein Engendro, kein Zweifel. Doch nie zuvor hatte er so ein Wesen gesehen. Es war weder Hund, noch Katze, noch gehörte es irgendeiner Gendroart an, die er je gesehen hatte. Was es auch war, sein Anblick fesselte ihn – und weckte gleichzeitig sein Mitleid.

Das arme Geschöpf war völlig deformiert. Ein Buckel ragte unter den schlichten Kleidern hervor, die es trug und sein Gesicht war verschandelt worden. Seine Hände waren hinter den Rücken gebunden, eng verschnürt mit Kabelbindern und um den Hals trug es ein breites Halsband. Es war an die Leine gelegt worden und der wütende Kunde zog an dem Leder, ohne Rücksicht auf Verluste.

»Ich behalte dieses Ding nicht eine Sekunde länger! Ich will mein Geld zurück!«, schrie er immer wieder und Mika verengte die Augen.

Ein Kloß bildete sich in seinem Hals, als er sah, wie der Kerl an der Leine zerrte, das Geschöpf zum Taumeln brachte und ihm die Luft abschnürte. Es versetzte ihm einen tiefen Stich und er ballte die Fäuste, blähte die Nasenflügel. Was zur Hölle nahm sich dieser Mistkerl heraus? Drohend machte er einen Schritt vor, kam aber nicht weit. Benjamin hielt ihn zurück und schüttelte den Kopf.

»Nicht. Lass Jakobson das machen«, murmelte sein Kollege, allerdings bezweifelte Mika gewaltig, dass ihr Chef das regeln würde. Der stand nur da und druckste herum.

»Es tut mir leid, Tiere sind vom Umtausch ausgeschlossen«, versuchte er den anderen Mann zu beschwichtigen, doch es brachte nichts.

»Wer hat was von Umtausch gesagt? Denken Sie ernsthaft, ich nehm' irgendein anderes Vieh aus Ihrem Laden? Vergessen Sie es! Diese Missgeburt hat mir von Anfang an nur Ärger gemacht! Sie haben gesagt, es wäre umgänglich! Eine Seltenheit! Über den Tisch gezogen haben Sie mich. Es mir unter falschen Vorsätzen untergejubelt! Und jetzt weigern Sie sich, es zurückzunehmen? Kommt nicht in Frage!« Ein heftiger Ruck an der Leine riss das Geschöpf nach vorne und es verlor das Gleichgewicht, knallte seitlich gegen die Kasse und keuchte auf. Doch sein Besitzer scherte sich einen Dreck darum. Er packte das Wesen an den Haaren und zerrte es wieder auf die Beine, streckte es Jakobson entgegen.

Mikas Herz begann zu rasen. Wieso zur Hölle ließ sein Chef das zu? Wieso stand er nur da und glotzte den Kerl an? Wieso unternahm er nichts?

»Sie werden es zurücknehmen und zwar auf der Stelle! Oder Sie werden es bereuen!« Bei jedem einzelnen Wort schüttelte der Kerl den Kopf des Wesens, das die Augen zukniff und knurrte. So tief und laut, dass sogar Mika es hören konnte. Ruckartig ließ sein Besitzer es los, sah es angewidert an.

»Halt dein Maul!«

Es geschah schnell. Viel zu schnell. Der Kerl holte aus und schlug zu. Hart und fest. Ein widerliches Klatschen ertönte und Mika brannten die Sicherungen durch.

»He! Was soll das?«

Ehe er wusste was er tat, trat er vor, war binnen Sekunden bei dem Kerl und packte seinen Arm, stieß ihn von dem Wesen weg.

»Lassen Sie es in Ruhe!«

»Was mischen Sie sich denn da ein? Das geht Sie einen feuchten Dreck an!«

»Und ob es mich was angeht! Nur, weil Sie es nicht richtig erzogen haben, haben Sie nicht das Recht, einfach drauflos zu prügeln!«

»Erzogen? Ha, niemand könnte dieses Biest erziehen. Das versuch ich schon seit Wochen! Wissen Sie überhaupt, zu was es fähig ist? Das Monster hat mich angegriffen! Einfach so! Mich gebissen!«

Abschätzend glitt Mikas Blick über den anderen Mann und er schnaubte.

»Wenn ich mir das so ansehe, hatte es einen guten Grund dazu.«

»Wie bitte? Das ist ja wohl ...!«

»Auclair.« Jakobson kam um die Kasse herum gelaufen, ergriff mahnend seine Schulter. »Halt dich zurück!«

Zurückhalten? Sein Chef war ein Feigling.

»Sicher nicht«, raunte Mika abwertend und entwand sich aus dem Griff seines Vorgesetzten. »Ich bin hier, um mich um die Tiere zu kümmern. Und wenn jemand ein Tier misshandelt, werde ich nicht daneben stehen und zusehen.«

Für einen Moment glaubte Mika, Jakobson würde platzen. Die Empörung und Fassungslosigkeit in seinem Blick sprachen für sich und innerlich fluchte er. Tja, das war's dann wohl mit dem Job. Aber wenn sein Chef vor diesem Mistkerl buckelte, konnte Mika getrost darauf verzichten, für ihn zu arbeiten. Ob Kunde oder nicht, vor so einem Widerling würde er garantiert nicht im Staub kriechen. Es gab Dinge, die duldete er nicht und so eine Show gehörte dazu, ganz egal, was sein Chef oder sonst wer sagte.

»Sie lassen sich von Ihren Angestellten auf der Nase rumtanzen?«, meinte der andere Mann darauf und lachte spöttisch. »Sie sollten Ihre Leute besser im Griff haben, sonst werden Sie bald großen Ärger bekommen, das kann ich Ihnen sagen!«

Die Provokation war eindeutig, doch Jakobson ging nicht darauf ein. Eine ganze Zeit starrte er Mika eindringlich an, drohte jeden Moment auszubrechen wie ein Vulkan, doch dann, ganz plötzlich, drehte sich Jakobson um und wandte sich dem Kunden zu.

»Überlassen Sie es mir, wie ich mit meinen Angestellten umgehe«, meinte er, atmete geräuschvoll durch und fuhr sich über die Stirn. »Beenden wir diesen Streit, ja? Sie wollen ihn also zurückgeben? Gut. Einverstanden. Ausnahmsweise. Bitte Kommen Sie mit nach hinten, dort können wir alles in Ruhe besprechen.«

»Geht doch. Warum nicht gleich so?« Schnaubend rückte der Mann seine Kleider zurecht und richtete seine Frisur, grinste Mika triumphierend an.

Wütend mahlte er mit den Kiefern. Zu gern würde er dem Kerl Eine verpassen! Verdient hatte er es, aber er sollte sein Glück lieber nicht zu sehr ausreizen.

»Auclair, du bringst den Gendro nach hinten und kümmerst dich um ihn. Ben, hilf ihm dabei. Und seid vorsichtig!« Jakobson nahm dem Mann die Leine ab und drückte sie Mika in die Hand, warf ihm noch einen letzten vielsagenden Blick zu, ehe er den Kunden in sein Büro führte.

Wie angewurzelt blieb Mika stehen und starrte auf die Leine in seiner Hand.

Das … war schnell gegangen. Wieso hatte Jakobson auf einmal nachgegeben? Damit hatte Mika nicht gerechnet. Vielmehr hatte er geglaubt, sein Vorgesetzter würde explodieren, ihn feuern und vor die Tür setzen. Aber auch das war nicht passiert. Ein Wunder war geschehen.

»Nicht schlecht. Das war haarscharf«, murmelte Benjamin, der zu ihm getreten war, während sich die anderen Zuschauer und Kunden langsam verzogen. »Normalerweise lässt sich Jakobson so was nicht gefallen. Aber na ja, vor

Publikum kann er nicht ausfallend werden oder dich feuern.«

Vermutlich lag Ben damit gar nicht mal so falsch, aber noch war nicht aller Tage Abend. Seufzend schüttelte Mika den Kopf und ließ die Schultern hängen. Das war ja mal wieder typisch. Beinahe bereute er, sich eingemischt zu haben, andererseits würde er es wieder tun. Er verabscheute Gewalt gegenüber Schwächeren und was den Job anging, hätte er es wissen müssen. Irgendetwas ging immer schief – und wer war der Ursprung allen Übels? Ein verdammter Gendro.

Oh, der Gendro!

Kurz sah Mika auf die Leine in seiner Hand, dann drehte er sich langsam um. Er stand noch da. Der Gendro. Hatte sich in eine Ecke zwischen den Kassen gepresst und spähte lauernd zu ihm hinüber. Der Schlag hatte ihn übel zugerichtet und zu den anderen Verletzungen war eine aufgeplatzte Lippe hinzugekommen.

Mika neigte den Kopf, betrachtete ihn von Kopf bis Fuß. Da waren Male in seinem weißen Gesicht. Schwarze Male, geschwungenen Mustern gleich, die direkt über und unter seinen Augen saßen. Dazu dieses stechende Grün seiner Augen. Eine heftige Gänsehaut schüttelte Mika durch, aber er fasste sich. Er hatte das angezettelt, also würde er die Suppe auch auslöffeln. Vorsichtig festigte er seinen Griff um die Leine, machte einen Schritt vor. Sachte zog er an dem Lederband, bis die Leine gespannt war, dann versuchte er das Wesen aus seinem Versteck zu ziehen.

Der erste Versuch ging nach hinten los und ein warnendes Knurren ertönte. Aber auch wenn Mika den Wink mit dem Zaunpfahl verstanden hatte, konnte er den Gendro schlecht in der Ecke sitzen lassen.

»Ganz ruhig. Ich tue dir nichts«, meinte er leise, überlegte, was er tun sollte. Manche Tierarten mochten es nicht, wenn man ihnen direkt in die Augen sah. Sollte er wegschauen, um dem Geschöpf zu zeigen, dass er nichts Böses wollte? Oder war es andersherum besser?

»Mach dir keine Mühe, das Vieh ist immer so drauf. Er wird sich wohl nie ändern.«

Erstaunt sah sich Mika um. Mit verschränkten Armen stand Benjamin hinter ihm und warf dem Gendro einen skeptischen Blick zu. »Du kennst *ihn*?«

»Ja, er ist hier Stammgast, könnte man sagen.« Damit nahm Benjamin ihm ungefragt die Leine aus der Hand und ehe sich Mika versah, hatte Ben den Gendro mit einem Ruck aus seinem Versteck gezogen. »Er macht es einem gerne schwer. Komm, bringen wir ihn nach hinten, dann erzähl ich dir alles.«

Nur unter Mühen schafften es Mika und Ben, ihren Neuzugang in den Raum mit der Glastür zu bugsieren. Was Rosenbaum erzählt hatte, stellte sich als wahr heraus. Dieser Gendro war wirklich eine Klasse für sich. Er war wesentlich stärker als die kleineren Exemplare seiner Art, was es umso schwieriger machte, mit ihm fertig zu werden. Er wehrte sich eisern gegen Benjamins harten Griff, der ihn hinter sich her zog, als wäre er ein sturer Packesel. Mika gefiel das gar nicht. Ben schien nicht zu bemerken, wie verängstigt der Gendro war, wie sehr er gegen die Leine ankämpfte.

»Beweg dich endlich, wir haben nicht ewig Zeit«, murrte Ben, als das Wesen auf den letzten Metern angehalten hatte und seine klauenartigen Füße fest in den Boden rammte. Sein Kollege hatte offensichtlich keine Ahnung von Tieren und auch wenn er diesen Gendro kannte, machte er so ziemlich alles falsch, was man falsch machen konnte.

Als er drauf und dran war, genauso an dem armen Geschöpf zu zerren, wie es sein ehemaliger Besitzer gemacht hatte, schritt Mika ein.

»So wird das nichts«, brummte er und gab Ben einen leichten Stoß gegen die Schulter. Der runzelte unzufrieden die Stirn, gab jedoch nach. Die Leine wechselte erneut die Hand und nun war Mika am Zug, lockerte seinen Griff auf der Stelle. Er hatte nicht vor, das aufgebrachte Wesen noch mehr zu verschrecken. Denn das war es. Unter dem bösen, viel zu menschlichen Blick war es das ...

»Öffne die Tür und mach den Stopper davor«, meinte er zu seinem Kollegen, der sofort tat, wie ihm geheißen.

Rückwärts ging Mika vor dem Gendro her, versuchte ihn so in den Raum zu locken. Seinem Blick auszuweichen hatte nichts gebracht, also hielt er dem grünen Gift stand.

»Na komm. Keiner wird dir was tun«, flüsterte er beruhigend, setzte auf gutes Zureden. Ihm war klar, dass der Gendro ihn nicht verstand, aber eine ruhige Stimme konnte schon viel ausmachen. Zudem hieß es, dass diese Wesen ziemlich clever waren. Vielleicht hatte Mika Glück und er verstand einzelne Wörter und Befehle, so wie die Tiere in seinem Park. »Du willst dieses Halsband loswerden, nicht wahr? Und diese Handfesseln auch. Komm her, dann mach ich sie dir ab.«

Die Antwort war ein Zischen und spitze, weiße Fänge blitzten auf. Ein klares Nein, das stand fest. Aber wer ließ sich schon beim ersten Date rumkriegen? Also versuchte Mika eine andere Taktik. Er ließ die Leine ganz fallen und ging die letzten Schritte alleine in den Raum. Dort angekommen, machte er einen Satz zur Seite und griff nach einem Beutel, der auf einem kleinen Tisch neben der Tür lag. Einladend hielt er den Beutel hoch, griff hinein und holte einen Apfel hervor. Die kleinen Gendros in den Plastikkäfigen neben ihm begannen sofort aufgeregt zu fiepsen, aber er ließ sich nicht ablenken.

»Na? Hungrig? Den kannst du haben, du musst nur herkommen.«

Der Fisch war an der Angel! Der finstere Ausdruck bröckelte und die ungewöhnlichen Augen zuckten. Unauffällig reckte das Wesen den Hals, schnupperte einmal, ehe es doch wieder zurückwich und sich umschaute.

Ha, der Plan funktionierte! Genau so, wie Mika es sich gedacht hatte. Böse Blicke hin oder her, der ganze Stress zermürbte den Gendro. Er wirkte müde und musste Schmerzen haben, so verschnürt wie er war und jeder wusste, dass Gendros Vegetarier waren. Also hatte Mika etwas sehr Verlockendes. Zudem, und das war der andere Punkt, war das Wesen da draußen auf dem Gang ganz alleine. Der Laden hatte mittlerweile geschlossen, die Kunden waren alle fort. Nur noch vereinzelte Mitarbeiter waren im Geschäft. Es war auf sich gestellt und gefesselt. Unsicherheit würde es früher oder später von alleine zu ihm treiben und dieser Plan ging auf.

Nach ein paar Minuten setzte sich das Wesen ganz langsam in Bewegung. Kam Schritt für Schritt auf ihn zu. Ermutigend nickte Mika, brach den Blickkontakt nicht ab.

»So ist es gut. Alles ist in Ordnung.«

Wenn er es nicht besser wüsste, würde Mika schwören, Misstrauen in den grünen Augen zu sehen, dennoch kam das Wesen näher. Bis es schließlich vor ihm stand. Erleichtert atmete er durch und gab Benjamin ein Zeichen, dass er die Glastür schließen sollte. Doch der Dummkopf trampelte dabei herum, wie ein Elefant im Porzellanladen.

»Na endlich, das hat ja Ewigkeiten gedauert!«, rief er unbedacht und warf die Tür krachend ins Schloss.

Sofort fuhr das Wesen herum, knurrte alarmiert auf. Ein spitzes Paar Ohren schoss zwischen dem schwarzweißen Haar hervor, zuckte wie wild und jeder Muskel im Körper des Gendros versteifte sich. Seine Augen huschten zwischen Mika und Rosenbaum hin und her, er duckte sich tief und versuchte sich so zu platzieren, dass er beide im Blick hatte. Scharfe Zähne wurden ihnen gezeigt und das Knurren wurde immer lauter. Nicht gut. Gar nicht gut! Der Gendro saß in der Falle und sie waren mit ihm eingesperrt. Rosenbaum war ein verdammter Trottel!

»Sei gefälligst leise!«, gebot Mika streng und schüttelte den Kopf. Wehe, der Kerl versaute ihm jetzt die Tour. Sie hatten ihn doch fast!

Eine Entschuldigung murmelnd manövrierte sich Benjamin an Mika und ihrem Neuzugang vorbei und eilte zum anderen Ende des Raumes.

»Die letzte Box gehört ihm, es ist die größte, die wir haben«, erklärte er und öffnete eine der Plastikglastüren. »Nimm ihm das Halsband ab. Und die Klamotten. Jakobson sagt, Kleidung vermenschlicht sie nur unnötig. Das beeinflusst die Kunden.«

Ihm Halsband und Kleider abnehmen? Großartige Idee. Mika bezweifelte, dass er sich das so einfach gefallen lassen würde. Aber gut, was sein musste, musste sein. Langsam legte er den Apfel auf den Tisch zurück, ehe er sich dem Wesen vorsichtig näherte.

Bedächtig machte er einen Schritt vor, aber der Gendro wich sofort zurück und ging in eine defensive Position, worauf Mika beschwichtigend die Hände hob.

»Ganz ruhig, dir passiert nichts. Ich will nur die Fesseln abnehmen. Also ruhig bleiben.«

Ob das Wesen ihn verstand, konnte Mika nicht sagen, aber es war alles andere als begeistert. Tja, da waren sie schon zu zweit. Schritt für Schritt näherte er sich dem Gendro, ging ganz langsam um ihn herum, wurde bei jeder einzelnen Bewegung genau beobachtet.

»Schön stillhalten, dann geht das ganz schnell.« Zumindest hoffte er das, denn es galt das Halsband loszuwerden. Vorsichtig schob er die langen Haarsträhnen des Wesens zur Seite, suchte nach der Schnalle, aber kaum da er ihn berührte, zuckte der Gendro zurück. Ruckartig fuhr sein Kopf herum und Mika wurde entsetzt angestarrt. Zwar kam kein Knurren, doch wenn Blicke töten könnten, läge er jetzt geviertteilt im Graben.

»Locker bleiben, ganz locker. Ich will dir nur das Halsband abnehmen. Mehr nicht, verstanden?«

Vielsagend hielt er dem Gendro seine Hände hin, zeigte ihm, dass da nichts Böses war, dann startete er einen neuen Versuch, griff wieder nach dem Halsband - im selben Moment wollte er umdrehen, zu dem Mistkerl von Kunden marschieren und ihm den Hals umdrehen! Das Halsband lag viel zu eng an, schnitt in die Haut und musste jeden Atemzug schmerzhaft machen.

»So ein Idiot!«, fluchend schüttelte Mika den Kopf, versuchte sich zu konzentrieren. Er durfte jetzt nicht aus der Haut fahren, sonst endete das in einer Katastrophe. Zu seiner Verwunderung hielt der Gendro tatsächlich still und ließ sich das dunkle Lederband abnehmen. Sehr gut, das hätten sie schon mal. Nun ging es an die Handfesseln. Sachte ergriff er die Hände des Wesens und stockte. Sie waren pechschwarz und hatten lange Klauen. Schande, mit den Dingern wollte er keine nähere Bekanntschaft machen, andererseits ließ der Anblick sein Herz schwer werden. Die Kabelbinder schnitten ins Fleisch und die Gelenke waren blutig gescheuert. Armes Ding. Wenigstens spielte der Gendro mit und nach einer lockeren Bewegung war es getan. Augenblicklich wich Mika zurück, denn das Wesen fuhr herum, zog die Hände an den Leib und fixierte ihn, als wollte er ihn jeden Moment ausweiden. Doch nichts passierte.

Stumm standen sie da und starrten einander an. Der vorwurfsvolle Blick weckte Mikas schlechtes Gewissen, aber er gab sich Mühe, um dem Gendro zu zeigen, dass alles in Ordnung war. Tief atmete er durch und brachte ein schiefes Grinsen zustande.

»Siehst du? Ich hab doch gesagt, es passiert nichts Schlimmes.« Fertig waren sie aber noch nicht. »Jetzt haben wir es fast, fehlen nur noch die Klamotten.«

Sie begannen einen seltsamen Tanz und bei jedem Schritt, den Mika vor machte, machte der Gendro einen zurück. Erst als sie am Ende des Raumes ankamen, endete das Spiel.

Das Wesen versteifte, als Mika zögerlich nach dem Stoff griff, starrte ihn jedoch weiter direkt an. Mika fühlte sich unter diesen anklagenden Blicken alles andere als wohl und beeilte sich mit der Prozedur. Die Körpersprache des Gendros war eindeutig und Mika wollte nicht als Hackfleisch enden. Erstaunlicherweise blieb der Gendro auch dieses Mal ruhig und als seine Kleider zu Boden glitten, stockte Mika der Atem.

Verdammt, erst jetzt begriff er und ihm stockte der Atem. Das, was er für eine Deformierung gehalten hatte, für einen krummen Rücken, waren Flügel! Nur waren sie zusammengequetscht und durch ein seltsames Geschirr an den Rücken des Gendros gepinnt. Fassungslosigkeit überrannte Mika. Unglaublich. Einfach unglaublich! Wie konnte man ein so schönes Geschöpf in solche Fesseln zwingen? Denn schön war er, das musste Mika zugeben. Der cremeweiße Körper war über und über mit schwarzen Musterungen übersät, mit Streifen und Punkten. Dazu die dunklen Hände und dreigelenkigen Hinterbeine … Noch niemals hatte er einen Gendro wie ihn gesehen und bei seinem Anblick gab es nur ein Wort, das ihm in den Sinn kam: Teufel. Er sah aus wie eine dieser typischen Teufelszeichnungen. Unheimlich und faszinierend zugleich. Und schön. Wirklich hübsch. Kurz wanderte Mikas Blick über den ausgemergelten, dürren Körper, dann grinste er knapp.

»Sieht definitiv nach einem Männchen aus.«

Die Antwort war ein eisiger Blick. Besser, Mika brachte das endlich zu Ende. Zwei einfache Handgriffe genügten und die Schnallen des Geschirrs öffneten sich. Das Gefängnis aus Riemen und Gurten fiel zu Boden und die Flügel des Wesens waren befreit – was er eine Sekunde darauf bereute.

Der ganze Raum verdunkelte sich, als die pechschwarzen Flügel ausbrachen, sich über sie stülpten wie eine Gewitterfront. Sie waren riesig! Entsetzt wich Mika zurück, hatte damit nicht gerechnet. Im nächsten Moment riss der Gendro den Mund auf und Mika zuckte wie gestochen zurück, verkrampfte. Ein ohrenbetäubender Schrei hallte durch den Raum. Sofort presste er sich die Hände auf die Ohren und kniff die Augen zusammen. Dieser Schrei war grauenhaft! So etwas hatte er noch nie gehört! Es war irrsinnig laut, klang wie ein rostiges Morsegerät.

»Scheiße, was ist das?«, fluchte Benjamin, verzog ebenfalls das Gesicht. »Er droht uns!«

Wie wild schlug der Gendro mit seinen Flügeln, spreizte die großen Gliedmaßen und hob immer wieder vom Boden ab. Doch der Raum war zu klein, seine Flügel prallten gegen die Wände, verursachten einen Mordslärm und sorgten für viel Wind. Doch mehr war das nicht. Viel Wind um Nichts. Der Gendro plusterte sich auf, aber ein Angriff war das nicht. Was Rosenbaum jedoch komplett missverstand.

»Pass bloß auf! Das Vieh ist verdammt aggressiv!«, warnte er, griff nach dem Halsband, aber Mika hielt ihn zurück.

»Er ist nicht aggressiv, er hat Angst.« Wenn Mika nur wüsste, was ihn so aufregte. Es musste an seinem Vorbesitzer liegen, daran, dass er handgreiflich geworden war. Vermutlich glaubte der Gendro, sie würden ihn auch so behandeln. Er musste ihm zeigen, dass ihm kein Leid geschehen würde. Langsam entfernte sich Mika von dem Geschöpf, beschloss ihm Freiraum zu geben, worauf das Geschrei aufhörte und der Gendro am Boden blieb. Lauernd starrte er zu ihm hinüber, spreizte seine Schwingen, peitschte mit seinem langen, dünnen Schweif auf den Boden: *'Haltet euch fern!'* Mika verstand, oh ja und wie er verstand. Er wusste nur zu gut, wie es war, wenn man sich in die Ecke gedrängt fühlte und fieberhaft dachte er nach. Wenn er wollte, dass dieser Gendro ihm vertraute, sollte er vielleicht - Ein kreischendes Schnappen ertönte.

Benjamin hatte sich eingemischt und gehandelt, bevor Mika etwas tun konnte. Vor ihm gefror der Gendro zu einer Eissäule. Eine silberne Fangstange lag plötzlich um seinen Hals, hatte ihn fest im Griff – und Benjamin stand am anderen Ende. Augenblicklich ging das Geschrei wieder los sowie das wilde Flügelschlagen. Na toll! Das war ja wohl nicht sein Ernst!

»Was machst du denn da?«

»Jetzt haben wir ihn!«

Mika wollte eingreifen, Benjamin das Ding aus der Hand reißen, doch es war zu spät. Mit gezielten Bewegungen dirigierte Ben den Gendro in die Box, drückte ihn dort gegen die hintere Wand. Dann zog er die Fangstange zurück, knallte die Tür zu und schloss die Box ab.

»Ha! Geschafft!«

»Spinnst du eigentlich?« Wütend riss Mika ihm den Metallstab aus den Händen und warf ihn auf den Boden. Am liebsten würde er ihn erwürgen! Eine Fangstange? Eine verdammte Fangstange? War Ben der einzige Mensch, der die Weltsprache nicht verstand oder hatte sich Mika so unverständlich ausgedrückt? Er hatte ihm doch erklärt, dass das so nicht funktionierte!

»Wieso? Hat doch geklappt!«

»Darum geht es nicht! Bist du blind? Hast du nicht gesehen, wie aufgebracht er war? Und da packst du ihn mit so einem Ding und machst es noch schlimmer?« Und obendrein pfuschte er in seine Arbeit rein! Weder beruhigte man so ein Tier noch gewann man so sein Vertrauen. Mika kapierte langsam, wieso Ben nur für den Verkauf und die Waren zuständig war.

Kopfschüttelnd ließ er von ihm ab, drehte ihm den Rücken zu und trat an die Plastikbox, spähte ins Innere. Doch viel erkannte er nicht. Der Gendro hatte sich in die hinterste Ecke des Käfigs zurückgezogen und verschanzte sich dort hinter einer Wand aus Flügeln. Das war ja mal ordentlich nach hinten losgegangen.

»Ich hab dir doch gesagt, reg dich wegen ihm nicht auf. Was du gesehen hast, war keine Angst, sondern einfach nur Trotz und Wut«, murmelte Ben schließlich und machte sich daran, das Chaos aufzuräumen, das der Ausbruch des Gendros verursacht hatte. Dass er mit seiner Diagnose komplett falsch lag, behielt Mika für sich, stattdessen verzog er das Gesicht.

»Ach ja?«

»Ja. Ich sagte doch, ich kenn' ihn schon länger. Er kommt immer wieder hier her. Keiner hält es lange mit ihm aus.«

Das überraschte Mika. Wieder sah er zu dem schwarzen Bündel in der Ecke und verengte die Augen.

»Wieso? Er ist doch ein seltenes Exemplar, oder?«

»Eine Fledermaus oder besser Flughund. Bei Gendros weiß man das nie so genau. Ja, die sind selten. Bevor er hier aufgetaucht ist, wusste niemand, dass es solche wie ihn gibt.«

Ein Flughund also. Nach dem, was Mika bis jetzt gesehen hatte, passte das. Abgefahren, er hatte nicht gewusst, dass es auch Fledermaus-Gendros gab.

»Jemand muss ihn gezüchtet haben.«

»Nein.« Kopfschüttelnd drehte sich Benjamin zu Mika um. »Black Beauty hier war eines Tages bei einem der Würfe dabei. Jakobson hat es mir erzählt. Wir wissen nicht genau, wo er herkommt. Vermutlich war er ein illegaler Fang, der nicht verkauft werden konnte und dann in eine der Lieferungen geschmuggelt wurde. Jakobson sah in ihm die Chance, ganz groß abzusahnen. Hat ihn sogar extra registrieren lassen, damit auch alles seine Richtigkeit hat und das hat auch funktioniert, aber wie gesagt, er ist schwierig und wird immer wieder zurückgebracht.«

»Sollte man nicht zum Tierheim gehen, wenn man mit einem Tier nicht fertig wird, anstelle zu dem Geschäft, wo man es gekauft hat?« Jakobson hatte es vorhin selbst gesagt. Tiere konnten nicht einfach umgetauscht werden, wie ein T-Shirt, das einem nicht passte. So einfach war das nicht. Sein Kollege zuckte darauf mit den Schultern.

»Eigentlich schon, aber es ist immer dasselbe. Geld. Die Leute wollen ihr

Geld zurück. So ein Gendro ist verflucht teuer. Und wenn es mit dem neuen Schmusetier nicht klappt, geben sie dem Laden die Schuld.«

Deswegen also das Gerede von dem Typen, Jakobson hätte ihn über den Tisch gezogen.

»Hat er schon oft den Besitzer gewechselt?«

»Ja, ein paar Mal. Fünf waren es bestimmt schon.«

»Fünf?« Oh Schande, hoffentlich waren die nicht alle so mies drauf gewesen, wie der Kerl von vorhin. Allerdings würde es dieses Verhalten erklären.

Seufzend fuhr sich Mika durch die Haare, sah noch einen Moment zu der Box, dann drehte er sich um.

»Du kannst verschwinden, ich erledige den Rest«, meinte er, erntete aber nur einen verwirrten Blick. »Es muss noch aufgeräumt werden, die Hunde und Katzen müssen nach hinten und er hier muss versorgt werden. Alle anderen sind schon weg. Das ist meine Arbeit, ich bleibe noch.«

»Bist du sicher? Ich kann das auch übernehmen, es ist immerhin dein erster Tag.«

»Schon gut, du kannst ruhig gehen.« Erster Tag hin oder her, Mika wollte seine Arbeit selbst erledigen und er würde den Teufel tun und Ben mit dem Gendro alleine lassen. Wie gut das funktionierte, hatte er ja gerade gesehen. Zudem hatte er es eh lieber, wenn ihm nicht ständig jemand über die Schulter schaute. Benjamin wirkte noch nicht wirklich überzeugt, spähte misstrauisch zu ihrem Neuzugang. Der Bursche war wirklich ein offenes Buch. Es war offensichtlich, dass er Mika wohl nicht alleine lassen wollte.

»Jetzt geh schon, ich krieg' das allein hin.«

»Na gut, wenn du meinst. Wenn was sein sollte, ist Jakobson hinten. Er ist immer der Letzte, der geht. Und wenn er noch mit diesem Kunden verhandelt, braucht er eh länger.« Knapp deutete Ben auf den neuen Gendro. »Und du wirst sicher mit ihm fertig? Ich warne dich, ich mein's ernst. Der lässt niemanden an sich ran.«

»Ja, ja. Keine Panik, wenn ich es nicht hinbekomme, lass ich ihn in Ruhe. Und jetzt geh. Wir sehen uns morgen.«

Es dauerte ein paar Minuten, bis sich sein Kollege endlich überwinden konnte und Richtung Tür marschierte, doch bevor er verschwand, hielt er noch einmal inne und grinste zu ihm rüber.

»Dann bis morgen. Und pass auf, dass er dir nicht die Augen auskratzt, Herr Gendroflüsterer.« Damit verschwand er und Mika verdrehte die Augen. Gendroflüsterer, wohl kaum.

Leere Geschäfte hatten etwas Unheimliches. Es war totenstill, man sah keine Menschenseele und doch könnte hinter dem nächsten Regal ein Monster hervorspringen. So fühlte sich Mika zumindest, nachdem er das Wischzeug wieder verstaut hatte und zurück zu seiner Abteilung lief.

Benjamin hatte Recht gehabt. Außer Jakobson und ihm waren alle anderen Angestellten bereits gegangen und während er sauber gemacht hatte, war sein Chef aufgetaucht und hatte ihm eine Standpauke gehalten. Natürlich wusste Mika, dass er die Kunden nicht so angehen durfte, aber der Mistkerl hatte es nicht anders verdient. Glücklicherweise sah Jakobson das genauso und nur aus dem Grund war er noch mal davongekommen. Wie es schien, hatte er nach all der Zeit endlich wieder Glück, denn Jakobson war zufrieden - was hieß, er durfte offiziell bleiben! Trotz seiner Vorgeschichte und trotz seines Aussetzers. Es hatte geklappt! Richtig glauben konnte er es immer noch nicht, aber er hoffte, dass das der Anfang einer langen Glückssträhne war. Wenigstens konnte sich keiner beschweren, dass er seinen Job nicht ernst nahm.

Die Tiere waren versorgt, die Welpen und Kätzchen waren in den Hinterzimmern und aufgeräumt hatte er auch. Im Grunde war er fertig, könnte nach Hause gehen und seinen Feierabend genießen, feiern, dass er den Tag überlebt hatte. Aber nein, sein dummes Gewissen ließ das nicht zu. Darum war er ein weiteres Mal auf dem Weg zu dem Raum mit der Glastür. Zwar hatte er sich geschworen, sich möglichst von den Gendros fernzuhalten, doch er konnte nicht einfach so tun, als wäre heute nichts passiert. So leise wie möglich betrat er den Raum und lauschte. Es war nichts Verdächtiges zu hören, also ging er an den Boxen vorbei und steuerte den letzten Käfig am Ende des Raumes an, spähte vorsichtig um die Ecke. Es hatte sich nichts verändert. Der Fledermaus-Gendro saß noch immer in seiner Ecke, eingehüllt in seine Flügel und regte sich nicht. Mika zögerte, kaute auf seiner Lippe herum und schielte zurück zur Glastür. Ein Teil von ihm wollte auf der Stelle umdrehen und abmarschieren. Doch der andere Teil war stärker und sagte ihm, dass es seine Pflicht war, hier zu sein. Das war er dem Gendro schuldig. Verflixt, worauf hatte er sich da nur eingelassen?

Tief einatmend hockte er sich vor die Box, öffnete die Tür und schob sie auf. Ein minimaler Ruck ging durch das schwarze Bündel in der Ecke, sonst tat sich nichts. Das würde wohl länger dauern, also setzte sich Mika vor die Box und klopfte einmal sachte gegen die Plastiktür.

»He, ist alles klar da drin?«, fragte er und augenblicklich ertönte das seltsame Morsegeräusch wieder. Sehr viel leiser als vorhin und noch immer unangenehm, aber aushaltbar. Amüsiert schnaubte Mika.

»Versteh schon. Ich bin nicht erwünscht, was? Das kenn' ich, glaub mir. Tja, bringt alles nichts.« Seufzend drehte er sich zur Seite und griff nach den Utensilien, die er mitgebracht hatte.

»Hier, ich hab dir ein paar Sachen mitgebracht«, erklärte er und platzierte zwei Näpfe neben der Käfigtür, füllte den einen mit Wasser und in den anderen legte er ein paar frische Äpfel. »Hier, du hast sicher Hunger, oder?«

Erneut kam nur das drohende Klicken von dem Knäuel aus Flügeln und Mika runzelte die Stirn. Eine Zeit saß er einfach nur da und musterte die Kreatur eindringlich. Diese Flügel, sie waren wirklich riesig. Der Käfig war viel zu klein, niemals würde er sich darin ausstrecken können. Dabei war das die größte Box, die sie hatten und er könnte locker aufrecht in ihr stehen.

Während er so dasaß und auf den Gendro starrte, tat sich plötzlich etwas. Das Klicken verstummte und dann, erst langsam, dann etwas schneller, lichtete sich der Flügelvorhang. Wenn auch nur um wenige Zentimeter. Mikas Kehle schnürte sich zu und ein Schauer jagte über seinen Rücken, wohl wissend, dass nun er es war, der beobachtet wurde. Schnell wandte er den Blick ab, sah kurz auf die Äpfel, dann räusperte er sich.

»Die sind auch für dich.« Schulterzuckend legte er zwei Decken neben die Tür, schob sie so weit in die Box, wie möglich. »Deine Flügel halten dich sicher warm, aber der Boden ist unbequem. Na ja, eigentlich ist hier nichts bequem. Diese dämlichen Boxen sind zu klein. Hätte ich früher gewusst, dass wir einen Neuzugang bekommen, hätte ich dir ein Nest gebaut oder so.« Kopfschüttelnd kratzte sich Mika im Nacken, verzog das Gesicht. Was machte er da eigentlich? Redete mit einem Gendro, als würde der ihn verstehen. Aber na ja, es war ihm schon immer leichter gefallen, mit Tieren zu sprechen, als mit Menschen. Knapp schielte er zu dem Wesen rüber, das ihn noch immer beobachtete. Je länger er das Geschöpf so vor sich sah, eingepfercht in diese Box, zur Schau gestellt, bis der nächste Käufer kam, desto schwerer wurde seine Brust.

Und wenn er ...? Klappen würde es wohl nicht, aber einen Versuch war es wert. Ein weiteres Mal drehte sich Mika um und zögerlich zog er einen Eimer Wasser und einen Waschlappen hervor.

»Ich hab gesehen, was der Mistkerl gemacht hat. Deine Wunden müssen versorgt werden.« Damit stellte er den Eimer in die Box, schob ihn vor und krabbelte ein Stück in den Käfig hinein. Sofort schlangen sich die Flügel wieder fest zusammen und das Morsegeschrei ertönte. Dieses Mal lauter, drohender und Mika kapierte.

»Schon okay! Hab verstanden! Du kannst mit dem Gekreische aufhören.« Schnell kletterte er wieder aus der Box und schloss eilig die Tür. Ein klarer Schuss in den Ofen. Im Moment kam er nicht an den Gendro heran, aber zumindest hatte er es versucht. Heute Abend würde das nichts mehr werden und so ungerne er den Gendro in dem Zustand zurückließ, blieb ihm wohl keine Wahl.

»Dann eben nicht. Sag aber nicht, ich hab's nicht versucht.« Er hob den Eimer wieder hoch, warf dem Gendro noch einen letzten Blick zu, ehe er schließlich aufstand und den Glasraum verließ. Mal sehen, wie es morgen weitergehen würde.

Der rote Mensch war endlich weg. Zusammengekauert harrte der Gendro aus, lauschte angestrengt, bis schließlich auch die letzten Geräusche verstummten. Erschöpft sackte er zusammen und schloss die Augen, atmete durch.

Schon wieder war er zurückgekehrt. Zurück in diesen Alptraum. Zurück an diesen Ort. Aber wenigstens war er den Ledermenschen endlich los. Der bloße Gedanke an ihn ließ ihn erschaudern und er biss die Zähne aufeinander. Fluch über diesen Menschen! Sollte er ersticken und tot umfallen! Ein heftiges Zittern ergriff von seinem Körper Besitz und er kniff die Augen zusammen, versuchte gegen die Angst anzukämpfen, die in ihm wucherte wie eine Schlingpflanze. Noch immer klopfte sein Herz wie wild und ihm war unendlich heiß. Alles war so schnell gegangen. Die letzten Monde waren ein einziges Durcheinander gewesen. Ein Ort nach dem anderen. Viele Gesichter, viele Fremde. Schmerzen. Und jetzt war er zurück ... Aber er hatte geahnt, dass es passieren würde, wenn auch nicht auf diese Art. Menschen waren widerlich. So widerlich! Wieso nur schlotterte er trotzdem in ihrer Gegenwart wie ein feiges Jungtier?

Gedankenverloren tastete er nach seinem Hals, schluckte. Das enge Band war fort. Genau wie die Dinger, die seine Flügel zusammengedrückt und seine Hände aufgeschnitten hatten.

Er sollte froh sein, dass er diese Folterinstrumente endlich los war.

Er sollte froh sein, aus dem Gefängnis entkommen zu sein, in dem er so lange gesteckt hatte.

Er sollte froh sein.

Froh ...

Was würde jetzt mit ihm passieren? Er hatte etwas Verbotenes getan. Schon wieder. Bis jetzt war er immer davongekommen, doch was, wenn sie ihm dieses Mal nicht vergeben würden? Was würden sie mit ihm machen? Behielten sie ihn hier? Gaben sie ihn an einen neuen Menschen? Würde etwas noch Schlimmeres geschehen? Würden sie ihn bestrafen? Ihn einsperren? Was erzählte der Ledermensch dem Ladenmenschen? Spielte es überhaupt eine Rolle?

Bedächtig öffnete er seine Flügel und spähte in den Raum. Es war dunkel. Die einzigen Lichtquellen waren lange schmale Röhren an der Decke, die ein blasses blaues Licht ausstrahlten. Die Menschen waren alle fort, ein paar

Boxen weiter schliefen einige Jungtiere und hinter der großen Glastür hörte er andere Tiere. Es roch nach Heu und Stroh, nach feuchten Wänden und Staub, vermischt mit dem Gestank der Menschen. Es hatte sich nichts verändert, seit er das letzte Mal hier gewesen war. Doch wie lange würde er bleiben? Wie lange würde es dauern, bis sie ihn in die nächste Hölle schickten? Seine Brust zog sich zusammen in Gedanken an das, was ihm bevorstand und ein finsterer Schatten legte sich über sein Herz. Was auch immer geschehen würde, er hatte genug. Genug von den Demütigungen. Genug von den Menschen. Er wollte sich nicht länger unterwerfen lassen. Er wollte nicht länger ihr Spielzeug sein. Nie wieder.

Kapitel 4

Mikhael

DIE Glückssträhne war vorbei, eindeutig und unbestreitbar! Kaum hatte sie angefangen, war sie auch schon wieder weg. Mika wusste, dass das Schicksal ihn nicht leiden konnte, aber wer auch immer da oben hockte und das Wetter kontrollierte, hasste ihn noch mehr! Dabei hatte er sich heute so gut geschlagen und das war der Lohn dafür?

Keuchend hetzte er über den Parkplatz zu dem alten Gebäude auf der anderen Straßenseite und flüchtete sich ins Innere, knallte die Tür hinter sich zu. Scheiße, er war nass bis auf die Knochen! Seine Hose klebte an den unmöglichsten Stellen, seine Jacke und sein Hemd ebenfalls, von seinen aufgeweichten Socken ganz zu schweigen. Ekelhaft! Der Regenschauer hatte ihn auf seinem Heimweg überrascht und war nicht abgeklungen. Nachdem er fünfzehn Minuten in seinem Auto ausgeharrt und gehofft hatte, es würde endlich aufhören, hatte er schließlich in den sauren Apfel gebissen und war durch den Regen zu seiner neuen Wohnung gesprintet. Bibbernd schüttelte er sich und fuhr sich durchs Gesicht, verzog angewidert den Mund. Gott, wie er Regen hasste! Mit steifen Bewegungen steuerte er den Fahrstuhl am anderen Ende des Eingangsbereichs an und quälte den Fahrstuhlknopf mit voller Kraft. Auf Treppensteigen hatte er keine Lust. Wenigstens ließ der Aufzug nicht zu lange auf sich warten und kaum da er unten angekommen war, zog Mika die klapprige Gittertür zur Seite und trat ein. Wehe, irgendjemand kam auf die Idee, in der Zwischenzeit ein- oder aussteigen zu wollen. Mika wollte so schnell es ging aus diesen Klamotten raus und hatte keine Lust auf irgendein blödes Gespräch unter Nachbarn. Besonders nicht mit den Mietern aus dem vierten Stock. Seit Mika hier wohnte, stritten sich diese unsympathischen Leute und hielten das ganze Haus auf Trab. Aber er hatte Glück. Die übrigen Bewohner des alten Fabrikgebäudes erwiesen sich als klug und niemand störte ihn auf seinem Weg nach oben. Das war schon mal ein Anfang. Nach fünf Stockwerken hielt der Fahrstuhl. Er zog die Gittertür auf und trat zu der unmittelbar dahinter liegenden Wohnungstür. Na endlich, er hatte schon geglaubt, er würde nie ankommen. Mürrisch hob er seine Hand und drückte den Daumen auf das kleine Bedienfeld neben dem Türrahmen. Mit einem Klicken öffnete sich das Schloss und er betrat den Raum dahinter.

Mikhaels neue Wohnung war ein kleines Loft in einem alten Fabrikgebäude. Er hatte es seinen beiden besten Freunden zu verdanken, dass er die Wohnung günstig bekommen hatte und sie war perfekt. Sie hatte ein weites offenes Wohnzimmer mit Wohnküche, zwei abgesonderte Schlafzimmer und ein Badezimmer. Eine zusätzliche Stahltreppe führte nach oben auf eine üppige Dachterrasse. So viel Platz für sich alleine hatte er noch nie gehabt und der Anblick ließ seine schlechte Laune verfliegen. In der Innenstadt gab es kaum noch Gebäude wie dieses, alles war modernisiert worden. Überall schraubten sich Hightech-Glastürme in den Himmel und die riesigen Werbeanzeigen und Lichter erleuchteten den Himmel wie einen Regenbogen. Doch dieses alte Gebäude mit den rostbraunen Klinkersteinen hatte einfach dieses gewisse rustikale Etwas und das Beste war, niemand würde ihm hier auf die Pelle rücken. Denn wer würde den Luxus der Hauptstadt einem Gebäude aus der Urzeit vorziehen, das zudem in einem abgelegenen Stadtgebiet lag? Allerdings fehlte dem Loft noch die grundlegende Ausstattung. Was die Inneneinrichtung anging, war Mika noch nicht weit gekommen. Er wohnte noch nicht lange hier und wohin man sah, stapelten sich Umzugskartons und halb ausgepackte Klamotten. Dafür standen überall Pflanzen und Blumen. Mika hatte eine Vorliebe für alles, was mit Natur zu tun hatte, waren es nun Tiere oder Blumen. Leider waren die zahlreichen grünen Topfpflanzen das einzige, die sein Loft wohnlich machten.

Seufzend schlüpfte er aus seinen Schuhen und ließ seine Jacke von seinen Schultern gleiten, die mit einem matschigen Geräusch auf dem Boden landete. Die Mühe, sie aufzuheben, machte er sich nicht, sondern schlurfte durch die Wohnung Richtung Badezimmer. Eine heiße Dusche war jetzt genau das Richtige. Danach würde er sich was zu essen bestellen. Kochen kam jetzt nicht in Frage.

Als er auf dem Weg ins Bad an der Küchenzeile vorbeikam, stockte er und hielt inne. Das Telefon geriet in sein Blickfeld und er verengte die Brauen. Zwischen all dem Trubel der letzten Tage hatte er zumindest daran gedacht, das Telefon anzuschließen. Doch als er die sich wild drehende 3D-Anzeige über der Ladestation sah, bereute er diese Entscheidung. Im ersten Moment wollte er einfach weitergehen, doch die Neugier war zu groß, also machte er einen Abstecher in die Wohnküche und inspizierte die Station. Fünfzehn verpasste Anrufe in den letzten acht Stunden. Ach was. Waren es etwa die, von denen er glaubte, dass sie es waren? War er ihnen jetzt wieder gut genug oder was? Eine Sekunde zögerte er, überlegte, ob er sich den Mist wirklich antun sollte, doch ehe er sich versah, berührten seine Finger auch schon die 3D-Projektion und das Aktionsmenü öffneten sich.

Er lag richtig. Fünfzehn mal schwebten dieselben blauen Ziffern vor ihm in der Luft. Fünfzehn Nachrichten waren auf dem Anrufbeantworter gespeichert. Himmel! Ein Glück, dass er seine neue Handynummer nicht herausgegeben hatte, sonst hätten sie ihn sicher rund um die Uhr belästigt. Zur Hölle mit diesen Idioten! Sie waren doch Schuld an dem ganzen Dilemma!

Eine simple Geste genügte und die Anrufe und Nachrichten waren gelöscht. Abfällig deaktivierte Mika das Telefon und stampfte weiter Richtung Badezimmer. Sollten sie doch froh sein, dass sie ihn endlich los waren. Um nichts anderes war es in all den Jahren gegangen ... und so was schimpfte sich Eltern. Verlogene Heuchler, nichts anderes waren sie. Aber diese Zeit lag hinter Mika und er würde sich sein neues Leben nicht von ihnen kaputt machen lassen. Tief durchatmend setzte er seinen Weg fort, versuchte das drückende Brodeln in seiner Brust zu ignorieren. Die Dusche! Er brauchte jetzt dringend eine Dusche. Wenn ihn etwas auf andere Gedanken brachte, dann das.

🦇

Achtlos pfefferte Mika seine Klamotten in eine Ecke des Badezimmers, streckte sich und atmete ein paar Mal tief durch, um wieder runterzukommen. Bevor er jedoch in die Dusche stieg, wagte er einen Blick in den Spiegel. Etwas, worauf er für gewöhnlich verzichtete. Der Anblick seines Spiegelbildes hatte immer einen faden Beigeschmack. Es erinnerte ihn jedes Mal an seine Unzulänglichkeit. Seine Gedanken schweiften zu dem Telefon in der Küche, konnten sich einfach nicht davon lösen und mit einem Mal hörte er die Stimme seiner Mutter in seinem Kopf. Die Proteste seines Vaters. Sie, die immer an ihm herumgemeckert hatten. Ihm immer nur Vorwürfe an den Kopf geworfen hatten. Nie hatten sie ihn in Ruhe gelassen. Hatten alles kontrollieren wollen. Sein Äußeres! Sein Verhalten! Sein ganzes Leben!

Zähneknirschend kniff er die Augen zusammen, klammerte sich an das Waschbecken und schüttelte den Kopf. Das war genug Vergangenheit für heute. Definitiv!

Bevor das Waschbecken zu Bruch ging, fasste er sich. Pah, was wussten diese Hinterwäldler schon, er hatte es satt, sich wegen ihnen immer wieder den Kopf zu zerbrechen. Er hatte ein neues Leben begonnen und hier, in Akeron, konnte er ganz neu anfangen. Ohne die Laster der Vergangenheit. Hier dachte niemand groß über ihn nach. Es interessierte niemanden, denn alle waren mit sich selbst beschäftigt. Nachdenklich strich sich Mika die Haare hinter die Ohren und inspizierte seine Piercings. Ein paar größere Anhänger wären nicht schlecht und an seinem linken Ohr wäre noch Platz für einen weiteren Ring.

Ein eisiger Schauer erinnerte ihn daran, dass er nackt und klitschnass im Badezimmer stand. Es wäre nicht sonderlich clever, sich jetzt eine Erkältung einzufangen, also griff er zu der Ablage des Waschbeckens, wo ein kleines Döschen deponiert war. Sachte legte er den Kopf in den Nacken und mit geübten Griffen nahm er sich seine Kontaktlinsen raus, verfrachtete sie behutsam zurück in das Döschen. Seit er denken konnte, trug Mika Kontaktlinsen und gewissermaßen hing sein Leben von ihnen ab. Ohne sie war er im Alltag komplett aufgeschmissen, darum durfte er sie unter keinen Umständen verlieren. Die Dinger waren Sonderanfertigungen und wenn er auch nur eine von ihnen verlor, blieb ihm keine andere Wahl, als seine Eltern zu kontaktieren - und darauf konnte er getrost verzichten. Ein einziges Mal hatte er den Fehler gemacht, die Linsen beim Duschen drinnen zu lassen und das Ergebnis verfolgte ihn bis heute. Die Dinger waren im Abfluss verschwunden und sein Vater hatte ihm einen Vortrag gehalten, der sich gewaschen hatte. Sie zu verlieren war also keine Option. Sorgfältig verstaute Mika die Linsen auf dem Waschbecken und sprang schließlich hinter den Vorhang, zog ihn schleunigst zu.

Das hatte er geschafft. Jetzt konnte er sich entspannen.

🦇

Eine Stunde später hockte Mika, eingehüllt in ein Badetuch, auf einem Kissen in seinem Wohnzimmer und starrte wie hypnotisiert auf den Bildschirm seines Tablets. Sollte er es tun? Oder nicht? Vorhin war ihm alles so klar vorgekommen, doch jetzt, wo er kurz davor war, quälten ihn Zweifel.

Die Dusche hatte ihm gutgetan und während er unter dem warmen Wasser gestanden und den letzten Tag hatte Revue passieren lassen, war ihm eine Erkenntnis gekommen. Der einzige Grund, wieso man ihn im Pet4You engagiert hatte, war, dass er sich mit Wildtieren auskannte. Vermutlich ging Jakobson davon aus, er würde deswegen auch mit den Gendros zurechtkommen. Allerdings hatte Mika keine Ahnung von der Haltung von Gendros, was bedeutete, er musste wohl oder übel mehr über diese Kreaturen herausfinden, wenn er den Job behalten wollte. Der Gedanke bereitete ihm Kopfschmerzen. Er wollte sich nicht mit diesen Wesen auseinandersetzen. Was er auf der Arbeit machte, war eine Sache, doch er wollte sich nicht auch noch privat mit ihnen herumschlagen müssen. Es war gegen seine Prinzipien, gegen seine Moral! Am Ende passierte dasselbe wie damals im Tierpark und genau das musste er vermeiden. Aus dem Grund hatte er sich erst mit anderen Dingen beschäftigt. Hatte etwas gegessen, seine Fingernägel geschnitten, die ihm immer zu lang und dreckig vorkamen, hatte ein paar Kartons ausgepackt, aber immer wieder waren seine Gedanken zu den Gendros im Pet4You gedriftet. Zu den kleinen hunde- und katzenartigen Kerlchen in ihren Plastikboxen. Doch es war etwas anderes, das ihn dazu gebracht hatte, über seinen Schatten zu springen und das Tablet raus zu holen.

Diese Augen ... Dieser anklagende Blick ... Der Fledermaus-Gendro.

Immer wieder sah Mika ihn vor sich, bekam ihn nicht aus dem Kopf. Dieses menschliche Gesicht, diese menschlichen und doch animalischen Augen. Als wüssten sie ganz genau, wer er war und was er tat. Als wäre Mika bereits Teil des Sklavenhandels. Das arme Ding war fertig gewesen. Es hatte sich alle Mühe gegeben, sich hinter seinen Drohungen zu verstecken, aber Mika erkannte Angst, wenn er sie sah. Jetzt hockte es in diesem Geschäft. Nicht wie die kleinen Gendros, die zu dritt oder viert in den anderen Boxen saßen. Es war alleine, war misshandelt worden und es war an Mika, ihm sein Leben an diesem Ort so erträglich wie möglich zu machen. Etwas, das er erst konnte, wenn er mehr über Gendros wusste.

Nur aus dem Grund saß er nun hier, unschlüssig und mit sich ringend. Das Tablet war bereit und die Startseite der Suchmaschine starrte ihn erwartungsvoll an. Was für ein Mensch war er, wenn er nur wegen seinem Stolz und seinen Prinzipien andere leiden ließ? Denn das würden die Gendros, wenn er sich weigerte, zu recherchieren. Also atmete er ein paar Mal tief durch und tat schließlich das, vor dem er sich so lange gesträubt hatte - er durchsuchte das Netz nach Informationen über Engendros.

Doch kaum da er die erste Seite geöffnet hatte, klingelte es plötzlich an der Tür. Mika schreckte hoch, saß kerzengerade auf dem Boden und starrte zur Tür, dann huschte sein Blick auf die Uhr des Tablets. 21:00 Uhr. Wer um Himmels Willen konnte das sein? Angespannt schluckte er, duckte sich. Vielleicht war es ein Versehen? Die falsche Klingel? Aus seinem Dorf konnte es keiner sein. Er hatte niemandem seine Adresse gegeben. Als ein zweites Klingeln laut wurde, setzte er sich auf und lief langsam auf die Tür zu. Ein drittes und viertes Klingen folgte und Nervosität machte sich breit. Misstrauisch blieb er neben der Tür stehen und drückte auf die Freisprechanlage.

»Wer ist da?«, fragte er skeptisch, wartete ab.

Erst kam nichts, nur Rauschen und Mika spannte sich noch mehr an, fühlte sich plötzlich wie auf dem Präsentierteller. Die großen halbrunden Fenster des Lofts hatten keine Vorhänge oder Jalousien. Man konnte direkt in die Wohnung schauen. Einen Ausweg gab es nur über das Dach oder durch den

Flur. Verdammt! Und wenn es -... Das Rauschen wurde lauter, dann ertönte eine Stimme.

»Ey, Mikey! Wir sind es! Mach die Tür auf, es schüttet wie aus Eimern, ich hab keinen Bock wegen dir krank zu werden!«

Erstaunt blinzelte Mika. Das war ...!

»Christopher? Ellie?«

»Nein, der Weihnachtsmann und seine Elfe! Natürlich sind wir es! Und jetzt mach die Tür auf, wir kommen hoch!«

Für eine Sekunde war Mika verführt, einfach nicht zu antworten und die beiden unten vor der Tür stehen zu lassen. Aber das konnte er nicht machen. Großartig, er hasste unangemeldete Besuche. Hektisch sah er sich um, spähte an sich hinab und biss sich auf die Lippen. Okay, dann musste er sich eben beeilen.

»Okay, geht klar, kommt hoch«, rief er in die Anlage, drückte einen weiteren Knopf, der die Haustür öffnete und flitzte durch die Wohnung. So schnell es ging kramte er ein T-Shirt und eine Hose aus einem der Kartons. Nur im Handtuch konnte er ihnen unter keinen Umständen entgegentreten! Dann sauste er zurück ins Badezimmer, holte seine Kontaktlinsen hervor und setzte sie schnell wieder ein. Er hatte das Badezimmer gerade verlassen, da hörte er von draußen schon das Geräusch des Fahrstuhls und Stimmen wurden im Hausflur laut. Das nannte man perfektes Timing. Hastig schlidderte er über den glatten Boden zurück zur Wohnungstür, um diese nach dem ersten energischen Klopfen zu öffnen.

»Überraschung!«, wurde ihm entgegengeworfen und als nächstes warf sich ein heftiges Gewicht gegen seine Brust.

Erschrocken keuchte er auf und sah an sich runter - nur um dort den blonden Lockenkopf von Elenor Lindström vorzufinden. Seiner langjährigen Freundin. Im Schlepptau hatte sie ihren Lebensgefährten, Christopher García, ebenfalls ein Kumpel aus Kindertagen. Fassungslos sah Mika in die Gesichter der beiden, versuchte zu verstehen, was dieser späte Überfall sollte.

»Was zum Henker treibt ihr hier?«, fragte er verwirrt und schob Ellie schnell von sich. Chris grinste ihn nur an, hielt eine Flasche Sekt hoch und schnalzte vielsagend mit der Zunge.

»Na, was wohl? Wir schmeißen eine Einweihungsparty, Amigo!«

»Was? Es ist Montagabend und ich bin erstens schon seit ein paar Tagen hier und zweitens, eine Einweihungsparty gibt es erst dann, wenn die Wohnung fertig ist!« Das Drittens, dass er sowieso keine Party schmeißen würde, ersparte er sich, da es an den beiden abprallen würde. Genau wie alles andere, das er gerade gesagt hatte. Elenor lächelte ihn nur an, tätschelte freundschaftlich seinen Arm und hielt eine Tüte hoch, aus der ein einladender Geruch strömte.

»Das macht nichts. Gerade weil du schon so lange hier bist und wir nicht eher vorbeikommen konnten, ist das die Gelegenheit.« Damit lud sie sich selbst ein, schob Mika beiseite und ging in das Wohnzimmer. Chris folgte ihr auf dem Fuße und drückte ihm zur Begrüßung einen Kaktus in die Hand, auf dem ein Zettel mit der Aufschrift *'Willkommen Zuhause'* klebte.

»Hier, zum Einzug! Tu casa es mi casa!«

»Äh, danke, ist aber nicht nötig. Und ich hab schon gegessen«, versuchte sich Mika aus der Affäre zu ziehen, verstaute das stachlige Gewächs auf einem unausgepackten Karton und folgte den beiden. Die Antwort war ein spöttisches Lachen.

»Du hast die Frau gehört, Mikey! Widerstand ist zwecklos!« Leider hatte sein Freund damit Recht und ihm blieb nichts anderes übrig, als sich widerwillig zu fügen.

»Und, wie gefällt es dir in der Stadt?«, fragte Elenor und nahm einen Schluck Sekt aus ihrem Glas. Nachdem der Regen nachgelassen hatte, waren sie auf Mikas Dachterrasse geklettert und saßen auf den Gartenmöbeln, die der Vormieter stehen gelassen hatte. Nass war es noch immer, aber der Ausblick auf die abendliche Stadt mit all ihren bunten Lichtern war nicht zu verachten. Als hätten sie ihre private Lasershow samt Geräuschkulisse.

»Keine Ahnung, viel hab ich noch nicht gesehen«, murmelte Mika auf die Frage hin, zuckte mit den Schultern und langte nach einem der Thunfisch-Sandwiches, die seine Gäste mitgebracht hatten. Zugegeben, der plötzliche Überfall hatte ihn überrumpelt, trotzdem tat es gut, nach der langen Zeit bekannte Gesichter zu sehen. Er hatte nie viele Freunde gehabt, aber Elenor und Christopher kannte er schon eine halbe Ewigkeit. Sie waren zusammen aufgewachsen, waren auf dieselbe Schule gegangen und im selben Sportverein gewesen. Was Chris und Ellie anging, waren sie das seltsamste Gespann, das Mika jemals gesehen hatte, denn die beiden passten vorne und hinten nicht zusammen.

Elenor war eine klasse Frau, energisch, aber auf ihre Art sehr fürsorglich und bodenständig. Chris hingegen ließ alles sorglos auf sich zukommen und war nie um einen Spruch verlegen. Aber auch optisch waren die beiden wie Tag und Nacht. Wo Chris groß und durchtrainiert war, war Elenor winzig und rundlich und seine dunkle Hautfarbe gab einen starken Kontrast zu ihrer vornehmen Blässe. Seine Haare waren kurz und stachlig, während Ellie lange

Korkenzieherlocken hatte. Einer Meinung waren die beiden eigentlich nie und trotzdem klebten sie aneinander wie Pech und Schwefel. Was Ellie an Chris fand, wusste Mika bis heute nicht, aber es lag sicher nicht an dem falschen Akzent, den sich Chris angeeignet hatte. Obwohl es seit Jahrzehnten eine gemeinsame Weltsprache gab, hingen die Garcías an ihren Wurzeln und angeblich stammten ihre Ahnen aus einem Land namens Spanien. Was davon stimmte und was sich Chris ausgedacht hatte, war ein anderes Thema, denn sein Kumpel konnte dick auftragen und hatte eine große Klappe. Aber er war ein treuer Freund, das musste Mika zugeben und vielleicht schätzte Ellie ja genau das an ihm.

Vor ein paar Jahren hatten die beiden ihr Heimatdorf schließlich verlassen und waren weggezogen - sehr zum Leidwesen der Garcías. Chris stammte aus einer sehr großen Familie, die aneinanderklebte wie Kaugummi. In all den Jahren war das Haus der Garcías ein zweites Zuhause für Mika geworden, wo er mehr als freundlich aufgenommen worden war. Den jüngsten Sohn der Familie in die Welt zu entlassen, war für die aufgedrehte Familie ein Weltuntergang gewesen, etwas, wofür Mika Chris immer beneidet hatte. Elenors Familie hingegen hatte das locker gesehen und wenn Mika sich recht erinnerte, hatte Elenors Mutter dem Paar sogar die Wohnung in der Innenstadt vermittelt - fest davon überzeugt, dass ihre Tochter auf eigenen Beinen stehen konnte.

Alles in allem war es Glück im Unglück gewesen, denn auch wenn Mika mit ihnen seine engsten Freunde verloren hatte, hatten sie ihm so helfen können, in der Stadt Fuß zu fassen. Sie hatten ihm das Loft verschafft und nur dank ihnen hatte er seinen Umzug so schnell organisieren können. Er war ihnen einiges schuldig und aus dem Grund konnte er nicht sauer sein, wenn sie einfach so in seine Wohnung platzten.

»Dann wird es Zeit, dass du die Stadt kennenlernst!«, fuhr Ellie fort und beugte sich vor. »Wir können dich ja mal herumführen. Es gibt einige interessante Sehenswürdigkeiten. Der Stadtkern ist der Wahnsinn! Und die Küste erst! Sie ist wunderschön. In der Nähe gibt es sogar einen Nationalpark.«

»Ja, sicher.« Ellie und ihre Ideen. Im Moment hatte Mika keinen Nerv dafür, die Stadt kennenzulernen. Er wollte sich erst einleben und so lange genügte ihm der Ausblick auf die weltbekannte Regenbogen-Skyline von Akeron. So klein ihr Staat auch war, wenn er eins zu bieten hatte, dann seine Hauptstadt, mit all ihren bunten Scheinwerfern, die in die Luft geworfenen Werbeplakate und die grellen Leuchtschilder. Ein Stadtmensch war Mika zwar nie gewesen, im Grunde hasste er Menschenmengen, aber Akeron war schon beeindruckend - und besser als sein Dorf. Neben ihm kicherte Chris und machte eine abwertende Geste mit der Hand – etwas, das er immer dann tat, wenn er fand, dass seine Freundin Unsinn redete.

»Oder du kommst bei mir im Verein vorbei. Ist sicher interessanter, als zu shoppen oder im Wald rumzukrackseln. Ganz wie in alten Zeiten, na?« Vielsagend stieß er Mika mit dem Ellenbogen an, der in das Kichern mit einstimmte. Der Verein, mh?

»Ha, wetten, ich würde dich heute noch immer in Grund und Boden stampfen, *Señor García*?«

»Ach ja?« Ein spöttisches Lachen ertönte und ehe sich Mika versah, war Chris aufgesprungen, hatte ihn gepackt und hielt ihn im Schwitzkasten. »Das musst du erst mal versuchen! Im Gegensatz zu dir hab ich mich nicht so hängen lassen! Und vergiss nicht die Jahre der Folter unter meinen Geschwistern! Ich bin vorbereitet! Also reiß dein Maul nicht zu weit auf, *Monsieur Auclair*!«

Verflixt, der Mistkerl hatte Recht. Was immer Mika auch versuchte, sich aus Chris' Griff zu befreien gestaltete sich als schwierig. Aber wen wunderte es? Chris unterrichtete in einem Sportverein Kampfsportarten und war höllisch stark. Er war zwar ziemlich schlank, dafür aber recht groß. Nicht so groß wie Mika, aber immerhin. Schon früher war Krafttraining Chris' Leidenschaft gewesen und heute war er ein Meister in diversen Kampfsportarten. Nach einer ungleichen Rangelei schlüpfte Mika schließlich aus Chris' Griff und verpasste ihm einen Stoß, dass er stolperte und auf Ellies Schoß landete. Die stöhnte genervt und verdrehte die Augen.

»Meine Güte, was seid ihr? Zwölf? Werdet ihr nie erwachsen?«

»Nein, tut mir leid, Ellita, du bist die einzige, die alt und faltig wird, wir bleiben immer jung und haben unseren Spaß!«

»Sicher, Peter Pan, und jetzt runter von mir. Du bist schwer!« Ein gekonnter Stoß genügte und Chris landete kurzerhand wieder auf seinem Platz, warf Ellie einen übertriebenen Kussmund zu, ehe er sich wieder Mika zuwandte.

»Ignorier' sie, die hat keine Ahnung, wie das unter Waffenbrüdern so läuft.«

»Du? Mein Waffenbruder? Ha, nie im Leben.« Blitzschnell streckte Mika sein Bein und trat gegen Chris' Stuhl, worauf er auf dem Boden landete. Damit stand es 1:1. Zufrieden lehnte sich Mika zurück, hob sein Sektglas in Ellies Richtung und stieß symbolisch mit ihr an.

»Nicht schlecht. Nette Finte, Mikey.« Vorerst gab sich Chris geschlagen, stellte den Stuhl wieder hin und setzte sich. »Ah, es ist eine verdammte Schande, dass du mit dem Kampfsport aufgehört hast und so ein Ökofreak geworden bist. Du warst großartig! Der Beste des Jahrgangs, niemand konnte dich im Nahkampf schlagen! Meine Schüler wären begeistert, dich in Aktion zu sehen.«

»Das kann ich mir vorstellen. Wenigstens hätten sie was zu lachen, wenn ihr Meister eins auf die Klappe kriegt. Die würden sich schnell einen neuen Coach suchen und du wärst arbeitslos«, meinte Mika sarkastisch und nahm einen Schluck Sekt. Die Zeiten, in denen er sich über die Sportmatten gewälzt hatte, waren längst vorbei. Trotzdem hatte er den Sport früher geliebt – das einzige Hobby, das seine Eltern ihm jemals gestattet hatten. Doch heute kam das nicht mehr für ihn in Frage. Es war zu gefährlich.

»Apropos Arbeit. Jetzt erzähl mal, wie war es heute?«, wechselte Ellie das Thema, landete damit einen direkten Treffer und versenkte das Schiff.

Mika schwieg einen Moment, zögerte. Er hatte den beiden von seinem Vorstellungsgespräch und der Zusage erzählt, allerdings wollte er darüber jetzt nicht sprechen. Er zuckte mit den Schultern.

»Ganz okay. Den Job hab ich in der Tasche.«

»He, das ist ja großartig, gratuliere! Und, ist der Laden echt so gut, wie man erzählt? Es soll ja das größte Zoofachgeschäft der Stadt sein und das heißt schon was.«

»Ja. Der Laden ist riesig, man findet so ziemlich alles, was man an Tierbedarf braucht.«

»Und die Leute da? Sind die okay? Der Chef? Die Kollegen? Die Kolleginnen, na?« Anzüglich hob Chris eine Braue, erntete dafür einen Schlag gegen den Hinterkopf von seiner Freundin. Mika entschied sich, beides zu ignorieren.

»Alles okay.«

»Mann, deine Begeisterung kennt keine Grenzen. War's so mies oder was ziehst du hier für eine Flunsche?«

Ertappt. Chris hatte eben ein Auge dafür. Zögerlich presste Mika die Lippen aufeinander, zuckte nur mit den Schultern und nahm noch einen Schluck.

»Es ist alles okay.«

»Okay, okay, tse, wie das schon klingt.«

»Geh mir nicht auf den Geist.«

»Dann mach die Klappe auf! Ist der Chef ein Arsch? Oder sind es die Kollegen? Wenn einer scheiße zu dir war, sag's mir, Amigo! Ich trommle meine Brüder zusammen und wir machen die fertig! Nadie se mete con mi hermano de sangre!«

Bevor Mika etwas darauf sagen konnte, meldete sich Ellie zu Wort, machte ein besorgtes Gesicht. Sachte legte sie Mika eine Hand auf die Schulter, sah ihm tief in die Augen, sprach leise und vertraulich zu ihm.

»Oder ist etwas anderes vorgefallen? Wie damals im Tierpark?«

Sofort zog sich Mikas Kehle zu und er verengte die Augen. Hätte er doch bloß nichts gesagt! Jetzt hatte er den Salat. Natürlich wussten Ellie und Chris, was damals im Tierpark passiert war, deswegen hatten sie ihm auch bei dem Umzug geholfen. Dennoch fühlte er sich nicht wohl bei dem Gedanken, dass sie Bescheid wussten. Er wollte nicht auch noch den letzten Rest Stolz verlieren, den er besaß. Überhaupt, das ging die zwei gar nichts an!

»Nichts ist passiert! Schwachsinn!«, giftete er und entzog sich Ellies Griff, die ihn entrüstet ansah.

»Was ist es dann?«

»Mein Gott, habt ihr's bald? Ich war einen Tag da, wie soll ich mir da eine Meinung bilden?« Murrend warf er den Kopf herum, sah in eine andere Richtung. Die zwei waren so verflucht neugierig! Bei ihnen musste er tierisch aufpassen, was er sagte oder sie bekamen es in den falschen Hals. Elenor machte sich sofort Sorgen und Chris nahm alles persönlich und wurde aggressiv. Eine ganze Weile sah Mika auf die Stadt hinaus, dann atmete er durch. Sich aufzuregen brachte nichts und es fehlte ihm gerade noch, dass er seine einzigen Freunde vergraulte. Vermutlich machte er aus einer Mücke einen Elefanten, aber er wollte einfach keine lästigen Fragen beantworten.

»Die verkaufen Gendros in dem Laden«, erklärte er schließlich leise, sah auf das Sektglas in seiner Hand.

Und es geschah genau das, was er befürchtet hatte. Für eine Sekunde erstarrten seine Freunde und glotzten ihn an, als wäre er nicht ganz richtig im Kopf. Dann kam der Moment der Erkenntnis.

»Was?« - »Echt? Ist ja abgefahren!«, ertönte wie im Chor. Ellie machte große Augen, war sprachlos, während Chris ihn neugierig beäugte. Doch es dauerte nicht lange, da kam die Empörung und Ellies Gesicht verfinsterte sich. Sie stellte ihr Sektglas zur Seite und verschränkte die Arme.

»Das ist ja schrecklich, davon wusste ich gar nichts.«

»Ich auch nicht. Als ich damals bei dem Vorstellungsgespräch war, hatten sie keine. Heute schon.«

»Und dann hast du da einen Vertrag unterschrieben?« Der vorwurfsvolle Ton in Ellies Stimme schnürte Mikas Kehle immer mehr zu und sein Herz begann zu rasen. Er kannte Ellies Einstellung zu den Gendros. Sie war eine Expertin auf dem Gebiet und beschäftigte sich schon seit ein paar Jahren ausführlich mit der Thematik, engagierte sich sogar ehrenamtlich in einer Gendroschutz- und Rechtsorganisation - sehr zu Mikas Leidwesen. Er mochte diese Diskussionen nicht und nun weckte sie die Zweifel, mit denen er die ganze Zeit gerungen hatte.

»Ich hatte jawohl kaum eine Wahl. Die Arbeit ist einigermaßen gut bezahlt und ich brauche das Geld.«

»Trotzdem. Ich finde das unmöglich. Dass es überhaupt noch Zoofachgeschäfte gibt, die da mitmachen. Ich an deiner Stelle würde mich davon distanzieren. Klar machen, dass du damit nicht einverstanden bist!«

»Das wird schwierig, ich bin derjenige, der sich um sie kümmern soll. Nur deswegen haben sie mir den Job gegeben.«

Ellies Augen wurden noch größer.

»Wie bitte? Das heißt, DU bist für sie zuständig?«

Ein knappes Nicken war Mikas Antwort. Hätte er doch nur sein großes Maul gehalten. Schallendes Gelächter ertönte und im nächsten Moment spürte er einen kräftigen Schlag gegen die Schulter.

»Ha, ha, ich glaub's nicht! DU als Gendropfleger? DU? Du hast es echt mit den Viechern, was, Mikey? Du wolltest doch nie etwas mit denen zu tun haben. Und jetzt sollst ausgerechnet DU dich um sie kümmern? Wenn das keine fiese Doppelmoral ist.«

»Ja, ja. Du mich auch.« Unwohl rutschte Mika auf seinem Platz umher, schielte auf seine Finger und verzog den Mund. Chris hatte doch keine Ahnung. Ellie hingegen sah ihn abschätzend an, ehe sie schnaubend den Kopf schüttelte.

»Ich bin enttäuscht von dir, Mikhael. Wie kannst du da mitmachen und den Laden auch noch unterstützen? Das ist nichts anderes als Sklaverei. Befürwortest du das jetzt? Bist du jetzt auch einer von diesen Sklavenhaltern geworden?«

Was zum ...! Jetzt reichte es langsam! Doppelmoral, Sklavenhändler! Was warfen sie ihm als nächstes vor? Knurrend sprang er auf die Füße, donnerte sein Glas auf den Boden, wo es geräuschvoll zerschellte.

»Ich weiß das alles selbst, also macht mich gefälligst nicht an!«, konterte er scharf. »Ich bin nicht derjenige, der sie verkauft oder misshandelt! Nur weil ich nicht will, dass man sie wie Dreck behandelt, muss ich noch lange nicht auf Kuschelkurs mit denen gehen! Ich sorge nur dafür, dass es ihnen einigermaßen gut geht! Mehr nicht! Also stellt mich gefälligst nicht mit diesen Leuten auf eine Stufe!«

Ellie verstummte, war völlig perplex.

»Was ist denn mit dir los? Komm wieder runter«, raunte Chris, musterte Mika ungläubig von oben bis unten.

Brummend wandte er sich ab, kniff die Augen zusammen. Er hatte sich gehen lassen, das war ihm schon lange nicht mehr passiert. Fluchend fuhr er sich durch die Haare, kämmte sich die dichten Strähnen vor die Ohren. Nicht noch mal! Er durfte die Kontrolle nicht noch mal verlieren. Besonders nicht bei den beiden.

»Es tut mir leid, Mikhael«, fand Ellie schließlich ihre Stimme wieder und sah betrübt zu Boden. »Ich hab es nicht so gemeint, aber ich finde es unmöglich, wie man mit den Gendros umgeht. Wusstet ihr, dass es in allen anderen Staaten mittlerweile verboten ist, Gendros zu fangen und zu verkaufen? Einzelne Staaten wollen sogar durchsetzen, dass man sie nicht mal mehr halten darf. Weder als Haustiere noch als Arbeitskräfte. Die meisten Staaten der Allianz wollen das verbieten. Nur bei uns ist dieser Sklavenhandel noch Gang und Gebe. Besonders hier in der Hauptstadt. Das ist traurig. Unser Parlament könnte sich von den anderen Parlamenten ruhig eine Scheibe abschneiden.«

»Jetzt übertreib mal nicht, Ellita. Was redest du die ganze Zeit von Sklaverei. Das sind Tiere. Menschen halten sich seit Ewigkeiten Tiere, wieso also nicht auch die? Du machst immer so ein Drama daraus«, mischte sich Chris ein, worauf Ellie die Augen verdrehte.

»Gendros sind keine einfachen Tiere, sie sind viel mehr als das. Aber auch wenn man sie als Tiere ansieht, ist das, was wir mit ihnen machen, in keiner Weise artgerecht. Sie sind mit uns kreuzbar! Das zeigt doch, wie nahe wir mit ihnen verwandt sind. Und sie sind intelligent. Ich hab neulich gelesen, sie können sogar unsere Sprache lernen.«

»Ach, mach dich nicht lächerlich, Princesa. Unsere Sprache? Tse, Blödsinn.«

»Keineswegs. Man weiß sehr wohl, dass einige Arten eine eigene Sprache entwickelt haben und dass sie Stimmbänder besitzen. Das spricht für ihre Intelligenz! Was wir alles mit ihnen machen, ist demütigend und widerlich.«

»Ach ja? Profitierst nicht gerade du von den ganzen Erkenntnissen, die wir von ihnen haben? Na?«

Da stockte Ellie und Chris lachte. Der Punkt ging an ihn, denn Ellie arbeitete als Krankenschwester in einem der wichtigsten Institute für Kryptidforschung und die medizinischen Fortschritte der letzten Jahre waren in der Tat auf die Erforschung der Engendros zurückzuführen.

»Ha, siehste!« Triumphierend schlug sich Chris auf den Oberschenkel. »Und wer nutzt die ganzen Erkenntnisse und Medikamente tagtäglich? Ganz genau! Du, Fräulein Krankenschwester!«

»Ja, aber zu welchem Preis, denk doch mal drüber nach. Sie als Haustier zu halten ist schon schlimm genug, aber es werden noch andere Dinge mit ihnen gemacht. Zwangsarbeit, medizinische Experimente, Organhandel, Prostitution. Und wieso das alles? Weil sie uns so ähneln. Trotzdem haben sie keinerlei Rechte, zumindest in unserem Staat. Das alles ist widerlich. Nur widerlich.«

»Dann sag mir mal eins. Wenn sie so intelligent sind, wieso lassen sie sich dann versklaven, huh? Schau dir die Viecher an, einige von denen sind uns haushoch überlegen. Und wenn sie eine eigene Sprache haben oder sogar unsere Sprache lernen können, wieso tun sie dann nichts dagegen? Oder wieso zaubern sie uns nicht gleich weg, wenn sie wirklich magische Fähigkeiten haben? Na? Ich sag's dir, weil es einfach nur Tiere sind. Ganz hübsche Tiere, aber nur Tiere! Du regst dich unnötig über etwas auf, an dem du eh nichts ändern kannst. Als hätten wir nicht genug andere Probleme.«

Mika wohnte der Diskussion schweigend bei, sah die ganze Zeit auf seine Hände. Je mehr sich Ellie echauffierte, desto schlechter fühlte er sich, denn er wusste, sie hatte Recht. Deswegen war es auch eigentlich gegen seine Prinzipien, an einem Ort zu arbeiten, an dem mit Engendros gehandelt wurde.

Für eine Sekunde flackerte ein Bild vor seinen Augen auf und er sah den Fledermaus-Gendro vor sich. Sah, wie sein ehemaliger Besitzer an ihm gezerrt hatte, ihn geschlagen hatte. Wenn er jetzt ging, wer kümmerte sich dann um die Gendros? Rosenbaum? Ben war ganz in Ordnung, doch von Tierpflege hatte er keine Ahnung. Wenn Mika den Job kündigte, würde er die Gendros im Pet4You im Stich lassen. Die Kleinen, aber vor allem die Fledermaus. Black Beauty.

Ob es stimmte, was Ellie erzählt hatte? Konnten Gendros wirklich verstehen, was man ihnen sagte? Black Beauty hatte auf ihn reagiert. Jedes Mal, wenn Mika mit ihm gesprochen hatte. Ein Schauer jagte seinen Rücken hinab.

Es war kaum zu glauben. Ein Tag war vergangen! Nur ein Tag und er hatte sich mehr mit diesen Kreaturen beschäftigt, als ihm lieb war. Dabei hatte er sich geschworen, das niemals zu tun … Niemals. Aber wie hieß es noch? Nichts war für die Ewigkeit.

Ach, verdammt! Wieso musste alles so kompliziert sein?

Kapitel 5

Vergesellschaftung

*D*AS *Mädchen schrie. Es schrie die ganze Zeit. Hatte furchtbare Angst. Panisch wich es zurück, stieß gegen einen Baum und presste sich die Hände vors Gesicht. Mehr Schreie ertönten. Immer mehr Menschen kamen angelaufen, glotzten ihn an, zeigten mit dem Finger auf ihn.*

Warum? Warum starrten ihn alle so an? Was hatte er denn getan?

Hektisch warf er den Kopf herum, sah nach links, nach rechts, suchte nach einer Antwort. Dann hörte er ein Geräusch. Es war ganz nahe, schlich sich hinterhältig an ihn heran, jagte einen Schauer über seinen Rücken. Es war ein feuchtes Geräusch, glucksend und gurgelnd. Langsam drehte er den Kopf, sah an sich hinab.

Da lag ein Mann. Auf dem Boden. Im Dreck. Mit weit aufgerissenen Augen. Zwei Hände lagen um seinen Hals. Drückten zu. Schnürten ihm die Luft ab. Das... waren seine Hände! Seine Hände, die zudrückten, die die Luft abschnürten! Seine Hände! Und ... nicht seine Hände. Nein, sie waren es nicht. Sie sahen so aus, waren es aber nicht. Es waren fremde Hände, die sich nicht aufhalten ließen, denen keiner standhalten konnte. Die zu stark waren. Die töten könnten ...

... RIIIIIIING!

Das war ... ! Der Wecker.

Erschrocken riss Mika die Augen auf, konnte sich nicht bewegen. Sein Körper fühlte sich wie Blei an. Sein Atem ging schnell und sein Herz raste. Tief durchatmend fuhr er sich über die verschwitzte Stirn, schloss die Augen. Ein Traum. Es war nur ein Traum gewesen. Wieder einmal ... Hörte das denn nie auf? Er brauchte ein paar Sekunden, um wieder zu sich zu kommen, dann legte er den Kopf zur Seite und schaute zu dem Wecker, der auf dem Boden stand und wie verrückt klingelte. Mürrisch streckte er einen Arm aus und stellte das Ding ab, ehe er sich aufsetzte. Mann, was für eine Nacht. Sein Schädel dröhnte richtig. Ausdruckslos starrte er vor sich hin, bis sein Blick erneut auf den Wecker fiel. 7:30 Uhr. War schon ziemlich spät.

Moment.

7:30 Uhr! Binnen Sekunden kurbelte sich sein Verstand an und er war voll da, packte den Wecker und starrte ihn entsetzt an. Verdammt, er hatte verschlafen!

Hektisch sprang er auf die Beine, fluchte derbe und rannte durch den Raum, nur um eine Sekunde später über ein ausgestrecktes Bein zu stolpern. Was zum ...? Ach so, war ja klar, wie könnte es auch anders sein! Auf dem Boden vor seinem Bett lagen Chris und Ellie.

»Zur Hölle, ihr seid ja immer noch da!«, fauchte Mika und weckte seine Freunde damit unliebsam. Murrend stemmte sich Chris hoch und zeigte ihm einen Vogel.

»Spinnst du? Brüll hier nicht so rum, weißt du wie spät es ist?«

»Ja, ich weiß wie spät es ist! Halb acht! In einer halben Stunde muss ich auf der Arbeit sein!« Warum hatte sein Smartphone nicht geklingelt? Das Teil war sonst viel zuverlässiger als sein blöder Wecker. Apropos Smartphone. Verwirrt sah sich Mika um und entdeckte das Ding neben Chris auf dem Boden. Er musste nur eins und eins zusammenzählen und ihm wurde klar, wer seinen ersten Weckruf ausgeschaltet hatte.

»Mit euch ist es immer dasselbe!« Fluchend hastete Mika zu dem großen Karton in der Ecke seines Schlafzimmers und suchte frische Kleider heraus. Viel hatte noch nicht ausgepackt, aber er fand eine passable Hose und ein Hemd.

»Ist was passiert?«, meldete sich auch Ellie zu Wort, die ebenfalls von Mika aufgeweckt worden war.

»Ja, allerdings! Ihr beide habt ab jetzt unter der Woche Hausverbot! Wieso zum Teufel liegt ihr da überhaupt rum, ich sagte es ist halb acht!«

Verwirrt wurde er von Chris und Ellie angesehen, dann warf sich Chris zurück auf das provisorische Bett aus Kissen und Decken, das sie sich gestern Nacht gebaut haben mussten.

»Der Verein macht erst um zwölf Uhr auf.«

»Ich hab heute Spätschicht.«

Völlig perplex stand Mika da, ballte die Fäuste. Okay, gut, das erklärte einiges.

»Schön für euch, aber ich muss zur Arbeit!« Damit eilte er zur Tür, stieg dabei über einige Flaschen. So viel zur Einweihungsparty. Mika erinnerte sich dumpf, dass aus der einen Flasche Sekt auf mysteriöse Weise vier geworden waren - wobei mysteriös bedeutete, Chris hatte sie unten in seinem Auto gebunkert und geholt, als Nachschub gebraucht wurde. Nie wieder, das schwor er sich, nie wieder würde er sich auf nächtliche Partys einlassen.

»Fängt ja gut an! Machen wir einfach da weiter, wo wir damals aufgehört haben! Früher seid ihr auch immer zu mir in die Bude geschlichen und einfach über Nacht geblieben!«

»Nur, dass wir hier nicht von deiner Mutter überrascht werden«, kam aus den Kissen.

Die beiden hatten echt die Ruhe weg, aber Mika durfte es sich nicht erlauben, gleich am zweiten Arbeitstag zu spät zu kommen. Also ignorierte er die beiden, verschwand im Badezimmer und vollzog eine möglichst gründliche Katzenwäsche in rekordverdächtigen drei Minuten. Danach sprang er in seine Schuhe und Jacke.

»Wenn ich zurück bin, habt ihr das Chaos aufgeräumt und seid weg! Wehe wenn nicht, sonst wünscht ihr euch, nie geboren worden zu sein«, rief er und zog die Tür auf.

»Alles klar«, kam verschlafen aus dem Schlafzimmer, dann herrschte Stille. Vermutlich waren sie wieder eingeschlafen. Diese Idioten!

Es war Punkt 8:00 Uhr, als Mika in den Personalraum im Pet4You platzte. Ha! Er hatte es gerade noch rechtzeitig geschafft und sich vermutlich eine Tonne an Strafzetteln eingeheimst, weil er zu schnell gefahren war. Egal, er bezahlte lieber ein Bußgeld, als seinen Job zu verlieren. Allerdings währte seine Freude nicht besonders lange, denn er war nicht alleine im Personalraum. Rosenbaum war da und mit ihm einige seiner Kollegen. Ehrfürchtig starrten sie ihn an, musterten ihn von oben bis unten, als wäre er ein Geist. Was zum Teufel war denn hier los?

»Guten Morgen?«, murmelte er verwirrt, musste schlucken.

Es kam keine Antwort, die anderen sahen ihn einfach nur an und mit einem Mal flackerten die Bilder aus seinem Traum vor seinen Augen auf. Er wurde unruhig. Stimmte etwas nicht mit ihm? War irgendetwas nicht in Ordnung?

»Ist was?«, murrte er, verengte die Augen und strich sich die Haare vor die Ohren, schielte auf seine Hände, auf seine Klamotten. Hatte er seine Kontaktlinsen vergessen? Nein, so wie seine Augen brannten, hatte er sie gestern vermutlich gar nicht erst herausgenommen. Als nach wenigen Minuten noch immer niemand etwas sagte und nur Rosenbaum ihn grüßte, keimte Wut in ihm hoch und er brummte leise.

»Was ist denn?«, fragte er energischer, machte einen Schritt vor.

»Nichts, nichts, alles in Ordnung«, meinte Ben beschwichtigend und hob beide Hände. »Ich hab den anderen nur von gestern erzählt. Du weißt schon, von Black Beauty. Dass du mit ihm fertig geworden bist, ohne einen Kratzer abzubekommen.«

Perplex blinzelte Mika, seufzte schließlich. Der Gendro, darum ging es also. Das war alles? Deswegen glotzten die ihn alle so an?

»Ja und?«

»Ernsthaft?«, fragte ein Kollege, der seinem Namensschild nach Guido hieß. »Es stimmt, was Benjamin sagt? Du hast ihm Handfesseln und Geschirr abgenommen? Und er hat nichts gemacht?«

Zweifelnd hob Mika eine Braue, sah in die Runde. Die anderen Angestellten waren wirklich beeindruckt, taten so, als habe er etwas Außergewöhnliches getan.

»Nicht übel, Auclair. Nur wenige werden mit dem Tier fertig. Es ist wirklich bösartig. Dass Jakobson ihn überhaupt noch mal zurückgenommen hat, ist ein Wunder«, erklärte Guidos Sitznachbarin Anna und nickte ihm zu. Mika erwiderte nichts darauf, zuckte mit den Schultern und ging zu seinem neuen Spind. Er hatte gestern nur seinen Job gemacht und das Letzte, was er wollte, war, deswegen im Mittelpunkt zu stehen. Offensichtlich hatte hier keiner Ahnung davon, wie man mit Tieren umzugehen hatte und das, obwohl sie in einem so angesehenen Zoofachgeschäft waren. Überhaupt, die redeten alle, als hätte Mika mit den Fingern geschnippt und Blacky hätte sich ihm zu Füßen geworfen. Der Gendro hatte sich ordentlich gesträubt, als Erfolg würde Mika das nicht unbedingt ansehen.

»Man muss nur wissen, wie man das Ganze anpacken muss«, erklärte er, hing seine Jacke auf und zog sich die Weste mit dem Logo des Geschäfts über. Doch ehe er sich versah, hatten sich die anderen um ihn herum versammelt und fragten ihn aus. Wie er das gemacht hätte, ob es da einen Trick gäbe und so weiter. Auf einmal interessierten sie sich für ihn, dabei war er ihnen gestern noch sonst wo vorbeigegangen. Nach ein paar Minuten begann dieses Frage- und Antwortspielchen ihn zu stören und er fühlte sich mehr und mehr in die Ecke gedrängt. Die Blicke der anderen Mitarbeiter machten ihn nervös und er wollte nicht die ganze Zeit angestarrt werden. Mit der Ausrede, er sei spät dran und müsse die Tiere versorgen, manövrierte er sich aus dem Personalraum und flüchtete in den Laden.

Für die Versorgung der Nager, Hunde und Katzen brauchte Mika an diesem Morgen erstaunlich lange. Zumindest länger als gestern und das lag nicht daran, dass die Tiere ihm heute mehr Ärger machten. Im Gegenteil. Er genoss die Zeit, die er mit den kleinen Pelzkugeln verbringen konnte. Es war etwas anderes und mit der gründlichen Säuberung der Gehege und der ausführlichen Futtervorbereitung wollte er das Unvermeidbare so lange wie möglich herauszögern – die Versorgung der Engendros. Nach dem gestrigen Abend und dem heutigen Morgen hatte er genug von den Viechern. Allerdings kam er nicht drum herum nach ihnen zu sehen und je länger er das Ganze vor sich herschob, desto schwerer wurde sein Gewissen. Mit einem mulmigen Gefühl in der Magengegend ging er darum wenig später in den Raum mit der Glastür, um den Gendros ihr Frühstück zu bringen. Die Kleinen standen schon ungeduldig an den Käfigtüren und fiepsten aufgeregt, als er ihnen ihr Futter brachte. Einfach war diese Prozedur nicht, denn die Kleinen waren gierig, sprangen an ihm hoch und grapschten nach den Schalen mit dem Obst. Obwohl er sich dagegen wehrte, konnte er nicht anders, als über die Kleinen zu schmunzeln. Gendros hin oder her, putzig waren sie schon und sein Herz erweichte bei ihrem Anblick von Sekunde zu Sekunde mehr. Trotzdem fühlte sich Mika unwohl, als er ihren kleinen Hände von seiner Hose löste und den Käfig wieder hinter sich schloss. Als würde er kleine Kinder einsperren.

Besser, er dachte nicht so viel darüber nach. Ellies dummes Gerede hatte ihn ganz durcheinandergebracht. Er musste ruhig bleiben und sich auf die Arbeit konzentrieren. Nur darauf. Skeptisch drehte er den Kopf zur Seite und spähte zum anderen Ende des Raumes.

Stille. Es kam kein Mucks aus der hinteren Box. Kein Geräusch, kein Rascheln. Unruhig biss sich Mika auf die Lippen, zögerte. Black Beauty, mh? Der Flughund-Gendro. Etwas an ihm beunruhigte Mika, doch er konnte es nicht benennen. Es fühlte sich an, als lägen Steine auf seiner Brust. Seit er den Blick des Gendros gesehen hatte, wälzten sich immer mehr Steine auf ihm ab und drohten ihn zu ersticken. Vielleicht schlief er ja noch? Dann sollte Mika ihn lieber nicht stören, immerhin waren Fledermäuse nachtaktiv. Trotzdem sollte er wenigstens nach ihm schauen. Mit zugeschnürter Kehle setzte sich Mika schließlich in Bewegung und ging bedächtig durch den Raum, ignorierte sein klopfendes Herz. Bei der Box angekommen spähte er vorsichtig um die Ecke, hielt für einen Moment den Atem an. Augenblicklich durchbohrten ihn zwei scharfe grüne Pfeile und Mika erstarrte.

Regungslos hockte der Gendro in seinem Gefängnis, lauschte voller Anspannung. Schon eine ganze Weile konnte er das Geraschel der Menschen hören. Wie sie draußen umher rannten und sich Dinge in ihrer grauenhaften Sprache zuriefen. Sie kamen immer erst nach Sonnenaufgang, blieben nie über Nacht und auch wenn er versucht hatte, sich gegen ihre Rückkehr zu wappnen, spürte er jetzt, wo es soweit war, Erschöpfung über sich hereinbrechen. Dabei hatte er nach dem gestrigen Abend gehofft, man würde ihn in Ruhe lassen. Aber er hatte früh gelernt, dass etwas wie Hoffnung für ihn nicht existierte. Wenn er sich wenigstens daran erinnern könnte, was am gestrigen Tag passiert war, aber seine Erinnerungen lagen im Nebel und alles was blieb, war ein drückendes Gefühl in der Brust, das ihm die Luft abschnürte.

Keuchend tastete er an sich hinab, zuckte zusammen, als er seine Rippen berührte. Ein großer blauer Fleck formte sich dort, stach leuchtend auf seiner blassen Haut hervor. Wie war es dazu gekommen?

Er erinnerte sich an die Folterkammer. An das grausige Menschenweibchen mit den Doppelaugen, das dort hauste und an den Ledermenschen. An einen Kampf zwischen den beiden Menschen. An Beleidigungen und Drohungen, Schläge und Tritte. Dass man an ihm zerrte, ihn in einen dunklen rollenden Raum sperrte. Das Nächste war ein rötlicher Blitz, der ihn aus dem beschämenden Rausch aus Angst und Hass befreit hatte. Und er erinnerte sich an eine Stimme. Sanft, wenn auch rüde, aber nicht gefährlich.

Mittlerweile hatte er sich beruhigt und war sich darüber im Klaren, wo er sich befand. Es war das Alptraumgefängnis, in das man ihn vor sechs Sommern gebracht hatte und in das er immer wieder zurückkehrte. Doch auch hier war es nicht sicher und er musste auf der Hut sein, denn hinter jeder Ecke lauerten Gefahren. So auch jetzt. Seit geraumer Zeit nahm er die Anwesenheit einer der Wächter dieses Ortes wahr. Erst war er bei den Jungtieren gewesen, dann waren seine Schritte näher gekommen. Bis sie vor seiner Box gestoppt hatten. Jetzt stand er da, regungslos, halb verborgen hinter einer Wand. Lauernd spähte er zu ihm hinüber und der Anblick jagte einen grauenhaften Schauer über seinen Rücken.

Es war der rote Mensch. Der rote Mensch von gestern. Der mit der sanften Stimme. Er musste der Wächter dieses Raumes sein, denn außer ihm ließ sich niemand blicken. Oder war das eine Ablenkung? Ein Trick, um ihn in eine Falle zu locken?

Angespannt schnupperte er, spitzte die Ohren. Nein, der Mensch war alleine. Alle anderen waren draußen, hinter der Glastür. Er konnte ihr hektisches Gemurmel hören, ihre trampelnden Schritte. Wenigstens blieb mit ihnen auch ihr Gestank draußen. Er konnte den süßen Geruch der Menschen nicht ausstehen. Allerdings roch dieser hier anders als die anderen. Bereits gestern war ihm diese feine Note aufgefallen. Dennoch blieb das ein Mensch. Ein Mensch von diesem Ort. Er trug denselben Stoff, mit demselben Zeichen auf der Brust und jeder Mensch an diesem Ort war ein Ungeheuer. Was also wollte er? Wieso stand er da? Um ihn zu füttern? Als würde er freiwillig anrühren, was die Menschen ihm hinstellten. Sie könnten etwas darunter gemischt haben. Lieber verhungerte er. Oder stand der Mensch da, um etwas ganz anderes zu tun? Schnell schlang er seine Arme um seinen Körper, versuchte die Wunde zu bedecken. Der Wächter durfte sie nicht sehen. Wenn er eins nicht gebrauchen konnte, dann irgendwelche Menschen, die an ihm herumfummelten, weil sie glaubten, ihm helfen zu müssen. Er verzichtete auf ihre Hilfe, alles was er brauchte war – Auf einmal bewegte sich der Wächter mit dem roten Fell, kam aus seinem Versteck hervor.

Nur mit Mühen konnte der Gendro das Beben unterdrücken, das seinen Körper ergriff. Nein, keine Schwäche. Nie wieder wollte er vor einem Menschen Schwäche zeigen. Also richtete er sich auf, ignorierte den Schmerz, der durch seine Brust zuckte und schlug mit seinen Schwingen. So verharrte er, beobachtete, wie der Mensch sich direkt vor die Box stellte. Unwillkürlich musste er schlucken, spürte, wie das Beben stärker wurde. Dieser Mensch war groß. Sehr groß. Ein so großes Menschenmännchen hatte er noch nie gesehen. Was hatte das zu bedeuten? Die anderen Wächter waren alle schmächtiger gewesen, zwei Köpfe kleiner. Wieso war es dieses Mal anders? Wegen dem, was er getan hatte? War das die Konsequenz? Dass er einen großen, starken Wächter bekam, der ihn bei Ungehorsam strafte? Bei dem Gedanken sträubte sich sein Fell und ein seltsames Ziehen fuhr durch seinen Magen. Nein! Genug mit diesem Unfug. Es spielte keine Rolle, wie groß das Menschenmännchen war. Er war nur ein Wächter. Mehr nicht. Wenn er glaubte, leichtes Spiel mit ihm zu haben, täuschte er sich.

Eine Weile geschah nichts. Der Mensch stand nur da, musterte ihn, dann regte er sich. Hob eine Hand, tippte an die Scheibe der Box. Augenblicklich fuhr der Gendro seine Schwingen aus, ließ sie gegen die Wände der Box schlagen, richtete sich zur vollen Größe auf, jeden Schmerz ignorierend. Drohend machte er einen Satz vor, baute sich vor der Käfigtür auf und entblößte seine Fänge. Der Wächter sollte verschwinden. Hinfort mit ihm. Hinfort!

So standen sie sich gegenüber und dann -

»Nette Beißerchen.«

Verwirrt neigte der Gendro den Kopf zur Seite. Unbeeindruckt stand der Mensch da, reagierte nicht. Weder flüchtete er in Panik, wie seine Vorgänger, noch griff er ihn an, wurde nicht einmal wütend. Er tat gar nichts. »Ruhig, Junge. Kein Grund, dich aufzuregen. Es ist alles okay, ich will nur nach dir sehen«, murmelte er, kam näher an die Box und hantierte an der Tür.

Wollte er etwa hereinkommen? Nein! Würde er hereinkommen, würde er die Wunde bemerken und was dann passierte, stand außer Frage. Schnell wich der Gendro zurück, stieß ein drohendes Fauchen aus, ließ seinen Schweif gegen die Käfigtür peitschen. Niemals würde er ihn zu sich hineinlassen. Nicht, wenn er es verhindern konnte. Kein Mensch würde ihn je wieder anfassen oder ihm zu nahe kommen. Und dieses Mal funktionierte es.

Schweigend hielt Mika inne und verdrehte die Augen. Großartig, da machte er sich die Mühe und versuchte sich möglichst ruhig zu verhalten, wollte dem Gendro Zeit geben, sich an seine Gegenwart zu gewöhnen und was war der Dank? Er wurde angefaucht. Er hätte gut Lust, sich einfach umzudrehen und das Vieh sich selbst zu überlassen, andererseits konnte er es ihm nicht verübeln. Immerhin hatte Mika gesehen, wie man ihn behandelt hatte.

Unerwünscht blieb er trotzdem, die kleine Reißzahn-Show sprach für sich. Murrend fuhr er sich über die Stirn, dachte angestrengt nach. Sollte er sich wirklich die Mühe machen und um das Vertrauen dieser Kreatur buhlen? Wollte er das überhaupt? Andererseits ... Der Flughund - oder doch Fledermaus? - brauchte Futter und Mika wollte nachsehen, ob er ernsthaft verletzt war, denn gestern hatte Blacky gar nicht gut ausgesehen. Wenn das Vieh ihn aber nicht in seine Nähe ließ, gestaltete sich das schwierig. Seufzend wandte er sich ab und ließ seine Augen durch die Box schweifen. Schließlich landete sein Blick bei den Näpfen neben der Käfigtür. Beide waren noch immer randvoll. Nicht ein Krümel fehlte aus den silbernen Schalen und Mika legte die Stirn in tiefe Falten. Mist, wenn er sich nicht täuschte, dann- ...

»Na, Auclair? Schön fleißig?«

Mika erschrak, als die Stimme seines Chefs unmittelbar neben ihm ertönte. Überrascht drehte er den Kopf und sah mit weiten Augen zu seinem Vorgesetzten. Verflucht! Es war ewig her, dass ihn jemand derartig überrumpelt hatte. Für gewöhnlich merkte er sofort, wenn sich jemand an ihn heranschlich, aber er war so sehr in seine Gedanken vertieft gewesen, dass er nichts mitbekommen hatte. Lächelnd kam Jakobson zu ihm rüber, nickte ihm zu und Mika erwiderte die Geste.

»Guten Morgen«, murmelte er schnell, sah dann wieder in die Box. Schande, hatte er gerade einen miesen Eindruck gemacht? Hoffentlich nicht.

»Du gehst ja tatkräftig zur Sache. Gestern die Überstunden und jetzt bist du schon fast mit der Grundversorgung durch. Nicht schlecht, willst du dich etwa einschleimen?«

Schief grinsend zuckte Mika mit den Schultern.

»Funktioniert es denn?«

Damit hatte er gepunktet, denn sein Chef lachte.

»Wer weiß?« Amüsiert musterte Jakobson ihn, tat auf einmal geheimnisvoll. »Es gehen Gerüchte um, dass unser Neuer es mit der Bestie aufgenommen und sie bezwungen hat. Und das gleich an seinem ersten Tag! Ist da was dran,

Herr Gendroflüsterer?« Grinsend betrachtete er ihn, worauf Mika die Schultern hängen ließ. Nicht zu fassen, jetzt war dieser Schwachsinn auch noch zu seinem Chef durchgesickert? Schnell zuckte er mit den Schultern, stellte den Eimer mit dem Futter neben sich auf den Boden.

»Blödsinn, die übertreiben. Neben Ben macht jeder eine gute Figur«, sagte er, fluchte im selben Moment. »Äh, was ich meine ist ...! Rosenbaum hat nicht wirklich Ahnung von Tierpflege, nicht wahr?« Ha, gut gerettet! Er konnte stolz auf sich sein! Kollegen verpfeifen kam sicher nicht gut an. Jakobson schnaubte aber nur und haute ihm einmal auf den Rücken.

»Stimmt. Benjamin ist ein guter Kerl, keine Frage, aber er übertreibt oft. Ich kann nur hoffen, die Gerüchte stimmen und dass du bei den Viechern gut ankommst. Deswegen bist du ja hier.«

Ja, daran musste er Mika nicht extra noch erinnern. Schließlich drehte sich Jakobson der Box zu und ließ seine Hände in seine Hosentaschen gleiten.

»Und? Was macht Black Beauty? Alles klar?«, fragte er mit gedämpfter Stimme. Etwas an seinem Tonfall missfiel Mika, aber er beschloss es zu ignorieren. Auch er musterte die Box und die darin hockende Fledermaus, die wie gebannt zu Jakobson starrte. Oh je, sein Chef war offensichtlich auch ein Kandidat für den Fleischwolf.

»Er frisst nicht«, murmelte Mika dann, worauf Jakobson ungläubig eine Braue hob.

»Was?«

»Ich habe ihm Futter hingestellt, aber er frisst nicht. Und er lässt mich nicht an sich ran. Wenn man zu nah an die Box geht, flippt er aus.«

Zu seiner Verwirrung winkte sein Chef ab und schüttelte lachend den Kopf.

»Wenn's weiter nichts ist. Lass ihn, wenn er nicht will, ist das sein Pech. Sollte er Ärger machen, ruf mich, dann ist er derjenige, der Probleme bekommt. Er macht das gern, nicht wahr, Blacky? Du willst uns alle ruinieren, du kleines undankbares Mistvieh.« Mit voller Wucht trat Jakobson gegen die Box und wie gestern Nacht zischte der Gendro, rollte sich binnen Sekunden in seine Flügel ein und verwandelte sich in ein schwarzes Knäuel. Entsetzt sah Mika seinen Chef an, biss sich auf die Zunge. Nein, besser er hielt die Klappe. So wie die hier mit der Fledermaus umgingen, wunderte ihn langsam gar nichts mehr. Angespannt ballte er die Fäuste, ließ seinen Zorn an seinen Handinnenflächen aus und konzentrierte sich aufs Ein- und Ausatmen. Wie er es gelernt hatte.

»Übrigens, sollte jemand Interesse an ihm haben, sag mir sofort Bescheid. Ich übernehme seine Vermittlung ausnahmslos, verstanden? Ich hab keine Lust, dass sich noch ein Kunde beschwert, mir reicht's langsam. Die Rückerstattung hat mich ein Vermögen gekostet. Und wofür? Für diese kleine Landplage.«

Das war seine einzige Sorge? Dass Blacky ihm die Kunden vergraulte und er Geld verlor? Na dann, halleluja. Scheinbar war Jakobson wirklich keinen Deut besser als ein Sklavenhändler. Er sah nur den Profit.

»Na gut, ich muss los. Kümmere dich um ihn und sieh zu, dass er umgänglicher wird. Ein Tier, das in die Hand beißt, die es füttert, verkauft sich nicht. Und Tiere, die sich nicht verkaufen lassen, kann ich mir auf Dauer nicht leisten. Ich hoffe, wir verstehen uns, Auclair.« Damit verabschiedete sich Jakobson und marschierte kurzerhand wieder ab.

Mika blieb fassungslos zurück. Er glaubte nicht, was er gerade gehört hatte. Er glaubte es einfach nicht! Er fand keine Worte, konnte nicht einmal fluchen. Ob er verstanden hatte? Oh ja, das hatte er. Aber soweit würde er es nicht kommen lassen! Niemals. Finster sah er seinem Chef hinterher – und die Fledermaus tat es ihm gleich.

Langsam öffnete der Gendro seine Flügel, spähte durch einen winzigen Spalt ins Freie. Der Ladenmensch war fort. Gut, das war gut. Erleichterung durchflutete ihn und er atmete durch. Dieser widerliche Mensch hatte mit Absicht gegen die Käfigtür getreten! Hatte mit Absicht diesen Lärm verursacht, der in seinen Ohren hallte wie ein Donner und ein Beben nach dem nächsten durch seinen Körper jagte. Als wüsste er nicht, wie empfindlich seine Ohren waren und dass ihm schwindlig wurde, wenn sein Gehör derartig gereizt wurde. Immerhin war es das, was er den anderen Menschen immer erzählte. Den Gaffern, die kamen, um ihn anzuglotzen - um ihn zu kaufen, sobald er *umgänglich* war.

Oh ja, er wusste das. Er hatte sie gehört, die giftigen Worte des Ladenmenschen und er verstand sie. Er verstand jede einzelne boshafte Lüge, die dieser Mensch von sich gab. Aber Menschen waren alle gleich. Widerwärtig, taub und blind. Sie sahen und hörten nichts und der Ladenmensch war einer der Schlimmsten! Hauptsache, er wurde ihn los, egal an wen, egal zu welchem Zweck. Denn es ging nur um eine Sache. Die menschliche Tauschware – Geld. Nichts war ihnen wichtiger. Das und andere Abscheulichkeiten.

Aber nun war der Ladenmensch fort und hoffentlich blieb er es. Nicht auszudenken, was passiert wäre, wenn er seine Wunde entdeckt hätte. Knapp schielte er zur Seite, warf dem roten Wächter einen Blick zu. Der wirkte alles andere als zufrieden. Aber ... da war noch etwas.

Seine Körperhaltung, sie hatte sich verändert, war erstaunlich abweisend geworden. Das war eigenartig. Er hatte noch nie gesehen, dass ein Mensch so etwas tat. Normalerweise machten sie solche Gesten nicht. War er wirklich anderer Meinung als der Ladenmensch? Obwohl er das Alphatier dieses Ortes war? Eigenartig. Ein Schnauben kam von dem Wächter und er verzog sein Gesicht, gab einen angewiderten Laut von sich.

»Was immer du dem Kerl von gestern angetan hast, ich hoffe, du hast ihm ordentlich eins reingewürgt!«

Wie? Langsam ließ der Gendro seine Flügel sinken, öffnete seinen sicheren Schutzwall und sah dem Wächter in die Augen. Was hatte das zu bedeuten? Gab er ihm etwa Recht? Dieser Mensch ... er war seltsam.

Er war auf der Flucht. Eilte durch die Gänge. Schnellen Schrittes. Doch nicht zu auffällig. Er durfte keine Aufmerksamkeit erregen, sonst würde es nie ein Ende finden. Wie auf Samtpfoten schlich Mika durch das Geschäft, vorbei an den Vitrinen und Aushängen, manövrierte er den letzten verbleibenden Ort an, an dem er in Sicherheit war. Lautlos öffnete er die Glastür, schlüpfte in den Raum dahinter und zog die Tür schnell wieder zu. Ha! Geschafft! Niemand hatte ihn gesehen! Jetzt hatte er seine Ruhe. Erschöpft atmete Mika aus und fuhr sich durch die Haare. Da wollte er nichts anderes, als endlich seine Mittagspause nachholen, nachdem ihn die Welpen bei ihrem Auslauf beinahe in den Wahnsinn getrieben hatten, aber nein, man gönnte ihm keine Ruhe. Kaum da er sich in den Personalraum gesetzt hatte und seine Sandwiches verdrücken wollte, da kamen sie an. Wie die Ratten krochen sie aus allen Löchern. Seine Kollegen. Sie waren plötzlich überall! Fragten ihm Löcher in den Bauch! Über Engendros! Als wäre er über Nacht urplötzlich zum Spezialisten geworden. Dabei hatte er selbst auch kaum Ahnung von diesen Viechern.

Aber seine Kollegen ignorierten jeden Wink mit dem Zaunpfahl. Sie ließen ihn einfach nicht in Ruhe, weder im Personalraum, noch sonst wo. Darum war er hergekommen. Seit Black Beauty da war, kam nämlich niemand mehr in dem Raum mit der Glastür. Die Fledermaus wurde von allen als Bestie angesehen und Mika zog seinen Nutzen daraus. So erbärmlich es auch war, er fühlte sich bei den Gendros um einiges wohler, als in der Gegenwart seiner Kollegen. So sehr er auch dagegen ankämpfte, irgendwie zog ihn dieser Raum magisch an.

Seufzend entfernte sich Mika von der Tür und ging zum anderen Ende des Raumes. Hoffentlich erwischte Jakobson ihn nicht. Es machte sicher keinen guten Eindruck, wenn er hier seine Mittagspause verbrachte, aber das war ein Notfall. Hinten angekommen lehnte sich Mika gegen die Wand, doch kaum da er den ersten Bissen von seinem Sandwich genommen hatte, geriet die letzte Box in sein Blickfeld. Ob Blacky ihn bemerkt hatte, konnte er nicht sagen. Regungslos hockte die Fledermaus in ihrer Ecke, wirkte erschreckend schlapp. Mit geschlossenen Augen lehnte sie an der Käfigwand, hatte die Arme um sich geschlungen und ließ die Flügel hängen. War da was kaputt gegangen oder wieso sah das Vieh so aus, als würde es jeden Moment tot umfallen?

Trocken schluckte Mika den Bissen seines Sandwiches runter, ehe er näher an die Box trat. Wenigstens war der Gendro nicht tot, Mika konnte deutlich sehen, wie er atmete. Allerdings drehte sich bei dem Anblick sein Magen um. Der Körper des Gendros war eingefallen, vollkommen abgemagert und übersät mit blauen Flecken und Schrammen. Was zur Hölle hatte man ihm angetan? Fluchend ließ Mika sein Sandwich sinken, verzog den Mund. Da verging doch jedem der Appetit! Konzentriert schloss er die Augen und atmete angestrengt aus. Nicht wütend werden. Es brachte nichts, wütend zu werden. Er musste einfach locker bleiben, so schwer es ihm auch fiel. Viel wichtiger war, herauszufinden, was mit dem Gendro nicht stimmte und er hatte da so eine Ahnung. Erneut schaute er in den Käfig und inspizierte die Futternäpfe - noch immer standen die beiden Schalen unberührt da. Großartig, er hatte es befürchtet. Futterverweigerung, der Klassiker bei Neuankömmlingen. Seufzend ging er in die Hocke, schüttelte den Kopf.

»Du bist also in einen Hungerstreik getreten, mh?«, murrte er, stockte jedoch im selben Augenblick. Verflucht, er tat es schon wieder! Er sprach schon wieder mit diesem Gendro! Schnell schielte er zur Tür, wollte sichergehen, dass ihn niemand beobachtete, dann ließ er den Kopf tief zwischen die Schultern fallen. Kaum zu glauben, dass er es schon wieder tat. Gut, im Tierpark hatte er das auch getan, aber mit Gendros zu sprechen war vollkommen ... Sekunde. Mika erstarrte, weitete die Augen.

Was hatte Ellie noch mal erzählt? Manche Gendros konnten ihre Sprache verstehen. Waren sie wirklich so intelligent? Mika bestritt nicht, dass sie es waren ... doch sprechen? Nachdenklich kaute er auf seiner Lippe herum, sah noch einmal zur Tür, ehe er vorsichtig an die Box rückte, sich weit vorlehnte. Wenn Gendros wirklich so intelligent waren, dass sie ihre Sprache verstehen konnten, änderte das so ziemlich alles.

»Hey«, murmelte er heiser, spürte, wie sein Herz zu rasen begann. »Hast du mich gehört? Du musst was essen.«

Just in dem Moment da er den Satz beendet hatte, hoben sich die blassen Lider und das stechende Grün blitzte wieder auf. Eine Gänsehaut jagte Mikas Rücken hinunter und er schüttelte sich. Zufall! Das war hundert Prozent Zufall! Sicher würde die Fledermaus ihn jeden Moment anknurren oder hinter ihren Flügen verschwinden. Aber es geschah nichts dergleichen. Die Fledermaus blieb sitzen wo sie war und starrte ihn ausdruckslos an.

Er war wieder da. Der rote Wächter. Dieses Mal hockte er vor der Box und murmelte vor sich hin. Seufzend schloss der Gendro die Augen, atmete durch. Wieso konnte er ihn nicht einfach in Ruhe lassen? Bis jetzt war der Wächter erstaunlich erträglich gewesen. Er war ruhiger als seine Vorgänger und auch wenn er eine seltsame Unentschlossenheit ausstrahlte, schrie er wenigstens nicht die ganze Zeit, polterte durch den Raum oder führte anderen Menschen zu ihm, damit sie ihn angaffen konnten. Seit ihrem Treffen am heutigen Morgen hatte er sich von ihm ferngehalten, aber der Gendro war nicht so dumm, daraus Hoffnung zu schöpfen. Vielleicht war der Wächter ja hier, um ihn *umgänglich* zu machen, wie der Ladenmensch gedroht hatte. Bei dem Gedanken regte sich Unruhe in ihm und er schüttelte sich. Daran wollte er jetzt nicht denken. Wenn der Wächter ihn unbedingt anstarren wollte, nur zu, das bedeutete nicht, dass er es ihm gleichtun würde. Er wollte sich abwenden, dem Menschen den Rücken zudrehen, doch kaum da er seine Schwingen hob, um sich darin zu verhüllen, fuhr ein heftiger Schmerz durch seinen Körper. Er zuckte zusammen, musste sich vornüberbeugen.

Schon den ganzen Morgen plagte ihn dieser Schmerz im Oberkörper und es wurde schlimmer. Hinzu kam ein quälender Hunger. Seit Tagen hatte er nichts Richtiges mehr gegessen, aber wenn er auch nur an das Essen dachte, das man ihm hingestellt hatte, wurde ihm übel.

Keuchend schlang er seine Arme um seinen Körper, bettete seinen Kopf auf seine Knie. Das half nicht, aber so konnte er den Rest der Welt halbwegs ausblenden.

»Du siehst gar nicht gut aus«, kam von dem Menschen und mürrisch schielte der Gendro zwischen seinem Fell zu ihm hinüber. Der Wächter betrachtete ihn eindringlich, sein Gesicht war verzogen und Falten wölbten sich auf seiner Stirn. Sorge lag in er Luft, doch der Schein konnte trügen. Der Gendro reagierte nicht, sah den Menschen einfach nur an, der immer unschlüssiger wirkte. Menschen und ihre wirren Gefühle. Sie wussten nie, was sie wollten. Er wollte die Augen wieder schließen, sich in seine Gedankenwelt zurückziehen, als ihm plötzlich ein betörender Geruch in die Nase stieg. Wie von selbst hob er den Kopf, schnupperte, suchte den Ursprung des köstlichen Duftes und fand ihn - in der Hand des Menschen.

Was auch immer der Wächter da hatte, es roch verlockend. Der Gendro musste schlucken und befeuchtete seine trockenen Lippen, konnten den Blick nicht von der Hand des Menschen nehmen, so erbärmlich es auch war.

Mist, das sah wirklich nicht gut aus! Mikas geschulten Auge erkannte sofort, dass es Blacky nicht gut ging und so wie er sich zusammenkauerte, ließ das nur einen Schluss zu: Der Gendro musste irgendeine Verletzung haben, denn selbst wenn er das Futter verweigerte, würde er binnen einem Tag nicht derart abbauen. Aber wie zum Henker sollte Mika in die Box kommen, ohne dass ihm die Augen ausgekratzt wurden?

Dann stockte er, bemerkte den Blick der Fledermaus. Wie gebannt starrte das

Wesen ihn an, einen seltsamen Funken in den Augen. Was hatte das denn zu bedeuten? Erst auf den zweiten Blick bemerkte Mika, dass der Gendro gar nicht ihn ansah. Er folgte seinem Blick und landete bei seiner Hand. Oder besser – bei seinem Sandwich. Ah, daher lief der Hase und ein mitleidiges Lächeln glitt auf Mikas Gesicht. Ob es nun die Ursache für seinen Zustand war oder nicht, Blacky hatte Hunger. Dass er trotzdem das Futter verweigerte, wunderte Mika. Er kannte es aus dem Tierpark anders. So groß die Verunsicherung auch war, irgendwann hatten die Tiere von alleine wieder gefressen, es sei denn, sie waren zu krank. Wenn er nur wüsste, was los war. War es Futterverweigerung aus Trotz oder wegen Krankheit? Und wenn es Trotz war, sollte es ihm nicht zu denken aufgeben?

Moment! Nachdenklich sah Mika auf sein Sandwich, schaute dann zu der restlichen Packung, in der noch drei weitere Sandwiches lagen. Einen Versuch war es wert und vielleicht hatte er ja Glück.

Schnell langte er nach seiner Brotdose und stellte sie neben sich auf den Boden, holte seinen Schlüssel hervor und steckte ihn in die Käfigtür. Ein kehliges Knurren kam aus dem Inneren des Käfigs, aber dieses Mal würde Mika nicht nachgeben. Der Gendro verkroch sich darauf in seine Ecke, ließ seinen Schweif auf den Boden klatschen.

»Locker bleiben, Blacky. Ich hab hier was für dich«, murmelte Mika und öffnete langsam die Tür, nahm eines der übrigen Sandwiches und legte es vorsichtig in den Futternapf. Dann zog er seine Hand wieder zurück und schloss die Tür. »Hier. Ist zwar Hähnchen drauf, aber es schmeckt wirklich gut. Siehst du?« Schnell hob er sein angebrochenes Sandwich hoch und biss demonstrativ davon ab, um zu zeigen, dass es nicht nur gut schmeckte, sondern auch nicht vergiftet war.

Wie erbärmlich. Wollte dieser Mensch ihn etwa locken? Mit etwas albernem wie belegtem Brot? Lächerlich. So einfach war der Gendro nicht zu ködern, er war kein Dummkopf. Verjagen würde er den Menschen!

Drohend richtete sich der Gendro auf, breitete seine Schwingen aus und – keuchte entsetzt auf, krümmte sich. Ein heftiger Schmerz fuhr durch seinen Körper und er verlor das Gleichgewicht, kippte einfach zur Seite und knallte auf den Boden. Ein aufgeregtes Zischen drang zu ihm durch und ihm wurde eiskalt.

»Oh, verdammt!«

Nein. Nein!

Wie erstarrt lag der Gendro auf dem Boden seines Käfigs, konnte sich nicht bewegen. Der Wächter! Er wusste es! Jetzt wusste er von seiner Verletzung …! Er würde zu ihm kommen, ihn anfassen, sonst was mit ihm anstellen!

Das durfte nicht passieren, unter keinen Umständen. Er würde das verhindern, komme was wolle!

Hektisch drehte er den Kopf, sah den Wächter, der an der Tür hantierte, sie öffnen wollte. Sein Herz überschlug sich und Panik drohte ihn zu überrollen.

Aber noch war die Situation nicht verloren. Er durfte nicht die Nerven verlieren, er war nicht so schwach, wie es schien.

Unter Schmerzen stemmte er sich wieder hoch, breitete seine Flügel so weit aus, wie er nur konnte und schrie. Aus voller Kraft. Warnte, drohte. Er wusste, Menschen hassten dieses Geräusch, wusste, sie würden jammernd zurückweichen – und sein Plan ging auf. Der rote Wächter zuckte zusammen, verzog das Gesicht und schloss die Tür wieder. Gut. Das war gut... Doch nach wenigen Wimpernschlägen verstummte der Gendro wieder und tastete nach seiner Brust. Das Schreien hatte erstaunlich viel Kraft gekostet und jeder Atemzug verursachte böse Stiche in seiner Seite. Aber es hatte sich gelohnt.

Damit hatte Mika nicht gerechnet. Erschrocken blieb er vor dem Käfig stehen, hatte die Hand noch am Türgriff, rührte sich jedoch nicht. Panik war über die Fledermaus hereingebrochen, als er versucht hatte, in die Box zu klettern. Richtige Panik! So wie gestern auch, aber das war nichts, was Mika nicht aus dem Tierpark kannte und seine Befürchtung bewahrheitete sich. Nur eine Verletzung würde den Gendro zu so einem Verhalten treiben. Es war Selbstschutz.

Tja, nichts zu machen. Mika wollte Blacky sicher keine Angst machen, aber er konnte nicht ständig den Schwanz einziehen, sobald der Kleine zu kreischen anfing.

Er musste irgendetwas gegen Blackys Angst unternehmen und zwar schnell! Nur so konnte er herausfinden, was los war. Ein Plan musste her. Seufzend hockte sich Mika wieder hin, stützte den Kopf in eine Hand und überlegte. Vielleicht sollte er bei seiner alten Strategie anknüpfen. Wie hieß es noch gleich? Bei den Menschen ging Liebe durch den Magen und bei Tieren war es ähnlich. Blieb zu hoffen, dass sein Sandwich sehr bald wieder von Interesse sein würde.

Regungslos saßen sie sich gegenüber, starrten sich unentwegt an.

Der Gendro beruhigte sich wieder, jetzt, wo der Mensch auf der anderen Seite des Käfigs blieb. Dafür wurde der Duft des Essens immer intensiver, verpestete regelrecht die Luft und schürte seinen Hunger. Nach wenigen Momenten konnte er nur noch an das dämliche Brot des Menschen denken und das Wasser lief ihm im Maul zusammen. War er wirklich so tief gesunken?

»Nimm es ruhig«, versuchte der Wächter ihn zu locken, verführte ihn richtig. Er sollte es besser wissen, als dem Wort eines Menschen zu trauen. Er sollte es so viel besser wissen, aber der Hunger war zu übermächtig und er musste sich geschlagen geben.

Ohne den Menschen auch nur eine Sekunde aus den Augen zu lassen, setzte sich der Gendro auf, kroch vorsichtig zu den Näpfen und spreizte drohend seine Schwingen. Er ging gerade nah genug an die Näpfe heran, dass er sie mit einem Arm erreichen konnte, dann schnappte er sich das Brot und zog sich in seine Ecke zurück, schirmte sich mit einem Flügel vor dem Blick des Menschen ab. Er wollte nicht beobachtet werden, wenn er seine eigenen Vorsätze verriet.

Erleichtert sackte er gegen die Käfigwand, verabscheute sich für diese Schwäche und schlang seine Beute in einem Stück hinunter.

Ha! Treffer auf ganzer Linie!

Grinsend schüttelte Mika den Kopf. Das arme Ding hatte mächtig mit sich gekämpft, Mika hatte es genau gesehen, aber der Hunger war stärker. So stark, dass er sich sogar ein Hähnchen-Sandwich reinzog. Seltsam, Gendros waren immerhin Vegetarier.

Na ja, Glück für ihn, denn in dem Moment, als der Gendro seinen Arm ausgestreckt hatte, hatte Mika es gesehen. Die Ursache für seinen Zustand - ein großer blauer Fleck thronte unterhalb von Blackys Brust. Das Ding sah ziemlich schmerzhaft aus und der Anblick jagte einen grausigen Schauer über Mikas Rücken. Aber er war für die Gendros verantwortlich, also war es an ihm, sich darum zu kümmern. Ein Arzt war er zwar nicht, aber er hatte gelernt, Symptome richtig einzuschätzen und kleinere Wunden zu versorgen.

»Hat gut geschmeckt, mh?«, begann er darum und tatsächlich gaben die schwarzen Flügel die Sicht wieder frei. Giftige Augen starrten ihn an, nicht mehr feindselig, dafür düster. Mika würde nicht anders gucken, wenn man ihn dazu gebracht hätte, seine Prinzipien zu verraten. Er kannte das nur zu gut.

»He, guck mich nicht so an, gib nicht mir die Schuld dafür. Du hättest dein Futter fressen können, ich wollte nur nett sein.«

Ein ungläubiges Schnauben ertönte und der Flughund verdrehte allen Ernstes die Augen.

Was zur Hölle? Fassungslos blinzelte Mika. War das eine ... bewusste Reaktion gewesen? Hatte er ihn etwa verstanden? Oder war das nur Zufall? Schande! Dachte er genauer darüber nach, wollte er das gar nicht so genau wissen. Die Sache war unheimlicher als gedacht.

Hastig schüttelte Mika den Kopf, versuchte nicht mehr daran zu denken und griff schließlich hinter sich. Vorsichtig holte er die Brotdose hervor und hielt sie hoch, dass der Gendro sie sehen konnte.

»Willst du mehr? Du kannst den Rest auch haben.« Abwartend sah er den Gendro an, dessen Augen zuckten. Es war gruselig, aber Mika konnte sehen, wie er nachdachte, sich die Lippen leckte. Zu dumm, dass die Körpersprache nicht immer so wollte wie man selbst, denn damit hatte sich Blacky verraten.

»Du kannst alles haben, kein Problem«, fuhr er fort, öffnete die Käfigtür. Langsam streckte er seinen Arm aus, bot der Fledermaus sein Mittagessen an.

Wenn Ellie wirklich Recht hatte und Blacky gerade wirklich bewusst reagiert hatte und ihn verstehen konnte, dann musste das jetzt einfach funktionieren.

»Ich geb dir die Sandwiches. Aber nur unter einer Bedingung. Ich will mir DAS da ansehen.«

Binnen Sekunden schlug die Laune des Gendros um und seine Unsicherheit verwandelte sich in Abscheu. Sofort ertönte das kreischende Morsegeräusch, erfüllte den ganzen Raum und der Gendro flatterte aufgebracht mit seinen Flügeln. Verflucht! Das war daneben gegangen!

»Nein, nein, nein! Alles gut, es ist alles gut! So meinte ich das nicht! Hier, hier du kannst es haben!« Schleunigst schob Mika die Dose in den Käfig und gab ihr einen Schubs, dass sie über den Boden zu Blacky rutschte. »Da. Alles für dich. Alles okay! Siehst du? Ich mach ja gar nichts!« Seufzend hielt er beide Hände hoch, versuchte den Gendro zu beschwichtigen, aber aufgeben würde er nicht. Nicht, wenn er diesen blauen Fleck sah. Also setzte er alles auf eine Karte.

»Du bist verletzt. Ich will nur die Wunde ansehen. Ich tu dir nicht weh, ich leg dir kein Halsband um. Ich schaue nur, ob es was Ernstes ist. Verstehst du? Ich will nur helfen!« Und er war ein verdammter Idiot, mit einem Gendro zu diskutieren! Zum Glück sah ihn hier niemand.

Helfen? Helfen wollte er? Unsinn, niemals wollte dieser Mensch ihm helfen. Der Gendro wusste was passierte, wenn Menschen ihre Hilfe anboten. Einfangen würden sie ihn, ihn fesseln, ihn mit spitzen Nadeln stechen, bis er sich nicht mehr bewegen konnte. Seinen Körper begrabschen - DAS würden sie tun. So sah ihre Hilfe aus! Da spielte es keine Rolle, wie sich dieser Mensch verhielt. Es spielte keine Rolle! Nicht im Geringsten. Keine Rolle ... Sein Blick huschte zu der Dose. Bei allen Himmeln, es hatte so gut geschmeckt ...

Umständlich richtete er sich auf, spähte über den Kopf des Menschen hinweg, suchte den Raum ab. Da waren keine Anzeichen eines Tricks, noch war der Ladenmensch in der Nähe.

Nun gut, hörte er auf seinen Kopf, wusste er, dass die widerlichen Behandlungen der Menschen helfen konnten. Ja, ihre Tränke konnten helfen, doch wie dumm war er, wenn er sich auf diesen Handel einließ? Nein, er musste standhaft bleiben! Entschlossen entblößte er seine Fänge, gab ein Fauchen von sich - und schüttelte den Kopf.

Nein. Nein, er würde das nicht tun!

Mika stockte der Atem und sein Mund klappte auf. Gebannt starrte er in das Gesicht des Gendros, war wie gelähmt. Er hatte den Kopf geschüttelt ... Er hatte eindeutig den Kopf geschüttelt!

»Scheiße!« Entsetzt wich Mika zurück, landete auf seinem Hintern, fuhr sich mit einer Hand über den Mund. Scheiße, Blacky hatte seinen verdammten Kopf geschüttelt! Hatte ihn dabei direkt angesehen. Also stimmte es wirklich? Konnte die Fledermaus ihn verstehen?

Sein Herz hämmerte wie wild und mit einem Mal traf ihn die Erkenntnis. Ellie hatte Recht. Gendros waren keine dummen Tiere aus dem Dschungel. Alles, was man ihm erzählt hatte, war eine Lüge. Für einen Moment blieb er sitzen wo er war, glotzte in den Käfig. Es dauerte, bis sich sein Verstand wieder ankurbelte und sich der Pfleger in ihm regte. Wenn- wenn Blacky ihn verstand, dann konnte Mika etwas ausrichten. Ganz sicher.

»Okay«, murmelte er, musste schlucken. Seine Kehle war ganz trocken geworden. Langsam setzte er sich wieder auf, merkte, dass er am ganzen Leib bebte.

Reiß dich zusammen, Auclair. Nicht denken, handeln. Du weißt, was zu tun ist.

Vorsichtig sah er in das Gesicht des Gendros, suchte die richtigen Worte.

»Du kannst mich verstehen? Hab ich Recht?«, stolperte dann aus seinem Mund und schalt sich im nächsten Moment dafür. Dämlicher ging's schon gar nicht mehr.

Das durfte nicht wahr sein. Enttäuscht von sich selbst sackte der Gendro zusammen. Was war nur mit ihm los? Hatte der Ledermensch jeden Funken Verstand aus ihm herausgeprügelt oder wieso verhielt er sich wie ein Dummkopf? Vor einem Menschen zu zeigen, dass er ihn verstand ...! Etwas Dümmeres hätte er nicht tun können! Damit hatte er die nächste Katastrophe heraufbeschworen. Was würde jetzt passieren? Was würde der Wächter tun? Den Ladenmenschen holen? Es ausnutzen? Vielleicht hatte er es ja auch falsch verstanden? Aber je mehr Zeit verging, desto mehr schrumpfte die Fassungslosigkeit des Menschen und Neugier trat in sein Gesicht. Nur war es keine böswillige Neugier ... Sollte er auf seine Frage vielleicht doch reagieren? Oder besser so tun, als wäre nichts geschehen? Er entschied sich auszuharren und starrte den Menschen einfach nur an, wartete ab.

»Du kannst mich also verstehen«, schlussfolgerte Mika, denn das Zögern des Gendros sprach für sich. Abgefahren! Das alles wurde immer skurriler. Sprachlos betrachtete er den Flughund, musste verarbeiten, was genau das bedeutete. Immer wieder setzte er an, wollte etwas sagen, wusste aber nicht, wo er anfangen sollte.

Verstehen. Was sollte das überhaupt bedeuten? Verstand er einzelne Wörter? Oder komplexe Sätze? Oder war es nur der Wortlaut? So viele Fragen lagen ihm plötzlich auf der Zunge, rollten über ihn hinweg wie eine Lawine. Nur mit Mühen konnte er sich zusammenreißen, dann fiel sein Blick zurück auf den gigantischen blauen Fleck.

Was machte er hier eigentlich? Es war völlig egal was oder wie viel Blacky verstand, Mika hatte eine Aufgabe zu erledigen. Also rückte er näher an die Box und senkte die Stimme, sprach klar und deutlich.

»Hör zu, ich habe keine Ahnung, was man dir angetan hat und ich kann verstehen, dass du mir nicht traust, aber ich schwöre dir, ich werde dir nichts tun. Es könnte eine Rippe gebrochen sein und wenn sich die in deine Lunge gebohrt hat, sieht es übel aus für dich! Willst du an deinem eigenen Blut ersticken? Nein, oder? Also lass mich nachsehen.«

Entsetzt zuckte der Gendro zurück und Mika schlug sich gegen die Stirn. Er war so ein Idiot! Aber wie zum Teufel sollte er ihn sonst überreden? Er schielte zu seiner Brotdose und ihm kam eine Idee. Eine alberne Idee, aber besser als nichts.

»Pass auf! Du magst unser Futter nicht, stimmt's? Hier ist der Deal: Lass mich nachsehen was du hast und ich verspreche dir, ich besorge dir was anderes zu essen. Alles, was du willst. Okay?«

Regungslos verharrte der Gendro in seiner Ecke, verengte die Augen. Einen Deal? Der Mensch meinte einen Handel. Und darauf sollte er eingehen? Hielt dieser Wächter ihn für so dumm?

Misstrauisch senkte er den Kopf, tastete nach der Wunde auf seiner Brust. Es wurde immer schwieriger, sich aufrecht zu halten. So wie die Dinge lagen, sollte er diesen Vorschlag vielleicht überdenken. Was, wenn der Mensch Recht hatte, wenn er im Inneren verletzt war? Oder war das ein Trick? Er war sich nicht sicher. Langsam hob er den Kopf, musterte den Wächter eindringlich. Er wirkte aufrichtig, nichts an ihm strahlte Heimtücke aus. Da war nur Sorge und Nervosität. Und wenn er sich darauf einließ? Seufzend lehnte er sich an die Wand. Zu oft hatte man ihn schon reingelegt, aber er war erschöpft und hungrig und hatte Schmerzen. Vielleicht hatte er Glück, vielleicht würde er dieses Mal nicht dafür zahlen müssen, aber er hatte einfach keine Kraft mehr.

»Wir machen es so«, kam von dem Wächter und er deutete auf das Essen, das er ihm zugeschoben hatte. »Wenn du einverstanden bist, nimmst du dir die Sandwiches jetzt sofort. Wenn nicht, dann lass sie stehen und iss sie später. Einverstanden?« Also wartete er auf ein Zeichen seiner Einwilligung? Überließ ihm die Entscheidung? Fragend legte der Gendro seinen Kopf zur Seite, sah nachdenklich auf die Brote. Sollte er das wirklich tun? War ihm sein Stolz wichtiger, als sein Wohlergehen? Denn es ging um mehr, als dieses Menschenessen. Um so viel mehr ... Angestrengt schloss er die Augen, legte den Kopf in den Nacken und atmete durch. Bei allen Himmeln, er war erbärmlich.

Mit einer einzigen Bewegung seines Schweifs langte er nach der Essensdose und zog sie zu sich, ließ den Kopf tief zwischen die Schultern fallen. Gab sich geschlagen.

Das gab's nicht! Blacky ging tatsächlich auf seinen Vorschlag ein. Damit hatte Mika nicht gerechnet, musste immer noch verarbeiten, dass dieses Wesen ihn tatsächlich verstand. Aber gut, okay, er bekam das schon hin, immerhin war er dafür ausgebildet worden und je schneller sie das über die Bühne brachten, desto besser. Tief durchatmend setzte er sich auf, griff nach der Türklinke und wollte in den Käfig klettern, zögerte jedoch.

Wenn er sich wirklich darauf einließ, wenn er jetzt in diesen Käfig stieg, dann gab es endgültig kein Zurück mehr. Dann steckte er mittendrin und Steine würden ins Rollen kommen, die niemand mehr aufhalten konnte. Die alles zertrümmern würden. Machte er einen Fehler, würde er alles verlieren. Aber ein Blick auf den blauen Fleck genügte und er wusste, was er tun musste. Also nahm er seinen Mut zusammen und stieg in den Käfig.

Sein Herz schlug ihm bis zum Hals, als er auf den Gendro zukam. Langsam. Schritt für Schritt. Keine plötzlichen Bewegungen machend. Sie fühlten sich beide unwohl und das musste er nicht noch verschlimmern. Sonderlich gut stellte er sich aber nicht an, denn je näher er Blacky kam, desto tiefer duckte er sich, zog den Kopf immer weiter ein. Der Anblick versetzte Mika einen Schlag und er musste schlucken.

»Schön ruhig bleiben«, murmelte er und als er unmittelbar vor dem Gendro stand, ließ er sich langsam nieder.

Blacky hatte sich in die hinterste Ecke verkrochen, presste sich an die Käfigwand und hielt die Brotdose fest umklammert. Sein Gesicht zeigte keine Regung, aber Mika sah die Anspannung in ihm, roch seine Angst förmlich. Tapferes Kerlchen.

»Es ist alles gut«, flüsterte er beruhigend, ließ seinen Blick über den Körper des Gendro schweifen. Wo sollte er nur anfangen? Bedächtig hob er eine Hand, doch in dem Moment fuhr ein Ruck durch den schmächtigen Körper und der

Gendro begann zu zittern. Unregelmäßig, als würde er dagegen ankämpfen.

Mitleid überkam Mika und er seufzte laut. Mist, er kam sich mies vor, als würde er das arme Ding zur Schlachtbank führen, dabei war es wirklich nur eine Kleinigkeit. Es musste doch eine Möglichkeit geben, dass sich Blacky entspannte. Da fiel sein Blick auf die dunklen Ohren der Fledermaus. Sie waren aufgestellt, zuckten die ganze Zeit, drehten sich in alle Richtungen.

Ein Impuls überkam Mika. Ehe er wusste was er tat, streckte er seine Hand aus und legte sie sanft auf den Kopf des Gendros. Bei der Berührung fuhr Blacky heftig zusammen und sofort zog Mika die Hand weg, zögerte, ehe er sie wieder auf den Kopf des Gendros legte, ihn zaghaft streichelte. Mit weiten Augen wurde er angesehen. Vollkommene Verwirrung spiegelte sich in ihnen wieder und Mika lächelte schief. »Ganz ruhig. Ich hab gesagt, ich tu dir nichts und ich halte mein Wort.«

Das kam überraschend. Mit allem hatte der Gendro gerechnet, als die Hand nach seinem Kopf langte. Mit einem Schlag, mit sonst etwas, doch nicht damit. Sein erster Gedanke war, sich dem fremden Griff zu entziehen, die Flucht zu ergreifen, doch die angenehmen Kreise, die die fremde Hand um seine Ohren zog, taten erstaunlich gut. Sein Herz wurde schwer und er seufzte leise. Es war Ewigkeiten her, dass ihn jemand ohne Hintergedanken so liebkost hatte. Ewigkeiten. Müde sackte er auf den Boden des Käfigs, legte sich ganz nieder. Unterwarf sich, ohne es zu wollen, ohne dass es verlangt wurde. Erschöpft zog er die Beine an den Leib und drückte die Essensdose an sich. Nur einen Moment. Nur für einen Moment wollte er die sanfte Geste genießen, die ihm geschenkt wurde. Tief atmete er ein, inhalierte den Duft des Wächters. Er roch seltsam vertraut. Das war angenehm.

»So ist es gut«, hörte er den Menschen und aus irgendeinem Grund beruhigte er sich.

Lange hielt die Streicheleinheit aber nicht an. Der Wächter zog seine Hand wieder weg und tastete nach seinem linken Arm, hob ihn leicht an. Was sollte das? Brummend wehrte er sich gegen den Griff, hielt den Arm stocksteif und der Wächter ließ nach, warf ihm einen vielsagenden Blick zu. Oh, ach so. Natürlich, er wollte an die Wunde.

Zögernd hob der Gendro seinen Arm, entblößte seine linke Seite. Mit einem Mal knisterte die Luft und der kurze Moment der Ruhe verflog. Über ihm ertönte ein Zischen und der Wächter ballte die Fäuste. Der Gendro erbebte, weitete die Augen. Zorn. Er konnte wachsenden Zorn in dem Wächter spüren. Unruhig schlug er sein Schweif gegen den Boden, knurrte einmal - und es wirkte erstaunlich schnell. Als würde der Mensch seine Gedanken hören, veränderte sich seine Laune und sein Zorn verflog.

»Tut mir leid«, murrte Mika, wich Blackys Blick aus. Er musste sich zusammenreißen. Sein Verhalten beunruhigte Blacky, also beruhigte er sich so gut es ging und konzentrierte sich. Bevor er weitermachte, hob er seine Hände an seinen Mund, hauchte ein paar Mal gegen die Handinnenflächen und rieb diese aneinander. Kalte Hände konnten abschreckend wirken und das wollte er vermeiden. Prüfend ließ er seinen Blick über die helle cremeweiße Haut gleiten, die in schwarze Musterungen überging, betrachtete seine Flügel. Erst aus nächster Nähe konnte Mika erkennen, dass sie nicht rein schwarz waren. Auf den ledrigen Flughäuten waren unterschiedliche Grauabstufungen zu sehen, dezente Verschnörkelungen und Muster. Sie waren wunderschön. Zumindest mussten sie mal wunderschön gewesen sein, denn viele Narben trübten das Bild.

Schluss jetzt, genug geglotzt! Er sollte weitermachen. Allerdings war das leichter gesagt, als getan. Seine Hände zitterten und ein Teil von ihm traute sich kaum, den Gendro zu berühren. Jetzt nur nicht die Nerven verlieren, er bekam das schon hin.

Langsam beugte er sich vor und tastete vorsichtig nach der Wunde. Seine Haut war warm an der Stelle und fühlte sich hart an. Wenn es sich lediglich um einen Bluterguss handelte, war das relativ normal, aber sicher war sich Mika nicht. Knapp warf er dem Gendro einen Blick zu, der ihn nicht eine Sekunde aus den Augen ließ, genau beobachtete, was Mika tat.

»Ich bin vorsichtig, aber das könnte wehtun«, warnte er darum, übte dann leichten Druck auf die Stelle aus, beobachtete genau, wie der Gendro reagierte. Dessen Augen zuckten leicht, mehr kam nicht. Sachte veränderte Mika die Position seiner Finger, übte noch mehr Druck aus und – wieder keine Reaktion. Gott sei Dank! Erleichtert atmete Mika aus. Wäre eine Rippe gebrochen, hätte Blacky das nicht ausgehalten, das war eine gute Nachricht! Nach und nach verstärkte er den Druck, fuhr mit den Fingern über die geschundene Haut. Er konnte jede einzelne Rippe spüren. Jede Bewegung, jeden Atemzug.

Sein Blick schweifte ab, wanderte über den restlichen Körper und mit seinem Blick taten es auch seine Finger. Verließen die Wunde, fuhren über die gesunde helle Haut. Tasteten das seltsame Muttermal ab, das auf Blackys Oberarm thronte. Wenn es denn ein Muttermal war. Mit den zwei schrägen Strichen und dem Kreis darüber, formte es ein seltsames Dreieck und erinnerte mehr an ein Tattoo, als an ein Muttermal. Uneben hob es sich vom Rest seiner weichen Haut ab. Sie war wie Samt. Rauer Samt. Das Gefühl war unbeschreiblich, etwas Vergleichbares hatte er noch nie gespürt. Ob sich sein ganzer Körper so anfühlte? Auch die schwarzen Stellen mit den Mustern?

Wie in Trance krabbelten seine Finger über die Seite des Gendros, hinab zu seiner Hüfte, wo noch mehr dunkle Muster lagen. Mika musste schlucken.

Noch rauer. Sehr viel rauer.

Plötzlich schoss eine Hand hervor, umklammerte Mikas Handgelenk und er erstarrte. Sein Kopf fuhr hoch und verwirrt sah er in Blackys Gesicht. Der Gendro hatte sich aufgerichtet, hielt ihn in einem eisernen Griff. Da wurde es Mika klar.

Schande! Was machte er denn? Beschämt fluchte er, wagte es aber nicht, sich zu bewegen oder seine Hand weg zu ziehen.

»'Tschuldigung«, hauchte er heiser. »Jemanden wie dich hab ich nur noch nie gesehen.« Was für eine blöde Ausrede, aber etwas Besseres fiel ihm nicht ein. Lange starrte der Gendro ihn an, verzog nicht eine Miene, dann ließ er von ihm ab. Mika druckste herum, bevor er es endlich schaffte, einen vollständigen Satz zu formulieren.

»Es ist nichts gebrochen«, murmelte er, konnte den Gendro dabei nicht ansehen. Sein Gesicht fühlte sich plötzlich kochend heiß an. »Aber ich glaube, es ist eine Quetschung. Hinten haben wir ein paar Medikamente. Nichts Großartiges, aber vielleicht finde ich was zum Kühlen. Und was gegen die Schmerzen.«

Es kam nichts. Nur ein vorwurfsvoller Blick, der sämtliches Blut in Mikas Ohren schießen ließ. Was hatte er sich nur dabei gedacht! Er war ein Idiot. Am besten, er verzog sich, bevor er noch mehr Schwachsinn anstellte. Ein letztes Mal warf er der Wunde einen Blick zu und seufzte.

»Wie zum Teufel ist das passiert«, grollte er gedankenverloren, da regte sich der Gendro plötzlich.

Langsam streckte er einen Arm aus, berührte Mikas Bein, seinen Fuß. Die dunklen Klauen krallten sich in Mikas Schuhe. Dann zog er die Hand wieder weg, führte sie an die verletzte Stelle und ballte sie zur Faust. Was...?

Ah! Ein Licht ging Mika auf und entsetzt sah er Blacky an, der sich gegen die Käfigwand lehnte. Er brauchte keine Worte, um ihm zu erzählen, was passiert war, Mika verstand auch so. Getreten. Man hatte ihn getreten. Mit voller Wucht, der Wunde nach zu urteilen. Wieso zur Hölle taten Menschen so etwas? Der Kunde hatte zwar gemeint, Blacky hätte ihn angegriffen, nur wieso?

»War das der Grund, wieso er dich zurückgegeben hat? Ist auf dich los und du hast dich gewehrt? Hat er dich getreten?«

Als ein Nicken erfolgte, schüttelte sich Mika. Gott, war das unheimlich, aber es machte ihn auch wütend. Niemals würde er so etwas tun. Er hatte schon viel Mist gebaut, aber niemals würde er einen Schwächeren angehen. Das war das Letzte.

Es wurde still.

Ruhig saßen sie sich gegenüber. Nur das Gequietsche der jungen Gendros war zu hören und von weiter entfernt die Geräusche aus dem Laden. Irgendwann machte sich Blacky über seine Beute her, vernichtete vor Mikas Augen ein Sandwich nach dem nächsten.

Nachdenklich musterte Mika ihn, betrachtete seine Ohren, die aus seinem schwarzweißen Haar herauslugten und noch immer aufmerksam lauschten. Wie von selbst hob sich seine Hand und griff nach den Strähnen, die schlaff um Blackys Gesicht fielen. Sofort zuckte der Gendro zurück, konzentrierte sich wieder auf Mika, der ihn nur schief angrinste.

»Nichts für ungut, Kleiner, aber du siehst wirklich mies aus«, scherzte er, war sich nicht sicher, ob der Gendro Humor verstand. Mit seinen Fingern durchkämmte er das strähnige Haar. »Hinterm Haus gibt es eine Wiese für die Welpen. Da gibt es einen Wasseranschluss und einen Schlauch. Wir müssten improvisieren, aber willst du dich waschen?« Vielleicht fühlte er sich dann besser?

Mit einem Mal waren die Sandwiches uninteressant. Blacky richtete sich so plötzlich auf, dass Mika zurückwich, befürchtete, jeden Moment attackiert zu werden. Allerdings passierte das nicht. Der Gendro kam ihm erschreckend nahe, überbrückte jede Distanz und starrte ihn mit seinen gigantischen Augen an. Erwartungsvoll, bittend. Schande, bei dem Dackelblick konnten die Welpen im Geschäft einpacken! Dagegen kam ja niemand an.

»Ich nehme mal an, das heißt ja«, gab Mika erstaunt von sich und der Blick wurde noch erwartungsvoller. Ein breites Grinsen schlich sich auf Mikas Lippen und er kicherte kurz. Er zögerte eine Sekunde, ehe er seine Hand zurück auf den Kopf des Gendros legte, ihn zum zweiten Mal an diesem Tag streichelte. So viel zu der gefährlichen Bestie.

»Alles klar. Gehen wir.«

🦇

Es war bewiesen – er war sichtlich nicht mehr richtig im Kopf. Musste verrückt geworden sein, in den Wahnsinn getrieben von den abscheulichen Menschen. Anders konnte sich der Gendro nicht erklären, wieso er sich von dem roten Wächter binnen so kurzer Zeit um den Finger wickeln ließ. Nicht nur, dass er auf seinen dummen Handel einging, nein, er ließ sogar zu, dass er ihn anfasste, dass er ihn streichelte und ihm irgendwelche seltsamen Pillen gab. Und … er ließ sich von ihm an die Leine legen. Unfassbar.

Gut, es sprach für den Wächter, dass ihm das genauso wenig gefallen hatte, doch dass sich der Gendro freiwillig ein weiteres Mal unterwarf, sprach gegen alles, was er sich vorgenommen hatte. Und das nur, um sich säubern zu können. Ja, er musste völlig falsch im Kopf sein, denn er genoss es auch noch. Er genoss jeden Augenblick, in dem er unter dem fließenden Wasser stehen und seinen Körper putzen konnte. Und auch wenn dieses Wasser nicht warm war, so war es viel besser, als jedes Bad an der Seite des Ledermenschen oder die harten Wasserpeitschen aus der Folterkammer.

Erleichtert atmete er aus und legte den Kopf in den Nacken, spürte, wie das Wasser über sein Gesicht und seinen Körper floss, seine Sinne angenehm betäubte. Seine Haut begann zu prickeln und das erste Mal seit langem fühlte er sich wohl. Das saubere Wasser, die frische Luft, der Himmel über ihm, der feuchte Boden unter seinen Füßen. Es erschien ihm ewig her, dass er das hatte genießen können und das alles hatte er dem Wächter mit dem roten Fell zu verdanken. Langsam hob er seine Lider und schielte zur Seite. Der Mensch saß auf den Stufen, die zu dem Laden führten. Wie versprochen hatte er ihn hinaus auf die Wiese gebracht und ihn zu der improvisierten Waschstelle geführt. Und obwohl er über ihn wachte, war er nicht aufdringlich. Warf ihm lediglich unauffällige Blicke zu. Im Tageslicht wirkte er anders, als im Laden. Seine Haare leuchteten in der Farbe der untergehenden Sonne und seine Augen strahlten wie der weite Himmel. Er hatte seltsame Augen. Augen wie … Plastik. Ein Schauer jagte über den Körper des Gendros, wenn er daran dachte, wie der Mensch ihn vorhin angesehen hatte. Wie er ihn berührt hatte. Für einen Moment hatte er das Schlimmste befürchtet, doch dann war der Wächter zurückgeschreckt, hatte vor Verlegenheit geglüht.

Er musste sich in Acht nehmen. Je freundlicher sich ein Mensch gab, desto dunkler war sein Herz.

Nachdenklich schielte der Gendro an sich hinab, tastete nach der verwundeten Stelle an seinem Brustkorb. Der Schmerz ließ allmählich nach und mittlerweile konnte er wieder aufrecht stehen. Es musste an den Pillen liegen, die ihm der Wächter aufgeschwatzt hatte. Sie heilten ihn und es war eine unsagbare Erleichterung. Eines musste man den Menschen lassen, ihre Heilkunde war außergewöhnlich.

Seufzend wandte er sich dem Wasserstrahl zu, hob die Arme und fing die Flüssigkeit in seinen Händen auf, schüttete sie sich über den Kopf. Er würde auf der Hut sein, gewiss, aber jetzt musste er diese seltene Gelegenheit auskosten.

Unruhig rutschte Mika auf den Stufen zum Hinterzimmer herum und inspizierte den Boden zu seinen Füßen. Er hasste es, den Aufpasser zu spielen, während sich Blacky wusch. Irgendwie kam er sich wie ein Spanner vor, wenn er unmittelbar daneben saß, während sich der Gendro duschte. Andererseits hatte er keine andere Wahl. Er würde ihm ja gerne etwas Privatsphäre geben, aber noch gehörte Blacky dem Pet4You und Mika war für ihn verantwortlich. Aus dem Grund hatte er ihn auch an die Leine legen müssen. Zum Kotzen!

Die Leine hatte er an der Außenwand des Gebäudes befestigt, immerhin waren seine Flügel riesig und er durfte ihm nicht davon flattern. Dass sich der Gendro darauf eingelassen hatte, wunderte ihn. Er hatte mit einem Aufstand gerechnet, doch Blacky hatte sich widerwillig das Halsband umlegen lassen und war ihm brav ins Hinterzimmer gefolgt. Dort hatten sie ihn zuerst verarztet, bevor sie nach draußen gegangen waren.

Zu beobachten, wie sich der Gendro verhielt, wenn er keine unmittelbare Gefahr witterte, war faszinierend und Mika ertappte sich immer wieder dabei, wie er ihn erstaunt beobachtete. Trotz der massigen Schwingen und seiner angeschlagenen Seite, hatte Blacky einen federleichten Gang, schwebte beinahe wie ein Tänzer. Anders als am ersten Abend, wo er sich in den Boden gekrallt hatte wie ein Wahnsinniger. Am Interessantesten war jedoch, dass er Schamgefühl besaß. Kaum da er die Box verlassen hatte, hatte er sich in seine Schwingen gehüllt und seinen entblößten Körper bedeckt. Dasselbe tat er auch jetzt. Aufrecht stand er unter dem Wasserschlauch, den Mika mehr schlecht als recht an der Wand montiert hatte, und putzte sich. Die Flügel hielt er dabei gesenkt wie einen Sichtschutz. Er war wirklich ein schönes Geschöpf und je länger er unter dem Wasser stand, desto heller wurde seine Haut, desto mehr strahlte sie. Es war ein fesselnder Anblick.

Worüber er wohl nachdachte? Die Frage stellte sich Mika immer wieder. Immerhin verstand Blacky ihn. Hatte er also ein Bewusstsein? Echte Gedanken? Was dachte er wohl über die Welt? Den Laden? Über ihn? Ach Schwachsinn, was zum Geier dachte er da bloß! Nach einiger Zeit stand Mika auf, streckte sich und lehnte sich gegen die Hauswand, nickte Blacky zu.

»Und? Wie sieht's aus? Bist du soweit?«

Sie waren immerhin schon eine ganze Zeit hier draußen und er hatte noch andere Dinge zu erledigen. Blacky drehte sich darauf zu ihm, musterte ihn einmal von oben bis unten, ehe er den Kopf zur Seite neigte. Mit den aufgestellten Ohren sah er fast niedlich aus, wäre da nicht der eiskalte Blick. Trotzdem musste Mika grinsen, deutete einmal auf die Tür.

»Wir müssen langsam zurück«, erklärte er. Hoffentlich veranstaltete die Fledermaus jetzt kein Theater. Aber Mika hatte Glück. Blacky blieb ruhig, drehte sein Gesicht noch einmal dem Wasser zu, trat schließlich von dem Wasserstrahl zurück und schüttelte sich. Wassertropfen flogen in alle Richtungen, dann sah er Mika wieder an, senkte die Lider und schnaubte. Der Blick war zum Schießen und Mika lachte.

»Schon kapiert. Ich find's da drin auch nicht so prickelnd, aber was sein muss, muss sein. Ich komm jetzt zu dir«, warnte er vor und setzte sich in Bewegung, steuerte die Halterung an, an der er die Leine befestigt hatte. »Drinnen liegen ein paar Handtücher. Du kannst sie benutzen, wenn du- ...«

»Was zur Hölle ist denn hier los?«

Schlagartig drehte sich Mika um, verkrampfte. Die Tür zum Hinterzimmer hatte sich geöffnet und Jakobson stand im Türrahmen, starrte entgeistert auf sie hinunter. Mist, man hatte sie erwischt!

»Ich will sofort wissen, was hier los ist!«, donnerte sein Chef, stampfte die Stufen hinunter und kam drohend auf sie zu. »Was zum Teufel machst du da? Alle Welt sucht dich und du treibst dich hier draußen rum? Was wird das?«

Neben ihm wurde Blacky unruhig. Er begann zu knurren und wich so weit zurück, dass sich die Leine in Mikas Hand spannte. Mist! Wenn Blacky jetzt auf die Idee kam durchzudrehen, würde Mika ihn wohl kaum bändigen können. Gegen die Kraft seiner Schwingen kam er niemals an.

»He, ruhig! Ganz ruhig, Kleiner«, versuchte er ihn zu beruhigen, wandte sich ihm zu und hob eine Hand. Die grünen Augen huschten zwischen ihm und Jakobson hin und her, blieben dann aber bei Mika hängen. »So ist es gut, alles okay.«

»Gar nichts ist okay!«, mischte sich Jakobson ein, schnappte nach der Leine und entriss sie Mikas Händen. »Gib das her!« Mit einem festen Ruck zerrte er Blacky zu sich und das Knurren verwandelte sich in einen keuchenden Laut. »Was zur Hölle fällt dir eigentlich ein? Wer hat dir erlaubt, ihn aus dem Käfig zu lassen?«

»Ich wollte nur- ...«

»Was du wolltest spielt keine Rolle! Du hast nicht das Recht, einen der Gendros oder der anderen Tiere einfach aus dem Geschäft zu entfernen. Das überschreitet deine Kompetenz! Und was ist das hier, huh?« Empört hielt Jakobson die Leine hoch, schüttelte den Kopf. »Das ist ja wohl ein Witz, Auclair. Du bringst ihn hier raus, an einer lächerlichen Leine? Als einzige Sicherheitsvorkehrung? Das ist kein Kuscheltier! Willst du, dass er uns ausreißt? Fängst du ihn wieder ein? Warnst du die Öffentlichkeit? Trägst du die Kosten?«

Ein plötzlicher Aufschrei unterbrach Jakobson und ein heftiger Windstoß traf Mika.

Blacky hatte angefangen, wie wild mit seinen Flügeln zu schlagen und dieses Mal hielten ihn keine Wände auf. Seine Schwingen breiteten sich zur vollen Größe aus, wirbelten Staub und Erde auf, während seine kreischende Stimme Mikas Trommelfell fast zum Platzen brachte.

Keuchend presste er sich beide Hände auf die Ohren und duckte sich, um nicht von den Flügeln getroffen zu werden. Er konnte sehen, wie sich der Gendro zu winden begann, den Kopf hin und her warf, nach der Leine Griff, an der Jakobson zerrte. Was ihn derartig aufbrachte war offensichtlich. Jakobsons ganzes Verhalten, seine Körpersprache, seine Stimme. Blacky fühlte sich bedroht.

»Sie regen ihn auf!«, rief er seinem Chef zu, trat an dessen Seite und streckte fordernd eine Hand aus. »Das ist ein Missverständnis! Ich wusste nicht, dass das verboten ist. Ich bringe ihn zurück, überlassen Sie das mir!«

»Den Teufel werde ich tun, du hast das hier zu verantworten«, tadelte Jakobson, stolperte nach vorn, als Blacky an der Leine zog und verlor sichtlich die Nerven. »Jetzt reicht es! Komm her, du Nervensäge! Zurück mit dir in deinen Käfig, dann kannst du was erleben!«

Mit beiden Händen ergriff er das Lederband und zog mit ganzer Kraft daran, brachte Blacky zum Straucheln. Er stolperte und fiel vornüber, konnte sich nur in letzter Minute mit den Daumenkrallen seiner Flügel abstützen und hielt sich seine verwundete Seite.

Das reichte! Jakobson war ein Idiot! Er machte alles kaputt, was sich Mika gerade so schwerfällig erkauft hatte – einen Funken Vertrauen.

Bevor das Ganze ausartete, handelte er. Er machte einen Schritt vor und stellte sich zwischen seinen Chef und die Fledermaus, entriss Jakobson die Leine.

»Stopp!«

»Was? Was erlaubst du dir eigentlich?«, grollte Jakobson, aber Mika ließ sich nicht einschüchtern, verengte die Augen.

»Tut mir leid, aber so geht das nicht! Ich hab es schon mal gesagt. Ich wurde eingestellt, um mich um die Tiere zu kümmern. Ich lasse nicht zu, dass Sie Ihre Wut an ihm auslassen. Das hier ist meine Schuld, das sehe ich ein. Ich werde ihn nie wieder aus der Box lassen, aber er kann nichts dafür. Sie haben ihn erschreckt! Er ist eine Fledermaus, sein Gehör ist hypersensibel! Lassen Sie mich ihn einfach wieder reinbringen. Okay?«

Vernichtend wurde Mika angesehen und er wusste, nur eine einzige Sache beschützte ihn in diesem Moment davor, dass Jakobson ihn nicht sofort feuerte – oder ihm eine reinhaute und ihn dann feuerte: Seine Erfahrung. Aber lange würde diese Trumpfkarte nicht mehr halten. Jakobson war kurz davor zu explodieren, seine Hand zitterte gefährlich. Knapp warf er Blacky einen Blick zu, dann atmete er tief durch und trat vor, kam Mika viel zu nahe.

»Du bist erst zwei Tage hier, Auclair. Treib es nicht zu weit.«

»Okay, okay! Tut mir leid. Es kommt nicht wieder vor.«

»Oh nein, das wird es nicht. Sieh das als Abmahnung! Und jetzt bring ihn rein. SOFORT!« Kopfschüttelnd fuhr Jakobson herum und stapfte die Stufen wieder hoch, zog die Tür auf und knallte sie laut hinter sich zu.

Erschöpft atmete Mika aus, ließ die Schultern hängen. Das war haarscharf gewesen. Langsam drehte er sich um und sah zu Blacky.

Er hatte ihn beschützt. Der rote Mensch hatte ihn beschützt ... unfassbar.

Mühsam richtete sich der Gendro auf, sah ungewiss zu der Tür, hinter der der Ladenmensch verschwunden war. Zorn lag in der Luft. Sie knisterte regelrecht und ein Schauer jagte über seinen Rücken. Dass die Menschen sich immer so aufregen mussten. Ihr Zorn traf ihn jedes Mal wie eine heiße tosende Welle und umklammerte ihn. Er verabscheute dieses Gefühl, es machte ihn nervös und obwohl der Ladenmensch fort war, blieb das Gefühl.

Es kam von seinem Wächter. Er war noch immer wütend, doch galt seine Wut nicht ihm. Sie galt dem Ladenmensch. Er hatte sich tatsächlich gegen das Alphatier gestellt. Um ihn zu beschützen - und war damit durchgekommen!

Schließlich setzte sich der Wächter in Bewegung und kam auf ihn zu. Sofort wich er zurück, wollte dem Impuls nachgeben und fliehen. Aber Flucht war unmöglich, denn die Leine lag nun fest in der Hand des Wächters. Aufgebracht schwang er seinen Schweif hin und her, unsicher, was er zu erwarten hatte.

»Geht es dir gut? Hast du dich verletzt?«Das war alles. Kein weiterer Zorn. Kein Hass. Der Wächter fragte mit beherzter Stimme, meinte die Frage tatsächlich ernst. Sorgte sich. Sachte tastete er nach dem Arm, mit dem der Gendro seinen Sturz abgefedert hatte, bevor seine Flügel ihn aufgefangen hatten. Seine Haut war leicht aufgeschürft, es waren unwichtige Kratzer, aber der Wächter zischte und schüttelte aufgebracht den Kopf.

»Das hätte nicht sein müssen.«

Blaue Augen richteten sich auf ihn, sahen ihn eine ganze Weile an, in einer Mischung aus Mitleid und Fürsorge, dann hob er zögerlich seine Hand. Sachte legten sich die fremden Finger auf seine Wange und ein Lächeln wurde ihm geschenkt.

»Tut mir leid, Kleiner. Es wird alles gut, keine Sorge. Ich kümmere mich darum.«

Auch diese Worte entsprachen der Wahrheit. Sein Wächter war ein erstaunlich ehrlicher Mensch und seine Berührung tat auf beschämende Weise gut.

Schließlich ließ der Wächter von ihm ab und als er seine Hand zurückzog, konnte der Gendro einen kurzen Blick auf die Finger des Menschen erhaschen. Und auf seine Nägel. Etwas an ihnen war seltsam. Sie wirkten dunkler, länger … Angestrengt kniff der Gendro die Augen zusammen, schüttelte den Kopf. Als er die Augen jedoch wieder öffnete, war da nichts. Als wäre der kurze Moment nie gewesen. Was hatte das zu bedeuten? Spielten ihm seine Sinne etwa einen Streich? Was auch immer das gewesen war, sein Wächter war ein höchst eigenartiger Mensch. Höchst eigenartig.

Kapitel 6

Abschied

»ABGEFAHREN! Wusstest du, dass Gendros fast eine doppelt so hohe Lebenserwartung wie Menschen haben?«, meinte Mika erstaunt und biss in seinen Apfel. Grunzend blätterte er die Seiten des Buches um, das er schon seit Tagen akribisch studierte und tippte ein paar Mal auf das Papier. »Und dass obwohl eure Kindheit nur maximal sechs bis acht Jahre dauert. Ha, dann bist du ja grade erst aus den Kinderschuhen raus, was Blacky?«

Ein desinteressiertes Schnauben kam aus dem Käfig und genervt wurde er angesehen. Uh, scheinbar hatte Black Beauty, die Diva des Pet4You Zoofachhandels, heute extrem schlechte Laune. Allerdings konnte Mika über seinen abschätzenden Blick nur lachen. Er winkte ab, lehnte sich gegen das Arbeitsregal im Glaszimmer und blätterte weiter in seinem Buch, während sich Blacky wieder seinem neuen Spielzeug zuwandte. Damit war die Fledermaus schon den ganzen Morgen beschäftigt und das war auch gut so. Blacky saß immer alleine in seiner Box, also hatte sich Mika eine Beschäftigungstherapie für ihn ausgedacht und schmuggelte hin und wieder Puzzle und andere kleine Knobelspiele in das Glaszimmer. Sein heutiger Favorit war der Zauberwürfel, den Mika mitgebracht hatte. Er hatte keine Ahnung, ob das Blackys Intelligenz vielleicht überstieg, aber lustig war es allemal, wie er hoch konzentriert versuchte, das Rätsel zu lösen. Daher auch die miese Laune – herrlich.

Kurz schielte Mika auf die Uhr seines Smartphones, schluckte den letzten Bissen seines Apfels runter und warf ihn in die Mülltonne. Eine halbe Stunde hatte er noch, dann war seine Mittagspause vorbei. Er musste sich ranhalten, wenn er das Kapitel bis dahin fertiglesen wollte. Denn dann musste das blöde Buch zurück in die Auslage! Noch hatte niemand bemerkt, dass er sich an der Informationslektüre des Ladens vergriff. Nicht, dass er damit rechnete, ernsthaft Ärger zu bekommen, immerhin verehrten seine Kollegen ihn, als wäre er ein Held - was absolut unsinnig war – trotzdem sollte nicht jeder mitbekommen, dass er heimlich Bücher über die artgerechte Haltung von Gendros las. Mittlerweile waren zwei Wochen vergangen, seit der Fledermaus beziehungsweise Flughund-Gendro Blacky im Pet4You aufgetaucht war und seitdem hatte sich einiges getan. Die Nachricht, dass sich Mika gleich am zweiten Arbeitstag mit dem Chef angelegt hatte, hatte schnell die Runde gemacht. Zusammen mit der Tatsache, dass er der einzige war, den Blacky in seine Nähe ließ, war er zu einem geachteten Mitglied der Kollegschaft geworden. Nicht, dass er darauf Wert legte. Was die anderen dachten, war ihm relativ egal, aber er war es nicht gewohnt, derartig im Rampenlicht zu stehen. Sein Magen verknotete sich jedes Mal, wenn ihn jemand ansprach. Trotzdem hatte es seine Vorteile und die Arbeit machte Spaß. Mit Rosenbaum verstand er sich immer besser und auch Jakobson hatte sich wieder beruhigt, nachdem Mika dem Laden zu einigen Kaufabwicklungen verhelfen konnte. Tatsächlich machten sie mehr Umsatz als vorher, was auf Mikas Kappe ging. Mit den Kunden hatte er zwar so seine Probleme, aber er mogelte sich da durch. Sogar eines der Gendrojungen hatte er vermitteln können, was seinen Chef schließlich vollkommen versöhnlich gestimmt hatte. Alles lief bestens! Auch mit Blacky. Dabei sollte er den Flughund-Verschnitt eigentlich verfluchen und zum Teufel jagen.

Dieses kleine Mistvieh hatte es geschafft. Mika wusste nicht wie, aber er hatte die Mauer eingerissen, die sich über Jahre in ihm aufgebaut hatte. Deswegen klaute er die Bücher aus den Auslagen. Deswegen verbrachte er jede freie Minute bei den Gendros – um seine neu entdeckte Neugier zu befriedigen. Erst heimlich und unauffällig, aber jetzt war er jede Mittagspause in dem Raum mit der Glastür. Niemals hatte er damit gerechnet, dass er diesen Wesen einmal so verfallen könnte. Aber es gab niemanden mehr, der ihm Vorschriften machte oder ihm sagte, was er tun oder denken sollte. Er musste nicht mehr dagegen ankämpfen und seine Neugier unterdrücken. Es kostete Überwindung, aber nach und nach schaffte er es, sich von den alten Sichtweisen zu lösen, die ihm über die Gendros eingebläut worden waren. Und Blacky half ihm dabei.

Der hockte noch immer in seinem Käfig und drehte an dem Würfel herum, sichtlich frustriert. Kurz schaute Mika zu Tür, dann stieß er sich von dem Regal ab und kam auf den Käfig zu.

»Ich kann dir auch was anderes besorgen, wenn dir das keinen Spaß macht«, schlug er grinsend vor, doch wie nicht anders erwartet, klatschte Blackys Schweif gegen die Tür, untermalt von einem Brummen. Ein klares Nein. Typisch. Wenn er eins über die Fledermaus gelernt hatte, dann, dass Blacky nicht nur klug war und jedes Wort verstehen konnte, das er sagte, er war auch stur. Hatte er eine Aufgabe, saß er gewissenhaft daran, bis er sie gelöst hatte. Es war unglaublich, ihn zu beobachten - seine Körpersprache, seine Blicke. Mika konnte ihm Stunden zusehen und jedes Mal, wenn er auf ihn reagierte, machte sein Herz einen zittrigen Satz. Im Grunde ziemlich bescheuert ... Allerdings behielt er das alles für sich. Dass Blacky ihn verstehen konnte, dass er heimlich mit ihm sprach. Was da zwischen ihm und dem Gendro ablief, das gehörte ihm und allmählich fasste Blacky Vertrauen zu ihm.

Zumindest ließ der Gendro ihn gerne in dem Glauben.

Dass sein Wächter Interesse an ihm hatte, war ihm schon seit einiger Zeit bewusst und er musste sich eingestehen, dass er dieses Interesse teilte. Innerlich tadelte er sich für diese albernen Gedanken, sollte er es doch nach all den Sommern besser wissen. Am Ende machte er denselben Fehler noch mal, baute Vertrauen auf, wurde hintergangen und dann fallen gelassen. Allerdings tat er sich schwer damit, Abstand zu halten. Er hatte es versucht, aber er konnte sich diesem Menschen nicht entziehen. Er war stets präsent, gab sich so freundlich und das Schlimmste war, hörte der Gendro auf seine Sinne, dann konnte er diesem Menschenmännchen trauen ... Viele Monde waren vergangen, seit er hergekommen war und niemals hatte sein Wächter ihm Leid zugefügt. Er hatte ein paar Mal die Kontrolle verloren, doch wegen anderen Menschen. Ihm gegenüber war er nie grausam gewesen. Er hielt seine Versprechen, brachte ihm gutes Futter, unterhielt sich mit ihm. Anfangs hatte er versucht, das alles zu ignorieren, er wollte sich von dem Menschenpack nicht einwickeln lassen, aber jetzt erwischte er sich dabei, wie er morgens auf ihn wartete. Was waren seine Sinne noch wert, wenn ihn seine Gefühle betrogen? Erbärmlich, wie tief er gesunken war.

Womöglich war der Ledermensch schuld? Vielleicht trieb sein Verhalten den Gendro dazu, sich wie ein verzweifelter Dummkopf an jede noch so kleine Hoffnung zu klammern – und das gegen seine Vorsätze! Vielleicht lag es daran, dass er jung war. Dass er gerade erst herangereift war und wenig Erfahrung mit guten Menschen hatte ... Aber stimmte das?

Finster verengte der Gendro die Augen, straffte seine Schwingen und schlug einmal mit ihnen aus. Nein. Er hatte mehr als genug Erfahrung mit Menschen gemacht. Was der Ledermensch ihm angetan hatte ...! Es könnte jeder Zeit wieder passieren!

Eine heftige Gänsehaut kroch seinen Rücken hinab und er zog die Beine fest an den Leib. Dachte er an damals zurück, wollte er schreien. Die Wände seines Käfigs zerschlagen und fliehen! Aber es würde nichts bringen. Er konnte nur still in seiner Ecke sitzen und versuchen zu vergessen. Zu verdrängen. An Besseres zu denken.

Sein Wächter war schuld! Dieser Abschaum setzte ihm Flausen in den Kopf. Durch sein dummes Gehabe, sein Gerede! Seit er entdeckt hatte, dass der Gendro ihn verstehen konnte, tat er nichts anderes mehr. Reden. Zu dumm, dass seine Stimme so einen angenehmen rauen Klang hatte. Dabei war es nicht einmal seine Stimme, die den Gendro am meisten lockte. Es waren seine Haare. Und seine Augen. Sie erinnerten ihn jedes Mal an den Himmel. Das war angenehm.

Weniger angenehm war das Spiel, das sein Mensch ihm heute mitgebracht hatte. Seufzend wandte er sich dem Kästchen in seiner Hand zu und runzelte die Stirn.

Erst hatte er nicht begriffen, was es war, hatte versucht, von dem seltsamen Gebilde zu kosten und daran genagt - worauf sein Wächter in Panik verfallen war. Doch dann hatte er ihm erklärt, dass es sich um ein Menschenspiel handelte. Um ein Rätsel. Zauberwürfel nannte er es. Was auch immer das bedeutete, das Ding war tückisch. Sein Wächter hatte erklärt, dass jede Seite aus vielen kleinen Kästchen bestand und am Ende musste jedes Kästchen auf jeder Seite dieselbe Farbe haben. Nur wo war der Trick? Es gab einen, da war er sich sicher. Doch welchen?

Knapp schielte er zur Seite, wo sein Wächter vor dem Käfig hockte und ihn mit einem spöttischen Grinsen ansah. Er machte sich über ihn lustig. Abwertend schnalzte er mit der Zunge, senkte die Lider. Er würde sich noch wundern, dieser arrogante Mensch.

Seine Augen wanderten weiter und für einen Moment betrachtete er die Finger des Menschen. Seit sein Wächter ihn vor dem Ladenmenschen beschützt hatte, hatte er es nicht wieder gesehen. Die Veränderung seiner Hände. Vermutlich war es nur eine Sinnestäuschung gewesen, trotzdem blieb er wachsam, denn eins war ihm klar. Sein Wächter hatte etwas zu verbergen. Daran bestand kein Zweifel. Sein Geruch, seine Körperhaltung ... Ein guter Schauspieler war er nicht, aber weitaus besser, als der übrige Abschaum, der hier herumlief.

»Wenn du willst, zeig ich dir, wie man das Rätsel löst. Es ist nicht so schwer«, meinte der Mensch dann, streckte einladend die Hand aus und grinste frech. Dummkopf! Der Gendro würde das Rätsel selbst lösen, er brauchte dafür keine Hilfe. Abweisend schüttelte er den Kopf, schloss die Augen, worauf sein Wächter lachte, mit den Schultern zuckte.

»Mann, bist du stur. Aber okay, versuch's nur. Ich muss jetzt- ...!« Urplötzlich hielt sein Wächter inne, weitete die Augen und drehte den Kopf, sah zu der Glastür. Stimmte etwas nicht?

Moment! Jetzt hörte er es auch.

Da waren Schritte, die sich näherten, Stimmen. Die Glastür wurde geöffnet und sein Mensch stand auf, trat von dem Käfig zurück.

»Guten Tag«, ertönte eine fremde, hohe Stimme. Gaffer - nein, Kunden. So nannte sein Wächter sie. Kunden hatten den Raum betreten.

Verflucht, Mika hatte sich gehen lassen! Blacky hatte ihn zu sehr abgelenkt und er hatte erst in letzter Sekunde mitbekommen, dass jemand den Raum betreten hatte.

Es war eine Frau mit einem kleinen Mädchen an der Hand. Sonderlich freundlich wirkten die beiden nicht. Die Frau sah sehr streng aus, war groß und hager und die Absätze ihrer Schuhe klackerten auf dem Boden wie ein Hagelschauer. Ihren Kleidern nach zu urteilen, stammte sie aus der Innenstadt. Diese pompöse Mode war typisch für die Bewohner von Akeron. Um den Hals trug sie eine lächerlich protzige Kette und wenn ihn seine Augen nicht täuschten ... trug die doch tatsächlich einen Pelzbesatz an ihrem extravaganten Mantel! Was zum Teufel? Aber das Mädchen war auch nicht besser. Sie sah aus wie eine Puppe. Mit Schleifchen in ihren dunklen Locken und einem skurrilen Rüschenkleid. Welche Eltern taten ihren Kindern so etwas heutzutage noch an?

Im ersten Moment fragte sich Mika, ob die beiden im falschen Laden waren. Die passten hier absolut nicht rein und er wusste nicht, wie er reagieren sollte. Blöd glotzen oder lachen? Oder beides? Nein, dann kam er wie ein Wahnsinniger rüber.

Schließlich entdeckte die Frau ihn und nickte ihm zu. Scheinbar waren sie hier wohl doch richtig. Mika wurde heiß und seine Kehle zog sich zu. Die Kundenberatung machte ihn jedes Mal nervös, aber er durfte nicht noch einen Fehler machen. Jakobsons Geduldsfaden war zu dünn, als dass er sich noch einen Aussetzer leisten konnte.

»Guten Tag«, erwiderte er darum den Gruß der Frau. »Kann ich Ihnen helfen?«

Die Frau nickte, während ihre Tochter begeistert zu den Boxen mit den kleinen Gendros lief, die sich vor der Frontscheibe aufstellten und das Mädchen neugierig ansahen.

»Ich interessiere mich für den Kauf eines Kryptiden«, erklärte sie und fast wäre Mika die Kinnlade herunter gefallen.

Gott, war die Schnepfe herablassend! Glotzte ihn an, als wäre er der letzte Dreck. Aber okay, gut, ruhig bleiben. Die Dame wollte also einen Gendro. Mikas Brust verknotete sich. Die Vermittlung der Gendros fiel ihm eh schwer und dann auch noch so eine Kundin. Großartig.

»Und wieso möchten Sie ausgerechnet einen Kryptiden? Sie haben doch schon ein Kind.« Oh Mist! Er durfte die Kunden nicht so anfahren. »Ähm, ich meine, diese Wesen brauchen besondere Pflege, sie sind nicht so leicht zu handhaben, wie ein normales Haustier. Und, wenn man ein kleines Kind hat ... die doppelte Arbeit, Sie verstehen?«

Die Frau musterte ihn skeptisch, verschränkte die Arme

»Das geht Sie nichts an. Ich bin geschäftlich viel unterwegs und brauche für meine Tochter einen Spielgefährten. Jemanden, der auf sie aufpasst.«

Hatte die noch nie was von einem Babysitter gehört? Genug Kohle hatte sie ja wohl, wenn sie sich einen Gendro leisten konnte. Ein Kindermädchen wäre da jawohl ein Klacks! Oder noch besser - einfach die Arbeit hinten anstellen und für das Kind da sein!

»Wäre ein Hund da nicht die bessere Wahl?« Obwohl es keinen Unterschied machte, ob Hund oder Gendro. Ihr Anblick allein reichte und Mikas Alarmglocken klingelten. Ein Tierfreund war die niemals. Unbeeindruckt zuckte die Frau mit den Schultern und ließ ihren Blick durch den Raum wandern.

»Nein. Ein Hund muss erst erzogen werden. Zudem machen Hunde zu viel Dreck. Ich habe mich informiert. Man kann Gendros recht einfach erziehen und ihnen beibringen, sich manierlich und reinlich zu verhalten.« Damit drehte sie sich um und ging zu ihrer Tochter.

Mika verabscheute diese Frau jetzt schon. An Tagen wie diesen hasste er seinen Expertenjob. Mürrisch folgte er ihr und stellte sich neben die Box, vor dem das Mädchen stand. Drei Katzen-Gendros saßen in dem Käfig. Sie waren hübsch, hatten eine rötliche Pigmentierung auf der Haut und rotbraunes Haar und Fell.

Arme kleine Dinger. Bei dem Gedanken, dass einer von ihnen vielleicht an diese Frau ging, drehte sich sein Magen um. Bei dem Mädchen hatte er wenig Bedenken, dass es sein neues Haustier liebhaben würde, aber die richtige Versorgung und artgerechte Haltung war etwas anderes. Gerade bei Katzen-Gendros! Sie brauchten viel Platz, ihren Freiraum! Sie waren eben Katzen und nicht als Spielzeug geeignet. Jetzt waren sie noch süß, aber Katzen-Gendros konnten sich zu richtigen Raubtieren entwickeln, auch wenn sie meistens in die Unterwerfung gezwungen wurden. Würde diesen Kleinen dasselbe Schicksal drohen?

Das Mädchen war jedenfalls absolut von ihnen begeistert. Eines der Jungtiere hatte es ihr besonders angetan und vergnügt lachte sie auf.

»Schau mal, Mama, schau mal! Wie süß!«

»Das sind Katzen-Gendros«, erklärte er und trat an die Box, warf der Mutter einen Blick zu. »Sie entwickeln dieselben Eigenschaften wie normale Katzen. Aber ihr Charakter verändert sich noch. Sind sie klein, sind sie niedlich, werden sie groß, können sie richtige Arsch- äh, ich meine richtige Biester werden.«

»Nein, ich mag keine Katzen. Sie haben Krallen. Am Ende machen sie mir meine Vorhänge kaputt oder kratzen meine Tochter!«

Mika verdrehte die Augen. Was wollte sie dann? Katzen mochte sie nicht, Hunde machten ihr zu viel Dreck. Glaubte sie, die Erziehung eines Gendros war ein Klacks?

»Man könnte ihnen natürlich die Krallen ziehen, dann wäre das Problem aus der Welt«, kam dann plötzlich und Mika erstarrte.

Was? Dieses Mal schaffte er es nicht, sich zu beherrschen. Entsetzt glotzte er die Frau an. Die Krallen ziehen? Tief atmete er durch, schluckte den Wutanfall runter, der kurz davor war, aus ihm herauszubrechen.

Es gab Ärzte, die so etwas machten, aber das war Tierquälerei und in vielen Staaten bereits verboten! Bei normalen Katzen durfte man das schon längst nicht mehr, nur bei den Gendros war das noch erlaubt. Wie es wohl dieser Frau gefallen würde, wenn man ihr die Fingernägel zog! Diese ...!

Nein. Stopp, stopp, stopp! Er musste ruhig bleiben. Rastete er jetzt aus, waren seine Tage gezählt, also zwang er sich zu einem Lächeln und hielt die Klappe. Die Frau murmelte indes vor sich hin.

»Mh, das wären allerdings zusätzliche Kosten. Nein, Katzen kommen nicht in Frage.«

Wie schön, dass sie sich da einig waren! Hoffentlich war's das und sie zog wieder ab! Aber so viel Glück hatte er nicht.

»Haben Sie noch andere Exemplare oder sind das die Einzigen?«

Mika stockte. Andere Exemplare? Langsam sah er sich über die Schulter, spähte zu der letzten Box am Ende des Raumes. Blacky. Er hatte ganz vergessen, dass er auch zum Verkauf stand. Dass er jeder Zeit von hier verschwinden würde, sobald ein Interessent kam. Sein Inneres gefror zu Eis. Nein! Einen Teufel würde er tun und dieser Frau Blacky zeigen. Niemals!

»Zumindest keine, die für Sie angemessen wären«, erklärte er und im selben Moment bereute er es. Eine gefährliche Falte wölbte sich zwischen den Augenbrauen der Frau. Schande, wieso hatte er bloß so wenig Selbstkontrolle.

»Wie bitte?« Empört hob die Kundin eine Braue, verzog den Mund. »Ich denke, das sollten Sie mir überlassen. Also, was für Gendros haben Sie noch?«

Alles in ihm sträubte sich dagegen, diese Person zu Blacky zu führen. Ihn ihr überhaupt zu zeigen! Weder sie noch ihre Tochter waren gut genug für ihn! Blacky war etwas Besonderes und nicht als Spielzeug für ein kleines Kind gedacht! Am Ende zog sie Blacky auch noch die Krallen, denn er hatte ausgesprochen scharfe Klauen, wie Mika in den letzten zwei Wochen gelernt hatte.

Bevor er jedoch etwas unternehmen konnte, marschierte die Frau schnurstracks an ihm vorbei.

»Moment!«, rief er, doch da war es schon zu spät. Vor der letzten Box blieb sie stehen, weitete die Augen.

»Was ... ist das?«

Ein Beben erfasste Mikas Körper und seine Ohren begannen zu glühen. Schnell eilte er an die Seite der Frau, spähte in Blackys Box. Die Fledermaus hatte sich in ihre Ecke verzogen, so wie immer, wenn Fremde den Raum betraten. Ausdruckslos sah sie zu ihnen hinüber und neigte den Kopf minimal zur Seite. Mika schluckte, leckte sich über die Lippen und manövrierte sich zwischen Blacky und die Frau.

»Er steht nicht zum Verkauf!«, platzte es aus ihm hinaus. »Er kommt aus schlechter Haltung und ist sehr scheu. Er hatte schon mehrere Besitzer und- ...«

»Aww! Mama guck mal, wie hübsch!«, unterbrach ihn plötzlich das Mädchen, lief an ihm vorbei und stellte sich unmittelbar vor Blackys Käfigtür, presste sich gegen die Scheibe. »Was ist das?«

»Ja, das würde ich auch gerne wissen.« Erwartungsvoll wurde Mika angesehen und er seufzte, ließ die Schultern hängen. Widerwillig machte er einen Schritt zur Seite, gab den Blick frei.

»Das ist ein Fledermaus- beziehungsweise Flughund-Gendro. Er ist etwas älter, als die Jungtiere. Aber wie gesagt, sehr scheu. Darum- ...«

»Tatsächlich? Ich wusste gar nicht, dass es auch Fledertiere unter den Kryptiden gibt.«

»Sie sind sehr selten, aber- ...«

»Selten? So? Dann ist es sicher viel wert, oder?«

Warum ließ sie ihn nicht einfach ausreden! Konzentriert presste Mika seine Handflächen aufeinander, zwang sich erneut zu einem Lächeln.

»Ja, er hat einen gewissen Wert. Aber wenn Sie mir kurz zuhören würden? Dieser Gendro ist als Spielgefährte absolut untauglich.«

»Ich finde es voll cool! Es hat Flügel! Richtige Flügel, es kann bestimmt fliegen! Dann kann ich auf ihm reiten! Und – Oh! Die Augen! Schau mal, sind die schön! Ganz grün! So was hat bestimmt keines der anderen Mädchen in der Schule!«

»Bestimmt nicht, mein Schatz. Aber wir sind nicht hier, um deine Freundinnen zu beeindrucken.« Nachdenklich betrachtete die Frau Blacky, ging nicht weiter auf Mikas Einspruch ein. »Schöne Augen hat es aber wirklich. Und eine schöne Musterung.«

Blacky schien das alles gar nicht zu gefallen. Die ganze Zeit sah er von einem zum anderen, glotzte dann das Mädchen an, als würde es ihn jede Sekunde attackierten. Seine Ohren zuckten wild umher, dann breitete er plötzlich seine Schwingen aus und rollte sich langsam ein. Toll, da hatten sie es! Sie waren sicher zu laut gewesen, so, wie das Mädchen mit ihrer Piepsstimme quietschte. Kein Wunder, dass sich Blacky zurückzog.

»Mama, können wir das kaufen, ja? Bitte, bitte!!«, holte ihn eben jene Stimme wieder aus seinen Gedanken und er sah auf. Angespannt sah er zu der Frau, die noch unschlüssig schien.

»Es ist schon älter und bereits an Menschen gewöhnt. Also ist es erzogen und schon reinlich. Das bedeutet weniger Arbeit«, fuhr die Kundin schließlich fort, schien Blackys Verhalten gar nicht bemerkt zu haben, sondern lächelte nur entzückt, als er sich einrollte. »Ach Gottchen, es ist ja wirklich scheu. Hat es einen ruhigen Charakter?«

Oh-oh. Nicht gut. Gar nicht gut. Wieso zeigte sie so viel Interesse an ihm? Mikas Herz begann zu hämmern.

»Na ja, er hat schlechte Erfahrung mit Menschen gemacht. Fühlt er sich bedroht, dann ...«

»Unsinn, niemand würde es bei uns bedrohen. Es wäre hauptsächlich in der Gesellschaft eines Kindes. Es wäre bei uns vollkommen in Sicherheit.«

Ja, aber darum ging es doch! Genau das war eben nicht der Fall. Mika hatte keine Ahnung, wie Blacky auf Kinder reagierte. So wie er die Kleine gerade angestarrt hatte, musste man mit allem rechnen. Zudem hatte Mika gesehen, wie er ausrasten konnte, wenn er Angst hatte. Dachte diese Frau denn nicht an die Sicherheit ihres Kindes?

»Hören Sie, das ist keine gute Idee. Er- ...«

»Ich will es aber haben! Bitte kauf es, ja Mama? Ich werde mich auch gut drum kümmern und jeden Tag mit ihm spielen! Du hast gesagt, ich darf mir eins aussuchen und ich will das hier!«

Mann, war das Kind nervig. Innerlich verdrehte Mika die Augen, richtete sich wieder an die Frau. Vielleicht schaffte er es ja, an ihre Vernunft zu appellieren.

»Ich muss Ihnen wirklich vom Kauf dieses Gendros abraten. Glauben Sie mir, er ist nicht- ....«

»Nein! Ich will es haben! Du hast es versprochen, Mama!« Das Mädchen begann zu nörgeln, lief zu ihrer Mutter und zog an ihrem Hosenrock, stierte Mika böse an, als würde er ihr das Lieblingsspielzeug wegnehmen wollen. Das Gequengel war nicht auszuhalten und schließlich gab die Frau nach.

»Ist ja schon gut, mein Schatz. Wir nehmen es.«

Mika gefror das Blut in den Adern. Hektisch schüttelte er den Kopf.

»Tut mir leid, das kann ich nicht zulassen.«

Unwirsch wurde er angesehen.

»Entschuldigen Sie mal, was nehmen Sie sich eigentlich heraus? Es bleibt dem Kunden überlassen, was er kaufen möchte. Ich will den Geschäftsführer sprechen! So inkompetent und unprofessionell wie Sie sich verhalten!«

»Was?« Perplex blinzelte Mika, war vollkommen überrumpelt.

»Ich will mit dem Geschäftsführer sprechen. Wenn Sie sich weigern, mir das Tier zu verkaufen, will ich sofort Ihren Vorgesetzten sprechen. Auf der Stelle! Und ich dulde keine Widerworte. Die haben Sie mir heute schon genug gegeben!«

Mika musste hart schlucken. Jakobson würde ihm den Kopf abreißen! Aber Blacky … Er konnte doch nicht zulassen, dass er an diese Leute ging. Verdammt, was machte er denn jetzt?

Sie waren schon eine ganze Zeit da drin. Unauffällig schielte Mika über das Regal, spähte zu dem Raum mit der Glastür. Er konnte sie sehen, doch hören konnte er sie nicht. Er stand zu weit weg und es war ziemlich laut in dem Laden geworden. Worüber sie wohl diskutierten? Jakobson und diese Frau? Die ganze Zeit standen sie vor Blackys Box und quatschten und das Schlimmste war, das Gesicht der Frau erhellte sich von Minute zu Minute mehr. Wenn das so weiter ging, dann …!

Wütend kniff Mika die Augen zusammen, zerquetschte die Futterdose in seiner Hand und zuckte im selben Moment zusammen. Mist! Jetzt zerstörte er schon die Waren! Schnell sah er sich um, aber es hatte niemand bemerkt, also räumte er die Dose so weit nach hinten ins Regal wie möglich und hoffte, es würde keiner bemerken. Rosenbaum hatte ihn gebeten, ihm beim Auffüllen der Regale zu helfen, da die verspätete Lieferung endlich eingetroffen war. Wirklich bei der Sache war er aber nicht. Er war ganz zappelig, stieß immer wieder die Kartons um und sein Herz wollte nicht zu klopfen aufhören.

Diese Frau … Was, wenn sie Blacky wirklich mitnahm? Die ganzen Wochen hatte er nie daran gedacht, dass es wirklich Kunden geben könnte, die Interesse an ihm zeigten. Alle sprachen immer so schrecklich über ihn und Mika hatte sich nur darauf konzentriert, sein Vertrauen zu gewinnen.

Sie durfte ihn nicht mitnehmen! So wie die geredet hatte, hatte die doch von nichts eine Ahnung! Niemals würde es Blacky gut bei ihr gehen! Sollte sie ein Kindermädchen engagieren und sich keinen billigen Sklaven kaufen, der auf ihre zickige Tochter aufpasste! Dabei hatte Mika alles versucht, um der Frau und dem Balg zu erklären, dass Blacky anders war. Dass er vor allem nicht für Kinder geeignet war. Aber sie hatten einfach nicht zugehört! Es hatte alles nichts gebracht und er war mit rauchendem Kopf davon marschiert, um Jakobson zu holen. Langsam glaubte er, alle Kunden in diesem Laden waren Bekloppte.

Wieder schielte er zu der Glastür, sah, wie sein Chef herum gestikulierte, ein paar Mal nickte. Froh war Jakobson nicht gewesen, als Mika ihn vorhin geholt hatte. Sie waren beide von einer Beschwerde ausgegangen und Jakobson hatte auf dem Weg zu den Gendros klar gesagt, wenn es wirklich eine Beschwerde war, durfte Mika seine Sachen packen. Da halfen ihm auch die paar Kaufabwicklungen nicht. Jakobsons Launen waren wie eine Achterbahn. Aber es war es nicht soweit gekommen. Die Frau wollte tatsächlich Informationen über Blacky und Jakobson hatte ihn hoch erfreut aus dem Zimmer geworfen. Er alleine wollte Blackys Verkauf regeln. Aber wieso?

Ach, es brachte nichts zu grübeln. Die Fledermaus gehörte eben dem Geschäft.

Überhaupt sollte er sich nicht so sehr auf diesen Gendro konzentrieren, das hatte er damals als Erstes in seiner Ausbildung gelernt. Ein gutes Verhältnis zu den Tieren war wichtig, aber sie zu sehr ins Herz schließen kam nicht in Frage, egal wie besonders sie ihm vorkamen. Tiere kamen und gingen und sie gehörten dem Park. Beziehungsweise dem Laden. Zudem war Blacky ein Gendro. Auch ein Punkt, wieso er nicht zu viel an ihn denken sollte. Es würde schon alles gut werden. Irgendwie. Ganz sicher. Er konnte sich ja nicht um die ganze Welt kümmern. Das war nicht seine Aufgabe. Also genug gegrübelt.

Murrend schob er eine Palette mit Hundefutter in das Regal, nahm sich den nächsten Karton und riss ihn mit einem Ruck auf, als er schließlich ein Quietschen hörte. Sofort stellte er den Karton bei Seite und sah wieder um die Ecke. Seine Ohren hatten ihn nicht getäuscht! Jakobson kam aus dem Raum mit der Glastür, mit einem viel zu breiten Grinsen im Gesicht. Mikas Herz rutschte ihm in die Hose. »Ah, Auclair, hier bist du. Ich brauch deine Hilfe«, meinte Jakobson und kam direkt auf ihn zu, deutete dann wieder auf den Raum. Die Frau und ihre Tochter waren noch immer da, standen vor Blackys Box. »Was gibt's?«, krächzte Mika mit staubtrockener Kehle. Eigentlich wollte er es gar nicht hören, er ahnte, was kommen würde. »Glück muss man haben! Blacky hat einen neuen Besitzer gefunden.«

Und das war's. Mikas Kopf hörte auf zu arbeiten. Still stand er da, glotzte seinen Chef an, der auf ihn einredete, ihm sonst was erzählte. Er hörte nicht zu. Ganz langsam hob er den Kopf, sah zurück zu dem Raum mit der Glastür. Einen neuen Besitzer. Diese Frau. Sie würde ihn mitnehmen. Mikas Brust zog sich zusammen und er musste schlucken.

»Pass auf, ich werde mit der werten Dame alle Formalien klären und du wirst das Mistvieh nach hinten bringen, ins Hinterzimmer. Dort liegen ein paar schlichte Klamotten. Zieh ihm was an. Ah, und vergiss das Geschirr nicht. Und mach ein Zusatzpaket zurecht. Du weißt schon, diesen ganzen Kram mit Leine, Halsband, Futter, Infobücher und so weiter. Verstanden?«

Wie in Trance nickte Mika, bekam die Hälfte nicht mit.

»Gut. Dann mal los, bevor es sich die Gute noch mal anders überlegt. Ha, hätt' ich nicht gedacht, dass wir ihn gleich nach zwei Wochen wieder loswerden! Also los, auf ans Werk!«

Damit ging Jakobson voraus und wenige Sekunden später folgten die Frau und ihre Tochter. Sie gingen an ihm vorbei, ohne ihn eines Blickes zu würdigen, aber auch er reagierte nicht auf sie. Er stand einfach nur da, versuchte zu verstehen. Man hatte ihn gekauft. Verkauft. Man würde ihm Blacky wegnehmen.

🦇

»So, passt. Sieht zwar dämlich aus, muss aber reichen«, brummte Mika und zupfte an dem Stoff der Kleider, in die er Blacky gesteckt hatte.

Sie befanden sich im Hinterzimmer und ganz so, wie Jakobson es ihm aufgetragen hatte, bereitete er Blacky für seinen Umzug vor. Er fühlte sich beschissen. Als würde er ersticken! Nicht eine Sekunde konnte er Blacky in die Augen sehen. Weder, als er ihn aus seiner Box gelockt hatte, noch, als er ihm das scheußliche Geschirr anlegen musste. Ruhig stand der Gendro da und starrte ihn mit seinen undurchdringlichen Augen an. Tonnen von Schuldgefühlen wälzten sich auf Mikas Schultern ab und schnell wich er seinem Blick aus, fuhr sich durch die Haare. Der Kleine war wirklich brav gewesen, auch wenn es viel Überredungskunst und Geduld gebraucht hatte, um ihn aus seiner Box zu holen. Dabei wusste er, was ihn erwartete. Mika sah es ihm an. Blacky wusste es ganz genau. Er bewegte nicht einen Muskel, sein Gesicht war aalglatt, aber seine Augen quollen über vor Vorwurf - und Angst.

So ging das nicht! Schnell machte Mika einen Schritt vor, begann zu grinsen.

»Hey, hey! Was ziehst du denn für eine Flunsche? Freu dich, du bekommst ein neues Zuhause!«Aufmunternd nickte er ihm zu. »Klar, die Alte war ein Drachen, aber die Kleine war doch nett, mh? Du wirst es gut da haben. Ganz sicher.«

Es kam keine Reaktion. Blacky stand nur da, eingehüllt in dünne Kleider, die Flügel gut verschnürt unter dem Stoff. Sein Blick war völlig leer und es traf Mika schwerer, als jeder Faustschlag. Sein Grinsen bröckelte und seufzend sackte er in sich zusammen.

»Das war nicht meine Entscheidung! Der Chef hat das veranlasst! Aber die werden dir wenigstens nicht wehtun. Also so, wie es der andere Scheißkerl getan hat.« Schluckend sah Mika auf seine Füße, wandte sich dann ab und zog die Kiste vor, in die er verschiedene Dinge für Blackys neue Besitzer gepackt hatte. Eine Weile kramte er in der Kiste herum, dann fand er, was er suchte und drehte sich seufzend wieder zu dem Gendro. »Jetzt kommt der unangenehme Teil.« Bedächtig trat er an Blackys Seite, hob ein Halsband hoch.

»Das muss sein«, versuchte er sich irgendwie zu rechtfertigen, zögerte eine ganze Weile, aber es führte kein Weg daran vorbei. Ganz vorsichtig legte er Blacky das Halsband um, hielt inne, als der Gendro zusammenzuckte. Gott, am liebsten würde er diese Halsfessel in den nächsten Mülleimer schmeißen! Wenn er nur eine Wahl hätte. Behutsam schnallte er das Band um Blackys Hals, überprüfte drei Mal, dass das Ding ja nicht zu eng saß.

»Geht's so?« Ein verhaltenes Nicken war die Antwort, was Mikas Gewissen etwas erleichterte. »Und das Geschirr? Nicht zu fest?« Wieder ein Nicken. Okay, gut. Wenigstens das. »Dann bist du so weit. Juhu.«

Kurz schnaubte er, schüttelte den Kopf, ehe er wieder zu Blacky schielte. Der betrachtete die Kleider, die er trug, zupfte an dem Stoff, dann hob er wieder den Kopf. Zum Teufel mit diesen Augen. Das war schon kein Dackelblick mehr, das war Folter!

»Das wird schon«, murmelte Mika, hob eine Hand und wollte Blacky streicheln. So, wie er es die letzten Wochen immer wieder versucht hatte und wie jedes Mal, zuckte Blacky zur Seite. Es war eine kurze, schwache Geste, kaum sichtbar, doch Mika kannte sie. Zwar sprang er nicht panisch zurück, doch Mika verstand den Impuls dahinter.

Ein kränkliches Grinsen kam auf seine Lippen und er wartete einen Moment, ehe er es erneut versuchte. Dieses Mal hielt Blacky still, ließ es geschehen. Sachte fuhr er durch das schwarzweiße Haar, kraulte die spitzen Ohren, die kurz zuckten, sich einmal senkten und sich sofort wieder aufstellten. Es brachte Mika zum Schmunzeln und sein Mund kräuselte sich. »Bist ja doch etwas zahmer geworden, mh?«

Zahm traf es nicht im Geringsten. Der rote Mensch hatte überhaupt keine Ahnung, was jetzt passieren würde! Er sorgte sich, strahlte aus allen Poren Reue aus, doch es brachte dem Gendro gar nichts. Starr stand er da, wusste nicht, was er tun sollte. Es war ein weiteres Mal geschehen. Nach so wenigen Monden. Er hatte geglaubt, nein gehofft, länger hier zu bleiben. Dieser Ort war vielleicht nicht sicher, aber sicherer, als jeder andere Platz auf dieser Welt. Und nun wurde er weitergereicht. An dieses Menschenweibchen mit ihrem Jungen. Wie sehr hatte der Anblick sein Herz in Schmerz und Trauer ächzen lassen. Wie damals. Es war genau wie damals ... Hatte er sich nur im Kreis gedreht? Fing er jetzt dort an, wo alles schon einmal begonnen hatte? Vielleicht erwarteten ihn keine Schläge oder Demütigungen, aber der Schock würde kommen. Auf beiden Seiten. Dank dem Ladenmensch und seinen Lügen! Er wollte nicht fort! Nicht an einen Ort, wo er ständig in Fesseln lag und an die Vergangenheit erinnert wurde. An der Seite dieses Menschenkindes. Er wollte hierbleiben. Hier bei …

Sein Wächter zog seine Hand zurück, beendete die Streicheleinheit. Eingestehen sollte er es sich nicht, aber es fühlte sich gut an. Jedes Mal. Vor der Hand dieses Menschenmännchens brauchte er sich nicht fürchten, die Gewissheit wurde ihm in diesem Augenblick klarer, als alles andere.

Schließlich ging sein Wächter ein paar Schritte zur Seite und holte etwas aus der seltsamen Kiste. Ein schiefes Lächeln trat auf sein markantes Gesicht, verlieh ihm einen reumütigen Ausdruck.

»Hier, kannst du mitnehmen. Ist ein Geschenk.« Er zuckte mit den Schultern, kratzte sich am Kopf. Er war verlegen. Diese Geste hatte der Gendro schon oft bei ihm beobachtet. Dann streckte er die Hand aus und übergab ihm den Zauberwürfel.

»Falls dir mal langweilig wird. Ich meine, ein Kind ist nicht so anspruchsvoll, oder?«

Hatte er eine Ahnung. Menschennachwuchs war das Schwierigste. Es gab zu viel falsch zu machen. Lange sah er auf den Würfel, drehte ihn in seiner Hand hin und her, schnupperte an ihm. Das Rätsel hatte er noch immer nicht gelöst. Das des Würfels und das seines Wächters. Sein Blick wanderte zu dem Kopf des Menschen, zu den wirren Haaren. Diese Farbe. Ob sie wohl echt war? Manche Menschen gaben ihrem Fell eine falsche Farbe, wie er wusste. Ob sein Wächter das wohl tat? Wenn ja, wieso hatte er ausgerechnet diese Farbe gewählt?

Je länger sein Blick auf den wirren Strähnen weilte, desto stärker wurde das Kribbeln in seinen Händen. Womöglich war das seine letzte Chance. Der letzte Moment mit seinem Wächter, bevor er erneut in die Tiefen der Erde gezerrt wurde. Bevor er so tief fiel, wollte er ein letztes Mal hoch aufsteigen. Vielleicht würde er es bereuen. Vielleicht würde er bestraft, doch diesen geheimen, albernen Wunsch trug er schon länger in sich und er musste ihm einfach nachgeben.

Langsam streckte er seine Hand aus und berührte es schließlich. Das Haar seines Wächters. Den Sonnenuntergang. Die ganze Zeit hatte er das tun wollen, wissen wollen, wie sie sich anfühlten. Zögerlich ließ er seine Finger durch die rötlichen Strähnen gleiten. Sie fühlten sich hart an, hatten einen beißenden Geruch. Das musste an diesem Zeug liegen, das sich die Menschen auf ihre Haare sprühten. Damit konnten sie es formen wie sie wollten.

Die Berührung traf seinen Wächter unvorbereitet. Er erstarrte, sah ihn entsetzt an. Dummer Mensch, sein nichtsahnender Blick war amüsant und erleichterte sein Herz für einen Moment.

Plötzlich ging ein Ruck durch seinen Wächter und er trat zurück, entglitt seinem Griff und druckste herum. Er sah ihn nicht an, kein Augenkontakt. Unbehagen und Verlegenheit gingen von ihm aus. Dieser Mensch. Schließlich wandte er sich vollkommen ab, packte die Kiste und steuerte die Tür an. Es war also soweit. Sein Herz wurde schwer und eine fremdartige Traurigkeit überkam ihn.

»Ich sag Bescheid, dass du so weit bist. Warte hier, ich komm dich gleich holen, Blacky.«

Mpf. Blacky. Er verabscheute den Namen, den die Menschen dieses Ortes ihm gegeben hatten. Sie verspotteten ihn damit. Sein Wächter jedoch nicht. Er benutzte ihn als das, was es war - als Name. Um aus ihm mehr zu machen, als ein Tier. Um aus ihm eine Person zu machen. Nur war dieser Name falsch. So schrecklich falsch.

»Utodja.«

Mit einem dumpfen Knall landete die Kiste auf dem Boden, fiel zur Seite und ihr Inhalt kullerte über den Boden des Hinterzimmers.

Was?

Entgeistert drehte sich Mika um, glotzte mit weiten Augen zu dem Fledertier. Er musste sich verhört haben. Musste in seinen Gedanken gefangen gewesen sein, nachdem der Gendro ihn von sich aus berührt hatte. Hatte er etwa ... ?

»Wie ... bitte ... ?«, hauchte er kehlig, hörte seine Stimme aus weiter Ferne. Blacky neigte den Kopf, legte eine Hand auf seine Brust.

»Utodja.«

»Scheiße!« Wie gestochen zuckte Mika zurück, knallte gegen die Wand. Gesprochen! Das Vieh hatte gesprochen! Eindeutig, er hatte es gehört! Er hatte den Mund aufgemacht und ... Nein, unmöglich. Das musste irgendein Fledermauslaut sein!

»Uto ... was...? W-was heißt das?«

Ein weiteres Mal tippte der Gendro auf seine Brust, schloss die Augen.

»Utodja«, wiederholte er leise, ließ dann seine Hand sinken. Mika riss den Mund auf, holte tief Luft, wollte schreien. Vor Schreck, vor Entsetzen, vor Überraschung. Aber nicht ein Ton kam heraus. Das war ein Scherz. Ein schlechter Scherz! Niemals ... niemals konnte er ...!

Blacky senkte erneut seinen Kopf, reckte den Hals und deutete auf Mikas Brust. Was bedeutete das nun wieder? Was zum Teufel wollte dieses Vieh? Verwirrt sah er an sich hinunter, da begriff er. Er meinte das Schild auf seiner Arbeitsweste. Sein Namensschild. Oh, OH! Na klar, das wollte er! Soweit arbeitete Mikas Verstand noch. Hektisch leckte er sich über seine trockenen Lippen, versuchte seine Stimme wiederzufinden.

»Mikhael ... Mikhael Auclair ...«

Blacky blinzelte einmal, ehe er langsam nickte. Schande, ging das so weiter, würde Mika den Boden unter den Füßen verlieren. Er konnte sprechen. Sprechen! Er war ...!

»Auclair! Wie lang dauert das denn noch?«

Jakobson platzte in den Raum, zerstörte den Moment, aber Mika reagierte nicht auf ihn. Verwundert sah sein Chef von einem zum anderen. Weder bemerkte er die Spannung in der Luft, noch kommentierte er Mikas Verhalten. Kaum da er die Kiste auf dem Boden entdeckte, stöhnte er und tat das, was er immer tat – meckern.

»Was macht ihr hier? Wieso liegt das auf dem Boden? Herr Gott, heb das auf und beweg dich, Auclair. Wir warten.« Ohne ihn weiter zu beachten, nahm Jakobson eine Leine von der Wand und hakte sie an Blackys Halsband ein. »Komm, es geht in dein neues Zuhause. Und keine Zicken dieses Mal. Du tust, was man dir sagt. Ende. Spiel deine Rolle.«

Damit führte er Blacky ab. Mika blieb stehen wo er war, sah ehrfürchtig hinter Blacky her. Nein, Moment. Nicht Blacky. U-Utodja ... Utodja wurde abgeführt. Und Mika würde ihn nie wiedersehen.

Kapitel 7

Alte Wunden

»JUNGS, wir können essen!«, rief Elenor und stellte den letzten Teller auf den Esstisch. Kurz beugte sie sich zur Seite und wandte sich zu der Treppe, die hinunter in die Wohnung führte. »Chris! Komm hoch!«

Statt einer Antwort folgte lautes Gerumpel und ein derber Fluch. So viel zu Chris' handwerklichen Fähigkeiten. Kämpfen konnte der Mann, alles kaputtschlagen konnte er, aber Möbel aufzubauen war nicht seine Stärke. Dafür war er ehrgeizig und gab niemals auf. Selbst als Mikhael und sie das Handtuch geworfen hatten, hatte er unbedingt den Kampf gegen KLAX aufnehmen wollen – Mikhaels neuem Kleiderschrank. Ein hinterhältiges 2,50cm großes, mit Schwebetüren versehenes und mit viel zu vielen Einlegeböden und Stangen bestücktes Biest. Und während sich Chris in die Schlacht warf, waren Ellie und Mikhael auf die Dachterrasse gegangen, um den Grill an zu schmeißen. Das flache Dach des Gebäudes bot die perfekte Alternative zu einem Garten oder einem Balkon. Sie hatten viel Platz, eine umwerfende Aussicht und dank den Vormietern eine bereits rundum eingerichtete Lounge mit Gartenmöbeln, Gerüst und Zelt. Wie gemacht für einen Grillabend, um das Wochenende einzuleiten. Allerdings war ihr Gastgeber keine große Hilfe dabei. Kaum da die Kohlen brannten, hatte er sich auf den Dachsims verzogen und seitdem kein Wort mehr verloren. Etwas stimmte nicht mit ihrem alten Schulfreund, Ellie sah es auf Anhieb.

Den ganzen Abend hatte er kaum ein Wort verloren und wenn er etwas sagte, motzte er nur herum. Sein Gemecker hatte Chris so provoziert, dass die zwei fast aufeinander losgegangen waren. Männer! Wie kleine Kinder. Trotzdem beschäftigte ihn irgendetwas und das bedeutete nichts Gutes. Für gewöhnlich hatte er ein dickes Fell und wegen einer Kleinigkeit verzog er sich nicht in ein

Schneckenhaus. Nachdenklich musterte Elenor ihren Freund, der mürrisch da hockte und seine Fingernägel feilte. Die Macke hatte er sich von seiner Mutter abgeschaut. Immer, wenn ihn etwas störte, feilte er sich die Nägel runter bis aufs Fleisch. Seufzend verdrehte Ellie die Augen und verschränkte die Arme. Nichts zu machen, Mikhael konnte stur sein. So schnell sprach er nicht über seine Probleme, da musste man ihn schon provozieren und eigentlich war der Abend viel zu schade für eine Diskussion.

»Jetzt hör endlich auf damit und komm her, Mika. Du bist ja schlimmer als deine Mutter.« Wenn das nicht half, wusste sie auch nicht weiter. Aber es half in der Tat. Oder besser, es schlug ein wie eine Bombe. Mikhael erstarrte in der Bewegung, glotzte auf seine Hände und warf Ellie einen vernichtenden Blick zu.

»Schwachsinn«, knurrte er, ließ die Nagelfeile jedoch sinken. Na also, es hatte funktioniert. Nichts hasste ihr Freund mehr, als den Vergleich mit seinen Eltern.

»Ach ja? Dann lass das sein und iss mit uns. Deswegen sind wir doch hier! Um ...« - »Um seine Schränke aufzubauen!«, wurde Ellie unterbrochen und drehte den Kopf zur Seite. Zufrieden mit sich und der Welt kam Chris die Treppe zur Terrasse hochgestiegen, ein breites Grinsen im Gesicht. In den Händen hielt er einen Schraubenzieher, den er geschickt kreisen ließ.

»Da staunt ihr, was? Das Ding steht! Misión cumplida!« Geräuschvoll landete das Werkzeug auf dem Tisch und Chris ließ sich in einen der Stühle fallen. »Während ihr Waschweiber die Flinte ins Korn geworfen habt, hab ich das Teil alleine aufgebaut! Dafür schuldest du mir einiges, Mikey!«

Kichernd sah Chris zu Mikhael, der noch immer brodelnd auf seinem Platz hockte. Besser, sie unternahm etwas, bevor der Vulkan noch explodierte. Doch bevor sie etwas sagen konnte, atmete Mikhael tief durch, ließ die Feile in seiner Hosentasche verschwinden und stand auf. Im selben Moment setzte Ellies Herz aus. Ihr Körper versteifte und sie klammerte sich an die Armlehnen ihres Stuhls.

»Um Gottes Willen! Was machst du denn?«

Statt direkt auf die Dachterrasse zu klettern, balancierte Mikhael auf dem schmalen Steinsims zu ihnen hinüber – viel zu nahe am gefährlichen Abgrund. Oh Gott! Nein! Das konnte sie nicht mit ansehen. Hektisch presste sie sich die Hände vor die Augen, erschauderte.

»Mika ... Bitte! K-komm da runter! Willst du, dass ich eine Herzattacke bekomme?« Sie sah es schon kommen! Irgendwann fiel er da runter und dann war das Geschrei groß. Für wen hielt er sich? Einen Akrobaten? Mehr als ein Schnauben kam jedoch nicht.

»Bleib locker. Passiert schon nichts.«

Leichtfüßig hüpfte Mikhael von dem Sims, landete sicher auf seinen Füßen und schwebte zu ihnen hinüber, setzte sich an den Tisch.

»Wenn du da irgendwann runter fällst und dir das Genick brichst, komme ich nicht zu deiner Beerdigung!«

»Tja, ich schätze das wäre mir eh egal, weil ich dann tot bin.«

Ein kurzes Grinsen schlich sich auf Mikhaels Lippen und erleichtert atmete Ellie aus. Wenigstens konnte er wieder grinsen, der Schaumschläger. Kraftlos boxte sie ihm gegen die Schulter, schüttelte den Kopf.

»Idiot. Pass einfach ein bisschen besser auf.«

»Tse, wenn du dich mal so um mich sorgen würdest. Als würde das Muttersöhnchen alleine was zustande bringen! Muss sogar uns rufen, damit wir seine Wohnung einrichten! Wie hast du es eigentlich bisher geschafft, zu überleben, Mikey?«, warf Chris ein und verschränkte die Arme. Oh nein, nicht das schon wieder! Angespannt schielte Ellie zu Mikhael, dessen Aura sich gefährlich verdunkelte.

»Halt die Klappe!«

Und schon war die Stimmung ruiniert. Dass Chris auch immer solche Sprüche klopfen musste. Er traf damit einen wunden Punkt und das wusste er. Natürlich wollte er Mikhael nur verschaukeln, aber er schoss zu gerne über das Ziel hinaus.

»Hört auf zu streiten. Ihr seid beide unmöglich!« Mürrisch griff sie nach dem Fleischteller und reichte ihn Mikhael. »Das gilt auch für dich, Mika! Du bist schon den ganzen Abend so gereizt. Dagegen ist Chris fromm wie ein Lamm.«

Es kam keine Antwort. Brummend zuckte Mikhael mit den Schultern und schob appetitlos sein Steak auf dem Teller herum. Nicht eine Sekunde sah er auf, doch unter der Oberfläche brodelte etwas, Ellie konnte es sehen.

Seltsam. Vor ein paar Tagen war noch alles gut gewesen. Auch wenn er ihnen verboten hatte, unter der Woche aufzutauchen, hielten sie sich nicht daran und besuchten ihn regelmäßig. Jetzt, da ihre kleine Clique endlich wieder zusammen war, kosteten sie jede freie Minute aus, um die alten Zeiten aufleben zu lassen. So wie an diesem Freitag auch. Bis jetzt war es auch immer lustig gewesen. Zu sehen, wie Mikhael sich positiv veränderte, tat gut. Früher war er immer sehr verschlossen gewesen, ein grimmiger Einzelgänger, woran seine Eltern nicht ganz unschuldig waren. Sie hatten ihn unter Verschluss gehalten und behandelt, als sei er eine Schande, die es zu verstecken galt. Chris und sie hatten oft über die Gründe gemutmaßt – und es auch herausbekommen. Ellies Kehle zog sich zusammen und sie musste schlucken, warf Mika einen unauffälligen Blick zu. Was hinter verschlossenen Türen bei den Auclairs abgelaufen war, dafür fand sie selbst heute keine Worte. Womöglich hatte seine Familie es gut gemeint, doch ganz egal ob Mikhael ihren Vorstellungen entsprach oder nicht, David und

Ynola Auclair waren mehr als ein Mal zu weit gegangen. Ellie hatte Mikhael nie gesagt, dass Chris und sie Bescheid wussten und vielleicht machte sie das zu schlechten Freunden, aber damals hatten sie sich nicht einmischen wollen, gedacht, das würde alles schlimmer machen. Heute hingegen war es nicht mehr wichtig. Um so erleichterter war sie, dass er es endlich geschafft hatte, sich von der Vergangenheit zu lösen. In den letzten Wochen war er richtig aufgeblüht. Noch nie hatte sie ihn so ausgelassen erlebt. Richtig vollgequatscht hatte er sie, hatte zunehmend von seiner Arbeit geschwärmt. Und von den Gendros. Insbesondere von einem. Blacky.

Was Ellie von dieser Sache mit dem Pet4You denken sollte, wusste sie nicht. Ging es nach ihr, schwärmte er ein wenig zu sehr von diesem Gendro. Diese plötzliche Faszination passte nicht zu ihm und sie bezweifelte, dass es gut für ihn war. Allerdings hielt sie sich bei dem Thema lieber zurück. Als sie das letzte Mal Kritik geäußert hatte, war er durchgedreht. Trotzdem war sie skeptisch. Der viel zu pflichtbewusste Mikhael und diese Sklavenhalter waren einfach keine gute Kombination. Allerdings verlor er heute keinen Ton über seine Arbeit. Weder kamen Beschwerden über die Kunden, noch gab es Neuigkeiten über Blacky.

»Ist heute was bei der Arbeit passiert?«, fragte sie darum geradeheraus, hoffte, so etwas aus ihm herauszukitzeln. Ob sie es mochte oder nicht, das Gerede über diesen Blacky stimmte ihn froh, einen Versuch war es also wert. Allerdings ging das nach hinten los. Mikhaels Augen zuckten und er festigte seinen Griff um die Gabel.

»Ist nicht der Rede wert«, presste er hervor und schob sich ein Stück Steak zwischen die Zähne. Erstaunt hob Ellie eine Braue.

»Das glaub ich nicht. So wie du hier sitzt, wie sieben Tage Regenwetter. Ich kenne dich, Mika!«

»Und ich glaube, genau das ist sein Problem«, mischte sich Chris ein. »Lass ihn. Wenn er reden will, redet er. Wenn nicht, dann nicht. Aber wenn er reden wollen würde, würde er es mir eh als Erster sagen. Nicht wahr, Mikey?« Mit einem Ellenbogen stieß Chris Mikhael an und Ellie musste schmunzeln. Hinter der schmutzigen Oberfläche hegte Chris eine unverschämte, direkte Neugier.

»Gibt's keine pikanten Details über diesen Horrorladen? Nichts Neues von deinem Blacky-Vieh?«

Mikhaels Lippen wurden schmal und die Gabel in seiner Hand bog sich gefährlich. Ellie stutzte. Wieder ein Volltreffer? Es war also etwas mit diesem Gendro? Wieso auch immer, er hing an dem Geschöpf. So begeistert wie er gewesen war, hatte Ellie befürchtet, er würde selbst zum Sklavenhalter werden.

»Was ist mit Blacky?«, fragte sie umsichtig. »Geht es ihm nicht gut?«

Eine Weile kam nichts, dann zuckte er plötzlich mit den Schultern, vertilgte akribisch sein Steak.

»Er ist weg«, raunte er zwischen den einzelnen Bissen, griff nach einer Flasche Bier und öffnete sie. »Sie haben ihn verkauft.«

Ein düsteres Grollen hatte Ellie nie gehört. Mikhaels Stimme triefte nur so vor Verbitterung und Gram. Das war es also. Sie hatten den Gendro verkauft. Der Sklavenhandel im Pet4You lief also auf Hochtouren. Großartig und Mikhael steckte mitten drin. Ihr verging der Appetit und sie legte die Gabel weg, verschränkte die Arme.

»Armes Ding. Machten die neuen Besitzer wenigstens einen guten Eindruck?«

»Nein, verdammt!« Urplötzlich donnerte Mikhael eine Faust auf den Tisch, brachte das Geschirr zum Klirren. Im nächsten Moment sprang er auf, begann auf und ab zu gehen, sich die Haare zu raufen. »Ihr hättet die mal sehen müssen! Hochnäsig und arrogant! Einen Spielgefährten wollte die! Eine Hilfskraft! Als gäbe es nicht genug Kindermädchen. Nein, sie musste ausgerechnet ihn kaufen. Weil er ja so hübsch war!«

»Hä? Was? Ich versteh nur Bahnhof.« Fragend sah Chris zu ihm hoch, lehnte sich nun auch zurück und unterbrach das Essen.

»Heute kam eine Frau mit ihrer Tochter in den Laden. So eine stinkreiche Tussi! Sie meinte, ihre Tochter bräuchte einen Spielgefährten und weil Hunde ja so dreckig sind und Katzen Krallen haben, wollte sie was Intelligenteres, das man schnell abrichten kann! Tse, einen Pelzbesatz hatte die an der Jacke. Pelz! Und so was will einen Gendro adoptieren!«, plapperte er weiter, wühlte schließlich in seinen Taschen und holte Zigaretten hervor, zündete sich eine an. Und das bei Tisch, er musste wirklich aufgebracht sein. Hatte der Gendro ihm wirklich so viel bedeutet? Andererseits, so wie er die Situation beschrieb, verstand Ellie seinen Zorn, auch wenn es sie nicht wunderte. Die Leute, die Gendros hielten, waren alle gleich.

»Denkst du, sie werden ihn misshandeln?«

»Ja! Nein ... nein, das nicht, aber er wird es da nicht gut haben. Er mag keine Menschen. Er-er ist etwas Besonderes! Zu gut für diese blöde Kuh und ihr dummes Gör!«

»Mikhael, beruhige dich. Du steigerst dich da zu sehr rein.« Langsam stand Ellie auf, machte einen Schritt auf ihn zu. »Ich weiß, dein Job als Tierpfleger ist dir wichtig und ich verstehe, dass du möchtest, dass es dem Gendro gut geht, aber dein Blacky wird jetzt ein Kindermädchen. Ich denke, damit hat er ein weitaus besseres Los, als so manch anderer Gendro.« Sachte hob sie eine Hand und legte ihm auf die Schulter. »Versuch es positiv zu sehen. Das ist jetzt nicht mehr dein Problem. Du musst dich nicht mehr um ihn sorgen. Mehr kannst du nicht tun.«

Hektisch fuhr Mikhael herum, stieß Ellie von sich.

»Was? Machst du es dir so einfach? Gerade du, Ellie? Der große Moralapostel? Jetzt ist er nicht mehr mein Problem? Er wurde gegen seinen Willen irgendwo hingebracht! Muss dieses dämliche Halsband tragen und wird festgehalten! Das ist nicht mein Problem? Ich hab das zugelassen! Das ist doch geheuchelter Bockmist!«

Völlig perplex öffnete Elenor den Mund, doch nicht ein Ton kam heraus. So hatte sie das nicht gemeint und das Mikhael sie so anging, verletzte sie. Beschämt sah sie zu Boden.

»Jetzt bleib aufm' Teppich. Ellie hat Recht, also mach sie nicht an! Du und dieser Gendro-Kram gehen mir langsam gewaltig auf den Sack!« Jetzt stand auch Chris, baute sich neben Ellie auf. Das war eine seiner guten Eigenschaften. Er stärkte ihr den Rücken und verteidigte sie bis aufs Blut. Nur sollte es nicht soweit kommen.

»Ich werde nicht so tun, als ginge mich das nichts an! Aus den Augen, aus dem Sinn, huh? Ihr habt doch keine Ahnung! Wären die Dinge auch nur ein bisschen anders gekommen, dann wäre es mir wie ihm ergangen! Ganz genauso!«

Stille herrschte. Verwirrt schielte Ellie zu ihrem Freund, doch auch Chris war ratlos. Mikhaels Ausbruch überrumpelte sie beide. Nur sehr langsam begann sie zu verstehen, wo Mika die Parallelen zog und ihre Brust zog sich zusammen. Es quälte ihn also immer noch, was damals passiert war. Kein Wunder, dass er so ausrastete.

»Mikhael. Du hast alles getan, was du konntest. Hättest du mehr getan, dann wäre vielleicht wieder - ...«

»Darum geht es nicht! Es geht darum, dass es nicht fair ist! Kapierst du es nicht? Er war eingesperrt und ist es jetzt wieder, dabei hat er das nicht verdient.«

Noch eine Parallele, wenn auch eine seltsame. Ellie wurde unbehaglich. Sie wollte ihn nicht noch mehr aufregen, indem sie das Falsche sagte.

»Wegen damals, die hätten dich niemals eingesperrt. Du wärst nicht ins Gefängnis gekommen. Das kann man nicht vergleichen. Findest du nicht, du übertreibst?«

Fluchend gestikulierte Mika mit den Händen.

»Tse, Gefängnis! Als wäre diese dämliche Fußfessel nicht dasselbe gewesen! Ich weiß genau, wie sich Utodja gefühlt hat. Sich immer noch fühlt!«

Da stockte Ellie.

»Utodja? Wer ist Utodja?« Den Namen hatte sie noch nie gehört.

Knurrend drehte sich Mikhael weg, schüttelte immer wieder den Kopf. Er nahm einen tiefen Zug von seiner Zigarette und verschränkte die Arme, verfiel ins Schweigen. Plötzlich wurde es ruhig. Erstaunlich ruhig. Die angespannte Stimmung verflog und still standen die drei auf der Dachterrasse. Es dauerte etliche Minuten, bis sich Mikhael wieder regte. Seine Stimme war leise, als er sprach, gedämpft. Als würde er mit sich selbst reden.

»Er ... hat gesprochen. Bevor sie ihn geholt haben. Er hat zu mir gesprochen.«

»Was?« Jetzt verstand Ellie gar nichts mehr. Wie erstarrt stand sie da, warf Chris einen kurzen Blick zu. Ihr Freund war nicht minder verwirrt. Gesprochen? Was meinte er mit gesprochen? »Du meinst Blacky hat ...?«

Langsam schüttelte Mikhael den Kopf. Wie in Trance stand er da, starrte auf die Stadt.

»Nein. Utodja. Das ist sein Name. Er hat ihn mir gesagt. Sich mir anvertraut.«

»Moment. Du meinst, Blacky hat dir gesagt, er heißt in Wahrheit Utodja?«

Es kam ein Nicken und Mikhael nahm noch einen Zug von seiner Zigarette. Er war völlig neben der Spur und Ellies Sorge überschlug sich. Wenn er die Wahrheit sagte, war das unglaublich! Andererseits plagten sie Zweifel. Ja, sie hatte die Artikel gelesen und war von der Intelligenz dieser Wesen überzeugt. Aber stimmte es? Hatte dieser Gendro mit Mikhael gesprochen oder hatte er sich das alles nur eingebildet, weil Ellie ihm davon erzählt hatte? Ob es stimmte oder nicht, ihr Freund war aufgewühlt ohne Ende - wegen diesem Gendro! Sie hatte es gewusst. Es tat ihm nicht gut, sich mit diesen Wesen auseinanderzusetzen. Sie hätte nicht so oft davon sprechen sollen. Jetzt war er völlig verwirrt und das alles war ihre Schuld.

»Ich mach mir langsam echt Sorgen um Mikhael«, murmelte Ellie, als Christopher und sie später am Abend das Loft verließen und ihr Auto ansteuerten. Mikhael hatte sich nur langsam wieder beruhigt und den Rest des Abends kein Wort mehr darüber verloren. Was Ellie auch versucht hatte, die Stimmung blieb gedrückt und der geplante Grillabend war ins Wasser gefallen. Chris hingegen hatte sich vornehm aus der Affäre gezogen und die meiste Zeit stumm daneben gesessen. Auch jetzt zuckte er nur mit den Schultern.

»Du machst dir ständig Sorgen. Er kommt schon zurecht. Der Typ war schon immer verpeilt.«

»Du kannst mir nicht sagen, er hätte sich nicht verändert.«

Mürrisch warf Chris ihr einen Blick zu, verdrehte dann die Augen.

»Kann sein.«

»Es kann nicht nur sein, es ist so! Seit diesem Vorfall im Tierpark ist er nicht mehr derselbe. Er ist so ... verkrampft. Viel zu beherrscht. Ich vermisse den alten Mika.«

»Wundert's dich?« Schnaubend schüttelte Chris den Kopf, holte seine Hände aus den Untiefen seiner Tasche hervor und machte eine ausladende Geste. »Das Ganze hat ihm extrem zugesetzt. Nicht jeder hat plötzlich eine Anzeige am Hals. Aber beherrschen konnte sich Mikey ja noch nie. Dass er sich verändert hat, liegt an dieser Anti-Aggressions-Bla-Therapie, du weißt schon. Was man ihm als Strafe aufgedrückt hat.«

»Ich glaube, es liegt an was anderem.«

Schließlich erreichten sie das Auto und Chris legte seine Hand flach auf die Fahrertür. Ein knappes Surren ertönte und das silberne Fahrzeug war entriegelt. Bevor Ellie jedoch einstieg, warf sie noch einen Blick auf das Gebäude hinter sich, spähte zu dem Loft hoch. Hinter den Fenstern brannte Licht, doch erkennen konnte sie niemanden. Am liebsten wäre sie noch länger geblieben. Mikhael in dem Zustand alleine zu lassen behagte ihr gar nicht. Womöglich übertrieb sie mit ihrer Sorge und sie wusste, es nervte die Jungs, aber Mikhael war ihr ältester und bester Freund. Er hatte schon so viel durchgemacht, sich jetzt auch noch die Last anderer aufzubürden war zu viel für ihn!

»Es war ungerecht, dass sie ihn angezeigt haben«, murmelte sie und ließ die Schultern hängen. Gedankenverloren öffnete sie die Beifahrertür und stieg ein. »Dass dieser Typ damals überhaupt Anzeige erstattet hat, war eine Frechheit!«

»Na, du hast gesehen, was Mika mit dem gemacht hat. Der Kerl brauchte danach mehr als eine Schönheits-OP.« Kurz schüttelte sich Chris und sein Blick bekam einen ungewohnt ernsten Ausdruck. Ellie ahnte, was in seinem Kopf vorging. Auch sie hatte bereits daran gedacht, doch aussprechen wollte sie es nicht. Es kam ihr unwirklich vor, immerhin sprachen sie von ihrem Freund. Seufzend schlang sie die Arme um sich, presste sich gegen den Sitz. Vielleicht hätte sie nie mit diesem Thema anfangen sollen, jedes Mal fühlte sie sich schlecht deswegen.

»Zum Glück hat er diese Wut nie im Training ausgelassen«, murmelte Chris neben ihr, sah kurz in ihre Richtung. »Er könnte uns alle zu Matsch verarbeiten.«

»Jetzt übertreibst du! Er würde nie die Hand gegen uns erheben. Und was diesen Mann angeht, so schlimm war er nicht verletzt, außerdem hat der die Schlägerei angefangen. Die hätten den anklagen sollen, nicht Mikhael. Besonders wegen Tierquälerei!«

»Immer die Umweltschützerin.« Murrend startete Chris den Wagen und verließ den Parkplatz vor dem alten Fabrikgebäude. Ihre Wohnung lag in der Innenstadt, eine gute halbe Stunde von hier entfernt und wie es aussah, würde es eine lange Fahrt werden. »Dass Mika nur zu drei Wochen Hausarrest und einer Therapie verdonnert wurde, liegt daran, *dass* Tierquälerei im Spiel war. Geht es um Tiere, drehen alle am Rad. Nur darum ist Mika glimpflich davon gekommen. Und weil er die Feuer gelöscht hat, großer Bonuspunkt.«

»Was heißt hier, da drehen alle am Rad? Das ist jawohl die Untertreibung schlechthin. Dieser Typ hat aus Spaß Zigarettenstummel auf die Rehe geschnipst, was das Gehege in Brand gesetzt hat! Da sollte man auch am Rad drehen! Das war fahrlässig! Ich kann Mikhael verstehen. Dass man solche Leute überhaupt in einen Tierpark lässt. Der ganze Park hätte abbrennen können.«

»Tja, du kannst den Leuten eben nur vor den Kopf gucken. Zum Glück hat Mika schnell reagiert und das Schlimmste verhindert. Aber das rechtfertigt weder Selbstjustiz noch Körperverletzung.«

Seufzend sackte Ellie in ihren Sitz. Manchmal konnte Chris eben doch was Intelligentes von sich geben.

»Er sollte sich lieber nicht zu sehr mit Gendros beschäftigen«, murmelte sie leise, mied Chris' Blick und sah stur auf die Straße. »Früher hat er sich nie darum gekümmert. Sie verteidigt, ja, aber in letzter Zeit hat er nur von diesem Blacky gesprochen und was er da vorhin erzählt hat.«

»Du meinst von wegen, das Vieh hätte gesprochen? Der hat zu viele Horrorfilme geschaut, das ist alles.«

»Meinst du?« Vielleicht hatte Chris Recht. Ganz überzeugt war Ellie auch noch nicht von dieser Geschichte, aber etwas daran stieß ihr sauer auf. »Es wäre besser, wenn er nicht mehr in diesem Laden arbeiten würde. Unabhängig davon, dass das Sklavenhandel ist, könnte sonst was passieren. Am Ende wiederholt sich alles!«

»Denkst du, unser Mikey geht auf eine Frau und ihr Balg los? Wenn's danach geht, kann er seinen Beruf gleich an den Nagel hängen. Vertrau ihm, du klingst schon wie seine Eltern.«

»Und wenn er glaubt, die Gendros beschützen zu müssen?«

»Schwachsinn, er hat doch diese Therapie gemacht. Da passiert nichts, Ellita.«

»Chris! Ich meine es ernst! Mikhael ist dein Freund, du solltest das nicht so auf die leichte Schulter nehmen!«

»Mein Gott, du diskutierst das Thema tot! Langsam geht's mir auf den Sack! Mikhael hier, Gendro da!«, giftete Chris plötzlich, rutschte angespannt auf seinem Sitz herum und klammerte sich an das Lenkrad. »Gerade weil Mikey unser Freund ist, solltest du ihm mehr vertrauen! Der geht nie wieder auf jemanden los, der ist traumatisiert ohne Ende. Also lass ihn in Ruhe. Mikey muss sich einfach mal mit was Richtigem ablenken. Nicht mit diesen pelzigen Viechern. Er braucht endlich eine Freundin.«

Das war nicht sein Ernst. Stöhnend verdrehte Ellie die Augen, ließ die Schultern hängen. Wieso konnte Chris nicht einmal ernst bleiben? Natürlich vertraute sie Mikhael, aber sie wussten beide, was mit angestauter Wut passieren konnte und in Mikhael staute sich so einiges an, seit er sich dermaßen zurückhielt. Aber bestimmt nicht das, was Chris meinte!

»Du bist so verdammt oberflächlich.«

»Ach echt?« Scheel blickte er zu ihr rüber, grinste breit und bleckte sich die Zähne. »Findest du es nicht komisch, dass er mit dreiundzwanzig noch nie eine Freundin hatte? Er war nicht mal verliebt oder hatte einen Schwarm. Gar nichts! Nicht mal mit mir wollte er über so was reden. Seinem allerliebsten Kumpel und Blutsbruder. Ziemlich prüde. Kommt wohl von seinen Eltern.«

»Sagt der Obermacho vom Dienst. Abgesehen davon stimmt das nicht. Was ist mit dieser Einen aus eurem Verein damals? Mit der hat er sich ein paar Mal getroffen.«

»Ha, ja, ich erinnere mich. Pauline oder so. Danach hat sie ihn überall schlecht gemacht und erzählt, er würde es nicht bringen. Dios mio, war die sauer. Was unser Mikey da wohl angestellt hat?«

»Vielleicht mag er Frauen ja auch nicht?«

»Könnte sein, immerhin hat er ja auch dich ausgeschlagen, mit dem riesigen Arsch.«

»Chris!« Empört starrte Ellie ihn an, würde ihm zu gerne eine pfeffern. Aber sie hing an ihrem Leben und leider saß dieser Depp am Steuer.

»Wieso? Ich sag ja nicht, dass das was Schlimmes ist, oder? Te amo y tu culo.« Anzüglich kicherte er, aber Ellie ging nicht darauf ein.

»Du bist ein Arsch.«

»Tja. Weißte, mir ist es vollkommen egal, mit wem Mikey anbandelt, er soll endlich wieder Spaß haben.«

Spaß war nicht das richtige Wort. Kopfschüttelnd sah Elenor aus dem Fenster, verengte die Brauen. Mikhael brauchte keinen Spaß. Was er brauchte, war etwas ganz anderes.

Gott, war das langweilig. Ging das so weiter, würde Mika jeden Moment einschlafen. Es gab einfach nichts zu tun! Die Tiere waren alle versorgt, bis zur nächsten Gassi-Runde dauerte es noch und Kunden waren auch keine da. Zumindest seit der Frau, die einen der jungen Gendros hatte kaufen wollen und den halben Laden in Panik versetzt hatte, als das kleine Vieh mit samt Leine ausgebüxt und durch den Laden gerannt war. Wie konnte man sich auch so dumm anstellen? Doch seitdem waren eineinhalb Stunden vergangen und es herrschte tote Hose im Pet4You. Gähnend stützte Mika den Kopf in die Hand und schloss für einen Moment die Augen.

Montage waren grauenvoll. Rosenbaum hatte ihn schon vorgewarnt, doch heute erlebte er es das erste Mal Live und in Farbe. Es herrschte gähnende Leere in dem Zoofachgeschäft und das schon den ganzen Morgen über. Anfangs hatte er die Geschichte nicht geglaubt, die ihm sein Kollege erzählt hatte. Für gewöhnlich herrschte an Montagen immer Chaos, egal wo. Immerhin war das Wochenende vorbei und die ein oder andere Welt war untergegangen. Doch tatsächlich tat sich nichts im Laden. Würde der Tag so ablaufen, wie bis jetzt, dann halleluja. Allerdings behauptete Ben, dass der wahre Ansturm ab Mittag losgehen würde. Bisher hatte sich Mika weitgehend aus dem Alltagsgeschäft zurückgehalten und noch nicht mitbekommen, ab wann die wahre Rush-Hour losging. Hoffentlich irrte sich Ben, denn unterbesetzt waren sie heute auch, da Anna krank war. Deswegen hatte man Mika vorerst an die Kasse beordert, vermutlich, damit er nicht nur herumstand wie Falschgeld. Mit der Kasse hatte er kein Problem, aber wenn echt eine Masse von Leute ankommen würde, die meckerten und motzten, weil es ihnen nicht schnell genug ging – Uh! Vor der Vorstellung graute es ihm. Langsam öffnete er die Augen und ließ seinen Blick durch den Laden schweifen.

Drei Wochen. Seit drei Wochen war er jetzt schon hier. Drei Wochen, in denen sich sein Leben vollkommen geändert hatte. Alles nur wegen einer Person, wegen einem Wesen. Blacky – Utodja.

Mikas Herz wurde schwer und seine Kehle zog sich zusammen. Ein dunkler Schatten legte sich über ihn in Gedanken an den Gendro und er seufzte lautlos. Sein Verschwinden hinterließ nicht nur einen leeren Käfig, sondern auch ein seltsames Loch in seiner Brust. Wie man sich binnen so kurzer Zeit derartig an ein Tier gewöhnen konnte. Dabei war Utodja mehr als das gewesen. Viel mehr. Hoffentlich ging es ihm gut. Vermutlich musste er jetzt mit diesem Gör Teepartys nachspielen und hatte Schleifchen im Haar. Bei dem Gedanken musste Mika schmunzeln und er schüttelte den Kopf. Armes Kerlchen.

»Hey, Mikhael. Na, alles klar?«

Unwillkürlich zuckte Mika zusammen, wurde aus seinen Gedanken gerissen. Direkt vor ihm war ein pechschwarzer Schopf aufgetaucht und ein schiefes Grinsen wurde ihm entgegengeworfen – Benjamin. Mittlerweile verstanden sie sich ganz gut. Rosenbaum war kein schlechter Kerl, allerdings war er extrem neugierig. Zu neugierig, wohl bemerkt. In den letzten Wochen hatte er ihn förmlich mit Fragen gelöchert, wann immer die Gelegenheit kam. Immer stand er hinter irgendeiner Ecke und musterte ihn. Manchmal glaubte Mika, jemand hatte ihn auf ihn angesetzt und es machte ihn nervös. Zumal der Typ nicht einmal ein Geheimnis daraus machte. Nein. Er tat es unverhohlen, als wäre nichts dabei. Ging das so weiter, platzte Mika bald der Kragen und dann konnte er für nichts mehr garantieren! Aber wenigstens gehörte Rosenbaum zu der Sorte Mensch, die aus ihren Fehlern lernten, was ihm wieder ein paar Sympathiepunkte einbrachte.

»Und? Ist nicht viel los, mh?«, fragte sein Kollege und betrachtete interessiert Mikas Piercings, worauf er unauffällig seinen Zopf löste und sich die Haare vor die Ohren kämmte.

»Null. Sterbenslangweilig hier.«

»Wie immer um die Zeit. Da müssen wir durch. Aber sonst läuft's gut?« Neugierig musterte Ben ihn und lehnte sich gegen das Laufband der Kasse, sah sich immer wieder um. Nachdenklich hob Mika eine Braue.

Was wurde das? Was tat der Typ so geheimnisvoll? Ganz so, als dürfte keiner mitbekommen, dass sie miteinander sprachen. Da war doch was im Busch! Allerdings bezweifelte Mika, dass es sich um etwas Ernstes handelte. Unsicherheit triefte nur so aus Bens Poren. Ganz klar, der wollte etwas. Da war Mika ja mal gespannt! Vielleicht würde sich jetzt seltsames Verhalten klären. Grinsend beugte er sich vor, stützte den Kopf in eine Hand und spielte das Spiel mit.

»Klar, sicher. Alles gut und bei dir?«

»Auch. Im Moment steht bei keinem groß was an.« Eine Weile schwieg Benjamin, dann spähte er an Mika vorbei und nickte Richtung Kleintierabteilung und zu dem Raum mit der Glastür. »Und? Wie ist es so ohne Blacky? Entspannter? Du hast dich immerhin gut mit ihm verstanden.«

Ein Kloß bildete sich in Mikas Hals und er verengte die Brauen. Ihm gefiel nicht, in welche Richtung sich das Gespräch entwickelte und schnaubend winkte er ab. Er wollte nicht über *Utodja* reden. Nicht über ihn oder über irgendeinen anderen Gendro.

»Geht so. Aber du bist nicht hergekommen, um mit mir über Blacky zu sprechen.« Damit traf er den Nagel auf den Kopf. Brummend druckste Ben herum, nickte ein paar Mal, ehe er schließlich durchatmete und an Mika herantrat.

»Wenn du nachher Zeit hast, würde ich dich gern was fragen.« Verlegen kratzte er sich am Kopf und ein leichter roter Schimmer trat auf seine Wangen. Ah, jetzt kamen sie der Sache näher.

»Und das wäre?«

Zurückhaltend räusperte sich Rosenbaum, zuckte einmal mit den Schultern.

»Es geht um meine Freundin, Robin.«

Okay, jetzt stand Mika auf dem Schlauch.

110

»Freundin? DU hast eine Freundin?«

»Ja. Ist das so verwunderlich?« Mürrisch verschränkte Rosenbaum die Arme und Mika entschied sich, lieber nichts dazu zu sagen. Schnaubend zuckte er mit den Schultern und lehnte sich in seinem Stuhl zurück.

»Keine Ahnung. Aber seh ich so aus, als würde ich Beziehungstipps geben? Such dir lieber jemand anderen.«

»Nein, darum geht's nicht! Es ist so, sie hat bald Geburtstag und steht total auf Kaninchen. Sie redet schon die ganze Zeit davon, dass sie sich eins kaufen will. Du kennst dich doch damit aus, da dachte ich, du kannst mich . . . na ja, beraten oder so.«

Perplex stockte Mika, weitete die Augen, dann überkam es ihn. Schallend lachte er auf, haute einmal auf das Laufband und schüttelte den Kopf. So war das also! Sein Kollege wollte was für sein Mädchen! Dass er damit zu Mika kam, war eine Sache, aber dass es dann auch noch so was war. Ein Kaninchen, ha! Hätte er dem Kerl gar nicht zugetraut. Allerdings wurde Rosenbaums Kopf immer röter, je länger Mikas Lachanfall dauerte und genervt trat er gegen die Kasse.

»Hör auf zu lachen! Wenn du nicht willst, dann eben nicht!«

Himmel, war dem die Sache peinlich, herrlich! Kichernd lehnte sich Mika vor, grinste breit in das Gesicht seines Kollegen.

»Bleib locker, ist schon gut. Ich suche dir die flauschigsten Karnickel raus, die wir haben.«

»Die? Du meinst gleich mehrere?«

»Klar. Wenn schon, denn schon. Kaninchen hält man nicht alleine. Willst du das Vieh zur jahrelanger Einzelhaft verurteilen? Zwei musst du da mindestens halten. Oder ist dir das etwa zu viel?«

»Nein, nein! Wenn das so besser ist, okay. Sie liebt diese Tiere, ich denke, über zwei freut sie sich noch mehr.«

»Geht doch.« Genau das wollte Mika hören. Wenn nur alle Kunden so einsichtig wären. Eigentlich hätte Rosenbaum selbst darauf kommen können, immerhin arbeitete er schon viel länger hier. Mpf, Kaninchen. Früher hatte Mika auch unbedingt Kaninchen haben wollen. Oder ein anderes Haustier, ganz egal welches, aber seine Eltern hatten es nie erlaubt. Besonders seine Mutter hatte einen Aufstand gemacht. Sie und Tiere jeglicher Art vertrugen sich nicht und wieso, hatte er erst Jahre später erfahren. Aber das waren Erinnerungen, auf die er verzichten konnte und schnell schüttelte er sie ab, konzentrierte sich auf seinen Kollegen.

»Okay, komm einfach in der Mittagspause vorbei«, meinte er salopp, worauf Ben zufrieden nickte.

»Klar, mach ich. Du bist wie üblich im Hinterzimmer?«

Mika begann zu grinsen.

»Wo sonst?«

Mittlerweile hatte sich herumgesprochen, dass Mika immer bei den Gendros anzutreffen war, aber wenigstens hielt ihn keiner davon ab. Seine Kollegen respektierten ihn und auch wenn er sich langsam einlebte, bekam er dort den Freiraum, den er brauchte. Schließlich ertönte ein vertrautes Geräusch und die automatischen Türen des Ladens öffneten sich. Kurz spähte sich Rosenbaum über die Schulter, dann beugte er sich schnell vor und tippte auf das Laufband.

»Sieht nach Kundschaft aus. Ich muss los. Wir sehen uns später.«

»Sicher, verzieh du dich ruhig und lass mich mit diesen Leuten allein.«

»Du brauchst ein dickeres Fell, Mikhael. Ganz dringend!« Kicherte sein Kollege und Mika verzog den Mund. Das sagte sich so leicht!

Ben machte sich schließlich davon und Mika blieb alleine zurück. Zu allem Überfluss kam besagte Kundschaft auch noch direkt auf ihn zu. Großartig. Er war heute nur die Kasse, kein Berater. Im Moment zumindest. Nichts zu machen. Seufzend verdrehte er die Augen, versuchte sich zu wappnen. Doch je näher der Kunde kam, desto unbehaglicher wurde ihm. Ein ekelhaft süßlicher Duft kroch ihm in die Nase und die immer lauter werdenden Schritte verwandelten sich in einen klackernden Rhythmus. Wie ... ein Hagelschauer!

Moment! Das konnte doch nicht ...? Sofort fuhr er herum, sah in ein finsteres Gesicht.

»Ich brauche Ihre Hilfe!«

Ungläubig weitete Mika die Augen. Das konnte nicht sein. Er kannte diese Person. Das spitze Gesicht, die garstige Stimme. Stockend atmete er aus, schnappte nach Luft. Es war die Kundin! Die Kundin vom letzten Freitag!

Kapitel 8

Konsequenzen

DA waren Stimmen.

Leise Stimmen. Irgendwo. Weit entfernt. Türen klappten auf und zu. Er hörte Schritte. Das Brummen der vorbeifahrenden rollenden Kästen. Und den Wind. Er jaulte, war stark und brachte den Kasten, in dem er hockte, zum Schaukeln. Eine Gänsehaut jagte über seinen Rücken und sein Fell sträubte sich. Es war still. Zu still für die Welt der Menschen. Zu still für den Ort, an dem er nun war und es ängstigte ihn. All die fremden Geräusche, die Stimmen ohne Gesichter. Er konnte nichts sehen, wusste nicht, was auf ihn zu kam. Zu klein waren die Fenster des Kastens, zu schmal die Stangen, die ihn gefangen hielten. Das schrille Menschenweibchen, sie hatte ihn alleine gelassen. Sie war einfach fortgegangen und hatte ihn hier zurückgelassen, eingepfercht in einen winzigen Käfig.

Schluckend zog Utodja die Beine an seinen Körper, schlang seine Arme darum und legte den Kopf auf seine Knie. Keine Furcht. Immer wieder sagte er sich dies. Keine Furcht, sondern Stärke! Mut! Er durfte sich nicht fürchten! Aber die Angst drohte über ihn hereinzubrechen wie ein Sturm.

Wieder war er hier. Wieder brachte man ihn zurück. Wieder hatte er es getan. Das Verbotene. Damit hatte er sein Schicksal besiegelt. Zu oft hatte er die Grenzen überschritten. Beim letzten Mal hatte er schon nicht geglaubt, dass man ihm verzeihen würde und dieses Mal war er sich sicher, dass es vorbei war. Was sie wohl tun würden? Sein Magen zog sich bei dem Gedanken zusammen und hastig schüttelte er den Kopf, legte die Ohren an. Es gab zu viele Möglichkeiten, eine schlimmer als die andere. Oh, wie er das verabscheute! Das alles! Das ewige hin und her. Die Launen seiner *Besitzer*. Die Angst. Aber vor allem, dass es nicht in seiner Hand lag. Er konnte sein Schicksal nicht beeinflussen und würde immer der Spielball anderer bleiben. Nur, weil er nicht war wie sie. Weil er kein Mensch war. Langsam legte er den Kopf zur Seite und versuchte einen Blick ins Freie zu erhaschen. Viel sah er nicht. Einige glänzende Kästen und dahinter das Gebäude. Der Ladenmensch würde außer sich sein. Ein Beben überfiel ihn und gleichzeitig fletschte er die Zähne. Es war seine Schuld! Utodja hatte gewusst, dass das passieren würde. Weil es schon so oft passiert war. Waren Menschen so dumm? Lernten sie nicht aus der Vergangenheit? Scheinbar war es so, sonst würde der Ladenmensch nicht immer wieder dieselbe Lüge erzählen.

Seufzend sackte Utodja in sich zusammen, ließ die Hände auf den Boden des Käfigs sinken. Sein Rücken tat weh. Die Gitter bohrten sich in sein Fleisch und machten das Sitzen unerträglich. Zu gerne würde er die Beine ausstrecken, doch der Käfig war zu klein und je länger er hier saß, desto kleiner wurde er. Von Atemzug zu Atemzug. Das Band um seinen Hals zog sich immer enger zusammen und raubte ihm den Atem. Die Luft wurde stickiger, von Augenschlag zu Augenschlag ... So stickig. Umständlich drückte er sein Gesicht gegen die Stangen, versuchte ein letztes Mal ins Freie zu blicken, aber da war nichts. Kein blauer Himmel. Dichte Wolken wälzten sich über ihn hinweg. Bedeckten alles. Nicht nur das Blau, das er so verehrte, auch sein Herz.

Sie würden ihn zurückbringen. Zurück in die Folterkammer. Ihn wieder einsperren und nur herausholen, um ihm wehzutun. Sie würden nichts von ihm übrig lassen. So wie schon einmal. Schluckend tastete er nach dem Stoff, in den er eingewickelt war, dachte an die Narben, die darunter lagen. Nicht schon wieder. Er würde das nicht noch einmal durchstehen, er wollte das nicht und sein Kampfeswille wurde immer schwächer.

Plötzlich hallte ein Surren durch die Luft. Utodja zuckte zusammen und seine Ohren fuhren hoch. Etwas tat sich! Die unangenehme Stille legte sich und Geräusche erfüllten die Luft. Laute und klickende Schritte, eine kreischende Stimme. Das schrille Weibchen! Sie kam zurück und sie war nicht alleine. Eine zweite Stimme, ein drittes Paar Schritte! Zwei Menschen? Sie holte gleich zwei weitere Menschen? Das Beben in ihm wurde schlimmer und er verengte die Augen, presste sich gegen die Rückwand des Käfigs.

»Da vorne ist es!«, drang dumpf zu ihm durch. »Ich will, dass Sie es umgehend da herausholen! Ich nähere mich diesem widerwärtigen Teufel nicht mehr, als einen Meter! Also schaffen Sie es weg!«

Anspannung rollte zu ihm herein und traf ihn mit voller Wucht. Dort draußen herrschte Gefühlschaos. Wer auch immer bei der Frau war, war aufgebracht. Nervös starrte Utodja auf die hintere Tür des Kastens, versuchte etwas zu erkennen und dann -

»Jetzt beruhigen Sie sich bitte. Wir holen ihn ja schon da raus. Kein Grund zu Aufregung.«

Utodja verkrampfte. Der Ladenmensch! Sie hatte ihn wirklich geholt. Konzentriert atmete er durch, wappnete sich. Vor diesem Ungetüm durfte er keine Schwäche zeigen, ganz gleich, was auch passierte.

»Nicht aufregen? Ich soll mich nicht aufregen? Soll das ein Witz sein? Haben Sie mir nicht zugehört? Dieses Monster hat mich attackiert! Mich angegriffen! Schauen Sie sich meinen Arm an!«

Ah, darum ging es. Utodjas Gesicht verdunkelte sich und er schnaubte, ließ seinen Schweif gegen die Gitterstangen peitschen. Attackiert. Attackiert sagte sie. Verteidigt hatte er sich. Sie war nicht die einzige, die mit Wunden daraus gegangen war. Sie war genau wie der Ledermensch. Sie alle suchten die Schuld bei ihm und er musste dafür büßen.

»In Ordnung. Schon gut, ich verstehe.« Unterdrückte Wut schwang in der Stimme des Ladenmenschen mit, Utodja konnte es genau hören. Wieder klirrte irgendetwas und erneut sprach der Ladenmensch, befahl streng: »Hier. Hol ihn da raus.«

Jetzt setzte sich der dritte Mensch in Bewegung. Schwere Schritte kamen auf den Kasten zu und ein Schatten huschte an der Hintertür vorbei. Kerzengerade hockte Utodja in seinem Käfig, spannte sich an und fixierte sich auf die Hintertür. Sein Herz überschlug sich, hämmerte gegen seine Brust und ein Hitzeschwall breitete sich in ihm aus. Sie kamen. Sie kamen, um ihn zu holen. Aus einem Impuls heraus wollte er seine Flügel heben, sich in ihnen einrollen, doch sie waren fest an seinen Rücken gepinnt. Er konnte sich nicht verstecken. Dann war da ein Klicken und die Tür bewegten sich! Utodja versteinerte.

Licht drang zu ihm durch und der Schatten wurde klarer. Sofort begann er zu knurren, drohte demjenigen, der dort stand und ihn holen wollte. Er sollte es auch nur wagen! Nicht kampflos würde er sich ergeben, so erschöpft er auch war!

»He, he! Alles gut, Kleiner. Ich bin's.«

Utodja stockte. Vertraute blaue Plastikaugen sahen ihn an, umrahmt von rötlichem Haar. Sein Wächter. Es war sein Wächter! Der Mensch mit dem unmöglichen Namen *Mikhael*. Besorgt musterte er ihn, mit demselben grimmigen Ausdruck wie immer.

Mist! Mika hatte es geahnt. Schon als diese Schnepfe den Laden betreten hatte und herumschrie wie eine Furie, hatte er befürchtet, dass das Schlimmste bevorstand und er hatte Recht. Sie hatte Blacky, Utodja, wieder zurückgebracht.

Was genau vorgefallen war oder wieso sich diese Frau so tierisch aufregte, wusste er nicht, doch eins hatte er verstanden. Sie wollte Blacky loswerden und hatte ihn in ihrem Auto eingesperrt. In einen Transportkäfig für Hunde!

Am liebsten wäre er ihr an die Gurgel gesprungen, doch die Fassungslosigkeit und die Sorge hatten Oberhand genommen. Als sie dann auch noch Jakobson verlangt hatte, war Mika das Herz in die Hose gerutscht. Sein Chef war nicht gut auf die Fledermaus zu sprechen und Mika wollte sich nicht vorstellen, was er mit Utodja anstellen würde. Schließlich hatten sein Chef und die Frau ihn nach draußen geschleift, damit er das *Ungeheuer* aus dem Auto entfernte. Von wegen Ungeheuer. Sein Flattertier hockte in diesem winzigen Käfig und glotzte ihn an, als hätte er einen Geist gesehen. Ein widerlicher blauer Fleck bildete sich um sein linkes Auge und Mikas Brust zog sich zusammen. So viel zu seinen Versprechungen, die Frau würde ihm nichts tun. Er hätte das nicht zulassen dürfen! Von Anfang an hätte er sich durchsetzen und diesen Kauf verhindern sollen! Das war seine Schuld! SEINE! Weil er sich in seine Arbeit hatte reinreden lassen! Um dem Chef zu gefallen! Dreck! Verdammter dämlicher Dreck!

... Nein. Nicht aus der Haut fahren, Auclair.

Tief atmete Mika durch, ermahnte sich zur Ruhe, wie er es gelernt hatte. Was brachte es schon, sich aufzuregen. Er musste Utodja befreien, also kletterte er vorsichtig in den Kofferraum und hantierte an der Tür des Käfigs.

»Alles gut. Ich hol dich hier raus«, knirschte er, gab sich alle Mühe, sich zu beherrschen. Für Blacky - Für Utodja. Er wollte ihn nicht aufregen.

Bei allen Himmeln! Es war dumm, doch ein Teil von Utodja war so erleichtert den Mikhael-Mensch zu sehen. Er war hier. Er war tatsächlich noch da. Das Menschenmännchen mit der rüden Stimme und den sanften Händen. Der, der ihn beschützt hatte. Ihn beschützen würde.

Wie von selbst bewegte sich Utodjas Körper und zögerlich kam er näher, sah seinen Wächter durch die Stangen hinweg an. Drei Monde hatte er ihn nicht gesehen und sein Anblick hatte etwas Beruhigendes.

»Mikhael«, hauchte er, hatte Mühe, den seltsamen Menschennamen auszusprechen. Er wusste, es war riskant, doch etwas trieb ihn dazu. Eine gute Idee war es nicht, er wollte den Menschen zu nichts ermutigen und doch wollte er, dass er wusste, dass sich Utodja an ihn erinnerte. Wollte, dass sich der Mikhael-Mensch auch an ihn erinnerte. Sich eventuell für ihn einsetzte? Ihn vor der Folter bewahrte? So wie zuvor auch?

Es war schrecklich dumm, Hoffnung in einen Menschen zu setzen, nur weil er freundlich gewesen war, doch es war alles, was Utodja in diesem Moment hatte. Schluckend umklammerte er die Stangen des Käfigs, fixierte voller Erwartung seinen Wächter.

Dessen Kopf schoss in dem Augenblick hoch, als sein Name Utodjas Lippen verließ.

»Ssch, Ssch, Ssch! Nicht! Schön den Mund halten, da draußen herrscht dicke Luft«, wisperte er hektisch, sah wieder auf das Türschloss und dann hatte er es geschafft. Er kletterte ein Stück zurück und öffnete die quietschende Käfigtür, bot Utodja eine Hand an. Utodja zögerte. Womöglich hatte er nichts von diesem Menschen zu befürchten, aber er musste vorsichtig bleiben. Bedächtig schnupperte er, konnte aber keine bösen Absichten wahrnehmen. Und dort draußen? Vor dem Kasten? Angestrengt lauschte er, konnte deutlich den Streit zwischen dem Ladenmensch und dem Weibchen hören. War es klug, den Kasten zu verlassen und dort rauszugehen? In dem Käfig bleiben wollte er nicht, also hatte er keine Wahl. Zögerlich kroch er auf den Wächter zu und ließ sich aus dem Wagen helfen.

Frische, kühle Luft erwartete ihn und er nahm einen tiefen Atemzug. Endlich war er frei und ganz gleich, wie lange es sein würde, die drückenden Stangen des Käfigs nicht mehr spüren zu müssen, sich wieder bewegen und strecken zu können, war die reinste Wohltat.

Die Hände des Wächters ruhten sachte auf seinen Schultern, grabschten nicht nach ihm, hielten ihn jedoch an Ort und Stelle. Nur kurz sah Utodja zu ihm hoch, blickte sich dann über die Schulter. Da standen sie. Seite an Seite. Was für ein passendes Bild. Das schrille Weibchen und der Ladenmensch. Verhasst sahen sie zu ihm rüber, doch er hielt ihren Blicken stand.

»Da, bitte! Da haben Sie Ihr Biest zurück! Ich will es nie wiedersehen! Und ich erwarte eine volle Kostenrückerstattung, haben Sie verstanden?«, blaffte die Frau, war noch immer außer sich und starrte Utodja an, als wäre er Abfall.

»Sie wissen schon, dass Tiere vom Umtausch ausgeschlossen sind? Den Gendro zurücknehmen können wir, aber ...«, begann der Ladenmensch sein übliches Spiel, wurde aber unterbrochen. Eine Welle von Beschimpfungen kam aus dem Mund des Weibchens. Vieles verstand Utodja, anderes verstand er nicht, doch es genügte, um zu erkennen, wie ernst es war. Auch der Mikhael-Mensch spannte sich an, was Utodjas Nervosität steigerte.

»Was? Weigern Sie sich etwa, mir mein Geld zurückzugeben? Sie haben mir dieses Ding aufgeschwatzt! Sie und Ihr Lakai da!« Wütend zeigte das Menschenweibchen auf Utodjas Wächter, der abwehrend den Kopf schüttelte.

»Mal langsam, Lady. Ich hab Ihnen die ganze Zeit davon abgeraten und Sie-...«

»Und ob Sie es mir aufgeschwatzt haben! Unter falschen Tatsachen! Halten Sie mich für dämlich? Dachten Sie, ich bemerke nicht, was Sie mir da untergejubelt haben? Obwohl ich deutlich gemacht habe, was ich wollte? Wie skrupellos kann man sein? Ich habe das Ding alleine mit meiner Tochter gelassen! Mit meinem kleinen Mädchen! Hab sie zusammen baden lassen, weil ich Ihnen vertraute! Es hätte sonst etwas passieren können, Sie Widerling!« Warnend bohrte sie einen Finger in die Brust des Ladenmenschen. Wieder und wieder und wieder. Utodja wurde unruhig, brummte leise und verlagerte sein Gewicht, versuchte Abstand zu bekommen. Eine Drohung! Das Weibchen drohte dem Ladenmensch! Gesehen hatte er es noch nie, doch er wollte nicht dabei sein, wenn es zu einem Menschenkampf kam. Menschliche Weibchen mochten schwächer aussehen, als die Menschenmännchen, doch dieses war gefährlich.

»Ganz locker«, hörte er seinen Wächter neben sich, sah zu ihm hoch. Er musste bemerkt haben, wie unwohl sich Utodja fühlte und eine beruhigende Hand tätschelte seinen Rücken.

Schließlich hob der Ladenmensch seine Arme, eine Geste, die bei den Menschen Rückzug bedeutete. Erstaunt blinzelte Utodja, neigte den Kopf. Das gab es nicht! Das Alphatier zog sich zurück?

»Na gut, na gut! Ich hab schon verstanden«, presste der Ladenmensch hervor, unterdrückte seine Wut dieses Mal nicht und es jagte einen Schauer über Utodjas Rücken. »Auclair. Bring das Vieh zurück in seine Box. Und Sie kommen mit mir, damit wir alles regeln können.«

»Und ob wir das regeln. Sie können von Glück sagen, dass ich Sie nicht wegen Betrug verklage! Oder auf Schmerzensgeld!« Das Menschenweibchen hob einen Arm, den sie ihn weiße Bänder gewickelt hatte. »Dieses Ding gehört eingeschläfert! Eine Missgeburt weniger auf der Welt!«

Bei den Worten spürte Utodja, wie sich der Druck an seinen Schultern plötzlich verstärkte.

Die Luft begann zu knistern, sein Fell sträubte sich und im nächsten Moment ging ein Ruck durch seinen Körper. Sein Wächter zog ihn plötzlich zu sich, drückte ihn an seine Brust und etwas Spitzes bohrte sich durch den Stoff seiner Kleider. Schnitt in seine Schultern und er kniff die Augen zusammen. Was…? Was sollte das? Hatte er sich geirrt? Würde der Wächter ihm doch wehtun? Natürlich, er war ein Mensch! So wie alle anderen auch!

Sofort stemmte er sich gegen den starken Klammergriff, doch es gab kein Entkommen. Er saß in der Falle, während der Wächter mit dem roten Fell die Stimme erhob. Zu schreien anfing, dass seine Ohren schmerzten.

»Halten Sie den Mund! Sie haben doch gar keine Ahnung von Engendros! Machen Sie ihn nicht für Ihre Fehler verantwortlich!«

»Mikhael!« Die strenge Stimme des Ladenmenschen erhob sich über die anderen beiden und das Alphatier war zurück. Böse sah er den Wächter an, ohne Erbarmen in den Augen. »Bring ihn weg. Wir klären das später. Verlass dich drauf.« Damit war das letzte Wort gesprochen, denn der Ladenmensch führte die Frau zurück in das Gebäude. Sein Wächter und er blieben stehen und endlich lockerte sich der Griff um Utodjas Schultern. Eiligst entfernte er sich von ihm, doch sein Wächter sah ihn nicht an. Vernichtend schaute er hinter dem Ladenmenschen her ... mit gefletschten Zähnen! Utodja schnappte nach Luft. Fänge? Sein Wächter, hatte er wirklich Fänge?

»Was zum Teufel ist passiert?«

Hektisch schlug Mika die Tür des Hinterzimmers zu und trat zu der Fledermaus, die am anderen Ende des Raumes stand. Hastig ergriff er seine Schultern, sah mit weiten Augen auf ihn runter. Noch immer hatte er keine Ahnung, was überhaupt passiert war, aber die Sache war ernst. Mehr als ernst, es war eine Katastrophe! Er wusste, dass alle Blacky, nein Utodja, als schwierig abstempelten und er schon mehrere Besitzer gehabt hatte, doch dass er ihn nach so kurzer Zeit schon wiedersehen würde, damit hatte er nicht gerechnet. Dabei hatte er versucht damit abzuschließen und die ganze Sache aus seinem Kopf zu verdrängen! So wie Ellie es gesagt hatte. Und jetzt tauchte er wieder hier auf? Wieso? Wieso war er wieder hier, was hatte er angestellt? Er hatte doch nur auf dieses Mädchen aufpassen müssen. Oder? Es angegriffen hätte er niemals! Das passte nicht zu dem, was Mika in den letzten Wochen über ihn gelernt hatte.

Oder hatte die Frau etwas getan? So wie Utodjas anderer Vorbesitzer? Ihr Arm war zumindest verbunden gewesen. Was auch immer der Grund war, es hatte den Gendro wieder ins Pet4You zurückgebracht. Schon wieder. Verdammt, Jakobson würde ihn auseinandernehmen! Es könnte weiß Gott was mit Utodja passieren!

Mika wusste, was mit Gendros passierte, die sich nicht als Haustiere eigneten. Kein Mensch sprach darüber, aber alle wussten und billigten es. Immerhin galten sie als seltene Tiere, trotz ihrer menschlichen Eigenschaften. Es gab etliche kranke Spinner, die das ausnutzten, aber die meisten Gendros, die als problematisch galten, wurden für medizinische Versuche oder den Organhandel missbraucht. Viele wurden sogar zur Prostitution und Zwangsarbeit gezwungen! Manche Arten wurden sogar als Delikatessen in Restaurants verkauft. Als Mika das erfahren hatte, war ihm der Appetit für Wochen vergangen. Es gab zu viele Gräueltaten, die einfach abgesegnet wurden, weil man nur Tiere in ihnen sah. Das Humanste waren da beinahe noch diese komischen staatlichen Einrichtungen, die das Institut für Kryptidforschung betrieb. Angeblich kümmerte man sich dort um schwer erziehbare Gendros, aber es gab Gerüchte, dass diese Einrichtungen auch nicht ganz sauber waren und manche Gendros, die dort rehabilitiert wurden, tauchten nie wieder auf.

Nein, Mika würde nicht zulassen, dass – dass *seine* Fledermaus so endete! Weder in einem Labor, noch auf dem Teller irgendeines Mistkerls!

»Verdammt noch mal, was ist passiert?«, rief er energisch, schüttelte Utodja einmal. »Mach endlich den Mund auf, ich weiß, dass du sprechen kannst! Was ist bei dieser Frau passiert? Wieso hat sie dich zurückgebracht?«

Es kam aber keine Antwort. Der Gendro wand sich unter Mikas Griff und versuchte sich zu befreien. Heftig schüttelte er den Kopf, schwang seinen Schweif aufgeregt umher und gab abgehackte Morsetöne von sich. Verstand er denn nicht, wie ernst die Lage war? Mika musste wissen, was passiert war! Nur dann konnte er vielleicht etwas tun! Wenn Jakobson wirklich auf diese Frau hörte, dann ...! Mika wollte ihn doch nur beschützen! Das war seine Pflicht! Seine Pflicht ...

Was zur Hölle tat er da eigentlich?

Seine Wut legte sich und entsetzt sah er auf Utodja hinab, bemerkte erst jetzt, wie grob er den Gendro festhielt. Wurde sich erst jetzt darüber klar, dass sich Utodja wehrte und deshalb nicht sprach. Mika ... griff ihn an. Tat ihm weh.

Sein Blick fiel auf Utodjas Schultern, wo sich seine Finger fest um die schmalen Oberarme geschlungen hatten. Durch den Stoff und das Fleisch schnitten. Das weiße Gewand verfärbte sich rötlich und Mika wich zurück.

Erschrocken floh Utodja in die nächste Ecke, ging in eine defensive Position. Angegriffen! Der Wächter hatte ihn angegriffen! Ihm wehgetan! Ohne dass Utodja es hatte wittern können, ohne dass es danach ausgesehen hatte. Wie konnte das sein? Wieso betrogen ihn seine Sinne? Das war unmöglich. Niemals hatten ihn seine Sinne im Stich gelassen, er hatte immer gemerkt, wenn ein Mensch ihm schaden wollte. Wieso funktionierte es bei dem Wächter nicht, wieso war da nicht dieses Kribbeln unter der Haut, das ihn warnte? Auf Wut folgte Schmerz, es war bei den Menschen immer dasselbe, es kam immer gemeinsam! Doch bei dem Mikhael-Menschen spürte Utodja nichts. Trotzdem war er verletzt.

Verwirrt sah er an sich hinab, blickte auf die zerfetzten Ärmel des Stoffes, den er trug. Der eiserne Geruch von Blut kroch in seine Nase, schwach, wenn auch eindeutig.

Das war die Strafe. Eindeutig. Die Strafe für seine Leichtfertigkeit, einem Menschen vertrauen zu wollen. Schnell hob er den Kopf, suchte den Wächter und fand ihn – an der selben Stelle wie zuvor.

Ganz starr stand er da. Glotzte ihn mit großen Augen an. Augen, angefüllt von Schmerz. Von Reue. Noch mehr Verwirrung kam in Utodja hoch und fragend neigte er den Kopf, schnupperte. Er roch Angst, keine Wut. Der Mikhael-Mensch fürchtete sich. Aber wieso?

Vollkommen verwirrt ließ Utodja die Schultern sinken, betrachtete den Wächter, der seine Handgelenke rieb, seinem Blick nicht standhalten konnte und in dem Moment verstand Utodja. Verblüffung überrannte ihn und er sackte gegen die Wand. Es war gar keine Absicht gewesen. Sein Wächter hatte ihm gar nichts tun wollen, hatte seine eigene Stärke wohl unterschätzt. Er hatte es nicht gewollt. Unglaublich. Die Reue galt ihm. Ihm alleine.

Beruhigen. Er musste sich beruhigen. Unbedingt. Tief atmete Mika ein und aus, versuchte sich zu entspannen. So wie er es in der Therapie gelernt hatte – und es half. Sein Zorn verschwand und er wurde wieder Herr über sich selbst.

Schuldbewusst blickte er zu Utodja, musste hart schlucken. Er hatte den Gendro komplett eingeschüchtert und ihn auch noch verletzt. Großartig, einfach fantastisch! Das war das Letzte, was er wollte. Warum konnte er sich einfach nicht beherrschen? Warum hatte er keine Kontrolle darüber? Er musste das erklären. Schnell! Bevor die Fledermaus sonst was von ihm dachte. Hektisch klappte er den Mund auf, doch es kam nichts heraus. Seine Kehle war wie zugeklebt.

Hilflos sah er Utodja an, ertrug den vorwurfsvollen unsicheren Blick nicht und seufzte, fuhr sich durch die Haare und rieb sich die Gelenke. Seine Hände waren noch immer ganz schwitzig. Ruhig! Ganz ruhig. Wenn er das nicht hinbekam, sich nicht beherrschte, würde er Utodjas Vertrauen verlieren. Er würde in ihm nur noch den Feind sehen. Einen weiteren brutalen Menschen, der ihn schlecht behandelte und das durfte nicht passieren.

Ganz vorsichtig kam er auf Utodja zu, setzte einen Fuß vor den anderen, bedächtig und langsam. Die grünen Augen folgten jeder seiner Bewegungen, passten ganz genau auf, sahen ihm direkt ins Gesicht. Als würde er genau wissen, was in ihm vorging. Ganz schön lästig, diese Augen.

»Es tut mir leid«, murmelte Mika, blieb vor dem Gendro stehen und hob eine Hand. Als Entschuldigung, als Friedensangebot. Utodjas erster Impuls war derselbe wie immer. Er zuckte unwillkürlich zurück, aber Mika nahm es ihm nicht übel. Sachte legte er eine Hand auf Utodjas linken Arm, fuhr ungeschickt über den Stoff. »Das wollte ich nicht. Ich habe mich nur so aufgeregt wegen dieser Frau. Was sie gesagt hat! Was sie mit dir machen könnten . . . das will ich nicht. Darum.«

Er erzählte ziemlich dummes Zeug und so wie Utodja den Kopf neigte, verstand er wohl auch nicht, was Mika ihm sagen wollte. Sein Blick glitt schließlich zu dem Veilchen, das sich um Utodjas linkes Auge bildete und seine Lippen wurden schmal. Der Anblick ließ sein Herz schwer werden, doch er schluckte den aufwallenden Zorn sofort herunter, ließ seine Hand weiter wandern. Erneut zuckte Utodja, hielt jedoch still, als Mika einmal über die geschwollene Stelle strich.

»Das ist meine Schuld«, brummte er, worauf Utodja fragend die Augen verengte.

Was sprach der Mensch die ganze Zeit von Schuld? Utodja verstand das nicht. Seine Arme waren eine Sache, doch das Auge, damit hatte sein Wächter nichts zu tun. Ruhig harrte er aus, ließ seinen Wächter das verletzte Auge anschauen. Er war ihm nahe. Nur wenige Zentimeter trennten sie, dennoch fühlte sich Utodja nicht unwohl. Anders als vorhin. Ganz so, als wäre der Moment nie gewesen, war dieselbe seltsame Vertrautheit zurück, die er verspürte, wann immer der Mensch auftauchte. Plötzlich zuckten seine Finger und im nächsten Moment tastete er nach der Hand des Menschen, schüttelte den Kopf. Daran trug er keine Schuld.

»Doch, es ist meine Schuld. Ich hatte versprochen, sie würden dir nichts tun und was ist passiert? Kein Wunder, dass du die Menschen hasst.«

Hass war ein starkes Wort und Utodja war sich nicht sicher, ob er Hass empfand, allerdings missfiel ihm der reumütige Blick in den Augen seines Wächters – etwas, das er noch nie empfunden hatte. Nicht bei einem Menschen, dennoch war es da. Zog in seiner Brust und sprach gegen jede Logik.

»Mikhael«, wagte er einen weiteren Versuch, den Namen des Menschen auszusprechen und sofort hatte er die Aufmerksamkeit des Menschen. Die Reaktion war ein Lächeln. Dasselbe Lächeln wie immer. Ein fremdartiger Schauer schüttelte Utodja durch und er legte die Ohren zurück. Nie hatte Utodja darüber nachgedacht, doch sein Mensch lächelte immer mit geschlossenem Mund. Menschen taten das selten. Sie zeigten ständig ihre Zähne, egal wie sie sich fühlten. Doch lächelten sie, zeigten sie sie besonders oft. Sein Wächter tat das nicht. Er schmunzelte, grinste und lächelte, aber auf seine Zähne hatte Utodja nie geachtet. Nun klebte sein Blick an den Lippen des Menschen. Utodja hatte Fänge gesehen. Ganz sicher. Spitze Eckzähne. Nicht so spitz wie die seinen, aber spitzer, als die von anderen Menschen. Oder täuschte er sich? Leider öffnete sein Mensch seinen Mund nicht und so konnte er es nicht überprüfen. Es blieb ihm nichts anderes übrig, als das schiefe Lächeln zu betrachten, das sein Inneres seltsam beruhigte und die letzten Tage aus seinem Kopf verbannte. Lächelnd strich der Mikhael-Mensch über sein geschwollene Auge, ehe er ernster wurde.

»Was ist passiert? Bei dieser Frau und dem Kind. Wieso hat sich dich zurückgebracht?«

Bei der Frage wandte sich Utodja ab, schnaubte einmal. Er wollte nicht daran denken. Die letzten zwei Tage waren zermürbend gewesen und das Zusammensein mit diesem Menschenkind hatte alte Wunden aufgerissen. Das

Menschenjunge, so anstrengend es auch gewesen war, war nicht das Problem gewesen. Sondern das Menschenweibchen. Die Matre! Wegen ihr war er nun wieder hier.

»Eine Lüge ...«, brachte er schließlich hervor, spürte, wie ein Beben durch den Menschen glitt.

»Was für eine Lüge?«, hauchte der Mikhael-Mensch und Utodja schüttelte sich.

Die Frage war nicht so einfach zu beantworten. Nachdenklich musterte Utodja seinen Wächter, wusste nicht, ob es klug war ihn einzuweihen, kannte die passenden Wörter nicht, um es zu erklären. Es ging alles von dem Alphatier aus, von dem Ladenmenschen. Vielleicht war es klug, wenn er dort begann? Zögerlich öffnete er den Mund, da ertönte ein Knall und Utodja schrak an die Wand zurück.

Die Tür zu dem Hinterzimmer flog auf und ein Sturm rollte zu ihnen hinein.

»Wo ist das verdammte Vieh?«

Erschrocken fuhr Mika herum, weitete die Augen. Sein Chef kam in das Zimmer gestürmt. Wütend sah er sich um und kaum da er Utodja entdeckte, setzte er sich in Bewegung und stampfte auf ihn zu.

»Du dämliches Mistvieh! Ich werde dir den Hals umdrehen!«

Oh Schande, das sah gar nicht gut aus! Mika hatte es geahnt, doch bevor er etwas tun konnte, war Jakobson schon an ihm vorbei gerauscht, hetzte auf Utodja zu und packte dessen Kragen.

Mit einem dumpfen Knall landete der Gendro an der Wand, keuchte auf, während Jakobsons Arm sich gegen seinen Hals drückte, ihm die Luft abschnürte.

»Du dämliche kleine Missgeburt! Ich hab die Schnauze voll von dir!«

»Was machen Sie?« Entsetzt atmete Mika aus, wollte sofort eingreifen. Jakobson ging zu weit! Dass er so heftig reagierte, hätte Mika ihm nie zugetraut, doch bevor er etwas tun konnte, fuhr sein Chef herum.

»Du hältst dich da raus!«, giftete Jakobson, funkelte ihn vernichtend an, ehe er sich wieder dem Gendro zuwandte. »Du dämlicher kleiner Teufel hast mir das Geschäft lange genug versaut.« Er beugte sich weit vor, sah Utodja direkt ins Gesicht, der die Zähne fletschte, sich in den Arm klammerte, der ihn festhielt. »Ich hab dich gewarnt! Du hattest nur eine Aufgabe zu erledigen, aber du bist zu dämlich, um zu tun, was man dir aufträgt! Soll ich dich an deinen Vorbesitzer zurückgeben, huh? Der weiß ganz genau, wie man mit Viechern wie dir umgeht! Dann gehst du zurück zu deiner Freundin Okoye, mit der hast du doch so gerne gespielt, nicht wahr?«

Fassungslos beobachtete Mika, was sich vor seinen Augen abspielte. Wovon zum Henker sprach Jakobson da? Und überhaupt, wie sprach er eigentlich mit Utodja?

Der begann sich immer heftiger zu wehren und als Jakobson den Namen Okoye erwähnte, geriet die Fledermaus in Panik, schlug mit dem Schweif nach ihm, doch Jakobson grinste nur abfällig, drückte seinen Arm noch fester gegen die Kehle des Gendros, der zu würgen begann.

Das reichte! Mika konnte das nicht länger mit ansehen. Er preschte vor, ergriff den Arm seines Chefs und versuchte sich zwischen die beiden zu drängen.

»Aufhören! Sie bringen ihn noch um!«, rief er, erntete jedoch nur einen abfälligen Blick.

»Und wenn schon! Dann bin ich das Vieh wenigstens los!«

»Was? Sind Sie verrückt geworden? Als würde das irgendetwas bringen!«

Aber so sehr sich Mika auch bemühte, mit Vernunft kam er nicht weit. Der Vulkan, der schon seit Wochen so gefährlich brodelte, war ausgebrochen und Mika konnte nichts anderes tun, als die Schäden einzudämmen. Er musste etwas unternehmen! Dringend!

»Hören Sie! Ich kapier schon, Sie sind sauer, weil er keinen Umsatz reinbringt, aber ... bis jetzt haben Sie ihn immer vermittelt. Vielleicht sollte ich das übernehmen. Ich bin immerhin der Spezialist, deswegen haben Sie mich eingestellt. Ich weiß, was die Kunden hören wollen und -«

»Unsinn! Als würde das was ändern!« Jakobson schnaubte amüsiert und schüttelte den Kopf, drückte noch fester gegen Utodjas Kehle, der zu knurren begann. »Egal wer, egal mit welchen Tricks. Das Vieh kriegen wir nie verkauft. Er findet immer einen Weg, um wieder zurückgebracht zu werden. Denn er versteht die einfachsten Anweisungen nicht. Sich ergeben verhalten. Tun, was der Meister sagst. Seine Rolle spielen! Das sollte doch nicht so schwer sein! Aber er bekommt das nicht hin. So war es schon immer! Seit er hier aufgetaucht ist, hat ihn keiner erziehen können und jetzt verletzt er auch noch Menschen! Typisch Wildes! Die bekommt keiner gezähmt.«

Wildes? Mika verengte die Augen und bekam ein ungutes Gefühl. Jakobson verschwieg ihm so einiges, aber jetzt musste er erst die Situation entschärfen.

»Er ist nur ein Gendro, so wie Sie es sagen! Er weiß es nicht besser. Ihm die Schuld dafür zu geben, bringt niemandem was.«

»Schwachsinn. Er weiß ganz genau, was er tut. Nicht wahr, Blacky? Du weißt so einiges.« Abwertend verzog Jakobson den Mund, fluchte einmal und ließ dann ruckartig von Utodja ab. »Es reicht jetzt, dieses Biest macht nur Ärger. Am Ende holt der mir noch die *Unit* ins Haus! Ich hab genug!«

Er trat von dem Gendro zurück, der keuchend vornüber fiel, sich den Hals rieb und den Moment nutzte Mika. Er manövrierte sich zwischen Jakobson und Utodja, schirmte ihn von seinem Chef ab.

Augenblicklich sackte Utodja zusammen, schloss erleichtert die Augen, als sich ein schützender Wall vor ihm aufbaute. Nein, seine Sinne hatten ihn von Anfang an nicht getäuscht. Wie auch immer es dazu gekommen war, der rote Wächter war zu seinem Beschützer geworden – und die Erkenntnis nahm eine große Last von Utodjas Herzen.

Tief atmete er durch, tastete nach seinem Hals. Seine Kehle brannte wie Feuer und sein Herz raste, ließ das Blut in seinen Venen nur so rauschen.

Das war knapp gewesen. Mehr als knapp. Das Bild vor seinen Augen verschwamm und die Luft kam nur langsam wieder zurück. Dieser verdammt Mensch! Fluch über ihn. Wenn er nur könnte, würde Utodja seine Klauen in die Brust dieses Ungeheuers bohren! Aber er konnte nicht, selbst wenn er es wollte. Seine Beine zitterten, zu erschrocken war er über den plötzlichen Angriff, zu entsetzt über die Gewalt, mit der sich der Ladenmensch ihm aufgezwungen hatte. Kein Vergleich zu seinem Wächter. Mika- ... Mikhael hatte ihm nie wehtun wollen. Doch die Luft knisterte, war angefüllt von Emotionen und der Ladenmensch pulsierte nur so vor Hass und Zorn. Sollte die Erde ihn verschlucken und nie wieder ausspucken!

Erschöpft schloss Utodja die Augen und bevor er es merkte, gab er einem Impuls nach. Einem dummen Impuls, für den er sich ohrfeigen sollte und doch tat er es. Er lehnte sich vor. Stützte seinen Kopf gegen den breiten Rücken seines Wächters. Atmete den beruhigenden Duft ein, den er verströmte. Wenn er sich hier nur ewig verstecken könnte, würde er endlich Ruhe finden.

Ein Ruck durchfuhr Mika und er wurde stocksteif, als er ein kaum nennenswertes Gewicht in seinem Rücken spürte. Vorsichtig schielte er sich über die Schulter, entdeckte dort seine Fledermaus, die sich vorgebeugt hatte, sich gegen ihn lehnte. Utodja wirkte erschreckend hilflos und urplötzlich machte Mikas Herz einen Satz, begann zu klopfen. Schnell und schwer. Ein unbeschreibliches Gefühl durchflutete ihn und er verengte die Augen, holte tief Luft und baute sich zur vollen Größe auf. Nie wieder! Nie wieder würde Jakobson diesen Gendro anrühren! Nicht, wenn er es verhindern konnte.

Doch das musste er gar nicht. Sein Chef musterte ihn zweifelnd, schüttelte dann den Kopf und verschränkte die Arme.

»Was auch immer«, knurrte er. »In einem hast du Recht, Auclair. Du bist der Spezialist, das hier ist deine Abteilung, also wirst du das auch übernehmen.«

Übernehmen? Verwirrt runzelte Mika die Stirn.

»Was meinen Sie?«

»Du wirst bei unserem Tierarzt anrufen und einen Termin ausmachen. Ich hab genug von diesem Hin und Her.«

Ein eisiger Schauer nahm Mika gefangen und er schluckte, ballte die Fäuste. Knapp warf er Utodja einen Blick zu, der an ihm vorbei schielte, Jakobson mit ebenso verwirrten Blicken beäugte.

»Wozu ein Arzttermin? Das Veilchen heilt von alleine, dazu gehört nicht viel«, begann er mit bebender Stimme, spürte, wie sich seine Eingeweide zusammenzogen, als Jakobson die Augen verdrehte.

»Es geht nicht um das Veilchen. Ich will, dass du ihn einschläfern lässt. Es reicht jetzt.«

»Ellie? Ellie! Ich bin's! Geh endlich an dein Handy!«

Hektisch ging Mika auf und ab, starrte auf das Display seines Smartphones. Seit über einer halben Stunde versuchte er jetzt schon, Elenor ans Telefon zu bekommen, aber sie ging einfach nicht dran. Gut, die Arbeit im Institut war sicher nicht ohne, aber er musste unbedingt mit ihr sprechen! Chris war auch nicht erreichbar und langsam gingen ihm die Ideen aus. Fluchend blieb er stehen und warf der Hintertür des Ladens einen besorgten Blick zu.

Verdammt, was sollte er jetzt machen?

Nachdem Jakobson diese Bombe hatte platzen lassen, war Mika in Trance verfallen, hatte Utodja irgendwie in seine Box gebracht und danach gefühlte fünf Stunden Löcher in die Luft gestarrt. In ihm ging alles drüber und drunter und als er wieder zum Leben erwacht war, hatte ihn Panik überfallen. Hals über Kopf war er aus dem Gebäude auf die Hundewiese geflüchtet und hatte versucht seine Freunde anzurufen.

Einschläfern. Das konnte Jakobson doch nicht ernsthaft verlangen! Nur, weil er Utodja nicht verkauft bekam, weil er zu alt wurde oder nicht sofort sprang, sobald Jakobson pfiff! Und dann dieses ganze komische Zeug, das sein Chef erzählt hatte. Allmählich begann Mika ernsthaft an diesem Laden zu zweifeln, aber das war jetzt zweitrangig. Niemals konnte er das durchziehen. Er konnte Utodja nicht zum Tode verurteilen! Ihn umbringen! Denn das würde er tun, wenn er Jakobsons Anweisungen folgte und diesen Arzt anrief.

Aber was war die Alternative? Er wusste es nicht, er wusste gar nichts mehr, sein Kopf war wie leergefegt. Darum musste er mit Elenor sprechen. Sie wusste immer einen Rat! Erneut begann er auf und ab zu gehen, fluchte vor sich hin und raufte sich die Haare. Wenn Jakobson Utodja wirklich loswerden wollte, würde Mika ihn nicht aufhalten können. Auch wenn er diesen Arzt nicht anrief, könnte Jakobson es noch immer selbst tun!

Plötzlich klingelte das Smartphone in seiner Hand und Mika zuckte zusammen. Zittrig schaute auf die Anzeige. Ellies Nummer, Gott sei Dank! Hektisch ging er an das Handy.

»Ellie! Na endlich!«

»Mikhael, was ist los? Ich hab gesehen, dass du acht Mal angerufen hast. Ist etwas passiert, ist alles in Ordnung?«

Die besorgte Stimme seiner Freundin war wie Musik in seinen Ohren und erleichterte Mika ungemein. Er musste schlucken und schüttelte den Kopf.

»Nein, gar nichts ist in Ordnung«, begann er sofort, gestikulierte wild mit den Händen herum. »Utodja ist heute wieder aufgetaucht, es gab scheinbar irgendein Problem mit der neuen Besitzerin, jedenfalls hat sie ihn zurückgebracht, alle waren sauer, die Frau hat sich beschwert, Jakobson war auf hundertachtzig und jetzt will er Utodja umbringen! Und ich soll das Ganze organisieren! Scheiße, was soll ich machen?«

»Was? Mikhael, stopp, stopp, stopp! Ich versteh kein Wort. Utodja? Du meinst diesen Flughund-Gendro, von dem du immer erzählt hast?«

»Ganz genau!«

Ein belegtes Seufzen ertönte am anderen Ende der Leitung und Mika verengte die Brauen. Was sollte das denn jetzt? Ja, sie und Chris waren nicht begeistert von seiner Story gewesen, aber die Sache war ernst. Mehr als das! Es ging um Leben und Tod.

»Hör auf zu stöhnen und hilf mir!«

»Ist ja gut, so hab ich das nicht gemeint. Mikhael, ist es so gut, wenn du dich in die Sache einmischt? Ich hab dir das schon mal gesagt. Du und die Gendros, das- ...«

»Und ob ich mich da einmische, ich bin der, der ihn umbringen soll!«

»Was? Moment, umbringen?« Verwirrung schwang in Ellies Stimme und Mika stöhnte genervt. Hatte sie ihm denn nicht zugehört?

»Ja, hab ich doch gesagt, verdammt! Diese Frau hat sich beschwert und jetzt will mein Chef ihn einschläfern lassen. Einfach so! Dabei hat er nichts falsch gemacht!«

Ein entsetzter Laut kam aus dem Hörer und erst jetzt schien Ellie kapiert zu haben, was er ihr erzählt hatte.

»Das ist ja grauenvoll«, hauchte sie mit derselben Stimme, die sie immer auflegte, wenn ihr etwas nicht gefiel. Gut, das war sehr gut! Jetzt war sie im Moralapostel-Modus. Genau so brauchte Mika sie, immerhin setzte sie sich schon viel länger für die Rechte der Gendros ein!

»Ich weiß nicht, was ich machen soll! Du kennst dich doch mit dem Gendro-Kram so gut aus. Ich werde auf keinen Fall da anrufen!«

»Nein, das wirst du nicht tun«, begann Ellie streng, sprach mit fester Stimme. »Eine simple Beschwerde rechtfertigt keinen Mord.«

»Eben, genau das meinte ich auch! Aber Jakobson wird nicht zuhören. Er hat eine Menge komisches Zeug erzählt, aber wenn ich es nicht mache, macht es ein anderer.«

Gott, der Gedanke wurde immer unerträglicher. Mit zugeschnürter Kehle starrte Mika wieder zu dem Geschäft. Sein Flattertier hockte jetzt in seiner Box. Ob er überhaupt verstand, was gerade los war? Wenn nicht, hatte er Glück. Wenn doch ... Verdammt, er musste solche Angst haben. Mika wusste genau, wie sich das anfühlte. Eingesperrt zu sein und warten zu müssen, nicht wissend, was mit einem passierte, nur, weil man einen Fehler gemacht hatte.

Utodja hatte das nicht verdient, sie durften ihm nichts tun, Mika durfte das nicht zulassen! Nur wie sollte er es verhindern? Wie? Er konnte nicht tatenlos danebenstehen und zusehen.

»Ich muss etwas tun. Ich muss irgendetwas unternehmen«, plapperte er drauflos, sprach mehr zu sich, als zu Ellie, die augenblicklich reagierte.

»Bleib ganz ruhig und handle nicht voreilig, okay? Wir bekommen das schon hin, wir finden eine Lösung. Ich weiß, wie wichtig dir dieser Gendro ist, aber bau keinen Mist!«

Jetzt fing sie schon wieder mit diesen alten Kamellen an! Als wäre er eine tickende Zeitbombe. Aber vielleicht hatte sie ja recht. Seine Hände bebten und seine Nägel bohrten sich in seine Handinnenflächen, so wie sie sich in Utodjas Schultern gebohrt hatten. Tief atmete er durch, schloss die Augen.

»Dann sag mir, was ich machen soll!«

»Pass auf, was die vorhaben ist illegal! Eine Euthanasie darf bei Gendros nur durchgeführt werden, wenn eine unheilbare Krankheit, Verletzung oder ein Angriff gegen einen Menschen vorliegt. Ist irgendein Kriterium davon erfüllt?«

Da zog sich Mikas Magen zusammen und das Beben in ihm wurde stärker.

»Er hat sie gebissen, also die Frau. Glaube ich zumindest. Sie trug einen Verband, aber sie hat ihn geschlagen!«

»Was? Na großartig.« Ellies Seufzen drehte Mikas Magen komplett um und ihm wurde schlecht. »Andererseits beißen Tiere um sich, wenn man ihnen etwas tut, das ist allgemein bekannt. Was das angeht, musst du dir keine Gedanken machen. Sonst verhält er sich ja unauffällig.«

»Ja, aber das ist Jakobson völlig egal, verstehst du? Ihm geht's nur ums Geld.«

»Klingt so, als würde dein Chef die Tiere abschieben, die ihm Ärger machen und irgendeine Praxis mauschelt da mit. Typisch, bei Gendros schaut niemand so genau hin. Ich frag mich ernsthaft, welcher Arzt da mitmacht. «

»Ich weiß es nicht. Ich glaube, die Praxis hat eine Übereinkunft mit dem Laden. Jakobson sagte *unser Arzt*. Ich weiß nicht, ob das alles legal ist.«

Die Sache wurde immer komplizierter. Ob ihre Vermutung stimmte oder nicht, Mika wollte nicht in irgendwelche illegale Machenschaften reingezogen werden. Seine Bewährung war gerade vorbei, er durfte sich nichts mehr erlauben und lehnte er sich gegen Jakobson auf, feuerte er ihn und dann konnte er auch nicht mehr eingreifen. Er ... konnte nichts tun. Die Erkenntnis traf ihn hart und er ließ seine Hand sinken.

»Die werden ihn töten«, hauchte er heiser, ballte die Fäuste. »Die werden ihn einfach töten und ich kann nichts dagegen tun.«

»Das stimmt so nicht«, meinte Ellie dann zögerlich und Mika stutzte. Irgendetwas in Ellies Stimme missfiel ihm und ein eiskalter Schauer kroch seinen Rücken hinab.

Was genau meinte sie? Welcher Möglichkeit gab es denn noch?

Schließlich ging ihm ein Licht auf und der Knoten in seinem Magen wuchs auf eine astronomische Größe an. Er stockte, hielt den Atem an. Es stimmte. Eine Sache gab es, aber sie riskant. Zu riskant, aber sie würden das Problem ein für allemal lösen.

Himmel, er war ein verfluchter Schlappschwanz! Knurrend schlug sich Mika eine Hand vors Gesicht und schüttelte den Kopf. Ihm war echt nicht mehr zu helfen! Da nahm er sich vor, endlich Klartext zu reden. War geradewegs hergekommen, bereit, die Bürotür einzutreten und lauthals zu verkünden, was Sache war – und dann so was! Kaum war er hier, schlotterten seine Beine, als wäre er ein dämlicher Feigling. Was war nur los mit ihm? Wann war er zu so einer Memme mutiert?

Ah, er erinnerte sich. Nach dem Vorfall im Tierpark.

Genervt ließ er die Arme sinken und starrte auf den Boden zu seinen Füßen. Hinter Jakobsons Bürotür hörte er Stimmen. Sein Chef war am Telefonieren. Mit wem er sich wohl unterhielt? Na, im Grunde war es Mika egal. Er würde abwarten, bis sein Chef fertig war, die Zeit bis dahin nutzen, um runterzukommen und dann würde er die Sache durchziehen! Kaum zu glauben, dass er das wirklich tat. Ein größeres Risiko war er noch nie eingegangen, und dass der Vorschlag auch noch von Elenor gekommen war. Die Welt spielte völlig verrückt. Aber es war das Richtige. Vollkommen falsch, aber das Richtige. Hinter der Tür verabschiedete sich Jakobson schließlich von seinem

Gesprächspartner und Mika atmete tief durch, versuchte seine Wut hinter sich zu lassen und legte ein seriöses Gesicht auf.

Bestimmt klopfte er an die Tür, wartete die Antwort nicht ab, sondern betrat sofort das Büro. Wie nicht anders zu erwarten, hockte Jakobson am Schreibtisch und sah ihn skeptisch an.

»Was gibt's? Ich hab jetzt keine Zeit, Auclair«, meinte er desinteressiert und der Knoten in Mikas Hals schwoll zu einer unguten Größe an. Tief durchatmend kam er weiter in den Raum, ignorierte Jakobsons Einwand und blieb unmittelbar vor dem Schreibtisch stehen.

»Entschuldigung für die Störung«, brachte er irgendwie zustande, versuchte sich zu ordnen und machte einfach an der Stelle weiter. »Es geht um den Anruf bei dem Arzt.«

Damit hatte er Jakobsons Aufmerksamkeit, der sofort von seinen Unterlagen aufsah und ihn eindringlich musterte.

»Hast du da etwa schon angerufen?«

Jetzt nur nicht nachgeben! Ruhig bleiben, die Sache durchziehen und dann verschwinden. Wie er es mit Ellie durchgegangen war.

»Nein. Darum geht es ja. Ich will- ...«

»Das ist gut. Ich hab es mir nämlich anders überlegt.«

»Was?« Erstaunt blinzelte Mika, ließ die Schultern hängen. Anders überlegt? Das kam aber plötzlich. Na, egal woher die Sinneswandlung kam, Mika fragte nicht nach. »Wirklich? Gut! Es ist so, dass ich-«

»Ja, das Vieh einzuschläfern bringt nichts, außer schlechter Publicity. Ich hab überreagiert. Es gibt andere Mittel und Wege, um ihn loszuwerden.«

Das war's mit der Erleichterung.

»Was meinen Sie damit? Was für andere Wege?«, fragte Mika heiser, erntete einen scheelen Blick von seinem Chef. Eine Zeit betrachtete er ihn nur, dann zuckte er mit den Schultern und deutete auf sein Telefon.

»Ich habe Unmengen in das Vieh investiert und bis jetzt kostet es nur Geld. Es einschläfern zu lassen und der Abtransport des Kadavers kosten mich nur noch mehr.« Grinsend hob Jakobson einen Zettel hoch, wedelte damit vor Mikas Nase herum. »Ich habe verschiedene Angebote bekommen, was unseren Blacky angeht. Ein Bordelle zeigt Interesse an ihm.«

Mikas Mund klappte auf und Fassungslosigkeit überrannte ihn.

Bordell? Jakobson wollte Utodja an ein Bordell verkaufen? Was zur ...? Angewidert verzog er den Mund, worauf sein Chef lachte.

»Jetzt schau nicht so, Auclair. Jeder weiß, dass es solche Etablissements gibt. Jedem das Seine. Und unser Blacky ist wirklich ein Hübscher, mit erstklassigen Vorzügen.«

Widerlich! Das war einfach nur widerlich! Wütend machte Mika einen Schritt vor, hielt jedoch im selben Moment inne, zwang sich zur Ruhe. Er war drauf und dran Jakobsons Kragen zu packen und ihn zu schütteln. Wie konnte er so etwas sagen! Offen zugeben, Utodja sonst wohin verkaufen zu wollen! Als wäre es egal, was mit ihm passierte. Als hätte er keine Gefühle! Das Schlimmste daran war, es war auch noch legal. Gendros gegen ihren Willen in die Prostitution zu verkaufen, war Gang und Gebe! Wenn Mika etwas wusste, dann das und es kotzte ihn an. Sein Magen zog sich so sehr zusammen, dass es wehtat – wovon Jakobson keine Notiz nahm.

»Ich könnte ihn aber auch wieder an das Labor geben, mit dem sein Vorbesitzer zusammengearbeitet hat«, meinte er gedankenverloren. »Beides gute Angebote und so kommt wenigstens ein Teil der Kosten wieder rein.«

Ein Labor.

Es dauerte eine Weile, bis Mika begriff, was das bedeutete.

Hitzewellen krochen seinen ganzen Körper und sein Herz pochte wie verrückt. Utodja kam also aus einem Labor. War er etwa eines von diesen Versuchskaninchen, von denen Ellie erzählt hatte? Je länger Mika darüber nachdachte, desto mehr ergab das Sinn. Deswegen schreckte der Gendro vor jeder Berührung zurück. Deswegen war er so misstrauisch. Mikas Beine begannen gefährlich zu beben und der Zorn in ihm schwappte über, erreichte sein Höchstmaß.

»Ich will ihn kaufen!«, platzte es aus ihm heraus und er machte einen Satz vor, hämmerte seine Hände auf den Schreibtisch. »Ich kaufe ihn!«

Für einen Moment herrschte Stille. Es kam keine Reaktion, Jakobson musterte ihn nur erstaunt, dann runzelte er die Stirn.

»Du willst ihn kaufen? Unseren Black Beauty?«

»Ganz genau!«

Himmel, Mika hatte den Verstand verloren. Er zitterte am ganzen Leib vor Aufregung. Was er tat, war Selbstmord! Er würde sich ins Aus katapultieren, einfach alles kaputt machen – Und Teufel, er tat es trotzdem! Niemals würde er zulassen, dass Utodja so etwas angetan wurde!

»Tatsächlich? Ich bezweifle stark, dass du das bezahlen kannst. Tut mir leid, aber das wird nichts.« Langsam lehnte sich Jakobson in seinen Stuhl zurück, deutete auf den Zettel, den er Mika zuvor gezeigt hatte. »Ich habe wirklich außerordentlich gute Angebote bekommen. Das Bordell zahlt viel, die Forschungseinrichtungen auch. Fledermäuse sind selten. Wieso sollte ich ihn dir verkaufen, wo du ihn dir nicht mal leisten kannst?«

»Das ist mein Problem! Ich will ihn!«

»Ich gebe keine Kredite.«

Jetzt reichte es! Mika hatte keinen Bock mehr auf dieses arrogante Getue.

Jakobson verarschte ihn und nahm ihn nicht eine Sekunde ernst. Handelte nur aus Spaß und versuchte den Preis in die Höhe zu treiben. Aber gut. Fein! FEIN! In dem Spiel war Mika unschlagbar. Wenn er etwas von seinem Vater gelernt hatte, dann das und er war es leid, vor diesem Mistkerl im Staub zu kriechen. Wenn er dafür über seinen Schatten springen musste, würde er das tun!

Er stieß sich von dem Schreibtisch ab, schnaubte einmal und verschränkte die Arme.

»Sie haben wohl keine Ahnung, wenn Sie eingestellt haben. Ich dachte, Sie hätten so gut recherchiert. Ich bin der Sohn von David und Ynola Auclair! Meiner Familie gehört eines der größten multinationalen In- und Exportunternehmen der Stadt. Wenn ich ihn will, dann bekomme ich diesen Gendro! Es ist mir egal, wie viel diese Leute zahlen. Ganz egal welcher Preis, ich zahle das Doppelte!«

Kapitel 9

Über den Schatten

Es war kalt geworden. Draußen war es dunkel. Nur die Beleuchtung des Gebäudes gab etwas Licht ab, schien durch die matten Fenster und erhellte die Wiese unter seinen Füßen. Sein Herz raste. Seine Hände bebten. Seine Kehle war wie zu geschnürt. Mit zittrigen Fingern tippte er die Nummer in sein Smartphone ein, legte den Hörer an sein Ohr, spürte, wie das Gehäuse gegen seine Piercings drückte. Seine Piercings .... Seine Wangen erhitzten sich und Wut brodelte in seiner Magengegend hoch. Die Piercings, die er nur wegen ihnen trug ....

Das Freizeichen ertönte. Lange. Eine Ewigkeit. Sein Kopf begann zu glühen, sein Inneres überschlug sich. Er verlagerte sein Gewicht, fluchte. Wieso gingen sie nicht dran? Wieso dauerte das so lange? War er ihnen etwa nicht mehr gut genug? Auf einmal?

Ach, wem machte er etwas vor? Ein Teil von ihm wollte gar nicht, dass sie dran gingen. Sie würden seine Nummer speichern, würden anfangen ihn zu belästigen. Ihm auf die Finger schauen, orteten am Ende noch das verfluchte Telefon. Aber das Schlimmste war, er würde ihre Stimmen hören. Zorn kam in ihm hoch und er verzog den Mund, trat gegen die Stufen des Hintereingangs. Das Freizeichen erstarb, etwas klickte.

»Hallo?«

Sein Atem stockte, er musste schlucken. In seinen Ohren rauschte es, sein Gesicht schien zu schmelzen. Sie war es. Sie hatte abgenommen. Er zögerte. Öffnete den Mund, klappte ihn wieder zu, biss die Zähne aufeinander. Seine Finger umklammerten das Smartphone. Fest. Zu fest. Es knackte, doch er ließ nicht locker. Tief durchatmend schloss er die Augen. Es musste sein. Auch wenn er das Telefon auf den Boden donnern und drauf treten wollte. Es musste sein.

»Ich bin's.«

Am anderen Ende der Leitung hörte er ein entsetztes Keuchen. Einige Sekunden herrschte Stille, dann begann es.

»Mikhael, bis du das? Wir haben uns Sorgen gemacht. Du hast dich nicht bei uns gemeldet. Es sind fast sechs Wochen vergangen, seit wir etwas gehört haben. Geht es dir gut? Ist alles in Ordnung? Wie ist die Wohnung? Und die Arbeit? In einem guten Laden, nicht wahr? Oder hast du Probleme? Ist es wieder passiert? Wieso sagst du denn nichts? Mikhael?«

Er hielt die Augen fest geschlossen, ignorierte das Stechen in seiner Brust, als er die Stimme seiner Mutter hörte. Ihre unterschwelligen Vorwürfe, arglos gepaart mit einer grotesken Art von Sorge. Aber nein, darauf ließ er sich nicht ein! Er ließ sich nicht einwickeln, ignorierte ihre Sorge. Sie prallte an ihm ab.

»Ich rufe nicht wegen Smalltalk an«, presste er hervor. Kurz und knapp. Distanziert. Er wollte das nicht in die Länge ziehen. Nicht unnötig emotional werden.

»Aber Mikhael, du- ...« Sie hörte auf, noch bevor es wieder von vorne anfing. Gut. Sie hatten das damals genug durchgekaut. Er hatte mehr als deutlich klargestellt, wie es ab jetzt laufen würde und es war gut, dass sie sich daran zu erinnern schien. Er hörte sie tief einatmen, konnte ihr Gesicht vor sich sehen – sein Gesicht. Nur älter, weiblich, hübscher. Die tiefe Falte zwischen ihren Augenbrauen, eine Mischung aus Besorgnis und Unzufriedenheit.

»Worum geht es?«, meinte sie knapp, unterdrückte dabei die eigentliche Frage. Denn ja, sie wollte genau wissen, worum es ging. Trotzdem fragte sie nicht. Das war neu, eine geschickte Taktik. Aber den Gefallen würde er ihr nicht tun! Nicht in tausend Jahren. Die Zeiten waren vorbei, als er ihr alles vorkauen musste und keine Geheimnisse haben durfte.

Sie hatten sein Leben ruiniert! Sie und sein Vater und er wollte nichts mehr mit ihnen zu tun haben. Doch dieses Mal würde er über seinen Schatten springen und einen Vorteil aus seiner Abstammung ziehen. Dieses eine Mal noch! Wäre es doch nur so einfach. Könnte er doch einfach nur den Mund aufmachen und nüchtern sagen, was er wollte. Doch es ging nicht. Das Brodeln in seinem Magen wurde immer heftiger, denn mit dem Klang ihrer Stimme kam alles wieder hoch. Sein Atem wurde schneller und dann platzte es aus ihm heraus.

»Dass ich mich nicht melde, ist eure eigene Schuld!«, donnerte er und ehe er sich versah, plapperte er drauflos, redete sich in Rage, wurde immer lauter. »Ihr habt es kaputt gemacht. Ihr seid schuld daran, dass es so gekommen ist! Habt mir alles weggenommen, mich bevormundet und mir eingeredet, es wäre meine Schuld! Dabei war es genau andersrum! Also tu nicht so überrascht!«

»Mikhael, ich verstehe nicht, wovon du sprichst«, hauchte sie, klang empört und verwirrt zugleich. Trotzdem war da derselbe mahnende Unterton wie immer. Oh ja, vermutlich kräuselte sie gerade die Nase und würden sie sich gegenüber stehen, würde sie seinem Blick ausweichen, so tun, als sei nichts vorgefallen. Wie sie es immer tat! Aber es wurde Zeit, dass sie aus ihrem Traumland aufwachte, denn an dem ganzen Unheil waren nur zwei beteiligt gewesen. Und er gehörte garantiert nicht dazu! Er war nicht unverantwortlich gewesen und schob es dann anderen in die Schuhe, wenn alles den Bach runter ging. Er würde niemals so sein, das hatte er sich geschworen. Tse, er konnte es sowieso nicht! Auch etwas, das er ihnen zu verdanken hatte.

»Ihr habt verdammt viel Mist gebaut und das wisst ihr«, raunte er schließlich. »Aber ich gebe euch eine letzte Chance, es wieder gutzumachen. Und wenn ihr sie nicht ergreift, dann war's das, dann bin ich die längste Zeit euer Sohn gewesen! Aber wenn ihr sie ergreift und tut, was ich sage, dann ... bin ich bereit auf euch zuzugehen. Obwohl ihr es nicht verdient habt! Das ist meine Bedingung und du sagst jetzt Ja oder Nein. Details gibt es später. Also, was ist?«

Ja oder nein.

Es gab keine Alternative.

Ein Spiel.

Eine Karte.

Und er pokerte mit allem, was er hatte.

Kapitel 10

Reue

Eᴛᴡᴀs stimmte nicht. Es war überdeutlich. Die Lichter waren erloschen, der Laden verlassen. Es war niemand mehr da. Nicht einmal den Ladenmenschen konnte er wittern. Sie waren alleine. Nur sie zwei – und es bedeutete nichts Gutes. Unruhig ging Utodja in seiner Box auf und ab, fixierte seinen Wächter, der ihm regungslos gegenüberstand. Schon eine Ewigkeit stand der Mikhael-Mensch so da, tat nichts, verlor nicht ein Wort. Wie eine steinerne Säule lehnte er an der Wand, mit einem Ausdruck im Gesicht, als würde der Himmel über ihm einstürzen. Es schürte Utodjas Unruhe, machte ihn rastlos. Es war so weit, ganz sicher. Der Moment war gekommen. Der Moment, in dem sie ihn holen würden. Aufgebracht atmete er durch, gab einen brummenden Laut vor sich, öffnete den Mund, schloss ihn wieder. Würden Worte etwas bringen? Würden Worte eine Reaktion bei seinem Wächter hervorbringen? Oder würde er nur weiter dastehen und glotzen? Mit diesen blauen Augen. Augen aus Plastik. Undurchdringlich. Nicht lesbar. Was starrte er so? Was würde er tun? Die Ungewissheit brachte Utodja um den Verstand und er legte den Kopf in den Nacken, stellte die Ohren auf, senkte sie wieder, ließ seinen Schweif peitschen. *Was planst du? Was willst du mir antun?* Unablässig musste er daran denken, wehrte sich gegen die Unruhe, die ihn wie ein gehetztes Tier umherwandern ließ. Doch er kam nicht dagegen an, spürte, wie Panik von ihm Besitz ergriff. Der Mikhael-Mensch schwieg nicht. Das hatte Utodja schnell gelernt. Er schwieg nicht einfach so, er hatte immer etwas zu sagen. Er sah ihn nie so an, wie jetzt. Nein, seine Sinne täuschten ihn nicht, etwas würde geschehen und Utodja wollte sich nicht vorstellen, was es sein könnte. Dabei wusste er es bereits. Immerhin hatte er sie gehört, die Worte des Ladenmenschen. Laut und deutlich. Einschläfern.

Das bedeutete den ewigen Schlaf. Den Übergang in die ewige Nacht. Den Tod. Sie wollten ihn töten. Nach allem, was passiert war, wollten sie ihn loswerden und suchten sich die einfachste Möglichkeit. Entsorgen würden sie ihn, als wäre er Dreck. So gingen die Menschen mit allem um! Aber dass sein Wächter, sein Beschützer, da mitmachte, erschütterte Utodja und schlug ein bodenloses Loch in sein neugewonnenes Vertrauen. Andererseits war es nur verständlich. Sein Wächter hatte immer nur stumme Proteste abgegeben, nur hinter seinem Alpha gewettert. Doch vor ihm konnte er sich nicht widersetzen. Das Alphatier hatte gesprochen und der Mikhael-Mensch sollte das Urteil vollstrecken. So musste es sein. So und nicht anders. Wieso sonst sollte sein Wächter so dastehen, angefüllt von wirren Emotionen, die Utodja zu ersticken drohten. Sein Magen drehte sich um und seine Eingeweide zogen sich zusammen. Bei aller Angst, bei aller Panik, damit würde er sich nicht abfinden. Er würde sich das nicht antun lassen. Flucht mochte unmöglich sein, doch kämpfen konnte er und das würde er. Er würde nicht sterben. So erbärmlich sein Leben war, so würde es nicht enden!

»Okay, hör zu.« Plötzlich regte sich sein Wächter, stieß sich von der Wand ab und Utodja zuckte zusammen, wich in die hinterste Ecke seiner Box zurück. Nicht einen Augenblick ließ er seinen Wächter aus den Augen, beobachtete jede noch so kleine Bewegung. Langsam kam der Mensch auf ihn zu, breitete die Arme aus, zischte mehr, als das er sprach. »Ich hab dir was zu sagen und es wird dir nicht gefallen.«

Vor der Box blieb er stehen und Utodja duckte sich. Er wollte es gar nicht hören. Nichts von dem, was er zusagen hatte. Ein Kloß bildete sich in seinem Hals und er hielt den Atem an, wagte kaum mehr, sich zu bewegen. Dann seufzte der Mensch, kniff die Augen zu und sackte in sich zusammen. Ein Fluch entwich ihm und er beugte sich vor, stützte sich mit einer Hand an der Box ab. Unentwegt schüttelte er den Kopf und eine Welle der Verzweiflung fuhr über Utodja hinweg. Ein paar Mal setzte der Mensch an, schien jedoch nicht die passenden Worte zu finden.

Mika wusste nicht, was er sagen sollte. Wie er das Utodja erklären sollte. Vermutlich würde der Gendro ihn für den letzten Dreck halten und genau genommen war er das auch. Ein Feigling, ein Widerling und seit Neustem auch noch ein Erpresser. Aber was hätte er tun sollen? Einfach zulassen, dass man das Fledertier tötete, obwohl er die Möglichkeit hatte, einzugreifen? Niemals! Also hatte er das getan, was damals niemand für ihn getan hatte, was er sich wünschen würde, wenn er in so einer Situation wäre. Die ganze Sache war verdammt heikel und alles stand auf dem Spiel. Einfach alles. Es konnte gut gehen oder in einer Katastrophe enden. Es gab nur die zwei Varianten und Mika wusste bereits, was geschehen würde. Er war kein Idiot. Nicht nur Utodjas, auch sein Schicksal war besiegelt.

Andererseits – wenn er den aufgebrachten Flughund ansah, wie er völlig verstört in dem Käfig auf und ab ging, nicht wusste, was Sache war. Er war so schön, so klug. Etwas Besonderes. Er hatte es nicht verdient, als Sexspielzeug oder Versuchskaninchen zu enden. Schluckend beugte sich Mika vor, drückte seinen Kopf gegen die Box und biss sich auf die Lippe.

»Hör zu, ich hab alles versucht, kapierst du das?«, platzte es aus ihm heraus und er stieß sich vor der Box ab, begann auf und ab zu tigern, versuchte sich zu erklären, musste es selbst erst einmal verstehen. »Ich wusste nicht, was ich sonst tun sollte. Jakobson hat mir ein Ultimatum gestellt! Also musste ich handeln!« Seine Händen flogen umher und er raufte sich die Haare. »Ich mein, du hast ihn doch gehört! Was er gesagt hat! Er wollte dich einschläfern!«

Sein Kopf fuhr herum und er sah wieder zu Utodja, der ihn alarmiert belauerte, den Kopf neigte. Da stockte Mika und sein Gesicht gefror. Wusste Utodja überhaupt, was das bedeutete? Hatte er auch nur die geringste Ahnung, was ihn erwartete?

»Weißt du, was das heißt?«, hauchte er trocken, stellt sich erneut vor die Box, hob eine Hand und drückte sie gegen das Glas. »Einschläfern?«

Utodja konnte sich nicht bewegen. Sein Körper war in einem unsichtbaren Klammergriff gefangen und der seltsame Drang kam in ihm hoch, sich fallen zu lassen. Einfach auf den Boden zu knallen und sich nie wieder zu bewegen. Er wollte das nicht mehr hören, das Gerede von dem Menschen. Das Geplapper vom Einschläfern. Ja, natürlich wusste er, was das bedeutete, aber er wollte darauf nicht antworten. Mit weiten Augen sah er seinen Wächter an, spürte, wie seine Beine zu zittern begannen, nachgeben wollten. Sein Geist verfiel in einen dämmrigen Zustand und langsam senkte er den Blick.

Es stimmte also wirklich. Seine Augen begannen zu brennen, seine Sicht verschwamm und sein Herz dröhnte in seinen Ohren. Langsam hob er die Arme. Stück für Stück. Seine Flügel konnte er nicht bewegen, der Mikhael-Mensch hatte vergessen die Gurte abzunehmen, also nahm er seine Arme. Schlang sie um sich, in einem jämmerlichen Versuch, sich zusammenzuhalten. Hier würde er sterben. In einem Käfig. Allein. Unter Menschen. Ohne den Himmel noch einmal zu sehen. Ohne den Wind zu spüren. Er konnte es nicht fassen.

Ein Keuchen entwich ihm und er ging in die Knie, vergaß seinen Stolz. Er hockte sich hin, zog den Kopf tief zwischen die Schultern und schloss die Augen, presste sich die Hände auf die Ohren. Nichts mehr sehen, nichts mehr hören.

»Hey! Was ist los? Was hast du!«

Was war denn jetzt kaputt? Erschrocken drückte sich Mika gegen die Glasfenster der Box, starrte die Fledermaus an, die bebend auf dem Boden hockte. Was hatte er denn? Was war los? Was ...? Oh! OH! Er war ein Vollidiot! Natürlich wusste Utodja, wovon er da sprach, er war ja nicht dumm! Mit seinem blöden Gequatsche hatte Mika ihm vermutlich eine Todesangst eingejagt. Mental schlug er seinen Kopf gegen die nächste Wand.

»So meinte ich das nicht. Es ist alles gut, ich hab Unsinn geredet!« Hektisch kramte er in seiner Hose, holte den Schlüssel hervor und öffnete die Box, hockte sich in den Eingang. Jetzt in die Box zu klettern würde Utodja nur noch mehr verstören. Schnell schüttelte er den Kopf. »Es ist alles gut! Hörst du? Jakobson wird dich nicht einschläfern. Ich hab gesagt, da mach ich nicht mit. Okay? Er wird dir nichts tun. Als ich vorhin zu ihm bin, hatte er seine Meinung geändert! Er wird dich nicht töten! Es ist ganz anders. Vielleicht nicht unbedingt besser, aber du wirst nicht sterben!«

Bei allen Himmeln, er sollte still sein. Sollte endlich den Mund halten, Utodja ertrug das nicht mehr. Stur blieb er auf seinem Platz sitzen, klammerte sich weiter in seine Ohren und starrte auf den Boden. »Nicht ... reden«, grollte er bitter, wollte sich vor allem verschließen. Was sein Wächter erzählte, verwirrte ihn nur noch mehr. Nicht töten? Also würde er leben? Aber es war trotzdem nicht besser? Was wollte dieser Mensch denn nur von ihm? Wieso quälte er ihn?

Je kleiner sich Utodja machte, desto schwerer wurde Mikas Gewissen. Er vergeigte gerade alles, was man vergeigen konnte. Vielleicht hatte er Recht, Mika sollte den Mund halten! Aber erklären musste er es ihm.

»Tut mir leid«, zischte er, leckte sich unruhig über die Lippen. »Tut mir leid, ich will dir keine Angst machen. Ich versuche nur zu erklären ... Ach, Mist!« Tief atmete Mika durch und versuchte sich zu ordnen. Seufzend setzte er sich hin, dachte angestrengt nach. Er musste nur die richtigen Worte finden. Ganz einfach.

»Jakobson wird dich nicht einschläfern. Er hat seine Meinung geändert«, begann er darum noch mal bei Punkt Null, sprach dieses Mal so beherrscht und klar wie möglich. »Es ist alles in Ordnung, du brauchst keine Angst haben.«

Und obwohl er wie ein rostiger Nagel klang, den man über eine Schiefertafel schob, schien es etwas zu bringen. Die grünen Augen hoben sich, sahen noch immer verwirrt aus, doch jetzt hatte er Utodjas Aufmerksamkeit. Konzentriert räusperte er sich, umklammerte mit seinen Händen seine Knie.

»Ich bin zu ihm gegangen, um zu verhindern, dass er dir was tut. Deswegen war ich vorhin plötzlich weg. Das hat dir Angst gemacht, mh? Das war nicht sonderlich clever von mir, aber ich bin nicht der Hellste. Jedenfalls wollte ich mit Jakobson reden, aber der wollte dich nicht mehr einschläfern, sondern verkaufen. Jakobson denkt nur ans Geld.«

Utodjas Kopf hob sich weiter, was Mika dazu ermutigte, weiterzusprechen. Kurz zögerte er, ob er Utodja wirklich alles sagen sollte, aber er wollte nicht damit anfangen, ihn zu belügen.

»Er ... Er hat gesagt, er würde dich an ein Bordell verkaufen. Weißt du, was ist?« In Gedanken betete Mika, dass es nicht so war und zu seiner Erleichterung schüttelte Utodja den Kopf. Glück gehabt. »Das ist gut! Das musst du auch nicht wissen! Aber das war nicht alles. Er sagte was von einem Labor. Und dass er dich daran zurückgeben würde.«

Utodja versteifte sich. Binnen Sekunde verlor er alle Farbe und trotz seiner cremefarbenen Haut, wirkte er plötzlich blass und fahl. Verflucht! Hätte Mika doch nur die Klappe gehalten!

Die Folterkammer. Der Ladenmensch hatte von der Folterkammer erzählt und wollte ihn ...

Ein säuerlicher Geschmack breitete sich auf Utodjas Zunge aus und er unterdrückte ein Würgen. Nein. Nein, gewiss war das ein Scherz. Ein schlimmer Scherz, einem Alptraum gleich. Da nahm er lieber den Tod in Kauf! Da ging er lieber in das, was der Mikhael-Mensch Bordell nannte! Alles war besser, alles! Denn dieser Ort war eine schlimmere Strafe als der Tod. Das war das Urteil des Ladenmenschen? Nicht einschläfern, sondern die Folterkammer ...? Zurück zu den Schmerzen? Zu der Einsamkeit? Entsetzt sah er seinen Wächter an, dessen Gesicht sich plötzlich komplett verzerrte.

»Nein, nein, nein! Das meinte ich auch nicht! Du kommst nicht dahin! Verstehst du mich? Du wirst nicht zurückgebracht! Jakobson hat nur davon erzählt und es klang so grausam, ich ... aber nein, du gehst nicht dahin zurück.«

Noch ein Fettnäpfchen. Zur Hölle, langsam reichte es, das war nicht nur schlimm, was Mika hier tat war ein Desaster. Dabei wollte er ihm doch nur alles erklären. Seufzend sackte er in sich zusammen und haute sich eine Hand vor die Stirn.

Eine ganze Zeit blieb er so sitzen, sagte gar nichts mehr. Verstohlen schielte er zwischen seinen Fingern zu Utodja rüber, der langsam wieder etwas mehr Farbe bekam. Sofern man das sagen konnte. Weiß blieb er trotzdem, aber wenigstens wirkte er nicht mehr so grau-grün. Weiß stand ihm eh besser. Er hatte eine so schöne Haut. Zu schön, als das Fremde sie antatschen durften.

Oder irgendwelche Ärzte durch sie hindurch schnitten. Was hatte man ihm wohl angetan in diesem Labor? Nichts Gutes, das stand fest.

»Hast du in dem Labor sprechen gelernt?«, fragte er schließlich schneller als er dachte und biss sich noch im selben Augenblick auf die Zunge. Der Gendro neigte darauf den Kopf, schien nicht zu verstehen und Mika räusperte sich. »Na ja, in so einem Labor machen die doch sicher viele Tests. Verschiedener Art. Du verstehst? Also hast du da sprechen gelernt?«

Was das Labor, wie der Mikhael-Mensch die Folterkammer nannte, ihn gelehrt hatte, konnte Utodja an seinen Klauen abzählen. Er verdrängte die Erinnerung, noch bevor sie aufkeimen konnte und schnaubte abfällig, sträubte das Fell. Energisch schüttelte er den Kopf, drehte sich zur Seite.

»Nein«, murmelte er leise, zögerte, ehe er stockend weitersprach, sich kurz umsah, sicherging, dass sein Mensch wirklich alleine war. »Nicht reden. Nicht über ... diesen Ort. Bitte.« Mehr gab es dazu nicht zu sagen, mehr wollte und konnte er nicht darüber sagen. Es war vorbei. Unnötig, über die Vergangenheit zu sprechen. Es gab Wichtigeres. So viel Wichtigeres.

»Okay. Tut mir leid.«

Betreten senkte Mika den Kopf, bekam ein schlechtes Gewissen. Er war echt der allerletzte Mistkerl darüber auch noch Fragen zu stellen. Er wusste doch von Ellie, was man mit Gendros in diesen Forschungseinrichtungen machte! Und dann bohrte er auch noch in der Wunde herum! Großartig, Auclair. Hundert Punkte! Trotzdem kam Neugier in ihm hoch. Wenn nicht in diesem Labor, wo hatte er dann sprechen gelernt? Wie lange war er dort gewesen und was hatte man ihm angetan? Was auch immer, das war nicht der richtige Zeitpunkt für dämliche Fragen. Jetzt standen wichtigere Dinge an. Doch wo sollte er anfangen? Nach allem, was Utodja durchgemacht hatte, würde es für ihn die nächste Höllen-Nachricht sein, aber es gab keinen Weg vorbei. Er musste es Utodja sagen, darum war Mika auch noch hier. Als einziger, während alle anderen bereits gegangen waren. Den ganzen Tag hatte er sich dafür Zeit gelassen, hatte es dem Gendro in Ruhe erklären wollen. Aber jetzt wo es soweit war, brachte Mika es nicht über sich. Er kam sich wie ein Arschloch vor. Ein riesiges Arschloch. Aber er musste es erzählen, das war seine Pflicht und dafür hatte er alles riskiert.

»Keine Sorge, du wirst da nicht hingehen«, begann er umständlich. »Weder in das Bordell, noch zurück in dieses Labor. Dafür hab ich gesorgt.« Zögerlich hob er den Kopf, suchte Utodjas Blick. Noch immer wirkte der Gendro aufgewühlt, war erschöpft. Hoffentlich vertrug er die nächste Nachricht und brach nicht völlig in Panik aus. Nach den richtigen Worten suchend, verlor sich Mika in den grünen Augen und jede Erklärung blieb ihm im Hals stecken. Ach verflucht! Es reichte! Genug herumgedruckst! Was stotterte er hier wie ein Weichei? Die Tatsachen waren eben die Tatsachen. Ende, Aus, Schluss.

»Hör zu, Utodja. Jakobson wollte dich unbedingt verkaufen. Er wollte um jeden Preis Profit aus dir schlagen. Ihm war egal, was aus dir wird. Ob du an dieses Bordell gehst oder in dem Labor gequält wirst, Hauptsache Kohle. Und die wollten richtig viel zahlen! Aber ich bin dein Pfleger. Ich habe die Verantwortung für euch Gendros und ich konnte das nicht zulassen! Kapierst du?« Seine Kehle zog sich immer mehr zusammen und eine ungewohnte Hitze kroch in seine Wangen, in seinen ganzen Kopf. »Ich bin nicht so wie die. Ich wollte nie so sein und ich werde nie so sein! Aber ich hatte keine Wahl. Ich konnte nicht zulassen, dass sie dich töten und ich konnte nicht zulassen, dass sie dich verkaufen. Nicht an solche Mistkerle und … da hab ich dich gekauft.«

Was? Fassungslos ließ Utodja die Arme sinken und stellte die Ohren auf. Was sagte sein Wächter da?

Es dauerte einige Augenblicke, bis er begriff. Er war sprachlos, wusste nicht, wie er reagieren sollte. Gekauft. Er hatte ihn gekauft. Das bedeutete sein Wächter, der Mikhael-Mensch, er war nun sein neuer Besitzer? Nein. Nicht nur das. Er hatte ihn vor der Hölle bewahrt. Ihn beschützt, ihn gerettet. Aber … das würde nichts ändern. Wirre Emotionen wirbelten in Utodjas Kopf herum, widersprachen sich in allen Punkten. Eine groteske Mischung aus Freude und Angst ballte sich in ihm zusammen und doch war es die Angst, die die Oberhand gewann. Mikhael war der erste Mensch seit so vielen Sommern, dem er sich geöffnet hatte. Aus den lächerlichsten Gründen die es gab, dennoch hatte der Mensch nie sein Wort gebrochen oder die Hand gegen ihn erhoben. Er war ein hoffnungsvoller Lichtstrahl in der grauen Welt, in der er so lange gehaust hatte. Aber ihm zu gehören, würde alles kaputt machen. Von Grund auf. Es würde dasselbe passieren, was immer passierte und dann würde er verlieren, was er gerade erst gefunden hatten – Einen Vertrauten. Eine bitterböse Welle der Enttäuschung brach über Utodja hinein und sein Herz wurde schwer.

»Scheiße!«

Die Stimme des Menschen riss Utodja aus seinen Gedanken und er hob den Kopf. Sein Wächter war vollkommen in sich zusammengeschrumpft, hielt nicht einmal seinem Blick stand. Bebend presste er sich eine Hand vor die Stirn, war am Boden zerstört.

»Ich dachte mir schon, dass du nicht begeistert sein wirst, aber dass du es so schrecklich finden würdest«, murmelte er tonlos, ließ die Schultern hängen. »Ich wollte nur helfen. Ich wollte verhindern, dass man dir was tut. Nur darum hab ich das gemacht. Verstehst du? Ich wollte das alles auch nicht! Von Anfang

142

an nicht! Aber dann kommst du da lang und veränderst einfach alles! Hätte ich zusehen sollen? Dann wäre ich ein noch größeres Arschloch. Und jetzt bin ich eins, weil ich gedacht hatte, du würdest dich … freuen oder dankbar sein. Was weiß ich! Aber ich musste was tun. Ich weiß, wie es ist eingesperrt zu sein! Ich weiß das und ich hasse es!« Wütend donnerte er seine Fäuste auf den Boden, brachte Utodja zum Zucken. So viel Schmerz spiegelte sich auf seinem Gesicht wieder. So viel … Angst. Dieser Mensch, was tat er nur mit Utodja?

Dann, plötzlich, hob er seinen Kopf, sah für wenige Momente in Utodjas Gesicht, finster entschlossen und voller Bedauern.

»Für dich bin ich nur einer der Dreckskerle, die dich dein Leben lang mies behandelt haben und ich kann das verstehen. Ich kann dir nicht mal was bieten. Nicht mal das Geld um dich zu kaufen gehört wirklich mir, aber ich verspreche dir, ich werde dich gut behandeln! Ich werde dich niemals schlagen oder dich zu irgendetwas zwingen. Du wirst es gut bei mir haben. Mir gefällt das auch nicht, aber es war die einzige Möglichkeit, dich zu retten.«

Was waren das für Worte? Erstaunt ließ Utodja die Ohren sinken. Was er da hörte, es passte nicht zu seinem vorlauten Menschen. Doch was passte schon zu ihm? Er war undurchdringlich, ein Rätsel. Als wüsste er nicht, was er wollte, rastete er mal aus und entschuldigte sich dann in Demut. So auch jetzt, wo er vor ihm kniete und nicht wagte ihn anzusehen. Als habe er etwas verbrochen. Dabei hatte er das nicht. Im Gegenteil, er mochte ihn gekauft haben, doch er hatte ihn beschützt, sein Leben dadurch gerettet. Und was tat Utodja? Er unterstellte ihm wie alle anderen zu sein. Ganz langsam erhob er sich, spürte, wie seine eigene Angst schmolz, gemeinsam mit seinen Vorurteilen und seinem Misstrauen. Sein Herz erweichte und er kam auf seinen Menschen zu, blieb direkt vor ihm stehen.

Utodja war immer allein gewesen. Seit dem Moment, als man ihn aus den Händen seiner Familie gerissen hatte, war er auf sich gestellt gewesen. Allein in einer Welt, die er nicht verstand, deren Regeln er nicht kannte. Ganz gleich wie viele Besitzer er gehabt hatte, niemals hatte er das Gefühl gehabt, jemand würde sich um ihn sorgen. Niemand hatte sich für ihn interessiert, also hatte er dieses Verhalten nachgeahmt. War kalt zu den Monstern gewesen, die ihn wie einen Diener behandelten. Doch jetzt war da dieser seltsame Mensch, der vor ihm kniete und sich dafür entschuldigte, sein Leben gerettet zu haben. Er sah gut aus. War ein ansehnliches Menschenmännchen, mit markanten Zügen. Und er roch gut. Sehr gut. Utodja musste schlucken, senkte die Lider. Was war es, dass ihn von der ersten Sekunde an so anziehend gemacht hatte? Seine Augen? Sie verbargen etwas, waren immer gefangen zwischen Denken und Handeln, hatten den Blick eines Alpha. Ein Alpha, der von seinem Thron gestürzt und in die Unterwerfung gezwungen worden war. Tief atmete Utodja durch, spürte ein fremdes Gefühl in ihm aufwallen und wie Wellen seinen Rücken hinab rollen. Es schüttelte ihn mächtig durch, zwang ihn dazu die Augen zu schließen. Dieser Mensch mochte ihn gekauft haben, doch Utodja gehörte nicht ihm. *Er* gehörte Utodja. Das war jetzt sein Mensch.

Langsam ging Utodja in die Knie, tastete nach dem Gesicht seines Wächters, hob sein Kinn an.

»Nicht«, hauchte er, fuhr mit dem Daumen über die tiefe Falte, die sich zwischen den Augenbrauen seines Wächters gebildet hatte. Er sollte nicht bereuen. Nicht für das, was er getan hatte. Fragend wurde er angesehen, spürte wie sein Herz zu klopfen begann. »Du rettest mich vor ... dem hier«, begann er, strich zaghaft über die warme Haut, betrachtete das rötliche Haar, berührte die wilden Strähnen. »Ich gehöre jetzt dir, *Guardo*. Ich schulde dir viel. Kein Bedauern.«

»Guardo?«

»Beschützer ... Mein Beschützer.«

Seufzend lehnte sich Utodja vor, schloss die Augen und drückte seine Stirn sanft gegen die seines Wächters. Vorsichtig bewegte er den Kopf, schmiegte sich gegen seine Wangen.

Mika traute sich nicht, sich zu bewegen. Wie in Trance hockte er da und sah in die großen Mandelaugen, die ihn unablässig musterten. Viel zu eindringlich, viel zu verständnisvoll. Viel zu ... besitzergreifend?

So wollte er nicht angesehen werden! Sein Gesicht begann zu glühen und er drehte den Kopf zur Seite, fluchte.

»Gar nichts schuldest du mir«, grunzte er, ergriff Utodjas Hände und schob sie von sich weg, versuchte Abstand zwischen sie zu bringen. Der Gendro war ihm viel zu nahe, redete viel zu wirres Zeug! Der Kleine hatte doch keine Ahnung, was er da faselte! Schnell stand Mika auf, trat räuspernd einen Schritt zurück.

»Niemand schuldet irgendjemandem was. Ist jetzt aber auch egal. Ist schon okay.« Ungeschickt tätschelte er den Kopf des Gendros, der die Augen schloss. Dreck! Jetzt sah er auch noch so aus, als würde er das genießen. Verwirrung überrollte Mika und er zog die Hand weg, als ob er sich verbrannt hätte. Zwar hatte er gewollt, dass diese Neuigkeit Utodja erleichterte, aber jetzt, wo er scheinbar wirklich Gefallen daran fand, wusste Mika nicht, was er tun sollte. Utodja sollte ihn verabscheuen und hassen! Ihn mit verachtenden Blicken strafen, so wie damals, als er ihm das erste Mal begegnet war. Er hatte ihn immerhin gekauft! Er war jetzt sein Besitzer.

Gott! Mika war ein Gendro-Besitzer. Einer dieser Sklaventreiber. Er fasste es nicht. Seufzend presste er sich die Hände vor die Augen. Nicht zu glauben, dass es so weit gekommen war. Angestrengt knetete er seine Schläfen, ehe er schließlich wieder zu Utodja spähte. Nichts zu machen. Die Fledermaus gehörte jetzt nun mal ihm, er hatte sich dazu entschieden und trug die Verantwortung und er würde sein Versprechen halten. Wenn er in allem anderen schon versagte, dann wenigstens das.

»Na komm«, brachte er schließlich hervor, trat aus der Box und deutete auf das Hinterzimmer. »Wir holen noch ein paar Sachen für dich und dann geht's nach Hause. Also, zu mir. Okay?«

Utodja zögerte. Sein Körper wollte sich bereits in Bewegung setzen, doch er blieb stehen, musterte den Mikhael-Menschen.

Zu ihm nach Hause.

Tief atmete er durch. Er war noch nie an einem Ort gewesen, den er wirklich Zuhause nennen konnte. Alle sagten das. Alle, die ihn gekauft hatten, taten erst immer so freundlich, doch das änderte sich schnell. Innerlich tadelte er sich, wollte die Vorurteile verdrängen. Sein Mensch war nicht wie die anderen. Trotzdem hinderte ihn etwas daran, ihm zu folgen. Die ganzen vergangenen Monde hatte er wie ein einfältiges Junges sein Vertrauen in diesen Menschen gelegt. Auch vorhin war er bereitwillig zu ihm gegangen, hatte ihn berühren wollen und es getan. Seine Nähe gesucht, weil er ihn für sich wollte. Jetzt beschlich ihn eine neue Angst und trat auf der Stelle, schwang seinen Schweif durch die Luft.

»Ich ... gehöre dir«, brachte er hervor, gab sich Mühe, klar zu sprechen. Sein Wächter nickte langsam, fühlte sich auch nicht wohl und das war das Problem. »Du hast mich ... gekauft. Du nimmst mich mit. Und wenn ich dir nicht mehr gefalle, wirfst du mich weg. Zurück hierhin. Wie die anderen.«

»Was? Nein!«

Wie zur Hölle kam Utodja denn darauf? Erstaunt atmete Mika aus, kam zurück in die Box. Er glaubte nicht, was für Gedanken sich der Gendro machte. Viel zu intelligent war der kleine Teufel. Aber er irrte sich! Bestimmt schüttelte Mika den Kopf, griff nach Utodjas Schultern, ließ aber sofort wieder los, als er an den heutigen Morgen dachte.

»Nein. Ich werfe dich nicht weg. Ich hab doch gesagt, ich bin nicht wie die anderen! Ich weiß ja nicht mal, wieso sie dich zurückgegeben haben, aber ich tu das nicht. Wenn man sich ein Tier ... ich meine, du weißt schon, wenn ich dich kaufe und zu mir nehme, dann ist das auch so. Dann entscheidet man sich nicht wieder um, als wenn man die Klamotten wechselt! Wir machen das schon. Irgendwie.«

Ausdruckslos wurde Mika angesehen. Es kam keine Antwort, doch Utodja musste nichts sagen, sein regungsloser Blick trotzte nur so vor Sarkasmus und Vorwürfen und Mika verdrehte die Augen.

»Fang nicht so an! Du kannst echt eine Mimose sein. Keine Panik, klar? Ich werfe dich nicht weg. Ich- ...« Doch je mehr sich Mika da hineinsteigerte, desto klarer wurde ihm etwas und er verstummte.

Wegwerfen. Was Utodja befürchtete war keine Kleinigkeit. Er hatte Angst, Mika würde ihn so behandeln, wie seine anderen Besitzer es getan hatten. Fünf waren es gewesen. Nein, mittlerweile sechs und Mika war der siebte. Sie alle hatten ihn verlassen. Dieses Flattertier machte es ihm wirklich schwer. Sanft streichelte er Utodjas Ohren und grinste schief, bekam einen finsteren Blick zurückgeworfen, störte sich aber nicht daran.

»Alles wird gut, okay? Mach dir keine Gedanken. Komm jetzt. Wir suchen für dich ein paar neue Klamotten raus, packen Futter ein und dann zeig ich dir dein neues Heim. Ist keine Luxusvilla, aber groß genug, dass du das hier nicht mehr brauchen wirst.« Spielerisch schnippte er mit dem Fingern gegen das Geschirr, das Utodjas Flügel noch immer fest zusammendrückte. Augenblicklich veränderte sich die steinerne Mine und ein aufgeregter Funke blitzte in den grünen Augen auf.

Kein Geschirr? Wenn er bei dem Mikhael-Menschen lebte, musste er kein Geschirr tragen? Sofort griff sich Utodja an den Hals, sah seinen Wächter vielsagend an, der lachte, den Kopf schüttelte.

»Nein, ein Halsband musst du auch nicht tragen. Aber kaufen muss ich trotzdem eins. Wegen dem offiziellen Kram. Aber in der Wohnung brauchst du das nicht. Klingt das gut?«

Kein Halsband. Kein Geschirr. Keine Folterinstrumente mehr. Sein Wächter meinte das ernst! Begeisterung kam in Utodja auf und er reckte die Schultern, nickte. Vielleicht hatte er ja Glück. Schwach war es noch immer, dass er wie ein einfaches Haustier dachte, aber vielleicht hatte sein neuer Mensch recht und es würde endlich alles gut werden. Bei einem Menschen, der sich um ihn kümmerte. An einem Ort, wo er sich sicher fühlte. Mit Glück.

Kapitel 11

Neu

UTODJA klebte an der Fensterscheibe des Autos und starrte nach draußen, hatte die Finger in den schmalen Türrahmen geklammert und gab dumpfe Laute von sich.

Egal wie viele Vorbesitzer er gehabt hatte, in diesem Teil der Stadt war er wohl noch nicht gewesen. Zumindest glaubte Mika das, so, wie sich die Fledermaus verhielt. Angespannt saß Utodja auf dem Beifahrersitz und hatte den Blick die ganze Zeit nach draußen gerichtet, duckte sich, sobald sie an etwas Großem vorbeifuhren, zischte, wenn ihm etwas missfiel und stellte die Ohren auf, wenn er etwas Interessantes entdeckte. Und da gab es einiges. Akerons Regenbogenskyline war in allen Staaten bekannt und die hohen Glastürme der Innenstadt waren ziemlich beeindruckend. Von all den blinkenden Werbetafeln und Hologrammen, die aussahen, als wären sie einem Science-Fiction Film entsprungen, ganz zu schweigen. Sogar die Menschen, die in ihren Klamotten aussahen, wie Haute Couture Models, waren überwältigend. Mika gewöhnte sich langsam daran, aber Utodjas Anblick war köstlich und am liebsten würde Mika ihm die ganze Zeit dabei zusehen – was gar nicht so einfach war, da seine Flügel ziemlich viel Platz einnahmen. Seufzend bog er an einer Kreuzung ab und warf einen Blick in den Rückspiegel. Auf den Rücksitzen stapelten sich ein paar Kartons mit Gendro-Zubehör. Glücklicherweise hatte das Pet4You die gesamte Grundausstattung, die man für die Haltung eines Gendros brauchte und so hatten Mika und sein neues Haustier die Regale des Ladens durchstöbert.

Utodja hatte sich dabei jedoch sehr zurückhaltend gegeben. Weder hatte er über die Futterauswahl, noch über die spezielle Kleidung, die Gendros tragen mussten, ein Wort verloren. Also war es an Mika gewesen, etwas Passendes herauszusuchen. Blöderweise war Utodja der einzige ausgewachsene Gendro des Ladens und dann auch noch mit Flügeln. Zwei schlichte Oberteile, eine Hose und ein rückenfreies Neckholder-Shirt gaben da schon die komplette Ausbeute. In diesen Klamotten hockte die Fledermaus nun neben ihm und starrte auf die Stadt. Mika seufzte, trommelte ungeduldig mit den Fingern auf dem altmodischen Lenkrad seiner Klapperkiste herum und starrte wie gebannt auf die rote Ampel, die ihnen den Weg versperrte. Hoffentlich kamen sie schnell durch den Verkehr. Es war zwar schon etwas später und der Feierabendverkehr war vorbei, trotzdem fühlte sich Mika nicht wohl. Wann immer der Wagen stehen blieb, blieben auch die Leute auf den Straßen stehen und glotzten zu ihnen herüber. Zeigten mit den Fingern auf sie.

Klar, Gendros waren nichts Neues, trotzdem war Utodja einzigartig, ein Blickfang eben – und Mika sein Besitzer. Sein Herr, sein Meister. Urgs, eklige Vorstellung. Doch so würden die Leute ihn jetzt wahrnehmen. Würden entweder denken, er wäre ein reicher Schnösel, der sich alles leisten konnte, sogar ein seltenes Luxushaustier oder sie sahen in ihm den abartigen Sklavenhalter. So würde man ihn jetzt sehen. So und nicht anders. Zum Kotzen war das. Er und Sklavenhalter. Allein der Gedanke war absurd! Aber das war jetzt eine Tatsache. Schließlich sprang die Ampel auf grün und Mika sah zu, dass er sich vom Acker machte. Ihm gingen die Blicke auf die Nerven. Schon früher hatte er es gehasst angestarrt zu werden und jetzt hasste er es noch mehr. Utodja bemerkte das alles nicht und das war auch gut so. Sollte er sich die Stadt angucken und sich überwältigen lassen, es reichte, wenn einer von ihnen sich Sorgen machte.

Die weitere Fahrt verlief einigermaßen ruhig und schließlich kamen sie auf dem Parkplatz neben dem alten Fabrikgebäude an. Endlich. Mika wollte sich nur noch auf sein Sofa schmeißen und den heutigen Tag verfluchen. Er bereute seine Entscheidung nicht, trotzdem fühlte er sich nicht wohl dabei. Absolut nicht.

Utodja aus dem Auto zu bugsieren stellte das nächste Problem da, aber irgendwie schaffte Mika es, ihn und die Kisten ins Hausinnere zu dirigieren. Doch an der Aufgabe, den Engendro in den Lift zu bekommen, scheiterte er, was seine Geduld gefährlich an die Grenze trieb. Im Pet4You war ihm Utodja so intelligent vorgekommen und jetzt verhielt er sich wie ein störrischer kleiner Teufel!

Mikhael konnte so viel fluchen und meckern wie er wollte, er hatte keine Ahnung, wie aufgewühlt und überfordert Utodja war. Ein weiterer Umzug, ein neuer Ort, ein neuer Besitzer, dieselben Ängste – und doch war alles anders.

Noch nie hatte er in einem der rollenden Kästen vorne sitzen dürfen. Noch nie hatte er durch die großen Fenster gesehen. Er war immer nur in Käfige oder in die hintere dunkle Kammer der Kästen gesteckt worden. Die abendlichen

Straßen waren erschreckend! Es gab so viel zu sehen, so viele Lichter und Bilder. Die Welt der Menschen war laut und bunt, das wusste Utodja, doch es war neu für ihn, diese Welt so zu sehen. Oder so behandelt zu werden. Sein Wächter gab sich alle Mühe, um Geduld zu zeigen, trotzdem war er plötzlich ganz anders als in dem Laden. So nervös. Schon vorher, als sie in dem Laden Sachen für ihn zusammengesucht hatten, war ihm das aufgefallen. Auch hatte Utodja nicht verstanden, wieso er aussuchen sollte, was gegessen wurde oder was er tragen sollte. Diese Entscheidungen hatten nie bei ihm gelegen und er wusste nicht, was von ihm erwartet wurde. Darum hatte er geschwiegen, bevor er seinen neuen Menschen verärgerte, denn war er einmal wütend, war der Mikhael-Mensch in der Tat furchteinflößend.

Dieser *Lift*, wie sein Wächter ihn nannte, war jedoch eine andere Geschichte. Utodja wusste nicht, was ein Lift war, doch für ihn sah es wie ein Käfig aus. Ein großer Käfig und das verstand er nicht. Sein Mensch hatte versprochen, er wäre anders als die anderen, wieso wollte er ihn jetzt in einen Käfig stecken?

»Es ist kein Käfig, Herr Gott nochmal!«, wiederholte sein Wächter und lief in dem seltsamen Ding herum, hatte die Kisten dort abgestellt. Langsam klang er richtig giftig, was Utodjas Abneigung steigerte. Er wollte ihm vertrauen, doch er dachte immer an das Unvermeidbare – Menschen zeigten erst spät ihr wahres Gesicht. Den Gedanken konnte er nicht abschütteln. Erst recht nicht, als sein Wächter gegen die Gitter haute.

»Jetzt komm endlich her! Es passiert schon nichts! Das Ding bringt dich hoch und runter, verstehst du? Ich wohne ganz oben und hab keine Lust zu laufen. Also komm! Sonst- ...!«

Mika biss sich auf die Zunge, unterbrach sich selbst. Am liebsten würde er den Gendro packen und ihn in den Aufzug zerren. Seine Geduld war langsam am Ende. Das war ein beschissener Tag gewesen und er wollte nur noch nach Hause und zwar, bevor einer der anderen Mieter sie entdeckte! Nicht auszudenken, was die dann von ihm dachten. Dann war er der Sklavenhalter aus dem obersten Stockwerk und so viel Aufmerksamkeit konnte er nicht gebrauchen. Genervt sah er Utodja an, der mit eingezogenem Kopf die Stahlkonstruktion betrachtete. Mika kapierte schon, dass das unheimlich wirken musste, aber er wollte jetzt nicht verständnisvoll sein.

»Na gut, dann eben anders«, entschied er sich für die harte Tour, trat zu Utodja und stellte sich hinter ihn. Mit sanfter Gewalt versuchte er den Gendro nach vorne zu schieben, wollte ihn zum Gehen zwingen, was nichts brachte. Ein Knurren ertönte, Utodja krallte sich mit seinen Klauen in den Boden und weigerte sich, sich auch nur einen Schritt zu bewegen. Seufzend sackte Mika zusammen und schüttelte den Kopf.

»Jetzt vertrau mir, okay? Ich komm auch mit rein. Bitte, ich hab dafür jetzt keine Nerven.« Seine Stimme verwandelte sich in ein verzweifeltes Flehen und er ballte die Fäuste. Wenn er diese kleine Nervensäge doch nur irgendwie dazu bringen könnte, sich zu bewegen und ...! Endlich tat sich etwas. Langsam drehte sich Utodja um, musterte Mika eindringlich und neigte den Kopf zur Seite. Er witterte seine Ungeduld, keine Frage, aber beherrschen konnte sich Mika trotzdem nicht.

»Kein Käfig?«

»Nein! Kein Käfig, versprochen. Es bringt uns nur hoch. Schau!« Mika deutete auf das anliegende Treppenhaus. »Wir können auch zu Fuß gehen, aber das dauert ewig. Also beweg dich endlich!«

Und endlich, endlich, spurte der sture Gendro. Zögerlich und mit gesenkten Ohren trat er an den Aufzug heran, schnupperte, warf Mika unsichere Blicke zu, ehe er ganz in den Lift stieg. Erleichtert verdrehte Mika die Augen und folgte Utodja, der sich an die Wand gepresst hatte und sich alarmiert umsah.

»So ist es gut! Und jetzt pass auf.« Mit einer lockeren Bewegung drückte Mika den Etagenknopf und die Türen des Lifts schlossen sich mit einem quietschenden Geräusch. Der Aufzug ruckelte, begann zu surren und schließlich fuhren sie hoch.

Himmel, was war das?

Erschrocken schrie Utodja auf, drohte dem Kasten, in den ihn sein Wächter gelockt hatte und sprang entsetzt von der Wand weg. Der Kasten bewegte sich! War schrecklich laut und ruckelte. Schlimmer, als die rollenden Kästen draußen. Viel schlimmer!

Er wollte raus. Raus aus diesem Gefängnis! Sofort! Doch wie? Die Türen waren geschlossen und jetzt waren Wände an der Stelle. Sein Mensch schien davon unbeeindruckt, grinste nur matt, war völlig ruhig. Ohne Furcht. Wieso? Sah er die Gefahr nicht? Hörte er es nicht, das schreiende Surren dieses Dinges? Oder kannte er einen Weg, wie man sicher hier heraus kam? Der Schweiß brach ihm aus und Utodja schüttelte sich. Er wollte zu seinem Wächter laufen. Jetzt! Sich an ihn klammern. Sein Mensch wusste sicher, was zu tun war. Doch nein. So etwas sollte er nicht tun, es war albern und zeigte Schwäche. Er war kein verschrecktes Junges und sollte sich nicht von dem Menschen abhängig machen. Aber die Unsicherheit war größer und er ein Dummkopf. Seinen Instinkten folgend setzte sich Utodja in Bewegung, trat mit steifen, betont unauffälligen Schritten an die Seite seines Menschen. Dicht stellte er sich zu ihm, haderte mit sich, brauchte einige Anläufe, dann ergriff er das Oberteil, das sein Wächter trug, hielt sich daran fest. So verharrte er an Ort und Stelle, blickte konzentriert auf den Boden. Er hasste die Menschenerfindungen. Er hasste sie alle.

Der plötzliche Griff an seinem Hemd ließ Mika stocken und erstaunt sah er an sich hinab. Das Fledertier stand an seiner Seite und sah aus, als würde es jeden Moment tot umfallen. Klammerte sich an ihn.

Was sollte das auf einmal? Diese plötzliche Nähe, die Utodja aus dem Nichts heraus aufbaute. Schon im Pet4You vorhin war er ihm so nahegekommen. Dabei war er doch sonst so misstrauisch. Mika wurde unruhig und blickte starr auf die Etagenanzeige neben der Tür.

Mist, und jetzt? Wie sollte er reagieren? Offensichtlich kannte Utodja keine Aufzüge und hatte Schiss. Na ja, kein Wunder, das Gebäude war uralt und dieser Lift alles andere als neu oder modern. Das Ding machte einen riesigen Krach und war sicher zu laut für die empfindlichen Ohren des Gendros. Sollte Mika ihm gut zureden? Ihn beruhigen? Das wäre zumindest das Erste, was er normalerweise mit einem verängstigten Tier tun würde. Aber Utodja war jetzt *sein* Tier und das verunsicherte ihn. Wie genau musste er sich als Besitzer eines Kryptiden verhalten? Es war ein Unterschied, ob man ein Tier nur pflegte oder selbst für es verantwortlich war. Da waren andere Dinge gefragt, das Ganze war viel persönlicher. Aber wie viel persönlich war okay? Es gab genug Menschen, die ihre Haustiere betüdelten, als wären sie Stofftiere oder Puppen. Aber Utodja war nichts davon, keine Puppe, kein Kuscheltier, kein Haustier und Mikhael war keiner von diesen Vollidioten, die ihm Schleifchen ins Haar binden und verhätscheln würden.

Aber eins war Utodja auch nicht – ein Sklave, der keine Aufmerksamkeit oder Zuwendung verdiente. Schließlich ertrug Mika den Anblick nicht länger und hob einen Arm, schielte verstohlen nach rechts und links, ehe er unbeholfen Utodjas Seite streichelte – und sich extrem seltsam dabei vorkam.

»Schon okay. Das Ding ist nur laut. Keine Panik.«

Es kam keine Reaktion und einige Sekunden darauf erreichten sie endlich ihr Ziel. Mit einem Ruck blieb der Aufzug stehen, worauf Utodja fauchte, sich Schutz suchend an Mikas Seite presste. Er musste hart schlucken, spürte, wie ihm heiß wurde. Schnell trat er von dem Gendro weg und fischte nach den Kartons auf dem Boden.

»Da wären wir«, murmelte er und verließ den Aufzug, steuerte die Tür direkt gegenüber an. Utodja folgte ihm auf dem Fuße, sprang förmlich in die Luft, als sich die Türen des Fahrstuhls wieder schlossen. Mann, war der schreckhaft.

Umständlich balancierte Mika die Kartons auf einem Arm und öffnete schließlich seine Wohnung.

»So, hier wohne ich.« Mit dem Fuß stieß er die Tür auf und sah vielsagend zu Utodja, der ihn skeptisch musterte, den Kopf reckte und einmal schnupperte.

Utodja blieb vorsichtig. Dieses seltsame Gebäude war ihm unheimlich und die Tür, die sein neuer Mensch geöffnet hatte, führte in ein finsteres Nichts. Was genau erwartete ihn dort in der Dunkelheit? Er konnte nichts wahrnehmen, keine anderen Menschen, es wirkte auch nicht wie eine Falle. Doch was, wenn er sich irrte?

Erneut warf er seinem Menschen einen Blick zu, schluckte. Sein Wächter wirkte noch immer so unsagbar nervös, sah sich die ganze Zeit um, als erwartete er regelrecht, dass sie jemand überfiel. Kein gutes Zeichen und es schürte Utodjas Skepsis. Was genau sollte er tun? Seinen albernen Wünschen nachgeben und sich vollkommen auf seinen neuen Menschen verlassen? Er war sein Beschützer, oft genug hatte er es bewiesen. Oder sollte er doch auf seinen Kopf hören? Zu oft war er eines Besseren belehrt worden und diese Ungewissheit nagte ununterbrochen an ihm, in jedem Augenblick.

»Jetzt geh schon rein. Ist alles gut«, drängte Mika, als sich Utodja immer noch nicht bewegte. Konzentriert atmete er durch, suchte seine Beherrschung und ging vor, stellte die Kartons in den Flur und machte das Licht an. Wenn der Berg nicht zum Propheten kam, dann ging der Prophet eben zum Berg, das war die einfachste Taktik und hatte bei Utodja schon einmal geholfen. Der hatte sich augenblicklich geduckt und spähte alarmiert in die Wohnung. Vielleicht war Mika auch zu ungeduldig mit ihm. Der Tag war nicht nur für ihn anstrengend gewesen, auch Utodja hatte einiges hinter sich. Seufzend fuhr sich Mika durch die Haare. In seiner Ausbildung hatte er gelernt, wie man mit ängstlichen Tieren umging und auch wenn Utodja jetzt ihm gehörte, sollte er das immer noch drauf haben. Also gab er sich Mühe, Nachsicht zu zeigen. »Sei kein Angsthase«, meinte er darum salopp, breitete die Arme aus. »Schau. Nichts passiert. Keine Monster in den Ecken, nichts Böses. Gar nichts. Du kannst ruhig reinkommen.«

Aufmunternd nickte er Utodja zu, der noch immer zögerte, sich angespannt umschaute und dann wieder Mika fixierte. Es war genau dasselbe. Genau wie damals, bei ihrer ersten Begegnung. Er musste grinsen und seine Ungeduld schrumpfte. Damals hatte er Utodja auch erst beruhigen und überzeugen müssen. Da draußen würde er nicht lange alleine bleiben wollen, also würde er ihm folgen müssen – und nach ein paar Minuten geschah genau das. Zurückhaltend betrat Utodja die Wohnung, hatte den Kopf gesenkt, als er über die Türschwelle schlich und kaum da er im Flur war, huschte er an die nächste Wand und blieb dort stehen. Ha! Mission erfüllt.

»Siehst du? War gar nicht so schwer, oder?« Grinsend ging Mika an ihm vorbei und schloss die Tür.

Stille kehrte ein. Schweigend stand Mika da, beobachtete Utodja, der dicht an der Wand blieb und die Wohnung aufgeregt musterte. Begeistert wirkte er nicht gerade, aber was hatte Mika erwartet? Dass er sich aufs Sofa schmiss und ein Bier mit ihm trank? Langsam ging er an Utodja vorbei, machte ein paar Schritte in die Wohnung, ehe er laut seufzend mit den Schultern zuckte.

»Tja. Also. Das ist es«, begann er umständlich. »Ich hab ja gesagt, es ist nichts Besonderes. Hier ist das Wohnzimmer, die Treppe da führt rauf auf das Dach. Dahinten ist die Küche, Badezimmer ist direkt dahinter und die beiden Räume auf der rechten Seite sind zum Schlafen. Der erste gehört mir und ... äh, wenn du willst kannst du das zweite Zimmer haben.« Ja, die Idee war gar nicht so schlecht. Das hintere Zimmer hatte Mika bis jetzt nur benutzt, um leere Kartons darin zu stapeln, aber eigentlich brauchte er es nicht. Es war vielleicht ganz gut, wenn die Fledermaus einen Rückzugsort hatte. »Ich hab kein zweites Bett oder so. Das lief heute alles spontan ab, wir müssen etwas improvisieren, aber ich finde schon was, woraus wir dir ein Bett bauen können.«

Utodja antwortete nicht. Bedächtig ließ er seinen Blick durch die Wohnung schweifen, betrachtete alles sehr genau. Noch nie war er in einem Nest wie diesem gewesen. Seine anderen Besitzer hatten alle anders gelebt, in großen Häusern mit vielen Zimmern und vielen Ebenen mit noch mehr Zimmern. Dieser Ort hingegen wirkte alt. Auf angenehme Weise. Der Geruch seines Wächters lag nur schwach in der Luft, lange lebte er noch nicht hier, war noch dabei sich einzunisten. Überall lagen Dinge herum, aber es war sauber und die rötlichen Steine, aus denen die Wände gemacht waren, ließen den Ort ungewohnt warm und einladend wirken. Und da war Grün! Viel Grün. Blumen, kleine Bäume und Pflanzen mit großen und kleinen Blättern standen herum. Ein kleiner Wald wuchs mitten in dem Nest und alles war so sonderbar offen! Die Räume gingen ineinander über, boten viel Platz und obwohl dieser Ort kleiner war, als das, was Utodja bisher kannte, kam er sich freier vor. Nicht beengt. Abgesehen von den festen Schlafplätzen hatte er einen guten Überblick. Der Mikhael-Mensch hatte Recht, es gab keine verborgenen Ecken, in denen Ungeheuer lauerten. Da waren keine Monster, keine Fallen. Utodja war in der Tat ein Angsthase. Hier, an diesem Ort, lauerte keine Gefahr. Hier war er sicher. Denn es war sein neues Zuhause. Tief atmete er durch, versuchte den letzten Rest seiner Angst abzuschütteln und schließlich stieg er die wenigen Stufen hinunter in das Wohnzimmer.

»Du kannst dich ruhig umsehen. Pass nur mit deinen Flügeln auf. Schmeiß nichts um, sonst gibt's Ärger!«

Umstoßen. Utodja erstarrte, spürte ein Brodeln in seinem Magen. Oh ja, diese Regel kannte er! Es war überall dasselbe, bloß nichts kaputt machen. Seine Vorbesitzer hatten immer genau darauf geachtet, ihm extra das Foltergeschirr umgeschnallt und war doch etwas kaputt gegangen, waren die Strafen hart gewesen. Ein Schauer erfasste ihn und er verzog das Gesicht. Ganz sicher würde er diese Regel befolgen. Er glaubte, dass sein neuer Mensch ihn nicht wieder wegwerfen würde, aber was wenn doch? Utodja würde nichts riskieren. Er mochte seinen neuen Menschen. Sich das einzugestehen war hart, aber eine Tatsache. Er mochte seinen Guardo, seinen Retter. Er wollte bei ihm bleiben. Er durfte es sich nicht mit ihm verspielen. Schluckend ging er weiter, legte den Kopf in den Nacken, betrachtete die Tür in der Decke, zu der die seltsame Treppe führte, untersuchte die Möbel, die im Raum standen, tastete nach dem Sofa. Es fühlte sich weich an, hatte einen beißenden künstlichen Geruch. Neu nannten die Menschen diesen Geruch – und was neu war, durfte man nicht anfassen! Wie gestochen zog er seine Hand zurück, suchte Mikhaels Blick.

»Hast du noch andere Regeln?«, fragte er gedämpft.

»Regeln? Nein. Mach nichts kaputt und schmeiß nichts um, das war's. Du kannst tun und lassen, was du willst. Fühl dich einfach wie Zuhause. Entspann dich.«

Keine Regeln? Wie Zuhause fühlen? Entspannen? Mpf, sein Mensch war merkwürdig. Sagte das so arglos. Als wäre das so leicht. Oder war es das vielleicht sogar?

❦

Nach und nach legte Utodja seine Scheu ab und erkundete das Wohnzimmer genauer, wollte sich jeden Zentimeter einprägen. Sein Mensch hatte sich in das zurückgezogen, was wie eine Küche aussah und packte dort die Kartons aus. Dennoch ruhte sein wachsamer Blick stets auf Utodja, was ihn aber nicht störte. Je länger er sich in der Wohnung umsah, desto mehr gefiel sie ihm. Besonders der Ausblick war großartig. Sie waren weit oben, konnten auf die Straßen hinunter sehen und waren dem Himmel nahe. Sein anderes Versprechen hatte der Mikhael-Mensch auch gehalten. Er hatte ihm kein Halsband oder das Geschirr umgelegt. Er ließ ihm ... Freiraum. Das hatte keiner seiner Vorbesitzer getan. Oft hatten sie ihn in die Waschzimmer gezerrt und mit kaltem Wasser abgespritzt, ihn in irgendwelche Kleider gezwängt und dann in einen Käfig gesperrt. Oder irgendwo angekettet. Niemals hatte er sich umsehen oder sich frei bewegen dürfen.

Mikhael, er erlaubte es. Auch, als sich Utodja versuchsweise auf das Sofa gesetzt hatte, hatte er nichts gesagt. Hatte nicht geschrien, seine Klauen würden den Stoff zerreißen und ihn dann vom Sofa geschubst. Er ließ ihn einfach in Ruhe, während er in der Küche hantierte. Und Utodja beobachtete ihn dabei.

Er hatte sich auf dem großen Sofa zusammengerollt, den Kopf auf die Rückenlehne gelegt und spähte zu seinem Menschen hinüber. Noch immer räumte er Dinge in die Schränke ein, betrachtete einige der Dosen. Vermutlich las er die komischen Zeichen auf den runden Metalldingern. Lesen. Es war erstaunlich, dass die Menschen eine ganze Rätselsammlung voller Zeichen hatten, die nur sie entschlüsseln konnten. Utodja hatte es nie gelernt, doch es faszinierte ihn und er versuchte, es sich selbst beizubringen. Er mochte Rätsel jeglicher Art. Sie beschäftigten ihn in den vielen einsamen Stunden, aber entschlüsselt hatte er die menschliche Zeichensammlung noch nicht.

Irgendwann war das letzte Teil weggeräumt und sein Mensch stand ein paar Augenschläge still in der Küche, rieb sich sein Gesicht. Schwerfällig kam er in das Wohnzimmer gestapft und ließ sich seufzend in den Sessel fallen, legte den Kopf dabei weit in den Nacken.

Wie dumm das doch war. Utodja verstand das absolut nicht, aber trotzdem taten die Menschen es. Präsentierten ihre Kehle einfach so, einen der schwächsten Punkte. Sie waren unvorsichtige Wesen. Aber er hatte gelernt, die menschliche Körpersprache zu deuten. Mikhael war müde und Utodja konnte das nachempfinden. Schließlich bewegte sich sein Wächter wieder, drehte den Kopf zu Utodja und musterte ihn.

Da waren sie nun. Mika, der wandelnde Schandfleck und sein Gendro, die ausgesonderte Fledermaus. Eine hundert Prozent todbringende Kombi, aber Mika hatte es ja so gewollt.

Nachdenklich beobachtete er seinen neuen Mitbewohner, versuchte in seinen Schädel zu bekommen, was er sich da eingebrockt hatte, aber seine Gedanken drifteten immer wieder ab und irgendwann vergaß er seine Sorgen.

Denn er kam einfach nicht drüber hinweg, wie schön dieser Gendro war. Wie verflucht interessant. Ihn zu beobachten, wie er die Wohnung erkundet hatte, neugierig und zurückhaltend zugleich – so etwas hatte er noch nie gesehen. Auch nicht bei anderen Tieren. Jetzt hockte er vor ihm auf dem Sofa, in diesen menschlichen Klamotten, die ihm nicht passten. Das alles war verdammt skurril.

Immer wieder wanderte Mikas Blick zu den enormen Flügeln, betrachtete, wie weiße Haut in schwarze Muster überging. Wie sein Schweif hin und her schwang. Und dann diese Augen. Sie brachten ihm eine mächtige Gänsehaut ein.

Das gehörte jetzt ihm. Er gehörte jetzt ihm. Er hatte jetzt einen Engendro. Einen richtigen Kryptiden. Die Vorstellung war zu viel für ihn! Ein kühles Bier wäre jetzt genau das Richtige! Aber leider war sein Kühlschrank leer. Verdammt, er sollte öfter einkaufen. Stöhnend schüttelte er den Kopf, warf

Utodja einen knappen Blick zu, der den Kopf neigte. Er wirkte ziemlich verloren auf dieser riesigen Couch. Das alles musste aufregend und unheimlich für ihn sein und Mika kam eine Idee.

»Ich hab was für dich«, meinte er, stand auf und holte etwas aus der Küche, ehe er zum Sofa ging und sich darauf niederließ – mit einigem Abstand zu Utodja. Der stellte neugierig die Ohren auf, als Mika seine Hand ausstreckte.

»Den Alten hast du wohl verloren. Also kannst du meinen haben. Neu ist er nicht, aber ich brauche ihn nicht mehr.« Grinsend überreichte er Utodja sein Geschenk, der erstaunt die Brauen hob.

Ein Zauberwürfel. Es war ein Zauberwürfel. Das erste Spielzeug, das ihm sein Wächter geschenkt hatte. Mit großen Augen sah Utodja seinen Wächter an, nahm das Geschenk sprachlos entgegen, drehte es vorsichtig in alle Richtungen. Er musste schlucken und sein Herz begann zu klopfen. Flatterte regelrecht.

Das Menschenweibchen mit der kreischenden Stimme, sie hatte ihm den alten Würfel weggenommen. Dabei war es Mikhaels Abschiedsgeschenk gewesen. Nur für ihn! Aber sie hatte es einfach weggeworfen. Gemeint, so etwas bräuchte er nicht. Dabei hatte sie keine Ahnung gehabt, was er brauchte. Hatte keine Ahnung gehabt, wie es sich angefühlt hatte, als sie das kleine Viereck in den Abfall geworfen hatte. Vor seinen Augen.

»Dieses Mal ist es kein Abschiedsgeschenk, sondern ein Willkommensgeschenk! Vielleicht kriegst du das Rätsel ja jetzt raus. Neues Spiel, neues Glück!«, scherzte sein Mensch, worauf Utodja grunzte. Dieser Narr verspottete ihn schon wieder. Aber er würde schon sehen, Utodja würde das Rätsel lösen. Keine Frage!

Abfällig zischte er, drückte sein Geschenk jedoch fest an sich. Es war nicht so, dass Utodja noch nie Geschenke bekommen hatte, doch die waren anders gewesen. Mit anderen Hintergedanken. Nicht so wie dieses. Ein Kloß bildete sich in seinem Hals und sein Herz hüpfte, als er den Würfel in seinen Händen betrachtete. Es war nicht dasselbe Spielzeug, es trug nicht dieselben Erinnerungen in sich, aber die Geste war dieselbe. Wie die Gefühle.

Utodja wollte sich bedanken, suchte nach einem Ausdruck, der das traurige und zugleich fröhliche Gefühl in seiner Brust beschrieb, doch als er den Mund öffnete, kam nichts heraus. Ohne den Blick von seinem Wächter zu nehmen, lehnte er sich gegen das weiche Sofa, zog die Beine an und begann an dem Würfel zu nagen. Den Fluch seines Wächters, das wäre nichts zu essen, ignorierte er. Es war ihm egal. Deswegen tat er das nicht.

Schande, diesem Vieh war auch nicht mehr zu helfen. Aber bitte, wenn er den Würfel kaputt kauen wollte, sollte er nur. Und zugegeben, wie er da hockte und auf dem Ding herumkaute, wirkte fast niedlich. Wäre da nicht dieser durchdringende Blick. Unheimlich! Wenigstens kam sein Geschenk gut an, so viel verstand Mika. Zufrieden grinste Mika den Gendro an, dann fiel sein Blick auf das Veilchen, das sich um sein linkes Auge bildete. Ihn so zu verschandeln ...

Bedächtig rückte er nach vorne, streckte eine Hand aus und fuhr mit dem Daumen über die wunde Stelle. Es sah schlimmer aus, als es war, trotzdem machte der Anblick Mika wütend. Utodja regte sich nicht darauf, er blieb sitzen wo er war, zuckte minimal mit dem Kopf und kaute weiter auf dem Würfel herum.

»Was war da los?«, fragte Mika, versuchte so einfühlsam wie möglich zu klingen. Diese Frage lag ihm schon eine ganze Zeit auf der Zunge und jetzt, wo Utodja ihm gehörte, hatte er ein Recht, es zu erfahren. Es musste einen Grund haben, wieso seine ganzen Vorbesitzer ihn zurückgegeben hatten und auf ihn einschlugen. Aber Utodja blieb ihm die Antwort schuldig, drehte den Kopf weg und war drauf und dran, hinter seinen Flügeln zu verschwinden. Ein deutlicheres Ich-will-nicht-darüber-sprechen gab es wohl nicht.

»Na gut, dann nicht. Du musst es mir nicht sagen, aber du ... gehörst jetzt mir. Ich bin für dich verantwortlich und ich kümmere mich um dich. Das hab ich versprochen, also kannst du mir alles sagen. Merk dir das.«

Bestimmt streichelte er Utodjas Ohren und just in dem Moment ertönte ein lautes Grummeln. Utodja erstarrte.

Verflixt! Verräterischer Körper. Stur sah Utodja zur Seite, mied den Blick seines Menschen. Er war vollkommen abgelenkt gewesen und hatte nicht bemerkt, wie hungrig er war. Doch bei dem Gedanken an Essen wurde ihm übel.

Ja, sein Mensch hatte ihm bisher gutes Essen gegeben. Den Handel von ihrem ersten Treffen hatte er eingehalten, aber Utodja hasste die Prozedur, von den Menschen abhängig zu sein und von ihnen Nahrung zu bekommen. Der Mikhael-Mensch war jetzt sein Besitzer, das hatte er ihm mehr als oft klar gemacht, aber ihn darum bitten zu müssen, machte ihn unruhig.

»Du hast Hunger, huh?«, hörte er dann die Frage, reagierte aber nicht darauf. Auch als Mikhael aufstand und zurück in die Küche ging, sah er nicht auf. »Schon klar. Ich hab auch mächtig Kohldampf. Also machen wir uns was zu essen.«

Aber wie genau sollte Mika es anfangen? Vor ihm auf dem Arbeitstresen standen noch immer die Futterpackungen aus dem Pet4You und daneben zwei silberne Futterschalen. Sollte er ihm Wasser und Futter wirklich in diesen

Näpfen vorsetzen? Im Laden war das eine Sache gewesen, aber es gefiel Mika nicht, Utodja wie einen Hund zu füttern, er hatte das nie gut gefunden. Auf den Boden konnte er die Dinger auch nicht stellen, wie sah das denn aus? Das war nicht nur für Utodja erniedrigend, auch Mika war das unangenehm. Nein. Diese Näpfe zu kaufen war keine gute Idee gewesen.

Nachdenklich biss er sich auf die Lippe, schielte sich über die Schulter. Nichts zu machen. Mika war dagegen, Gendros wie Tiere zu behandeln und er würde nicht damit anfangen.

»Sitz da nicht rum. Los, komm her und such dir aus, was du essen willst«, meinte er darum, trat an die separate Küchenzeile, vor der eine Reihe von Barhockern standen und klopfte auf die Oberfläche.

Bis Utodja sich bewegte, dauerte es eine ganze Zeit, dann legte er den Würfel weg und kletterte plötzlich über das Sofa.

Erstaunt keuchte Mika auf, starrte auf die riesigen Flügel. Utodja ... krabbelte wie eine Spinne auf ihn zu! Stützte sich auf die Schwingen, als wären sie ein zweites paar Arme, hielt sich so an der Rückenlehne fest, ehe er sich leichtfüßig darüber schwang und zu der Küchenzeile schlich. Mit gerunzelter Stirn betrachtete er die Hocker, ehe er sich ungeschickt daraufsetzte.

Perplex blinzelte Mika. Was für eine Show! Der Anblick, wie die Fledermaus auf allen Vieren - nein auf allen sechs Gliedmaßen auf ihn zu kroch, hatte etwas unglaublich Bizarres. Hoffentlich tat er das nie im Dunkeln.

Genug davon. Mika räusperte sich, schüttelte die Gedanken ab und lehnte sich gegen die Küchenzeile, ehe er die Futterpackungen auf dem Tisch platzierte.

»Das ist die Beute. Keine Ahnung wie es dir geht, aber sonderlich prickelnd ist das nicht. Aber du hättest vorhin den Mund aufmachen können, dann hätte ich was Besseres besorgt. Also, du hast die Auswahl zwischen Pest und Cholera.«

Bei allen Himmeln, was faselte sein Mensch da nur? Zweifelnd blinzelte Utodja, verzog die Nase. Dann betrachtete er, was sein Mensch ihm da vorgesetzt hatte.

Es war das Futter aus dem Laden. Genau wie er befürchtet hatte und Utodjas vorsichtig aufgebaute Zuversicht bröckelte. Seufzend ließ er die Schultern sinken und schloß die Augen. Lieber aß er gar nichts, als dieses Zeug.

»Was ist? Du musst was essen. Schau dich an! Du bist total abgemagert! Also los. Sag mir, was du willst.«

Aber Utodja schwieg. Sollte sein Mensch entscheiden, was er aß. So war es bisher immer gewesen. Unwohl rutschte er auf dem seltsamen Stuhl herum, drehte den Kopf weg. Müdigkeit überrannte ihn und bevor er es merkte, senkte er den Kopf, legte ihn auf die Tischplatte.

So funktionierte das nicht. Wenn Utodja sich weigerte, mit ihm zu kommunizieren, würden sie sehr schnell Probleme bekommen. Nur verstand Mika nicht, wieso sich Utodja plötzlich so komisch verhielt. In dem Laden hatte er keine Probleme gemacht, was das Essen anging. Gut, Mika hatte ihm da wirklich tolle Sachen angeschleppt, besser als dieser Fraß, aber jetzt war eben nichts anderes da. Utodja sollte es ihnen nicht so schwer machen!

»He, ich rede mit dir. Nicht einschlafen!« Verspielt flippte Mika gegen Utodjas Ohr, worauf der Kopf des Gendros nach oben fuhr und er ihn empört ansah. Herrlich, der Blick. Aber das brachte sie nicht weiter. Räuspernd stützte Mika den Kopf in eine Hand und sah Utodja vielsagend an.

»Warum willst du nicht mit mir reden?«, fragte er, verengte die Brauen. Eigentlich fragte er sich das schon ziemlich lange. Hätte Utodja einfach den Mund aufgemacht, wären die Dinge vielleicht ganz anders gekommen. »Du kannst es doch. Also? Wieso redest du nicht? Das würde dir Probleme ersparen, weißt du? Zum Beispiel im Laden. Wieso hast du nicht gesagt, was passiert ist? Dann hätte Jakobson sich nicht aufgeregt.«

Utodja sah ihn ohne Regung im Gesicht an, hob und senkte die Ohren. Hatte er ihn überhaupt verstanden? Mika war sich ziemlich sicher, dass Utodja das meiste von dem verstand, was um ihn herum passierte. Oder verlangte er ihm doch zu viel ab?

»Jakobson ... weiß das«, kam dann stockend und Mika wurde aufmerksam.

»Was? Heißt das, er weiß, dass du sprechen kannst?« Bedächtig nickte Utodja und Mika schnaubte. Das gab's ja nicht! Er hatte es gewusst! Die ganzen Andeutungen, die sein Chef gemacht hatte, ergaben plötzlich viel mehr Sinn. So ein Dreckskerl! Utodja leckte sich über die Lippen, räusperte sich.

»Er wusste es schon immer. Es war ihm ... egal. Immer. Er hat es verboten und bestraft.«

Kopfschüttelnd bohrte Mika seine Fäuste in den Küchentisch. Es verboten, mh? Allein der Gedanke machte ihn krank. Deswegen hasste Utodja Jakobson also, der Mistkerl hatte ihn unter Druck gesetzt. Das passte zu ihm. Klar, ein sprechender Gendro hätte ihm sicher viel eingebracht, aber auch die Aufmerksamkeit des Instituts für Kryptidforschung geweckt und wenn die in dem Laden herumschnüffelten oder Fragen zu Utodjas Herkunft stellten, sah es nicht gut aus für seinen Chef. Durch Ellie wusste Mika, dass mit denen nicht zu spaßen war. Besonders nicht mit dem Vorsitzenden des Instituts, Caleb Holloway.

»Willst du deswegen nicht sprechen? Weil du denkst, du wirst bestraft?«

Utodja schüttelte den Kopf, fasste sich an den Hals.

»Ich bin es nicht gewohnt. Menschen mögen es nicht, wenn wir sprechen. Wenn wir klug sind. Das macht sie wütend.«

Langsam verstand Mika. Oh ja, und wie er verstand. Er musste schlucken, starrte auf den Tisch vor sich. Waren sie zu klug, wurden sie bestraft, konnten sie sprechen, wurden sie bestraft und Utodja war auch noch in einem Labor gelandet. Vermutlich aus genau diesen Gründen!

Gott, Mika wollte sich das nicht vorstellen! Es war zu grausig. Dabei hatte Utodja ihm ja noch nicht mal die Details verraten. Was ihm auch passiert war, es musste schrecklich gewesen sein. Hatte Misstrauen und Angst in ihm gesät. Aber das alles war jetzt vorbei. Er würde ihn von den Ketten befreien, die man ihm angelegt hatte!

Bestimmt beugte er sich vor, packte Utodjas Handgelenk und sah ihn ernst an.

»Mir ist egal, was diese Vollidioten gesagt haben. Ich verbiete es nicht! Du kannst sprechen und du darfst es auch. Ich *will*, dass du mit mir sprichst! Du gewöhnst dich schon dran. Ich meine . . . !«, fluchend fuhr er sich durch die Haare, haderte mit sich, suchte eine Erklärung. »Es gibt so viel, das ich wissen will. Du kapierst das vielleicht nicht, aber endlich hab ich die Möglichkeit, etwas Neues über euch Gendros zu erfahren. Aus eurer Sicht! Bisher war das nicht möglich, aber endlich habe ich die Gelegenheit, also sprich. Erzähl mir, was du willst! DAS ist meine einzige Regel. Verstell dich nicht! Das hasse ich am meisten. Wenn man sich verstellen muss. Nichts ist schlimmer.«

Keine Worte. Obwohl sein Mensch es hören wollte, kam nicht ein Wort über Utodjas Lippen. Der Ausbruch hatte ihn erschrocken, doch er war nicht aufgesprungen oder geflohen. Trotz des Zorns in seiner Stimme, konnte Utodja nicht den Blick von seinem Menschen abwenden. Er war wieder da, dieser seltsame Ausdruck in Mikhaels Augen, als wäre er irgendwo gefangen, konnte aber nicht entkommen. Er wollte etwas sagen, Utodja spürte es. Mehr als das, was man mit einfachen Worten sagen konnte, aber was war es? Es war wichtig. Unglaublich wichtig, drang aus allen Poren zu Utodja durch und Mitleid kam in ihm auf. Die ganze Zeit quälte sich der Mikhael-Mensch. Aber wieso? Was genau war der Grund? Was bedeutete, er hasste es, sich zu verstellen?

Was es auch hieß, seine Worte kamen von Herzen. Etwas, von dem Utodja lange gedacht hatte, Menschen würde es nicht besitzen. Er versprach ihm so viel durch diese wenigen Sätze und es brachte Utodjas Inneres vollkommen durcheinander. Löste den Brocken an Steinen, die fest auf seine Brust gebunden waren und gedroht hatten, ihn zu begraben, bis nichts mehr von ihm übrig war. Sich nicht verstellen – die Botschaft war angekommen und Utodja würde ihr nachkommen, wollte ihr nachkommen. Wenn das die Regeln seines Menschen waren, würde er sie befolgen! Denn es bedeutete, er musste sich nicht so geben, wie die Menschen es erwarteten. Er musste sich nicht mehr unterwürfig und stumm geben. Sein Mensch, sein Mikhael, wollte ihn von dieser erdrückenden Last befreien!

Ehe er wusste was er tat, beugte sich Utodja vor, dachte nicht mehr nach und ließ sich auf das ein, was ihm geboten wurde.

Brummend sah Mika zu Boden, kratzte sich im Nacken und zischte leise vor sich hin. Er war ein Idiot, sich immer wieder in Rage zu reden. Sein verdammtes Temperament, er sollte längst wissen, wie er es kontrollierte. Nicht umsonst hatte er diese Therapiestunden absolviert.

Aber nein, statt seinem Gendro zu sagen, was er wirklich meinte, motzte er nur herum. So verstand er doch niemals, was Mika ihm eigentlich sagen wollte. Im nächsten Moment zuckte er zusammen, erschrak heftig. Irgendetwas griff nach seinem Bein! Fragend sah er an sich runter, stockte im selben Augenblick. Was zum ...? Verwirrt rieb er sich über die Augen, sah erneut an sich hinab. Etwas Langes, Schwarzes schlängelte sich um sein Bein! Utodjas Schweif? Zur Hölle, was?

Verwirrt hob er den Kopf, verstand nicht, was das nun wieder bedeutete, musste aber schlucken, als er in das Gesicht seines Gendros sah. Utodja hatte sich weit über den Küchentresen gebeugt, stützte sich mit beiden Armen darauf ab, sah ihm direkt in die Augen. Etwas funkelte in dem tiefen Grün. Etwas, das keinen Namen hatte, das Mika nicht beschreiben konnte, aber es löste ein Beben in ihm aus. Mit halb gesenkten Lidern wurde er betrachtet, während Utodja seinen Kopf von einer Seite zur nächsten lehnte, seinen Schweif eng um Mikas Bein schlang. Fester daran zog und Mika dazu zwang, ein paar Schritte vorzugehen, bis er in Utodjas Reichweite war. Schwarze Klauen fuhren über seine Wange. Sanft, darauf bedacht, ihn nicht zu verletzen. Eine liebevolle Geste. So, wie es selbst oft bei Utodja getan hatte. Mikas Beine wurden weich. So wollte er nicht angesehen werden! Oder berührt werden.

»Was wird das?«, fragte er darum, grinste nervös. Ein Gurren war die Antwort und der Gendro ließ seinen Kopf tief zwischen die Schultern sinken und zog schließlich seine Hand weg. Auch der Klammergriff um sein Bein löste sich und Mika war wieder frei.

Schande, was zur Hölle war das denn gewesen? Genauso seltsam wie heute im Laden, als er sein Gesicht gepackt hatte und ...! Dieses Vieh hatte sie doch nicht mehr alle! So plötzlich, ohne Vorwarnung.

»Ich mag ... das da nicht.«

»Was?« Verwirrt blinzelte Mika, brauchte einen Moment, bis er verstand. Ah, das Futter! Utodja meinte das Futter und Mikas Blick fiel zu den Packungen vor ihnen. Er mochte es nicht? Nichts davon? Na großartig. War ihm das nicht früher eingefallen? Genervt stöhnte Mika, versuchte sich zu fassen und den eigenartigen Moment von gerade eben zu verdrängen.

»Das ist schlecht. Ich hab nichts anderes da. Bist du sicher?«

Ein Nicken folgte.

»Es schmeckt nicht. Es ist trocken ... zäh. So was esse ich nicht.«

»Und was isst du dann?«

Utodja runzelte die Stirn, lehnte sich dann zurück.

»Was Menschen essen ... und was ... sich bewegt.«

Okay, Mika verstand nur Bahnhof. Was Menschen aßen, das kapierte er noch. Aber was sich bewegte? Meinte er Würmer oder Käfer? Fraßen normale Fledermäuse nicht Insekten? Oder meinte er Kleintiere, wie Mäuse? Mäuse. Mäuse waren Tiere. Tiere bewegten sich. Fleisch.

Natürlich! Mika war ein Vollidiot! Das passierte, wenn er sich ablenken ließ und zu viel Schwachsinn dachte! Soweit er es verstanden hatte, gehörte Utodja keiner Zucht an. Er gehörte zu den Wilden, die in freier Wildbahn gefangen worden waren. Zucht-Gendros wurden so gezüchtet und getrimmt, dass sie Vegetarier waren. Aber Wilde wie Utodja waren sicher Jäger! Darum mochte er dieses Futter nicht, darum hatte er damals auch seine Sandwiches in sich hineingestopft!

Zu dumm, dass Mika zufällig gerade kein Wildschwein im Schrank versteckt hielt. Toll. Da ging er weiß Gott was für Risiken ein, setzte alles was er sich aufgebaut hatte aufs Spiel, verriet seine Prinzipien und jetzt konnte er diesem verfluchten Gendro nicht mal was Vernünftiges zu essen anbieten!

Seufzend ließ er den Kopf auf die Tischplatte fallen, fühlte sich nutzloser denn je. Schließlich schielte er zur Seite und die Futterpackungen, die ungerührt neben ihm standen, gerieten in sein Blickfeld. Und wenn er ... ? Nachdenklich streckte er eine Hand aus, nahm einer der Packungen in die Hand und überflog die Aufschrift und die Zutaten. Moment mal!

Sein Kopf fuhr hoch, Utodja zuckte auf dem Hocker zusammen und Mika begann zu grinsen. Nein, ein Wildschwein hatte er vielleicht nicht, aber er konnte was anderes machen!

»Ich hab eine Idee, wie wir dieses Problem lösen!«, erklärte er begeistert, lief um den Tresen herum und steuerte die Wohnungstür an. Dort schlüpfte er in seine Schuhe und griff nach seiner Jacke. »Du wartest hier! Rühr dich nicht von der Stelle! Ich bin sofort wieder zurück, keine Panik! Bis gleich!« Damit rauschte er aus der Tür – und ließ Utodja völlig verwirrt zurück.

Geschockt sah Utodja seinem Menschen hinter her, öffnete den Mund, wollte hinter ihm her rufen, aber jeder Ton blieb ihm im Hals stecken. Er hatte ihn allein gelassen. War einfach verschwunden. Weg. Einfach weg. Wohin? Wieso? Würde er wiederkommen?

Regungslos hockte Utodja auf seinem Stuhl und wagte nicht, sich zu bewegen, wusste nicht, welche Konsequenzen es hatte.

‚Warte, ich komme wieder‘. Das hatte man ihm schon mal gesagt. Es war nie geschehen. Nie. Galt das auch dieses Mal? Löste sein Mensch das Problem, indem er ging und ihn zurückließ?

Utodja begann zu beben, kämpfte dagegen an, konnte es aber nicht unterdrücken. Sein Atem beschleunigte sich und ihm wurde heiß. Allein gelassen. Wie in dem rollenden Kasten. Wie so oft. Wie damals ... Damals, als sich alles geändert hatte. Seine Augen begannen zu brennen, wurden wässrig. Hektisch sah er sich um, machte sich kleiner in dieser gigantischen Wohnung. Es gab keine Ecken, in denen Monster steckten, aber auch keine Ecken, um sich zu verstecken.

Hätte er doch nur nicht den Mund aufgemacht! Daran lag es, ganz sicher. Es sorgte immer für Probleme. Immer.

Irgendwo schepperte es und Utodja sprang auf, warf seinen Stuhl um und mit ihm alle anderen. Krachend fielen sie auf den glatten Boden und bohrten tiefe Furchen in die Oberfläche. Erschrocken wich Utodja zurück, stieß mit seinen Flügeln gegen die Futterpackungen und Kartons, fegte sie von dem Küchentisch und ihr Inhalt verteilte sich über den Boden.

Nein! Nein!

Utodja versteinerte, vergaß zu atmen. Er durfte doch nichts umwerfen! Er hatte gegen die Regeln verstoßen. Nach so kurzer Zeit! Mikhael ... er würde ihn wegwerfen, ihn zurückbringen. Wie alle anderen auch. Sein Kopf wurde kochend heiß und er fuhr herum, fixierte sich auf die Tür. Erneut schepperte es. Stimmen erhoben sich. Klangen böse! Klangen gefährlich! Irgendwo in diesem fremden Gebäude tobte ein Kampf! Ein Menschenkampf! Irgendwo hinter der Tür, hinter der sein Wächter verschwunden war.

Als ein erneuter Schrei zu ihm durchdrang, huschte er hinter den Küchentresen und hüllte sich in seine Flügel.

Wieso war Mikhael weggegangen? Wieso? Utodja hatte doch nicht falsch gemacht. Er war sich sicher. Sicher ...

Kapitel 12

Eindringlinge

BEPACKT mit einer großen Tüte stieg Mika aus dem Fahrstuhl und tastete nach dem Bedienfeld neben seiner Wohnungstür. Der Tag war wirklich beschissen gewesen, aber dieses Mal hatte er etwas richtig gemacht!

Zufrieden öffnete er die Tür, hielt aber einen Moment inne, als lautes Gebrüll an sein Ohr drang. Stirnrunzelnd sah er sich über die Schulter und spähte zum Treppenhaus. Das Paar aus dem vierten Stock hatte mal wieder Zoff und es flogen ordentlich die Fetzen. Das war einer der wenigen Minuspunkte, die seine neue Wohnung hatte, aber wenigstens hatte er die obere Etage für sich und damit konnte er leben. Viel wichtiger war jetzt, wie Utodja auf seine Überraschung reagieren würde, also betrat er breit grinsend die Wohnung und warf die Tür hinter sich ins Schloss.

»He, bin zurück!«, rief er laut, ließ seine Jacke achtlos fallen und hielt dann die weiße Plastiktüte hoch, die er mit sich trug und aus der ein verführerischer Duft strömte. »Ich hab uns was mitgebracht! Ich wette, das wird dir- ...« Mika verstummte, ließ die Hand sofort wieder sinken. Chaos herrschte in der Wochnung. Die Barhocker waren umgestoßen, hatten das Laminat demoliert und überall lagen Lebensmittel auf dem Boden herum – von Utodja keine Spur. Was war denn hier passiert?

»Mist!« Die Tüte landete auf dem Wohnzimmertisch und Mika sauste durch die WOhnung, sah sich hektisch um. »Utodja? Utodja!?«

In der Küche angekommen, fand er was er suchte und hielt den Atem an. Versteckt hinter seinem Flügelvorhang hatte sich der Flughund in einer Ecke zusammengerollt und regte sich nicht. Dafür zitterte er wie verrückt. Verdammt, irgendetwas musste passiert sein. Sofort eilte Mika an seine Seite, warf sich förmlich vor ihm auf den Boden.

»Utodja! He, ist alles klar, bist du verletzt?« Aufgebracht suchte er nach Verletzungen, sah aber weder Blut oder sonst einen Hinweis darauf, was passiert sein könnte. »Was ist denn los? Was hast du?«, fragte er weiter, hob die Hände, zögerte aber einen Moment, ehe er ganz sachte die schwarzen Flughäute berührte. Ein Ruck fuhr durch den Gendro und er rückte von ihm weg, machte sich noch kleiner. Um Himmels Willen, was war denn los? Hilflos sackte Mika auf den Boden, überlegte, was er machen sollte. Dieses Zittern ... Hatte er vor irgendetwas Angst? Aber vor was? Angestrengt dachte er nach, da zuckte er zusammen, schrak förmlich hoch, als irgendwo eine Tür geräuschvoll zugeknallt wurde. Das Paar aus dem vierten Stock zoffte sich noch immer. Das machte es auch nicht gerade leichter! Utodja gab ebenfalls einen erschrockenen Laut von sich, formte dieses widerliche Morsegeschrei. Und da kapierte Mika. Entrüstet ließ er die Schultern sinken, fuhr sich mit beiden Händen über das Gesicht. Wieso stand ihm eigentlich nicht *Idiot* quer über das Gesicht geschrieben? Tief atmete er durch, dann wagte er einen neuen Anlauf, streichelte über die zusammengerollten Schwingen.

»Tut mir leid«, stammelte er. Er hasste Entschuldigungen, darin war er richtig schlecht. »Ich hab überhaupt nicht drüber nachgedacht, dass du ... Diese zwei Idioten streiten ständig. Die brüllen sich immer an und werfen Sachen durch die Gegend. Ein Wunder, dass noch keiner von denen draufgegangen ist! Ich hab mich auch schon oft erschrocken.«

Sein kleiner Vortrag änderte nichts und am liebsten würde sich Mika aus dem nächsten Fenster werfen. Was hatte er in der Ausbildung gelernt? Was hatte er in den tausend Büchern über Gendrohaltung gelesen? Ihn an einem fremden Ort ganz allein zu lassen, mit gemeingefährlichen Nachbarn ... Es gab nicht mal ein Wort für seine Dummheit!

»Ich bin ein Volltrottel«, hielt er darum fest und rutschte herum, lehnte sich neben Utodja an die Küchenschränke. »Du hast Recht. Wir Menschen sind ziemlich dämlich.«

Eine ganze Weile passierte nichts. Schweigend saßen sie nebeneinander. Mika hatte seine Nagelfeile herausgeholt, während Utodja in seinem sicheren Kokon blieb. Das Zittern ließ langsam nach, trotzdem zeigte er sich nicht. Drängen würde Mika ihn nicht, aber er ging auch nicht weg. Utodja musste sich an seine Gegenwart gewöhnen. Daran, dass er immer in der Nähe war, wenn Gefahr drohte. Er musste sein Orientierungspunkt werden, das hatte Mika gelernt und das würde er umsetzen. Also blieb er an Utodjas Seite, bis dieser sich endlich regte. Die Flügel hoben sich minimal, entwanden sich wenige Zentimeter und ein winziger Spalt entstand, durch den Utodja zu ihm schaute.

»Na, von den Toten wieder auferstanden?«, meinte Mika verschmitzt, ließ die Feile sinken und musterte das dunkle Knäuel. Erst herrschte Stille, dann ertönte ein Flüstern.

»Du ... bist zurückgekommen«, war die relativ späte Erkenntnis und Mika nickte.

»Klar. Wieso sollte ich nicht zurückkommen, das ist meine Wohnung.«

Der Flügelvorhang lichtete sich noch weiter, sodass Mika ein im Schatten liegendes Gesicht erkennen konnte. Finstere Augen blitzten ihn an und urplötzlich ergriff Utodja seine Hand, hielt sie fest umklammert.

»Mach das nicht«, hauchte die Fledermaus, klang erstaunlich heiser. »Geh nicht weg von hier. Ohne zu sagen warum. Und wohin. Mach das nicht. Nie mehr. Nie. «

Oh je, Mika musste ihm echt einen Schrecken eingejagt haben. Seine Stimme klang vorwurfsvoll und doch schwang ein flehender Unterton in ihr mit. Genau das, was Mika befürchtet hatte, war eingetreten. Er druckste herum, nickte dann schließlich.

»Ich hab nicht nachgedacht. Ich dachte, es wäre okay. Tut mir leid, passiert nicht noch mal. Versprochen.«

Aber noch kam Utodja nicht aus seinem schützenden Kokon hervor, also war das wohl noch nicht alles.

»Du ... bist nicht wütend?«

»Wieso sollte ich?«

Eine Pause entstand, ehe Utodja noch leiser weitersprach, seine Hand fest drückte.

»Ich hab Sachen umgeworfen ...«

Ah, daher lief der Hase. Ein mitleidiges Lächeln breitete sich auf Mikas Gesicht aus und er atmete geräuschvoll aus. Er musste aufpassen, was er sagte. Utodja hatte ihn wörtlich genommen und noch mehr Angst gekriegt. Schnaubend zuckte Mika mit den Schultern, grunzte einmal.

»Na und? Ich schmeiß ständig Sachen um.«

»Es ist verboten.«

»Verboten nicht, eher eine Vorsichtsmaßnahme. Und es ist nichts kaputt gegangen, also was soll's?«

»Aber ... der Boden ...«

»Das Laminat? Ich hab eh überlegt, anderes zu verlegen, ich mag die Farbe nicht. Mach dir keinen Kopf. Alles in Ordnung.«

Alles in Ordnung. War die Sache damit so leicht für ihn abgetan? Utodja konnte das nicht glauben. Noch eine ganze Weile blieb er hinter seinen Flügeln versteckt, war hin und her gerissen. Es lag keine Lüge in Mikhaels Worten und doch schämte sich für sein Verhalten. Wie einfach ihn die Angst überwältigt hatte. Angst vor der Strafe, Angst vor dem Alleinsein. Nie wieder sollte sein Wächter das tun! Nie wieder sollte er einfach so verschwinden. Das war unmöglich, unverantwortlich! Doch Utodja hütete sich, wagte es nicht, diese offensichtliche Schwäche vor dem Menschen breitzutreten.

Lange konnte er sich jedoch nicht mehr hier verkriechen, also nahm er was von seinem Mut übrig war und öffnete schließlich seine Flügel, spähte vorsichtig zu seinem Wächter. Der grinste ihn breit an, streckte eine Hand aus, worauf Utodja augenblicklich die Augen zukniff. Doch statt einer Strafe, folgte nur eine weitere Liebkosung. Eine sanfte Streicheleinheit wie sie ihm sein Wächter so oft zukommen ließ. Es fühlte sich gut an und gleichzeitig wuchs die Scham in Utodja.

»Siehst du? Dir passiert hier gar nichts. Kein Grund für einen Aufstand. Ich verschwinde nicht mehr und du flippst nicht mehr aus. Klingt das nach einem Deal?«

Ein weiterer Handel? Bis jetzt waren die Vorschläge von Mikhael nicht schlecht gewesen und zurückhaltend nickte er.

»Okay. Gut.« Seufzend stand Mikhael auf. »Da wir uns jetzt alle beruhigt haben, kommen wir endlich zum eigentlich Thema!«

Damit verschwand er aus der Küche. Utodja konnte seine Fußstapfen hören und erhob sich ebenfalls, lugte über den Küchentisch hinweg ins Wohnzimmer, wo sein Mensch eine weiße Tüte hochhielt. Ein betörender Duft stieg Utodja in die Nase und sofort stellte er die Ohren auf, richtete sich wieder zur vollen Größe auf. Was war das? Was hatte er da? Sein Mikhael lachte.

»Dachte ich mir doch, dass dir das gefällt! Deswegen bin ich weggegangen!«

Mit breiten Schritten kam er zu ihm in die Küche zurück, stellte auf dem Weg zu ihm die Stühle wieder hin und bedeutete Utodja, sich wieder hinzusetzen. Besser, er forderte heute nichts mehr heraus, also tat Utodja wie ihm geheißen und nahm ein weiteres Mal auf den seltsamen Stühlen platz.

»So! Pass auf, es ist eine Überraschung. Dass ich darauf nicht eher gekommen bin!«

Mit geübten Griffen huschte sein Mensch von Schrank zu Schrank, holte irgendwelche Dinge hervor und griff dann in die Tüte. Der Geruch wurde intensiver und Utodja lief das Wasser im Mund zusammen. Es raschelte, silbernes Papier wurde aufgezogen und im nächsten Moment stellte Mikhael zwei Teller auf den Küchentisch.

»Tadaaa! Abendessen!«, verkündete er, strahlte Utodja an und war sichtlich stolz auf seinen Einfall und das konnte er sein. Eine Delikatesse lag vor Utodja. Ein Festmahl, wie er es seit vielen Sommern nicht mehr gesehen hatte. »Passend, um deinen Einzug zu feiern, mh? Ein Brathähnchen! Ich hab's von dem Imbiss gegenüber. Ich dachte mir, das wird dir mehr schmecken. Ich hab leider keine Tiere hier, die du jagen und reißen kannst, aber das tut es sicher auch.«

Fassungslos sah Utodja seinen Menschen an, glaubte einfach nicht, was er da hörte.

»Für mich?«, fragte er tonlos, wollte sichergehen, dass sich der Mensch nicht irrte. Denn das musste er. Niemals konnte er das ernst meinen. Ihm so etwas zu holen! Auf einem richtigen Teller, oben, am selben Tisch wie er. Das war sicher ein Irrtum. Allerdings nickte sein Mensch, fand seine Reaktion scheinbar urkomisch, denn die ganze Zeit kicherte er.

Gott, war das herrlich! Utodja sah aus, als hätte er eine ganze Horde Geister durch die Wohnung marschieren sehen. Dabei fraß er das Ding gleich mit den Augen auf, war schon ganz unruhig, so sehr er es auch verstecken wollte. Sein Blick huschte einfach ein bisschen zu oft zu dem Teller und so wie er sich auf die Lippen biss, sprach das eindeutig für sich. Locker ging Mika um den Tresen herum, setzte sich neben Utodja auf einen Hocker und nickte ihm aufmunternd zu.

»Was ist? Willst du es nur ansehen oder auch essen? Dafür hab ich es gekauft.« Utodjas Augen wurde noch größer, schienen es noch immer nicht zu glauben, denn er zögerte noch eine ganze Weile. »Na los, keine falsche Scheu. Wenn du es nicht isst, esse ich es, verlass dich drauf.«

Im nächsten Moment kringelte sich wieder etwas um sein Bein und Utodja beugte sich weit vor, sah ihm tief in die Augen. Mikas Kopf wurde binnen Sekunden heiß und er schluckte trocken, dann wandte sich Utodja schon wieder ab, konnte der Versuchung nicht länger widerstehen und machte sich über das Hähnchen her – im wahrsten Sinne des Wortes. Ob Utodja wusste, was Besteck war und wie man mit Messer und Gabel aß, konnte Mika nicht sagen und auch wenn er wusste, dass man Hähnchenkeulen mit den Fingern aß, fand er für das, was sein neuer Mitbewohner da veranstaltete, keine Worte. Als wäre er ausgehungert, nahm er das Hähnchen auseinander, vertilgte es systematisch, ohne Mika auch nur anzusehen. Ganz so, als würde man es ihm jeden Moment wieder wegnehmen.

»Bleib locker, du musst nicht so schlingen, du- ...«

Doch kaum da Mika ihn ansprach, nach seiner Schulter tastete, fuhr Utodjas Kopf herum und er knurrte ihn vernichtend an. Mika zuckte zurück, erstarrte. Keiner bewegte sich. Niemand sagte einen Ton. Obwohl Utodja ihm nicht wirklich drohte, konnte sein Blick nicht tödlicher sein. Ein Zittern fuhr durch Mika und er schüttelte sich. Er kannte dieses Verhalten von anderen Tieren, allerdings war das völlig unangebracht und er verengte die Augen.

»Ganz ruhig«, meinte er beschwichtigend, hob beide Hände, als Utodjas Schweif extrem ungeduldig hin und her schwang. »Ist schon gut. Ich wollte dir nichts wegnehmen. Ich mein nur, du musst nicht schlingen, gerade weil dir niemand was wegnimmt. Okay? Genieß es.«

Es kam gar keine Reaktion. Der Gendro sah ihn nur an, dann entspannte er sich, wandte sich ab und machte da weiter, wo er aufgehört hatte – als hätte er Mika nicht gehört. Seufzend lehnte er sich zurück, fuhr sich einmal über die Stirn. Er musste aufpassen! Utodja mochte intelligent sein, aber ein Raubtier blieb er.

Als sich dessen Portion dem Ende neigte und sich die blitzblank abgenagten Knochen auf dem Teller stapelten, schob Mika ohne Worte seinen Teller zu Utodja, zog seine Hand aber genauso schnell wieder zurück.

»Hier, nimm ruhig. Du kannst es mehr vertragen, als ich«, murmelte er und fuhr damit fort, Utodja bei seinem Gelage zu beobachten. Der warf seinem Teller einen gierigen Blick zu, vergewisserte sich dann aber doch mehrere Male, ob es wirklich in Ordnung war, bevor er auf Mikas Angebot einging und sich auch über das zweite Hähnchen hermachte. Tse, ausgehungert traf es nicht im Geringsten. Gefräßiges Etwas. Ein lautes Klopfen hallte durch die Wohnung, erschütterte die aufgekommene Stille und mit einem Mal klingelte es Sturm an der Tür.

»He! Mikey! Mach die Tür auf, du hast Besuch!«

Mika zuckte zusammen, hielt den Atem an. Sein Sitznachbar reagierte jedoch um einiges heftiger. Das plötzliche Geräusch und die kreischende Stimme überrumpelten Utodja, trafen ihn unvorbereitet. Einen schrillen Schrei von sich gebend warf er sich hoch, schmiss ein zweites Mal alle Stühle um, brachte die Teller zum Klirren – und sprang zu Mikas Entsetzen an die Decke.

Die Krallen seiner Flügel schlugen sich in das Holz, hielten ihn an Ort und Stelle, während sich seine Hände und Füße wie Widerhaken in die Oberfläche bohrten, ihn an der Decke hielten.

Was. Zur. Hölle!

Atemlos keuchte Mika aus, starrte nach oben. Schande, er hätte das Wort Fledermaus wohl etwas wörtlicher nehmen sollen! Das Blut rauschte nur so durch seine Venen. Dieses Vieh sorgte noch dafür, dass er einen Herzinfarkt bekam. Utodja hingegen fixierte die Tür, gab ein kehliges Knurren von sich, denn das Klopfen ließ nicht locker. Wurde sogar penetranter und Mika verdrehte die Augen. Es stand außer Frage, wer das war. Wirklich perfektes Timing. Nicht.

Genervt ging er zu der Tür, warf Utodja einen besorgten Blick zu.

»Ist alles okay«, meinte er, machte eine beruhigende Geste mit der Hand, ehe er schließlich die Tür öffnete und, wie nicht anders erwartet, von zwei Leuten überfallen wurde.

»Hey, hey, hey, Mikey! Überraschung! Wir sind gekommen, um den Neuzuwachs der Familie zu feiern. Ellita hat mir alles erzählt! Felicitaciones, Herr Gendro-Flüsterer! Jetzt hast du offiziell den Verstand verloren!« Überschwänglich haute Chris ihm auf die Schulter, drängte sich unverfroren an ihm vorbei und spazierte in die Wohnung, dicht gefolgt von Elenor. Die verdrehte die Augen, machte dadurch klar, was sie von dem Auftritt ihres Freundes hielt. Nämlich gar nichts.

»Entschuldige, Mika. Nach allem, was heute war, hab ich mir Sorgen gemacht. Wir mussten einfach vorbeikommen und schauen, ob alles okay ist.«

»Habt ihr noch nie was von Telefonen gehört, huh? Damit kann man Leute anrufen und warnen, bevor man ungefragt in ihr Haus eindringt!« Unwirsch warf Mika die Tür ins Schloss und manövrierte sich an seinen Freunden vorbei. Das war gar nicht gut. Ihre Sorge in Ehren, aber das würde so was von schief gehen. Das war zu viel Aufruhr für seinen *Neuzugang*, wie Chris ihn nannte. Doch wie immer kümmerten sich die beiden nicht darum.

»Bleib locker, Mikey. Wir wollen nur schauen, ob alles beim Rechten ist und einen Blick auf das Vieh werfen, also los, sag an. Wo steckt es? Du hast es doch gekauft, oder?«

Scheinbar war Chris im Bilde und bei der Frage sah auch Elenor interessiert zu ihm, doch er zögerte. Das Ganze gefiel ihm nicht.

»Hört zu, am besten ihr verschwindet wieder«, sagte er darum geradeheraus, »Tut mir leid, aber das wird alles zu viel. Der Tag war schon anstrengend genug und- ...«

»Was soll das denn heißen, Auclair? Wir kommen extra her um dir beizustehen und du schmeißt uns raus? Weil wir dir auf die Nerven gehen? Dein Ernst?« Na Klasse, jetzt fühlte Chris auch noch auf den Schlips getreten. Genervt baute er sich vor ihm auf und bohrte ihm einen Finger in die Brust. »Jetzt, sei mal nicht so undankbar, Amigo!«

Fremde! Fremde hatten das Nest betreten! Waren einfach hineingestürmt, ohne dass sein Wächter sie aufhalten konnte. Utodja duckte sich, presste sich an die Decke, beobachtete wachsam das Vorgehen. Ein Menschenmännchen und ein Weibchen waren es. Das Weibchen war klein und rund, aber das Männchen war groß! Lange nicht so groß wie sein Wächter, aber groß und düster. Mit stachligem Kopf! Eine ungute Aura umgab ihn und er war laut. Unsagbar laut! Utodjas Nackenhaare sträubten sich. Was wollten sie hier? Was hatte sein

Mensch mit ihnen zu schaffen? Dann stockte er, atmete zischend ein, als das fremde Männchen sich vor seinem Menschen aufbaute und ihm den Finger in die Brust bohrte. Er bedrohte ihn! Die Geste war eindeutig. Eine Drohung!

Angst und Zorn wallten in Utodja hoch, brodelten heftig und dieses Mal unterlag die Angst. Starb in der Sekunde, als der Stachelkopf seine langen Finger gegen Utodjas Wächter erhob. Gegen seinen Menschen. Den Menschen, der ihn beschützte, ihn gerettet hatte, ihm dieses Festmahl gegeben hatte. Niemand drohte seinem Guardo!

Ein lautes Grollen erhob sich in der Wohnung, endete in einem gefährlichen Knurren. Mika zuckte zusammen und genau wie Ellie und Chris sah er auf – zu der schwarzen Gestalt, die wie ein Dämon an der Decke hing und sie belauerte. Erschrockene Ausrufe wurden laut und Ellie und Chris wichen zurück.

»Mierda! Qué es eso?«, entfuhr es Chris, der sofort nach seiner Freundin langte, sie an sich presste und mit ihr zurückwich. Doch kaum, da Chris seine Stimme erhob, wurde das Grollen lauter und das Morsegeräusch ertönte. Genauso kreischend wie am ersten Tag. Mit voller Stärke. Fluchend hielt sich Mika die Ohren zu, tat dasselbe wie seine beiden Freunde, die zusammenfuhren. Super, da hatten sie es. Er hatte es doch gewusst und jetzt hatten sie den Salat.

»Arg! Verdammt, was ist das? Mach das aus! Mach es aus, meine Ohren!«, donnerte Chris und ausnahmsweise hatte er Recht. Das musste aufhören!

»Er hat Angst, das ist alles«, erklärte Mika hektisch und ging auf Utodja zu, versuchte ihn zu beruhigen. »Es ist alles gut. Das sind Freunde von mir. Hörst du? Freunde! Sie werden dir nichts tun, sie haben einfach eine große Klappe«, versuchte er es mit gut zureden, sprach so eindringlich und sanft wie nur möglich – und es half. Zumindest das schreckliche Geräusch verstummte, doch das Grollen blieb. »Ist schon gut, Kleiner. Vertrau mir. Die zwei sind harmlos. Komm da runter, okay?«

Aber es war nicht okay. Utodja verharrte an der Decke, bewegte sich kein Stück und belauerte die beiden Eindringlinge. Denn genau das waren sie für ihn. Eindringlinge, die ihm beim Fressen gestört hatten und sich aufführten wie Elefanten im Porzellanladen. Kein Wunder, dass er angepisst war.

»Seht ihr? Darum hab ich gesagt, das ist keine gute Idee«, murrte Mika, wandte sich wieder seinen Freunden zu. Chris hatte sich an die Wand gepresst, blieb nahe bei der Eingangstür und starrte Utodja an, als wäre er ein Monster, während sich Ellie aus seinem Griff befreite und vorsichtig näherkam.

»Das ist er?«, fragte sie heiser, blieb neben Mika stehen.

»Ja. Wir waren gerade beim Essen, ihr habt ihn erschreckt. Und mich auch! Verdammt, Ellie. Hättet ihr nicht ein bisschen mitdenken können?« Sie kannte sich doch mit Gendros aus, gerade sie hätte wissen müssen, dass sich Utodja erst eingewöhnen musste, bevor Fremde anmarschierten. Aber nein, sie war einfach zu neugierig. Manchmal bereute Mika, dass er sich ausgerechnet diese beiden Deppen als beste Freunde ausgesucht hatte. Das Schicksal hasste ihn.

Allmählich kehrte wieder Ruhe ein und auch das Grollen wurde leiser, bis irgendwann nichts mehr zu hören war. Aufmerksam betrachtete Utodja von der Decke aus wie sich Mika mit seinen Anhängseln auf das Sofa setzte und eine gedämpfte Unterhaltung begann. Blieb die Frage, wie er ihn da wieder runter bekam. Wenn er vorhatte da oben zu bleiben, bis Ellie und Chris weg waren, konnte er lange warten. Die beiden waren dreist und hatten eine lange Leitung. So schnell würden sie nicht verschwinden.

»Na, was ist? Hast du dich wieder beruhigt. Siehst du, dass keine Gefahr droht? Komm runter«, versuchte Mika es schließlich ein weiteres Mal, scheiterte aber kläglich, worauf ein abfälliges Grunzen von Chris kam. Ungeduldig saß er auf der Couch, wippte mit dem Bein auf und ab und beäugte Utodja misstrauisch.

»Du redest mit dem Vieh, als würde es dich verstehen«, brummte er, war tief in die Polster des Sofas gerutscht und verschränkte die Arme.

»Tut er auch. Ich hab's euch doch gesagt.«

»Ja, klar! Der hochintelligente Gendro. Schwachsinn, das Vieh ist ein Monster! Meine Ohren klingeln immer noch. Sieh zu, dass du ihn wieder los wirst.«

»Halt die Klappe, Chris. Du warst es, der ihn aufgeregt hat, also sei still. Er bleibt!« Damit drehte sich Mika wieder Utodja zu, legte den Kopf tief in den Nacken, dass er zu ihm hochsehen konnte. »Jetzt komm endlich da runter. Die beiden beißen nicht, versprochen. Sie wollen dich kennenlernen. Komm schon her. Dein Hähnchen wird sonst kalt!«

Beißen? Mpf, als ob sie ihn beißen würden. Abfällig schnaubte Utodja. Er wusste ganz genau, dass Menschen ihre Gegner nicht bissen, trotzdem haderte er mit sich. Er wollte nicht zu diesen Menschen hinuntersteigen und sie kennenlernen. Vielleicht ging von ihnen keine Gefahr aus, aber misstrauisch blieb er trotzdem. Zumindest bei dem Mann. Die Frau verhielt sich ruhig, beobachtete ihn nur. Dennoch fühlte er sich unwohl unter ihren Blicken, wollte, dass sie aufhörten, ihn anzustarren. Sie sollten gehen! Nicht nur, damit er sein Mahl fortsetzen konnte, es war etwas anderes, etwas Neues, das ihn störte. Er wollte diese Fremden nicht in seinem Nest haben! Hier lebte sein Guardo, das hier war jetzt seine Zuflucht. Diese Fremden zerstörten das! Doch wenn sie wirklich Freunde seines Wächters waren, würden sie nicht so schnell gehen. Die Menschen verbrachten viel Zeit mit ihren Freunden. Vielleicht sollte er auf seinen Mikhael hören. So sehr es ihm auch missfiel, er war es gewohnt, angestarrt zu werden und wenn er sie so wieder loswurde, sollten sie nur, dann konnte er sich endlich dem köstlichen Vogel widmen, der auf dem Küchentisch auf ihn wartete.

Zögerlich löste Utodja seinen Griff von der Decke, streckte seinen rechten Flügel aus und vergriff sich in dem Sofa, sorgte so für Halt, bevor er sich ganz von der Decke löste und sicher auf dem Boden landete. Dort, geduckt neben seinem Menschen, blieb er stehen. Augenblicklich änderte sich die Stimmung. Die Luft begann zu knistern, Unsicherheit und Angst kamen auf und die beiden Eindringlinge erhoben sich. Das Weibchen langsam und neugierig, während das Männchen hoch sprang, fluchend zurückwich und Utodja mit Abscheu fixierte. Alarmiert huschte Utodjas Blick zwischen den beiden umher, blieb dann aber bei dem Männchen hängen. Ein fremdes Menschenmännchen in seinem neuen Heim, das seinen Guardo bedrohte. Der Gedanke missfiel ihm immer mehr. Ein tiefes Knurren ausstoßend, vergaß Utodja seine Furcht, machte einen Schritt vor, spreizte die Schwingen und schirmte seinen Menschen von dem männlichen Eindringling ab.

»Ist schon gut. Ihr solltet euch beide beruhigen. Chris, du auch! Er tut niemandem was.«

»Ach ja? Dann sag ihm, er soll mich nicht anknurren!«

»Was ist? Hast du etwa Schiss? Du wolltest ihn doch unbedingt sehen! Dass er dich anknurrt liegt nur daran, dass du es verdient hast.«

Nein, das war nicht der Grund, aber es war Utodja gleich, was für Vermutungen sein Mensch aufstellte. Er würde ihn sicher nicht korrigieren, sich nicht erklären. Nicht, wenn diese Fremden da waren. Schließlich kam das Weibchen vorsichtig um das Sofa herum, näherte sich ihnen mit bedächtigen Schritten. Unruhig verlagerte Utodja sein Gewicht, spähte kurz zu seinem Wächter, dann zu dem Weibchen, die einige Längen vor ihnen stehen blieb.

»Mikhael«, hauchte sie mit ergriffener Stimme, schüttelte den Kopf. Langsam ließ sie ihre Augen über Utodjas Körper wandern. Doch anders als bei dem Männchen, war da nichts Abwertendes in ihrem Blick. Nur Bewunderung, nur Neugier. Was bedeutete das? So etwas kannte Utodja nur von seinem Wächter. Der stand hinter ihm wie ein Fels, streichelte bestärkend seinen Rücken.

»Tja, ich hab's echt gemacht«, murmelte er, seufzte leise. Er klang betreten, strahlte mit einem Mal die seltsam quälende Reue aus, die Utodja schon einmal bei ihm bemerkt hatte. »Ich hab auf dich gehört und ihn gekauft. Und jetzt ist er hier.«

»Oh, Mikhael. Er ist wunderschön.« Das Weibchen lächelte, streckte eine Hand aus und Utodja schnupperte zaghaft. Sie roch süßlich, wie Früchte und Leckereien, die die Menschen manchmal aßen. Das war angenehm. Langsam entspannte er sich, ließ seine Schwingen sinken.

»Er? Das Vieh ist ein Kerl? Mit dem Gesicht sieht er aus wie ein halbes Weib.«

»Sei still, Chris! Er ist großartig. Und dein Chef wollte ihn einfach einschläfern? Nicht zu fassen!« Wieder kam sie einen Schritt näher, sah Utodja direkt in die Augen, wandte sich dann an Mikhael. »Darf ich ihn anfassen?«

»Musst du ihn fragen.«

Anfassen? Utodja wich sofort zurück, stieß dabei gegen seinen Wächter. Anfassen gefiel ihm gar nicht.

»Na, na, hab keine Angst, Kleiner. Ich tu dir nichts«, säuselte das Weibchen mit zuckersüßer Stimme, eine Stimme, die Utodja schon oft genug gehört hatte. Zu oft hatte man versucht, ihn mit diesem Unsinn zu ködern! Aber darauf fiel er nicht herein. Finster verengte er die Augen, knurrte, was sie aber nicht abschreckte. Immer näher kam sie, unbeirrt.

»Pass auf, Ellie, er mag das nicht«, warnte sein Mikhael und er tat gut daran! Doch auch das hielt sie nicht auf, sie winkte ab, schüttelte den Kopf.

»Ist schon gut. Ich weiß, was ich tue.«

Kurz vor ihm blieb sie stehen, hielt weiterhin stur Augenkontakt, aber Utodja wandte den Blick nicht ab. Nicht dieses Mal, nicht in seinem neuen Heim. Wenn das hier sein Nest werden sollte, durfte er keine Schwäche vor Eindringlingen zeigen. Es war *das Spiel*, zu dem sie ihn aufforderte - eine Frage der Stärke. Eine Herausforderung, eine Warnung. Und das Weibchen wusste das, zu beharrlich war ihr Blick. Aber unterwerfen würde er sich nicht!

Tatsächlich war sie es, die aufgab! Die ihren stummen Kampf plötzlich beendete und den Blick zu Boden richtete. Erstaunt blinzelte Utodja, neigte den Kopf, sah auf ihre Hand, die sie weiterhin ausgestreckt hielt. Unglaublich. Er wusste nicht, was sie dazu trieb, doch dieses Menschenweibchen unterwarf sich ihm! Ein Schauer suchte ihn heim und er schlug einmal mit seinen Schwingen. Bedächtig reckte er den Hals, schnupperte an ihren Fingern, am Handgelenk, fuhr den Arm entlang, bis er unmittelbar vor ihrem Gesicht ankam. Noch nie hatte ein Mensch ihm diese Geste zuteil werden lassen. Nicht einmal sein Mikhael-Mensch. Auch er wusste, wann er sich zurückziehen sollte oder den Blick abzuwenden hatte, aber niemals hatte sich ihm ein Mensch gezielt unterworfen.

Utodja musste schlucken, spürte, wie sich etwas in ihm regte, ihn mit Stolz erfüllte, wo keiner sein sollte und ein Gedanke kam ihm. Ein Gedanke, den er noch niemals gehabt hatte: Sie hatte sich gut verhalten. Angemessen. Wie es sich gehörte. Dafür verdiente sie eine Belohnung – sein Wohlwollen.

Angespannt beobachtete Mika das Schauspiel vor ihm, wusste erst nicht, was er tun sollte. Ob er eingreifen sollte. Was Utodja da tat, hatte er noch nie bei einem Gendro gesehen, dabei war ihm mehr als klar, was da ablief. Utodja war bisher so passiv gewesen, niemals hätte er geglaubt, dass sich jemand ihm unterordnen müsste. Aber verdammt, das war ein geschickter Schachzug von Ellie, sie war eben vom Fach! Wusste genau, was zu tun war, um sein Vertrauen zu gewinnen. Mit dem, was sie tat, zeigte sie ihm, dass das hier jetzt sein Territorium war, dass sie um Erlaubnis bitten musste, hier sein zu dürfen. Und es zeigte Wirkung.

Trotzdem war Mika angespannt. Utodjas Verhalten war normal in dieser Situation, aber dachte er an das Hähnchen zurück... Ihn hatte Utodja nicht angegriffen, weil er ihm vertraute. Das hoffte Mika zumindest, aber was würde Utodja tun, wenn Ellie etwas Falsch machte? Seine Freundin blieb allerdings ganz entspannt, wartete geduldig, bis Utodja mit seiner Inspektion fertig war. Chris war allerdings nicht so locker. Der Zorn stand ihm ins Gesicht geschrieben und er schwankte auf der Stelle, unschlüssig, was er tun sollte. Hoffentlich machte er nichts Dummes und- ....

»Ey! Was machst du, du fliegender Teufel? Lass sie gefälligst in Ruhe!«

Mika hatte es geahnt, Chris konnte einfach nie seine Klappe halten, wusste nicht, wann er sich zurückhalten musste. Genervt stöhnte Mika auf, als der Idiot auf die beiden anderen zuging, mit schweren Schritten, ganz direkt. Dieser Dummkopf! Man ging nicht frontal auf einen Gendro zu! Auf gar kein Tier! Sofort wollte Mika dazwischen gehen, machte einen Satz vor, doch da war es schon zu spät.

Ein dunkler Vorhang breitete sich im Wohnzimmer aus, verdeckte die Lampe an der Decke, legte sich wie ein Schatten über sie. Utodja hatte sich zur vollen Größe aufgerichtet, die Flügel ausgebreitet und kreischte warnend, worauf Chris abrupt stehen blieb.

»Scheiße! Mikhael, pfeif dieses Mistvieh zurück, auf der Stelle!«

»Chris!«, meldete sich Ellie zu Wort, drehte sich um und hob warnend eine Hand. »Es ist alles in Ordnung! Beruhige dich, er will mir nichts tun.«

»Ach ja, das sieht für mich aber ganz anders aus! Ich warne dich, Mika! Wenn das Drecksvieh sie beißt, dann war's das! Dann war das das Letzte, was es getan hat! Klar?«

Angst. Utodja roch Angst, spürte sie am ganzen Körper.

So groß dieser fremde Menschenmann auch war, er fürchtete sich. Nein, er fürchtete um sein Weibchen, das war eindeutig. Utodja nahm seinen Geruch an ihr wahr und umgekehrt genauso.

Ah. Utodja begann zu verstehen, senkte die Flügel und schnaubte einmal. Deswegen verhielt sich der Stachelkopf so, er versuchte sein Weibchen zu beschützen. Auf eine seltsame Art, aber es beschwichtigte Utodja und er trat von dem Weibchen zurück.

»Tut mir leid«, murmelte sie darauf, streckte die Hand aus und berührte sein Gesicht, was Utodja zuließ. Er erlaubte es ihr.

Eine weitere Welle an Emotionen fuhr über Utodja hinweg, nur war sie jetzt anderer Natur und hatte zwei Ursprünge. Nicht nur der Stachelkopf, auch sein Wächter verströmte eine ungute Aura. Unzufrieden stand sein Mensch da, verschränkte die Arme und legte den Kopf in den Nacken.

»Habt ihr zwei es mal langsam?«, murrte er, knirschte mit den Zähnen.

Utodjas Herz wurde schwach vor Erstaunen. Eifersucht! Wo auch immer es herkam, sein Wächter war eifersüchtig! Weil diese Frau ihn berührte, empfand sein Mikhael Eifersucht? Manchmal waren die Menschen wirklich amüsant.

Utodja schloss die Augen, gewährte der Frau noch einen Augenblick, dann ging er zu seinem Wächter. Kurz fuhr er an seiner Seite entlang, schenkte ihm ein seichtes Gurren und wickelte für einen Wimpernschlag seinen Schweif um sein Bein. Eifersüchtige Menschen waren nichts Gutes. Sie waren besitzergreifend und handelten kopflos, also bezog er Stellung. Zeigte, zu wem er gehörte. Achtsam legte er seinem Wächter eine Hand auf die Brust und schüttelte den Kopf. Wie ernst sein Wächter es damit nahm, sein Besitzer zu sein, wusste Utodja nicht und er wollte nichts heraufbeschwören.

Nachdem das geklärt war, kletterte er Eiligst über den Küchentisch, nutzte seine Schwingen, um sich über den Tresen zu heben und zog dann den Teller zu sich. Verzog sich in die hinterste Ecke der Küche. Sollten die Menschen ihre Kämpfe selbst regeln. Er wollte jetzt seine Ruhe, wollte jetzt essen. Sein Mensch hatte gesagt, er sollte sich nicht verstellen, also hatte er genau das getan. Nach langer langer Zeit tat er, wonach ihm der Sinn stand und musste keine Konsequenzen erwarten. Das hatte sein Mensch versprochen. Sich zurückzuziehen war demnach das einzig Richtige.

Wie angewurzelt blieb Mika stehen und sah seinem Gendro mit offenem Mund hinterher.

Was zum Henker war denn das für eine Vorstellung gewesen? Verwirrt kratzte er sich am Kopf, während Ellie zu ihm trat. Sie war völlig hin und weg, man sah es ihr auf Anhieb an.

»Er ist unglaublich«, hauchte sie, fuhr sich über den Mund, während Mika die Nase rümpfte. Ja, auch er hatte inzwischen kapiert, dass Ellie ihn faszinierend fand und das beruhte wohl auf Gegenseitigkeit, so wie Utodja mit ihr umgegangen war. Chris und Ellie vermasselten ihm echt jede Tour. Nicht mal das Vertrauen seines Gendros konnte er sich in Ruhe verdienen, nein, auch da mischten sie sich ein ...

»Hab ich doch gesagt«, murmelte er knapp, zuckte unbeteiligt mit den Schultern.

»Pah! Das Ding hat nicht mehr alle Tassen im Schrank«, giftete Chris, der sich endlich aus seiner Schockstarre löste und zu ihnen trabte. Augenblicklich packte er Ellies Arme und zog sie weg von dem Küchentresen, inspizierte sie ganz genau. Nur würde er keine Wunden finden. Und während Ellie versuchte, ihm das klar zu machen, schielte Mika zu seinem Gendro, der nun in der Küche hockte und das restliche Hähnchen massakrierte.

Seine Berührung eben. Die Stelle auf seiner Brust fühlte sich warm an, genau wie sein Bein. Er musste unbedingt herausbekommen, ob es etwas über die Körpersprache von Fledermaus-Gendros gab. Diese Geste gerade mit seinem Schweif war ihm ein Rätsel. Drei Mal hatte er das jetzt getan. Drei Mal und es brachte Mika eine mächtige Gänsehaut ein.

»Was ist das eigentlich für ein Zeichen? Ein Muttermal?«, holte ihn Ellie aus seinen Gedanken. Fragend deutete sie auf Utodjas Arm und Mika folgte ihrem Blick, betrachtete das ungewöhnliche Mal, das dort thronte.

»Ich weiß es nicht. Er hatte es schon, als er im Pet4You ankam. Ein Muttermal ist es nicht, es fühlt sich eher eingebrannt oder eingekerbt an.«

»Du meinst wie ein Brandmal?« Schockiert weitete Ellie die Augen, doch auch darauf wusste Mika keine Antwort. Genauso wenig wie Utodja, denn Mika hatte ihn danach gefragt und keine Reaktion bekommen. »Und sein Auge? War das seine Vorbesitzerin?« Mika legte die Stirn in tiefe Falten, nickte bedächtig und angewidert verzog Ellie das Gesicht. »Unglaublich. Manche Menschen sind einfach ekelhaft.«

»Und ich bin jetzt einer von ihnen. Einer deiner verhassten Sklaventreiber, huh?«

»Mikhael!«Entsetzt sah Ellie ihn an, schüttelte sofort den Kopf und griff nach seiner Hand. »Du weißt genau, dass ich das niemals sagen würde. Immerhin war ich es, die dich dazu angestiftet hat. Manchmal heiligt der Zweck die Mittel und wenn du ihn so retten konntest, war es das Richtige!« Für einen Moment schwieg sie und drückte seine Hand ganz fest. Ihr Blick bekam etwas Besorgtes, ehe sie im Vertrauen zu ihm sprach. »Wirst du denn damit klarkommen?«

Was war das denn für eine Frage? Verwirrt runzelte Mika die Stirn.

»Was? Sicher, wieso nicht?«

»Du weißt, was ich meine. Du und ein Gendro?« Sie brach ab, sah zu Boden.

Ein ungutes Gefühl beschlich Mika und ihm wurde eiskalt. Sekunde mal. Könnte es sein, dass sie ... ? Nein. Nein, das bildete er sich ein! Sie redete nur wieder so viel Unsinn, weil sie sich wie immer unnötig sorgte. Sie hatte echt einen Schwesterkomplex! Nur daran lag es. Chris und sie hatten keine Ahnung. Sie wussten gar nichts und das war auch gut so!

»Lassen wir das, Ellie «, plapperte er drauflos. »Lassen wir das! Ich bekomme das hin. Bis jetzt hatte ich Glück, hoffen wir, dass das so bleibt. Immerhin hab ich meinen Job noch. Das heißt schon was.«

Gott sei Dank beließ sie es dabei. Sie atmete durch und nickte lediglich. Trotzdem sprach ihr Blick Bände. Besser, Mika dachte nicht mehr darüber nach, das verstörte ihn nur noch mehr.

»Wie hast du das eigentlich bezahlen können? Ich dachte, du wärst knapp bei Kasse,« mischte sich Chris ein, trat zu den beiden. Für einen Moment schwieg Mika und sein Gesicht legte sich in dunkle Falten. Noch ein Thema, das er eigentlich vermeiden wollte.

»Ich hab meine Eltern angerufen.«

»Du hast was?« Geschockt ließ Chris die Arme sinken, glotzte ihn mit offenem Mund an.

»Ich hatte keine Wahl! Habt ihr eine Ahnung, wie viel so ein Gendro kostet? Die Kohle hatte ich einfach nicht. Also hab ich sie angerufen.«

»Und was haben sie gesagt?«, fragte Ellie beherzt, legte Chris eine Hand auf dem Arm, ermahnte ihn, nicht aus der Haut zu fahren.

»Sie. Ich hab nur mit ihr gesprochen. Sie war einverstanden. Hat mir das Geld direkt überwiesen. Ich hab ihr nicht gesagt, wofür ich es brauche. Sie würde es eh nicht verstehen. Es reichte ihr, dass ich bereit bin das Kriegsbeil zu begraben, wenn sie es macht.«

»Ist das dein Ernst?«

»Ja, ist es.«

»Nur wegen dem Vieh willst du einfach vergessen, was passiert ist? Ist es das wert?«

Langsam reichte es! Hatten sie es bald mit ihren dämlichen Vorwürfen? Die wussten doch auch nicht, was sie wollten. Verurteilten Gendrohalter, stifteten ihn dann dazu an, motzten herum und jetzt wetterten sie wieder gegen seine Entscheidung. Sein Geduldsfaden wurde gefährlich dünn und er verlor die Beherrschung.

»Hätte ich zulassen sollen, dass sie ihn umbringen?«, schnappte er. »Vergesst meine Eltern. Wenn sie jetzt hier aufkreuzen wollen, sollen sie nur! Als hätten sie nicht gewusst, dass es mal so kommt.« Es würde ein Schock für sie werden, aber das war ihm herzlich egal. Ihnen hatte sein Seelenheil ja auch nie viel bedeutet.

Gedankenverloren strich er sich die Haare vor die Ohren und warf Utodja einen Blick zu. Doch. Er war es wert. Dieser Gendro konnte ihm mehr geben, als sonst jemand.

»Na gut. Am besten, du gehst gleich morgen mit ihm zum IKF und regelst alles. Dann ist es offiziell und niemand kann dir mehr reinreden«, holte ihn Ellie aus seiner Gedankenwelt und Mika sah auf, weitete die Augen. Ah, Mist! Das hätte er ja fast vergessen! Er schüttelte sich in Gedanken an das seltsame Institut, ein Ort, um den er bis jetzt einen großen Bogen gemacht hatte. So wie um alles, das irgendwie mit Gendros zu tun hatte.

Das IKF, das Institut für Kryptidforschung, war die wichtigste Anlaufstelle, wenn man einen Gendro aufnehmen wollte und weltweit für seine strengen Regeln bekannt. Dort wurden alle Untersuchungen durchgeführt, die Rechtsfragen geklärt und die Registrierung wurde eingetragen. Die Behörde kümmerte sich um so ziemlich jede Angelegenheit bezüglich der Gendros und hatte ihren Sitz mitten im Stadtkern, in Form eines großen hässlichen Klotzes. Elenor arbeitete seit einiger Zeit dort, um sich auf dem Gebiet der Gendromedizin schlau zu machen und kannte sich deshalb auch so gut mit dem ganzen Kram aus.

»Stimmt, besser wir bringen das bald hinter uns«, murmelte Mika, wollte das Thema lieber schnell abschließen. Vermutlich würde Utodja ihn hassen, wenn er ihn dahin brachte, was er absolut verstehen konnte. Andererseits war diese elende Prozedur notwendig. Zudem kannte Utodja das Ganze sicher, immerhin hatte er genügend Vorbesitzer gehabt.

»Ich weiß ja nicht, Mikey«, kam plötzlich von der Seite. Chris hatte sich gegen das Sofa gelehnt und beäugte ihn skeptisch, machte eine Kopfbewegung Richtung Utodja. »Ich sag's nur einmal und versteh das nicht falsch, kapiert? Aber überleg dir, was du tust. Das Vieh kann dich in Teufels Küche bringen. Das weißt du, oder, Amigo? Reite dich nicht wieder so tief in die Scheiße wie beim letzten Mal. Irgendwann ist Schluss und dann kann dir keiner mehr helfen.«

Teufels Küche, mh? Genau da war Mika schon längst und egal, was Ellie oder Chris jetzt noch sagten, nichts würde daran etwas ändern. Aber das brauchten sie nicht zu wissen. Grinsend legte er den Kopf in den Nacken, schob die Hände in die Hosentaschen.

»Auf einmal so besorgt? Ich fühle mich geehrt. Freu dich, Ellie, dein Kerl mutiert doch noch zum Retter in der Not!«

Stöhnend boxte Ellie ihm gegen die Schulter, zog eine Schnute, während aus der Küche ein unwirsches Knurren kam.

»Ruhe dahinten auf den billigen Plätzen!«, keifte Chris darauf, packte kurzer Hand eines der Sofakissen und schleuderte es in Utodjas Richtung, der geschickt auswich und mit einem empörten Flügelschlag protestierte. »Du mich auch, Dracula!«

»Sein Name ist Utodja.«

»Utodja? Was ist das denn für ein bescheuerter Name?«

Vielsagend hob Mika die Brauen und verschränkte die Arme.

»Ich an deiner Stelle würde aufpassen, was ich sage. Ich kenne auch den ein oder anderen, der einen bescheuerten Namen hat? Mh? «

Ein vernichtendes Funkeln trat in Chris' Augen und er blähte die Nasenflügel.

»Halt ja die Klappe, ich warne dich!«, giftete er peinlich berührt, deutete dann auf Utodja. »Das Vieh bleibt also? Gut, dann muss er damit leben, dass ich ihn so nenne wie ich will! Er ist eine Fledermaus, oder? Also muss er das abkönnen.« Mit großem schauspielerischem Talent hob Chris seine Hand, formte mit Mittelfinger und Zeigefinger ein V und deutete damit erst auf Utodja, dann auf seine Augen. Wiederholte die Geste ein paar Mal. »Wir verstehen uns, Dracula, nicht? Ich hab dich im Auge!«

Die Antwort war ein abfälliges Zischen, worauf Ellie lachte. Na großartig, wie es schien hatten sich da drei gesucht und gefunden. Allerdings fragte sich Mika, ob das so gut war. Elenor, Chris und Utodja ... Und Mika saß mittendrin.

Kapitel 13

Anwandlungen

Es war Samstagmorgen, 7:00 Uhr, und der Wecker klingelte.

Schon eine ganze Weile hallte das nervtötende Piepen durch den Raum, aber Mika hatte nicht die geringste Lust aufzustehen. Still lag er da und sah zu seinem Fenster. Helle Sonnenstrahlen schienen durch die Rollläden und winzige Staubkörner tanzten in dem angenehm warmen Licht. Sah nach schönem Wetter aus. Nicht übel. Nur leider würde er nichts davon haben.

Irgendwann ging ihm das dämliche Piepsen auf den Geist und schwerfällig drehte er sich zur Seite, beendete das schrille Geräusch, indem er seine Faust auf das Gehäuse donnerte. Ruhe kehrte ein, eine reine Wohltat für die Ohren. Eigentlich perfekt, um sich noch mal hinzuhauen und eine Runde weiter zu schlafen. Aber die Anzeige auf der Uhr ermahnte ihn, dass dafür keine Zeit war. Mist. Da hatte er endlich ein freies Wochenende und musste trotzdem früh aufstehen. Es war eine komplizierte Prozedur, sich vom Bett zu erheben, die Kraft zu tanken, um aufzustehen und Richtung Tür zu schlurfen. Es erforderte mehr Anstrengung, als Mika lieb war, aber irgendwie schaffte er es. Im Wohnzimmer war es ruhig. Der gesamte Innenraum seines Apartments wurde von warmen Sonnenlicht geflutet, was einen netten Anblick bot.

Gähnend schlich er in die Küche rüber, setzte Kaffee auf und tastete nach der Fernbedienung seines Beamers, die auf dem Küchentresen lag und einige frische Zahnabdrücke aufwies. Kurzerhand machte er den Beamer an, zappte ein paar Minuten durch die Programme, ehe er den Ton leiser stellte und sich gegen die Arbeitsplatte lehnte. Eigentlich sollte er sich fertig machen, während der Kaffee durchlief. Duschen, sich anziehen, aber er war noch nicht richtig wach und damit war er nicht der einzige.

Verschlafen reckte er den Hals und spähte zum Gästezimmer hinüber. Nicht ein Mucks war zu hören. Ungewöhnlich, dass Utodja noch schlief, sonst war er immer vor ihm wach. Seit das Flattertier vor gut drei Wochen eingezogen war, hockte er jeden Morgen vor Mikas Zimmertür und wartete, bis er aufwachte. Aber jetzt war die Tür geschlossen und kein Gendro erwartete ihn. Schon verrückt, wie sich in so kurzer Zeit so viel verändern konnte. Utodja hatte sich gut eingelebt. Seine Scheu war zurückgegangen und den verängstigte Gendro aus dem Pet4You gab es nicht mehr. Trotzdem gab es Momente, in denen Mika einfach überfordert war und nicht wusste, was das Fledertier wollte, denn trotz intensiver Suche, hatte er nichts über Fledermaus- oder Flughund-Gendros gefunden. Weder wusste Mika was es bedeutete, wenn er ihn mit seinem Schweif umklammerte, noch verstand er seine Abneigung gegen Chris. Wann immer seine beiden Freunde da waren, knurrte Utodja ihn an und hielt sich dicht an Mika. Aber nicht um Schutz zu suchen, er strich um Mika herum wie eine Katze und folgte ihm auf Schritt und Tritt. Es war ... merkwürdig.

Ein weitaus größeres Problem stellte seine Arbeit dar. Seinen Job hatte Mika zum Glück nicht verloren, da er durch den großzügigen Kaufhandel mit Jakobson dem Laden richtig viel Kohle in den Rachen geworfen hatte. Allerdings war Mika oft und lange im Pet4You. Genau genommen waren seine Arbeitszeiten alles andere als vorteilhaft, um ein Haustier zu halten und dasselbe galt auch für seine Wohnung. Für einen Gendro von Utodjas Größe war sie zu klein und ihn die ganze Zeit alleinlassen wollte Mika auch nicht. Tse, und er erzählte den Kunden was von artgerechter Haltung. Ein Kompromiss hatte hergemusst und er hatte einen gefunden: Utodja musste mit ins Pet4You. Es gab genug Tiergeschäfte, in denen die Mitarbeiter ihre Haustiere mitbringen durften. Wieso also nicht auch dort? Jakobson und Utodja waren alles andere als begeistert gewesen. Wirklich gut war die Idee nicht, aber besser, als dass Utodja völlig isoliert von der Außenwelt, sechs Tage die Woche, für mindestens acht Stunden alleine war. Am Ende hatten beide seinem Vorschlag widerwillig zugestimmt, unter der Voraussetzung, Utodjas Gabe blieb ein Geheimnis und mit der Zeit hatte sich der Flughund zum Aushängeschild des Zoofachgeschäfts entwickelte. Als schwarzweißer Schatten hing er stets oben an der Decke des Geschäfts, zwischen den Stützpfeilern und Balken und beobachtete alles. Zwar mit Halsband, dafür aber mit uneingeschränktem Zugang zum Laden und ohne Geschirr. Auch die Kunden hatten das freilaufende Maskottchen gut aufgenommen, zumindest die meisten. Sie waren von der fremdartigen Flügelgestalt fasziniert.

Fast war es unheimlich, wie sich alles von selbst in die richtigen Bahnen lenkte, nur gab es einen Haken, der Mika die ganze Zeit über quälte und ihm nicht aus dem Kopf ging. Aus dem Grund hatte er sich dieses Wochenende auch freigenommen und war schon so früh wach. Heute mussten sie es hinter sich bringen oder es würden sich bald neue Probleme anhäufen. So gern Mika Utodja auch schlafen lassen wollte, hatte er keine andere Wahl, als ihn zu wecken.

Sich im Nacken kratzend ging er auf die geschlossene Tür zu und lauschte. Nichts. Ab und an ein leichtes Knacken von den Deckenböden, mehr nicht. Schließlich atmete Mika durch und klopfte an.

»He, Utodja. Ich bin's«, sagte er laut, kündigte sich an. Nie wieder würde er einfach so in den Raum platzen. Einmal hatte er das getan und sich dafür Kratzspuren eingeheimst, die sich gewaschen hatten und das nur, weil sich Utodja erschreckt hatte. Bedächtig griff er nach der Klinke und öffnete die Tür, schob sie langsam auf.

Der Raum hatte sich verändert, seit Utodja hier lebte und der Anblick schüttelte Mika jedes Mal durch. Beinahe war es ein Jammer, wenn er daran dachte, welche Mühe er sich mit der Einrichtung gemacht hatte. Alles für die Katz. Die Möbel, Kissen und Decken, sie alle waren Utodjas Klauen zum Opfer gefallen und aus dem Gästezimmer war ein Gruselkabinett geworden. Das Bett war in einer Ecke gelandet, die Matratze war aufgerissen und ausgehöhlt worden und von der Decke hingen lange Stofffetzen. Die Bettdecken, das Lacken, die Bezüge, Utodja hatte alles zerrissen und sich ein Nest daraus gebaut, oben, in der linken Ecke des Zimmers. Wie ein Spinnennetz ragte es an der Decke, nur ohne Fäden, dafür mit vielen Tüchern, Stofffetzen und einem mit Kissen bedecktem Boden. Etliche von Mikas Pflanzen hatten sich in das Zimmer verirrt, versperrten die Sicht und ließen den Raum verwinkelter wirken, als er war. Die Rollos zog Utodja nie hoch. Sie hatten unten zu bleiben und die Heizung musste an sein – was den Raum in eine stickige, feuchtwarme Höhle verwandelte. Extrem seltsam, aber wenn sich Utodja so wohl fühlte, okay. Nur zu, sollte er Mikas gesamte Kohle in Fetzen reißen und an der Decke aufhängen. Ein Hoch auf die Zweckentfremdung!

»Utodja?«, wiederholte Mika, sah sich um, entdeckte jedoch nichts in diesem Meer aus Schatten und Umrissen. Seufzend blieb er an der Tür stehen und verschränkte die Arme. »Wach auf, sonst mach ich das Licht an!«

Die vermeidliche Drohung zeigte Wirkung. Etwas raschelte, dann bewegte sich einer der Schatten an der Decke. Mit einem Schlag wurden die Decken zur Seite geschlagen, wirbelte Staub und Stofffetzen auf – und da war er. Kopfüber hing er von der Wand, starrte ihn mit riesigen Augen an. Ein Ruck fuhr durch Mika und sein Herz machte einen Sprung. Daran würde er sich nie gewöhnen, aber missen wollte er diesen Anblick auch nicht mehr.

Grinsend legte er den Kopf in den Nacken, zuckte unschuldig mit den Schultern.

»Tut mir leid, aber du musst aufstehen. Wir haben heute einiges vor.« Die

Antwort war ein unzufriedenes Murren und Utodja senkte die Lider, schüttelte den Kopf. Mika machte das nicht gern, Befehle erteilen, aber er blieb Utodjas Besitzer und hin und wieder musste das sein. »Oh nein, fang nicht so an! Ich will nichts hören! Ich geh jetzt ins Bad und du stehst auf. Frühstück ist in der Küche. Nimm dir, was du willst.« Damit wollte Mika eigentlich gehen, doch seine Beine gehorchten ihm nicht. Genauso wenig wie seine Augen. Viel konnte er nicht erkennen und doch klebte sein Blick an Utodjas Gestalt. An der Art und Weise, wie er sein Gleichgewicht hielt. Wie er seine Flügel nutzte, um die Balance zu halten. Als wäre er ein Tänzer, der kopfüber eine Kür vollzog. Sein Shirt war leicht verrutscht und enthüllte seinen Oberkörper. Offenbarte die schwarzen Muster, die sich auf der hellen Haut abzeichneten. Mikas Finger zuckten in Gedanken an die samtige Haut des Gendros. Ein Räuspern ertönte und Mika hielt inne, wurde sich bewusst, was er tat. Ohne Utodja noch einmal anzusehen zog er sich in den Flur zurück und atmete durch.

Er sollte dringend damit aufhören! Seit einer Woche glotzte er Utodja ständig an ... Mehr, als für irgendeinen von ihnen gut war. Es war nur eine Frage der Zeit, bis Utodja es bemerkte. Wenn er es nicht schon längst bemerkt hatte! Der kleine Teufel war schlau! Viel zu schlau und er machte es Mika wirklich nicht einfach! Nach und nach offenbarte Utodja immer mehr von sich selbst und Mika lernte, sein Verhalten richtig zu deuten. Zu lange war sein Gendro mit Füßen getreten worden und er kämpfte gegen seine Ängste, Mika spürte das, aber es gab etwas, dagegen konnte er nicht ankommen und das verband sie: Der Wunsch nach Zuneigung. Es war so eindeutig. Wie er jeden Abend näher rückte. Von seinem Zimmer in den Flur, von dort in die Küche, auf den Sessel, von da auf die Couch. Immer ein bisschen näher. Zentimeter um Zentimeter. Mika wusste, wie hart das war. Wie sehr dieser Wunsch an einem zerren konnte, während Stolz und Angst dagegen drängten. Leider war die Fledermaus viel zu liebenswürdig dabei und das machte Mika schwach.

Schande, er verhielt sich wie der letzte Volltrottel. Am Ende wurde er noch so ein Verrückter, der total vernarrt in seine Haustiere war und nichts anderes mehr tat, als zuhause zu sitzen und seine Viecher zu streicheln! Und dann vermachte er sein gesamtes Erbe seinen Tieren. Allein die Vorstellung: Er in einem alten Sessel, Utodja auf seinem Schoß, die perfekte Femme Fatal, die den alten geilen Bock ausnutzte. Oder doch eher Don Juan? Utodja war wie eine Mischung aus beidem. Irgendwie ...

Tschüss Fantasiewelt, hallo Dusche! Schluckend rieb er sich über das Gesicht, schüttelte den Kopf und marschierte dann ins Bad.

Mit weiten Augen starrte Utodja seinem Menschen hinter her, während es in seiner Brust raste. Himmel, wie konnte er es wagen, ihn so zu erschrecken!

Einfach in sein Nest zu stürmen, ohne Vorwarnung! Von jetzt auf gleich. Utodja hatte ihn nicht bemerkt. Ihn nicht gespürt ... als hätte er sich auf Samtpfoten angeschlichen. Tief atmete er durch, schloss die Augen und versuchte sich zu beruhigen. Es war lange her, dass er aus dem Schlaf gerissen worden war. Sehr lange. Sein Mikhael hatte ihn eiskalt erwischt, noch nie war er vor ihm aufgestanden. In der ganzen Zeit, in der Utodja jetzt bei ihm lebte, war immer er der Erste gewesen. Anfangs aus Vorsicht, um jede Überraschung zu vermeiden, denn des Nachts konnten viele böse Dinge durch verschlossene Türen kommen. Dann war es Gewohnheit geworden. Er mochte das Geräusch, wenn sein Wächter schlief. Die regelmäßigen tiefen Atemzüge gaben ihm ein wohliges Gefühl, zeigten ihm, dass Mikhael fest schlief und nicht vorhatte, aufzustehen und ihm wehzutun. Aber heute hatte ihn sein Mensch überrumpelt. Das war nicht gut! Utodja begann seine Deckung zu vernachlässigen. Das durfte unter keinen Umständen passieren. Zumindest sagte das sein Kopf. Seine Instinkte und sein Bauch sagten etwas ganz anderes.

Es lag an gestern! Da waren *sie* wieder da gewesen. Die *Freunde* seines Wächters. Viel zu oft kamen sie her und es stresste Utodja, wenn sie im Nest waren. Sie hatten keinen guten Einfluss auf seinen Menschen. Wann immer sie da waren, veränderte er sich, war steifer, gereizter und da war dieser reumütige Blick. Als hätte er etwas falsch gemacht und müsste sich vor ihnen rechtfertigen. Diese Anspannung machte Utodja nervös. Ginge es nach ihm, dürften sie das Nest nicht mehr betreten. Sie verhielten sich unangemessen, spazierten herum, als gehörte alles ihnen. Zumindest das Männchen. Das Weibchen war harmlos, dafür machte sie Vorschriften, versuchte seinen Mikhael zu beeinflussen. Utodja bezweifelte, dass sie es absichtlich tat, aber es störte ihn. Sein Mensch hingegen bemerkte es nicht. Er war blind dafür, aber so war er eben. Was seine Freunde sagten oder dachten war ihm wichtig. Utodja verstand nicht, warum er sich ihnen unterordnete. Das hatte er nicht nötig. Das war sein Revier, er war hier das Alphatier und Utodja beschützte ihre Zuflucht. Deswegen war er so müde gewesen, nachdem sie gestern gegangen waren. Das musste der Grund für seinen langen Schlaf sein. Sie ständig im Auge zu behalten, auf der Hut zu sein und seinen Guardo zu bewachen war anstrengend. Er ertrug den Blick nicht, den er in ihrer Gegenwart hatte. Der Mann, der ihn gerettet hatte, hatte nicht so zu schauen.

Langsam beruhigte sich Utodja wieder, schwor sich, seine Sinne zu schärfen, ehe er sich reckte und aus seiner Höhle kletterte. Bedächtig ging er zu der Tür seines Zimmers, streckte den Kopf hindurch und spähte um die Ecke. Alles schien normal. Es war still, die rote Wand zeigte Bilder, aber sonst war es ruhig. Keine fremden Menschen, keine fremden Gerüche. Keine Gefahr. Gut. Nun denn, sein Mensch hatte etwas von Frühstück gesagt. Der bittere Geruch von

Kaffee, einem ekelhaften Menschengetränk, erfüllt bereits die Wohnung und er schüttelte sich. Widerlich, was die Menschen in sich hinein kippten. Doch jetzt war es der Hunger, der ihn antrieb. Sein Wächter hatte immer etwas zu essen da und Utodja durfte sich nehmen, was er wollte. Als er jedoch den Flur betrat, hielt er inne, blinzelte einmal.

Die Tür zum Waschzimmer stand auf. Wie ungewöhnlich, sonst war sie immer verschlossen. Mikhael ließ sie niemals offen und es war verboten, einfach hineinzugehen, wenn er darin war. Das Geräusch von fließendem Wasser drang an Utodjas Ohren und warmer Dampf strömte durch einen handbreiten Spalt. Neugier regte sich in ihm. Was er dort wohl verbarg? Sein Mikhael-Mensch hatte viele Geheimnisse. Auch wenn er offen zu Utodja war, gab es Dinge, die er ihm nicht sagte.

Kurz schielte Utodja zu der Küche, wog das Für und Wider ab. Es gab keine ernsthaften Konsequenzen, wenn er gegen die Regeln verstieß, das wusste er mittlerweile. Mikhael wurde laut und schimpfte, doch dann beruhigte er sich. Was würde also geschehen, wenn er einen Blick wagte und seiner Neugier nachgab? Er war dumm, wenn er es tat. Andererseits ... was hatte er zu befürchten? Er war immer gehorsam gewesen, immer. All die Sommer. Einmal durfte er sich einen Aussetzer sicher erlauben. Er wollte ja nur schauen.

Auf Zehenspitzen schlich er zum Badezimmer und lugte schließlich durch den Spalt. Erst sah er nichts. Der Dampf verdeckte seine Sicht, also machte er einen Schritt vor, schob die Tür weiter auf. Dann bewegte sich etwas hinter der Tür und Utodja hielt den Atem an. Mikhael kam aus der Dusche geklettert und hangelte nach einem Handtuch.

Utodja schluckte, legte den Kopf zur Seite. Es war das erste Mal, dass er seinen Wächter ohne Kleider sah und sein Körper – er war ... *anders*. Viele Muskeln wölbten sich unter seiner Haut, strahlten große Kraft aus und da waren Schatten auf seinem Rücken. Fremdartige Schatten. Ein fremdartiger Schauer krabbelte Utodjas Rücken hinab und er leckte sich über die Lippen. Sein Mikhael, er war ansehnlich. Wieso hatte er wohl keinen Partner an seiner Seite? Groß wie er war, mit seiner Stärke und Freundlichkeit, gab er gewiss einen guten Gefährten ab.

Vielleicht lag es an seiner Reue? An der unangebrachten Unterwürfigkeit? Vielleicht war er nicht so stark, wie er wirkte? Vielleicht brauchte er ja jemandem, der für ihn stark war? Nicht mal Utodja konnte er lange in die Augen sehen, verlor *das Spiel* viel zu oft, wurde unruhig und strahlte nervöse Hitze aus. Sein Mensch war wirklich etwas Besonderes und wirklich anziehend dabei. Die Neugier nahm Überhand und schließlich stieß Utodja die Tür ganz auf, trat in das Bad. Sofort schrak Mikhael zusammen, glotzte Utodja mit riesigen Augen an.

»Mann! Hast du mich erschreckt!«, entfuhr es ihm, doch Utodja ignorierte die Lautstärke seiner Stimme, hatte sich schon daran gewöhnt. Langsam setzte er sich in Bewegung, betrachtete Mikhael sehr genau, der mit jedem Schritt weiter zurückwich, den Utodja näher kam.

»Äh ... okay ... Hallo?«, murmelte sein Wächter, gab sich Mühe zu grinsen, doch das Ergebnis war erbärmlich. »Ist ja nett, dass du mich besuchst, aber hatten wir nicht gesagt, wenn die Badezimmertür zu ist, bleibt man draußen?«

»Die Tür war auf«, erklärte Utodja leise. Sein Mensch zischte, gab einen derben Fluch von sich, versuchte sich ganz zu bedeckten, doch das Handtuch war zu klein. »Ähm, okay, pass auf, nur weil die Tür offen ist, heißt das nicht, du sollst einfach reinspazieren. Am Besten, du gehst jetzt. Also los, Abgang.« Aber Utodja blieb, beobachtete amüsiert, wie verwirrt sein Mensch war. Das stand ihm. Dieser verlegene Gesichtsausdruck. Kein Mensch hatte je so auf ihn reagiert. Das reizte Utodja, verleitete ihn dazu, ihn weiter zu ärgern. So unangebracht es auch war. Schließlich kam er direkt vor Mikhael zum Stehen, sah in das verunsicherte Gesicht hinauf. Rot war es. Seine Ohren, mit all den Metallringen, glühten und sein Herzschlag war laut und schnell. Utodjas Gegenwart löste das aus und auch das reizte ihn.

»Was genau wird das hier, mh? Für Streicheleinheiten ist jetzt nicht der richtige Zeitpunkt, also raus mit dir!« Der Mensch wich vor ihm zurück, mied Augenkontakt und Utodja neigte den Kopf.

Scham. Er kannte dieses Gefühl, verstand es mehr als sonst irgendjemand, aber seine Neugier war zu groß. Mikhael versteckte etwas vor ihm. Zwar versteckte auch Utodja Dinge und hatte Geheimnisse, aber das war etwas vollkommen anderes - war etwas Notwendiges. Fragend blieb sein Blick an Mikhael kleben, dann deutete er auf dessen Haupt.

»Rot«, murmelte er, verstand es nicht. »Wieso ... ist es rot?«

Verwirrt starrte Mika Utodja an, brachte keinen Ton heraus. Schande, was machte Utodja bloß? Seit wann dackelte er ihm hinterher, wie ein kleiner Hund? Wenn Mika eins nicht gebrauchen konnte, dann uneingeladene Badebesucher, die ihm auflauerten! Aber er war selbst schuld. Wieso hatte er auch vergessen die dämliche Tür abzuschließen? Die Antwort lag auf der Hand, denn sie stand vor ihm. Wegen der Fledermaus wusste er nicht mehr, wo ihm der Kopf stand und das hatte er jetzt davon.

»Was redest du da?«, hauchte er heiser, war überfordert mit der Situation. So gern er Utodja auch hatte, im Bad wollte er seine Ruhe. Es gab da ein paar Dinge, die wollte er um jeden Preis für sich behalten. Schlimm genug, dass sich Chris und Ellie ihm immer aufdrängten. Privatsphäre gab es für sie nicht, sie wollten immer alles wissen und mussten immer dabei sein. Egal wo! Bis jetzt war immer alles gut ausgegangen, sie hatten nie etwas bemerkt, aber Utodja ... Wenn er *es* erfuhr, *es* bemerkte! Dann war alles zerstört. Bademantel! Er brauchte einen Bademantel!

»Es ist rot«, meinte Utodja dann und riss Mikhael aus seinen wirren Gedanken.

Völlig neben sich sah er auf, wusste nicht, was er sagen sollte. Sein Herz überschlug sich bei dem viel zu neugierigen Blick. Schnell wandte er sich ab, konnte ihn nicht ansehen. Nicht, wenn er so nahe vor ihm stand. Zu nahe.

Schließlich streckte die Fledermaus eine Hand aus – und da passiert es. Wie von selbst. Mika duckte sich und der Schweiß brach ihm aus. Fest kniff er die Augen zu. Das weckte zu viele Erinnerungen! Doch alles was kam, war eine tastende Hand. Sanft streichelte Utodja seinen Kopf, fuhr durch seine Strähnen.

»Dein Fell. Es ist rot. Aber nicht wie bei anderen Menschen. Ist es ... falsch? Künstlich?«

Da ging Mika ein Licht auf. Sich räuspernd zog er sich das Handtuch fester um die Hüften, manövrierte sich mit dem Rücken zur Wand.

»Ja, meine Haare sind rot. Gut erkannt. Rote Haare haben viele Menschen. Ist ganz normal.«

»Ist es nicht. Nicht die Farbe. Wie die untergehende Sonne. Wie das Rot des Morgens. Sie müssen falsch sein.«

Mika fuhr sich über die Stirn, stöhnte leise. Wieso fragte er danach? Als wären rote Haare so etwas Besonderes. Sie waren normal. Selten, aber normal!

»Und was ist mit dir? Schwarzweiße Haare sind auch nicht normal. Ich hab Glück, dass ich rote Haare hab, das ist was Besonderes. So muss ich sie wenigstens nicht färben.«

Färben. Genau. Das meinte Utodja. Fast alle Menschen taten das, machten sich eine falsche Fellfarbe. Aber war Mikhaels Farbe echt. Gleich vom ersten Moment an war Mikhaels Fell ihm aufgefallen, hatte den Wunsch in ihm geschürt, diese seltsamen Haare zu berühren. Sie sahen falsch aus, künstlich, aber sie rochen nicht danach. Menschen mit falscher Haarfarbe rochen streng, ihr Geruch zwickte in der Nase. Mikhael roch ganz anders. Schweigend betrachtete er Mikhaels Kopf, spürte, dass sein Mensch unruhig würde. Besser, er suchte Abstand. Vorsichtig machte er einen Schritt zurück, da glitt sein Blick an Mikhael vorbei und fiel auf den Spiegel.

Da war es. Das, was er zuvor gesehen hatte. Die Schatten! Dafür hatte er noch keine Erklärung bekommen und ein weiteres Mal gab er sich seiner Neugier hin, lief um Mikhael herum. Er griff nach seinem Arm, drehte den Menschen herum und betrachtete seinen Rücken. Nur waren da keine Schatten, da waren Zeichen! Überall auf seinem Rücken! Gingen hoch bis zu seinen Schultern, zu seinen Seiten, zu seinem Hinterteil. Sie waren dunkel, schwangen sich dezent über die Haut. Was war das? Oder nein. War es das, was er glaubte, dass es das war? Mit großen Augen sah Utodja Mikhael an, tastete nach seinem eigenen Gesicht, berührte die Male auf seinen Wangen.

»Sind die wie meine?«, wisperte er, worauf Mikhael merklich schluckte. Nervös wandte er sich ab und presste sich gegen die Wand, verschränkte die Arme, löste sie wieder, zuckte mit den Schultern.

Das hatte ihm grade noch gefehlt! Angespannt mahlte Mikhael mit dem Kiefer, dachte fieberhaft nach. Die Hitze in seinem Kopf wurde schlimmer und seine Augen begannen zu brennen.

Genau DAS hätte nicht passieren dürfen! WIESO hatte er die blöde Tür nicht abgeschlossen? Wie bescheuert war er eigentlich? Hatte er nicht schon genug hinter sich? Was war nur los mit ihm? Wieso vernachlässigte er seine Deckung dermaßen? Weil Utodja nur ein Gendro war? Pah! Von *nur* konnte keine Rede sein. Dabei Mika hatte auf die harte Tour gelernt, was passierte, wenn sie jemand sah. Beim letzten Mal war Chaos ausgebrochen, darum hatte er sie nie wieder jemandem zeigen wollen. Wie sollte er es dann Utodja erklären? Oder lag vielleicht genau darin die Lösung? Gerade weil es nur Utodja war? Als Gendro kannte er viele Dinge nicht und vielleicht machte es das einfacher ...

Tief atmete Mika durch, suchte nach einer Antwort.

»Nein, nicht wie deine«, erklärte er, schüttelte den Kopf. »Das sind Tattoos. Tribal Tattoos ... Also, ähm ... das ist wie ein Bild. Es wird mit einer Nadel in die Haut gestochen. Verstehst du?«

»Mit einer Nadel?«

»Ja, ganz genau.«

Mit einer Nadel. In die Haut.

Schockiert starrte Utodja seinen Wächter an. Nadeln. Allein das Wort reichte und sein Magen drehte sich um. Bilder blitzten vor seinen Augen auf, grässliche Bilder von Metall und Nadeln. Von Käfigen und Kälte. Von Hunger und Angst. Knurrend duckte er sich, legte die Ohren weit zurück. Er kannte diesen Schmerz, wusste, dass es weh tat, wenn man damit gestochen wurde! Und das war viel Farbe. Dafür hatte man viele viele viele Nadeln gebraucht!

»Wer war das?«, grollte er, spürte, wie sich seine Kehle zuzog. Von seinem Wächter kamen nur unverstandene Blicke und Utodja presste die Lippen aufeinander. Er zögerte, dann streckte er einen Arm aus, deutete auf die Armbeuge. Dann ballte er eine Faust und haute sie dagegen. Wieder und wieder. Erinnerte sich an die unzähligen Male, als man ihm Nadeln in die Haut gestochen hatte. Dass seinem Wächter dasselbe angetan worden war,

war grausam! Machten die Menschen vor nichts Halt? Nicht einmal vor ihrer eigenen Art? Utodjas Atmung beschleunigte sich und er wurde unruhig. Wenn die Menschen es schafften, sogar jemanden wie Mikhael zu überwältigen, gab es dann überhaupt irgendwo Sicherheit? Hatte man diesen Händen angetan, was man seinen angetan hatte? Zwar waren auf Mikhaels Haut keine Narben, keine Schnitte oder Löcher, wie sie Utodjas eigene dunkle Haut versteckte, aber er ertrug das nicht. Die Vorstellung, dass sein Guardo …!

»Wer hat das getan? So viel, so groß! Wer?«

Erst da schwand die Verwirrung aus Mikhaels Gesicht. Schnell stieß er sich von der Wand ab und schüttelte den Kopf, hob beide Hände.

»Was? Nein, nein! So meinte ich das nicht! Das war … freiwillig! Tattoos lässt man sich freiwillig stechen. Niemand hat mich dazu gezwungen. Es ist alles gut!« Seine Hand griff nach Utodjas, drückte zu. Sie waren warm. Mikhaels Hände. So warm und so groß. Umschlossen Utodjas Faust komplett. In ihnen steckte so viel Kraft und doch hatte er sich so etwas freiwillig antun lassen? *Freiwillig*? Utodja konnte das nicht verstehen.

»Das war gewollt?« Das konnte einfach nicht sein. Niemals könnte jemand so etwas wollen!

»Ja! Wirklich. Mir hat niemand was getan. Zumindest nicht im herkömmlichen Sinne. Es ist alles in Ordnung! Okay?«

Okay? Wie konnte er das sagen. Schluckend musterte Utodja die *Tattoos*, wusste nicht, was er denken sollte.

»Aber der Schmerz?«

»Das war nicht schlimm! Wie bei ganz vielen Katzenkratzer. Sagt man zumindest.« Sachte, wenn auch ungeschickt, streichelte er Utodjas Kopf, versuchte ihn zu beruhigen, doch es half nicht. Kratzer? Ungläubig schnalzte Utodja mit der Zunge. Log sein Mensch, um einen anderen zu schützen? Um es zu vergessen? Besorgt musterte er seinen Guardo, wollte sich nicht vorstellen, dass es Mikhael wie ihm ergangen war. Mikhael, der ihm ein Zuhause gegeben hatte. Der ihn streichelte.

Zaghaft lehnte sich Utodja gegen die breite Hand an seiner Wange, atmete durch. Gewollt. Wenn er das wirklich gewollt hatte, dann bestand kein Grund zur Sorge. Ehrfürchtig fuhr er über die seltsamen Muster. Sie fühlten sich völlig eben an, als gehörten sie zu seiner Haut. Wenn es keine Folternarben waren, vielleicht war es etwas anderes. Vielleicht ein Zeichen für andere? Ein Zeichen für Stolz und Stärke?

»Warum?«, fragte er, entspannte sich, je länger ihn die große Hand liebkoste.

»Tja, wer weiß? Um meine Eltern zu ärgern? Das würden sie zumindest sagen. Alles was ich tue, ob absichtlich oder unabsichtlich, mache ich nur, um sie auf die Palme zu bringen.«

Seine Eltern? Was hatte das mit seinen Eltern zu tun? Vermutlich war es ein Menschending und Utodja beließ es dabei. Nachdenklich betrachtete er Mikhaels Rücken im Spiegel, konnte so die gesamte Musterung sehen. Ganz gleich wie sie entstanden waren, sie waren schön. Ihr Anblick hatte etwas Vertrautes, gab Utodja ein Gefühl von Geborgenheit und ehe er merkte, was er tat, wanderte sein Blick weiter. Fuhr über die breiten Schultern, die Muskelstränge, die schmale Taille und ... die breite Narbe an Mikhaels Hinterteil, knapp oberhalb des Handtuches.

Der Anblick zerstörte das ansehnliche Bild und Utodja stockte. Scheinbar hatten sein Wächter und er mehr gemeinsam, als er anfangs geglaubt hatte. Nicht nur er trug Narben, sein Mensch tat es auch. Was wohl geschehen war? Das sah jedenfalls alles andere, als gewollt aus.

Utodjas Klauen zuckten, dann griff er um ihn herum. Ertastete sich den Weg zu der Stelle, spürte, wie der Mensch bei der Berührung erschauderte.

»Ist eine alte Narbe von früher. Ist ziemlich lange her«, kam die gepresste Erklärung und Utodja nickte, betrachtete sie wieder im Spiegel. Es war ein seltsames Bild, das sich da vor ihm auftat. Er, so nahe an einem Menschen. Der so wenige Kleider trug. Mikhael war groß, er daneben winzig. Trotzdem. Irgendwie passte dieses Bild. Diese Muster machten es komplett, gaben Mikhael das Tierische und ihm das Menschliche.

Utodja musste schlucken und seine Brust wurde schwer, schnürte sich zu, bei dem einfältigen Gedanken, den er hatte. Ihm gefiel dieses Bild. Neben diesem Menschen zu stehen, ihm nahe zu sein, ohne Angst haben zu müssen. Ihm gefiel, dass er ihn berühren konnte, dass Mikhael ihn streichelte. Binnen so kurzer Zeit hatte er Gefallen an Dingen gefunden, die er lange verabscheut hatte. Das war beängstigend. Aber sein Retter, sein Guardo. Er war unvergleichlich ...

Ein Hitzkopf, aber freundlich. Laut, aber fürsorglich. Und er brachte Utodja zum Lachen. Wann immer Mikhael ihn berührte, überkam Utodja der Wunsch, sich an ihn zu schmiegen. So, wie es die Seinen taten. Nicht in diesen Betten oder Sofas. Nein. Fest umschlungen, im Schutz seiner Schwingen, an der Decke hängend, warm aneinander geschmiegt, Haut an Haut. Viele Sommer hatte er das nicht mehr gespürt und das wollte er Mikhael geben. Als ... Dank. Für dieses neue Spiegelbild.

Nur eine Sache war da falsch. Eine einzige Sache. Utodjas Stirn legte sich in tiefe Falten und er stieß sich von Mikhael ab, ging auf den Spiegel zu, betrachtete die glatte Oberfläche. Und die Gestalt darin. Spiegel zeigten einem die Welt. Sie warfen alles zurück, was bestand und konnten nicht lügen. Aber jeder Spiegel in den Utodja sah, log.

»Alles okay?«

Überrascht beobachtete Mika seinen Gendro. Er war auf einmal so still geworden. Von jetzt auf gleich. Irgendetwas stimmte nicht. Erst dieser Überfall und jetzt das. Mika war froh, dass es so glimpflich für ihn ausgegangen war, trotzdem regte sich Sorge in ihm, als er Utodjas melancholischen Blick bemerkte. Er wirkte so verloren und fast wünschte sich Mika seine plötzliche Aufdringlichkeit zurück. Sie war auf jeden Fall besser, als das da. Bedächtig trat er an Utodja heran, der seinen Blick nicht von dem Spiegel nahm, mit einer Hand die Oberfläche berührte.

»Was ist denn? Hast du noch nie einen Spiegel gesehen?«, scherzte er, worauf die Fledermaus den Kopf schüttelte.

»Es ist nicht richtig«, murmelte Utodja, sprach in Rätseln und Mika hob die Brauen. So einiges war hier nicht richtig, aber er kapierte nicht, was Utodja meinte.

»Was denn?«

»Alles. Es stimmt nicht. Dieses Bild. Ich bin nicht richtig.«

Oh nein, jetzt ging das wieder los. Mika hasste es, wenn er nicht wusste, wovon Utodja sprach. Nachdenklich sah auch er in den Spiegel, hielt aber den Anblick nicht lange aus und konzentrierte sich wieder auf Utodja. Er war nicht richtig? Der Kleine hatte ja keine Ahnung.

»Du liegst absolut falsch.«Sachte ergriff er Utodjas Schultern, drehte ihn herum. Tiefgrüne Augen sahen zu ihm hoch, versetzten Mikhael einen Stich direkt in die Brust.

Wenn er nur ein Wort finden würde, um sie zu beschreiben! Ein Wort, das über schön hinaus ging und alles zusammenfasste, was er in diesen Augen sah. Aber das gab es nicht und er fluchte.

»Du liegst falsch«, murmelte er, fuhr mit dem Zeigefinger über die schneeweiße Haut, streichelte Utodjas Wange. »Hier stimmt alles. Glaub mir. Du bist vollkommen richtig.«

Utodja neigte den Kopf, senkte die Lider und Mika erschauderte. Wie von selbst wanderten seine Finger weiter zu Utodjas Kinn, hoben es an. Sachte fuhr er mit dem Daumen die weiße Unterlippe entlang. So samtig, so rau. Ein seltsames Gurren wurde laut und Utodja schwang seinen Schweif ein paar Mal hin und her, ehe sich dieser um Mikas Bein wickelte. Sein Magen zog sich zusammen.

Was bedeutete das alles, was wollte er ihm sagen? Mit diesem Geklammer, mit diesen Lauten. Mika wollte es unbedingt wissen. Wenn es doch nur mehr Bücher über Fledermaus-Gendros gäbe. Wenn es überhaupt mehr Fledermaus-Gendros gäbe, dann wüsste er es.

Utodja war sicher nicht der einzige seiner Art, das war unmöglich. Es musste noch mehr geben. Für Utodja wäre der Umgang mit Artgenossen ein

Segen. Vielleicht hatte er das im Spiegel gesehen, vermutlich hatte er darum so abwesend gewirkt. Weil er sich nach seinesgleichen sehnte. Nach einem Partner vielleicht? Früher oder später würde er sicher danach suchen. Er war immerhin ausgewachsen. Erwachsen. Im Frühling war die Paarungszeit vieler Gendros und der stand vor der Tür. Aber wenn es keine andere Fledermaus gab, dann musste er sich nach jemand anderem umsehen. Nach jemandem, der seine Schönheit zu schätzen wusste. Dabei achteten Gendros sicher nicht auf so etwas. Nicht alle Arten zumindest. Gendros waren Tiere, ihnen ging es bestimmt nur um die Fortpflanzung. Aber wie viel entging ihnen dabei?

Mika könnte Utodja zeigen, wie es war. Natürlich nur, wenn kein anderer Partner da war. Dann würde er ihm geben, was er verdiente. Aufmerksamkeit. Zuneigung. Seine Lippen ... sie sahen so verführerisch aus. Vielleicht sollte er sie kosten?

Ein Ruck fuhr durch Mikhael und er erstarrte, riss die Augen auf. Scheiße, was stellte er sich da eigentlich vor? Dass er mit Utodja *zusammen* sein könnte? Verstört sah er in das gemusterte Gesicht. Gott, dieser unschuldige Blick! Mika wurde schlecht. Er packte Utodja und schob ihn hastig zur Tür, warf ihn kurzerhand aus dem Bad.

»Warte in der Küche!«, raunte er, schloss dann die Tür zu und sackte schwer atmend dagegen. Zur Hölle, was war nur los mit ihm? Wie um alles in der Welt konnte er nur? Utodja war ein Gendro! Ein Tier, verdammt noch mal! Schön und faszinierend, aber ein Tier. Noch dazu ein Mann! Dass er nicht so tickte, wie die meisten Männer, wusste Mika, aber DAS musste aufhören. Nein, es durfte gar nicht erst anfangen! Unter keinen Umständen!

Verwundert stand Utodja im Flur und betrachtete ungläubig die geschlossene Badezimmertür. Das war überraschend gekommen. In vielen Punkten überraschend.

Ganz langsam hob er eine Hand, tastete nach seinen Lippen. Seltsam, dass er die Berührung nicht unangenehm gefunden hatte. Im Gegenteil. Zugegeben, es war verwirrend, aber nicht so verwirrend, wie Mikhaels Verhalten.

Dabei hatte Utodja es sofort bemerkt, spürte es auch jetzt, durch die geschlossene Tür. Eine ganze Welle von Gefühlen prasselte auf ihn ein und ein würziger Duft lag in der Luft. Es schüttelte ihn durch und Utodja schloss die Augen, gurrte. Es war ein kribbelndes Gefühl, das sich tief in ihm ausbreitete. Wie im Halbschlaf legte er eine Hand auf seine Brust. Etwas pulsierte in ihm. Das war neu ...

Er sollte besorgt sein. Angst haben, wegen dem, was er da spürte. Doch so war es nicht. Seine Instinkte sagten ihm, es war in Ordnung. Vorerst zumindest. Fühlen war eine Sache, handeln eine andere.

Die Küche. Mikhael hatte gesagt, er sollte da warten. Also drehte sich Utodja um und tat wie ihm geheißen. Frühstück klang ziemlich gut.

🦇

Eine dreiviertel Stunde später hockte Mika immer noch im Bad und traute sich nicht, es zu verlassen.

Nicht nur, dass er beinahe einen fatalen Fehler gemacht hätte, Utodja hatte ihn gesehen! Kaum zu glauben, dass er bei seinem Anblick nicht durchgedreht war. Allerdings hätte Mika durchdrehen sollen, bei dem, was danach passiert war! Was zum Teufel hatte ihn nur geritten? Chris würde sagen, er brauchte endlich eine Freundin, aber so einfach war das nicht. Auf jeden Fall war es nicht gut und Mika haderte lange mit sich, ob er das Badezimmer überhaupt jemals wieder verlassen sollte. Allein bei dem Gedanken, Utodja in die Augen zu sehen, überlegte er, ob er sich nicht einfach für immer hier einquartierte. Aber sich zu verstecken kam ziemlich blöd, also entschloss er nach langem hin und her, doch aus dem Bad zu kommen. Sich nur nichts anmerken zu lassen, das war der Plan. Sich ganz normal verhalten. Wie immer. Nachdem er sich umgezogen hatte, öffnete mit klopfendem Herzen er die Tür, betete, dass Utodja nicht direkt davorstehen würde und er hatte Glück. Der kleine Flur war verlassen und niemand war zu sehen. Sehr gut. Dann musste er sich wohl erst in der Küche damit auseinandersetzen.

Keine Panik, Auclair, das bekommst du schon hin!

Tief atmete er durch, fasste all seinen Mut und ging schließlich auf wackligen Beinen in die Küche. Was er dort sah, vernichtete seine anrüchigen Gedanken jedoch mit einem Schlag und sein Herz erweichte.

Utodja stand dort und versuchte aus dem Küchenschrank Geschirr zu holen. Klein wie er war, kam er nicht an das oberste Regal heran, also hatte er seine Flügel auf der Arbeitsplatte abgestützt und stemmte sich hoch – was auch nicht viel brachte. Der Anblick der schmächtigen Fledermaus, die trotz seiner Flügelhilfe nicht hochkam und unzufrieden murrte, hatte etwas ungewollt Niedliches. Das war zu viel für Mika und in seiner Brust flatterte es. Dummes Fledervieh, hantierte hier in der Küche, als sei nichts gewesen.

Grinsend trat Mika zu Utodja, streckte eine Hand aus und kam ihm zuvor. Er schnappte sich die Tasse, auf die es Utodja abgesehen hatte und hielt sie ihm über den Kopf.

»Tja, da bringen auch deine Flügelchen nichts, huh?«, scherzte er, doch als sich Utodja zu ihm umdrehte, musste er schwer schlucken.

Sein Blick triefte nur so vor Unzufriedenheit. Das war's also, definitiv. Utodja würde ihn zur Schnecke machen, ihn auf Abstand halten, sich an die Decke verziehen und nie wieder mit ihm sprechen, zurück ins Pet4You wollen und dann ... schoss im nächsten Moment sein Schweif hervor, umwickelte die Tasse und nahm sie ihm aus der Hand.

»Ich brauche keine Hilfe«, verkündete Utodja kühl, schnaubte und schüttelte dabei einmal den Kopf.

Das ... war alles? Erstaunt blinzelte Mika, brachte erst kein Wort raus, dann überkam es ihn. Er musste lachen, Utodjas Ausdruck war zu komisch. Zu ernst. Langsam entspannte sich Mika, ließ die Hände in die Hosentaschen gleiten und lehnte sich gegen den Küchentresen.

»Ja, ja, schon klar. Und wieso hast du dann das Teil nicht eher benutzt?«, fragte er, deutete auf Utodjas Schweif. Der runzelte die Stirn, stellte sich wieder gerade auf den Boden und schloss die Schranktür.

»Würdest du die Tasse mit dem Fuß holen?«, fragte er und Mikas Mund klappte auf. Der Vergleich hatte was und vielsagend nickte er.

»Okay, du hast gewonnen. Ich hab nichts gesagt.«

Mit einem selbstzufriedenen Blick schnaubte Utodja und ging an ihm vorbei, streifte dabei einnehmend Mikas Seite, ehe er die Tasse neben die Teller stellte, die er auf dem Küchentresen platziert hatte. Okay ... Spielte er jetzt Katze? Was auch immer, Mika beschloss es zu ignorieren und betrachtete den gedeckten Küchentresen. Frühstück, mh?

Das war ein eigenartiger Tick von Utodja. Mika hatte ihm das nicht beigebracht oder es jemals verlangt, aber Utodja versuchte sich immer mehr im Haushalt einzubringen und er hatte ein Händchen was Pflanzen anging. Seit er da war, blühten seine Blumen wie verrückt. Aber auch aufräumen oder den Tisch zu decken gehörten dazu und zugegeben, das war recht angenehm.

»Was für ein Service«, murmelte er darum und setzte sich auf einen Hocker, während Utodja die Kaffeekanne aus der Maschine holte. Mehr als ein Schulterzucken kam nicht von ihm und Mika neigte den Kopf.

Na gut, Utodja verhielt sich normal, ganz so, als sei vorhin nichts passiert. Also nahm er es ihm nicht übel und Mika hatte ihn nicht verschreckt. Das war gut! Sehr gut sogar.

Als sich sein Wächter Kaffee eingoß und mit dem Frühstück begann, brach Utodja sein Schweigen und schlug einmal mit den Flügeln, bekam so Mikhaels Aufmerksamkeit.

»Du sagtest, wir haben viel vor. Was tun wir heute?«

»Wir müssen ein paar organisatorische Sachen erledigen. Offizielles Zeug. Hab ich ziemlich lang vor mir her geschoben, aber es wird Zeit.«

Sehr glücklich schien sein Mensch darüber nicht und auch Utodja missfiel die Art, wie er das sagte. Offizielle Menschendinge. Es schüttelte ihn unwillkürlich und er verengte die Augen. Er hatte eine ungefähre Vorstellung, was Mikhael meinte, hoffte aber innig, dass er sich täuschte. Er hatte das alles schon einmal durchlebt, ein zweites Mal würde er nicht ertragen. Vielleicht hatte er Mikhael auch missverstanden. Sein Mensch war noch immer etwas durcheinander, überspielte es aber ganz gut. Trotzdem sah Utodja es ihm an. Der Vorfall im Badezimmer hatte ihn neugierig gestimmt, verleitete ihn dazu, immer wieder zu seinem Guardo zu schielen.

Jeder hatte ein Recht auf seine Geheimnisse und die hatte sein Wächter ohne Zweifel. Seine Haare, diese Tattoos, dann die Narbe. Viel von seiner Vergangenheit hatte er nicht erzählt und Utodja wusste nicht, ob er es wissen wollte. Dennoch war er sich in einem sicher: sein Mensch war nicht, was er vorgab zu sein. Ob das gut oder schlecht war, konnte Utodja nicht sagen. Es gab nur eines, das er wirklich wissen musste – Mikhael beschützte ihn und das genügte.

Schließlich setzte sich Utodja zurückhaltend auf einen der Hocker. Er hatte sich noch immer nicht daran gewöhnt, dass er am Tisch sitzen durfte, aber es gefiel ihm. Mit einem knappen Blick zu seinem Menschen langte er nach dem Frühstücksfleisch und machte sich darüber her. Mikhael fand das sehr komisch, lachte ihn aus. Auch das musste Utodja noch in seinen Kopf bekommen. Niemand nahm ihm etwas weg und das gute Essen hatte ihn gierig und blind gemacht. Ganz intuitiv schnappte er nach jeder Hand, die seinem Essen zu nahe kam. Mikhaels Chris-Freund hatte sich deswegen schon oft aufgeregt und sein Wächter hatte ihm darauf erklärt, dass er das nicht tun sollte. Nicht als Befehl, als Rat. Weil andere Menschen sonst wütend wurden. Die Geduld seines Guardo kannte wirklich keine Grenzen.

🦇

Das restliche Frühstück verlief ruhig. Mika hatte sich irgendwann umgedreht und schielte auf den Beamer. Utodja hatte dafür nicht viel übrig, das Frühstück spannte ihn komplett ein und erst, als nichts mehr übrig war, tat er es Mika gleich und warf einen knappen Blick auf die flimmernden Bilder. Verschiedene Orte wurden gezeigt und ganz leise hörte man eine Stimme, die etwas dazu erzählte. Dann änderte sich das Bild, wanderte von einer großen Stadt zu etwas anderem. Etwas Grünem.

Binnen Sekunden war Utodja auf den Beinen, hatte die Augen aufgerissen und die Ohren aufgestellt. Hektisch keuchte die Fledermaus, gab einen kreischenden Ton von sich und Mika erschrak. Wie gestochen sprang Utodja auf, warf alle Stühle um und flog regelrecht über die anderen Möbel. Über das Sofa, den Wohnzimmertisch, warf dabei alles runter, was im Weg stand und schmiss sich förmlich gegen die Wand, auf die sein Beamer das TV-Programm warf. Der plötzliche Ausbruch ließ Mika zusammenzucken und er verschüttete seinen ganzen Kaffee auf seine Hose.

»Verdammt noch mal! Pass doch auf!«, motzte er, biss sie Zähne zusammen. Aber der Gendro kümmerte sich nicht um ihn. Murrend stand er auf, hangelte nach den Küchenrollen und rettete von seinen Klamotten, was zu retten war, wischte über seinen Hocker.

»Warn mich das nächste Mal, bevor du ausflippst, klar? So eine Sauerei!«

Aber es kam keine Reaktion. Utodja saß vor der Beamerwand und presste seine Nase gegen die projektierten Bilder. Verflucht, was war denn los, dass er so überreagierte? Er war außer sich, sein Schweif schwang um her, seine Flügel waren ausgebreitet, die Ohren zuckten wild umher.

»Mikhael«, kam dann plötzlich und Utodja fuhr herum, tippte wie verrückt gegen die Wand. »Mikhael, schau!«

Okay, das war wohl wirklich etwas ganz besonders Wichtiges. Mürrisch trottete Mika zu ihm, verzog den Mund, denn bei jeder Bewegung saugten sich seine nassen Klamotten noch mehr an ihm fest. Großartig.

»Was ist denn?«

Utodja rückte zur Seite, fasste nach Mikas Hand und zog ihn nach unten.

»Schau. Hier!«

»Ist ja gut. Mach mal halb lang, was ist denn da so Interessantes?« Fragend betrachtete Mika die Beamerwand. Es war noch immer dieselbe Sendung wie vorhin, er konnte nichts Besonderes entdecken.

»Was ist das?«, fragte Utodja als nächstes, bekam sich gar nicht mehr ein.

»Das Fernsehprogramm, weißt du doch.«

»Nein.« Abschätzend schnalzte Utodja mit der Zunge, schüttelte den Kopf. »Das! Was ist das, wie nennst du das? Was gezeigt wird.«

Ach so, das meinte er.

»Na ja, das ist eine Doku. Eine Dokumentation. Eine Sendung mit Informationen über bestimmte Themen.«

»Nein, nein.« Wieder schüttelte Utodja den Kopf und Mika war mit seinem Latein am Ende. Scheinbar hatte er noch mal danebengegriffen. Aber was meinte Utodja dann? Nachdenklich sah Mika auf die Wand, betrachtete eine Weile die Bilder, die dort gezeigt wurden. Es war eine Dokumentation über die Verdrängung der Natur durch den Bau von Großstädten und die sinkende Population der freilebenden Gendros, wenn er richtig verstand. Das Thema sprang um und ein Wald wurde gezeigt. Irgendwas Tropisches. Viel grün, viele Bäume und viele Berge.

»Was ist das? Der Ort?«

»Sieht wie ein Regenwald aus. Ein großer Wald mit extremen Bedingungen. Hohe Temperaturen und eine Menge Tiere, keine Menschen. Vor der Küste gibt es eine Insel mit einem Vulkan, das ist auch ein Tropengebiet. Aber die steht unter Naturschutz, glaub ich. Vor ein paar Jahren gab es da irgendwelche Probleme, darauf haben sie fast die ganze Insel abgesperrt. Frag mich nicht wieso, ich hab keine Ahnung. Warum?«

»Da!« Mit dem Finger deutete Utodja auf die Wand, als eine hüglige Landschaft mit vielen Höhlen gezeigt wurde. »Ich kenne das! Ich hab es gesehen, aber es ist lange her!«

Erstaunt blinzelte Mika. Allmählich kapierte er und warf wieder einen Blick auf die Beamerwand. So war das, natürlich. Dass er nicht eher darauf gekommen war! Utodja war immerhin ein Wildes. Die Dokumentation musste ihn an früher erinnert haben. An sein eigentliches Zuhause. An seine Familie. Mikas Herz wurde schwer und seine Lippen schmal. Utodja wirkte begeistert. Wie lange war es her, dass er andere von seiner Art gesehen hatte? Dass er nach draußen gedurft hatte? Nicht nur auf die Straße oder in einen Garten. Richtig raus, in die Natur. Sogar ein Hund bekam seinen Auslauf, aber Utodja? Er war ein Luxushaustier. Teuer und wertvoll. Wer würde ihn schon nach draußen lassen? Sachte tätschelte er Utodjas Kopf, kraulte seine Ohren.

»Wenn du willst, kann ich dir das zeigen. Einen Regenwald vielleicht nicht, aber in der Nähe ist ein Nationalpark. Es gibt eine Steilküste und einen Strand. Da gibt es sich viel zu entdecken.«

Die mandelförmigen Augen wurden immer größer und Utodjas Begeisterung nahm Überhand. Schmunzelnd schüttelte Mika den Kopf.

»Alles klar. Dann gehen wir bald in den Nationalpark. Klingt das gut?«

Sofort nickte Utodja, erhob sich.

»Sehr gut.«

»Dann ist es abgemacht. Allerdings sollten wir jetzt- ...«

Das Telefon klingelte und Mika hob ruckartig den Kopf. Ein Anruf? So früh am Morgen? Hoffentlich war das nicht Jakobson, der ihn kurzfristig brauchte, dann war seine Tagesplanung im Eimer. Genervt ging er zur Küche, wo der Apparat auf dem Tresen stand. Als er jedoch die Nummer über dem Gerät kreisen sah, hielt er schlagartig inne.

Sie waren es. Sie riefen an. Ganz plötzlich. An einem Samstagmorgen. Sollte er rangehen? Alles in Mika sträubte sich dagegen und er rieb die Finger aneinander, ballte die Hand zur Faust. Nein, das wollte er sich jetzt nicht antun! Andererseits ... Knapp schielte er sich über die Schulter, sah zu Utodja, der ihn fragend musterte. Mika hatte das Friedensangebot ausgesprochen. Vor über drei Wochen schon. Vermutlich warteten sie und hatten jetzt genug. Genau genommen war er es ihnen sogar schuldig, ans Telefon zu gehen.

Das Klingeln dauerte an. Zog sich wie Kaugummi. Unaufhörlich. Wurde immer lauter. Angespannt starrte Mika auf den Apparat, hatte den Atem angehalten – und dann stoppte es. Die Telefonstation piepte laut und er hörte seine eigene Stimme. Die Aufforderung, nach dem Piep zu sprechen. Der Piep kam. Sowie die darauffolgende Botschaft:

»Mikhael, hier ist deine Mutter. Es ist noch früh, aber ich hatte gehofft, dich dennoch zu erreichen. Ich wollte dir mitteilen, dass wir das Geld rechtzeitig überwiesen haben. Ich hoffe, es konnte dir helfen.«

Eine Pause entstand und sofort hörte Mika den Vorwurf in diesem Schweigen.

»Es ist fast drei Wochen her, dass du angerufen hast. Dein Vater und ich machen uns Sorgen. Du hast gesagt, du meldest dich, wenn du deine Angelegenheiten geregelt hast. Ich weiß nicht, wozu du so viel Geld brauchst und ich möchte es auch nicht wissen, solange du damit keinen Unfug anstellst. Aber wir erwarten deinen Anruf. Bitte. Wir wollten doch einen Neuanfang wagen. Also melde dich und hör dir an, was wir zu sagen haben. Pass auf dich auf. Das ist uns das Wichtigste, vergiss das nicht. Bis bald.«

Es piepte noch ein weiteres Mal, dann herrschte Ruhe. Regungslos stand Mika vor dem Tresen und starrte auf das Telefon. Mit einem Mal war sein Kopf wie leer gefegt und er konnte sich nicht rühren, nicht denken. Nichts.

Ein Neuanfang. Mit ihnen. Hatte er das wirklich versprochen? Oder legte sie sich seine Worte nur wieder so zurecht, wie es ihr in den Kram passte? Auf sich aufpassen sollte er. Das war ihnen ja so wichtig. Sein Wohl, huh? Schwachsinn. Was sie meinten, war etwas vollkommen anderes. Keinen Mist bauen, die Familienehre nicht noch weiter beschmutzen, sich bedeckt halten, sich am besten verstecken, wie sie es mit ihm getan hatten! Die wollten keinen Neuanfang. Die wollten doch nur Dank! Das war alles! Dass er auf Knien angerutscht kam und um ihre Gunst bettelte! Sie dafür anbetete, dass sie so gnädig gewesen waren, ihm zu helfen! Immer mehr ballte Mika die Fäuste, bohrte seine Nägel fest in das Fleisch. Wenn sie nur wüssten! Wenn sie wüssten, was er mit ihrem kostbaren Geld getan hatte! Wenn sie wüssten, was heute morgen hier in dieser Wohnung passiert war! Sie würden sich endgültig von ihm lossagen, diese Heuchler!

Zorn kam in ihm auf. Tiefer Zorn und Abscheu, sein Atem wurde immer schneller und er biss die Zähne fest aufeinander. Einen Neuanfang ... Mit ihnen! Wieso hatte er das versprochen? Er verlor den Halt. Verlor den Boden unter den Füßen und schrie auf, fuhr herum und trat gegen den Küchentresen, traf einen der Schränke, dessen Tür aufsprang, aus den Angeln brach.

»Ihr dämlichen Idioten!«, schrie er, konnte sich nicht bremsen und die zweite Tür musste dran glauben, brach auch aus dem Rahmen. Metall schepperte und Kochtöpfe kullerten über den Boden. Wehe sie riefen noch mal an! Wehe, sie wagten es, ihn noch einmal zu belästigen. ER hatte zu entscheiden, wann er den ersten Schritt machte. ER! Nicht sie! Vernichtend starrte er auf die Telefonstation. Auf die leuchtende Projektion, die anzeigte, dass eine Nachricht eingegangen war. Zur Hölle damit! Wütend grabschte er nach dem Apparat und schmetterte ihn gegen die Wand. Krachend zerbrach das Gehäuse, fiel scheppernd auf den Boden und ein kreischender Schrei ertönte.

»Mikhael!«

Mika erstarrte, als er seinen Namen hörte, weitete die Augen. Er sah auf – zu Utodja. Die Fledermaus hatte sich in eine Ecke gepresste und starrte ihn panisch an. Er hatte Angst.

Verflucht! Zischend atmete Mika ein, legte den Kopf in den Nacken und drückte sich die Hände vor die Augen. Verflucht, was machte er hier? Das war es nicht wert. Sich überhaupt ihretwegen aufzuregen war Schwachsinn.

»Tut mir leid«, krächzte er, sackte zusammen und lehnte sich gegen den Kühlschrank. Er wollte Utodja keine Angst machen. Niemandem. Beherrschen musste er sich. Runterkommen. Was hatten die bei dem Aggressionstraining noch gesagt? Von Zehn an runterzählen? Sich sagen, dass Zorn nicht half? Er war ein Idiot.

Er war wieder aufgetaucht. Der wütende Mikhael. Eine ganze Weile hatte Utodja ihn nicht mehr erlebt, doch was er jetzt gesehen hatte, übertraf alles. Mit pochendem Herzen drückte er sich an die Wand, unsicher, was er tun sollte. Die Luft knisterte, brachte ihn völlig durcheinander und es roch nach Blut. Mikhaels Hände, sie bluteten. Waren dunkel geworden, sahen fast wie seine eigenen Klauen aus! So wie damals, als er gegen den Ladenmensch angetreten war. Was bedeutete das? Was hatte ihn so aufgebracht? Utodja sah zu dem kaputten Sprechgerät, musste schlucken. Das war der Auslöser gewesen. Die fremde Stimme. Aber wieso?

»Wer war das?«, fragte er schließlich, als sich Mikhael etwas beruhigt hatte.

»Niemand.«

Die Antwort war düster, mehr ein Grollen, als irgendetwas anderes und die Stimme, die da sprach, klang fremd. Ein eisiger Schauer schüttelte Utodja durch und er zog den Kopf zwischen die Schultern, spürte, wie sich sein Fell sträubte. Niemand war keine Antwort. Niemand sagten die Menschen, wenn sie über etwas nicht reden wollten.

»Aber du-...«

»NEIN, VERDAMMT! Es war niemand, kapiert! Und jetzt mach dich fertig! Wir müssen los!«

Kapitel 14

Offenbarung

Es war eng. Nicht so eng, wie die, die er davor getragen hatte, aber eng genug. Wie ein Haufen Steine lag es um seinen Hals, schnürte ihm die Luft ab und drückte ihn zu Boden. Aber es war notwendig. Das hatte Mikhael zumindest gesagt. Unzufrieden stand Utodja im Flur neben der Eingangstür und schaute in den Spiegel, der dort an der Wand hing, betrachtete sich selbst. Alles, was er auf der glatten Oberfläche sah, war ein großes, breites Lederband. Da war nichts anderes. Nur dieses Halsband. Nur es allein. Mit seiner silbernen Schnalle und dem silbernen Ring. Groß und schwer. Matt glänzend. Es war furchtbar.

Seit Utodja es angelegt hatte, hatte er ständig das Gefühl, würgen zu müssen. Sich übergeben zu müssen. Er wollte das nicht. Er wollte dieses Ding nicht tragen, könnte schreien bei seinem bloßen Anblick, um sich schlagen, sogar in Tränen ausbrechen. Aber es würde nichts bringen, er hatte das alles früher schon versucht. Mit demselben ernüchternden Ergebnis: Es musste sein. Es musste sein, weil sie nach draußen gingen. Gendros wie er hatten diese Dinger draußen zu tragen, denn es zeigte, was sie waren – Diener der Menschen. Ihr Eigentum. Bei dem Gedanken drehte sich Utodjas Magen noch mehr um und er schluckte trocken, tastete nach dem Band und rückte es zurecht. Wenn es nur einen Weg gäbe ...

Vorsichtig drehte er den Kopf, spähte in die Wohnung. Sein Mensch lief dort herum. Sammelte irgendwelche Papiere ein und fluchte ununterbrochen. Jetzt sah er wieder normal aus, aber vorhin hatte er gar nicht mehr wie der Mikhael ausgesehen, den Utodja kannte. Getrieben von Zorn, mit verzerrtem buntem Gesicht, spitzen Zähnen und dunklen Händen. Ein Teil von Utodja wollte etwas sagen, ihn bitten, ihm das Halsband wieder abzunehmen, aber er traute sich nicht. Dabei wusste Mikhael, er würde auch ohne das Ding gehorchen. So ungerne er das auch tat, er war nicht dumm. Er würde nicht riskieren, durch Ungehorsam Schwierigkeiten zu bekommen. Obwohl Mikhael ihm nichts tun würde, wenn er gegen die Regeln verstieß. Zumindest hatte er bisher so gedacht. Jetzt war er sich nicht mehr sicher. Nicht nach dem, was vorhin geschehen war.

Noch nie hatte Mikhael ihn angeschrien. Nicht auf diese Art. Nicht so … böse. Er hatte ihm befohlen sich fertig zu machen und ihm dann das Halsband vor die Füße geworfen. Und es verunsicherte Utodja zutiefst. In den letzten Wochen war so etwas nie passiert und er wusste nicht, wie er sich verhalten sollte. Ob auch diese Laune wieder vergehen würde, wie all seine Launen. Oder war es ernst? Die Anspannung in der Wohnung war grausam und Utodja wagte es nicht, auch nur ein Wort zu sagen. Denn wenn er den Mund aufmachte und Mikhael noch wütender wurde, würde es Utodja das Herz brechen. Die Erkenntnis war so erbärmlich, wie sie ihm Angst machte. Mikhael durfte einfach nicht so sein, wie seine anderen Besitzer, es würde Utodjas Vertrauen in sich selbst erschüttern. Seine Instinkte hatten ihm immer gesagt, er konnte diesem Mann vertrauen. Sogar mehr als das … Und jetzt sollte sein dummer Kopf Recht haben?

Schließlich sah Mikhael in seine Richtung. Utodja zuckte unweigerlich zusammen und sah schleunigst wieder in den Spiegel. Nein, er würde nichts riskieren. Er würde nicht den Unmenschen in Mikhael wecken, er musste von jetzt an klüger sein. Seufzend sah er wieder zu dem Halsband. Nachdenklich legte er seine Hand um die Schlinge, runzelte die Stirn. Und wenn er … ? Versuchsweise zog er an seinem Oberteil, schob es weit nach oben, über das grässliche Band, doch der Stoff rutschte immer wieder hinunter. Verdecken konnte er es also nicht, aber es gab noch eine andere Möglichkeit. Kurz neigte er den Kopf, griff dann nach seinem Haar, versuchte es vor den Lederriemen zu kämmen. Doch die Strähnen waren zu kurz, verbargen nicht genug. Nein. Es gab wohl doch keine Möglichkeit. Er musste den Anblick ertragen und sich der Welt mit diesem Ding zeigen. Zeigen, dass er nur ein Gendro war. Nur Eigentum. Er wollte in der Erde versinken.

»Hier. Versuch es damit.«

Erschrocken machte Utodja einen Satz zur Seite, als Mikhael ohne Vorwarnung hinter ihm auftauchte. Im Anschleichen war der Mensch wirklich gut. Zu gut. Mit klopfendem Herz sah Utodja in Mikhaels mürrisches Gesicht. Aber der Mensch sah ihm nicht in die Augen, stattdessen streckte er Utodja etwas entgegen. Fragend wanderte Utodjas Blick zu Mikhaels Hand und er neigte den Kopf, schnupperte. Der Mensch hielt ein Tuch in seiner Hand. Grün, mit weißen Streifen. Unsicher hob Utodja wieder den Blick, verzog nicht eine Mine, rührte sich nicht. Was bedeutete das?

Mit rauchendem Schädel stand Mika da und sah konzentriert auf den Boden. Er hatte sich wie ein Arsch aufgeführt und dass seine Fledermaus Angst vor ihm hatte, war nicht zu übersehen. Mika konnte es förmlich riechen und seine dämlichen Schuldgefühle überschwemmten ihn. Ein Glück, dass er nicht komplett die Beherrschung verloren hatte. Wenn Utodja auch nur ein bisschen näher neben ihm gestanden hätte ...! Wenn er etwas Falsches gesagt hätte! Mika wollte sich nicht ausmalen, was er getan hätte. Er hätte ihn verletzt. Er hätte ihn verletzt und damit alles kaputt gemacht.

Darum hatte er Utodja gesagt, er sollte sich fertig machen und hatte sich zurückgezogen. Um für sich zu sein, um sich zu beruhigen. Dann war er wie ein aufgescheuchtes Huhn in der Wohnung herumgerannt, um seine Sachen zusammen zu suchen und um möglichst in Bewegung zu bleiben. Laufen tat gut, es half ihm beim Stressabbau. Aber es war auch eine Möglichkeit, Utodja auszuweichen, wann immer sich ihre Wege kreuzten – und in seiner Wohnung passierte das viel zu oft.

Wenn er doch nur auf irgendetwas einschlagen könnte! Er wollte, dass Utodja ihn mochte! Dass er es gut bei ihm hatte. Ein gutes Leben hatte, fern von Gewalt und Zwangsarbeit als Sklave. Dass er normal leben konnte. Bis jetzt konnte Mika ihm kein Stück davon bieten. Seine einzige Chance war darum dieses Friedensangebot. Diese billige Entschuldigung, die er so gut verpackte, dass er selbst kaum glaubte, dass es eine war. Im zu Kreuze kriechen war er einfach beschissen, aber er gab sich Mühe. Denn als er gesehen hatte, wie Utodja vor dem Spiegel stand mit diesem Halsband, es so offensichtlich verabscheute und sich schämte, war ihm diese Idee gekommen. Sich räuspernd wagte er einen Blick in die Richtung der Fledermaus, zuckte dann mit den Schultern und streckte seine Hand noch ein Stückchen mehr aus.

»Das ist ein Halstuch«, brummte er umständlich, merkte, wie seine Ohren vor Hitze zu pochen begannen. »Ich weiß, dass du das Halsband hasst. Ich hasse es auch, aber draußen musst du es tragen. Zu deinem eigenen Schutz. Das hier kannst du drüber tragen. Dann sieht man es nicht mehr.« Eine Zeit passierte nichts und seine Brust begann vor Nervosität und Ungeduld zu ziehen. Utodja reagierte nicht, stand nur da. Hatte er wieder was falsch gemacht? Fluchend biss er sich auf die Lippen. Wieso nur? Bei allen Göttern, bitte, Utodja sollte keine Angst vor ihm haben. Mika musste endlich lernen sich zu beherrschen! Nie wieder durfte er in seiner Gegenwart die Kontrolle verlieren, Dinge herumschmeißen oder Möbelstücke kaputtschlagen. Er wollte Utodjas Vertrauen nicht verlieren. Wollte *ihn* nicht verlieren. Utodja musste bei ihm bleiben, weil ... weil ...! Weil Mika ihn beschützen konnte.

»Das Tuch ist für mich?«, hörte er schließlich Utodjas Stimme und ein Ruck fuhr durch Mika. Er nickte schnell, versuchte den Kloß in seinem Hals runter zu schlucken.

»Ja. Genau.«

»Damit ich das Halsband verstecken kann?«

»Ja.«

»Hm.«

Utodja erbebte, verdrehte die Augen und musste sie schließen. Bei allen Himmeln, er hielt das nicht länger aus. Mikhaels Anspannung war so schrecklich, dass sich Utodja nicht bewegen konnte. Der Mensch war so stocksteif, dass es Utodja Angst machte. Mikhaels Scham überwältigte Utodja und ganz langsam wurde aus seiner Angst Sorge.

Es gehörte nicht viel dazu, um zu verstehen, dass das Halstuch ein Bestechungsversuch war. Ein Versuch, seine Gunst zurückzubekommen. Das machten die Menschen oft. Durch Geschenke und nette Gesten ihre Taten ungeschehen machen. Aber da war noch mehr. Es war nicht diese Geste, die Utodja die Angst nahm. Mikhael hatte bemerkt, wie sehr er das Halsband verabscheute und ging auf ihn ein. Sein Guardo hatte verstanden und das besänftigte Utodja. Allmählich begann er zu begreifen, sah das Muster. Sein Mensch, er hatte ein hitziges Gemüt. Viel Temperament. Verlor schnell die Beherrschung und danach bereute er so sehr, dass man es kaum aushielt. Das war seine Schwäche. Das war der Grund für seine Reue – und seine Liebenswürdigkeit. Zurückhaltend nahm Utodja das Tuch entgegen, betrachtete es einen Moment, ehe er vor den Spiegel trat. Abwägend hielt er es hoch, hielt es vor das Band, da wurde sein Wächter wieder aktiv.

»Warte! Ich mach schon!«Hastig eilte er zu Utodja, nahm ihm das Tuch ab und legte es ihm passend um, verknotete es in seinem Genick. Dann trat er schnell zurück. »Siehste? Funktioniert.«

Das stimmte. Von dem Halsband war nichts mehr zu sehen. Das weiche Tuch überdeckte es völlig und obwohl es recht groß war, war es angenehm zu tragen. Kratzte nicht, hatte kein Gewicht. Seltsam mochte es aussehen, aber es war weitaus besser, als dieses Halsband. Prüfend tastete Utodja nach dem Stoff, dann drehte er sich um, suchte Mikhaels Blick. Noch immer wichen ihm die blauen Augen aus und etwas wie Erleichterung kam in Utodja hoch. Das hier war typisch für seinen Menschen. Ihn nicht ansehen können, zu glühen wie die Sonne. Ja, es war dasselbe Muster. Seine Instinkte hatten ihn doch nicht getäuscht und Utodja entspannte sich, spürte dasselbe warme Gefühl in seiner Brust, wie im Badezimmer. So wie jedes Mal, wenn sein Mensch vor Scham und Verlegenheit nicht wusste, was er tun sollte.

»Danke«, hauchte er, spürte im selben Augenblick eine so heftige Welle von Gefühlen auf ihn prallen, dass er schlucken musste.

»Nicht nötig! Wirklich! Das passt. Ist das Mindeste. Ich sag ja, du musst das Halsband nur tragen, weil es sich so gehört und du trägst es ja, auch wenn man es nicht sieht und das ist erlaubt. Du magst es ja nicht und . . . Mist.«

Mika verhaspelte sich und fluchte. Er wollte so viel sagen, aber wo sollte er anfangen? Vielleicht hielt er am besten einfach die Klappe und sagte gar nichts mehr, er machte es nur schlimmer. Für einen Moment begegneten sich ihre Blicke und als er in die großen Augen sah, die ihn unverdeckt musterten und seine Eingeweide zum Schmelzen brachten, regte sich etwas in ihm.

Was zur Hölle machte er hier eigentlich? Wenn er jetzt nicht den Mund aufmachte, würden die ganze Zeit eine drückende Stimmung über ihnen liegen, sobald sie losfuhren und das konnten sie nicht gebrauchen. Er musste das klären. Er war vielleicht ein Idiot, Utodja aber nicht. Er war intelligent und würde ihn verstehen. Mika musste aufhören, sich so erbärmlich aufzuführen. Im Badezimmer hatte Utodja ihm auch nicht den Kopf abgerissen, obwohl er ihn . . . gesehen hatte. Er hatte es hingenommen. Einfach so. Es akzeptiert, ohne zu fragen. Ohne Abscheu. Konzentriert atmete er durch, ließ die Schultern sinken und fuhr sich schließlich durch die Haare. Ungeschickt kämmte er sie vor die Ohren und begann auf und ab zu tigern, gestikulierte vor sich hin.

»Hör zu, wegen gerade eben. Tut mir leid, ich bin ein Vollidiot. Ich hab diese dämlichen Ausraster und versuche dagegen anzukämpfen, aber das ist nicht so leicht, wenn man ständig daran erinnert wird, was man für ein Misserfolg ist. Ich wollte dir nichts tun, dich nicht erschrecken! Aber es ist passiert und ich weiß nicht, wann es wieder passiert. Ich kann nicht anders. Aber mit dir hat das nichts zu tun!«

Ein weiterer Schwall unsinniges Gelaber. Mika ballte die Fäuste, lockerte sie wieder, wollte die Anspannung irgendwie loswerden. Utodja sollte ihn verstehen. Mehr als alle anderen! Doch es war so verdammt schwer zu erklären.

»Wieso?«, kam die zurückhaltende Frage und Mika erstarrte, spürte, wie ihm der Schweiß ausbrach. »Wer war das? Die Stimme aus dem Gerät?« Angestrengt schloss er die Augen, merkte, wie bereits jetzt der Zorn in ihm brodelte. All die Emotionen, die an dieser ganzen dämlichen Geschichte hingen, waren einfach zu viel. Er hatte sie nie jemandem erzählt und er würde jetzt sicher nicht damit anfangen. Aber es tat weh, auch nur darüber nachzudenken.

»Das kann ich dir nicht sagen. Du würdest das nicht verstehen. Keiner versteht das. Es geht einfach nicht. Noch nicht. Ich werde mir Mühe geben, dass ich die Kontrolle nicht wieder verliere. Hab keine Angst vor mir, ja?«

Utodja duckte sich, blinzelte einmal. Vieles von dem, was Mikhael erzählte, war völlig wirr und er verstand nicht alles. Dafür waren seine Gefühle umso eindeutiger. Kaum zu glauben, wie groß die Angst dieses Menschen war. Wie groß sein Schmerz. Das hatte Utodja noch bei keinem Menschen erlebt. Aber sein Mikhael war eben nicht wie alle Menschen, das war ihm nun mehr als klar. Tief atmete Utodja durch, überwand seine eigene Angst und trat zu seinem Wächter, ahmte eine Geste nach, die er schon oft gesehen hatte. Er tastete nach Mikhaels Hand, spürte ihre Wärme, wie sie zitterte – und drückte zu, verschränkte ihre Finger.

»Es geht mir gut«, beruhigte er, legte die Ohren zurück und wickelte dann seinen Schweif um Mikhaels Bein. Sachte, nicht zu fest. Nur zur Sicherheit. Mikhaels Sicherheit. »Ich verstehe. Die Stimme hat Erinnerungen ausgelöst. Erinnerungen können wehtun.« Mit der freien Hand tippte Utodja gegen seinen Kopf, schnaubte einmal. »Du bist ein guter Mensch, du hast mich nicht verletzt. Es ist gut. Aber ... « Utodja zögerte, holte einmal Luft, ehe er seine Hand vor seinem Gesicht kreisen ließ. »Du musst jetzt ruhig sein. Mikhael. Das ist zu viel. Viel Gefühl. Wie ein Schlag. Ich werde erdrückt. Mir geht es gut, alles ist gut. Ja?«

Erschrocken weitete Mika die Augen, jaspte einmal auf. Verdammt, daran hatte er überhaupt nicht mehr gedacht! Genau genommen hatte er nie einen Gedanken daran verschwendet, obwohl er es einige Male gelesen hatte. Es schon oft bei Utodja beobachtet hatte. Manche Gendros waren emphatisch veranlagt. Es lag an ihren überragenden Sinnen. Wie andere Tiere auch, nahmen sie die Stimmung anderer Lebewesen deutlich wahr, spürten Gefühlsschwankungen und erkannten an Duftstoffen und Hormonausstößen, wie es dem Gegenüber ging. Er musste Utodja gerade eine Dröhnung der Extraklasse verpasst haben und seufzend schlug er sich die Hand vors Gesicht. Er konnte auch gar nichts richtig machen. Jetzt erdrückte er Utodja schon mit seinen Gefühlen! Dabei kannte er das selbst. Auch er konnte die Gefühle anderer ganz gut deuten. Aber nützlich war ihm das nie gewesen, er hatte immer versucht es auszublenden.

»Okay. Ich versuch lockerer zu werden.« Zurückhaltend erwiderte er den Händedruck. Zum Glück sah ihnen keiner zu und vermutlich würde man ihn für verrückt erklären, aber er genoss die kurze Berührung. Genau wie den vertrauten Druck an seinem Bein.

Utodja verzieh ihm also. Mika hätte nicht gedacht, dass seine Leitung so lang war. Taffes Kerlchen.

»Na gut, genug Gefühlsduselei. Ist ja schrecklich. Wie in einer Soap!« Räuspernd löste sich Mika von Utodja, machte einen Schritt zur Seite und kramte nach den Autoschlüsseln.

»Wir müssen los. Bist du bereit? Alles wieder in Ordnung?«
Zu seinem Glück nickte Utodja.

»Alles klar. Ich hab auch alles. Was machen die Flügel?« Knapp deutete Mika auf Utodjas Schwingen. Die Antwort war ein leises Grunzen. Utodja schlug einmal mit seinen Flügeln, wusste, was er zu tun hatte. Sie hatten gemeinsam nach einer Alternative für das Geschirr gesucht, das Utodjas Flügel zwar kompakt verstaute und alltagstauglich machte, ihn aber schmerzlich einengte. Als Lösung hatte sich Utodja etwas Besonderes einfallen lassen. Einen Trick, den er seitdem immer nutzte, wenn sie unterwegs waren.

Mit einer einzigen Bewegung schlang Utodja seine Flügel um sich und verschränkte die Daumenkrallen vor seiner Brust. Wie ein eleganter dunkler Umhang lagen die unhandlichen Glieder um seine Schultern, gaben ihm ein majestätisches Aussehen. Es sah umwerfend aus, verblüffte Mika immer wieder. Utodja war nicht nur clever, sondern auch kreativ, wenn er wollte. Einmalig, der kleine Teufel.

»Okay, dann los.« Damit öffnete er die Tür und ließ Utodja den Vortritt.

Die Leine verstaute er dabei unauffällig in seiner Jackentasche. Utodja musste sie nicht sehen. Von jetzt an bewegte sich Mika auf extrem dünnen Eis. Besonders nach diesem Morgen. Besser, er verschreckte ihn nicht noch weiter. Hoffentlich war Utodjas Leitung lang genug für das, was jetzt kam.

Ihr Weg war nicht sonderlich weit. Vielleicht zwanzig Minuten mit dem Auto, doch je näher sie ihrem Ziel kamen, desto mehr schlotterten Mika die Knie. Er hatte es nicht über sich gebracht, Utodja zu sagen, wo sie hinführen. Eigentlich war er keine Memme, aber er fürchtete sich vor Utodjas Reaktion. Zumal ihm selbst ganz flau war. Nicht nur für Utodja würde der Besuch beim IKF eine Herausforderung, auch für Mika war es wie der Weg zum Schafott. Aber er durfte nicht nervös sein. Utodja bekam alles mit, daran musste er von nun an denken und wenn er schon unruhig war, was signalisierte es dann einem sensiblen Gendro wie Utodja? Dass der Weltuntergang bevorstand! Stark sein war also angebracht. Stark sein, für Utodja. Es war ja auch nur eine Kleinigkeit, im Grunde hätte das Fledertier gar nicht mitgemusst, aber es tat ihm gut, die Wohnung zu verlassen.

Schluckend schielte Mika zur Seite. Wie immer klebte Utodja an der Fensterscheibe. Durch seine zusammengefalteten Flügel war im Auto ausreichend Platz, dass Mika hin und wieder einen Blick wagen konnte, um die Lage abzuchecken. Und genau wie immer, gab Utodja verschiedenste Laute von sich, je nachdem was er sah, während seine Ohren hin und her zuckten. Ein schiefes Grinsen legte sich auf Mikas Gesicht und er schüttelte den Kopf. Gleichzeitig zog sich seine Brust zusammen. Utodja wirkte gerade ausgelassen, ließ sich nicht anmerken, ob die heutigen Ereignisse ihm irgendetwas ausgemacht hatten. Hoffentlich verfiel er nicht in Panik. Schließlich waren sie nur noch wenige Minuten von ihrem Ziel entfernt und Mika bog an einer großen Kreuzung ab, folgte den Schildern, die ihn zu der gewaltigen Einrichtung führten. Doch kaum da er das Lenkrad einschwenkte und in die Straße bog, da zischte Utodja aufgeregt und rutschte in seinem Sitz hinunter.

Der blaue sonnige Himmel veränderte sich und ein rosa Schimmer hüllte sie ein. Ein erstaunter Ausruf folgte und Mika konnte nicht anders, kicherte. Ja, der Anblick war nicht zu verachten. Die Leute vom IKF wussten, wie man einen geschickten Auftritt hinlegte.

»Das ist die Kirschblüten-Allee«, erklärte er, deutete auf die vielen Bäume, die rechts und links von der Straße gepflanzt worden waren und nun in voller Pracht blühten. »Das sind Kirschbäume. Sie blühen immer um diese Jahreszeit. Bald ist Frühlingsfest. Wenn du willst, gehen wir hin.«

»Frühlingsfest?«, wiederholte Utodja leise, neigte den Kopf. »Das heißt, alle Bäume werden rosa?«

»Nein, nicht alle Bäume. Nur diese Kirschbäume. Sie sind etwas Besonderes, nicht wahr?«

»Ja, besonders«, murmelte Utodja und presste sein Gesicht wieder gegen die Scheibe. »Sehr schön. Wie rosa Wasserfälle im Himmel.«

Rosa Wasserfälle? Mika musste schmunzeln, warf Utodja einen knappen Blick zu. Unglaublich, wie er die Dinge sah. Auf eine herrlich einfache Art und doch so sinnbildlich.

Wie von selbst streckte er eine Hand aus, streichelte einmal über Utodjas Kopf, kraulte seine Ohren, worauf ein zufriedenes Gurren ertönte. Mika erschauderte bei dem Geräusch, blickte konzentriert auf die Straße. Nicht ablenken lassen.

Die rosa Allee lichtete sich schließlich und sie erreichten ein großes Tor, dessen Gittertüren offen standen. Ein gigantischer Parkplatz breitete sich vor ihnen aus und dahinter schraubte sich ein imposantes Gebäude in die Luft. Groß und hell, mit vielen blitzenden Fensterfronten. Mikas Inneres verknotete sich und sein Grinsen erstarb. Ernst sah er auf die Straße, drosselte die Geschwindigkeit und begann nach einem geeigneten Parkplatz zu suchen. Utodjas Blick mied er. Aber auch den Anblick des Gebäudes.

Ruhig bleiben. Ganz locker. Das war für sie beide wichtig. Dann ging es los – Utodja neben ihm versteinerte.

Eine ganze Weile hatte Utodja gerätselt, wohin sein Mensch ihn wohl führen würde. Was der Ziel ihres Ausflugs war. Offizielle Dinge spielten sich in der

Welt der Menschen an sehr vielen Orten ab, es hätte überall sein können. Ein Essensladen, der Laden wo sein Mensch arbeitete. Viele, viele Orte. Halb hatte er auch gehofft, Mikhael würde sein Versprechen wahr machen und ihn in einen Wald bringen. Die rosa Bäume hatten dafür gesprochen und eine alberne Vorfreude war in ihm erwacht. Aber so, wie sein Wächter sich plötzlich verhielt, wusste er, dass es nicht so war und als sich das große graue Feld vor ihnen auftat, mit all den rollenden Kästen, da wurde Utodja schlagartig bewusst, wohin sie ihr Weg führte. Wie erstarrt blieb er auf seinem Platz sitzen, sackte in den Sitz hinunter, als er das große Gebäude sah. Es wiedererkannte. Ihm wurde eiskalt. Das war es also. Hierhin hatte sein Mensch ihn geführt. In die Hölle. Sein Mensch hatte ihn zurück in die Hölle gebracht. Zu der Folterkammer.

Das war ein Scherz. Ein böser Scherz. Ein Albtraum. Schnell wandte er den Blick ab, starrte auf seinen Schoß hinunter, klammerte sich in seine Hose, während Mikhael den rollenden Kasten zum Stehen brachte. Das laute Brummen stoppte, dann war es leise.

Mikhael rührte sich nicht, Utodja rührte sich nicht. Er sah nicht auf, wollte nicht aus dem Fenster sehen, wollte es nicht wahrhaben. Denn es war nicht wahr. Es stimmte nicht. Sein Mensch war nicht wie die anderen! Er war nicht wie der Ledermensch. Er würde ihn nicht hierher bringen und ihn zurücklassen. Er hatte es versprochen! Versprochen!

Die Panik in ihm wallte binnen Augenblicken auf, kam aus dem Nichts und legte ihn vollkommen lahm. Doch in ihm tobte ein Sturm. Heftig und laut. Ihm wurde heiß. Viel zu heiß.

»So, da sind wir«, murmelte Mikhael neben ihm, aber Utodja sah ihn nicht an. Wieder wurde es leise. Das Klicken der Sicherheitsschnalle ertönte. Mikhael löste seinen Gurt, stieg aber nicht aus. Utodja hörte ihn seufzen. Dann wieder. Und ein drittes Mal. Er trommelte mit den Fingern auf dem Lenkrad, wollte irgendetwas sagen, tat es aber nicht.

Was war es, dass er ihm zu sagen hatte? Utodja wollte es nicht hören und ein bitterer Groll erwachte in ihm. Sein Wächter hatte gelogen! Die ganze Zeit! Und er war darauf hereingefallen. Hatte sich so sehr gewünscht, dass es einen Menschen gab, einen Ort, wo er … Mikhael hatte ihn doch immer beschützt! Es hatte keine Anzeichen gegeben. Er war freundlich gewesen, hatte ihn nicht wie ein Tier behandelt! Himmel, Utodja war ein Narr. Dumm und einfältig, es geschah ihm ganz Recht. Es passierte wieder! Und dass, obwohl er nichts Falsches getan hatte. Oder lag es an seinem Regelverstoß heute morgen? Dass er ins Bad gegangen war und seinen Wächter überrascht hatte? Oder … Hatte Mikhael *es* bemerkt?

Utodjas Brust zog sich so stark zusammen, dass er keine Luft mehr bekam. Nein. Das konnte nicht sein, er hatte darauf geachtet, dass Mikhael es nicht bemerkte. Es nicht sah! Anders als seine anderen Besitzer. Er hatte dieses Mal ganz genau aufgepasst und Mikhael hatte auch nie versucht, ihn anzufassen. Woran lag es dann? Tausende Gedanken schwirrten in seinem Kopf herum und er achtete nicht darauf, dass Mikhael sich räusperte, die Papiere hervorholte, die er in der Wohnung gesucht hatte.

»Tut mir leid, dass ich dir nicht eher gesagt hab, wohin wir fahren. Ich wollte dich nicht aufregen. Eigentlich hätten wir das schon längst machen müssen. Offiziell gehörst du mir. Hier, da steht es, schwarz auf weiß. Aber es muss noch offizieller sein. Es muss im System registriert werden und das geht nur hier. Ich kann den Ort auch nicht leiden, aber es wird schnell gehen! Die müssen ja nur die Namen umschreiben. Keine Panik, ja? Wir kriegen das hin!«

Utodja hörte nicht zu. Mikhaels Worte verschwammen zu einem uneinheitlichen Brei von Geräuschen. Alles, was er wahrnahm, war die Schnelligkeit, mit der er sprach, den Stress in seiner Stimme. Etwas stimmte nicht und das bestätigte seine Vermutung. Es würde wieder von vorne losgehen. Mikhael hatte ihn getäuscht, in allem.

Erst das Schnappen der Tür ließ ihn zusammenzucken und er erwachte aus seiner Gedankenwelt, hob ruckartig den Kopf. Der Platz neben ihm war frei. Mikhael. Wo war er? Panisch sah sich Utodja um, suchte seinen Menschen, fand ihn außerhalb vom Kasten. Er war ausgestiegen, ging um den Kasten herum, kam zu seiner Tür und öffnete sie. Sofort legte er die Ohren zurück, starrte Mikhael regungslos an und presste sich so tief es ging in seinen Sitz.

»Na komm, steig aus. Bringen wir es hinter uns.«

Aber Utodja bewegte sich nicht. Er schien plötzlich mit dem Sitz verwachsen zu sein und starrte Mika an, als würde er ihn jeden Moment auffressen. Großartig, wieder war er die Sache falsch angegangen. Er hatte Utodja mit diesem Ausflug überrumpelt und jetzt hatte er den Salat. Der Gendro hatte Angst. Mika musste schlucken und sah zu dem Gebäude. Es war wirklich riesig. Bedrohlich, groß und kühl. Ein Schauer schüttelte ihn durch. Nichts zu machen. Sie mussten da durch. Ganz langsam griff er in seine Tasche, holte die Leine hervor, die er eingesteckt hatte. Wie nicht anders erwartet, zuckte Utodja noch mehr zusammen, begann zu knurren.

Mist! Genau das wollte Mika nicht. Hastig schüttelte er den Kopf, hob die Hände.

»Nein, nein, nein. Pscht! Alles ist gut, nicht aufregen! Lass mich erklären!« Schnell sah sich Mika über die Schulter, aber niemand schenkte ihnen Beachtung. Es waren viele Leute auf dem Parkplatz. Viele Menschen, aber auch viele Gendros. Aufmerksamkeit war jetzt das letzte, was sie gebrauchen konnten. Aber es war nicht nur das. Wenn Utodja sich weigerte auszusteigen, ein Theater veranstaltete und sie bemerkt wurden, dann hatten sie ein Problem. Utodja würde wie ein schwer zu zähmender Gendro wirken, der den Gehorsam verweigerte! Den man nicht kontrollieren konnte. Wenn sie dann auch noch herausbekamen, dass er sprechen konnte, würden die sonst was mit ihm anstellen! Und sie würden auf Mika aufmerksam werden.

»Bitte, sei ruhig, ja?«, begann er von Neuem, kam an das Auto und zeigte Utodja nochmal die Leine. »Du weißt genau, ich will das nicht, aber es muss sein. Nur zum Schein, nur solange, wie wir hier sind.«

Aber es wirkte nicht. Utodja schüttelte unentwegt den Kopf, wich vor seiner Hand zurück. Verdammt, dann eben anders. So sehr Mika sich auch dafür verachtete, er beugte sich vor, zog an dem Halstuch und schob es zur Seite, ließ die Leine in den Ring am Halsband einrasten. Augenblicklich warf sich Utodja herum, griff nach der Leine und öffnete den Mund, kreischte los, weigerte sich mit aller Macht, das Auto zu verlassen. Mit der Reaktion hatte Mika nicht gerechnet und Angst kam in ihm hoch.

»Psscht! Sei still! Sei leise! Die nehmen dich mir sonst weg. Reiß dich zusammen! Es ist doch alles gut, niemand tut dir das!«

»Nein!«, zischte Utodja darauf. Leise, aber laut genug, dass Mikhael ihn hören konnte. Er würde das nicht mit sich machen lassen. Dieses Mal nicht. Er hatte eine Zuflucht gefunden und da wollte er bleiben. Wenn er diesen Kasten verließ, dann würde Mikhael das tun, was sie alle getan hatten! Ihn verlassen! Und dann dieser Ort ... Er war das Schlimmste! Schlimmer als die Untiefen der Erde. Denn Utodja wusste, was darin lauerte. Er war lange genug hier gewesen! Eher würde er sterben, als freiwillig darein zu gehen.

»Nein, Mikhael. Nein!«

»Doch, Utodja, doch!« Langsam reichte es Mika. Sein Geduldsfaden wurde gefährlich dünn. Nervös sah er sich um, sah, wie die ersten Leute zu ihnen herüberschielten. Das war gar nicht gut! »Was zur Hölle ist denn los mit dir? Es ist alles in Ordnung!«

Schließlich zog er mit einem Ruck an der Leine, worauf Utodja aus dem Auto stolperte. Kaum da er auf dem Parkplatz stand, drehte er sich auch schon wieder um, wollte zurück in den Wagen klettern, aber Mika schlug die Tür zu, stellte sich davor. »Jetzt komm runter! Stell dich nicht so an, du tust ja fast so, als würde man dich schlachten! Es dauert nicht lange.« Er machte einen Schritt vor, wollte Utodja zum Gehen zwingen, doch der stemmte sich gegen ihn.

»Nein!«, meinte er, wiederholte das Wort ununterbrochen, schüttelte den Kopf. »Nein. Nein, Mikhael. Nein!«

»Ist ja gut, bleib ganz ruhig.«

»Nein!« Ruckartig drehte sich Utodja um, packte seine Arme und starrte ihn an, ernst, ängstlich, noch immer den Kopf schüttelnd. »Mikhael. Nein. Nicht dort ... nicht. Du hast es versprochen. Du hast gesagt, du schickst mich nicht weg. Du hast es gesagt.«

»Was?« Langsam kapierte Mika gar nichts mehr. Utodjas Klauen verfingen sich in seinen Ärmeln, bohrten sich nach und nach in seine Haut. Er war richtig panisch, aber wieso? Verwirrt sah Mika zu dem Gebäude, versuchte sich einen Reim darauf zu machen.

»Ich schicke dich nicht weg, wie kommst du darauf? Ich hab dir das doch erklärt. Wir müssen dich auf mich umschreiben lassen, damit du offiziell und überall als mein Gendro registriert bist.«

»Nein. Nicht dort.«

»Doch, es geht nur hier! Ich finde das auch nicht toll, aber es muss sein.«

»Nein. Nein ...« Utodja senkte den Kopf, sackte plötzlich in sich zusammen. »Nicht dort. Nicht schon wieder.«

Schon wieder? Mika ahnte, dass Utodja schon mal hier gewesen war, immerhin hatte er schon viele Besitzer gehabt, aber diese Reaktion war übertrieben. Ellie hatte gesagt, die Registrierung würde ziemlich schnell gehen. Wovor hatte er dann so eine Angst? Fragend betrachtete er das Gebäude, legte Utodja eine Hand auf die Schulter und streichelte ihn beruhigend.

»Du warst schon mal hier?«, fragte er vorsichtig, worauf Utodja nickte und näher zu ihm trat, als eine Frau an ihnen vorbeiging und den Haupteingang ansteuerte. Gedankenverloren sah Mika hinter ihr her und sein Blick fiel auf das große Firmenschild, das direkt neben dem Eingang thronte, mitsamt einer Auflistung aller Einrichtungen, Abteilungen und Etagen. Da stockte Mika und es fiel ihm wie Schuppen von den Augen. Natürlich! Es war so einfach! Genau genommen wurde es ihm direkt ins Gesicht geschlagen. Denn es stand dort. Auf dem Firmenschild. In der untersten Etage, da lag es. Das Forschungslabor.

Ihm wurde eiskalt und ehe er wusste, was er tat, drückte er Utodja an sich. Das fürchtete der Gendro also, darum war er außer sich. Es war hier. Das Labor, in dem Utodja gewesen war. Er glaubte, Mika würde ihn dahin zurückbringen! Hilflos atmete er aus, schüttelte den Kopf.

»Niemals«, hauchte sein Mensch, sprach direkt zu ihm, flüsterte in sein Ohr. Seine Arme schlangen sich plötzlich um Utodja. Nicht bedrängend, schützend. Gaben ihm Sicherheit. »Niemals lass ich zu, dass man dich da wieder reinsteckt. Wir gehen da rein, schreiben dich um und dann gehen wir nach Hause!«

Utodjas Herz machte einen Sprung und er hob den Kopf, sah in das ernste Gesicht seines Menschen. Mehr Worte brauchte es nicht, mehr Erklärungen oder Gesten. Mit einem Mal war Utodjas Zweifel fortgeweht. Der Blick in

Mikhaels Augen genügte und er wusste, er hatte sich geirrt. Scham kam in ihm hoch und er blinzelte. Er war wirklich ein Dummkopf, wie Mikhael es sagte. Unterstellte ihm Dinge nur aus Angst. Ausgerechnet ihm.

»Versprochen?«, vergewisserte er sich trotzdem, bekam als Antwort ein kräftiges Nicken. Wieder wurde er an den großen Körper gedrückt und Mikhaels Lippen berührten Utodjas Stirn. Hinterließen ein prickelndes Gefühl.

»Keiner wird Hand an dich legen. Ich pass auf dich auf und bin die ganze Zeit bei dir.«

Das beruhigte Utodja. Langsam nickte er, schloss die Augen, genoss das Gefühl, von den langen, warmen Armen gehalten zu werden.

»Gut«, flüsterte er. Er würde seinem Wächter vertrauen. Ihm und nur ihm. Von jetzt an.

Die Eingangshalle war überfüllt und laut. Überall waren Menschen, ihre Stimmen wirbelten durcheinander. Hunderte Gerüche strömten auf ihn ein, hunderte Empfindungen, die Chaos in ihm auslösten. Türen klappten auf und zu und seltsame Räume fuhren hoch und runter, sahen aus, wie der Lift in seinem Zuhause. Es war genau wie damals. Genauso furchterregend, genauso betäubend.

Und da waren andere. Andere wie er. So viele. Mehr, als er jemals gesehen hatte. Und sie waren alle so unterschiedlich. Einige waren sich ähnlich, andere waren bunt, einige klein, andere groß. Angestrengt schloss Utodja die Augen, versuchte sich zu ordnen. Sein Inneres spielte verrückt und er kämpfte mit der überwältigenden Angst, aber ebenso mit dem Drang, sich zu behaupten. Aber dafür war jetzt keine Zeit. Nicht der passende Ort. Anderes war wichtiger. Dicht lief er hinter Mikhael her, hielt sich an seinem Oberteil fest und hatte seinen Schweif um Mikhaels Bein geschlungen. Sein Wächter ging aufrecht und sicher, doch sein Herz klopfte schnell. Auch er fühlte sich unwohl, gab aber trotzdem die schützende Mauer, hinter der sich Utodja verstecken konnte. Gezielt marschierten sie auf die gegenüberliegende Seite des Gebäudes zu, wo hinter einer halbhohen Wand ein Menschenweibchen saß.

»Herzlich Willkommen im Institut für Kryptidforschung, wie kann ich Ihnen helfen?«

»Tag«, brummte Mika, kramte in seiner Jacke herum und holte die Papiere und Besitzurkunde hervor, die er damals von Jakobson bekommen hatte. »Ich will meinen Engendro registrieren lassen. Ich hab ihn vor drei Wochen gekauft. Steht alles da.«

Mit zittrigen Händen übergab er der Frau an der Rezeption die Papiere, sah sich verstohlen um. Das Gebäude wirkte von innen noch größer, als von außen. Besser, er konzentrierte sich auf das Hier und Jetzt und blendete alles andere aus. Hastig kämmte er sich die Haare vor die Ohren, schlug den Kragen seiner Jacke höher. Die Frau vor ihm überflog die Papiere und sah dann zu Mika, blickte an ihm vorbei.

»Handelt es sich um diesen Kryptiden?«

»Äh, ja, genau.« Mika ging einen Schritt zur Seite, worauf Utodja sichtbar wurde. Sofort weitete die Frau die Augen, blinzelte ein paar Mal.

»Ich verstehe. Und vor drei Wochen haben Sie ihn gekauft? Im«, sie warf noch mal einen Blick auf die Unterlagen, »*Pet for You Zoofachgeschäft*? Das ist doch ein Exot. Ein Flughund, korrekt?«

»Flughund, Fledermaus, was Sie wollen.«

»Und die haben Sie in einem Tierladen gekauft?«

Was sollte das denn jetzt? Mika verengte die Augen, ballte die Fäuste. Schon klar, was dieses Weib dachte. Aber kein Wunder, er war es gewohnt. Er passte nicht in das Bild des reichen Luxussklavenhalters, so wie der Rest der Bagage, die hier herumrannte!

»Ich hab ihn nicht gestohlen, wenn Sie das meinen. Ich hab ihn gekauft! Ganz legal! Er gehört mir und jetzt schreiben Sie das um! Sofort!«

Verblüfft sah die Frau ihn an und innerlich fluchte Mika. Klasse, hatte er sich vorhin nicht noch geschworen, die Ruhe zu bewahren?

»Nein, nein! Das haben Sie falsch verstanden, ich war nur erstaunt. Sie wollten eine Registrierung. Natürlich. Entschuldigen Sie.«

Die Frau vertiefte sich eilig in die Dokumente und begann auf ihrem Computer herumzutippen, während sich Mika wieder Utodja zuwandte.

»Ist gleich vorbei«, flüsterte er. Je schneller sie hier wieder raus waren, desto besser. Ihm wurde ganz schlecht in diesem Gebäude. Es wirkte kalt und steril und dann die ganzen Leute und ihre Gendros. Von den Geräuschen und Gerüchen ganz zu schweigen! Alles war überladen und dabei gleichzeitig wie eine weiß-graue Hightech-Wüste. Für ihn war das schon überwältigend, wie musste es dann für Utodja sein?

»Wie lautet der Name des Kryptiden?«, fragte die Frau plötzlich und Mika blinzelte. Konnte die nicht lesen oder was?

»Utodja.«

»Und die Rasse ist fledertierartig?«

»Ja.« Auch das hatten sie gerade besprochen. Wollte sie Utodjas Daten komplett neu aufnehmen oder was wurde das jetzt?

»Und das Alter?«

Okay, die meinte das wirklich ernst. Genervt ballte Mika die Fäuste, steckte sie vorsichtshalber in seine Jackentaschen.

»Ungefähr acht?«

Kurz schielte die Frau zu ihnen rüber, musterte Utodja und hob dann eine Braue.

»Und das Geschlecht ist männlich?«

»Ja! Hören Sie, das steht alles in den Unterlagen! Ich verstehe nicht - ...!«

»Sind Sie sicher?«

»Was?« Verwirrt starrte Mika die Frau an, verstand nur Bahnhof.

»Sind Sie sicher, dass Ihr Kryptid männlich ist?«

»Ja, wieso?«

»Ich wollte nur sichergehen.« Schnell deutete die Frau auf sein Bein, wo Utodjas Schweif noch immer fest um seine Knöchel lag. Mikas Gesicht erhitzte sich und er musste schlucken, wich dem Blick der Frau aus, die weitersprach. »Diese Geste. Sie ist sehr verbreitet unter den Kryptiden, allerdings tun das für gewöhnlich nur die Weibchen. Zur Unterstützung des Alphatieres oder um Zusammenhalt zu zeigen. Deswegen dachte ich daran. Entschuldigen Sie.«

Darauf sagte Mika nichts. Fragend schielte er zu Utodja, der ein paar echsenartige Gendros beobachtete, die in der Nähe standen. Nur Weibchen taten das? Na ja, Utodja war ziemlich jung gefangen worden, vermutlich hatte er nie viel Kontakt zu anderen Gendros gehabt, woher sollte er wissen, welche Geste was bedeutete?

Die Frau setzte ihre dumme Befragung fort und zog sie bis zum Schluss durch. Mika hätte sich sparen können, die Wohnung nach den Papieren abzusuchen und mit jeder verstreichenden Minute, wurde er unruhiger. Nach einer lächerlich langen Zeit übergab sie ihm schließlich seine Papiere und einen Zettel und deutete dann nach links, wo ein großer voller Sitzbereich lag.

»So, alles ist soweit fertig. Bitte nehmen Sie noch einen Moment platz. Sie werden dann aufgerufen.«

»Was? Moment, wieso aufgerufen? Ich will ihn registrieren lassen. Mehr nicht.«

»Das gehört zu unserer neuen Prozedur. Anfang des Jahres wurde ein neues Gesetz verabschiedet, das besagt, dass alle Kryptiden mit einem speziellen Chip ausgestattet werden müssen, der zu jeder Zeit eine Identifizierung ermöglicht. Zur Sicherheit des Kryptiden und seines Besitzers.«

»Was?« Davon hatte Mika noch nie gehört. Er musste schlucken, wurde noch nervöser. Ein Chip? Wozu brauchte Utodja einen Chip? Das gefiel ihm nicht. Schnell sah er auf den Zettel, denn sie ihm in die Hand gedrückt hatte, leckte sich über die Lippen. »Das heißt, ihm wird ein Chip eingepflanzt? Einfach so?«

Das kam nicht in Frage! Mika zerdrückte den Zettel in seiner Hand, schnaubte einmal. »Und wenn ich das nicht nicht will?«

»Es ist gesetzlich vorgeschrieben, tut mir leid. Anderenfalls handelt es sich um eine Ordnungswidrigkeit und man würde Sie irgendwann strafrechtlich verfolgen. Die Umschreibung wäre ungültig und der vorherige Besitzer bleibt der offizielle Eigentümer, in dem Fall das Zoofachgeschäft. Aber machen Sie sich bitte keine Sorgen. Die Prozedur ist kostenlos und schnell. Es wird eine Grunduntersuchung gemacht, dann wird der Chip unter die Haut gespritzt. Es bleiben keine Schäden. Der Chip ist sehr klein. Er wird es kaum spüren.«

Mit offenem Mund glotzte Mika die Frau an, wusste nicht, was er sagen sollte. Genau das hatte er nicht gewollt. Jetzt mussten sie doch länger bleiben. Aber das Schlimmste war, die zwangen ihnen das einfach auf! Utodja wurde nicht mal gefragt und wenn sie sich weigerten, wurde am Ende Mikas Bewährung aufgerollt und Utodja ging wieder an Jakobson. Wütend knirschte Mika mit den Zähnen, unterdrückte ein Knurren und blähte die Nasenflügel.

»Großartig. Dann muss ich das wohl machen.« Eine Wahl hatte er ja nicht. Nicht, wenn es gesetzlich vorgeschrieben war. Wenn er sich weigerte, nahmen sie ihm Utodja weg! Er musste nur eins und eins zusammenzählen, um zu wissen, was dann aus ihm wurde. Dabei er hatte versprochen, dass ...! Ohne die Frau noch mal anzusehen, packte er Utodjas Arm und stapfte davon, steuerte den Wartebereich an. Seine Fledermaus ging schrecklich steif, hielt sich so dicht an Mika, dass er Mühe hatte, selbst zu gehen.

»Mikhael«, wisperte Utodja und ein Kloß bildete sich in Mikas Hals. »Mikhael. Ich will das nicht. Nicht unter die Haut ... «

»Ja, ich weiß«, grollte er, presste die Worte zwischen seinen Zähnen hervor. »Aber was soll ich machen? Wenn wir jetzt verschwinden, kriegen wir Probleme.«

»Aber du hast gesagt-...«

»Ich weiß, was ich gesagt habe!«, zischte er, wurde lauter, riss sich aber sofort wieder am Riemen. Natürlich wusste er es und er würde sein Versprechen einhalten! Aber sie mussten mitspielen, wenn sie keinen Ärger wollten. »Tut mir leid, wir haben keine Wahl. Aber ich krieg' das hin. Wenn die dir wehtun, kann mich das Gesetz mal! Ich verspreche es noch mal, okay? Komm jetzt.«

Langsam steuerten sie zwei freie Stühle an und setzten sich. Verstohlen sah sich Mika um, schielte auf die große Digitaluhr, die über der Rezeption an der Wand hing. Das lief überhaupt nicht nach Plan. Hoffentlich ging das gut. Hoffentlich kamen sie hier lebend wieder heraus.

Angespannt saß Mika auf dem Stuhl und wippte mit dem Bein. Immer wieder huschte sein Blick zu der Uhr, doch die Zeit wollte einfach nicht vergehen. Sie warteten jetzt schon eine gefühlte Ewigkeit und langsam wurde Mikas Geduldsfaden extrem schmal.

Er hasste dieses Gebäude. Abgrundtief! Je länger sie hier waren und je mehr er sah, desto mehr kam in ihm der Wunsch hoch, einfach aufzustehen und zu gehen. Er verabscheute diese Mischung aus Krankenhaus, Geheimorganisation und Gefängnis! Aber vor allem verabscheute er Ärzte. Seit er denken konnte, hatten seine Eltern ihn immer wieder dazu gezwungen, Ärzte aufzusuchen und er hatte eine tiefe Abneigung gegen die Kittelträger entwickelt. Aber die Menschen in diesem Institut standen den Ärzten in nichts nach. Sie waren genauso abartig. Wie sie herum stolzierten und ihre tollen Haustiersklaven zur Schau stellten. Es widerte ihn an. Wieso um alles in der Welt arbeitete Elenor freiwillig hier? Das ging einfach nicht in seinen Schädel, es gab so viel bessere Möglichkeiten, als Krankenschwester zu arbeiten. Aber nein, sie musste sich ja auf Verletzungen, die durch Engendros herbeigeführt wurden, spezialisieren. Dabei passte sie hier gar nicht hin! Genauso wie sich Mika fehl am Platz fühlte. Abfällig verzog er das Gesicht, ließ seinen Blick erneut durch die Menge schweifen. Diese ganzen Idioten glotzen ihn an, als wäre er der letzte Dreck, machten sich nicht mal die Mühe es zu verbergen. Schon klar, in seinen ausgeblichenen Jeans stach er deutlich zwischen den Anzugträgern und Schickimicki-Frauen heraus, die ihm unentwegt abschätzende Blicke zuwarfen. Die meisten Blicke galten jedoch Utodja. Viele Leute blieben sogar stehen, um ihn anzustarren, tuschelten und machten ungefragt Aufnahmen von ihm. Jedes Mal, wenn das passierte, würde Mika am liebsten aufspringen und demjenigen den Hals umdrehen!

Allerdings waren es nicht nur die Menschen, die Utodja neugierig beäugten. Die anderen Gendros taten es auch. Mika war überwältigt von der Vielfalt an Kryptiden, die hier ein- und ausgingen. Er hatte damit gerechnet, welche zu sehen, immerhin war das die offizielle Behörde, die alles regelte, aber so viele! Scheinbar kamen die Leute aus dem ganzen Staat her. Im Laden hatte er hauptsächlich die Hunde- und Katzenartigen gesehen, die auch hier überwogen, aber da waren noch mehr. Durch die Glasfronten konnte er sehen, wie aus einem Pferdetransporter ein Wesen geholt wurde, dass wie eine mystische Sagengestalt aussah. Ein Zentaur oder wie die Dinger hießen. Unglaublich! Nur hatten die Leute draußen auf dem Parkplatz es nicht so einfach mit dem Vieh, wie die Leute hier drinnen mit ihren brav abgerichteten Haustierchen. Manche

Wesen ließen sich eben nicht bändigen. Aber so viele verschiedene Engendros es auch gab, es gab keinen wie Utodja. Da waren andere Gendros mit Flügeln, die teilweise an Vögel erinnerten, aber keine Fledermäuse. Keinen Gendro, der so eine ausgeprägte Färbung hatte. Oder so wache Augen. Die anderen Gendros hier waren wie die Kleinen im Laden. Ohne diesen bestimmten Funken. Sie hatten sich ihrem Schicksal gebeugt, waren nur noch Haustiere.

Utodja hingegen passte ganz genau auf, wusste, was um ihn herum passierte. Scheute sich nicht, die Menschen direkt anzusehen. Leider brachte ihnen genau dieses Verhalten viel mehr Aufmerksamkeit ein, als Mika lieb war. Er fühlte sich extrem unwohl, wie auf dem Präsentierteller. Hätte er sich nur besser informiert, dann würden sie jetzt nicht hier sitzen! Im Grunde war er nicht besser, als diese reichen Schnösel. Er war sogar schlimmer, denn er wusste, dass Utodja nicht hier sein wollte. Utodja hatte was Besseres verdient, als sich dieses Ding spritzen zu lassen und es als Stigma zu tragen. Seine Fledermaus, die so verständnisvoll zu ihm war, während Mika sie von einem Albtraum in den nächsten ritt.

Angespannt hockte Utodja vor seinem Menschen auf dem Boden und lieferte sich *Das Spiel* mit zwei seiner Artgenossen. Viele der anwesenden Gendros zeigten Interesse an ihm, aber die zwei hundeartigen Männchen, die ihm gegenüber saßen, belauerten ihn regelrecht. Ihm gefiel das nicht. Es war nicht so, dass er dieses Verhalten nicht kannte. Er war das gewohnt, wusste, dass er diese Wirkung auf die Seinen hatte. Aber es stresste ihn, wie sie dasaßen und nur darauf warteten, jeden Moment über ihn herzufallen. Das war schon früher passiert, doch nicht, seit er bei seinem Guardo lebte. Mikhael hatte das nie miterlebt und sollte es auch nie miterleben.

Sein Mensch war derweil mit ganz anderen Dingen beschäftigt. Er pulsierte regelrecht vor Unruhe, was Utodjas Sorge steigerte. Auch wenn er es versprochen hatte, hatte Mikhael keine Kontrolle über seine Gefühle. Es war richtige Angst, die ihm den Schweiß auf die Stirn trieb und sein Herz rasen ließ. Mitleid überkam Utodja, denn er verstand nicht, was seinen Menschen so aufwühlte. Nicht ihm würde man etwas antun.

Utodja erschauderte, zog die Beine an den Leib und lehnte sich gegen den Stuhl, auf dem er zuvor gesessen hatte. Ein Chip. Er wusste nicht was das bedeutete, doch sie sagten, sie würden es ihm unter die Haut spritzen. Mit einer Nadel. Es schüttelte ihn und er murrte leise, ließ die Ohren sinken. Unsicher biss er sich auf die Lippen, schielte zu Mikhael, zögerte. Es war das erste Mal, dass ihm der Gedanke kam, doch er wollte sprechen. Er wusste, es durfte hier unter keinen Umständen nicht sprechen, durfte es niemals, wenn Menschen in der Nähe waren! Trotzdem hatte er den Drang, den Mund auf zu machen und zu fragen, was vor sich ging. Wieso Mikhael diese Spiele mitspielte. Bei dem Ladenmenschen hatte er doch auch aufbegehrt. Wieso nicht hier?

Erschrocken stutzte Utodja, weitete die Augen. Himmel, was dachte er da? Hatte er sich schon so an den Schutz seines Menschen gewöhnt, dass er erwartete, dass Mikhael die Regeln der Menschenwelt brach? Erwartete er, dass er ihn beschützte? Andererseits. Damals, als der Lademensch auf ihn losgegangen war, war sein Mensch auch dazwischen gegangen. Damals hatte er das für ihn getan. Nur für ihn und der Wächter war zu seinem Mikhael geworden. Ein Gedanke schoss durch seinen Kopf und er blinzelte, dachte an jenen Tag zurück, als Mikhael ihn zu sich geholt hatte. Sein Wächter war durcheinander gewesen, aufgewühlt. So wie jetzt auch. Weil er glaubte, etwas Falsches getan zu haben. Dabei hatte er ihn gerettet. War es jetzt dasselbe? Empfand er Schuld, weil er nichts tun konnte? Langsam setzte sich Utodja auf, drehte sich Mikhael zu und neigte den Kopf. Er wollte nicht, dass Mikhael wegen ihm litt. Er konnte sicher nicht anders. Utodja musste das unterbinden, also schlang er seinen Schweif sanft um Mikhaels Bein und tastete nach seiner Hand. Oft genug hatte Mikhael das für ihn getan, dieses Mal wollte er etwas tun. Auch wenn ihn dieser Ort ängstigte, sein Guardo hatte Vorrang.

Die plötzliche Berührung an seiner Hand holte Mika ins Hier und Jetzt zurück und er hob den Kopf. Sein Flattertier warf ihm einen vielsagenden Blick zu, streichelte immer wieder seine Finger. Ein fetter Knoten ballte sich in Mikas Hals zusammen und sein Gewissen erdrückte ihn. Klasse, jetzt sorgte sich Utodja auch noch um ihn, er war wirklich tapfer. Sachte erwiderte er den Händedruck, fuhr mit dem Daumen über die samtige Haut und atmete durch, zwang sich zu einem Lächeln. Er konnte ihm eben nichts vormachen. Das Fledertier hatte schnell gelernt, ihn zu durchschauen.

»Bei mir ist soweit alles klar, keine Sorge. Ich hab auch keinen Bock mehr auf diesen Mist.«Sie wollten beide nicht hier sein, das stand fest. Wenigstens waren sie sich in dem Punkt einig.

»Halt! Stopp! Warten Sie! Bitte warten Sie!«

Erschrocken fuhr Mika zusammen, hob den Kopf. Eine aufgebrachte Stimme hallte plötzlich durch die Eingangshalle. Verwirrt suchte er ihren Ursprung und dann sah er es, hielt die Luft an. Da war eine Frau. Sie lief durch die Halle, eilte einer Gruppe von Leuten hinterher. Drei waren es, drei Männer in Uniform, mit einem auffälligen Logo auf der Brust. Sie mussten zur *Unit*, der Sondereinheit des Instituts gehören.

Ohne die Frau anzusehen, marschierten sie schnellen Schrittes weiter, beachteten sie nicht einmal. Zwischen ihnen lief ein Junge her. Ein Kind, vielleicht zwölf Jahre alt. Ein breites Halsband lag um seine Kehle und seine Hände steckten in Handschellen. Doch das war es nicht, was Mikas Aufmerksamkeit erregte. Es war der Kopf des Jungen.

Zischend atmete Mika ein. Ohren. Seltsam geformte Ohren ragten zu den Seiten seines Kopfes hervor – Es war ein Hybrid! Das Kind wehrte sich mit ganzer Kraft gegen die Fesseln, warf sich wie wild umher, schrie und fauchte, doch die Männer schleiften ihn unbeeindruckt durch die Halle. Dann kam die Frau bei der Gruppe an, griff nach einem der Männer und versuchte ihn aufzuhalten.

»Stopp! Bitte, tun Sie das nicht, das dürfen Sie nicht!«
Die Männer gingen nicht auf sie ein, schüttelten sie ab und eine vierte Person erschien, trug dieselbe Uniform.

»Beruhigen Sie sich.«

»Nein! Sie dürfen das nicht tun! Er ist doch noch ein Kind! Mein kleiner Junge! Nehmen Sie ihn mir nicht weg, bitte!«
Mikas Herz hörte auf zu schlagen. Es dauerte nur Sekunden, bis er begriff, was vor sich ging und seine Kehle wurde staubtrocken. Entsetzt sah er von dem schreienden Kind zu der Frau, die sich gegen den Griff wehrte, der sie im Zaun halten sollte. Aber sie kam nicht dagegen an. Die Gruppe ging einfach weiter, der Junge wurde weitergeschoben, wehrte sich immer heftiger. Die Mutter wurde gepackt, in eine andere Richtung gezerrt – und niemand tat etwas. Hektisch sah sich Mika um, ratlos, hilfesuchend. Wieso tat niemand etwas? Niemand kümmerte sich darum. Die Leute im Wartebereich, die Frau an der Rezeption, die vorbeilaufenden Kittelträger, die Angestellten! Sie sahen alle nur zu, nahmen hin, was geschah. Es interessierte sie nicht, dass man einer Mutter das Kind entriss, weil es ein … !

»Wir gehen!« Mika stand auf, nahm Utodjas Arm und zog ihn auf die Beine. »Wir gehen, auf der Stelle! Komm!«
Es ging nicht. Er konnte das nicht. Nicht eine Sekunde länger! Eiligst setzte er sich in Bewegung, ignorierte Utodjas stumme Proteste, starrte auf den Boden. Der Ausgang! Sie mussten sofort zum Ausgang! Bevor sie jemand entdeckte! Verstohlen schielte er zu der Rezeptionistin, die sich um einen Kunden kümmerte. Sah dann in die andere Richtung, entdeckte die Gruppe, die den gefesselten Jungen gewaltsam in einen Aufzug zerrte. Verdammt!

»Faszinierend, nicht wahr?«
Der nächste Schock fuhr durch Mika und er gefror, wagte nicht sich zu bewegen. Nur langsam schaffte er es, wieder Herr über seinen Körper zu werden und langsam drehte er sich um, sah sich atemlos über die Schulter. Da stand ein Mann. Er war groß, trug eine Brille und hatte ein verlogen freundliches Lächeln im Gesicht. Eine tiefe Narbe zog sich von seiner Wange hinunter bis zu seinem

Hals, von deren Anblick sich Mika nur schwer lösen konnte.

»Oh, verzeihen Sie, habe ich Sie erschreckt? Das wollte ich nicht.«

Noch immer brachte Mika keinen Ton heraus, blinzelte einmal. Der Mann trug einen locker sitzenden Anzug und um seinen Hals hing ein Mitarbeiterausweis. *C. Holloway* stand darauf, sonst nichts. Der Name kam Mika bekannt vor, doch er wusste nicht, wo er ihn stecken sollte. Aber eins war klar, der Kerl arbeitete hier! Mika rutschte das Herz in die Hose und er schluckte, suchte seine Stimme.

»Was?« War alles, was er zustande brachte, worauf der Mann lachte und seine Brille zurechtrückte. Mit einem Kopfnicken deutete er zu dem Aufzug, dessen Türen sich gerade schlossen.

»Ich sagte, sie sind faszinierend. Nicht wahr? Die Hybriden. Leider sind sie unkontrollierbar. Das geschieht, wenn man zwei Rassen miteinander kreuzt, die nicht vermischt gehören. Chaos.«

Vorsichtig machte Mika einen Schritt zurück. Was wollte dieser Kerl von ihm? Kurz schielte er zu dem Aufzug, schluckte. Der Junge war verschwunden und auch von der Frau fehlte jede Spur.

»Ansichtssache«, murmelte er nur. Unter keinen Umständen wollte er einen privaten Plausch mit einem Angestellten dieser Behörde über Hybriden halten! »Wenn Sie mich entschuldigen, ich hab's eilig.« Damit drehte er sich um, legte Utodja eine Hand auf die Schulter und trieb ihn zur Eile an.

»Nicht doch. Einen Moment bitte.«

Großartig! Fluchend biss sich Mika auf die Zunge, drehte sich um.

»Ja?«, formulierte er so freundlich wie möglich. Was wollte der denn noch? Der Ausgang war doch so nahe!

»Dieser Kryptid. Gehört er Ihnen?« Der Mann deutete auf Utodja und augenblicklich verengte Mika die Augen, spannte sich an. Die Art, wie er Utodja ansah, jagte Mika eine Gänsehaut über den Rücken. Abscheu schimmerte in den eisigen blauen Augen des Mannes und er machte sich nicht die Mühe, es zu verbergen. Lächelte ihm dabei dreist ins Gesicht. Unglaublich!

»Ja, ganz recht. Er gehört mir und er mag keine Fremden«, grollte er, aber der Mann ignorierte ihn, ging einfach an ihm vorbei und trat zu Utodja, inspizierte ihn genau. Wie gestochen wich Utodja zurück, zeigte die Zähne, ehe er hinter Mika Schutz suchte.

»Er ist außergewöhnlich. Ein Fledertier?«

»Ja.« Und zwar *sein* Fledertier. Mika hob einen Arm, legte ihn um Utodjas Schultern und drückte ihn an sich. »Gut erkannt.«

»Wirklich einzigartig. Es ist lange her, dass ich einen Flughund gesehen habe. Sie sind ausgesprochen selten, sehr scheue Kryptiden. Ich würde zu gerne wissen, wo sie ihn erworben haben. Eine Hobbyzucht?«

Diese Fragerei ging Mika langsam auf den Geist. Mit dem Kerl stimmte etwas nicht. Sein Griff um Utodja wurde immer stärker und er schüttelte den Kopf.

»Er ist ein Wildes und wurde in einen Wurf geschmuggelt. Mehr weiß ich nicht.«

»Ein Wildes? Tatsächlich? Interessant. Wissen Sie, wir hatten erst kürzlich einen Flughund in unserer Wissenschaftsabteilung. Leider nimmt er nicht länger an unserem Programm teil, aber er war sehr intelligent. Es war ein großer Verlust für unsere Einrichtung, als er uns verließ. Ich frage mich, ob dass hier derselbe Flughund ist oder ob da draußen noch mehr dieser Geschöpfe umher wandern.«

Kaum da er das gesagt hatte, spürte Mika einen Druck an seiner Brust. Utodja vergrub sein Gesicht in seiner Jacke und Mika verengte die Augen. Ihm war klar, in welche Richtung sich das Gespräch entwickelte. Es stand außer Frage, von welchem Flughund die Rede war und allmählich kapierte er, was dieser Mann wollte. Aber wenn er glaubte, Mika würde ihm Utodja überlassen und auf einen Handel eingehen, täuschte er sich.

»Ja, das war sicher ein großer Verlust und das alles ist sehr interessant, aber wenn Sie mich entschuldigen, ich muss jetzt wirklich- ...«

»Mikhael Auclair?«

Mikas Name hallte durch den Eingangsbereich, laut und schallend. Erschrocken sah er auf, brauchte einen Moment, um zu verstehen, dass die Stimme aus einem Lautsprecher kam. Fragend drehte er sich um, sah zu der Frau an der Rezeption, die ihm zunickte.

»Sie können jetzt in Untersuchungsraum Dreizehn gehen.«

Na ganz klasse, vom Regen in die Traufe! Das Schicksal hasste ihn. Hätte dieser glatte Mistkerl sie nicht aufgehalten, wären sie längst über alle Berge, aber nein, wieso auch? Jetzt mussten sie doch in die Höhle des Löwen! Aber er stellte sich lieber einem Arzt, als diesem Kerl.

»Das wäre dann ich. Tut mir leid.« Damit manövrierte er sich und Utodja an dem Kerl vorbei, ohne ihn noch eines Blickes zu würdigen. Wenigstens waren sie den los. Dafür lag vor ihnen die nächste Katastrophe. Mit klopfendem Herz und einem mulmigen Gefühl im Bauch steuerte Mika die Tür mit der großen aufgedruckten Dreizehn an. Sein Griff um Utodja wurde sanfter und mit dem Daumen streichelte er seinen Arm. Wenn sie doch nur woanders wären. Weit weg von hier.

Utodjas Welt drehte sich. Bei allen Himmeln, sein Mensch war außer sich, strahlte heiße Wellen der Angst aus. Seit sie so überstürzt aufgestanden waren, stimmte etwas nicht, alles war durcheinander. Es war, als würde jemand auf seinen Kopf schlagen, ihm tausende Dinge sagen und er verstand nur die Hälfte.

Wenigstens war dieser schreckliche Mann endlich fort. Der mit dem Narbengesicht ... Die anderen Menschen um ihn herum machten ihn schon nervös, aber dieses Menschenmännchen ... Utodja kannte seinen Geruch. Es war derselbe beißende Geruch nach Schmerz und Kälte, wie damals in der Folterkammer! Und sein Blick glich dem des Ledermenschen und dem von Okoye! Der Albtraumfrau! Es war genau dasselbe gnadenlose dunkle Schimmern. Ein Glück, dass Mikhael es bemerkt und sich vor ihn gestellt hatte. Das beruhigte Utodja und er war froh, dass Mikhael ihn wegbrachte. Doch es änderte wenig. Eine Gefahr war fort und die nächste wartete schon. Direkt vor ihnen. Mikhael steuerte eine Tür mit einem großen Symbol an. Utodja hörte auf zu atmen und abrupt blieb er stehen. Er kannte das. Er war schon mal durch so eine Tür geführt worden! Eine große Tür mit einem Symbol darauf! Dahinter hatte ein Käfig auf ihn gewartet und viele Nadeln, viele Schmerzen. Nächte der Angst. In völliger Einsamkeit. Drei volle Monde lang!

»Ist schon gut. Gehen wir, bevor noch irgendein anderer Verrückter auftaucht.«

Sanft streichelte Mikhael seine Schultern, doch Utodja konnte sich nicht rühren. Jede Konsequenz war ihm mit einem Schlag egal und er krallte seine Füße in den Boden.

»Nein«, krächzte er undeutlich, mehr ein Keuchen, als ein Menschenwort. Er wollte das nicht. Keine Untersuchungen, keine Käfige, keine Nadeln. Denn hinter dieser Tür erwartete ihn nichts anderes!

»Ich weiß, aber wenn du nicht mitmachst, endet das wie bei dieser Frau und ihrem Jungen vorhin!« Mikhaels Stimme war zu einem unruhigen Zischen geworden und mit schwacher Gewalt schob er ihn weiter, redete auf ihn ein, doch seine Worte erreichten Utodja nicht. Die Tür kam immer näher, wurde immer größer und er immer kleiner. Mit jedem Schritt wurden seine Beine schwerer, wackliger, bis er irgendwann vollkommen gegen Mikhael lehnte.

Plötzlich öffnete sich die Tür und seine Beine gaben nach. Ein erbärmlicher Laut entwich ihm, worauf er sanfte Worte aus Mikhaels Mund hörte. Aber keine süßen Worte konnte ihn jetzt beruhigen. Als sie die Türschwelle überschritten, machte Utodja dicht. Sein Körper wurde taub und nichts drang mehr zu ihm durch. Nur das Klopfen seines Herzens, nur das Rauschen seines Blutes.

Es war ein typisches Behandlungszimmer, in das Mika Utodja brachte. Es war weiß, steril und roch nach Desinfektionsmitteln. An den Wänden waren

Schränke und Halterungen angebracht und in der Mitte thronte ein seltsamer Stuhl, über dem eine große Lampe montiert war. Unmittelbar vor ihnen hockte an einem Schreibtisch ein Mann. Er sah nicht auf, als sie eintraten, war völlig auf einen Bildschirm vor ihm fixiert.

»Kommen Sie rein und machen Sie die Tür zu. Wir bringen das gleich hinter uns.«

Die Ansage war mehr als deutlich und verdutzt blinzelte Mika, tat wie geheißen.

»Äh, okay.« Bedächtig schloss er die Tür, trat dann wieder zu Utodja, der wie erstarrt dastand. Sachte legte er ihm eine Hand auf den Rücken und wandte sich dann an den Mann an dem Bildschirm. Es kam nichts. Der Typ sah sie nicht mal an, ließ sie wie bestellt und nicht abgeholt stehen und tippte wild auf seiner Tastatur herum. Fragend hob Mika eine Braue, räusperte sich.

»Guten Tag?«

Es dauerte eine ganze Zeit, bis sich der Mann regte und sich schließlich zu ihnen drehte.

»Also, was gibt es?«

Was für ein unfreundlicher Kerl. Mika verschränkte die Arme und er warf einen Blick auf den weißen Kittel des Mannes. Ein Namensschild war an dem Kragen befestigt, mit einer deutlichen Aufschrift: Dr. Konowalow. Also war er wirklich Arzt. Utodja reagierte gar nicht gut auf den Mann. Kaum da er den Mund aufmachte und mit seiner quäckenden Stimme sprach, ging ein Ruck durch den Gendro und er drehte sich um, wollte zur Tür flüchten, aber Mika packte seine Schultern und hielt ihn an Ort und Stelle.

»Äh, es geht um meinen Gendro«, erklärte er schnell, bekam aber keine Antwort. Der Arzt gaffte ihn nur an. Genauer gesagt Utodja. Mit weit aufgerissenen Augen und offenem Mund. Dann stand er urplötzlich auf und kam direkt auf sie zu.

»Es geht immer um irgendeinen Gendro«, meinte er beiläufig, nahm seinen Blick nicht von Utodja. Ein begeistertes Grinsen formte sich in seinem Gesicht und er lachte auf. »Faszinierend! Homo Chiroptera!«, entfuhr es Dr. Konowalow und er kicherte, kam Utodja so nahe, dass es sogar Mika unangenehm fand.

»Homo-Chiro-Was?«, fragte er verwirrt, worauf der Arzt ihn anblinzelte, abfällig die Stirn runzelte.

»Der Besitzer, nehme ich an«, stellte der Arzt wenig begeistert fest und Mika verengte die Augen, schnaubte einmal.

»Genauso ist es!«

»Was für ein Jammer.«

»Wie bitte?« Langsam reichte es Mika. Da kam er extra her, nahm dieses Risiko in Kauf, nicht nur für sich, besonders für Utodja, und dann klatschte diese bekloppte Behörde ihm einen Verrückten nach dem Nächsten vor die Nase! Dr. Konowalow zuckte nur mit den Schultern, sah wieder zu Utodja.

»Sie haben keine Ahnung, was Sie hier vor sich haben, oder? Eine Rarität! Aber natürlich fallen die guten Dinge immer den Falschen in die Hände. Manche Leute würden alles tun, um einen so selten Kryptiden in die Finger zu bekommen. Wir hatten auch- ...«

»Ja, ja, hab ich alles schon gehört! Super selten, es gab auch mal eine Fledermaus in Ihren Folterlaboren. Deswegen bin ich nicht hier. Sie sollen ihn registrieren, mehr nicht.«

Für einen Moment herrschte Stille. Ausdruckslos wurde Mika angesehen, dann verzog der Arzt sein Gesicht und wandte sich ab.

»Banause. Dass ist keine einfache Fledermaus, aber bitte, nennen Sie ihn, wie Sie wollen. Ein einfacher Zivilist versteht eben nicht, welche Gelegenheit uns damit entgeht. Nun gut, eine Registrierung soll es also sein?« Auffordernd streckte er Mika eine Hand ins Gesicht, sah ihn ungeduldig an. Als nichts passierte, stöhnte er und winkte hektisch mit den Fingern. »Sie sind auch etwas schwer von Begriff, oder? Na los, ich hab nicht ewig Zeit.«

Was zur Hölle wollte dieser Kerl eigentlich von- ... Ah, Moment! Mika kapierte. Der Zettel von der Rezeption. Murrend kramte Mika das Ding hervor und drückte es ihm in die Hand, worauf der Arzt es überflog. Seufzend nickte er, ehe er den Zettel achtlos auf seinen Tisch warf.

»Na gut. Wenigstens ergibt sich so die Chance, einen Blick auf diese Kreatur zu werfen. Zuerst die Untersuchung, dann der Chip. Nasira!« Plötzlich drehte der Arzt sich um, rief etwas in die zweite Tür am anderen Ende des Zimmer, wo eine junge Arzthelferin erschien. »Bereiten Sie eine Registrierungsspritze vor und holen Sie das Lesegerät.«

»Natürlich, Dr. Konowalow.« Damit verschwand die Frau wieder und der Arzt trat an eine Ablage, streifte sich Gummihandschuhe über.

»Ausziehen«, war der nächste Befehl und Mika stockte.

»Was?« Sein Kopf begann zu glühen, worauf Konowalow die Augen verdrehte.

»Nicht Sie. Ihr Gendro. Ich soll ihn untersuchen, also weg mit diesem unnötigen Stoff.«

Sekunde mal. Niemand hatte ihm gesagt, dass diese Untersuchung so tief in Utodjas Privatsphäre greifen würde. Schluckend schielte Mika zu Utodja, der immer weiter hinter ihm verschwand und ein drohendes Knurren ausstieß. Der Arzt verzog darauf den Mund.

»Nicht sehr gut trainiert. Sie sollten ihn disziplinieren.«

Ha, der hatte gut reden! Eine Frechheit, wie der sich aufführte!

»Gar nichts werde ich. Er hat nur Angst.« Zurecht, wie Mika fand. Der Kerl war unheimlich und dann forderte er Utodja auch noch zu so etwas auf. Sich ausziehen, pah. Das kam nicht in Frage! Mikhael wollte nicht, dass dieser abartige Kerl Utodja antatschte! Die Spritze war schon schlimm genug. Allerdings winkte der Arzt ab, verdrehte überschwänglich die Augen.

»Angst? Unsinn. Wenn Sie der Prozedur nicht zustimmen, kassiere ich ihn ein. Was mir nur zugute käme. Ob Sie es zulassen oder nicht, es wird sowieso gemacht. Also, wollen Sie meine Zeit weiter verschwenden? Oder spuren Sie endlich?«

Gott, noch ein Wort und der Kerl hatte Mikas Faust im Gesicht! Was fiel diesem Mistkerl eigentlich ein? Leider hatte er Recht und Mika ballte die Fäuste. Utodja hatte sich mittlerweile komplett hinter ihm verkrochen, hielt sich an seiner Jacke fest und knurrte ununterbrochen. Wie gerne würde Mika ihn einfach einpacken und verschwinden. Aber er konnte das nicht riskieren. Tief atmete er durch, beherrschte sich mit aller Macht, ehe er sich zu Utodja umdrehte. Anklagende grüne Augen sahen ihn an, flehten regelrecht. Schuldbewusst ergriff er Utodjas Hände, suchte die passenden Worte.

»Tut mir leid, das muss sein. Aber es ist alles gut. Es geht schnell. Ich lass nicht zu, dass er dir was tut. Okay?«, begann er, stierte dann zu Konowalow. Wenn er das hier schon nicht verhindern konnte, wollte er wenigstens Utodjas Ehre beschützen! »Seine Klamotten bleiben, wo sie sind. Für eine einfache Untersuchung kann er sie anbehalten.«

Der Arzt grunzte darauf und zuckte mit den Schultern. Schwerfällig schob Mika Utodja tiefer in den Raum, führte ihn zu Konowalow, blieb aber hinter ihm stehen, wollte ihm so Halt geben.

»Na also. War das jetzt so schwer?« Kopfschüttelnd holte der Arzt ein Stethoskop hervor und trat zu Utodja. »Und jetzt stillhalten.«

Zu Mikas Überraschung passierte nichts. Die Untersuchung lief nicht anders ab, als eine gewöhnliche Vorsorgeuntersuchung in einer normalen Praxis, auch wenn Dr. Konowalow Utodja reichlich unsanft anfasste. Es brauchte viel Überredungskunst, damit Utodja überhaupt mitspielte und nicht jedes Mal fauchte, wenn der Arzt ihn anfassen wollte – und das tat er. Ununterbrochen. Viel zu oft, wenn es nach Mika ging. Ständig wurde seine Fledermaus von diesem Arzt betatscht, von einer Ecke des Raumes in die nächste geschoben, hin und her gedreht. Bald gab es keinen Fleck mehr an Utodjas Körper, den er nicht inspiziert hatte! Er hielt jede Einzelheit fest. Größe, Gewicht, Flügelspannweite.

Sogar in seinem Mund fingerte der Arzt herum, an seinen Ohren, seinen Augen. Auch das seltsame Mal auf seinem Arm wurde begutachtet. Alles wurde notiert und in das Tablet eingetragen, das Konowalow bei sich trug und je länger es dauerte, desto unruhiger wurde Utodja. Es war grauenhaft. Mika hasste es, hilflos danebenstehen zu müssen. Dabei wusste er genau, wie sich sein Fledertier fühlte. Wie es war, wenn man gegen seinen Willen untersucht und wie ein Zootier ausgestellt wurde. Zu gerne würde er eingreifen, aber er war ein verdammter Feigling und ein Teil von ihm war froh darüber, dass sich der Arzt auf Utodja konzentrierte.

Plötzlich unterbrach Konowalow die Untersuchung und gab einen unzufrieden Laut von sich, inspizierte alle Angaben stirnrunzelnd.

»Der Zustand Ihres Engendros ist bedenklich«, brummte er und Mika wurde hellhörig.

»Was soll das heißen? Stimmt etwas nicht, ist er krank?«

»Ansichtssache. Schauen Sie ihn sich doch an! Er ist abgemagert, seine Flügel sind verkümmert und dann die ganzen Narben auf seinen Klauen und Flügeln. Was haben Sie mit ihm gemacht?«

Moment, was? Mikas Mund klappte auf. Das war nicht sein Ernst! Gab er ihm die Schuld daran?

»Er kommt aus extrem schlechter Haltung, aber das ist nicht meine Schuld! Ich behandle ihn gut! Ich zwinge ihm kein Geschirr auf, das seine Flügel zerquetscht und ich gebe ihm genug zu essen!«

»Ah ja? Sie ernähren ihn scheinbar falsch, denn er ist völlig unterernährt.«

Unterernährt? Das konnte nicht sein. Ja, Utodja war extrem dürr gewesen, als er im Pet4You aufgetaucht war, aber Mika hatte ihn aufgepäppelt. Gab ihm gutes Essen! Zudem schlang Utodja alles runter, was er zwischen die Finger bekam. Verwirrt sah Mika zu seiner Fledermaus, die stocksteif dastand, bei jeder Bewegung des Arztes zusammenzuckte.

»Ich ...« Zögernd biss sich Mika auf die Lippen. Er wusste, mit Utodjas Futter verstieß er gegen die Auflagen der Gendrohaltung, immerhin waren alle Gendros vegetarisch zu ernähren – was er für unsinnig hielt. Während seiner Ausbildung hatte er einiges über Raubtiere gelernt und Gendros waren im Grunde nichts anderes. Aber war es klug, dem Arzt davon zu erzählen? Hier an diesem Ort? Andererseits, was wenn er einen Fehler gemacht hatte? Sich räuspernd straffte Mika die Schultern.

»Ich gebe ihm nicht das vorgeschriebene Futter«, begann er heiser, rieb die Finger aneinander.

»Was geben Sie ihm dann?«

»Ich habe ihm anfangs das erlaubte Futter gegeben, aber er hat nicht gefressen und wurde immer schwächer. Da hab ich etwas anderes probiert. Er bekommt Fleisch. Roh oder auch zubereitet.«

»Sie barfen Ihren Gendro? Geben rohes Futter ohne Zusätze?« Erstaunt hob Konowalow die Brauen und Mika schluckte trocken.

»Fleisch hat er wenigstens gefressen. Also hab ich es ihm weiter gegeben und er hat sich erholt.« Eigentlich hatte Mika gedacht, mit Utodjas Ernährung das Richtige zu tun, immerhin war er ausgebildeter Tierpfleger. Allerdings durfte man normalen Tieren auch keine Menschennahrung geben. Es war wie Gift für sie. Mist, hatte er die ganze Zeit etwas falsch gemacht?

»Exzellent!«

»Was?« Verdutzt blinzelte Mika, sah in das erfreute Gesicht des Arztes.

»Dieser Vegetarier-Wahn ist vollkommen unsinnig. Die meisten Kryptiden sind von Natur aus Fleischfresser. Sie genetisch zu verändern und ihren Jagdtrieb abzutöten oder sie darauf zu trimmen, kein Fleisch zu fressen, ist Schwachsinn. Und wenn ich mir das hier ansehe ...« Wieder trat der Arzt an Utodja heran, grabschte in sein Gesicht. Im ersten Moment zog Utodja den Kopf weg, doch der Arzt hielt ihn fest, untersuchte seinen Mund. »Behalten Sie die bisherige Ernährung bei und geben Sie zusätzlich einen halben Liter Blut täglich. Das dürfte ihn schnell wieder aufbauen.«

Moment. Blut? Jetzt kapierte Mika gar nichts mehr.

»Wieso soll ich ... ?«

»Mitdenken würde Ihnen guttun. Sehen Sie seine Zähne? Das sind keine gewöhnlichen Reißzähne. Das sind Fänge, so wie sie viele Pteropodidae haben. Manche Arten ernähren sich von Blut. Wieso sollte es bei den Kryptiden anders sein?«

Reißzähne. Fänge. Blut. Ein Schwall an Informationen wirbelte in Mikas Kopf herum und er versuchte sich ordnen, starrte Utodja unentwegt an. Der entwand sich aus Konowalows Griff, brummte leise und mied Mikas Blick.

Blut. Unglaublich. Wieso hatte Utodja ihm das nie gesagt? Oder wusste er es einfach nicht? Aß er deswegen immer so übertrieben viel und nahm trotzdem nicht zu? Verflucht, Mika war ein Trottel. Bei Utodja vergaß er alles, was er in seiner Ausbildung gelernt hatte. Man erkundigte sich vorher über die Essgewohnheiten eines Tieres! Das galt auch für Kryptiden! Was machte er denn noch alles falsch? Und wie sollte er an Blut kommen? Was für Blut überhaupt? Etwa Menschenblut? Das konnte er sich kaum vorstellen.

»Genug davon. Jetzt aber runter mit den Klamotten.«

Der plötzliche Einwurf holte ihn aus seinen Gedanken und verwirrt sah er auf, blinzelte. Jetzt fing der schon wieder damit an! War der so schwer von Begriff oder was?

»Ich sagte doch-...«

»Es ist mir herzlich egal, was Sie sagen. Bis jetzt war ich ausgesprochen freundlich und bin auf Ihre Forderungen eingegangen, aber meine Aufgabe ist es, den Kryptid zu untersuchen. Nicht nur oberflächlich. Ich werde auch eine urologische Untersuchung vornehmen. Wissen Sie, wie viele Gendros sich mit Geschlechtskrankheiten anstecken? Laut Ihren Unterlagen hatte er bereits einige Vorbesitzer und ich bin nicht erpicht darauf, dass er rumläuft und andere ansteckt.«

Was? Geschlechtskrankheiten? Wie um alles in der Welt kam der Typ darauf, dass Utodja ...? Das war Unsinn. Utodja hatte davon keine Ahnung, er wusste ja nicht einmal, was ein Bordell war.

Sekunde. Mika wurde eiskalt. Nur weil Utodja nicht wusste, was ein Bordell war, hieß das nicht automatisch, dass seine Vorbesitzer ihn nicht in irgendeiner Weise ausgenutzt oder missbraucht hatten. Es gab genug kranke Menschen da draußen. Die Vorstellung schnürte Mikas Kehle zu. Er wollte sich nicht vorstellen, was –

Mika reagierte zu langsam, war zu abgelenkt von den tausend Horrorszenarien, die in seinem Kopf aufkamen und dann ging alles viel zu schnell.

Dr. Konowalow war zu Utodja getreten, hatte nach seinen Kleidern gegriffen – und im nächsten Moment hallte ein Schrei durch das Zimmer. Laut und kreischend. Utodjas Schweif peitschte durch die Luft, traf Dr. Konowalows frontal, schleuderte ihn gegen den Schreibtisch. Seine Flügel schossen hervor, breiteten sich im gesamten Raum aus, rissen alles um, was ihnen in die Quere kam.

Die Fledermaus drehte komplett durch! Mika hätte es wissen müssen, es verhindern müssen! Ausgerechnet hier! Heftig schlug Utodja mit den Flügeln, hob immer wieder vom Boden ab, versuchte den Abstand zu dem Arzt zu vergrößern, drängte sich dann in eine Ecke. Panische Angst ging von ihm aus und es brach Mika das Herz.

»Jetzt beruhigen Sie ihn endlich«, schnitt Konowalows Stimme durch das Gekreische, aber Mika reagierte nicht, war zu schockiert. So hatte er Utodja noch nie erlebt und das dumme Gerede des Arztes regte den Gendro nur noch mehr auf.

»Hätten Sie ihn nicht einfach angefasst, wäre das gar nicht passiert!«

»Und wenn Sie ihn nicht unter Kontrolle bekommen, werde ich ihn sedieren!«

Angewidert verzog Mika den Mund. Zum Teufel mit ihm und dieser Behörde! Sie waren doch schuld daran, dass Utodja dermaßen ausrastete. Sie hatten ihm dieses Trauma verpasst!

Beruhigen musste sich Utodja trotzdem. Es war nur eine Frage der Zeit, bis dieser Arzt die Geduld verlor oder die Sicherheitsleute auftauchten. Sicher hörte

man Utodjas Geschrei im ganzen Gebäude, so laut wie er war! Er musste-...
Ein heftiges Gewicht warf sich gegen ihn, presste ihm alle Luft aus den Lungen.
Er verlor den Halt, schwankte auf der Stelle, fand im aller letzten Moment sein
Gleichgewicht. Dann hüllte ihn Schwärze ein. Hitze kam auf, verbrannte ihn
regelrecht und hektisch sah er an sich hinunter.

Es war Utodja. Er war zu ihm geflüchtet, klammerte sich an ihn, wie eine
Krake. Seine Arme hatten sich um seinen Hals geworfen und seine Schwingen
schlangen sich um seinen Körper. Hüllten ihn ein, fesselten ihn an Utodja.
Verflucht, was war denn jetzt los?

Das durfte nicht geschehen! Das durfte nicht geschehen!

Schwer atmend presste sich Utodja an seinen Guardo, vergrub sein Gesicht
tief in seiner Brust und kniff die Augen zusammen. Anders wusste er sich nicht
zu helfen. Es war erbärmlich, aber was sollte er sonst tun? Nur hier gab es
Sicherheit, nur ihm vertraute er. Nur so konnte er vielleicht das Schlimmste
verhindern.

Dieser Mann, der nach Krankheit und Schmerz roch ...! Er durfte ihn *dort*
nicht berühren! Niemand durfte das. Jedes Mal, wenn das geschah, veränderte
sich alles. Er würde seinen Mikhael verlieren. Die Hand, die ihn stets liebkoste.
Sein warmes Nest.

Hilflosigkeit überrannte ihn und er begann zu zittern, sah nicht auf. Lauschte
nur dem schnellen Herzschlag in Mikhaels Brust. Wieso musste er das erdulden? Er war es leid. Schluckend klammerte sich in die Jacke seines Menschen,
schüttelte den Kopf. Wann war das endlich vorbei?

»Tut mir leid. Wir können noch nicht gehen. Noch nicht«, wisperte Mikhael
in sein Ohr und eine breite Hand legte sich auf seinen Rücken. Fuhr beruhigend
auf und ab. Aber es beruhigte ihn nicht. Wieso? Wieso konnten sie noch nicht
gehen? Hatte Mikhael nicht versprochen, dass niemand Hand an ihn legen
würde?

»Diese Untersuchung ist Pflicht. Wenn wir das nicht machen, dann nehmen
sie dich mir weg! Ich wusste das nicht. Das schwöre ich! Aber wir müssen
das hinkriegen. Wir beide. Wenn nicht, bist du nicht der einzige, der in einer
Folterkammer landet.«

Ha! So war das. Natürlich. Menschenregeln, Menschenvorschriften. Wenn
sie nein sagten, kam die Bestrafung. Auch sein Guardo kam nicht dagegen
an. Himmel, diese Erkenntnis, sie tat weh! Schrecklich weh. Aber fügten sie
sich, würde dasselbe passieren. Dann würde Mikhael ihn weggeben. Es machte
keinen Unterschied. Ganz gleich, was Utodja tat, der Ausgang war derselbe.

Dann, plötzlich, wurde sein Kinn angehoben und Mikhael sah ihm direkt in
die Augen.

»Vertrau mir. Okay? Das wird super unangenehm und ich weiß, du wirst es hassen, aber es muss sein. Spiel einfach mit. Nur dieses Mal, ja? Es wird schnell vorbei sein.«

Oh, sein Mensch wusste so wenig. Er hatte keine Ahnung, was das für sie bedeuten würde, dass es danach nicht vorbei sein würde. Doch alles was sein Mensch sagte, meinte er ernst. Er versuchte so sehr ihn zu beruhigen, scheute sich nicht vor einem anderem Menschen so mit ihm zu reden. Wenn sein Mikhael keine Wahl hatte, welche Wahl hatte dann Utodja?

Tief atmete er durch, spürte, wie sich eine unglaubliche Last auf seiner Brust ablud. Er würde gehorchen. Würde tun, was man von ihm verlangte. Wie immer. Seine Glieder erschlafften und er ließ von Mikhael ab, blickte zu Boden.

Er hatte sich nur etwas vorgemacht. Seine neue Zuflucht, sie war nicht von Dauer, wie hätte es auch anders sein können. Was kümmerte es ihn also noch? Sollten sie ihn noch mehr erniedrigen, es machte keinen Unterschied mehr.

Utodja beruhigte sich wieder, wurde endlich still und ließ Mikhael los.

Ein Glück! Erleichtert atmete er durch, schielte kurz zu dem Arzt, der sie angewidert und fasziniert zugleich beobachtete. Sollte er nur, jetzt ging es um Utodja. Darum, ihm diese Tortur so angenehm wie möglich zu machen. Allerdings gefiel es ihm nicht, wie ruhig Utodja plötzlich geworden war. Noch immer zitterte er am ganzen Leib, doch sein Gesicht war zu glatt, erschreckend ausdruckslos. Mika schloss die Augen, senkte den Kopf. Was tat er seiner Fledermaus hier nur an? Entschuldigend streichelte er Utodjas Kopf, küsste sanft seine Stirn.

»Okay, dann machen Sie«, knurrte er den Arzt schließlich an, drückte Utodja besitzergreifend an sich. »Aber wehe, Sie sind nicht vorsichtig! Er ist was besonderes und wenn Sie ihm dabei auch nur ein Haar krümmen, dann ...!«

»Ja, ja, jetzt halten Sie die Luft an, ich tu Ihrem Liebling nichts. Obwohl es sehr interessant ist. Die Beziehung zwischen Ihnen und Ihrem ... Haustier. Nun, was auch immer. Lassen Sie mich jetzt meine Arbeit machen und stehen Sie nicht im Weg.«

»Ist Ihnen irgendetwas Ungewöhnliches bei ihm aufgefallen?«, fragte Konowalow, während sich Utodja seiner Kleider entledigte. Mikhael hatte sich als Sichtschutz vor ihn gestellt, wollte ihm so viel Privatsphäre geben, wie möglich. Wenigstens hatte der Arzt Utodja nicht einfach auf den großen

Untersuchungsstuhl in dem Zimmer geschnallt. Mika hatte ihm das mit viel Mühe ausreden können, mit der Versicherung, Utodja würde von jetzt an kooperieren. Hoffentlich tat er das auch. Zu seinem eigenen Wohl! Jetzt irgendwo angekettet zu werden, würde ihn noch mehr aufregen.

»Nein«, murrte er angespannt, wusste nicht genau, wovon der Arzt sprach, aber es war ihm auch egal. Utodja war perfekt wie er war, ganz gleich, was irgendein Quacksalber behauptete.

Schließlich war Utodja soweit und Konowalow trat vor, drängte Mika zur Seite, der sich neben die Tür stellte und den Blick abwandte. So viel Höflichkeit musste sein. Zudem musste er sich ablenken, sich beruhigen. Nicht nur Utodja war aufgewühlt, Mika kämpfte mit sich. Mit dem heißen Brodeln in seinem Bauch und dem Zittern unter seiner Haut. Er durften auf keinen Fall die Kontrolle verlieren. Angespannt starrte er auf den Boden, betrachtete das Muster der Fliesen. Er hörte es rascheln, dann kam ein Zischen von Utodja.

»Sieht soweit gut aus. Keine äußerlichen Krankheiten zu erkennen. Hoden und Penis sind etwas unterentwickelt, aber alles liegt im normalen Bereich«, begann Konowalow und Mika verzog das Gesicht. Musste das sein? Er wollte nicht mit diesem Kerl reden, während er an Utodja herumfummelte. Mika kannte diese Untersuchungen selbst sehr genau, hatte sie mehr als einmal über sich ergehen lassen und hasste sie abgrundtief. Ein säuerlicher Geschmack breitete sich auf seiner Zunge aus und er schüttelte sich.

»Haben Sie Verkehr mit ihm?«

»Was?« Entsetzt fuhr Mika herum, sah mehr als ihm lieb war und drehte sich schnell wieder weg. Seine Ohren begannen zu glühen. »Nein! Ich hab ihn nicht angerührt! So etwas würde ich nie tun!« So eine Frechheit! Utodja war ein Gendro und- und heute morgen, das war nur ein Versehen gewesen! Überhaupt, selbst wenn Mika wollte, es ging sowieso nicht. Aber das ging diesen Arzt absolut nichts an!

»Ruhig Blut. Es gibt genug Leute, die das tun. Wenn Sie wüssten ... Aber gut. Wie alt ist er?«

»Ungefähr acht, also äh ... einundzwanzig in Menschenjahren«, murmelte Mika unwohl, betrachtete konzentriert ein Landschaftsbild an der Wand, fuhr sich über den verschwitzen Nacken. Ein Wimmern kam von Utodja, ein harscher Tadel von dem Doktor – und es traf Mika mitten ins Herz. Das war nicht richtig. Er sollte das stoppen!

»Acht sagten Sie? Seltsam. Er hat erst vor kurzem die Geschlechtsreife erreicht, das ist ziemlich spät. Ist er sonst sexuell aktiv?«

Was zum ...? Woher sollte Mika das wissen? Er schluckte und reckte die Schultern. Mit einem Mal kam ihm das Shirt, das er Trug, extrem kratzig vor und die Luft wurde knapp. Verstohlen sah er sich um, suchte Utodjas Blick.

Der hatte den Kopf gesenkt, die helle Haut war gerötet, das Gesicht verzogen. Angestrengt atmete Mika aus.

»Ich weiß nicht.«

»Dann sollten Sie ab jetzt darauf achten. Gendros, die gerade erst in dieses Alter kommen, können extrem anhänglich werden oder sich zu Problemfällen entwickeln. Zumal die Paarungszeit bevorsteht.«

Tse, der Kerl musste ihm nichts von der Paarungszeit erzählen, darüber wusste Mika mehr als genug.

»Ja, ich weiß«, brummte er, zuckte mit den Schultern.

»Gut. Wenn Sie sich darüber bereits informiert haben, suchen Sie am besten ein Weibchen für ihn, das er decken kann. Das muss keine Fledermaus sein, suchen Sie sich eine verwandte Art, das genügt. Gendros können ein ähnliches Verhalten wie Menschen an den Tag legen. Je mehr Testosteron sich bildet, desto aggressiver werden sie. Besser, er reagiert sich irgendwo ab.«

»Danke für den Hinweis. Reden Sie nicht so viel, sehen Sie zu, dass Sie fertig werden!«

»Stellen Sie sich nicht so an. Es geht immerhin um *Ihren* Gendro, Sie müssen mit seinen Trieben klarkommen. Eine Kastration wäre übrigens auch eine Möglichkeit. Noch ist er jung. Wenn Sie es in nächster Zeit machen, bildet er keine Hormone mehr. Das würde seine weitere Entwicklung unterdrücken. Noch ist er recht androgyn, aber das kann sich ändern, wenn er älter wird.«

Mikas Kehle wurde immer trockener. Kastration? Dieser Arzt besaß wirklich null Taktgefühl! Energisch schüttelte er den Kopf.

»Nein, keine Kastration! Das will ich nicht!« Wäre ja noch schöner. Mika würde sicher nicht sein Einverständnis dazu geben, dass man Utodja irgendwelche Körperteile abschnitt! Gegen seinen Willen! Niemals! Unter keinen Umständen! »Es soll alles so bleiben, wie es ist!«

»Schon gut, schon gut. Ich bin sowieso durch und- ... Oh? Moment!«

Moment WAS? Zermürbt verdrehte Mika die Augen. Angespannt schielte er sich über die Schulter, wagte einen weiteren Blick.

Der Arzt stand noch immer vor Utodja. Mit erstauntem Gesicht tastete er an dem Fledertier herum und urplötzlich zuckte Utodja zusammen, sprang regelrecht auf und gab einen Schrei von sich – genau wie der Arzt.

Verdammt, was war denn jetzt passiert? Utodjas Gesicht nahm eine ungesunde Farbe an, seine Augen wurden gigantisch und er versuchte sich aus dem Griff des Arztes zu befreien, der ihn an Ort und Stelle hielt, Utodja ansah, als wäre er ein Geist.

»Das gibt es nicht!«

Mikas Herz blieb stehen.

»Was ist los?«

Der Arzt ignorierte ihn, packte Utodjas Arme, zog ihn durch den Raum und verfrachtete ihn auf den seltsamen Untersuchungsstuhl. Silberne Schnallen schossen aus den Arm- und Beinlehnen hervor, fesselten Utodja an den Sitz, der sich mit aller Macht dagegen wehrte. Scheiße, irgendwas stimmte nicht! Panisch sah Mika zu dem Arzt, der sich auf einen Drehstuhl direkt vor Utodja setzte, auf einen Knopf drückte. Ein tiefes Surren erfüllte den Raum und der Stuhl bewegte sich, fuhr hoch, zwang Utodja dazu die Beine anzuwinkeln.

»Was zur Hölle machen Sie da?«, entfuhr es Mika und er lief zu dem Arzt, packte seinen Arm, wurde aber abgeschüttelt.

»Bleiben Sie ruhig. Ich muss mir das genauer anschauen.«

»Aber was hat er denn?« Oh Gott, war er etwa krank?

Wieder kam keine Reaktion. Der zwielichtige Arzt würdigte Mika keines Blickes, hantierte zwischen Utodjas Beinen herum, der sich plötzlich gegen die Schnallen warf, die Augen aufriss und das Morsegeschrei ausstieß. Doch viel erdrückter als vorher. Mit viel mehr Kraftaufwand. Als würde er keine Luft bekommen.

Mikas Knie wurden weich und er wusste nicht, was er tun sollte. Sollte er eingreifen? Den Arzt machen lassen? Was stimmte denn nicht, zum Teufel?

»Einfach fantastisch! Sind Sie sicher, dass Sie ihn uns nicht überlassen wollen? Wir würden eine großzügige Summe zahlen!«, kam dann plötzlich von dem Arzt.

Wovon sprach der Kerl? Wieso überlassen?

»Was ist mit ihm?«, krächzte Mika. Wenn er krank war, wenn Utodja irgendetwas hatte … Der Gedanke war ein Schlag ins Gesicht. Schließlich drehte sich Konowalow um, sah Mika direkt an.

»Er ist überwältigend! Nicht nur eine seltene Art, nein, was Sie hier haben ist mehr wert, als ein ganzes Rudel Zentauren! Sie könnten ein Vermögen mit ihm verdienen. Vielleicht sogar in die Zucht gehen. Aber denken Sie daran, dass unser Institut Ihnen jede Summe zahlen würde.«

»WAS IST MIT IHM?«

Mika hatte genug von dem euphorischen Gequassel, er wollte endlich wissen, was los war! Und tatsächlich verstummte der Arzt, musterte ihn zweifelnd. Dann schüttelte er den Kopf.

»Was mit ihm ist? Meinen Sie das ernst?« Abwertend schnaubte Konowalow, deutete schließlich auf Utodja, der schwer atmend in dem Stuhl kauerte, den Kopf zur Seite geworfen hatte und sich nicht mehr rührte.

»Ihre Fledermaus ist ein Hermaphrodit. Intersexuell – sowohl männlich wie weiblich. Und ich will ihn kaufen.«

Kapitel 15

Anders

*U*NZUFRIEDEN *saß Utodja an der Wasserstelle und verzog das Gesicht, brummte leise vor sich hin.*

Es. War. So. Ungerecht!

Es war der ersten Morgen des siebten Zyklus und während alle anderen mit seinem Patre in den Wald gingen, musste er als einziger in der Höhle bleiben. Dabei hatte Utodja diesem besonderem Morgen sehnsüchtig entgegengefiebert, denn heute durften alle Einjährigen das erste Mal die Höhle verlassen und in den Wald gehen. Um Futter zu sammeln, um jagen zu lernen ... und um fliegen zu lernen.

Nur er nicht. Er musste alleine hier bleiben, denn so gehörte es sich. Das hatten seine Matre und sein Patre ihm gesagt, aber was das bedeutete, verstand Utodja nicht so richtig.

Er war genauso alt wie die anderen, wieso durfte er nicht auch in den Wald? Aber jedes Mal, wenn er seine Matre danach fragte, lächelte sie nur und sagte, als erster Spross seines Patres mussten sie gut auf ihn aufpassen. Das war komisch. Die Älteren machten das bestimmt mit Absicht. Sie redeten mit Absicht von so komischen Dingen, nur damit er nicht weiter nachfragte. Aber irgendwann bekam Utodja es sowieso heraus und dann würden sie doof gucken. Er konnte sicher genauso gut jagen wie die anderen! Die würden schon sehen! Er würde es ihnen allen zeigen!

Mürrisch schielte er zu seiner Matre. Sie saß bei den anderen Matren am Rand der großen Wassergrube.

Das war so gemein. Er durfte nicht mit in den Wald und dann gingen sie auch nur zur Wasserstelle. Den Platz, den Utodja am wenigstens mochte. Er kam nicht gern her.

Alle anderen guckten ihn immer so komisch an, wenn er sich in der Grube sauber machte und jetzt war es ganz genau so. Ganz in der Nähe entdeckte er ein paar der Jüngeren, die in der Grube unter dem großen Wasserfall planschten und miteinander spielten. Es waren zwei Mädchen und zwei Jungen aus der Höhle. Utodja spielte sonst nie mit ihnen, sondern mit den anderen Einjährigen. Immer wieder guckten sie zu ihm und kicherten. Das gefiel Utodja nicht und er zeigte ihnen die Zähne, zischte sie an. Sofort blieben sie stehen, machten große Augen und stellten ihre Ohren auf. Utodjas Herz machte einen Sprung. Zurückhaltend hob er den Kopf, machte dasselbe. Dann kicherten die anderen plötzlich wieder und spreizten ihre Flügel. Erstaunt blinzelte Utodja, ehe er zögernd lächelte. Die anderen begannen ihm zuzuwinken, spritzen Wasser in seine Richtung. Das sah lustig aus!

Am liebsten wollte Utodja aufstehen und mitspielen, aber er traute sich nicht. Er blieb sitzen und beobachtete sie heimlich – Aber nicht ihr Spiel, das Andere.

Das, was sie zu Mädchen und Jungen machte und es verwirrte ihn. Er legte die Stirn in Falten und kaute auf seiner Lippe herum.

Im nächsten Moment wurde er gepackt und erschrocken kreischte er auf. Zwei Hände schnappten ihn, wirbelten ihn durch die Luft und er kniff die Augen zusammen, flatterte mit seinen Flügeln.

»Nicht, Matre! Lass das!«, nörgelte er, aber seine Matre hielt ihn ganz fest, drückte ihn an sich und lachte einmal. Ihre Stimme war hell und klar. Utodja mochte ihre Stimme, aber jetzt war er böse auf sie und wollte nicht kuscheln.

»Was ist los, Todja? Willst du nicht mit den anderen spielen?«, fragte sie und trug ihn hinüber zum Rand der Grube. Utodja versuchte sich aus ihrem Griff zu befreien, strampelte mit den Beinen und biss in ihren Arm, aber wie immer brachte das nichts.

»Nein! Ich will nicht spielen! Ich will in den Wald! Wie die anderen!«

»Ich habe dir doch gesagt, dass das nicht geht. Du bist noch nicht alt genug und es ist zu gefährlich.«

»Ich bin genauso alt wie meine anderen Geschwister und deren Matren und Patren erlauben es auch!«

»Ich weiß. Aber du bist etwas Besonderes. Du kannst das nächste Mal mitgehen. Heute gehörst du mir alleine. Also nutzen wir es aus, bevor dein Patre und die anderen wiederkommen und dich mir wegnehmen!« Sie kicherte einmal und vergrub ihr Gesicht in Utodjas Haaren, zwickte seine Ohren, was kitzelte.

Utodja wollte nicht, aber er musste lachen, kämpfte dagegen an.

»Nein! Lass das!«, rief er, schüttelte den Kopf und drehte sich dann in ihren Armen herum, sah ernst zu ihr hoch. »Sag ehrlich. Wieso darf ich nie das tun, was alle anderen machen?«

»*Das sagte ich dir schon. Weil du etwas Besonderes bist.*«

»*Das verstehe ich nicht.*«

»*Ich weiß, aber wenn du älter bist, dann wirst du es verstehen. Wenn die Zeit gekommen ist.*«

»*Das sagt ihr immer!*«

»*Weil es die Wahrheit ist. Mein Wort! Du bist der erste Spross des Stammes. Unser ganzer Stolz, unsere Zukunft.*«

Utodja brummte leise, flatterte wieder mit den Flügeln.

»*Das ist doof. Da bin ich lieber ganz normal und darf auch mit in den Wald.*«

Seine Matre lachte wieder, das tat sie oft und gerne. Dann setzte sie sich dann an den Rand der Grube. Utodja setzte sie neben sich auf den Boden und deutete dann zu den Jüngeren.

»*Genug geschmollt. Willst du nicht doch mit ihnen spielen? Das macht mehr Spaß, als hier alleine herumzusitzen und Trübsal zu blasen.*«

Mürrisch sah Utodja zu ihr hoch und dann wieder zu den anderen Jungtieren, die ihn noch immer beobachteten.

»*Nein ... die gucken immer so komisch*«, *murrte er, zuckte mit den Schultern.* »*Ich glaub, sie mögen mich nicht. Sie ... sind nicht wie ich.*«

»*Natürlich sind sie anders. Niemand ist völlig gleich, Utodja. Und das ist auch gut so. Wäre es nicht langweilig, wenn wir alle gleich wären?*«

Schnell schüttelte Utodja den Kopf, verzog das Gesicht.

»*Das meine ich gar nicht. Sie sind anders als ich ... da unten.*«

»*Ach so, verstehe. Darum geht es.* « *Ein sanftes Gurren kam von seiner Matre und sie hob ihn hoch, setzte ihn auf ihren Schoß.* »*Kümmere dich nicht um ihre Blicke. Sie sind nur neugierig. So wie du auch, deswegen hast du sie ja auch angesehen. Oder?*«

»*Ja schon, aber nur, weil sie eben anders aussehen!*«

»*Und du siehst für sie anders aus. Neugier ist nichts Falsches und böse meinen sie es auch nicht. Sie werden dich mögen, du wirst es sehen. Du bist etwas, das sie nicht kennen und noch nicht verstehen, aber auch das wird sich geben. Sehr bald, wenn sie älter sind, werden sie erkennen, wen sie vor sich haben und dann werden sie dich umschwirren wie die Bienen die Blume.*«

»*Wie eine Blume?*«

Seine Matre nickte, streichelte über seinen Kopf.

»*Ja. Die kostbarste Blume der Welt. Also sorge dich nicht, Utodja. Du bist gesegnet! Du wirst von unserem Stamm geliebt und wirst einmal eine große Familie haben. Du wirst niemals allein sein und alles bekommen, was man sich nur erträumen kann. Das ist dir vorbestimmt, mein kleiner Maara. Und darum darfst du auch noch nicht in den Wald. Eine so kostbare Blume muss behütet wachsen und gedeihen, bevor sie erblühen kann. Und dann, dann darfst du in den Wald und alles tun, was du willst.«*

Mit einem Ruck zog Mika die Tür hinter sich zu, sackte in seinen Sitz und atmete tief durch. Er sollte sich beeilen, das dämliche Auto starten und das Weite suchen! Aber er konnte nicht. Es war, als würden ihn dicke Seile an den Sitz fesseln und ihn lähmen. Alles, was er tun konnte, war dasitzen und versuchen zu begreifen, was gerade passiert war. Was er getan hatte. Seine Kehle zog sich zusammen und das Atmen fiel ihm plötzlich unsagbar schwer. Die unsichtbaren Seile schlangen sich fester und fester um seinen Hals und er unterdrückte ein Würgen.

Das war's. Er hatte es versaut. Einfach alles versaut!

Er hatte alles kaputt gemacht, was er sich in den letzten Monaten aufgebaut hatte. Binnen Sekunden!

Ha, er konnte jetzt schon die Stimmen seiner Eltern hören, wie sie ihm Vorwürfe machten. Ihm sagten, dass es ja so hätte kommen müssen! Dass er niemals das Dorf hätte verlassen dürfen, weil er alleine nicht zurechtkam und Scheiße, vielleicht hatten sie recht.

Er schaffte das nicht. *Es* war zu stark und er zu schwach. Niemals würde er es kontrollieren können. Es hatte nichts gebracht, zu versuchen, es zu verdrängen. Zu versuchen, es in einen Käfig zu sperren und zu kontrollieren. Es würde ihn immer begleiten. Immer ein Teil von ihm sein und ihm folgen, wie ein düsterer Schatten.

Erschöpft kniff er die Augen zusammen, fuhr sich mit bebenden Händen über das Gesicht und atmete geräuschvoll ein, nahm ein paar tiefe Atemzüge. Aber es brachte nichts. Seine Hände zitterten noch immer wie verrückt und der schwache Geruch von Blut kroch in seine Nase. Blut, das an seinen Fingerknöcheln klebte. Er war zu weit gegangen und was hatte er jetzt davon? Alles war zerstört.

Zurückhaltend wagte er einen Blick zur Seite, schielte auf den Platz neben sich und das Seil schlang sich noch enger um seine Kehle.

Da saß Utodja.

Der Gendro hatte sich so weit wie möglich von ihm weg gelehnt, presste sich gegen die Autotür und sah ihn nicht an. Er war angespannt, bewegte sich nicht ein Stück und der Würgereiz in Mikas Hals wurde schlimmer. Ebenso die Last auf seiner Brust. Schluckend presste er die Kiefer aufeinander, öffnete den Mund, suchte die passenden Worte, fand sie aber nicht. Was sollte er auch sagen? Nach dem, was in dem Institut passiert war, würde er selbst nicht mit sich sprechen wollen. Dabei hatte er nur helfen wollen! Ihm war einfach alles über den Kopf gewachsen.

»Utodja, hör zu, ich ...« Nein. Es ging hier nicht um ihn, es ging um Utodja. Ganz allein um ihn. »Ich meine, du ... das vorhin! Ich wollte das nicht!«

Aber es kam nichts. Utodja sah konzentriert aus dem Autofenster, würdigte ihn nicht eines Blickes. Die Ohren hatte er weit zurückgelegt, das Fell war gesträubt und die Arme hatte er um sich geschlungen. Sein Körper zitterte. In heftigen Schüben und jedes Mal stieß er ein tiefes Brummen dabei aus.

Verdammt, das brachte doch alles nichts. Erschöpft sackte Mika in sich zusammen, legte den Kopf tief in den Nacken.

»Bist du okay? Geht es dir gut?« Wenigstens danach konnte er fragen. Das war in keiner Weise aufdringlich. Aber auch dieses Mal blieb Utodja stumm, ignorierte ihn und es war ein Stich in die Brust. Das geschah ihm ganz recht. Zischend schüttelte Mika den Kopf, schnappte sich den Gurt und schnallte sich an, ehe er den Zündschlüssel umdrehte.

»Gut, dann eben nicht.«Schnell warf er einen Blick in den Rückspiegel. Da war nichts. Nur der Eingang des Instituts mit seinen gläsernen Schiebetüren. Ein Schauer jagte über Mikas Rücken. Er würde sicher nicht hier herumsitzen und warten, bis sie kamen, um sie zu holen! »Wir müssen hier weg. Schnall dich an.«

Das Meer aus rosa Blütenblättern brach auf und wirbelte durch die Luft, als Mikas Wagen durch die Allee bretterte - viel schneller, als die Geschwindigkeitsbegrenzung es erlaubte. Noch immer kämpfte er mit sich, versuchte sich zu beruhigen, doch es funktionierte nicht. Seine Finger umklammerten das Lenkrad immer fester, je öfter er das Gespräch mit diesem Arzt Revue passieren ließ.

»Sie wollen, dass ich ihn chippe und ich will ihn untersuchen. Wir haben eine Pattsituation. Eine Hand wäscht die andere. Es ist ganz einfach. Wenn Sie nicht tun, was ich sage, sacke ich ihn ein und dann sehen Sie ihn nie wieder.«

Dieser Mistkerl! Erpresst hatte er ihn! Gedroht, ihm Utodja wegzunehmen! Welche Wahl hatte Mika gehabt? Dr. Konowalow hatte am längeren Hebel gesessen und das eiskalt ausgenutzt!

Zu viel war passiert. Mika wusste nicht, wo ihm der Kopf stand. Aber in diesem Moment, in dieser Sekunde, wusste er nur eins, er hatte mächtig Schiss. Angestrengt versuchte er sich auf die Straße zu konzentrieren, aber das Echo in seinem Kopf war viel zu laut, als dass er es ausblenden konnte. Alles, was dieser Mistkerl gesagt und getan hatte, nachdem Mika in seinen Vorschlag hatte einwilligen müssen, war erschreckend gewesen.

Mit dieser elenden Spritze hatte es angefangen. Allein das Bild, als die Arzthelferin mit dem Ding hereingekommen war, auf Konowalows Befehl Utodjas Nacken gepackt und zur Seite gedreht hatte.

Oh Gott! Das Geräusch! Ein Schauer durchfuhr ihn und seine Hände wurden schwitzig, rutschten immer wieder von dem Lenkrad ab und sein T-Shirt begann zu kleben.

Utodja hatte geschrien. Sich gegen die Schnallen des Stuhls geworfen und sich so gewehrt, dass Mika den Boden unter den Füßen verloren hatte. Er hatte eingreifen wollen, hatte Utodja helfen wollen, der ihn so flehend angesehen hatte, doch der Arzt hatte ihn zurückgehalten und ihn an die Vereinbarung erinnert. Er hätte sich Utodja einfach packen und mit ihm verschwinden sollen, als noch die Chance dazu bestand.

Er erhöhte den Druck auf das Gaspedal, fuhr schneller, wollte mehr Abstand zwischen sich und dem Institut bringen. Hastig warf er einen Blick zur Seite. Utodja rührte sich noch immer nicht. Das Beben und das Brummen hatten aufgehört, doch er saß schrecklich steif da. Hatte die Beine angezogen und sich in seine Kleider gekrallt.

Fluchend verengte Mika die Augen, drehte den Kopf wieder weg.

Was dieser Arzt getan hatte, die ganzen Geräte, der er geholt hatte. Ein Röntgengerät, Ultraschall, Spritzen. Es war beängstigend gewesen, aber nicht so schlimm wie Utodjas Blick. Anfangs hatte er Mika nicht angesehen, als der Arzt die Entdeckung gemacht hatte. Doch danach hatten sich die großen Augen in seine gebohrt. Und er?! Er hatte nur danebengestanden, unfähig, etwas zu tun.

Verdammt, Mika brauchte eine Kippe! Und zwar schnell. Hektisch kramte er in seiner Jackentasche, fand aber nichts, also streckte er eine Hand aus, griff nach dem Handschuhfach, wollte es öffnen. Doch kaum, da er in Utodjas Nähe kam, zuckte die Fledermaus zusammen und eiligst zog Mika die Hand wieder weg. Großartig.

Angestrengt atmete er durch, sah wieder auf die Fahrbahn und beschleunigte. Er hielt diese Stille nicht mehr lange aus. Dabei wusste Utodja, dass er niemals ...! Nein. Im Grunde war es egal. Utodja hatte sicher auch geglaubt, Mika würde ihn beschützen, aber auch das hatte er nicht getan. Auch nicht, als der Arzt anfing, ihn zu untersuchen ... Der Typ hatte so viele Dinge gesagt, die Mika nicht verstand.

Utodja wäre ein Hermaphrodit, hatte er gesagt. Intersexuell. Ein zweige-schlechtliches Wesen und sehr selten. Eine Art Hintertür der Natur. Nebenbei hatte er Utodja mit einem Gel eingeschmiert und etwas auf seinen Bauch gedrückt. Sich irgendwelche schwarz-weiß Bilder auf einem Monitor ange-schaut. Davon erzählt, dass Hermaphroditismus bei Gendros anders wäre, als bei Menschen. Irgendwas davon, dass bei Gendros beide Organe intakt und funktionsfähig wären. Dann hatte er dieses andere Gerät geholt, einem großen Halbkreis gleich. Hatte es mit Hilfe der Arzthelferin über dem Stuhl ausgefahren. Wie ein Scanner war es über Utodja hinweg gefahren, hatte laute dumpfe Töne gemacht und Utodja war in dem Stuhl immer kleiner geworden.

Spritzen waren in seinen Arm gejagt, Blutproben entnommen und die Ampullen in ein seltsames Gerät gesteckt worden, während der Arzt immer weiter gequasselt hatte.

Er hatte davon geredet, dass die äußeren weibliche Geschlechtsmerkmale unterentwickelt waren, das männliche Chromosom ausgeprägter, unglaublich, einmalig! Es wäre eindeutig sichtbar auf den Bildern, bla, bla, bla ... Mika hatte gar nichts gesehen. Nur irgendwelche unförmigen Umrisse. Nichts war für ihn eindeutig oder ausgeprägt gewesen. Nichts davon hatte ihn gekümmert. Seine Augen hatten entsetzt auf Utodja gelegen, während er versuchte, das alles zu verstehen. Es hatte ihn angewidert, wie berechnend der Arzt vorgegangen war, als wäre Utodja ein interessantes Stück Fleisch, mit dem er tun und lassen konnte, was er wollte. Sein Blut hatte gekocht! Und als der Quacksalber sich ein zweites Mal zwischen Utodjas Beinen zu schaffen gemacht hatte, ihn abfällig getadelt hatte, als sich dieser gegen die Prozedur wehrte, waren Mika die Sicherungen durchgebrannt.

Unruhig leckte er sich über die trocknen Lippen, sah auf seine angeschwol-lenen Fingerknöchel. Hätte er sich doch nur beherrscht, dann wäre das alles nicht passiert. Aber wenn er es nicht getan hätte, hätte dieser Mistkerl Utodja noch weiter gequält. Er hatte es stoppen wollen, es stoppen müssen! Er hatte den Arzt von Utodja weggezerrt, ihn zur Rede gestellt. Ihn mehr angeschrien, als alles andere, aber der Arzt hatte seine Einwände einfach abgetan. Gemeint, er sollte sich nicht künstlich aufregen, Utodja wäre nur ein Kryptid und würde nichts davon merken. Der hatte keine Ahnung! Utodja nahm ALLES bewusst wahr und das war es, was Mika nicht ertragen konnte. Wenn er sich vorstellte, an seiner Stelle gewesen zu sein, würde er am liebsten rechts ranfahren und sich übergeben.

Statt ihn ernst zu nehmen, hatte Dr. Konowalow ihn ausgelacht, ihn infantil und naiv genannt. Dann hatte er ihm Geld geboten. Viel Geld. Eine lächerlich hohe Summe. Alles drehte sich nur um Geld für diesen Arzt! Jeder wäre käuflich und wenn sie durch Utodja medizinische Fortschritte erreichten, würde Mika am Gewinn beteiligt. Sein offizieller *Besitzer* würde er bleiben und sobald sie mit ihm züchten würden, würde er an den Würfen verdienen. Das wäre ein unschlagbares Angebot! Nur ein Idiot würde das ablehnen.

Zu dumm, dass Mika ein Idiot war! Dafür war er clever genug, um eins und eins zusammenzuzählen. Jetzt wusste er, wie Utodja das erste Mal in diesem Labor gelandet war. Denn so machten es ja schließlich alle, die an ihren Gendros verdienen wollten! Man nahm am Gendroforschungsprogramm teil. So wurde man Mitglied im Club! Ihn einsperren, an ihm herumexperimentieren, ihn vergewaltigen, ihm seine Kinder nehmen und Mika die Kohle dafür zustecken!

Er hatte diesem Arzt seine Faust ins Gesicht gerammt! Frontal, mit ganzer Kraft. Gebrüllt hatte er, die Schnallen an dem Stuhl aufgebrochen und Utodja aus dem Stuhl gezerrt. Er wusste nicht mehr, was er dem Arzt alles an den Kopf geworfen hatte, er hatte nur noch rot gesehen und war ausgerastet. Und dann …

»… Oh! So ist das! Ich verstehe! Ich verstehe! Natürlich. Faszinierend. Das ist unglaublich!«

Der Arzt hatte seine Hand gepackt, ihm tief in die Augen geschaut und seine Faust begutachtet – und *es* erkannt. Natürlich hatte er das, wie hätte es auch anders sein können? Der Schock saß Mika selbst jetzt noch in den Knochen, ließ seine Knie erschreckend weich werden. So schnell es ging, hatte er Utodja gepackt und war aus dem verfluchten Institut gerauscht und nun war er auf der Flucht. Vielleicht. Womöglich. Wahrscheinlich.

Was sollte er jetzt machen? Der Arzt hatte es bemerkt. Seine Tage waren gezählt! Wie lange würde es dauern, bis die vom IKF bei ihm auftauchten? Oder die Polizei? Der Kerl würde ihn anzeigen. Hundert Prozent würde er das und dann war alles vorbei! Und Utodja …!

Utodja war verstört bis ins Mark. Wieder schielte Mika zu seinem Gendro. Was ging jetzt wohl in seinem Kopf vor? Ob auch er verwirrt war? Nein, auch bei ihm überwog die Angst, Mika konnte es spüren. Allerdings war der Grund ein ganz anderer …

Ein Hermaphrodit. Schande, nicht im Traum hätte Mika geglaubt, dass Utodja …! Er hatte sein Verhalten nie hinterfragt, es nie in irgendeine Richtung eingeordnet. Er war eben ein Gendro und kein Mensch, natürlich hatte er sich anders verhalten.

Tse, *er* sagte Mika. Dachte Utodja überhaupt so von sich? Als … Mann? Wenn er doch eigentlich beides war? Beides. Schande, was sollte Mika dazu sagen? Wie sollte er jetzt mit Utodja umgehen? Dass es so etwas überhaupt gab, musste erst einmal in seinen Schädel.

Aber dafür war jetzt keine Zeit. Er musste sie beide sicher nach Hause bringen. Solange es dieses Zuhause noch gab. Und er musste telefonieren! Dringend Ellie anrufen. Und was sagen? Dass man ihn einsperren und Utodja vermutlich an ein Labor verhökern würde? Dass das Training nichts gebracht hatte? Dass er wieder Mist gebaut hatte? Wegen Utodja? Wie sie es prophezeit hatte? Niemals! Aber was war die Alternative? Rief er Chris an, wusste es auch Ellie. Und seine Eltern? Himmel, nein! Das ging auf keinen Fall. Aber er brauchte Hilfe. Dringend!

»Mikhael! Rot!«

Erschrocken riss Mika die Augen auf, entdeckte erst jetzt die Kreuzung vor sich – und die rote Ampel. Hektisch trat er auf die Bremse. Ein widerliches Quietschen wurde laut und im allerletzten Moment brachte er das Auto zum Stehen. Gerade noch rechtzeitig. Der plötzliche Stopp stieß ihn und auch Utodja nach vorne, doch die Gurte verhinderten das Schlimmste. Dann stand der Wagen. Der veraltete Motor brummte leise. Die Luft knisterte. Wie erstarrt saß Mika da, sah nach vorne durch die Frontscheibe. Utodja hatte sich am Armaturenbrett abgestützt, seine Ohren zuckten wild und er amtet schnell.

»Du ... kennst die Straßenverkehrsordnung?«, wisperte Mika heiser, dachte nicht über seine Worte nach, plapperte den erstbesten Unsinn, der ihm in den Sinn kam. Lange kam nichts, dann nahm er aus den Augenwinkeln ein knappes Nicken wahr. Utodja lehnte sich wieder gegen seinen Sitz, die Beine noch immer angezogen.

»Grün ja. Rot nein«, flüsterte er, brachte die Sache auf den Punkt.

Mika nickte, schluckte trocken. Rot bedeutete nein. Wenn sogar Utodja das wusste, wieso er nicht? Wieso bekam er es nicht in seinen Schädel? Sobald er rot sah, musste er aufhören. Es war so simpel und gleichzeitig so schwer.

Utodja kämpfte. Er stand an vorderster Front, dem Feind direkt gegenüber, aber er war hilflos. Konnte sich nicht verstecken, sich nicht verteidigen und doch kämpfte er. So hart er konnte, mit allen Mitteln, die ihm zu Verfügung standen: Mit seinem Willen.

Nur so konnte er das heftige Zittern unterdrücken, das ihn wie ein Gewittersturm durchschüttelte. Aber es war schwer. Viel zu schwer und er war kurz davor, den Kampf zu verlieren. Er konnte nicht mehr. Seine Beine waren wacklig und sein Herz raste so sehr, dass er die Luft anhielt, um es zu stoppen.

Aber es half nicht. Gar nichts half gegen die überwältigende Angst, die ihn im Griff hatte.

Es war schon wieder passiert. Das, was immer passierte. Was sollte er jetzt tun? Es war so, als wäre die ganze Welt taub. Da waren keine Geräusche mehr, keine Gerüche. Seine Augen waren blind und sein Kopf leer.

Angespannt stand er in dem Käfiglift, der zu Mikhaels Nest führte und starrte auf den Boden. Er wusste nicht mehr, wie er hergekommen war. Alles, woran er denken konnte, alles was er sah, war dieses Bild. Ein Bild, das er nicht verstand, das er nicht einordnen konnte und das alles kaputt machte: Sein Guardo, der auf einen anderen Menschen einschlug. Sein Guardo, der Dinge herumwarf. Der brüllte. Der schrie. Der sich veränderte. Bis er nicht mehr sein Guardo war. Der ihn grob anfasste. Ihn schubste. Ihn durch die Folterkammer zerrte. Ihn in den rollenden Kasten stieß. Mehr war da nicht in Utodjas Kopf und er hielt es nicht aus. Was passiert war, was der Menschen-Heiler getan hatte, es war schlimm gewesen. Sehr schlimm. Utodja kannte kein Wort dafür. Am liebsten würde er aus dem Käfiglift stürzen und sich in den nächsten Fluss werfen. Seinen Körper reinigen! Fortwaschen, was dieses Monster auf ihm hinterlassen hatte. Noch immer spürte er seine Hände auf ihm … in ihm. Überall. Es widerte ihn an. Die spitze Nadel war nichts dagegen gewesen. Das brennende Prickeln in seinem Nacken war auszuhalten. Es war sein Unterkörper, der sich seltsam anfühlte. Unwohl reckte Utodja die Schultern, schloss die Augen. Er wollte sich verkriechen. Schwach war er gewesen, wie ein verschrecktes Junges.

Sein einziger Halt war sein Wächter gewesen. Die Hoffnung, dass er ihn trotz allem schützen würde. Dass es irgendwann vorbei sein würde und sein Mikhael ihn mit nach Hause nahm. Ihn sanft streichelte und die Worte sagte, die Utodja so sehnlichst hören wollte – Dass alles gut war. Dass er ihn nicht abstoßend fand. Dass er bleiben durfte. Aber durfte er das wirklich?

Schweigend standen sie da. Seite an Seite. In dem Käfiglift. Die Luft war dick und schwer und ganz gleich, wie sich Utodja auch anstrengte, er schaffte es nicht, seinen Menschen anzusehen. Das, was mal sein Mensch gewesen war. Er war irgendetwas anderes geworden. Etwas, das brodelte, das so gefüllt war mit Gefühlen, dass ein Ausbruch unaufhaltsam bevorstand. Angespannt atmete er durch, witterte das Blut an Mikhaels Fäusten und erbebte.

Er konnte Mikhael vertrauen. Das war es, was ihm seine Instinkte immer gesagt hatten. Aber galt das jetzt noch?

Schließlich blieb der Lift stehen und mit einem Ruck öffnete sein Wächter die Tür. Ohne Utodja anzusehen ging er vor und marschierte zu ihrer Wohnung. Utodja rührte sich nicht. Skeptisch beäugte er die Wohnungstür, wusste nicht, was er tun sollte. Was würde ihn nun erwarten? Erschöpft sackte er in die Knie und hielt sich an den Gitterstäben fest, die in dem Lift angebracht waren. Sein

Mikhael hatte das Nest mittlerweile geöffnet und sah zu ihm hinüber, wartete. Der stechende Blick ließ Utodja noch kleiner werden und er senkte die Ohren, ließ den Kopf tief zwischen den Schultern verschwinden.

Mikhael würde ihn wegwerfen. Ganz sicher. Dabei wollte er nicht fort. Er wollte bleiben. Dieser Ort war seine Zuflucht geworden. Sein Heim. Auch wenn sein Guardo die Beherrschung verlor, wo sollte er sonst hin? Wo war es sicher?

Schluckend schloss er die Augen, lehnte seinen Kopf gegen die Gitterwände. Der Kampf war verloren. Seine Augen brannten gefährlich.

»Bist du verletzt?«

Sofort riss Utodja die Augen wieder auf. Sein Wächter stand genau vor ihm, hatte sich vor ihn gehockt. Zischend hielt Utodja den Atem an, zuckte zurück. Ruhelose blaue Augen sahen ihn an, füllten sich mit mehr Reue, als Utodja ertragen konnte, dann zog sich sein Mensch zurück, wandte eilig den Blick ab.

»Ist schon gut, tut mir leid.« Damit drehte er ihm den Rücken zu. »Du musst reinkommen. Du kannst da nicht sitzen bleiben.«

Das stimmte. Denn wenn er sitzen blieb und andere Menschen kamen, gab es Probleme. Sie störten sich an ihm, fanden ihn lästig. Ein Gendro hatte nicht frei auf den Gängen herumzulungern. Er gehörte an eine Leine, eingepfercht in einen Käfig. Vermutlich würde ihm das viel schneller bevorstehen, als ihm lieb war, wenn er sich nicht bewegte. Doch jede Bewegung war wie ein Kampf und es dauerte ewig, bis Utodja die Wohnungstür erreichte. Mikhael wartete, bis er hineinging, dann schloss er die Tür hinter ihnen.

Es herrschte Stille. Herzklopfen. Ohrenbetäubend und schnell. Doch von wem der Herzschlag kam, konnte Utodja nicht sagen. Von ihm? Von seinem Menschen? War das von Bedeutung?

Schluckend presste sich Utodja an die Wand. Von Mikhael kam nichts. Sein Mensch stand nur da, bebte noch immer. Dann bewegte er sich. Ganz plötzlich!

Seine Hände schossen hervor, griffen nach ihm und Utodja hob abwehrend die Arme, bereit zum Angriff, wenn es sein musste. Hektische Finger grabschten nach seinem Hals, rissen das Halstuch runter, packten zu. Utodjas Herz überschlug sie und er hielt den Atem an. War das das Ende? Würde Mikhael ihn attackieren? Ihn würgen? Ihn töten? War sein Hass so groß? War er so angewidert?

Etwas klickte und ein Ruck fuhr durch Utodja.

Der widerliche Druck um seine Kehle ließ mit einem Mal nach und erstaunt öffnete er die Augen.

Das Halsband. Mikhael hatte es ihm abgenommen, hielt es fest in seiner Hand und sah wütend auf es hinab.

»Elendes Mistding«, fluchte er abfällig, schleuderte das Lederband achtlos durch den Raum. Dann drehte er sich weg, ging einfach weiter. Mit schnellen Schritten. Ließ auf seinem Weg alles fallen. Jacke, Schlüssel, Schuhe. Alles verteilte sich auf dem Boden und sein Mensch verschwand im Badezimmer am anderen Ende der Wohnung. Utodja blieb zurück. Schluckend tastete er nach seinem Hals, fuhr über die wunde Haut. Es tat gut, frei atmen zu können, ohne Zwänge. Aber was bedeutete das? Verabscheute Mikhael ihn doch nicht?

Langsam ging Utodja in die Knie, blieb im Flur sitzen und schielte um die Ecke, betrachtete das Wohnzimmer, ließ seinen Blick über die Küche wandern, bis er auf der anderen Seite ankam. Bei dem anderen Flur, wo das Bad lag.

Wasserrauschen ertönte, sonst war da nichts.

Verunsichert blinzelte er, schüttelte sich einmal. Was würde jetzt passieren?

Die Ungewissheit war grauenhaft und seufzend lehnte er sich gegen die Wand, schielte zu seinem Nest hinüber. Zu gerne würde er sich jetzt dort verkriechen, ein paar Momente nur für sich sein. Aber dafür müsste er am Bad vorbei.

Ob Mikhael gerade plante, wie er ihn am besten loswurde? Oder rollte der nächste Ausbruch heran? Würde er wieder durchdrehen und dieses Mal ihn schlagen? Weil er ihm nicht die Wahrheit gesagt hatte?

Rastlosigkeit fiel über Utodja herein und er stand auf, zögerte eine ganze Weile, ehe er vorsichtig ins Wohnzimmer schlich. Auf dem Tisch entdeckte er seinen Zauberwürfel und seine Brust verkrampfte sich. Schnell griff er danach, drückte das kleine Ding an sich. Wenn er weg musste, wollte er das behalten! Er ließ es sich nicht noch einmal wegnehmen. Wieder schielte er zum Bad. Das Wasser lief noch immer, doch nun war etwas anderes hinzugekommen. Ein Geräusch. Wie ... ein Schnaufen?

Utodja musste schlucken, duckte sich, ehe er über das Sofa kletterte und hinter dem Küchentresen in Deckung ging. Was er hörte verwirrte ihn und es war mehr, als seine empfindlichen Sinne ertragen konnten. Etwas an diesem Geräusch gefiel ihm gar nicht. Es weckte etwas in ihm, das weder Sorge noch Angst war und ihn dazu drängte, zum Ursprung des Geräuschs zu rennen und ganz gleich, von wem es kam, ihn zu trösten.

Lange haderte er mit sich, schimpfte sich einen Dummkopf, trotzdem setzte er sich in Bewegung und kroch schließlich zum Badezimmer. Die Tür stand weit auf und gab den Blick auf den Raum frei.

Der Geruch von Seife hing in der Luft, vermischt mit dem Geruch von Blut.

Himmel, was ging dort vor sich? Vorsichtig lehnte er sich vor, wagte einen Blick ins Innere und stockte.

Mikhael stand vor dem Waschbecken, hielt seine Hände unter das fließende Wasser und sprach mit sich selbst. Leise und schnell, murmelte irgendwelche Worte. Immer wieder fuhr er sich über das Gesicht, rieb sich die Augen und er zitterte. Am ganzen Leib.

Der Anblick traf Utodja schwer. Die pure Verzweiflung beherrschte seinen Guardo, ließ ihn schwer schnaufen. Nur war es gar kein Schnaufen. Mikhael schluchzte.

Entsetzt keuchte Utodja, blieb aber unbemerkt. Sein Mensch war zu versessen auf seine Hände, schrubbte immer heftiger, eine endlos lange Zeit. Rieb wie verrückt mit einem spröden Schwamm über seine Haut. Irgendwann hielt er inne, hob seine zittrigen Finger und ein Krächzen entwich ihm. Verwirrt verengte Utodja die Augen, beugte sich noch weiter vor – und dann sah er es, hielt den Atem an.

Sie waren schwarz. Mikhaels Hände waren schwarz! Spitze Krallen ragten aus seinen Fingern hervor und feine rote Rinnsale schlängelten sich seine Arme hinab.

Utodjas Inneres verknotet sich und er wurde nervös. Was hatte das zu bedeuten?

Aber sein Wächter war nicht weniger entsetzt, starrte hilflos auf seine Hände, ballte sie zu Fäusten, schüttelte dann den Kopf.

»Nein, nein, nein«, hörte Utodja ihn panisch flüstern und dann ging es von vorne los. Wieder hielt er seine Hände unter das Wasser, schrubbte stärker, wurde hektisch. Blindlings griff er nach dem Spiegelschrank über dem Waschbecken, warf dabei alle Becher und Tuben um und holte das seltsame Ding hervor, mit dem er seine Nägel immer kurz hielt. Doch als er die Schranktür wieder schloss und seine Augen sich für einen Moment auf die glatte Oberfläche legten, schrie Mikhael auf, sprang förmlich in die Luft und verlor dabei den Halt, rutschte aus.

Ächzend stieß er gegen die Wand, ehe er zu Boden fiel. Ein schmerzverzerrter Fluch hallte durch das Bad und sofort war Utodja auf den Beinen. Hastig flüchtete er um die Ecke, presste sich dort gegen die Wand und hüllte sich in seine Flügel ein. So harrte er aus, angespannt, lauschend. Leises Wimmern drang an seine Ohren und er schluckte, spürte, wie sein Herz schwer wurde. Er war ein Feigling. Statt sich hier zu verstecken, sollte er nachschauen, ob sein Wächter verletzt war, aber sein Körper war wie gelähmt.

Es dauerte eine ganze Weile, bis er sich wieder bewegen konnte. Aus dem Bad kam nichts. Keine Flüche, keine Bewegung. Einzig das Rauschen des Wassers war zu hören – und das Schluchzen. Utodjas Brust zog sich zusammen.

Mit jedem Mal etwas mehr, wann immer er dieses jämmerliche Geräusch vernahm. Er litt. Sein Mikhael litt gewaltig. Was quälte ihn nur, dass er zwischen den ganzen Gefühlen hin und her sprang, ohne sich kontrollieren zu können?

Utodja schlang seine Arme um sich. Starke Schauer rollten seinen Rücken hinab und gaben ihm das Gefühl, als würde ihm jemand das Herz aus der Brust reißen und es zerdrücken. Er hatte Angst gehabt. Große Angst. Und er war wütend gewesen. Ein Teil von ihm war das noch immer, aber ein anderer Teil dachte nur an Eines: Dass er dieses Geräusch nicht ertrug.

Oh, dieser schreckliche Mensch! Was tat er nur mit ihm? Wieso brachte er alles durcheinander? Utodja wollte nicht so fühlen, doch tiefes Mitleid erfüllte ihn und schließlich öffnete er seine Flügel und spähte vorsichtig um die Ecke.

Sein Mikhael saß noch immer auf dem Boden. Die Beine hatte er angewinkelt, den Kopf in die Hände gestützt. Ein erbärmlicher Anblick. Aber viel mehr war es traurig. Sehr traurig.

Genau in dem Moment hob Mikhael den Kopf. Blaue Augen starrten ihn an, geschockt, besorgt, ängstlich. Noch nie war er so angesehen worden, wusste nicht, wie er damit umgehen sollte. Mikhael sah ihn an, als würde Utodja ihn jeden Moment anfallen. Dann schloss sein Mensch die Augen, legte den Kopf in den Nacken. Keuchend legte er seine Hände auf sein Gesicht und sprach mit einer Stimme, die nicht zu ihm passte.

»Es tut mir leid. Ich wollte dir keine Angst machen«, entfuhr es ihm und die Worte waren wie eine heftige Ohrfeige. Noch nie hatte Utodja einen Menschen betteln gehört, doch genau das tat sein Mikhael.

»Scheiße ... Die werden uns auseinandernehmen. Uns beide ... und es ist meine Schuld!«

Ob Mikhael mit ihm oder zu sich selbst sprach, wusste Utodja nicht, doch das Leid war seinem Menschen ins Gesicht geschrieben. Er bereute. Wieder einmal. Und Utodja ahnte wieso. Aber darüber nachdenken konnte er nicht. Es gab andere Dinge, die ihn beschäftigten und obwohl er sah, wie aufgewühlt Mikhael war, musste er es aussprechen. Musste die Gewissheit haben. Schluckend sah er auf den Zauberwürfel in seiner Hand, drückte ihn an sich.

»Wirst du mich wegwerfen?«, raunte er dunkel und sein Hals schnürte sich bei jedem Wort mehr zu. Er hatte kaum zu Ende gesprochen, da fuhr Mikhaels Kopf hoch.

»Was? Nein! Das würde ich nie tun, ich werfe dich nicht raus! Das alles hat nichts mit dir zu tun!« Mikhael hielt inne, öffnete den Mund, doch es kam nichts heraus. Er sackte zusammen und Erschöpfung fiel über ihn herein. Utodja spürte es mit jeder Faser seines Körpers und auch er wurde müde. »Ich werfe dich nicht weg. Das ist dein Zuhause. Wenn du überhaupt bleiben willst.«

Es kam keine Antwort.

Natürlich kam keine Antwort, was sollte das Fledertier darauf schon sagen? Es war erbärmlich! Wie die ganze Show, die Mika hier abzog.

Schnell schloss er die Augen, versteckte sich in der Dunkelheit. So musste er Utodjas Blicke nicht ertragen. Musste nicht sehen, zu was er geworden war – zu einem Monster. Nichts anderes war er. Ein egoistisches Monster, das nur an sich dachte. Dabei war es Utodja, dem man grauenhafte Dinge angetan hatte. Aber wer hockte hier und jammerte deswegen? Mika. Gott, war das alles ekelhaft!

»Ich bin ekelhaft«, sprach er seinen Gedanken laut aus, öffnete seine Augen einen Spalt. Sein Gendro saß weit weg, kauerte vor der Tür. Mika musste ihn in dem Institut zu Tode erschreckt haben, da war eine Erklärung das Mindeste!

»Ich hätte dich nicht dazu zwingen dürfen, mitzukommen. Dich in dieses Institut zu schleppen, obwohl du ... Ich hätte nicht zulassen dürfen, dass dieser Kerl dich anfasst! Ich hätte es verhindern MÜSSEN! Ich bin für dich verantwortlich. Ich hätte die Kontrolle behalten müssen! Ich-...«

Ab da tat sein Mund nur noch, was er wollte. Redete und redete. Triaden von Rechtfertigungen, die gar nichts wiedergutmachten, aber er konnte nicht aufhören. Reden war besser als schreien. Besser, als Dinge kaputt zu machen. Utodja musterte ihn dabei ungewiss, schien hin und her gerissen zu sein. Irgendwann stoppte Mika seinen Redeschwall und fuhr sich über die Augen. Verdammt, wieso konnte er nicht aufhören, wie ein erbärmlicher Idiot zu klingen?

»Wenn du ... das nicht wolltest, wieso hast du es getan?«, kam dann die entwaffnende Frage und Mika weitete die Augen.

Ganz langsam hob er den Kopf, sah zu Utodja hinüber. Sein Blick fiel auf den Würfel in seinen Händen und ein kränkliches Lächeln schlich sich auf seine Lippen. Dieses zerbissene Ding, Utodja schleppte es mit sich herum, als wäre es ein wertvoller Schatz.

»Wieso?« Tief atmete er durch. Die Frage genügte, um das Monster in ihm zu wecken, aber er hatte nicht die Kraft dazu, es aus dem Käfig zu lassen, schluckte mit aller Macht herunter, was auszubrechen drohte. »Wieso wohl? Ich konnte nicht mehr mit ansehen, wie dich dieser Kerl behandelt hat!« Schnaubend wandte Mika sich ab. »Hätte ich das doch nur nicht getan. Ich weiß nicht, was jetzt passieren wird. Aber ich konnte nicht zulassen, dass er dich so behandelt. Wo du doch eine ...« Auch den Satz brachte Mika nicht zu ende, musste schwer schlucken. Alles war so wirr. Was er getan hatte, hatte nichts mit damit zu tun, dass Utodja *anders* war.

Zurückhaltend suchte er den Blick des Gendros, musterte Utodja eindringlich, ließ seinen Blick über seine Flügel wandern. Über sein Gesicht. Eigentlich hatte

Mika gedacht, sein Leben wäre schwierig. Wie musste es Utodja wohl gehen? Seit der seltsame Arzt diese Entdeckung gemacht hatte, wirkte er durcheinander und verstört. Ha! Sie gaben wirklich ein großartiges Gespann ab.

»Bist du okay?«, fragte er, hatte aufgehört zu zählen, wie oft er diese Frage schon gestellt hatte. Eine Antwort bekam er nicht. Utodja legte nur die Stirn in Falten und neigte den Kopf. »Ich meine mit … du weißt schon. Damit.« Ungeschickt nickte er in Utodjas Richtung, sah für eine Sekunde auf dessen Unterkörper, ehe er den Blick schnell wieder abwandte. »Hat er dich verletzt?«

Unsicherheit blitzte in den grünen Augen auf und Utodja zog die Beine an, schwang seinen Schweif unruhig umher, ehe er den Kopf schüttelte.

»Nein.«

»Gut!« Ja, das war sehr gut, aber damit war es nicht getan. Nicht für Mika. Dabei hatte er nicht das Recht dazu, irgendetwas von Utodja zu verlangen. Trotzdem hatte er Fragen. Viele Fragen.

Eine ganze Weile saßen sie nur da. Sahen einander nicht an. Das Wasser im Waschbecken rauschte unaufhörlich und brachte Mika eine Gänsehaut ein.

»Wie … ist es, wenn man so ist?«, schaffte er es schließlich zu formulieren, ohne wie eine Kreissäge zu klingen. Die Frage war dämlich und völlig unangebracht, aber nicht eine Sekunde länger hielt er diese erdrückende Stille aus, die wie ein Schatten über ihnen lag und drohte, alles kaputt zu machen, was in den letzten Wochen passiert war.

Nur verstand Utodja die Frage nicht. Worauf Mikhael hinaus wollte, war klar. Utodja hatte das alles schon oft erlebt und der Drang überkam ihn, einfach aufzustehen und wegzulaufen. Weit weg! Sich in sein Nest zu flüchten und nie wieder hervorzukommen. Aber vielleicht hatte er ja Glück. Sein Wächter war noch immer schrecklich aufgewühlt und sah nicht danach aus, als würde er jeden Moment anfangen zu toben. Viel mehr sah es danach aus, als würde er gleich in sich zusammenfallen, klammerte sich mit flehenden Blicken an Utodjas ausstehende Antwort. Aber wie sollte er etwas beantworten, das er nicht verstand? Wie es war …?

Utodja spürte, wie sich sein Gesicht erhitzte. Noch nie hatte ihn jemand danach gefragt oder sich dafür interessiert, wie er sich fühlte. Geschweige denn hatte er je darüber gesprochen. Ein Kloß bildete sich in seinem Hals und konzentriert sah er auf die kühlen Fliesen hinab. Wie es war … Es war schwer, das in Worte zu fassen. Es jemandem zu erklären, der nicht wusste, wie das war. Wie erklärte man einem Pilz, wie es war, Wasser zu sein?

»Ich weiß nicht«, flüsterte er stockend, fuhr mit einem Finger über die Fliesen. »Es macht mir Angst, manchmal … Alle drehen durch. Ich verstehe das nicht.« Unwohl reckte er die Schultern, sah an sich hinab und verzog den

Mund. »Ich bin anders, als andere. Nicht *normal*. Menschen mögen nichts, das anders ist. Sie ekeln sich. Aber ich war schon immer so. Ich dachte, es wäre gut. Ich dachte, ich muss so sein, aber dann kamen die Menschen.« Tief holte Utodja Luft, musste eine Pause machen, denn Unruhe überfiel ihn. Mikhael davon zu erzählen, dass er mangelhaft war, war eine schwere Aufgabe und kaum auszuhalten. Aber vielleicht half es ja auch. Vielleicht verstand gerade er ihn. Sein ungewöhnlicher Mensch. Also nahm sich Utodja zusammen, sprach holprig weiter.

»Die Menschen machen es zu einem Problem und das macht mir Angst. Menschen wissen viel. Was, wenn sie auch das wissen? Dass es nicht gut ist? Sie werden wütend, wenn sie es entdecken, darum sollen sie es nicht entdecken. Es nicht sehen. Aber die Menschen tun, was sie wollen.«

Utodja verstummte, konnte nicht mehr weitersprechen. Düstere Erinnerungen kamen in ihm hoch, erschlugen ihn regelrecht. Was heute in der Folterkammer geschehen war, war nichts im Vergleich zu dem, was damals dort passiert war. Aber sein Mikhael, er wusste nichts davon und alles, was Utodja tun konnte, war zu versuchen, ihm alles zu erklären. Versuchen, Mikhael für sich zu gewinnen, damit er sein Wort hielt. Damit er ihn nicht wegwarf.

»Menschen wollen leichte Dinge. Gewohnte Dinge. Immer nur eins von allem. Der Ladenmensch sagte das. Er sagte, ich soll ihnen geben, was sie wollen. Wollen sie ein Weibchen, bin ich ein Weibchen. Wollen sie ein Männchen, bin ich ein Männchen. Aber das ist falsch. Das ist eine Lüge und wenn sie es entdecken, schicken sie mich weg, denn ich bin widerlich.«

»War das etwa der Grund?«, kam plötzlich von Mikhael und Utodja stellte die Ohren auf, hob den Kopf.

Aufrecht saß sein Wächter da, war aus seinem Schneckenhaus gekrochen und sah ihn fassungslos an.

Utodja hielt diesem Blick nicht stand. Diesen blauen Augen, die die Wahrheit über ihn kannten, ihn plötzlich so wissend ansahen. Es brachte seine Wangen zum Glühen und schnell drehte er sich weg, konnte nicht antworten.

»Es stimmt, oder? Deswegen haben dich deine Vorbesitzer zurückgegeben, oder?«

Der Knoten in Utodjas Hals wurde so groß, dass er keinen Ton heraus brachte. Sein Gesicht wurde immer heißer und der Drang, in sein Nest zu flüchten, war überwältigend.

»Nicht alle ... aber viele«, brachte er unter Mühen hervor und ein mehr als vertrautes Zischen ertönte in dem Raum.

»Verdammte Arschlöcher!«

Mit einem Schlag erwachten Mikas Lebensgeister und schockiert sah er

Utodja an, glaubte nicht, was er da hörte. Die ganze Zeit über hatte er geahnt, dass Jakobson irgendeine krumme Tour bei Utodjas Verkauf abzog, aber dass er so weit ging? Dass er ihn zwang, sich zu verleugnen? Dass er so eine absurde Lüge erzählte? Hielt er die Leute denn für so blöd? Andererseits mussten sie es sein, denn es hatte oft genug geklappt. Nicht zu fassen! Mika konnte sie vor sich sehen. Jeden einzelnen von Utodjas Vorbesitzern! Alles beschränkte Kleingeister! Wie diese dämliche Frau damals. Jetzt gab ihr Gebrabbel auch Sinn, von wegen Missgeburt. Pah, wer war in Wirklichkeit die Missgeburt?

Gut, einfach war das vielleicht nicht, Mika verstand es auch noch nicht so richtig, aber war das ein Grund, ihn einfach vor die Tür zu setzen? Ihn zu misshandeln? Ihn zu verkaufen?

Sein Gesicht verfinsterte sich und er setzte sich auf die Knie, rückte näher. Aus einem Impuls heraus streckte er die Hand aus, zog sie jedoch im selben Moment wieder zurück und fletschte die Zähne.

»Hör nicht auf sie!«, platzte es aus ihm heraus und er drückte seine Fäuste gegen den Boden. »Hör ja nicht auf das, was irgendwelche Idioten sagen! Du bist nicht widerlich. Du bist anders, na und? Ist das etwa eine Entschuldigung für deren Verhalten? Nein!«

Da musste Utodja schlucken. Er antwortete nicht, spürte nur, wie die Hitze von seinem Gesicht in seine Brust wanderte und sein Herz zum Donnern brachten. Nicht widerlich? Erneut sah Utodja auf die Fliesen, schaffte es nicht, den Blickkontakt zu halten.

Es war unglaublich. Utodja wusste nicht, wie er das machte, doch Mikhaels Worte, sie schmeichelten ihm. Bauten ihn auf und erleichterten ihn. Dabei waren sie so simpel, so einfach. Damit hatte er nicht gerechnet. Nicht, nachdem sein Mensch so zermürbt gewesen war.

Nicht widerlich ... Utodjas Herz flatterte wie ein Blütenvogel und seine Mundwinkel zuckten.

»Was ist mit dir?« Bei der Frage sah er schließlich doch auf. Sein Wächter saß nur noch wenige Längen von ihm entfernt, musterte ihn besorgt, wenn auch mit vorsichtiger Neugier. »Was denkst du, Utodja? Wie siehst du dich? Niemand hat dich je danach gefragt, mh? Nicht mal ich.«

Darauf hatte Utodja keine Antwort. Lange schwieg er, überlegte, was er sagen sollte. So offen darüber zu sprechen war ungewohnt. Was er dachte, hatte nie eine Rolle gespielt und er hatte sich nie beschwert, aus Angst, Mikhael könnte bemerken, was er war. Aber sein Wächter meinte es nicht böse, also versuchte Utodja in Worte zu packen, was er all die Jahre mit sich herumgetragen hatte. Was er nie gewagt hatte, auszusprechen.

»Meine Matre und mein Patre, sie sagten, ich wäre ein Segen«, begann er und schloss die Augen. Bilder blitzten in der Dunkelheit auf. Von hohen grünen Bäumen. Von Felsen und Bergen und Wasserfällen. Es war sein liebster Gedanke. Eine Erinnerung, die bis jetzt nur ihm gehört hatte. Das Gefühl von Geborgenheit umschlang ihn und er seufzte lautlos.

»Sie nannten mich *Maara*. So nennt man die, die wie ich sind. Nicht Frau, nicht Mann. Wenn wir älter werden und wissen, was wir wollen, dürfen wir unsere Gefährten frei wählen und alle freuen sich. Wir sichern das, was noch kommt. Aber es ist kein Segen.« Der angenehme Gedanke verflog und Utodjas Brust wurde schwer. Er schlang die Arme um sich und schüttelte den Kopf. Seine Eltern mussten sich getäuscht haben. Ein Segen war etwas Gutes, aber das, was zwischen seinen Beinen lag, hatte sein Leben immer wieder kaputt gemacht. Sein Wächter hatte recht. Niemand hatte je gefragt, was er dachte oder wollte. Dabei wusste er es schon so lange. Hegte seit langer Zeit einen Groll gegen die Menschen, die es einfach ignorierten.

Die Augen zukneifend senkte er seinen Kopf, presste die Stirn gegen seine Knie und ließ die Ohren fallen. Sein Herz begann zu klopfen, donnerte gegen seinen Brustkorb, als er die Worte sagte, die noch nie jemand gehört hatte.

»Äußerlich bin ich mehr Männchen. Also darfst du *Er* zu mir sagen. In eurer Sprache geht es nur so. Aber ...«, begann er umständlich, spürte, wie sich sein Körper fremdartig erhitzte und wie sein Herz regelrecht anschwoll. Er hob den Kopf, suchte Mikhaels Blick. »Ich bin beides. Ich bin ein Männchen und kann Leben zeugen. Ich bin ein Weibchen und kann Leben schenken. Nur das eine oder nur das andere gibt es nicht für mich. Ich kann beides, ich gebe beides. Das bin ich. Ein *Maara*.«

Langsam nickte Mika, atmete tief durch. Okay, also sah sich Utodja weder als Mann noch als Frau, sondern als ... *Maara*? Davon hatte er noch nie gehört, aber wenn es bei den Gendros tatsächlich so etwas gab, okay, gut, was immer Utodja wollte. Und wenn er wollte, dass Mika ihn mit *Er* ansprechen, würde er das tun. Zumal er optisch wirklich mehr wie ein Mann aussah. Aber er war kein Mann. Er war ein Maara. Das musste sich Mika merken. Irgendwie.

Das Ganze war ziemlich verwirrend, aber er würde das schon hinbekommen. Zumal ihm das, was seine Fledermaus da erzählt, erschreckend bekannt vorkam. Zwischen den Stühlen zu sitzen und von außen bedrängt zu werden, war grauenhaft.

Lange beobachtete er Utodja. Es war das erste Mal, dass er von seiner Vergangenheit gesprochen hatte. Er war mit einem knappen Jahr gefangen worden, also hatte er nur eine kurze Zeit bei seinesgleichen gelebt und nach dem, was er erzählt hatte, hatte er es gut dort gehabt.

Nachdenklich sah Mika auf seine Hände.

»Was ist mit deiner Familie passiert?«, flüsterte er vorsichtig. Ein Hauch bitterer Trauer erfüllte plötzlich das Bad und Mikas Herz zog sich zusammen.

»Menschen haben sie getötet«, wisperte der Gendro, fasste sich an die Brust. »Ich hab es gesehen. Patre ging in den Wald und kam nicht zurück und Matre.« Mit einem Finger berührte er seine Stirn, schloss die Augen. »Sie machten ihr ein Loch in den Kopf und sie stand nicht mehr auf. Ich hab sie nie wieder gesehen.«

Um Gottes willen! Zischend atmete Mikhael aus, ließ die Schultern sinken. Man hatte seine komplette Familie abgeschlachtet? Wie grauenhaft. Aber es erklärte seine Angst und seine Abscheu den Menschen gegenüber.

»Wie ist das passiert?«

»Ich weiß es nicht mehr, es ist lange her. Mein Kopf tat lange weh und ich weiß viele Dinge nicht mehr. Wichtige Dinge ... aber sie sind fort. Für immer. Sie sind jetzt weiße Wolken und blauer Himmel.«

»Das tut mir leid. Ich hatte keine Ahnung.« Betreten biss sich Mika auf die Lippen. Utodja hatte wirklich schon eine Menge mitgemacht. Dachte Mika an seine Familie, war da nur Übelkeit. Ob er anders fühlen würde, wenn es seinen Eltern so ergehen würde? Er war sich nicht sicher und das tat mehr weh, als er zugeben wollte.

Mit einem Mal wurde sein Wächter sehr leise und Utodja neigte den Kopf. Sein Mitgefühl war aufrichtig, aber Utodja wollte nicht in Trauer versinken. Schon lange hatte er damit abgeschlossen, dass er alles verloren hatte. Mikhael schien es dafür umso mehr zu treffen. Er drückte seine Hände fest gegen den glatten Boden und zerbiss seine Lippen. Diese seltsame Macke zeigte sich oft, wenn er nachdachte und Utodja ahnte, was ihn beschäftigte. Zögernd betrachtete er Mikhaels Hände, die nun nicht mehr schwarz waren, sondern nur noch ein helles Grau zeigten. Was man erlebte, machte einen aus, das wusste Utodja und so war es sicher auch bei anderen. Vielleicht lag dort die Möglichkeit, um Mikhaels Zorn zu dämmen?

Knapp sah Utodja zur Seite, schielte aus der Tür. Einen Versuch war es wert, also setzte er sich auf, zögerte ein paar Momente, ehe er ganz vorsichtig nach Mikhaels Händen tastete.

Sein Mensch zuckte sofort zurück und sprang auf, zog seine Hände weg. Unsicher sah er Utodja an, der schluckte, gegen die Zweifel ankämpfte. Er startete einen zweiten Versuch, erhob sich ebenfalls und streckte eine Hand aus.

»Komm.«

Es dauerte, bis Mikhael der Aufforderung nachkam. Unruhig hielt er seine

Hände hinter seinem Rücken versteckt, ballte sie zu Fäusten, lockerte sie wieder.

Mit diesen Dingern konnte er Utodja nicht anfassen! Andererseits schien der es ernst zu meinen. Was er auch vorhatte, beharrlich stand er da und wartete. Aber Mika war nicht dumm, er spürte auch die Zweifel in Utodja, wusste, dass er daran schuld war. Vorsicht und Kontrolle waren angebracht! Tief atmete er durch, versuchte sich zu entspannen, ehe er langsam Utodjas samtige Hand ergriff. Ein Gurren ertönte, kaum da sie sich berührten und sachte drückte Utodja zu, setzte sich dann in Bewegung, führte ihn aus dem Badezimmer.

Ihr Ziel war das Wohnzimmer, dort ließ Utodja ihn los und wandte sich ab, lief quer durch den Raum. Was zum Henker veranstaltete er da? Suchte er etwas?

Scheinbar war dem so, denn ein zufriedenes Murren drang an Mika Ohr, dann kam Utodja zurück.

Es war das Telefon, das er in der Hand trug. Beziehungsweise das, was davon noch übrig war. Unmittelbar vor Mika blieb er stehen und hielt ihm das Gerät entgegen.

»Wer hat gesprochen? Heute Morgen. Die Stimme, damit hat es angefangen. Wer war das?«

Perplex blinzelte Mika, klappte den Mund auf und sofort wieder zu. Schande, was sollte er dazu sagen?

»Das ... ähm, das war ...« Weiter kam er nicht, fuhr sich fluchend über den Nacken und zuckte mit den Schultern.

Sein Guardo tat sich schwer, stotterte lange herum und doch kam nichts dabei raus. Utodja hatte also recht gehabt. Was ihn so reizbar gemacht hatte, war diese Stimme gewesen. Nicht nur heute Morgen, auch was danach kam. Es hatte Spuren in ihm hinterlassen und ihn zu einem Feuerberg gemacht, der brodelte und zu jeder Zeit ausbrechen konnte. Der Grund dafür konnte nur einer sein.

»Wo ist *deine* Familie? Mikhael? Dein Patre, deine Matre?« Mikhaels Augen wurden finster und Utodja schluckte. »Sie war es. Die Stimme. Ja? Sie hat dich wütend gemacht.«

Stockend nahm Mika Utodja das Telefon aus der Hand und atmete durch, verschloss das brüllende Monster in einem eisernen Käfig. Utodja hatte das echt drauf. Solche Fragen rauszuhauen, auf die Mika keine Antwort wusste und wären seine Absichten nicht so naiv und unschuldig, würde Mika wohl wieder ausrasten. Konzentriert holte er Luft, nickte dann.

»Ja.«Langsam setzte er sich in Bewegung, ging an Utodja vorbei und ließ sich auf dem großen Sessel nieder. Ausdruckslos sah er auf das Telefon hinab und verengte die Augen. Er wusste, was die freche Fledermaus damit bezweckte. Faszinierend traf es nicht mal annähernd! Dass Utodja so weit denken konnte und sich einen Plan ausgedacht hatte, um ihn aus der Reserve zu locken. Zu seiner Schande musste Mika eingestehen, dass es funktionierte. Der Gendro war wirklich ein schlaues Köpfchen.

»Meine Familie ist nicht so wie andere Familien. Auch nicht so, wie du es vielleicht kennst. Meine Eltern haben schlimme Dinge getan ... mit mir. Mich belogen und eingesperrt. Gegen meinen Willen Sachen gemacht ... Das ging sehr lange so. Das kann ich ihnen nicht einfach verzeihen, aber sie erwarten es! Ich bin mir nicht mal sicher, ob sie überhaupt verstehen, was das alles für mich bedeutet.«

Angespannt hob er den Kopf. Utodja war näher gekommen, stand vor ihm und betrachtete ihn fragend.

Er musste lachen, fuhr sich durch die Haare und verkrallte sich in seinen Strähnen. Oh ja, er kannte die Ängste, die Utodja durchlebte. Er kannte sie ganz genau, spürte dieselben Zweifel, dabei waren sie unbegründet. Utodja hatte keine Ahnung, was für ein Glück er eigentlich hatte!

»Du bist nicht widerlich, Utodja«, begann er, holte tief Luft und legte den Kopf in den Nacken, sah zu Utodja hoch, der erstaunt die Ohren aufstellte. »Du bist einzigartig! Du weißt wer du bist und was du willst, ganz egal, was dir irgendwer einreden will. Und ich? Was bin ich? Ein Idiot. Dabei kann ich verstehen, was du durchgemacht hast. Glaub mir. Ich verstehe das. Ich weiß, wie es ist, anders zu sein.«

Sein Mikhael ließ den Kopf fallen und Utodja blinzelte. Diese Ansprache war wie ein Pfeil, der sich tief in sein Inneres bohrte und dort mit seinem Herz verschmolz. Sein Guardo war so voller Gefühle, dass er ständig übertrieb. Er sprang von einem Extrem ins nächste, während er von sich selbst das Geringste dachte. Selbst jetzt sagte er dumme Dinge, ohne nachzudenken. Utodja hatte sich geirrt. So stark war er nicht, sein Guardo. Er war ruhelos und aufgewühlt. Wie wollte er so ein guter Alpha werden? Er brauchte mehr Stärke. Sehr viel mehr.

Sachte schlang Utodja seinen Schweif um Mikhaels Bein, vergaß all seine Zweifel, verzieh ihm all seine Ausbrüche. Er verstand. Sanft streichelte er Mikhaels Wange, sah direkt in seine Augen.

»Weil du anders bist als andere Menschen«, hauchte er, konnte spüren, wie ein Ruck durch Mikhael ging. Dann, sehr langsam, nickte sein Mensch, senkte die Lider.

»Ja«, gestand er und mit der Antwort kam ein heftiges Kribbeln in Utodja auf. Dasselbe Kribbeln, das er am heutigen Morgen gespürt hatte und schon einige Male davor. Doch dieses Mal war es besonders stark.

Wie ein Feuer breitete es sich in ihm aus, schüttelte ihn durch und ließ sein Herz inbrünstig schlagen. Für seinen Guardo. Seinen dummen, dummen Guardo.

Der ihn nicht widerlich fand.

Der ihn nicht wegwerfen würde.

Gurrend schlug Utodja mit seinen Flügeln, streckte sie, ehe er Mikhaels Gesicht mit seinen Händen umfing. Seine Stirn gegen Mikhaels drückte und sich an ihn schmiegte. Ein erschrockener Ausruf kam von seinem Wächter, doch die Lautstärke ängstigte Utodja nicht. Im Gegenteil, er schmunzelte unbemerkt, denn diese Seite von Mikhael mochte er am liebsten. Seinen verwirrten Blick, die Röte, die seine Wangen ausfüllte. Die Verlegenheit.

Das Gurren in seiner Kehle wurde tiefer, lauter und schließlich kletterte er auf den Sessel, worauf sein Wächter auf dem Polster hinunterrutschte, sich an die Lehnen klammerte.

»... Was-was tust du?«

Utodja ignorierte die aufkommende Panik, genoss, wie sein Wächter auf ihn reagierte und dann traf er eine Entscheidung. Würde etwas wagen, das er niemals zuvor gewagt hatte.

Sachte ließ er sich auf Mikhaels Schoß nieder, winkelte seine Beine zu Mikhaels Seiten an. Seine Hände wanderten von Mikhaels Gesicht hinauf in seine Haare und seine Finger versenkten sich in den dichten Strähnen.

»Ssch, ssch«, hauchte er, schloss die Augen und atmete tief ein. Mikhaels Duft kroch in seine Nase und eine Gänsehaut suchte ihn heim. Er roch gut. So unglaublich vertraut.

Das Kribbeln in Utodja wurde stärker und gediegen schlängelte sich sein Schweif an Mikhaels Bein hinauf, bis zu seinem Knie.

»Vergessen«, flüsterte er, nahm all seinen Mut zusammen. »Wir vergessen es. Alles, was heute war. Alles ist gut. Aber du darfst nicht mehr schreien. Mikhael. Das darfst du nicht.« Mit einem Finger tippte er die Stirn seines Wächters an, sagte die Worte, die schon so oft zu ihm gesagt worden waren. »Verstanden? Nicht mehr schreien. Das nächste Mal werde ich böse.«

Ein heftiger Ruck ging durch seinen Guardo und mit einem Mal strahlte er eine unglaubliche Hitze aus, die Utodja durchschüttelte. Seufzend schloss er die Augen, legte den Kopf weit in den Nacken.

Mit einem Mal war das Kribbeln überall. Krabbelte über seinen ganzen Körper, brachte ihn dazu, sich fest gegen Mikhael zu schmiegen, der immer tiefer in den Sessel rutschte, als wollte er sich in den Polstern verstecken. Da war nur noch Unsicherheit in seinem Wächter – und es war hinreißend. Zu hinreißend, um Angst oder Zorn zu spüren und schließlich beugte sich Utodja vor, legte seine Arme um seinen Guardo und bettete seinen Kopf auf die breite Schulter.

Wie warm er war. Unglaublich warm. Seine Nähe war wohltuender, als Utodja geglaubt hatte. Eine Reaktion bekam er jedoch nicht. Mikhael hob nicht die Arme oder erwiderte die Geste. Er saß nur glühend da, während sein Herz gegen seine Brust schmetterte. Eine eindeutige Reaktion.

In Utodjas Bauch flatterte es. Wild und aufregend. Mikhael verhielt sich so, obwohl er die Wahrheit kannte! Es war wie ein Wunder.

Gurrend schmiegte er sich an ihn, zeigte ihm so seine Dankbarkeit, wollte ihn ganz für sich einnehmen, da fiel sein Blick auf Mikhaels Nacken. Sofort traf ihn eine weitere Gänsehaut und Utodja schüttelte sich. Er ... mochte das. Dieses kleine bisschen nackte Haut, die ein kleinen Blick auf seine Tattoos zuließ.

Spielerisch entblößte er seine Zähne, kam Mikhaels Hals ganz nahe, streifte seine Haut. Es war eine Finte, ein Spiel für Ältere, das er von früher kannte. Sein unwissender Mikhael ging nicht darauf ein, aber das machte nichts. Überhaupt nicht. Utodja genoss es auch so und – *BBRRRRRRR!*

Ein rhythmisches Brummen unterbrach den seltsamen Moment und erleichtert atmete Mika auf.

Sein Smartphone! Es vibrierte! Gott sei Dank!

Nicht eine Sekunde länger hätte er ausgehalten, was Utodja da mit ihm veranstaltete. Die Fledermaus machte ihn fertig! Nach allen Regeln der Kunst! Dieses Vieh war nicht nur manipulativ, nein! Er folterte ihn! Erst emotional und jetzt auch noch körperlich! Allein, wie er sich an ihn drückte ...! Er provozierte doch gerade heraus, dass irgendetwas ... Ungehöriges passierte, verdammt! Aber nein, Mika würde sich nicht noch mal überwältigen lassen. Nicht so wie heute morgen!

Abgesehen davon verstand er das vermutlich sowieso falsch.

Utodjas verführerischen Blicke waren sicher gar nicht verführerisch gewesen, sondern einfach nur ...!

Das Vibrieren wurde stärker. Natürlich, das Handy! Sich räuspernd lehnte sich Mika so weit zurück wie er konnte und holte hektisch sein Handy aus der Hosentasche.

»Hallo?«, krächzte er heiser, musste sich erst fassen.

»Du verdammter Vollidiot! Was hast du gemacht?«, wurde er von der anderen Seite der Leitung angeblafft und erleichtert sackte er in den Sessel.

»Ellie. Himmel sei Dank, du bist es.« In diesem Moment war die wütende Stimme seiner Freundin die reinste Wohltat. Allerdings sah sie das wohl ganz anders, denn empört schnaubte sie aus.

»Komm mir ja nicht so! Ich hab gehört, was heute passiert ist! Das IKF ist ein verdammtes Dorf! Und du ein verdammter Trottel.«

Mit einem gewaltigen Schlag landete Mika wieder auf dem Boden der Tatsachen und er setzte sich aufrecht hin. Utodja rutschte dadurch von seinem Schoß, kletterte aber um ihn herum und blieb auf der breiten Armlehne sitzen. Noch immer zu nahe für Mikas Geschmack, aber jetzt musste er Schadensbegrenzung leisten. Das IKF. Mika hatte fast verdrängt, was vorhin passiert war.

»Es hat also schon die Runde gemacht?«, raunte er, musste schwer schlucken.

»Natürlich! Alle Welt spricht davon! Erst war ich mir nicht sicher, aber dann hab ich die Besucherlisten gecheckt und deinen Namen gesehen. Verdammt, Mika, ausgerechnet Dr. Konowalow! Der Typ ist total durchgeknallt.«

Ja, das war Mika auch aufgefallen, doch ein anderer Gedanke kam in ihm hoch und seine Lippen wurden schmal. Er ballte die Fäuste.

»Wieso hast du mir nichts von dieser bescheuerten Chip-Sache erzählt?«

»Weil ich dachte, dass du das weißt. Das ging vor einigen Monaten groß durch die Medien. Es ist gesetzlich Pflicht, einen Gendro zu registrieren. Zumindest in unserem großartigen Staat.«

»Hättest du mir das eher gesagt, wäre das alles überhaupt nicht passiert!«

»Wirklich, Mika? Willst du jetzt mir die Schuld in die Schuhe schieben? Ich hab dir von Anfang an gesagt, dass das keine gute Idee ist, aber du wolltest mir nicht glauben. Und jetzt sitzt du extrem tief in der Tinte.«

Fluchend warf sich Mika gegen den Sessel, fuhr sich über das Gesicht. Ellie war ein Insider, wenn sie so was sagte, dann sah es ziemlich übel aus.

»Weißt du irgendwas?«

»Ja, ein bisschen. Dr. Konowalow ist hier kein unbeschriebenes Blatt. Ich hab schon früher von ihm gehört. Unsere Kryptiden- Schutz-Abteilung versteht sich nicht gut mit den Forschungseinrichtungen. Ein Bekannter von mir sitzt oben in der Rechtsabteilung und hat gesagt, die hatten schon öfter Probleme mit dem Typen, aber er ist eine Koryphäe auf dem Gebiet der modernen Kryptozoologie, deswegen wurde er bis jetzt noch nicht gefeuert.«

Oh Schande. Mika begann zu beben, leckte sich über die Lippen.

»Und jetzt? Was passiert jetzt?«

»Na ja, die Lage ist wohl ziemlich eindeutig.«

Kapitel 16

Zivilisiert

D IE Fahrstuhltüren zum dritten Untergeschoss öffneten sich und frustriert stieg Dr. Maxim Konowalow aus. In der Hand hielt er einen Kühlbeutel, den er sich auf sein Gesicht drückte. Seine Nase war angebrochen und aus dem Grund war er hergekommen. In den unteren Abteilungen des Instituts lag die Forschungseinrichtung des IKFs – eine weitläufige, unterirdische Anlage. Abseits vom Servicebereich, der den Kunden zur Verfügung stand, hatten hier nur ausgewählte Mitarbeiter Zutritt. So auch Konowalow. Unter der Leitung des alten Dr. Holloway war diese Abteilung auf die Beine gestellt worden und um hier arbeiten zu können, war Konowalow bereitwillig jeden Kompromiss eingegangen. Einer dieser lästigen Nebeneffekte war der Praxisdienst, ein Laster, das sie alle zu tragen hatten. Jeder angestellte Arzt hatte im Servicebereich zu arbeiten, um Kosten einzusparen und den zahlenden Kunden die beste Beratung zu bieten. Im Vergleich zu den Mitteln, die der Forschungsabteilung dafür zu Verfügung standen, war dieser lästige Dienst ein auszuhaltendes Übel. In den meisten Fällen zumindest. An Tagen wie diesen verwünschte Konowalow seine Nebentätigkeit im Service. Emotionale Kunden waren nervtötend. Entweder sie wussten alles besser oder es geschah dasselbe wie heute. Sie verloren die Beherrschung. Allerdings war noch niemand so weit gegangen, tatsächlich handgreiflich zu werden, was den Tag dann doch wieder interessant gemacht hatte.

Der Mann, Auclair war sein Name gewesen, war ein außerordentlicher Glücksfall! Sofern Konowalows Vermutungen der Wahrheit entsprachen. Sein Gendro, die Fledermaus, hatte ebenso seine Neugier geweckt, aber sein Besitzer war viel faszinierender. Allerdings hatte Konowalows Forschung bezüglich der Kryptiden Vorrang, also würde er Schritt für Schritt vorgehen und der erste

Schritt war, seine Fraktur zu richten.

Mit schnellen Schritten marschierte er durch die langen Flure der Abteilung, schenkte den Laboren links und rechts von ihm keine Beachtung. Auch die unzähligen Käfige, in denen verschreckte Gestalten hockten und ihn ängstlich beäugten, würdigte er keines Blickes.

Sein Ziel war die Krankenstation - ein kleiner Saal für die Angestellten des Institutes. Wäre es nach Konowalow gegangen, hätte er auf diese überflüssige Investition verzichtet, doch in einem Gewerbe, in dem man mit gefährlichen Tieren arbeitete, war dies Vorschrift.

Mürrisch betrat er den kreisrunden Saal, scheuchte das anwesende Personal hinaus und machte sich schließlich daran, seinen Bruch zu behandeln. In einem Spiegel betrachtete er sein angeschwollenes Gesicht und runzelte die Stirn, tastete nach seinem Nasenbein. Es sah schlimmer aus, als es war. Ein kurzer schmerzhafter Ruck würde die Fraktur richten.

»Sieh an, sieh an. Welch seltener Besuch. Sind Sie sicher, dass Sie sich nicht verlaufen haben, werter Kollege? Sie auf der Krankenstation, das kann nur ein Irrtum sein.«

Konowalow sah sich über die Schulter, als eine vertraute Stimme ertönte und seufzte gedehnt. In der Tür zum Saal war eine Person aufgetaucht, die ihn süffisant angrinste.

»Dr. Okoye« , war alles, was Konowalow erwiderte, richtete seine Aufmerksamkeit wieder seiner gebrochenen Nase zu.

Dr. Samira Okoye gehörte, genau wie er, zu den Köpfen der Forschungsabteilung, nur war die streng aussehende dunkelhäutige Frau alles andere als eine Wissenschaftlerin. Diese Stümperin war zu sehr von sich überzeugt und machte sich einen Spaß daraus, ihn jederzeit zu verhöhnen. Was ihn nicht weiter störte. Er machte sich nichts aus der Meinung anderer. Dennoch hegte er eine tiefgehende Abneigung gegen die Ärztin. Okoye hatte sich der Psychologie der Kryptiden gewidmet. Sie interessierte sich dafür, wie diese Wesen tickten und welche sozialen Strukturen es in ihrer sogenannten Kultur gab. Ein lächerliches Gebiet. Die Physiologie war das einzig Wichtige, was es zu untersuchen galt. Die Anatomie dieser Wesen, ihre Gene, ihre besonderen Fähigkeiten. Alles andere war Zeitverschwendung, wie ihrer Abteilung schon so oft von ganz oben mitgeteilt worden war. Wenn Okoye Verhaltensforschung betreiben wollte, sollte sie zu den Tierschützern aus dem dritten Obergeschoss gehen.

Nichtsdestotrotz war es ein Wink des Schicksals, dass er seine Kollegin ausgerechnet jetzt antraf, denn sie aufzusuchen stand wohl oder übel als nächster Punkt auf seiner Liste.

»Es stimmt also, was man so hört. Sie haben sich wieder einmal mit einem Kunden angelegt. Und wie ich sehe, ist die Sache außer Kontrolle geraten«, flötete seine Kollegin und kam in den Saal hinein, blieb wenige Meter hinter Konowalow stehen und verschränkte die Arme hinter dem Rücken.

»Was man so hört, interessiert mich nicht.«

»Tatsächlich? Wie schade. Sie sollten den Flurfunk nicht unterschätzen, werter Kollege. Wenn Sie nur wüssten, welche interessanten Neuigkeiten man aufschnappt, wenn man überall seine Ohren hat.«

»Und Sie hatten Ihre Ohren an meiner Zimmertür, nehme ich an?«

»So ist es! Eine Schande ist es trotzdem, dass Sie sich in eine Prügelei verwickeln lassen. Denken Sie an den Ruf unserer Einrichtung.«

»Der Ruf unserer Einrichtung ist mir ebenfalls egal.« Damit nahm Konowalow eine Spritze zur Hand und verabreichte sie sich direkt ins Gesicht. Eine lokale Betäubung dürfte ausreichen, um die Fraktur ohne weitere Zwischenfälle zu behandeln.

»Und? Haben Sie vor, Anklage zu erheben?«

Durch den Spiegel hinweg warf Konowalow Dr. Okoye einen abfälligen Blick zu. Dieses Frauenzimmer war viel zu neugierig, immer steckte sie ihre Nase in Dinge, die sie nichts angingen. Aber das wusste Konowalow längst. Ebenso wie er wusste, dass sie nur hier war, um sich an seinem Anblick zu ergötzen. Nicht einen Zentimeter regte sich seine Kollegin, als Konowalow schließlich den Bruch richtete und ein ekelhaft süßes Knacken durch den Raum hallte.

Ein minimales Ziehen war alles, was er spürte und prüfend musterte er sich im Spiegel, besah sich von allen Seiten, tastete solange weiter, bis er der Meinung war, seine Nase würde wieder gerade zusammenwachsen. Dann drehte er sich herum und ging zu einem Schrank an der gegenüberliegenden Wand.

»Nein«, erklärte er schließlich gedehnt und nahm das Gewebespray zur Hand. »Auch wenn es Sie nichts angeht, habe ich das nicht vor. Obwohl, so ist das nicht korrekt. Ich hatte es vor, aber mir wurde freundlichst davon abgeraten. Alles Dummköpfe in der Rechtsabteilung. Hätte ich die Klage durchgesetzt, hätten wir eine Rarität in unsere Hände bekommen.«

»Eine Rarität?« Neugierde wuchs in Okoyes Augen und sie trat näher, belauerte Konowalow begierig. »Sie wollten den Besitz eines Kryptiden einklagen? Und den Angriff als Vorwand nehmen? Dann muss es sich wirklich um etwas äußerst Interessantes handeln.«

»So ist es. Allerdings wurde mein Antrag, wie gesagt, abgelehnt.« Worauf Konowalow hergekommen war. Die Rechtsabteilung mochte ablehnen, doch wenn er dem Vorstand Fakten vorlegte, würde sich deren Meinung ändern. Denn seit der alte Holloway nicht mehr da war, war alles, was die da oben interessierte, Geld und das ließ sich nur mit der Erforschung möglichst seltener

Exemplare machen. Nicht umsonst hatten nur ausgewählte Leute Zutritt zu dieser Abteilung. Jene, die über die inoffiziellen Forschungsziele der Einrichtung im Bilde waren. Auch aus dem Grund war Okoye für Konowalows Plan nicht ganz unwichtig. Wenn seine Annahme stimmte, würde sie ihm die Fakten liefern, die er brauchte.

Nachdem der Arzt seine Nase fertig geschient und ein hässliches, wenn auch zweckmäßiges weißes Pflaster in seinem Gesicht platziert hatte, wandte er sich wieder an seine Kollegin.

»Ich denke, der Fall ist auch für Sie von Interesse«, begann er darum und griff in seine Kitteltasche, ignorierte den mehr als skeptischen Blick seines Gegenübers.

»Für mich? Seit wann binden Sie mich in Ihre Arbeit ein? Soll ich mich geschmeichelt fühlen? Oder ist das eine clevere Finte von Ihnen?«

»Weder noch. Ich denke nur, Sie wissen, was das hier ist.«

Damit holte Konowalow eine Ampulle hervor und warf sie Okoye entgegen. Mit Leichtigkeit fing diese den kleinen Glasbehälter auf und musterte die rötliche Flüssigkeit darin.

»Eine Blutprobe?«

»So ist es. Ich brauche einen Abgleich davon. Ich glaube, ich hatte gerade einen Kryptiden in der Kundenpraxis, der schon einmal im Institut war.«

Da verengte Okoye die Augen, rückte die modische Brille zurecht, die auf ihrer Nase saß. Weshalb sie diese trug, war Konowalow unverständlich. Die meisten Menschen laserten sich ihre Augen einfach, wenn sie eine Sehschwäche hatten. Brillen zu tragen war eine blödsinnige Modeerscheinung oder ein Tick von Leuten, die der Lasertechnik nicht trauten. Albernes Gewäsch, aber es passte zu der Psychologin.

»Reden Sie von einem entflohenen Kryptiden?« , hakte diese nach, worauf Konowalow den Kopf schüttelte.

»Das bezweifle ich. Aber es ist nie gut, wenn eine unserer kleinen Ratten da draußen frei herumrennt. Besonders, wenn es der ist, für den ich ihn halte.« Nur leider konnten sie daran nichts ändern. Es war eine mehr als unsinnige Reglung, dass die Besitzer der Kryptiden, die dem Institut freiwillig zu Forschungszwecken zur Verfügung gestellt wurden, weiterhin die offiziellen Besitzer blieben. Alles eine Frage der öffentlichen Wirkung und der Firmenpolitik. Vollkommener Mumpitz. Entweder übergab man seinen Gendro der Forschung oder nicht. Dieses Mittelding war nichts Ganzes und nichts Halbes. Angeblich sollten sie so Zugang zu mehr Arten bekommen, da die Besitzer, die sich dazu bereit erklärten, regelmäßige Spenden vom Institut bekamen. Aber ebenso oft verloren sie mitten in einer Forschungseinheit einen Gendro, weil es sich irgendein Idiot anders überlegte.

Zudem war das nicht ganz ungefährlich, wenn man bedachte, zu was Krypti-den wirklich im Stande waren. Wenn nur einer von diesen Leuten den Mund aufmachte und aus dem Nähkästchen plauderte, die Geheimnisse des Instituts herumerzählte, sah es nicht gut aus für ihre Abteilung. Immerhin waren diese Wesen viel mehr, als einfache Haustiere.

Aber diese Information durfte nicht an die Öffentlichkeit. Noch nicht. Zu-mindest in ihrem Staat. Anders als ihre Nachbarstaaten, die den Schwanz eingekniffen und ihre Gesetze geändert hatten. Feiglinge waren sie! Lange würden sie ihre Geheimnisse nicht mehr hüten könnten, das stand fest. Aber je länger die anderen es verschwiegen, desto besser war es für sie.

»Wenigstens in dem Punkt sind wir uns einig«, kam von Dr. Okoye, die die Blutprobe ein paar Mal hin und herdrehte, ehe sie nickte. »Na gut, dann schauen wir uns das doch einmal an. Wenn Sie mich schon so nett bitten.«

Mit einem Augenzwinkern verließ die Wissenschaftlerin den Saal und Konowalow folgte ihr in eines der angrenzenden Labore. Dort öffnete Dr. Okoye die Ampulle, steckte sie in das Analysegerät und setzte sich an einen Schreibtisch.

»Suchen Sie etwas Bestimmtes?«

»Nein. Es ist lediglich ein Verdacht, ich brauche nur eine Übereinstimmung. Und jetzt machen Sie schon.«

»Nicht so ungeduldig.« Mit einem Klick auf die Tastatur startete ein Pro-gramm auf dem transparenten Glasbildschirm vor ihnen und in rasender Ge-schwindigkeit huschten Texte, Tabellen und andere Informationen über die Projektionsfläche.

Das würde einige Zeit in Anspruch nehmen. Die Datenbank des IKFs war groß und vermutlich würde es lange dauern, bis sie einen Treffer hatten. Wenn sie denn einen hatten, aber Dr. Konowalow täuschte sich nicht. Er war zu hundert Prozent sicher, dass seine Annahme stimmte. Alles was er brauchte, war Geduld und die würde er aufbringen.

🦇

»Wenn Sie mir die Anmerkung erlauben, ich wundere mich schon«, fuhr Dr. Okoye fort, während sie auf die Auswertung warteten und lehnte sich gegen ihren Stuhl. Nachdenklich musterte sie Konowalow und tippte mit einem Finger gegen ihr Kinn. »Für eine einfache Blutanalyse benötigen Sie meine Hilfe nicht und ich bezweifle, dass Ihre verschandelte Nase Sie derartig einschränkt, dass

Sie unsere Technik nicht mehr nutzen können. Da frage ich mich schon, was Sie vorhaben.«

Mit einem scheelen Seiten Blick auf seine Kollegin rümpfte Konowalow die Nase, ignorierte den seichten Schmerz, der damit aufkam.

»Das werden Sie schon früh genug sehen. Wenn ich Sie nicht brauchen würde, wäre ich nicht hier. Ich vermeide es grundsätzlich, mit Ihnen zu arbeiten, aber in diesem Fall bin ich wohl dazu gezwungen, eine Ausnahme zu machen.«

»Oh je, das war ein direkter Stich in die Brust, werter Kollege. Dass Sie mich so wenig schätzen«, theatralisch legte die junge Frau eine Hand auf ihre die Brust, klimperte mit ihren Wimpern. »Aber von einem chauvinistischen Kleingeist kann man wohl nicht viel erwarten. Trotzdem lockt mich Ihre Geschichte. Ich bin so nett und sehe über Ihre Ignoranz hinweg.«

»Tun Sie, was Sie wollen«, murrte Dr. Konowalow und verdrehte die Augen.

Schließlich piepte der Computer und beide Wissenschaftler sahen auf. Eine Grafik war auf dem Projektor aufgetaucht, blinkte verheißungsvoll und ein erstaunter Ausruf kam von Dr. Okoye, die sofort an den Schreibtisch rückte und gebannt auf den Bildschirm starrte.

»Das gibt es ja nicht!«, entfuhr es ihr und das allein genügte, um Dr. Konowalows Vermutung zu bestätigen. »DAS ist der Kryptid, der heute bei Ihnen war?«

»So ist es. Dachte ich mir doch, dass Sie wissen, um wen es sich handelt. Also, was können Sie mir dazu sagen?«

Allerdings bekam Konowalow, sehr zu seinem Missfallen, nicht sofort die Antworten, die er hören wollte. Dr. Okoye war zu abgelenkt, murmelte vor sich hin und kramte ein Tablet hervor, durchsuchte die Dateien, ehe sie wieder auf den Bildschirm starrte. Die Grafik, die sie so eindringlich betrachtete, zeigte eine kurvenartige Abbildung: einen DNA-Vergleich, der positiv war. Daneben war ein Bild zu sehen. Dasselbe Bild, das auch auf dem Tablet zu sehen war.

»Oh, sagen kann ich Ihnen einiges! Dieser Kryptid war ungefähr drei Monate in unserer Einrichtung, bevor sein Besitzer ihn vor einigen Wochen zurückgefordert hat. Es gab einen unschönen Vorfall mit einem ungeduldigen Mitarbeiter, der meine ganze Forschung zu Nichte gemacht hat. Der Besitzer wollte dann Schmerzgeld und eine Spendenerhöhung, die Finanzabteilung wollte nicht, Sie kennen die leidige Prozedur. Dabei war dieses Geschöpf wirklich außergewöhnlich! Eine Fledermaus beziehungsweise ein Flughund. Einer der wenigen, die wir bisher untersuchen konnten. Hochintelligent! Anders als die ganzen Zwangseinzüge aus den Anstalten. Einfach bemerkenswert und noch dazu ein Hermaphrodit. Wir hätten Millionen mit ihm verdienen können. Allein die Zuchtmöglichkeiten. Aber daraus wurde leider nichts.«

»Es ist also derselbe Kryptid?«

»Ja, kein Zweifel. Ich selbst habe ihn betreut. Er war die erste wilde Fledermaus, die wir seit dem Vorfall vor sieben Jahren untersucht haben. Die Gendrokultur außerhalb der menschlichen Gesellschaft entwickelt sich stetig weiter und gerade die Fledertiere waren sehr weit fortgeschritten. Zudem heißt es, sie besitzen jene Fähigkeit, die wir suchen. Wir wollten so viel wie möglich darüber herausfinden, aber er war sehr verschlossen.«

Stöhnend verdrehte Konowalow die Augen. Das durfte einfach nicht wahr sein, da fing diese Frau - eine renommierte Ärztin und Verhaltensforscherin - mit diesen albernen Kamellen an. Diese ominöse Kraft, die den Kryptiden angedichtet wurde, war nichts anderes als eine Gruselgeschichte, die man Kindern erzählte. Leider gehörte es zu ihren Aufgabenfeldern, genau in diese Richtung zu forschen. Zeitverschwendung, wie Konowalow fand.

»Erzählen Sie mir nichts von diesem Hokuspokus. Sagen Sie mir lieber, wie hoch der Intellekt dieser Fledermaus ist.«

»Sehr hoch. Besonders das Sprachzentrum ist stark ausgebildet. Wir waren uns ziemlich sicher, dass er unsere Sprache problemlos verstehen und auch sprechen kann.«

»Sprechen?« Dr. Konowalow fuhr herum, starrte Dr. Okoye dunkel an. »Sie haben einen Kryptiden hier heraus spazieren lassen, der sprechen kann? Sind Sie wahnsinnig?«

»Nein, für wie dumm halten Sie mich?« Beschwichtigend hob die Ärztin die Hände, schüttelte den Kopf. »Es ist lediglich eine Theorie gewesen, gesprochen hat er nie. Anderenfalls hätte die Verwaltung ihn niemals gehen lassen. Nicht, nachdem er so lange hier war.«

»Was ist mit dem Rest? Was haben Sie noch alles untersucht?«

»Das Übliche. Anatomische Begebenheiten, Hormonhaushalt, Blutzusammensetzung, genetische Merkmale, Essgewohnheiten, Reaktion auf Medikamente, Temperaturwechsel - die übliche Prozedur eben. Diese Spezies ist hoch entwickelt.« Dr. Okoye verstummte und ihr euphorisches Geplapper ließ nach. Nachdenklich sah sie ihren Kollegen an und legte die Stirn in Falten. »Genau genommen *zu weit* entwickelt, wenn Sie verstehen. Sie wissen ja selbst, was damals geschehen ist. Wäre es nach mir gegangen, hätten wir ihn nicht gehen lassen. Insbesondere wegen seinen Sprachkenntnissen. Die Ähnlichkeiten zwischen unserer Spezies und den Kryptiden ist extrem, wie Sie wissen. Die genetischen Übereinstimmungen ist erstaunlich. Kombinieren Sie beides und wir haben da draußen eine tickende Zeitbombe, die den ganzen Plan unseres Vorsitzenden zum Einsturz bringt.«

»Und trotzdem hat man ihn freigelassen?«

»Ja, weil er eben nie gesprochen hat und die Verwaltung davon ausging, dass er keine Gefahr ist. Die wollten sich nur den Ärger sparen, denn der damalige

Besitzer hat ein ziemliches Theater veranstaltet. Aber meiner Meinung nach ist das Risiko trotzdem groß. Er ist nach wie vor eine Sicherheitslücke. Nur wollte das keiner einsehen.«

»Verstehe.«

Ihnen war also Jackpot durch die Lappen gegangen. Ein breites Grinsen legte sich auf Konowalows Gesicht. Er hatte es gewusst! Genau das waren die Fakten, die er brauchte! Legte er diese Informationen dem Vorsitzenden vor, konnte weder die Abteilungsverwaltung noch die Rechtsabteilung irgendetwas dagegen sagen und er würde bekommen, was er wollte. Die Fledermaus und ihr Anhängsel.

»Dann müssen wir nur noch seinen neuen Besitzer ausfindig machen«, murmelte Konowalow schließlich, worauf Dr. Okoye den Kopf neigte.

»Sein neuer Besitzer?«

»Ja. Wenn die Sache glatt läuft, haben wir mehr als einen Fisch am Haken. Großartig! Sie sind also doch für etwas gut! Hervorragend. Ich brauche all Ihre Unterlagen. Jetzt! Ich werde sofort beginnen!«

»Einen Moment! Womit wollen Sie beginnen und wie kommen Sie darauf, dass ich Ihnen meine Forschungsergebnisse überlasse? Wenn Sie mich nicht in Ihren Plan einweihen, bekommen Sie gar nichts von mir.«

Abschätzend starrte Konowalow die Ärztin an, zuckte dann mit den Schultern und machte eine abwertende Geste mit der Hand.

»Ich denke, da ist ein Hybrid dem System entwischt. Ein außerordentlich faszinierender Hybrid, wohlbemerkt.«

»Uns ist ein Hybrid entwischt? Wie darf ich das verstehen?«

Augenblicklich fuhren die beiden Wissenschaftler herum.

In der Tür zum Labor war ein Mann aufgetaucht. Mit einem verdächtig freundlichen Lächeln im Gesicht, trat er näher, sah von einem zum anderen. Direkt hinter ihm stand eine Frau, die ihr Antlitz unter einer Kapuzenrobe verbarg und sich nicht weiter rührte. Sofort sprang Okoye von ihrem Stuhl auf.

»Vorsitzender Holloway! Guten Morgen!«, begrüßte sie den Neuankömmling überschwänglich, während sich Konowalow nicht rührte, dem zweiten Mann in der Runde nur höflich zunickte.

Bei dem hochgewachsenen Mann handelte es sich um niemand anderen, als um den Vorstandsvorsitzenden und Eigentümer des IKFs – Caleb Holloway, Sohn des Gründers des Instituts, Ruven Holloway. Holloway Junior war ein unangenehmer Zeitgenosse. Zu arbeiten, wenn dieser Mann einem über die Schulter guckte, war, als hätte man einen bedrohlichen Eispickel im Nacken, der jederzeit zuschlagen könnte. Denn Caleb Holloway regierte das Institut mit eiserner Hand.

Seine bloße Gegenwart sorgte dafür, dass sich Knowalow wie ein in die Ecke gedrängtes Tier fühlte und so sehr es ihm auch widerstrebte, ihm blieb nichts anderes übrig, als sich höflich zu geben. Besonders, wenn er weiterhin in seiner Abteilung arbeiten wollte, ohne mit Kürzungen, Kündigungen oder Schlimmeren rechnen zu müssen.

»Also? Wie darf ich verstehen, was Sie da gerade sagten? Uns ist ein Hybrid entwischt?«, wiederholte Holloway, lächelte die beiden Ärzte an und warf einen Blick auf den Monitor. Zu Konowalows Verwunderung verfinsterte sich das Gesicht seines Vorgesetzten.

»Wie ich sehe, ist unser Gast vom heutigen Morgen auch hier das Thema Nummer eins.« Damit richtete sich Holloway an Konowalow, der mit den Schultern zuckte.

»Ein alberner Zwischenfall. Nicht weiter der Rede wert.«

»Das will ich auch hoffen. Ihre kleinen Eskapaden sind auf Dauer nerven-zerrend. Aber ich habe bereits gehört, dass Sie von einer Klage absehen. Eine weise Entscheidung.«

»Nicht wahr?« Konowalow zuckte mit den Schultern.

»Selbstverständlich. Aber es wundert mich nicht, dass auch hier unten darüber gesprochen wird. Aktuell spricht das ganze Institut davon. Auch ich habe sie gesehen, diese Fledermaus.« Nachdenklich wandte sich Holloway wieder dem Monitor zu, betrachtete das Bild sehr genau. »Das ist er also. Als Sie mir damals von ihm erzählten, dachte ich, Sie binden mir einen Bären auf. Ich hätte nicht gedacht, dass ich noch einmal ein Exemplar dieser Gattung sehe. Ein Jammer. Hätte ich geahnt, dass dieses Wesen nur so kurze Zeit bei uns zu Gast ist, wäre ich früher hier hinuntergekommen, um es zu begutachten. Um so ärgerlicher, dass mich niemand informiert hat, dass er vor einigen Wochen das Forschungsprogramm verlassen hat.« Ein tadelnder Blick wurde Dr. Okoye zugeworfen, die sich unwohl räusperte, den Blick abwandte. Offenbar hatte seine Kollegin verschwitzt, ihrem Vorgesetzten Bericht zu erstatten. Wieso konnte sich Konowalow denken. Niemand wollte Überbringer schlechter Nachrichten sein, zumal Holloway ohne mit der Wimper zu zucken Okoye neustes Forschungsobjekt eingefordert hätte.

Es entstand eine Pause und während Holloway das Bild der Fledermaus betrachtete, wurde sein Lächeln deutlich kühler. Ein Ausdruck, der nur einen Moment währte, dann drehte sich Holloway wieder Okoye zu.

»Worüber sprachen Sie noch gleich als ich hereinkam, Frau Doktor? Sie wollten gerade etwas über diesen Kryptiden sagen.«

Langsam erhob sich Okoye, rieb die Hände aneinander.

»Wie Sie wissen, war die Fledermaus schon einmal im Besitz des Institutes. Allerdings unter den eingeschränkten Maßnahmen der Besitzerregelung. Um an der Stelle noch einmal darauf hinzuweisen, diese Regelung ist...«

»Dr. Okoye!« Binnen Sekunden steigerte sich Holloways Stimme, wurde harsch und vernichtend. »Verschonen Sie mich damit. Ich kenne Ihre Ansicht bezüglich der Regelung und werde jetzt nicht darüber diskutieren. Fahren Sie fort.« Die Anweisung war klar und deutlich. Ihr Vorgesetzter duldete keine Widerworte.

Darauf schluckte Okoye und nickte.

»Natürlich. Dieser Engendro hätte nicht wieder an den Besitzer übergeben werden dürfen, sondern mittels der Einzugsmaßnahme vollständig an das Institut gehen müssen. Hätten wir unsere Forschung weitergeführt, hätten wir womöglich große Erkenntnisse erschließen können. Besonders, was die Sprachfähigkeiten angeht.«

»Sprachfähigkeiten!« Holloways Augen weiteten sich gefährlich. »Sie meinen, er konnte sprechen?« Zurückhaltend nickte Okoye, wiederholte, was sie Konowalow zuvor erzählt hatte. Mit jedem weiteren Wort wurde der Ausdruck in Holloways Augen entsetzter. Es entstand eine unangenehme Stille und ohne die beiden Ärzte zu beachten, nahm Holloway Okoye das Tablet aus der Hand und überflog deren Aufzeichnungen.

»Ich verstehe. Hat er sonst irgendwelche besonderen Fähigkeiten aufgewiesen?«

»Sie meinen seinen Hermaphroditismus?«

»Sie wissen genau, was ich meine.«

Okoye leckte sich über die Lippen, verneinte die Frage jedoch. Eine tiefe Falte wölbte sich darauf zwischen Holloways Augenbrauen.

»Wie überaus bedauerlich«, murmelte er geistesabwesend, strich über das Bild, das auf dem Tablet zu sehen war, »dass dieses Geschöpf unserer Einrichtung abhanden gekommen ist. Doch wie es aussieht, hat sich nichts verändert. Die Fledermäuse sind nach wie vor eine Gefahr und müssen aus dem Verkehr gezogen werden. Ein sprechender Kryptid darf nicht frei in der Öffentlichkeit herumlaufen.«

Sowohl Konowalow wie Okoye stimmten dem zu und ihr Vorgesetzter legte das Tablet zurück auf den Schreibtisch.

»Und der aktuelle Besitzer? Er macht auch Probleme und hat Ihnen das dort verpasst?« Knapp deutete Holloway auf Konowalows Gesicht, worauf er nickte.

»Der Kerl ist einer von der emotionalen Sorte. Allerdings ist sein Fall ebenfalls interessant.« Bedächtig verschränkte Konowalow die Arme und lehnte sich gegen einen der Untersuchungstische. »Bei dem Besitzer, diesem Auclair, handelt es sich ohne Zweifel um ein Hybridwesen. Aber er hatte keine Kennzeichnung, noch ist etwas in den Dateien vermerkt. Irgendwie ist er unserem System entwischt.«

Kaum da er den Satz beendet hatte, bereute Konowalow, diese Information preisgegeben zu haben. Während Okoye ungläubig den Mund öffnete, lächelte Vorsitzender Holloway ihn unverblümt an. Die eisige Aura, die er dabei ausstrahlte, ließ dem Wissenschaftler das Blut in den Adern gefrieren.

»Wollen Sie damit sagen, dass sich ein Hybrid seit über zwei Jahrzehnte unbemerkt in unserer Gesellschaft bewegt?«

Konowalow nickte, blieb standhaft.

»Doch und das macht es so interessant. Es bedeutet, dass dieses Wesen sehr viel anpassungsfähiger ist, als die anderen Hybriden, die alle irgendwann die Kontrolle verlieren. Aber dieser hier ist noch nicht auffällig geworden. Was bedeutet, er ist stark sozialisiert und an das Leben unter Menschen perfekt angepasst. Die meisten Hybriden werden binnen der ersten Lebensjahre auffällig und werden registriert, aber bei diesem fängt die Transformation offenbar gerade erst an. Es gab eindeutige Pigmentstörungen an seinen Händen und sein Gebiss war sehr ausgeprägt.«

»Unfassbar! Ein hoch entwickelter vermenschlichter Hybrid? Wissen Sie, was das bedeutet?« Aufgeregt klatschte Dr. Okoye in die Hände. »Wir könnten ganz neue Einblicke in die geistige Entwicklung dieser Wesen erhalten! Erforschen, wie wir die Eigenschaften der Kryptiden noch effektiver nutzen können. Besonders ihre Sinne! Hybriden haben eine andere Wahrnehmung, als normale Menschen! Oder aber das Alterungsgen! Kryptiden werden sehr alt und unserer Erfahrung nach die Hybriden genauso. Das schafft ungeahnte Möglichkeiten! Wir müssen ihn haben! Sie beide! Unbedingt!«

»Beruhigen Sie sich.« Holloway unterbrach den Redeschwall der Ärztin und hob eine Hand. »So sehr ich auch Ihre wissenschaftliche Neugier verstehe, so ist dieser Mann sicher fest in unsere Gesellschaft eingegliedert. Der Name Auclair ist mir nicht unbekannt. Es wird nicht einfach, ihn in das Institut zu überführen, auch wenn es sich um einen Hybriden handelt. Aber seien Sie unbesorgt. Ich denke, ich habe bereits eine Lösung für dieses Problem.«

Nachdenklich betrachtete Caleb Holloway den Monitor, auf dem noch immer das Bild des Fledermaus-Kryptiden zu sehen war. Der Ausdruck auf sein Gesicht war undefinierbar und schließlich wandte er sich wieder an die beiden Wissenschaftler.

»Dr. Konowalow, treten Sie mit der Zentrale auf Orkus in Kontakt und finden Sie heraus, ob es Neuigkeiten bezüglich der Fledermäuse gibt. Danach kontaktieren Sie Kommandant O'Brien. Er weiß, was zu tun ist. Dr. Okoye «, noch während er sprach steuerte ihr Vorgesetzter die Tür des Labors an, würdigte keinen von ihnen noch eines Blickes. Die vermummte Frau, die kein Wort verloren hatte, folgte ihm auf dem Fuße. »Sie geben mir die Kontaktdaten von diesem Auclair. Ich werde das persönlich mit ihm besprechen.«

Kapitel 17

Überraschung

SEUFZEND lehnte sich Mika zurück und schloss die Augen, genoss die warmen Sonnenstrahlen, die auf sein Gesicht fielen. Ein weiterer schöner Tag war angebrochen, das Frühlingsfest war vorbei und der April stand in voller Blüte. Darum hatte er die Gunst der Stunde genutzt und die Welpen aus dem Pet4You auf die hintere Wiese gelassen.

Auch er hatte sich diese kleine Pause redlich verdient, denn der Vormittag war die Hölle gewesen. Ein richtiger Ansturm! Aber so war das eben, wenn viele Feiertage und Feste aufeinander folgten. Alle Vorräte waren verbraucht und nun mussten sich die Leute wieder für die nächsten zehn Jahre eindecken.

Gedankenverloren sah er hinauf in den Himmel. Wie ruhig es hier hinten doch war. Allgemein war es ruhiger geworden und das, obwohl so viel passiert war. Zwei Wochen waren vergangen, seit er mit Utodja aus dem IKF geflüchtet war und ... es war nichts passiert. Alles war in Ordnung. Mika konnte es kaum glauben, aber endlich lief alles so, wie es sollte. Es war verrückt! Es kamen keine Drohbriefe ins Haus geflattert, weder war die Kavallerie aufmarschiert noch hatte das Sonderkommando seine Wohnung gestürmt – und genau das machte es so verrückt. Er war nicht aufgeflogen!

Scheinbar hatte das Schicksal seinen Groll gegen ihn endlich überwunden. Ellie hat es ihm erzählt! Dieser Arzt, Konowalow, würde den Vorfall nicht verfolgen und ihn in Ruhe lassen und wenn Ellie das sagte, stimmte es. Immerhin war sie ein Insider! Er war noch mal davongekommen und bei Gott, er würde nie wieder auch nur einen Fuß in dieses Institut setzen! Und damit war er nicht der einzige. Seinem Gendro ging es genauso.

Ein letztes Mal zog er an seiner Zigarette, ehe er die Kippe auf die Stufen zum Hintereingang warf und sie unter seinem Schuh zerdrückte. Der Mittag wirkte erstaunlich friedlich. Vor ihm tollten die Welpen herum, während Utodja eine Stufe vor ihm saß und mit seinen Fingern spielte.

Utodja hatte sich verändert.

Auch wenn Mika diesen Quacksalber von Arzt nicht ausstehen konnte, hatte er seinen medizinischen Rat ernst genommen und beim nächsten Metzger Blut für Utodja bestellt. Eine eklige Angelegenheit, mit unglaublichen Auswirkungen. Von der ausgehungerten dürren Gestalt, die damals ins Pet4You gekommen war, war nicht mehr viel übrig. Als wäre die rote Suppe irgendein Wundermittel, wurde Utodja immer ansehnlicher. Die vorstehenden Knochen verschwanden und sein eingefallenes Gesicht wurde voller. Er sah großartig aus! Ein Gedanke, den Mika lieber für sich behielt, denn je stärker sich der Bluteffekt ausprägte, desto androgyner wurde er - mit leuchtenden Augen und einem feingeschnittenen Gesicht, das nicht verriet, ob man einem Mann oder einer Frau gegenüberstand. Was genau genommen auch der Fall war.

Aber das machte nichts.

Überhaupt nicht.

Im Gegenteil ...

Es war nicht nur sein Äußeres, das sich veränderte, da war noch mehr und es ließ Mika schwer schlucken, wenn er Utodja ansah. Der kleine Teufel wirkte plötzlich viel selbstsicherer. Angst hatte er keine mehr, zumindest nicht vor Mika. Und wie er sich bewegte. Nicht mehr so schlaksig wie vorher oder mit eingezogenem Kopf. Er ging aufrecht, sah den Menschen in die Augen, schwebte über den Boden wie ein Tänzer. Sein Fell und seine Haare glänzten und seine Haut strahlte makellos.

Immer öfter ertappte sich Mika dabei, wie er sich in dem Anblick verlor. So auch jetzt und schnell schüttelte er seine Gedanken ab, versuchte dem Gendro seine Hand zu entziehen, was aber scheiterte.

Utodjas plötzliches Interesse an seinen Händen gefiel Mika gar nicht. Ständig hatte Utodja seine Finger in der Mache, streichelte sie, tastete sie ab oder knabberte an ihnen. Mika konnte das nicht leiden. Jedes Mal, wenn Utodja seine Finger berührte, überkam ihn der Drang, seine Hand wegzuziehen, Utodja zu packen und ihn gründlich zu desinfizieren. Allerdings würde das nichts bringen, also ließ er ihn machen. Knapp warf er der Fledermaus einen Blick zu, die seine linke Handfläche mit einem Finger streichelte. Eine Gänsehaut krabbelte über Mikas Rücken und er schüttelte sich.

Das war doch nicht normal! Es war völlig verdreht, aber Utodja brachte sein Herz gefährlich schnell zum Klopfen. So schnell, dass er den Blick abwenden musste, um vor Verlegenheit nicht im Boden zu versinken – und Utodja wusste es. Jedes Mal, wenn er seinen Blick so wissend erwiderte, fröstelte es Mika am ganzen Körper.

Kein Wunder, dass am Frühlingsfest alle Augen auf Utodja gerichtet gewesen waren. Es war Ellies Idee gewesen, das Volksfest zu besuchen. Seit dem Vorfall im Institut rief sie täglich an und ständig hingen sie und Chris bei ihnen herum. Sie war wirklich eine Glucke.

Anfangs war Mika dagegen gewesen, auf das Fest zu gehen, doch Utodjas stummes Flehen hatte seine Meinung geändert und was dort passiert war, hatte Mika überwältigt. Mit einem Mal hatte sich alle Aufmerksamkeit auf sein Fledertier gerichtet - was Mika unendlich nervös gemacht hatte und zugegeben, enorm eifersüchtig. Wie sich alle plötzlich um Utodja gescharrt hatten, ihn bewunderten und so redeten, als wären sie Gendro-Experten. Tse, dabei war Mika der Experte. Er hatte Utodja gezähmt, er hatte ihm seine Ängste genommen, ihn gefüttert und ein gutes Heim gegeben! Diese Klugscheißer hatten sich ihre Ratschläge sonst wohin stecken können. Utodja gehörte ihm und Mika war es, der sich um ihn kümmerte! Sehr gut sogar!

Dennoch … Utodja dort zu sehen, wie er zwischen den Ästen umher geklettert war, inmitten der Blütenpracht, die mit einem Mal viel pompöser gewirkt hatte – Es hatte gestimmt. Dieser Anblick hatte sich schlicht richtig angefühlt, worauf Mika eine Entscheidung getroffen hatte. Nur wann er sie durchführen würde, konnte er noch nicht sagen. Dafür hatte das Fest etwas Unvorhergesehenes heraufbeschworen. Immer mehr Leute kamen plötzlich ins Pet4You, denn es hatte sich herumgesprochen, dass Mika dort arbeitete und seine Fledermaus ihn oft begleitete. Die kostenlose Werbung und den steigenden Umsatz nahm Jakobson begeistert auf, allerdings war sich Mika nicht sicher, was er davon halten sollte. Utodja selbst ging den Kunden aus dem Weg und ignorierte sie weitgehend. Etwas, wovon Mika nur träumen konnte.

Ein Zwicken an seinem Finger ließ ihn zischen und er legte die Stirn in Falten.

»Kannst du dir nicht ein anderes Hobby suchen?«, brummte er unbehaglich und sah zu den Welpen, die sich über den Rasen kugelten. Die Antwort darauf war ein abfälliges Schnauben, worauf warmer Atem seine Hand streifte. Utodja schüttelte das Haupt und fuhr fort, Mikas Finger zu massieren.

»Nein«, meinte er gedehnt, sah ihn dabei provokant an.

Dann eben nicht. Seufzend verdrehte Mika die Augen. So lief das jetzt schon eine ganze Zeit, denn Utodja hatte ein neues Wort entdeckt – *Nein*. Wann immer er konnte, haute er dieses Totschlagargument raus und Mika hatte gar keine andere Wahl, als nachzugeben. Aber er verstand das schon. Nach all den Jahren, in denen er immer hatte gehorchen müssen, entdeckte Utodja jetzt, welche Macht er durch dieses kleine Wort haben konnte und er fand offensichtlich Gefallen daran. Sollte er nur, es war in Ordnung, nein zu sagen.

Was dieses Hände-Ding anging, musste sich Mika allerdings etwas überlegen, denn es war gar nicht gut, wenn Utodja auf seinen Fingern herumkaute. Er hatte ziemlich spitze Zähne. Gebissen hatte er ihn zwar nicht, doch wenn Mika sich vorstellte, wie er sich über die Blutbeutel hermachte, wurde ihm ganz anders. Ganz Unrecht hatte Chris nicht, wenn er ihn Dracula nannte, der kleine Möchtegern-Vampir. Grinsend streckte er seine freie Hand aus und strich über Utodjas Kopf, worauf Utodja gurrte und seinen Schweif um Mikas Bein wickelte. »Verrücktes Vieh«, murmelte er spöttisch und schüttelte den Kopf. Was sollte es, böse konnte er ihm sowieso nicht sein.

Im nächsten Moment quietschte es hinter ihnen und die Hintertür öffnete sich. Jakobson erschien im Türrahmen, mit demselben unzufriedenen Gesichtsausdruck, den er immer an den Tag legte. Und da sagten die Leute, Mika würde genervt aus der Wäsche gucken. Die hatten seinen Chef noch nie an einem miesen Tag erlebt. Blieb die Frage, was ihn jetzt wieder störte, denn heute Morgen war der Inhaber vom Pet4You ziemlich gut gelaunt gewesen.

»Ah, Auclair. Hier bist du, ich brauch dich hinten im Lager«, meinte Jakobson ungeduldig und deutete mit dem Kopf Richtung Laden. »Wir haben eine Lieferung bekommen und sind unterbesetzt. Du musst einspringen, also los, beweg dich.«

Das war's dann wohl mit der Pause und seufzend nickte Mika.

»Alles klar, ich bring die Kleinen rein und komme dann rüber.«

»Beeil dich, ich will das fertig haben! Die Kartons verstopfen den hinteren Lieferzugang.« Damit wollte sich Jakobson schon wieder verziehen, doch er hielt inne, als sein Blick auf Utodja fiel. Schnaubend verzog er den Mund zu einem schiefen Grinsen.

»Ach was, wen haben wir denn da. Wenn das nicht unser ungeahnter Goldesel ist. Was ist, Blacky? Wir sind doch Freunde, willst du mich denn gar nicht begrüßen?«

Es kam keine Reaktion. Utodja blieb starr sitzen und starrte Jakobson verachtend an. Seit Mikas Chef aufgetaucht war, war die Fledermaus auffallend still und hatte von Mikas Händen abgelassen. Dann ertönte ein abfälliges Fauchen - und urplötzlich stand Utodja auf den Beinen. Baute sich vor Jakobson auf und sah ihm drohend ins Gesicht.

Das war gar nicht gut! Sofort spannte sich Mika an, griff nach Utodjas Hand, doch der ignorierte die stumme Warnung. Hoffentlich wurde Utodja jetzt nicht übermütig!

Allerdings zeigte es Wirkung. Jakobsons falsches Grinsen verschwand und er wich einen Schritt zurück. Schnaubend schüttelte Utodja den Kopf, schlug einmal kräftig mit den Flügeln.

»Nein«, grollte er dunkel. »Wir sind keine Freunde. Und ich heiße Utodja.«

Damit drehte er sich auf dem Absatz um, zeigte Jakobson die kalte Schulter und lief über den Rasen zum angrenzenden Zaun. Dort hockte er sich hin und belauerte ihn mit durchdringendem Blick.

Oh Mann, da war jemand eindeutig über das Ziel hinausgeschossen, aber Mika hatte so was schon geahnt. Seit Utodja diese Veränderung durchlebte, geriet er immer öfter mit Jakobson aneinander und Mika kannte Utodja mittlerweile gut genug, um ihn zu durchschauen. Das gerade war ein reiner Trotzakt gewesen. Tja, hätte Jakobson ihn damals besser behandelt, würde er heute anders reagieren. Zumal Utodja genug Mut gesammelt hatte, um Jakobson die Meinung zu geigen. Früher hätte er in seiner Gegenwart niemals den Mund aufgemacht.

Nicht übel, das musste Mika ihm lassen. Er unterdrückte ein Grinsen und schielte zu seinem Chef. Der war sichtlich verwirrt, glotzte Utodja fassungslos an, doch genauso schnell kam der Zorn in ihm hoch und er fluchte.

»Zur Hölle, was war das denn? Behalte das Vieh gefälligst unter Kontrolle, Auclair! Verstanden? Wenn er in der Gegenwart der Kunden sein Maul aufmacht und das Gerücht umgeht, es gibt hier einen sprechenden Gendro, kann ich einpacken! Wenn du das IKF im Nacken haben willst, nur zu, aber lass meinen Laden da raus!«, motzte sein Chef erbost und Mika verdrehte die Augen, ließ sich aber nichts anmerken.

»Tut mir leid. Er ist etwas rebellisch in letzter Zeit. Liegt an der Jahreszeit.«

Das Fauchen, das darauf vom anderen Ende der Wiese zu ihnen herüber rollte, war nicht zu überhören und dieses Mal konnte sich Mika das Lachen nicht verkneifen.

»Da ist wohl wieder einer gewaltig angefressen.«

Kaum hatte er da gesagt, wurde Jakobson hellhörig und fuhr herum. Angespannt beäugte er Mikhael an, deutete mit dem Finger auf Utodja.

»Wieder? Wieso wieder, was heißt das? Hast du etwa Probleme mit ihm? Du willst ihn doch nicht etwa zurückgeben, oder?«

War das Jakobsons einzige Sorge? Na, Mika hatte sich abgewöhnt, sich über irgendetwas zu wundern und er schüttelte den Kopf.

»Nein, ich komme mit ihm klar«, murmelte er, ehe er leise hinzufügte: »Ich bin ja nicht so wie seine Vorbesitzer.«

Skeptisch hob Jakobson eine Braue und verschränkte die Arme.

»Verstehe, dann hast du also sein Geheimnis entdeckt«, meinte er verschwörerisch und Mika verzog das Gesicht, blähte die Nasenflügel.

Geheimnis? Ha, eine sehr passende Wortwahl, aber Mika schluckte seine Wut runter, bevor sie zu stark wurde. Es brachte nichts, sich über Jakobsons scheinheilige Maschen aufzuregen. Der Typ blieb ein Mistkerl, Mika musste sich nur mit ihm arrangieren und das Beste war, wenn er einfach die Klappe hielt.

»Tse. Geheimnis. Eine dämliche Lüge war das, die niemandem was gebracht hat. Dass die Leute darauf überhaupt reingefallen sind. Keine sehr clevere Verkaufsstrategie, oder?«

»Man muss alles versuchen.« Mit den Schultern zuckend ließ Jakobson seine Hände wieder in die Hosentaschen gleiten und sah rüber zu Utodja.

Auch Mika blickte zu seinem Fledertier, das mittlerweile von den Welpen umringt war. Die kleinen Hunde schienen Utodja ganz besonders interessant zu finden und forderten ihn zum Spielen auf. Allerdings wirkte Utodja alles andere als begeistert und brummte leise. Als einer der Kläffer ihm schließlich in seinen Schweif biss, zischte er laut, flatterte mit den Flügeln und hob kurz vom Boden ab.

»Hey, nicht wegfliegen, klar?«, rief Mika vorsichtshalber. Wer wusste schon, wann Utodjas Geduldsfaden riss? Das Letzte, was er gebrauchen konnte, war eine flüchtige Fledermaus mit schlechter Laune. Doch kaum hatte er den Mund aufgemacht, ertönte ein schallendes Lachen und verdutzt sah Mika auf. Kichernd schüttelte Jakobson den Kopf und griff nach der Türklinke.

»Ha! Der war gut, Auclair!«, meinte er amüsiert und winkte ab. »Blacky fliegt nirgendwo hin, keine Panik.«

»Was soll das heißen?«

»Heißt, er kann gar nicht fliegen. Also bis gleich. Beeil dich!« Damit öffnete Jakobson die Tür, machte Anstalten zu gehen.

Mikhael blieb erstaunt sitzen.

Nicht fliegen? Wie kam er darauf, dass Utodja nicht fliegen konnte? Fragend schielte er zu dem Gendro, der noch immer mit den Flügen schlug. Tatsächlich versuchte er gar nicht wegzufliegen. Genau genommen hatte er das noch nie getan. Weder auf Mikas Dachterrasse, noch während des Frühlingsfests. Er war immer nur geklettert oder gesprungen. Bedeutete das etwa wirklich ...?

Nein, das konnte nicht sein. Utodja hatte so wunderschöne Flügel und so, wie er den Himmel verehrte, musste fliegen großartig sein! Es nicht zu können wäre sicher grauenhaft für ihn. Mika würde durchdrehen, wenn er etwas so Wunderbares nicht könnte, obwohl er dazu geboren war. Der Himmel war unendlich weit, dort musste man sich wirklich frei fühlen.

Eine Idee kam in ihm hoch und nachdenklich kaute er auf seiner Lippe herum, fasste dann einen Entschluss. Darüber nachgedacht hatte er schon länger und versprochen hatte er es auch. Wenn also nicht jetzt, wann dann?

»He, einen Moment noch!«, rief er und stand schnell auf, hielt seinen Chef auf, bevor der verschwand.

»Was gibt's denn?«

»Ich wollte fragen, ob ich übermorgen frei haben kann.«

»Was? So kurzfristig? Haben dir die freien Tage während des Frühlingsfests nicht gereicht?«

»Ich hab da was Dringendes zu erledigen. Rosenbaum kann für mich einspringen, dafür übernehme ich eine seiner Schichten.« Ben war ihm eh noch etwas schuldig, nachdem Mika ihm dabei geholfen hatte, für seine Freundin die Kaninchen auszusuchen. Das Mädel hatte sich unglaublich gefreut und seitdem stand Benjamin in seiner Schuld.

»Na gut, ausnahmsweise, weil dein Mistvieh so ein guter Kundenfang ist. Aber klärt das vorher! Und lass das nicht zur Gewohnheit werden!«

»Geht klar.«

Mit einem Rumms fiel die Tür hinter Jakobson ins Schloss und Mika atmete geräuschvoll aus, fuhr sich durch die Haare. Das war geschafft. Wer hätte gedacht, dass es so einfach sein konnte? Vielleicht sollte er öfter so dreist sein und spontane Entscheidungen treffen. Gemächlich schlurfte er zu Utodja hinüber, der mittlerweile auf dem Zaun hockte.

»Hast ihn verscheucht«, meinte er salopp, grinste Utodja vielsagend an, der die Lider senkte und abwertend die Nase verzog. »Ja, ich kann ihn auch nicht leiden, aber sei nicht so frech, am Ende macht er uns noch Ärger.«

Die großen Augen wanderten von der Tür zu Mika und Utodja reckte den Hals.

»Ich mag es nicht, wie er mich ansieht. Als wäre nichts passiert«, raunte er heiser und spreizte seinen Schwingen. Der Anblick ließ Mika erschaudern, festigte aber seine Entscheidung.

»Ich weiß, aber das ist jetzt egal. Ich hab eine Überraschung für dich!«

Binnen Sekunden verflogen die dunklen Schatten, die sich auf Utodjas Gesicht gelegt hatten und fragend stellte er die Ohren auf, neigte den Kopf.

Ha, dieser Schaumschläger! Erst machte er einen auf Rebell und jetzt sah er ihn wieder mit seinen unschuldigen Kulleraugen an, als könnte er kein Wässerchen trüben. Wie von selbst hob sich Mikas Hand und legte sich auf Utodjas Wange, worauf sich dieser sofort gegen ihn schmiegte. Mika verlor sich in dem Bild und musste schlucken. Seine Wangen erhitzten sich und in seiner Brust flatterte es gewaltig. Eigentlich hatte er das gar nicht verdient. Diese bedingungslose Zuneigung, die Utodja ihm in letzter Zeit schenkte. Als wäre er das wert.

»Was für eine Überraschung, Mikhael?«, fragte Utodja nach einer ganzen Zeit und holte Mika damit aus seinen Gedanken. Verschmitzt grinste er und zuckte mit den Schultern.

»Wer weiß? Ich verrate nichts! Nur so viel, wir machen übermorgen einen Ausflug.«

»Einen … guten Ausflug?«, fragte Utodja misstrauisch und die Frage war berechtigt. Ihr Ausflug zum IKF war eine Katastrophe gewesen, während ihr Besuch beim Frühlingsfest gut ausgegangen war. Aber es gab keinen Grund zur Sorge. Mika hatte Utodja zu oft in Schwierigkeiten gebracht, dieses Mal würde das nicht passieren. Nie wieder würde er dieses wunderschöne Geschöpf in Gefahr bringen. Oder ihn traurig machen. Oder verängstigen.

»Ein guter Ausflug«, murmelte er geistesabwesend, erinnerte sich daran zu lächeln, um Utodja die letzten Zweifel zu nehmen. Sanft streichelte er Utodjas Wange, ehe seine Finger weiter wanderten und sachte über Utodjas Unterlippe fuhren. »Einen sehr guten. Ich verspreche es.«

Die Sonne stand hoch am Himmel und ihre heißen Strahlen fielen durch die Blätter auf die Erde hinab, tanzten umher und tauchten alles in ein warmes goldenes Licht. Die Straße vor ihnen war verlassen und so weit wie Utodja schauen konnte, waren Bäume. Hohe Spitzen, satte Grüne, mit hellen Blüten. Weite Rasenflächen breiten sich überall aus und ein vertrauter Duft kroch in seine Nase. Der Duft von Moos. Von Holz. Von salzigem Wasser.

Seufzend schloss er die Augen und streckte den Kopf aus dem Wagenfenster, spürte den Fahrtwind auf seinem Gesicht. Eine Gänsehaut erfasste ihn und sein Herz hüpfte voller Leichtigkeit.

Sie hatten die Stadt hinter sich gelassen und die hässlichen grauen Straßen und Häuser waren verschwunden. Was auch immer vor ihnen lag, Utodja konnte kaum erwarten, es zu sehen, denn heute würde Mikhael ihm seine Überraschung geben!

Was genau er vorhatte, wollte sein Guardo ihm nicht verraten, was Utodja etwas beunruhigte. Dass es so ablaufen würde wie bei ihrem letzten Ausflug zu der Folterkammer, bezweifelte er, trotzdem nagte die Ungewissheit an ihm. Andererseits lief bis jetzt alles gut. Sein Wächter war entspannt und machte sich einen Spaß aus Utodjas Ungeduld. Das würde der Mensch noch bereuen! Utodja ließ sich nicht mehr verspotten! Doch wütend sein konnte er nicht. Nicht, wenn er Mikhael so sah. Zufrieden, im Licht der hellen Sonne ... Schluckend wandte er den Blick ab, sah aus dem Fenster und legte eine Hand auf seinen Bauch. Viele kleine Vögel flatterten in ihm umher, brachten ihn zum Lächeln.

Es war das erste Mal in seinem Leben, dass Utodja den Frühling spürte. Nicht durch den blumigen Geruch in der Luft oder die Wärme der Sonne. Nein, er war *in* ihm, ein Teil von ihm. Er brachte alles durcheinander, was Utodja kannte und es fühlte sich gut an. Da waren keine Geheimnisse mehr, kein Versteckspiel, keine Angst. Utodja fühlte sich frei und leicht. Alles wegen Mikhael.

Der Gedanke an seinen Menschen entfachte seit Neustem ein unbändiges Kribbeln in ihm. Es war albern, etwas, das er sich nicht eingestehen wollte, aber es war da und es wurde stärker. Tagein tagaus plagte ihn nur noch derselbe lächerliche Gedanke: Er wollte seinem Guardo gefallen. Sein Wohlwollen erlangen. Ihn beschützen. Ihn berühren.

Diese Gefühle waren fremd für ihn. Als wäre er gefangen in einem unendlichen Schwindelanfall. Es war überwältigend und Mikhael, er hatte sich verändert. *Er* war die Sonne! Er war der blaue Himmel und sein Duft war der von würzigen Blumen und frischem Wind. Allein sein Anblick ließ Utodjas Brust anschwellen und ein unkontrollierbarer Tatendrang erfasste ihn. Es war neu für ihn, denn noch nie hatte er jemanden umwerben wollen. Nicht einen Gedanken hatte er daran verschwendet. Es nie gelernt. Die Tatsache selbst war dumm, immerhin war Mikhael ein Mensch. Aber er war kein normaler Mensch und war Utodja ehrlich, war es ihm gleich. Nichts würde ändern, was Mikhael für ihn getan hatte und nichts würde das unbändige Klopfen in seiner Brust stoppen.

Aber wie gefiel man jemand anderem? Einem Menschen?

Nur vage erinnerte sich Utodja an die Dinge, die die anderen Männchen damals im Stamm für ihre Bräute getan hatten. Jagen, Geschenke machen, um sie herumschwirren, singen. Vieles davon war unmöglich und bisher hatte Utodja nur herausgefunden, was Mikhael nicht mochte. Aber aufgeben würde er nicht. Er würde weitermachen, bis er Mikhaels Aufmerksamkeit für sich hatte und dann ... dann ...

Was passierte dann?

Utodja wusste es, aber wollte er das wirklich? War es das, was er für Mikhael empfand? Oder fühlte er sich nur zu ihm hingezogen, weil kein anderer da war? Trotzdem wollte er Mikhael für sich. Für sich alleine.

Allerdings stellte sein Mensch seine Geduld heute hart auf die Probe, mit seiner dummen Geheimnistuerei und seinem noch viel dümmeren Grinsen. Unruhig rutschte Utodja auf seinem Sitz umher, brummte leise und sah auf die Straße. Die Landschaft wurde immer abgelegener. Höchst seltsam.

»Mikhael. Wohin fahren wir?«, fragte er zum wiederholten Male, Mikhael zuckte aber nur mit den Schultern und tat ganz unschuldig.

»Keine Ahnung, wer weiß? Lass dich überraschen!«

»Ich mag keine Überraschungen.«

»Diese wirst du mögen!«

»Mikhael, sag es mir.«

»Nein! Und jetzt hör auf zu fragen! Du wirst es schon sehen. Wir sind bald da, also setz dich hin und gedulde dich.«

Widerwillig tat Utodja wie ihm geheißen und verschränkte die Arme. Ihm blieb nichts anderes übrig, als zu warten. Unzufrieden zog er die Beine an den Leib und holte seinen Zauberwürfel hervor. Mikhael hatte gesagt, er sollte ihn zum Zeitvertreib mitnehmen und jetzt verstand er auch, wieso. Sanft betrachtete er das kleine Viereck, dessen Seiten nun überall die gleiche Farbe hatten. Er hatte das Rätsel vor einiger Zeit gelöst und Mikhael damit ziemlich überrascht.

Seufzend begann er an dem Würfel zu nagen, schielte immer wieder zu seinem Guardo. Zu dumm, dass sein Mensch seine Hände zum Fahren brauchte. Utodja hatte Gefallen an seinen Fingern gefunden und viel lieber würde er an ihnen knabbern. Mikhaels Hände hatte er schon immer gemocht und es war der beste Weg, ihm seine Zuneigung zu zeigen. Leider war sein Mensch in diesem Punkt schwer von Begriff und verstand nicht, was Utodja damit sagen wollte, aber er würde es schon noch lernen. Hoffentlich war die Fahrt bald vorbei. Dieses unsinnige Warten und Stillsitzen war grauenhaft.

»So, da wären wir«, meinte Mika und brachte den Wagen zum Stehen.

Der Parkplatz, auf dem sie gehalten hatten, lag etwas abgelegen in einem Waldstück und den Autos nach zu urteilen, die auf dem mit Kies bedecktem Feld standen, waren erstaunlich wenig Leute da.

Verwundert hob Mika eine Braue, schnaubte ungläubig.

Nachdem, was er im Internet gelesen hatte, hatte er mit wesentlich mehr Besuchern gerechnet. Immerhin war das Naturschutzgebiet an der Küste extra für die Gendros freigegeben worden. Aber was sollte es, je weniger Publikum sie hatten, desto besser.

Seufzend schnallte er sich ab, ordnete seine Gedanken und stieg schließlich aus. Vor ihnen lag ein anstrengender Tag und er musste voll konzentriert sein. Nicht nur, damit nicht wieder was Dummes passierte und er die Kontrolle verlor, es ging um Utodja. Seine Sicherheit stand an erster Stelle und das konnte Mika nur gewährleisten, wenn er voll da war.

So nervös ihn das auch machte, es fiel ihm trotzdem schwer, sich das Grinsen zu verkneifen. Mal sehen, was Utodja zu seinem Plan sagen würde! Mika konnte es kaum erwarten, seinen Blick zu sehen, wenn die Fledermaus kapierte, was los war!

Locker lief er um den Wagen herum, öffnete die Beifahrertür und haute einmal salopp auf das Autodach.

»Na los. Aussteigen. Wir sind da!«

Allerdings tat sich nicht viel in dem Wagen. Misstrauisch spähte Utodja durch die Frontscheibe, schielte aus dem Auto und schnupperte.

»Wo sind wir?«, hauchte er, beäugte die anderen Autos skeptisch. Doch dann fiel sein Blick auf die Bäume, die rings um den Parkplatz standen und ein Ruck fuhr durch die Fledermaus.

Augenblicklich weiteten sich die grünen Augen und ein Zischen ertönte. Utodjas Ohren schnellten hoch, begannen wie wild zu zucken und Unruhe überfiel ihn. Mika drehte sich schnell zur Seite. Jetzt nur nicht lachen! Das würde alles verderben!

»Du wirst es sehen, wenn du aussteigst«, erklärte er geheimnisvoll, allerdings brauchte es mehr Überzeugungskraft, um Utodja dazu zu bringen, aus dem Auto zu steigen. Unsicher rutschte er auf seinem Platz herum, schloss die Augen, öffnete sie wieder. Mika konnte sein Misstrauen förmlich riechen und seufzte.

»Was ist? Vorhin warst du noch ganz wild darauf, rauszubekommen, wo es hingeht. Jetzt sind wir da und du willst nicht mehr?«

Utodja war hin und her gerissen, kämpfte erneut mit seinen alten Ängsten, die er längst vergessen geglaubt hatte. Was dort draußen vor ihm lag, es war unglaublich! Was er sah und roch, lockte ihn mehr als alles andere und der Drang, aus dem Kasten zu stürzen und sich alles anzusehen, war überwältigend. So viel Grün! So viele Bäume! Dinge, die er etliche Sommer nicht gesehen hatte! Er musste sie ansehen, sie anfassen, sie fühlen. Auf der Stelle!

Aber ... da war die Erinnerung. Der Moment war so grässlich vertraut.

Dieser Ort, er war abgelegen. Weit weg von der Stadt und jedem Menschengebäude. In der Nähe war nichts. Tief atmete Utodja ein und zwang sich, klar zu denken. Er hatte sich geschworen, sich nie wieder einschüchtern zu lassen und Mikhael war nicht wie die anderen. Er war sein Mensch, sein Guardo, sein Himmel. Alles würde gut sein.

Mit klopfendem Herzen stieg er aus, umklammerte die Kastentür fest, während seine andere Hand nach Mikhaels griff.

»Du wirst nicht weggehen«, gebot er ernst, starrte Mikhael entschlossen an, der verwirrt blinzelte.

»Hä? Wovon redest du jetzt schon wieder?«

Wovon er sprach? Verstand sein Mensch denn wirklich so wenig? War er nicht sonst so feinfühlig? Aber nein, ihm Vorwürfe zu machen brachte nichts. Er wusste es nicht besser, denn es war etwas, das Utodja in sich verschlossen hatte.

Zusammen mit vielen Dingen, die er vergessen wollte. Aber wenn er nichts sagte, würde sein Mensch nie verstehen. Er hatte keine andere Wahl. Wenn er die Dinge ändern wollte, musste er sein Schweigen brechen, auch wenn es sich nur um eine Nichtigkeit handelte. Denn im Grunde war es das. Eine Nichtigkeit, die an ihm nagte und seinen neu gewonnenen Mut zu zerschmettern drohte. Ja, er hatte genug geschwiegen. Sein Guardo sollte es erfahren.

»*Warte hier. Ich komme wieder*«, grollte er schließlich, drückte Mikhaels Hand fester. »Das wirst du nicht sagen, Mikhael Auclair. Du wirst bleiben. Nahe bei mir.«

Sprachlos sah Mika Utodja an, legte seinen Blick dann auf ihre ineinander verschlungenen Hände. Er schluckte trocken.

»Wieso sollte ich so was sagen?«, fragte er heiser, wusste nicht, ob er die Antwort hören wollte. Utodja wirkte plötzlich so ernst. Noch nie hatte er ihn mit vollem Namen angesprochen und diese Tatsache verursachte ein ungutes Prickeln in Mikas Nacken.

Utodja verzog darauf den Mund, sah sich verstohlen um und trat näher zu ihm.

»Sie haben es getan. Sie sagten es. Die, bei denen ich beim dritten Mal war.« Brummend schüttelte Utodja das Haupt, setzte ein paar Mal an, sprach dann aber doch nicht weiter. Erst nach etlichen Minuten fand er seine Stimme und hob ihre verschlungenen Hände. »Wir fuhren raus an einem Abend. An einen Ort wie diesen. Weit von der Stadt, ohne Menschen. Sie sagten *Warte!*, dann gingen sie. Und kamen nicht wieder. Niemals. Lange Tage, lange Nächte. Aber du nicht. Du bleibst. So will ich es.«

Mikas Kehle schnürte sich zu und sein Gesicht verdunkelte sich.

Ausgesetzt ...

Nichts anderes bedeutete diese Erklärung. Seine Vorbesitzer hatten Utodja an irgendeinem Waldrand ausgesetzt. Das war Ja wohl ... ! Knurrend kniff Mika die Augen zusammen. Seine dritten Besitzer also? Da war er doch noch viel jünger gewesen! Und er hatte Tage dort verbracht? Ganz alleine?

Angespannt knirschte Mika mit den Zähnen, unterdrückte die Wut in sich und erwiderte mit ganzer Kraft Utodjas Händedruck, presste ihre verwobenen Finger an seine Brust.

»Niemals! Niemals würde ich so was tun! Ich bleibe bei dir! Das schwöre ich!«

Der Blick, den seine Fledermaus ihm darauf schenkte, ließ Mikas Knie weich werden, aber er hielt dem stand, musste schlucken, als Utodja seine Wange streichelte. Ein sanftes Gurren entwich ihm, dann nickte er, trat von dem Auto weg und schloss langsam die Tür.

»Dein Wort«, flüsterte er, legte zwei Finger an seine Stirn. Auch Mika nickte, wusste, was sein Gendro damit sagen wollte. Er nahm es als Versprechen wahr und ein Versprechen würde es sein!

»Keine Sorge. Wir sind zusammen hergekommen und wir gehen zusammen«, schnell küsste er Utodjas Hand, dann ließ er von ihm ab, ging weiter auf den Parkplatz und deutete auf die umliegenden Bäume. »Aber jetzt will ich dir was zeigen. Also keine fiesen Erinnerungen mehr. Klar?«

Mikhaels Worten glaubend, nickte Utodja und trat schließlich vor. Erneut hatte sein Mensch genau das gesagt, was Utodja hatte hören wollen, ja, sogar von ihm erwartet hatte und es erfüllte ihn mit tiefster Zufriedenheit, zerstreute seine letzten Zweifel.

Neugierig wagte er einen Blick auf den Ort, an den sein Mensch ihn geführt hatte, gab den Drang in seinem Inneren nach und oh! Was er sah! Schon während der Fahrt hatte der Anblick ihn überwältigt, doch nun erfasste ihn ein Gefühl, so stark, dass er gleichzeitig weinen und lachen wollte.

Er konnte die Erde unter seinen Füßen spüren! Keine Steine oder von Menschen gemachte Straßen. Es war richtige Erde. Und Kies. Und Gras! Über ihm schraubten sich die Bäume in den Himmel, ihre grünen Blätter leuchteten im Sonnenlicht, rauschten in der salzigen Brise, die unentwegt durch sein Haar fuhr, ihn sanft liebkoste und ihm einen heftigen Schauer einbrachte.

Wie sehr hatte er das vermisst! Es war nicht dasselbe, doch hier war er auf-gewachsen. Fern von Häusern und Straßen, von rollenden Kästen, stechendem Gestank und Lärm. Hier gehörte er hin und ein Impuls überkam ihn. Er wollte laufen! Zu den Bäumen. An ihnen hinaufklettern und die Wolken berühren! Ein kehliges Brummen entwich ihm und er spreizte seine Schwingen.

»Es gefällt dir hier, huh?«, hörte er Mikhael hinter sich und nickte.

»Ja, es gefällt mir. Sehr! Danke, Mikhael! Danke!« Aber das reichte bei Weitem nicht, um seine Dankbarkeit auszudrücken. Allerdings lachte sein Mensch nur, legte ihm eine Hand auf die Schulter und tätschelte ihn.

»Ganz locker, wir sind gerade erst angekommen. Noch hab ich dir die Überraschung nicht gezeigt.«

»Noch nicht?« Utodjas Herz machte einen Satz. Durfte er den Wald wo-möglich betreten? Die Bäume ansehen? Sie anfassen? Wirklich an ihnen hochklettern? Mit einem Grinsen deutete sein Mikhael auf einen Weg, der sich zwischen den Bäumen entlang schlängelte.

»Da geht's lang. Es ist nicht mehr weit.«

Erwartungen sprudelten in Utodja hoch und er eilte an Mikhaels Seite, gab sich keine Mühe mehr, seine Begeisterung zu verbergen. Die Freude war zu groß und so ausgelassen, wie sein Guardo wirkte, musste diese Überraschung wunderbar sein. So wunderbar, wie sein Lachen.

Der Weg führte tatsächlich quer durch den Wald und Utodjas Begeisterung fand ihren Höhepunkt. Nach wenigen Längen verließ er Mikhaels Seite und huschte von Wegesrand zu Wegesrand, immer neue Dinge entdeckend. Ebenso erstaunte es ihn, wie viele der Seinen hier waren. Ihr Geruch hing überall in der Luft und erzählte ihm wilde Geschichten. Es war aufregend! Sie waren noch nicht lange unterwegs, als ihnen ein Wolf-Gendro und sein Besitzer über den Weg liefen. Der Besitzer reagierte unwirsch darauf, dass Utodja ohne Leine herumlief, aber Mikhael betonte deutlich, dass es hier keinen Leinenzwang gab. Utodja genoss es jedes Mal, wenn sich Mikhael für ihn einsetzte. Seine starken Seiten waren sehr anziehend und ließen ihn in einem anderen Licht erscheinen. Dabei war Utodja unschlüssig, welche Seite er bevorzugte. Mikhaels Unsicherheit oder seine Stärke? Beides hatte seine Vorzüge und...

Ein Blitz huschte durchs Gebüsch!

Utodja warf den Kopf herum, stellte die Ohren auf und duckte sich auf alle Viere hinunter. Mit wachen Augen spähte er in den Wald hinein, lauschte, schnupperte. Da war etwas. Er sah es ganz deutlich, ein ganzes Stück vor ihm im Geäst versteckt.

Es war einer der Seinen! Erstaunt verengte er die Augen, schielte kurz zu Mikhael, der schon vorgegangen war und noch nichts bemerkt hatte. Doch außer seinem Guardo war sonst kein Mensch in der Nähe. Der Wolf-Gendro und sein Besitzer waren längst abgezogen und niemand sonst war in Hörweite. Höchst seltsam. Abwartend beobachtete Utodja den anderen Gendro, neigte den Kopf.

Es war ein Fuchs, ein Weibchen, das sich im Dickicht verbarg. Ob sie ein Wildes war? Oder gehörte sie zu einem der Menschen und war weggelaufen? Ganz ruhig saß sie da, beäugte Utodja, machte sich nichts daraus, dass sie entdeckt worden war. Dann, ganz plötzlich, verschwand sie aus Utodjas Blickfeld, huschte durch den Wald und war weg.

Blinzelnd richtete sich Utodja auf, spreizte seine Schwingen. Der Abgang war schnell gewesen und ein ungutes Gefühl beschlich ihn.

»Utodja! Wo bleibst du?«, drang Mikhaels Stimme zu ihm hinüber, doch er zögerte, wartete noch einen Augenblick ab und beobachtete den Wald. Es war nichts mehr zu sehen oder zu hören und entrüstet erhob er sich. Was für eine seltsame Begegnung.

»Jetzt komm endlich! Wir sind fast da!« Mikhael wurde ungeduldig und Utodja gab ihm nach, setzte sich in Bewegung und eilte zurück an seine Seite.

»Was war denn da so Interessantes?«, hakte sein Mensch nach und spähte zwischen den Bäumen umher.

»Ein Wildes. Es hat uns beobachtet.«

»So?« Mikhael wurde hellhörig, blieb stehen und verengte die Brauen. »Ich sehe nichts.«

»Sie ist weg.«

»Verstehe. Taucht das nächste Mal etwas auf, sag Bescheid. Und jetzt los, da vorne müssen wir hin.« Mikhael drehte sich um, streckte einen Arm aus und deutete auf einen Weg, der zu einem Hügel führte. Dort wollten sie also hin? War etwas Besonderes an diesem Hügel? Fragend reckte Utodja den Hals, schnupperte.

Die Luft war frischer geworden, noch salziger und da war ...

Utodja erstarrte, zog die Schultern an, als ein vertrautes Geräusch an seine Ohren drang. Es klang wie Rauschen. Aber nicht wie das des Windes oder von Flüssen. Dieses Rauschen war ganz anders!

»Mikhael!«, hauchte Utodja, brachte seinen Menschen wieder zum Lachen, der die Arme verschränkte.

»Nur zu, schau's dir an. Das wird dir gefallen!«

Das ließ sich Utodja nicht zwei Mal sagen und er setzte sich in Bewegung.

Voller Vorfreude erklomm er den Hügel und als er oben ankam, erstarrte er.

Wasser. Da war Wasser! So weit wie Utodja gucken konnte, breitete sich ein blauer, glitzernder Teppich vor ihm aus. Bedeckte die ganze Welt und ließ den Himmel unendlich erscheinen. Ein Beben erfasste seinen Körper und er musste schlucken, wusste nicht, was er tun sollte. Er konnte nur dastehen und schauen. Nur bewundern.

»Und? Was sagst du?«

Verschwommen nahm er Mikhaels Stimme wahr, antwortete aber nicht. Wie in einem Dämmerzustand ging ein paar Schritte vor, spürte, wie sich der Boden unter seinen Füßen veränderte. Wie der erdige Waldboden zu weichem Sand wurde. Wie feine lange Gräser aus dem Hügel ragten. Seine Beine streiften.

Immer stärkere Beben nahmen seinen Körper gefangen und er schloss die Augen. Lauschte dem Rauschen des Wassers, das in weißen schaumigen Wellen an das sandige Ufer gespült wurde. Die Wärme der Sonne heizte den Boden auf und Utodja wurde warm. So frisch der Wind auch war, so spröde die Luft seine Haut machte, ihm war warm. So weit ... so unendlich weit.

»Ich nehme mal an, das heißt, dass es dir gefällt.«

Langsam öffnete Utodja die Augen, suchte Mikhaels Blick.

Wie? Wie nur sollte er ihm danken? Für dieses unglaubliche Geschenk! Sein Guardo war ... Die Beben in Utodja wurden übermächtig und nur mit Mühe konnte er sich davon abhalten, seinen Mikhael anzuspringen und sich an ihn zu klammern. Fest umschlungen im Schutz seiner Flügel.

»Es ist wunderschön«, hauchte er mit flatterndem Herzen, als Mikhael direkt neben ihn trat. Sein Mensch nickte, ein Lächeln auf den Lippen.

»Ich weiß. Hast du das Meer schon mal gesehen?«

»Nur von Weitem«, flüsterte Utodja, erinnerte sich vage an früher. »Wir konnten es sehen. Jeden Tag. Von der Höhle aus. Doch es war weit weg. Winzig, im Vergleich hierzu. Ein kleiner Fleck.«

Höhle? Welche Höhle? Nachdenklich runzelte Mika die Stirn. Utodja war heute ungewöhnlich gesprächig. Sonst redete er nie von früher, aber heute machte er ständig solche Andeutungen. Ob er in dieser *Höhle* damals mit seiner Familie gelebt hatte? Wenn ja, was für eine Höhle war es gewesen? Wo hatte sie gelegen?

Seufzend fuhr er sich durch die Haare, schüttelte den Kopf. Mit einem Mal wurde ihm klar, dass er erschreckend wenig über sein Fledertier wusste. Andererseits wusste er wie es war, wenn man etwas für sich behalten wollte. Besonders, wenn es einen schmerzte.

Aber wenn Utodja bereit war, sich ihm anzuvertrauen, war das schon mal ein großer Pluspunkt. Mehr oder weniger, denn bisher hatte Utodjas Vergangenheit nur eins in Mika ausgelöst – Zorn. Zu schnell ließ er sich mitreißen, nahm alles persönlich. Die Ungerechtigkeit, mit der man Utodja begegnet war, war einfach verabscheuungswürdig. Dabei wollte er nicht zornig werden, besonders nicht heute. Er wollte einfach nur diesen Tag genießen. Gemeinsam mit seiner Fledermaus, die vor ihm saß und im Sand buddelte. Der bloße Anblick brachte Mika dazu, wie ein Vollidiot zu grinsen und in seinem Bauch flatterte es.

»Ich will dort runtergehen«, meinte Utodja plötzlich und deutete auf den Strand, starrte ihn mit seinen viel zu großen Kulleraugen an und es brach ihm das Herz. Denn er musste den Kopf schütteln.

»Das geht nicht. Der Strand ist klasse, ich weiß, aber das ist nicht unser Ziel.«

»Nicht?« Die Enttäuschung in Utodja brachte Mika um und er sah schnell zu Boden, scharrte mit den Füßen im Sand. Klasse, jetzt war er der Spielverderber.

»Nein, aber es ist nicht mehr weit. Ein Katzensprung! Ich verspreche dir, danach kommen wir zurück und schauen uns den Strand an. Okay? Nur noch ein bisschen Geduld. Meine Überraschung ist viel besser als das!«

Geknickt verengte Utodja die Brauen, sah sehnsüchtig zum Strand hinunter. Unzufriedenheit wütete in ihm, aber dieses Verhalten war unangebracht. Mikhael zeigte ihm so wundervolle Dinge und er gab sich undankbar. Sein Guardo sollte nicht wieder in Reue versinken, weil er glaubte, etwas Schlechtes zu tun, also stand Utodja auf und nahm sich zusammen. Schnell machte er einen Schritt vor und ergriff abermals Mikhaels Hand.

»Ich danke dir. Guardo. Ich danke dir.« Gurrend schmiegte er sich an die breite Hand, gab sein Bestes, um Mikhael klarzumachen, wie groß seine Freude war, doch im selben Moment zog Mikhael seine Hand ruckartig weg.

»Nicht! Lass das! Hör auf mich ständig zu betatschen!«, fauchte Mika und ließ seine Hände in den Hosentaschen verschwinden. Erschrocken wich Utodja zurück und eine unangenehme Stille tat sich zwischen ihnen auf.

»Du magst deine Hände nicht, oder?«, murmelte Utodja nach einigen Minuten. Der beherzte, reumütige Unterton in seiner Stimme war ein Stich ins Herz und konzentriert atmete Mika durch, kniff die Augen zusammen. Scheiße, er hatte nicht laut werden wollen, aber er konnte das einfach nicht ausstehen! Wieso kapierte Utodja das nicht?

»Nein! Gut erkannt! Also hör endlich auf damit! Das ist widerlich!«, giftete er, schaffte es nicht, Utodja ins Gesicht zu sehen.

Es kam keine Reaktion. Utodja stand wie angewurzelt da und mit jedem weiteren vorwurfsvollen Blick, wuchs die Last auf Mikas Brust. Zischend trat er gegen die Düne, wirbelte Sand auf und sah aufs Meer. Großartig, damit war ihr Ausflug wohl gelaufen! Er hatte Utodja hergebracht, weil er ihm etwas Gutes tun wollte! Aber nein, weil er sich nicht zügeln konnte, war alles im Eimer! Wieso konnte nicht ein Mal alles so laufen, wie geplant?

»Ich mag deine Hände.«

Ein Ruck fuhr durch Mika und er weitete die Augen. Utodjas Stimme war leise, nur ein Flüstern, das kaum gegen den Wind ankam und doch hörte er sie ganz genau. Jeden Buchstaben, jede Silbe. Ein sanftes Gurren ertönte, ehe eine Hand über seinen Rücken fuhr, vom Nacken hinunter bis zu seinem Kreuz. »Sie sind alles, was du bist. Und alles was du bist, macht dich aus.«

Stockend atmete Mika aus, musste schlucken. Utodja stand dicht neben ihm, sah ihn unverdeckt an. Ohne Angst, ohne Furcht und seine Worte waren ein Schlag. Fest und deutlich, ohne den geringsten Zweifel.

Das Flattern in seinem Magen wanderte hinauf in seine Brust, entwickelte sich dort zu einem kräftigen Schlagen. Utodja war ein Dummkopf. Dieser kleine Teufel hatte keine Ahnung, was für naive Worte er da von sich gab. Aber sie erwärmten Mika, bis er brannte. Von Kopf bis Fuß. Dabei hatte Utodja Unrecht. Wenn er nur wüsste, wie sehr.

Schnaubend schüttelte Mika den Kopf, legte eine Hand auf Utodjas Kopf. Fuhr durch die dichten Strähnen, berührte seine Ohren.

»... Es geht heute aber nicht um mich«, begann er. »Heute geht es nur um dich.«

»Um mich?«

»Ganz genau. Also komm.«

Damit drehte Mikhael dem Strand den Rücken zu und steuerte den Wald an. Sehr zu Utodjas Missfallen. Seufzend sah er ihm nach und ließ die Schultern hängen.

Sein Mensch machte es ihnen beiden unnötig schwer. Manchmal verstand Utodja ihn wirklich nicht. Sagte er nicht immer, Utodja solle ihm trauen? Wieso traute er dann ihm nicht? War die Angst in ihm so groß? Es musste so sein, wieso sonst versteckte er voller Panik seine Hände, als seien sie etwas Ekelhaftes. Ja, er war ein dummer Mensch. Nach allem, was er für ihn getan hatte, war es Utodja egal, welche Geheimnisse Mikhael hatte oder welche Albträume ihn plagten. Es war in Ordnung. Nur musste sein Mikhael das erst noch lernen. Knapp warf Utodja dem Strand einen Blick zu, ehe er sich schließlich in Bewegung setzte und Mikhael folgte. Der Weg, den sein Wächter einschlug, sah alles andere als einladend aus, aber er würde schon wissen, wo es lang ging.

❦

Immer weiter entfernten sie sich von dem Weg und den anderen Menschen und bald spürte Utodja niemanden mehr in ihrer Nähe, außer den Bewohnern des Waldes.

Mikhael schien genau zu wissen, wohin er wollte und führte Utodja zielstrebig immer tiefer in das Unterholz. Bestieg mit ihm unebene Hügel und kämpfte sich durch das Gebüsch.

Doch so weit sie auch gingen, das Meer blieb immer in Hörweite. Unentwegt drang sein Rauschen an Utodjas Ohr und ab und an blitzte das endlose Wasser zwischen den Bäumen hervor. Allerdings sah es nicht mehr so aus wie vorher.

Den Strand hatten sie längst hinter sich gelassen und aus den weichen Dünen waren tiefe Abgründe geworden. Ein ungemütlicher Anblick, der Utodja erschaudern ließ.

Als sich vor ihnen eine kleine Lichtung auftat, stoppte sein Wächter schließlich und sah sich um.

»Der Platz ist gut. Hier können wir bleiben.«

Erstaunt neigte Utodja den Kopf. Die Lichtung lag nahe an einem der Abgründe und die Bäume ringsum waren hoch und hatten spitze Nadeln.

War das Mikhaels große Überraschung? Wenn ja, war sie enttäuschend. Fragend wartete Utodja ab, spähte immer wieder zu dem Abgrund, musste schlucken. Große Wellen warfen sich gegen die steinigen Wände, verursachten ein unsägliches Getöse.

»Das ist eine Steilküste«, erklärte Mikhael plötzlich und Utodja sah auf. Sein Wächter stand gefährlich nahe am Abgrund, sah unbeteiligt hinab. »Sie gehört zum Naturschutzgebiet. Hier draußen kommen nicht viele Leute hin, die meisten bleiben beim Strand. Perfekt für uns.«

»Perfekt wofür?«

Ein verschwörerisches Grinsen legte sich auf Mikhaels Gesicht und sein Wächter trat nahe an Utodja heran, beugte sich zu ihm hinab und stupste mit einem Finger gegen Utodjas Schwingen.

»Für deine erste Flugstunde.«

Kapitel 18

Wind

»F<small>LUG</small> ... stunde?«

Bis die Bedeutung dieser Worte zu Utodja durchdrang, vergingen etliche Augenblicke. Doch dann kam die Erkenntnis und sie schlug ein wie ein vom Himmel fallender Stern!

Fliegen. Mikhael wollte, dass er flog! Dort, über den Abgrund. Über das unendliche Wasser!

Entsetzt wich Utodja zurück. Seine Kehle zog sich zusammen und sein Herz begann zu donnern wie ein Gewittersturm.

Nein! Bei allen Himmeln, das musste ein Scherz sein. Ein böser Scherz! Mit allem hatte er gerechnet, als Mikhael mit dieser Überraschung angefangen hatte, aber doch nicht damit! Das war Irrsinn! Vollkommener Blödsinn! Immer weiter entfernte sich Utodja von Mikhael, zog Kreise um seinen Wächter, der unbeirrt vor ihm stand, noch immer das viel zu breite Grinsen im Gesicht trug. Pah, dieser dumme Mensch genoss das auch noch! Er genoss Utodjas Verwirrung, aber oh! Wie naiv er war! Wie konnte er auch nur glauben, dass das funktionierte? Das Klopfen seines Herzens wurde immer heftiger, raubte ihm den Atem und Hitze wallte in ihm auf. Ließ seinen Körper glühen und trieb ihm den Schweiß auf die Stirn. Nein. Nein, das würde nicht funktionieren. Niemals!

Schnaubend senkte er das Haupt, belauerte seinen Menschen, der ihn erwartungsvoll anstarrte, schließlich einen Schritt auf ihn zumachte.

»Es stimmt, oder?«, begann Mikhael. »Jakobson hat es mir erzählt. Gestern auf der Wiese. Er sagte, dass du nicht fliegen kannst. Und das stimmt, hab ich recht?«

Der Kloß in Utodjas Hals wurde so groß, dass er nicht sprechen konnte. Nur ein kehliges Krächzen entwich ihm, worauf Mikhael kränklich lächelte.

»Dachte ich mir schon«, murmelte er, atmete geräuschvoll aus und fuhr sich durch die Haare, schielte zu dem Abgrund. »Tja, dann bleibt uns wohl nichts anderes übrig. Ziehen wir die Sache durch! Deswegen sind wir ja hergekommen. Es wird Zeit, dass du es lernst, findest du nicht?«

Was zum ...? Wie konnte er es wagen ...!

Utodjas Augen zuckten und er sah zur Seite, hielt Mikhaels Blick nicht länger stand. Dieser Mensch ließ ihn wie einen Dummkopf dastehen und ein gefährliches Brodeln entflammte in seinem Inneren.

Fliegen. Ja. Das war etwas, das er immer gewollt hatte. Es so sehr begehrte, dass sein ganzer Körper ächzte. Wie oft hatte er voller Sehnsucht in den Himmel geschaut, mit einem Gefühl im Bauch, als zerreiße es ihn. Als wäre da eine klaffende blutende Wunde. Auf dem Wind zu reiten und mit den Wolken zu schweben, oben, im unendlichen Blau! Das war etwas, das jeder Jüngling seiner Art eines Tages lernte. So wie er es damals hätte lernen sollen! An jenem besonderen Morgen...

Aber das hatte er nicht. Weil er ja etwas Besonderes gewesen war. Besonders. Pah! Er war nichts Besonderes und all die großen Versprechen hatten sich in Rauch aufgelöst. Das alles war keine Kleinigkeit! Es war nicht so einfach, wie es klang! Und Mikhael, er hatte kein Recht, darüber zu reden! Oder ihn so anzuschauen! Als wäre er ein armseliger Krüppel! Es war nicht Utodjas Schuld, dass er es nicht konnte! Unruhig schlug er mit seinen Flügeln, breitete sie demonstrativ aus. Was wusste Mikhael schon von diesen Dingen! Er war nur ein unwissender Mensch! Und ehe sich Utodja versah, überrollte ihn die Wut. Packte ihn härter, als jemals zuvor und er fauchte, aus Frust, aus Zorn.

»Wie?«, kreischte er, konnte sich nicht mehr zügeln. »Wie soll ich es lernen, wenn man alle tötet, die es mir beibringen könnten? Mich fängt, vor dem ersten Jahr! Wenn man meine Flügel zerquetscht! Ich hätte es gelernt. Doch wo? Und wann? Und wer zeigt es mir?«

»Ich!«

Utodja klappte den Mund auf, dann wieder zu, holte tief Luft. Unsinn. Was sein Mensch da redete war Unsinn! Abfällig schnaubte er, schüttelte den Kopf und begann auf und ab zu gehen, grub mit seinen Klauen tiefe Furchen in den Waldboden.

»Du? Wie willst du mich fliegen lehren? Du bist nicht wie ich!«

Sein Mensch verschränkte die Arme.

»Nein. Aber das muss ich auch nicht. Kein Grund, mich anzufauchen. Ich habe dir nie was getan, klar?«

Abwertend schnalzte Utodja mit der Zunge, sah in den Wald. Die Hitze in seinen Wangen breitete sich immer weiter aus, erfüllte seinen Kopf, seinen ganzen Körper. Seine Brust wurde schwer und er ließ seinen Schweif auf den

Boden peitschen.

»Du bist ein Lügner«, knurrte er, sah Mikhael nicht an. »Du sagtest, du hast eine Überraschung. Doch du hast mich hergebracht, um dich über mich lustig zu machen! Du weißt nichts über uns *Raza*! Man scherzt nicht über den Himmel! Über das Fliegen! Das tut man nicht. Ich will nicht hier sein. Ich will gehen.«

»Seh ich so aus, als würde ich scherzen?«

Wütend fuhr Utodja herum, fletschte die Zähne, stockte jedoch im selben Moment.

Bestimmt stand sein Mensch da, das Gesicht zu einem verheißungsvollen Grinsen verzogen.

Utodjas Herz machte einen Sprung und die Hitze in ihm wandelte sich in einen eiskalten Schauer. Nein. Mikhael scherzte nicht. Er meinte das ernst. Er meinte es tatsächlich ernst. Die Atemnot kehrte zurück und verdrängte den Zorn. Und wenn es doch klappte?

Fliegen. Diesen Traum hatte Utodja längst aufgegeben. Angespannt schloss er die Augen, sank zu Boden. Er wollte das nicht mehr hören.

Wie? Wie wollte Mikhael es ihm zeigen? Er war doch nur ein Mensch. Er konnte nicht fliegen. Wie sollte jemand wie er es ihm beibringen? Das war unmöglich.

»Mag sein, dass ich nichts über euch *Raza* weiß, was auch immer das bedeutet, aber ich bin kein Idiot! Ich wäre nicht mit dir hergekommen, wenn ich mir nicht ganz sicher wäre! Und eine Fledermaus sollte gefälligst fliegen können. Oder willst du für immer an der Leine bleiben?« Vielsagend breitete Mika die Arme aus, schüttelte den Kopf. Er hatte damit gerechnet, dass es nicht einfach werden würde, seinen Gendro von dieser Idee zu überzeugen. Besonders, seit das Fledertier so gerne Widerworte gab. Aber verdammt, er hatte mit etwas mehr Begeisterung gerechnet. Verstand Utodja denn nicht, was das hier bedeutete? Nicht nur für ihn, auch für Mika! Ja, dieser ganze Himmelkram war Utodjas wunder Punkt, aber seine Angst war unbegründet. Dass hier war ein Geschenk! Ein ganz besonderes Geschenk, das er Utodja unbedingt geben wollte. Um den ganzen Mist, den er verbockt hatte, irgendwie wieder gutzumachen. Damit Utodjas Leben wenigstens ein bisschen lebenswerter wurde. Wenn Mika ihm schon nicht mehr bieten konnte, dann wenigstens das! Also sollte er sich gefälligst freuen und Bocksprünge machen! Hätte damals jemand so etwas für Mika getan, dann wäre er vielleicht ...!

Schnell machte er einen Schritt vor, erfasste Utodjas Hand und zog ihn auf die Beine, sah ihm tief in die Augen.

»Du wurdest zum Fliegen geboren, also wirst du fliegen! Ich werde nicht zusehen, wie du so eine Chance einfach fallen lässt! Hab ich je etwas gemacht, das dir geschadet hat? Hab ich dir je wehgetan oder dir einen Grund gegeben, mir nicht zu vertrauen?!«

Nur langsam schüttelte Utodja den Kopf, hatte die Ohren weit zurückgelegt.

»Siehst du? Dann vertrau mir! Du musst einfach fliegen! Du musst! Damit es wenigstens einer von uns kann.«

Seine Worte zeigten Wirkung. Das böse Funkeln in den großen Augen erlosch und ein beinahe ehrfürchtiger Ausdruck trat an diese Stelle. Vielleicht ein bisschen zu ehrfürchtig, denn Utodja erwiderte seinen Griff, drückte Mikas Hand und überbrückte die letzte Distanz zwischen ihnen, bis ihre Körper fest aneinander gedrückt waren. Das viel zu vertraute Gurren ertönte und Mika bemerkte einen ebenso vertrauten Druck an seinem Bein.

Solche Worte. Solche Stärke.

Nur Mikhael beherrschte das. Nur sein Guardo schaffte es, dass Utodja jedes einzelne Wort glaubte, das er sagte. Mit einer ungeahnten Kraft. Einer Kraft, die er viel zu selten zeigte. Die Utodja an ihm schätzte. Die ihn anzog und der er nicht entfliehen konnte. Tief atmete er durch, legte den Kopf weit in den Nacken. Fliegen. Eine Gänsehaut schüttelte ihn durch und sein Fell plusterte sich auf. Mikhael wollte, dass er flog, also würde er es tun. Die Ungewissheit blieb, genau wie die Furcht, aber die blauen Augen seines Guardos sagten ihm, er würde das schaffen.

Wie würden ihn diese Augen erst ansehen, wenn er meisterte, was man von ihm erwartete? Mit Begeisterung? Mit Zuneigung? Mikhaels Zuneigung ... Utodja musste schlucken, drückte sich fester an Mikhaels Körper, gurrte tief und kehlig. Diese Vorstellung! Zuneigung zu bekommen. Bewundert zu werden, wie man es ihm immer versprochen hatte, endlich, nach der ganzen Zeit. Dafür würde er alles tun.

Ohne darüber nachzudenken, fasste Utodja einen Entschluss, ohne Für und Wider abzuwägen. Wenn er flog, würde er seinen Wächter beeindrucken und mehr bekommen, als verstohlene heimlichen Blicke. Denn ja, er hatte sie bemerkt, aber sie störten ihm ihn nicht, nein. Sie schmeichelten. Also würde er es tun. So lächerlich diese Idee auch war, er würde es tun!

»Gut«, hauchte er, schloss die Augen. »Ich fliege. Aber du wirst aufpassen.«

Das Strahlen kehrte in Mikhaels Augen zurück und blendete Utodja, war gleißender als die Sonne und ließ seine Beine weich werden. Der Druck an seiner Hand wurde stärker und Mikhael nickte schnell.

»Das werde ich! Keine Panik!«

Die Begeisterung in seinem Menschen verführte Utodja zu einem Lächeln und er verdrehte die Augen, schnaubte einmal. Mikhael tat so, als hätte er soeben etwas Unglaubliches versprochen. Naiver Dummkopf. Unbeteiligt zuckte Utodja mit den Schultern und versuchte sein Lächeln zu verbergen. Aber es blieb nicht unbemerkt. Ein helles Lachen ertönte und im nächsten Moment hob Mikhael sein Kinn an, wirkte noch begeisterter, nein, fassungslos?

»Du lächelst ja!«, entfuhr es seinem Guardo überschwänglich. »Ich dachte schon, du kannst das gar nicht. Sieht gut aus. Solltest du öfters machen.«

Utodjas Kopf begann zu glühen und eiligst sah er auf seine Füße. Das Lächeln verging ihm und mit einem Mal fiel es ihm schwer aufrecht zu stehen, so sehr zitterten seine Beine.

»Es gab nichts, weswegen ich lächeln musste«, meinte er dumpf, wusste nicht, wie er mit diesen Worten umgehen sollte. So nett und freundlich und schmeichelnd, als habe er durch diese Geste die Sterne vom Himmel geholt.

»Na, das wird sich jetzt ändern. Aber ich sollte besser aufpassen.« Ein freches Grinsen umspielte Mikhaels Lippen und die Finger an Utodjas Kinn wanderten hoch, fuhren über seine Unterlippe. »Wenn so ein hübsches Ding wie du lächelt, rennen uns am Ende alle Weiber die Bude ein und ich muss dich teilen. Oder du verdrehst irgendwelchen Spinnern den Kopf und ich muss um dich kämpfen. Wäre ja noch schöner!«

Das Ende war gekommen. Utodja spürte es! Am ganzen Leib. Sein Kopf verglühte, würde jede Sekunde einfach verpuffen, wie Rauch im Wind, während es in seiner Brust ratterte. So stark, als würde ein Vulkan ausbrechen, ihn von innen zerreißen und einschmelzen! Mit riesigen Augen starrte er seinen Wächter an, wusste nichts zu sagen. Mit jedem weiterem Augenblick wurde ihm klarer, wie dumm er aussehen musste, doch er konnte nichts dagegen tun.

Hübsch.

Mikhael nannte ihn hübsch. Schon viele Menschen hatten ihn so genannt, aber wenn Mikhael das sagte, war es besonders.

Fluchend schloss Mika die Augen, konnte sich das Grinsen nicht verkneifen. Schon die ganze Zeit kicherte er wie ein Vollidiot, aber er konnte sich nicht beherrschen. Nicht, wenn Utodja ihn anglotzte wie ein Auto.

Vielleicht hätte er das nicht sagen sollen. Einfach drauflos plappern, frei Schnauze, ohne nachzudenken, das hatte er schon ewig nicht mehr getan. Sonst musste er immer aufpassen, was er sagte und wie er sich gab. Erst recht bei Ellie und Chris oder auf der Arbeit. Bei Utodja war das anders und auch wenn er sich dafür ohrfeigen sollte, bereute er seine Worte nicht. Seine Fledermaus so verlegen zu sehen war hinreißend. Vermutlich hatte der Kleine noch nie ein Kompliment bekommen. Zumindest nicht auf diese Art. Dabei sollte Mika

so etwas gar nicht sagen. Utodja blieb ein Gendro! Zudem war er ein *Maara*
... weder Mann noch Frau. Andererseits wurde das immer unwichtiger. Was
kümmerte es ihn noch, wer was war. Utodja war hier und er war umwerfend.
Und Mika wollte diese Dinge sagen. Aus dem Bauch heraus, in dem sich alles
verdrehte.

»Jetzt guck nicht so! Als wüsstest du nicht, wie du auf andere wirkst«,
murmelte er, zog Utodja schnell zu sich und hauchte ihm einen sanften Kuss
auf die Stirn, tätschelte seine Schulter. »Genug gequatscht, Fledertier. Bringen
wir dich in die Luft!«

In die Luft. Utodja blinzelte, musste sich von Mikhaels Anblick losreißen
und kniff die Augen zusammen. Die Stelle auf seiner Stirn. Sie brannte wie
Feuer.

Himmel, war das möglich? Konnte man immer neue Formen von Hitze
erfahren?

»Gut«, krächzte er nur, musste sich zusammenreißen. Wenn er wirklich
fliegen wollte, durfte er sich nicht ablenken lassen. Auch nicht durch dieses
große, gutaussehende Menschenmännchen, das er am liebsten an sich pressen
würde und ... !

Und was?

Schnell schüttelte Utodja den Kopf, wollte die unangebrachten Gedanken
rasch loswerden. Es war genug jetzt! Er verhielt sich erbärmlich. Wenn er
Mikhael beeindrucken wollte, musste er aufhören sich wie ein Dummkopf
aufzuführen! Konzentriert drehte er sich weg, wandte sich dem Abgrund zu
und mit einem Mal hatte ihn die Wirklichkeit wieder. Die Klippen, die sich
vor ihm auftaten, waren tief und kantig und starke Wellen klatschten gegen
die Felsen, wirbelten das Wasser auf. Utodja musste schlucken, zog den Kopf
zwischen die Schultern. Vielleicht war diese Idee doch nicht so gut.

»Ganz locker! Das wird schon, vertrau mir.«

Mikhael erschien an seiner Seite und sah ebenfalls hinab in die Tiefe. Fast
glich es einem Wunder, wie unerschrocken sein Mensch war, wie überzeugt
von sich und seiner Idee. Es war wahrlich bewundernswert und ... – Eine
Sturmböe traf sie! Unvorbereitet. Mit voller Kraft.

Erschrocken machte Utodja einen Satz, duckte sich und hob seine Flügel zu
Abwehr. Das kam plötzlich! Viel zu plötzlich. Mit einer ungeahnten Heftigkeit.
War das die Macht des Windes? War er wirklich so stark? Himmel, wie sollte
er ihn bändigen? Geschweige denn, auf ihm reiten?

»Das ist unser Stichwort!«

Mit weiten Augen sah Utodja auf. Sein Mensch schien den Verstand verloren
zu haben! Er zeigte sich nicht ein Stück von dem Angriff beeindruckt, im

Gegenteil! Er hatte die Arme ausgebreitet und den Kopf in den Nacken gelegt, kümmerte sich nicht darum, dass der Wind ihn immer weiter zurückdrängte. Grinsend öffnete er seine Augen, zwinkerte ihm zu. Unbeirrt. Provokant. Bereit für den Kampf.

War es wirklich so einfach? Sollte er sich einfach nicht darum kümmern?

Langsam ließ Utodja seine Flügel sinken, spürte sofort, wie ihm der Wind ins Gesicht peitschte. Aber es war nicht unangenehm wie die kühle Böe durch seine Haare fuhr, wie sie seine Haut streichelte und einen salzigen leichten Duft zu ihm hinüber trug. Tief atmete er ein, beschloss es Mikhael gleich zu tun und breitete seine Arme und Flügel zurückhaltend aus, schloss die Augen. Fühlte den Wind. Seine Stärke. Seine Wildheit. Es gab keine Worte. Seine Zweifel wurden davon geweht und neuer Mut wuchs in ihm.

Ja, wieso nicht? Wieso sollte er nicht das tun, was alle anderen seiner Art taten? Wieso sollte er es nicht versuchen? Mit seinem Guardo an seiner Seite konnte er alles meistern! Und gewiss auch den Wind zähmen.

»Okay, legen wir los!«, meinte Mika, nachdem sich der Wind endlich gelegt hatte und rieb seine Hände aneinander, trat ein Stück von Utodja weg.

Der wirkte endlich etwas zuversichtlicher und genauso wollte er ihn sehen! Endlich spielte er mit und es kratzte Mika unglaublich auf, entfachte eine feurige Glut in ihm. Er wollte Utodja fliegen sehen! Komme was wolle. Vielleicht war er nicht der beste Lehrer, aber er bekam das schon hin!

»Los. Zeig mir deine Flügel. Breite sie aus!«

Utodja zögerte, musterte ihn einen Tick zu misstrauisch, spreizte dann aber seine Schwingen und breitete sie zur vollen Größe aus. Bei dem Anblick fröstelte es Mika. Wirklich beeindruckend, die Dinger. Anerkennend pfiff er, nickte ein paar Mal und begann um Utodja herumzugehen.

»Kannst du schweben?«, fragte er, erinnerte sich an die wenigen Male, in denen Utodja vom Boden abgehoben war. Allerdings schien Utodja noch immer skeptisch. Er runzelte die Stirn, sah zu seinen Schwingen und schlug einmal kräftig aus, wirbelte Staub und Erde auf. Der Luftdruck zwang Mika dazu zurückzuweichen und schnell duckte er sich. Himmel, die Kraft, die dahinter steckte, sollte er lieber nicht unterschätzen und das war nur ein einziger Flügelschlag. Und dieser komische Arzt hatte behauptet, seine Flügel wären unterentwickelt. Das hier sah aber ganz anders aus!

»Ich weiß nicht«, murmelte Utodja schließlich, reckte die Schultern. »Ich weiß, wenn ich oft und stark schlage, dann hebe ich ab. Es passiert von allein. Aber nur kurz. Nicht lange. Es ist schwer.«

»Kann ich mir denken.« Nachdenklich kratzte sich Mika am Kinn. Als er damals zusammen mit Chris im Sportverein gewesen war, hatte er sich beim Training oft mit den Armen hoch stemmen müssen. Mit der Zeit war es leichter geworden, weil er Muskeln entwickelt hatte, aber die Anstrengung dahinter war nicht Ohne gewesen. Im Grunde waren Utodjas Flügel nichts anderes als Arme, nur dass sie mit einer zusätzlichen Hautschicht versehen waren und seinen ganzen Körper tragen mussten. Gut, Utodja war nicht schwer, trotzdem würde es anstrengend werden. Ob er das ohne Übung hinbekam? Andererseits, nach dem, was er in seinen Sachbüchern gelesen hatte ...hm.

Eine ganze Weile stand er nur da, betrachtete Utodjas Rücken und seine Flügel, ließ seinen Blick über die einzigartige Musterung wandern. Wirklich schön. Wunderschön. Ehe sich Mika versah, streckte er eine Hand aus und fuhr sachte über die Flughäute, erschauderte bei der Berührung - genau wie Utodja, dessen Fell sich aufstellte. Ein Schmunzeln entwich Mika, doch er zog die Hand nicht zurück, fuhr weiter über die ledrigen Schwingen, die sich ganz anders anfühlte, als der Rest von Utodjas Körper. Leider fand er auch hier Narben, die den Anblick trübten.

»Wo hast du die her?«, fragte er, tastete nach einer besonders langen Narbe, nahe am Schultergelenk.

Sofort entwand sich Utodja seinem Griff, schnaubte aus und sah ihn düster an. Das Misstrauen in seinem Blick überschlug sich und Mika zog die Hand weg, verengte die Augen.

Ein weiterer wunder Punkt? Na großartig. Was hatte Utodja denn noch alles erdulden müssen? Nach ein paar Augenblicken entspannte sich die Fledermaus aber wieder, legte sich eine Hand auf die Schulter und schloss die Augen. Er schien hin und her gerissen, dann holte er Luft.

»Sie ... Sie sagten, wenn ich nicht gehorche, dann ...«, er brach ab, duckte sich und seine Lippen wurden schmal. Das klang übel. So wie alles, was Utodja aus seiner Vergangenheit erzählte, und das hier schien ihn besonders mitgenommen zu haben, wenn er es nicht einmal aussprechen konnte.

»Dann was?«, hakte er vorsichtig nach.

»Dann ... schneiden sie sie ab.«

Mikas Mund klappte auf. Moment, Sekunde!

»Du meinst, jemand wollte dir- ...?«

»Ja«, schnitt ihm Utodja das Wort ab, trat plötzlich vor. Ein Finger legte sich auf Mikas Mund und Utodja schüttelte den Kopf. »Aber es ist vorbei. Du wirst das nicht tun. Auch wenn ich versage. Ja?«

Abschneiden. Das hatten sie ihm angedroht. Sie wollten ihm seine Flügel nehmen. Das, was ihn ausmachte. Was sollte er dazu noch sagen. Seufzend ließ Mika den Kopf fallen und ein heftiger Stich zog sich durch seine Brust. Wie ekelhaft konnte man sein? Kein Wunder, dass Utodja so empfindlich auf das ganze Thema reagierte. Er kniff die Augen zusammen, spürte einen tiefen Schmerz in sich aufkeimen und mit ihm kamen die Erinnerungen. Erinnerungen, die er lange verdrängt hatte und die er jetzt nicht gebrauchen konnte. Angestrengt atmete er durch, verdrängte die Bilder aus seinem Kopf und widmete sich wieder ganz seinem Fledertier.

»Niemand schneidet irgendjemandem irgendwas ab, klar? Also frag das nicht mehr. Nie mehr! Ich würde nie etwas tun, dass- ...!« Mika brach ab, verdrehte die Augen. Nein. Er musste nichts mehr sagen, sie mussten nicht darüber sprechen. Ängste wurde man nie los, er verstand das, aber Utodja war bei ihm sicher. Er nahm die Hand von seinem Mund und küsste die Fingerkuppen, streckte einen Arm aus und fuhr sanft über die Narbe. Mehr musste er nicht tun.

»Genug gesprochen?« Fragend neigte Utodja den Kopf und Mika nickte. Ja, das hatten sie wirklich.

»Ja, genug geredet. Komm.«
Damit schüttelte Mika die grausigen Gedanken ab, die in ihm hochgekommen waren. Sie waren aus einem anderen Grund hier und er wollte sich die Laune nicht verderben lassen. Langsam führte er Utodja so nah an die Klippe wie möglich, stellte sich dann hinter ihn und legte eine Hand auf seinen Rücken.

»Es ist ganz einfach«, begann er. »Stell dich gerade hin. Die Flügel wieder ausbreiten!«
Er gab Utodja einem Klapps auf sein Hinterteil, was dieser mit einem Knurren kommentierte. Dann breitete sich die enorme Flügel ein weiteres Mal aus.

»Und jetzt?« Immer wieder schielte Utodja zu seinem Menschen, achtete sehr genau darauf, was er tat. Die ganze Zeit zupfte er an ihm herum, berührte seine Flügel. Unangenehm war das nicht, doch es verwirrte ihn. Was genau hatte Mikhael vor?

»Wie ich schon sagte, es ist ganz einfach!«, erklärte sein Wächter, stand nun direkt hinter ihm. Mikhaels Hände kamen zu beiden Seiten seines Kopfes hervor und packten ihn, brachten ihn dazu nach vorne zu sehen, auf das Meer.

Utodja musste schlucken, schlug seine Klauen fest in die Erde. Sie standen so nahe an dem Abgrund. Erschreckend nahe. Verlor einer von ihnen das Gleichgewicht, würden sie stürzen!

»Spürst du das?«, fragte Mikhael, als ein weiterer Luftstoß auf sie traf und er erbebte.

Der kräftige Wind warf sich gegen seine Flügel und ein Schauer suchte ihn heim. Bedächtig nickte er. Wie sollte er das nicht spüren? Als würden unzählige Federn seine Flügel kitzeln!

»Das ist gut.« Mikhaels Stimme war ihm nun ganz nah, lag direkt an seinem Ohr und warmer Atem streifte seine Haut. Auch das fühlte sich gut an. Auf eine ganz andere Art.

»Erinnerst du dich daran, was du vorhin gesagt hast? Dass du von alleine abhebst?«

Wieder nickte Utodja, lehnte sich ein Stück zurück, um Mikhael noch näher zu sein, konzentrierte sich nur auf seine angenehme raue Stimme.

»Genau so geht es. Es ist ein einfaches Prinzip.«

»Was für ein Prinzip?«

»Man wirft das Küken aus dem Nest!«

Im nächsten Moment durchfuhr ein Ruck Utodja und er keuchte. Etwas traf ihn im Rücken. Hart und fest. Stieß ihn nach vorne und es geschah, was er befürchtet hatte. Er verlor das Gleichgewicht. Stürzte. Vornüber. Über den Rand des Abgrundes. Hinab in die Tiefe! Hektisch versuchte er sich umzudrehen, suchte Halt, doch da war nichts. Nur Mikhael, der am Rand stand, sich viel zu schnell entfernte, viel zu schnell klein wurde.

Er war das gewesen! Er hatte ihn gestoßen! Sein Guardo! Wieso?

Die Welt stand Kopf und alles drehte sich im Kreis. Himmel, Erde, Luft, Wasser, Hitze, Kälte, Laut, Leise – alles raste unaufhaltsam auf ihn zu. Tief, tief, tief!

»DU MUSST MIT DEN FLÜGELN SCHLAGEN!«

Angespannt starrte Mika Klippe hinunter, lief hin und her, fuhr sich durch die Haare. In seiner Brust raste es und jeder Muskel in seinem Körper schmerzte. Es musste funktionieren. Es musste einfach! Genau so hatte es in den Büchern gestanden! Er hatte die ganzen letzten Tage recherchiert und überall stand das-selbe! Alle Fledermäuse konnten fliegen. Man musste es ihnen nicht beibringen, es lag ihnen im Blut. Es war eine angeborene Fähigkeit, einem Instinkt gleich. So wie jeder automatisch atmete! So stand es zumindest in den Büchern und im Internet. Euphorisch wie er war, hatte er es sofort versuchen und in die Tat umsetzen wollen, aber Utodja fiel wie ein Stein, wurde immer kleiner und raste auf die Felsen und die Meeresströmung zu. Sein Herz rutschte ihm in die Hose und Panik kam in ihm hoch.

Vielleicht hätte er nicht so drastisch vorgehen sollen. Ihn nicht schubsen sollen - von einer Gott verdammten Klippe wohl bemerkt!

Scheiße! Er hatte einen Fehler gemacht!

»JETZT FLIEG ENDLICH!«, brüllte er, warf sich auf die Knie und beugte sich weit über den Abgrund. »Flieg! Du kannst es doch! Flieg!«

Mist! Mist, Mist, Mist, wieso hatte er nicht nachgedacht? Wieso nicht, wieso musste er immer so einen Schwachsinn machen? Kein Wunder, dass alle glaubten, er käme nicht alleine zurecht. Irgendwann würde er sich noch einmal das Genick brechen und jetzt hatte er seine Fledermaus in den Tod getrieben!

Wieso nur? Wieso?

Allein dieses Wort drehte sich in Utodjas Kopf. Wieso hatte sein Guardo das getan? Der Mann, dem er mehr als allen anderen vertraute? Wollte er ihn loswerden? Ihn töten? War das sein Plan? Indem er ihn in den Abgrund stieß, wissend, dass er nicht fliegen konnte? Dass er an den Felsen zerschellen und in den Wassermassen ertrinken würde?

Dieses Monster! Verräterische Kreatur! Zorn regte sich in ihm. Gepaart mit ohnmächtiger Angst. Rücklinks raste er auf das Ende zu. Immer schneller, unaufhaltsam. Die Klippe entfernte sich in rasender Geschwindigkeit. Da war nur noch Rauschen. Alle anderen Geräusche waren verstummt. Alles was er spürte, war der flatternde Wind, der auf ihn einprasselte. Er kniff die Augen zusammen, konnte nicht atmen. Er musste etwas tun! Handeln! Reagieren! Das war nicht das Ende, er würde nicht sterben. Nicht jetzt! Noch nicht! Er würde diesen Kampf nicht verlieren! Aber wie? Wie! Sein Körper drehte sich wie wild, unnütz, unkontrollierbar. Das Wasser! Es war so nahe! Die Felsen ragten wie spitze Zähne empor, warteten auf ihn und - ...

Plötzlich war da ein Blitz. Direkt in seinem Kopf. Utodja schnappte nach Luft und mit einmal wusste er es. Er wusste, was zu tun war und alles geschah von selbst. Er holte Schwung, drehte sich, brachte sich in Segelstellung und breitete die Flügel aus, nutzte den Aufwind, der zu ihm hinaufgetrieben wurde – und es funktionierte!

Seine Flügel spannten sich, sein Fall stoppte und er ließ sich tragen. Wurde nach oben gedrückt, den Abgrund wieder hinauf.

Hinauf, hinauf zum Rand der Klippe!

Doch es genügte nicht. Es war nicht ausreichend, also schlug er aus, nutzte den Antrieb des Windes und mit einem Mal war er es, der die Kontrolle hatte. Tief holte er Luft und sein Herz machte einen heftigen Sprung. Ein weiterer Flügelschlag reichte und seine Geschwindigkeit nahm zu. Das Wasser unter ihm entfernte sich, die Felsen wurden kleiner, die Klippe kam näher, er konnte Mikhael erkennen! Doch das war nicht sein Ziel. Er hatte etwas anderes im Sinn. Sah etwas, das so viel wichtiger war.

Utodja rauschte an ihm vorbei und Mikhael geriet ins Straucheln, stolperte zurück und fiel ins Gras. Sofort hob er den Kopf, sah sich hektisch um, suchte – und fand!

Da war er. Utodja! Nicht mehr als ein Schatten, der hinauf in den Himmel preschte. Auf die Wolken zu. Genau wie es in den Büchern gestanden hatte. Genau, wie er sich ausgemalt hatte. Es hatte funktioniert! Es hatte wirklich funktioniert! Utodja hatte es geschafft! Ha! Mika hatte es gewusst! Er hatte gewusst, dass er es schaffen würde! Ein irrsinniges Lachen entfuhr ihm und er sprang auf die Füße, lief zurück zur Klippe.

»JA! Genau so! Ganz genau so!«, rief er, warf seine Faust in die Luft, konnte seinen Blick nicht von der Gestalt nehmen, die dort im Himmel schwebte. Etwas unstet, immer wieder an Höhe verlierend, doch er flog! In Mikas Brust überschlug sich alles und sein Magen war gefüllt mit einer Arme von Schmetterlingen, als Utodja kehrt machte und plötzlich auf ihn zu steuerte. In einer unmenschlichen Geschwindigkeit flog er über den Klippenrand, an ihm vorbei, über die Lichtung hinweg, dann hinauf. An den Bäumen hoch, die höchste aller Tannen umkreisend. Schließlich setzte er zur Landung an und blieb auf dem höchsten Ast sitzen, weit, weit über ihm. Weit über allem, was war.

Keine Worte. Keine Worte mehr. Niemals wieder würde Utodja Worte finden, die beschrieben, was er jetzt sah und fühlte. Sein ganzer Körper stand unter Storm, war elektrisiert und ein Beben hatte von ihm Besitz ergriffen, das nie wieder enden würde.

Er ... war geflogen! Wirklich geflogen! Nicht weit, nicht hoch, noch nicht einmal nahe genug an den Wolken, um sie zu berühren und doch war er da gewesen. Im unendlich weiten Blau des Himmels, während die Welt unter ihm nichts weiter war, als eine Ansammlung kleiner unbedeutender Dinge.

Auch jetzt noch, jetzt, wo er hier oben saß, wollte dieses Gefühl nicht weichen. Als wäre nichts da unten echt, als würde er auf alles herabblicken, als würde er alles sehen, alles wissen! Seine Lungen mochten brennen, seine Augen tränten, seine Flügel und sein Rücken schmerzten wie noch nie zuvor und doch hatte er sich nie freier gefühlt. Nie glücklicher. Er war eins gewesen mit dem Wind, war schneller gewesen, als die rollenden Kästen und nichts konnte ihm das wieder nehmen. Seufzend schloss er die Augen, legte den Kopf in den Nacken und breitete seine Flügel zur vollen Größe aus. So weit wie es ging - und sie reichten vom einen Ende der Welt zum anderen. Nie wieder wollte er fort von hier. Nie wieder woanders sein. Hier gehörte er hin. Hier hin und nirgendwo anders.

Sprachlos stand Mika auf der Wiese, sah hinauf zu dem Baum, auf dem

Utodja saß und strotzte nur so vor Stolz. Genau so hatte er Utodja sehen wollen! Genau so gehörte es sich! Denn endlich war er frei. Frei von den Ketten, die man ihm auferlegt hatte! Dieselben Ketten, die man auch Mika aufgezwungen hatte.

Seit er denken konnte, war es so gewesen. Man hatte ihn in Ketten gelegt, ihn versteckt, ihn verstümmelt, alles nur, damit er den Erwartungen dieser kranken Welt entsprach! Und er hatte brav mitgespielt. Hatte alles unterdrückt, was ihn jemals ausgemacht hatte und aufgehört, Fragen zu stellen. Aber es gab Fragen! So viele verdammte Fragen, so viele Dinge, die er tun wollte, sich aber niemals getraut hatte und bei Gott, er war es leid! Tag für Tag immer dasselbe beschissene Spiel. Tag für Tag verstecken spielen, sich zusammenreißen, sich verabscheuen und es würde niemals ein Ende nehmen! Niemals! Nicht, wenn er nicht endlich einen Schlussstrich zog, wenn er nicht endlich aufhörte jemand zu sein, der er nicht war.

Denn jetzt, wo er Utodja sah, dort oben, dazu in der Lage jeder Zeit seine Flügel auszubreiten und einfach davon zu fliegen, erwachte eine unbändige Sehnsucht in ihm. Ein zerrendes Gefühl, das seine Brust zerschmetterte.

Utodja wusste, wie es war. Er kannte denselben Schmerz, der auch Mika jeden Tag aufs Neue quälte und er kannte die Schrecken, die ihn erwarteten. Aber viel wichtiger war – Utodja wusste auch, welche Welt da draußen auf sie wartete. Eine Welt, in der man fliegen konnte! In der man in den Baumwipfeln sitzen konnte! In der man keine Angst haben musste, weil man anders war.

Dort wollte Mikhael auch hin, dort gehörte er hin und plötzlich war alles ganz klar. Es fiel ihm wie Schuppen von den Augen, denn es war so einfach! Die ganze Zeit hatte die Lösung direkt vor ihm gelegen und er hatte sie nicht gesehen. Er musste einfach nur tun, was Utodja getan hatte. Er musste seine Hand ausstrecken und sich nehmen, was er wollte. So wie Utodja seine Flügel ausgebreitet hatte, war es jetzt an ihm, etwas zu tun. Tatendrang erwachte in Mika und er ballte die Fäuste, biss die Zähne aufeinander.

Es war so weit, der Moment war gekommen. Er musste eine Entscheidung treffen und dieses Mal würde er selbst entscheiden. Seine Knie zitterten bei dem Gedanken und es machte ihm Angst, aber wenn nicht jetzt, wann dann? Er wollte wissen, was ihn erwartete, selbst wenn das bedeutete, er würde zu Grunde gehen! Was sollte ihm jetzt noch passieren?

Tief holte Mika Luft, schüttelte die Angst in sich ab. Er war verrückt, völlig verrückt, aber drauf geschissen! Er packte seine Jacke, riss sie sich von den Schultern und warf sie auf den Boden, ehe er nach seinen Schuhen griff, sie ebenfalls in den Dreck beförderte und dann konnte ihn nichts mehr halten. Er sprintete los, sammelte all die Energie, die er seit Jahren in sich verschlossenen gehalten hatte und setzte zum Sprung an. Stieß sich vom Boden ab – und flog.

Fassungslos riss Utodja die Augen auf und warf sich nach vorne, hielt sich an einem Ast fest, um nicht zu fallen.

Mikhael! Er war plötzlich fort!

Nein, nicht fort. Konzentriert verengte Utodja die Augen, sah genauer hin und was er sah – oh Himmel! Das konnte nicht sein! Wie um alles in der Welt …?

Mikhael war schnell! Zu schnell, um ihn mit einfachem Auge zu sehen. Zu schnell, um seinen Bewegungen zu folgen und doch konnte Utodja ihn erkennen. Ein rötlicher Streifen, der über die Lichtung huschte, schneller als jedes Tier, das er je gesehen hatte und dann flog er! Mikhael flog! Utodja verstand die Welt nicht mehr. Wie konnte das sein!?

Nein! Nein, Moment. Mikhael flog nicht. Er sprang! Hoch und weit. Über die Lichtung hinweg. In seine Richtung. Zu dem Baum, auf dem er saß und dann war er wieder weg! Verschwunden in dem Wirrwarr aus Ästen und Nadelblättern. Utodja warf sich herum, schaute nach links und rechts, blickte an dem Baum hinunter. Suchte und suchte, aber Mikhael blieb verschwunden. Himmel, was ging hier vor?

Etwas tat sich! Der Baum unter Utodja begann zu zittern. Kaum wahrnehmbar, doch dann wurde es immer stärker. Es knisterte und knackte. Geraschel wurde laut und ein roter Blitz tauchte zwischen all dem Grün auf. Kam näher, wurde größer, klarer. Ein riesiger Schatten jagte aus dem Baum. Breitete sich vor ihm aus, überragte ihn. Utodja duckte sich, spreizte die Flügel, um das Gleichgewicht zu wahren, wickelte seinen Schweif um den Stamm des Baumes. War das ein Angriff? Ein Raubtier? Dann saß er vor ihm. Der Schatten, der Angreifer … Mikhael.

Tief holte Utodja Luft, stellte die Ohren auf. Nein, kein Zweifel. Es war sein Guardo, der aus dem Baum gesprungen war. Breit grinsend hockte er vor ihm, belauerte ihn, trug einen verspielten Ausdruck im Gesicht. Wie?

Wie hatte er das gemacht? Verwirrt blinzelte Utodja, löste sich aus der Starre, die über ihn hereingebrochen war und beugte sich vor, betrachtete seinen Wächter. Schnupperte.

Ein wilder Geruch umgab ihn, viel intensiver als sonst und seine Hände und Füße. Sie waren entblößt, offenbarten das Geheimnis, das Mikhael so sehr zu verstecken versucht hatte. Die schwarze Färbung war deutlich sichtbar und große starke Krallen ragten aus seinen Fingern und Zehen, hatten sich fest in die Rinde des Baumes geschlagen. Unglaublich. Sein Mensch war unglaublich! Nein, nicht Mensch … Nicht mehr. Jetzt nicht mehr.

Ehrfürchtig hob Utodja eine Hand, fuhr durch die zerzausten rotbraunen Haare. Was er ihm hier zeigte, bedeutete mehr als alle Worte, die Mikhael jemals gesagt hatte. Utodjas Herz begann zu flattern und … Oh!

Utodja stockte, neigte den Kopf zur Seite. Da war etwas. Etwas, das vorher nicht dagewesen war. Ein neuer Trick? Wie mit seinen Händen?

Behutsam fuhr er mit dem Daumen unter Mikhaels Auge entlang. Da waren Muster. Wie seine! Ganz in schwarz. Das war neu, war Utodja noch nie aufgefallen.

Mikhaels Grinsen wandelte sich in ein seichtes Lächeln und er schloss die Augen, lehnte sich gegen Utodjas Hand. Ein heftiger Schauer jagte über Utodjas Körper, ließ ihn vibrieren und seine Kehle zog sich zusammen. Sein Guardo war wirklich etwas Besonderes und jedes neue Geheimnis, das ans Tageslicht kam, verursachte ein heftiges Prickeln in Utodja. Doch der Moment dauerte nur wenige Augenblicke, dann öffnete Mikhael wieder die Augen, fixierte Utodja. Ruckartig stieß er sich von ihm ab, duckte sich und knurrte verspielt. Erstaunt legte Utodja die Ohren an, blinzelte einmal.

Das kannte er! Ewig war es her, dass er so etwas gesehen hatte, trotzdem wusste er sofort, was Mikhael da tat. Allerdings war er nicht sicher, wie er reagieren sollte. Erfreut? Amüsiert? Abweisend? Denn Mikhael forderte ihn . . . zum spielen auf.

Neugier regte sich in Utodja. Sie waren beide zu alt für so etwas, dennoch . . . war es etliche Sommer her. Zu viele Sommer.

Bevor er reagieren konnte, machte Mikhael den ersten Schritt. Er schnellte nach vorne, zog an Utodjas Schweif, worauf er empört zischte. Mikhael blieb unbeeindruckt, wich genauso schnell wieder zurück und im nächsten Moment sprang er von dem Baum. Einfach so.

Utodjas Mund klappte auf und er verkrampfte.

Himmel, was war denn nur in seinen Guardo gefahren? Was er tat war . . . offensichtlich voll und ganz geplant, denn Mikhael landete auf dem nächsten Baum, drehte sich um und sah Utodja herausfordernd an, grinste nur und sprang weiter. Es war also wirklich eine Herausforderung. Was glaubte dieser Dummkopf? Dass er, nur weil er plötzliche diese Fähigkeit offenbarte, gegen Utodja ankam? Jetzt, da Utodja wusste wie er seine Flügel einsetzen konnte, würde ihm niemand das Wasser reichen. Also machte er bei diesem albernen Spiel mit. Mikhael würde schon sehen, wohin ihn sein Übermut führte.

Eiligst hob er von dem Baum ab, hatte jedoch Startschwierigkeiten. Als der Wind schließlich die passende Hilfe bot, aus der richtigen Richtung kam, konnte ihn nichts mehr halten.

Er preschte los, flog hinunter auf Mikhaels Höhe, zwischen den Bäumen hindurch. Allerdings war Mikhael nicht so einfach einzuholen, wie gedacht. Sein Guardo war unglaublich schnell und wendig, schlug Haken und sprang hastig hin und her. Ihn zu erwischen würde nicht leicht werden, aber ein bewegliches Ziel war umso spannender und Utodja hatte nicht vor, zu verlieren.

Oh, wie lange war das her!

Mika erinnerte sich nicht daran, wann er das letzte Mal ungehindert hatte laufen können. Es musste Jahre her sein! Als er noch mit Chris im Sportverein gewesen war. Damals hatte alles angefangen und genauso schnell wieder aufgehört, doch jetzt! Mit einem Mal kam alles zurück. Alles, was er hatte unterdrücken und vergessen müssen, war wieder da und seine Sinne fuhren hoch wie ein Uhrwerk.

Die Welt veränderte sich in rasender Geschwindigkeit und in seinem Inneren tobte ein Inferno. Lava sprudelte in seinen Venen, rauschte durch seinen Körper und er konnte sich nicht mehr stoppen. Wollte es auch gar nicht. Was er wollte, war etwas anderes. Was er wollte, war in unmittelbarer Nähe. Flog an ihm vorbei. Versuchte ihn zu fangen. Aber das würde er nicht. Nein, das Fledervieh würde ihn nicht fangen. Ihr Spiel hatte gerade erst begonnen, er musste auf der Hut sein, denn - ...

Rechts von ihm war ein Windhauch!

Schnell duckte sich Mika, presste sich gegen den Stamm des Baumes, auf dem er hockte, fand schnell Halt. Das Fledertier huschte an ihm vorbei, kam aber nicht in seine Reichweite. Durch die Äste hinweg konnte er erkennen, wie Utodja kehrt machte, einen Bogen flog und wieder auf ihn zukam. Sofort löste sich Mika von dem Baumstamm, hüpfte auf einen tiefer liegenden Ast und steuerte den Boden an, ging dort im Gebüsch in Deckung. Von dort peitschte er weiter vor, hörte über sich das Schlagen der mächtigen Flügel und wich zur Seite aus, zum nächsten Baum. Er schlug seine Krallen in das Holz und kletterte hinauf, wusste instinktiv, wo er sich festzuhalten hatten, welche Stellen die Richtigen waren und welche Äste ihn tragen würden.

Ein Rascheln links!

Schnell fuhr Mika herum, ließ seine Hand nach vorne schnellen, tatzte nach Utodja, der ihm gefährlich nahe gekommen war. Seine Krallen trafen die ledrigen Flughäute und ein widerliches Kreischen ertönte. Ha, Treffer! Utodja wich zurück, flog hoch über die Baumkronen. Grinsend folgte Mika ihm, ging in die Offensive, war schnell genug, dass Utodjas Schweif in Sichtweite kam. Erneut holte er aus, verfehlte die pechschwarze Peitsche um Zentimeter. Fluchend hüpfte er auf einen dicken Ast, blieb dort sitzen, rang nach Atem. Das Spielchen war anstrengend, doch es war herrlich, weckte ungeahnte Triebe in ihm.

Lauernd spähte er durch die Blätter, sah über sich nur einen Schatten. Das Fledertier ging wohl auf Nummer Sicher und hielt Abstand. Feigling! Dann war es eben an Mika, das Spiel am Laufen zu halten. Er würde das Teufelchen schon noch vom Himmel holen!

Er setzte sich wieder in Bewegung, kletterte die restlichen Äste hinauf, kam

Utodja so nahe wie möglich, doch kaum da sein Kopf aus dem Blätterdach auftauchte, griff etwas nach ihm. Spitze Stacheln rammten sich in seine Schultern und er fauchte. Utodja versuchte ihn in die Luft zu zerren, aber Mika zappelte zu sehr, schaffte es, sich zu befreien und fiel. Äste und Nadeln pieksten ihn, hinterließen viele Kratzer auf seiner Haut, bevor er Halt fand. Doch Zeit um sich von dem Schreck zu erholen hatte er nicht. Der Schatten war wieder da, das Flügelschlagen war gefährlich laut, also sprintete er los. Sprang hinüber zum nächsten Baum, warf einen Blick über seine Schulter. Utodja war ihm dicht auf den Fersen und das Grinsen auf Mikas Lippen wurde breiter. Nur zu, er könnte ewig so weitermachen! Mal sehen, wer eher lahmte. Mikas Beine oder Utodjas Flügel.

Wieder stieß er sich ab, landete auf dem nächsten Ast, wollte sich von dort zu einem Hügel hangeln. Er lehnte sich zur Seite, wollte einen Haken schlagen, um Utodja noch rechtzeitig auszuweichen und – etwas lief schief!

Mika erstarrte, versteifte sich. Er schaffte es nicht. Sein Körper fand das Gleichgewicht nicht, er fand keine Balance mehr und die sichere Rinde mit ihren vielen Furchen wurde zu einer rutschigen Eisfläche. Er strauchelte, verlor das Gleichgewicht und fiel vornüber. Konnte keinen Schwung mehr holen, sich nicht abzustoßen, um zum nächsten Baum zu springen.

Ein Abgrund tat sich vor ihm auf. Tief und weit. Es gab keinen Halt mehr, keine Sicherheit in Reichweite.

Verdammt! Das war es! Das war der Moment, der ihm das Genick brechen würde. Ein kurzer Augenblick in Freiheit und alles war verloren. Der Boden kam näher, Mika hielt den Atem an, kniff die Augen zusammen. Verflucht, nein! Sollte es das etwa gewesen sein?

Flügelschlagen! Direkt über ihm!

Ein heftiger Windstoß traf ihn und plötzlich wurde es warm. Schwärze umhüllte ihn, etwas schlang sich um seinen Körper, dann kam der Aufprall. Hart, doch weniger fest, als befürchtet. Schmerzhaft, doch sein Genick blieb ganz. Gefangen in dem dunklen Kokon rollte er über den Waldboden, wagte es nicht, sich zu bewegen.

Dann war es still. Er war ausgerollt, lag auf etwas Weichem.

Lebte er noch? Oder war er tot? Langsam öffnete er die Augen, zwang sich dazu Luft zu holen. Noch immer war es dunkel, doch dann wich die Schwärze und enthüllte, was ihm das Leben gerettet hatte: Utodja.

Die Fledermaus lag unter ihm, übersät mit Kratzern und blauen Flecken und einem Ausdruck, als weide sie Mika gleich aus. Utodja war es also gewesen, er hatte ihn gerettet. Schnelle Reflexe für einen Anfänger. Schluckend leckte sich Mika über die Lippen, versuchte sich zu beruhigen. Sein Herz donnerte wie eine Dampfmaschine und er stand völlig unter Strom. Trotzdem konnte er sich nicht bewegen, konnte nur daliegen.

Utodja war warm. Bot einen verlockenden Anblick. Sachte fuhr Mika mit einer Kralle über die schwarzen Male auf Utodjas Wange, passte auf, die samtige Haut nicht zu verletzten. Wäre da nur nicht dieser finstere Ausdruck in seinem Gesicht. Das stand seinem Lebensretter nicht.

Was für ein Tag. Verrückt! Alles war verrückt. Kichernd sackte er auf Utodja hinab und lehnte erschöpft seine Stirn gegen Utodjas Schulter. Sie waren beide verrückt. Nicht mehr ganz richtig im Kopf. Aber was machte das schon? Jetzt war eh alles egal. Seufzend schloss Mika die Augen, inhalierte Utodjas Duft. Hier könnte er ewig liegen. Mitten im Nirgendwo, die Fledermaus an seiner Seite.

Im nächsten Moment traf ihm etwas am Kopf und er zuckte zusammen, fluchte. Zischend sah er zu Utodja, der die Hand gegen ihn erhoben hatte und ein zweites Mal gegen seinen Hinterkopf schlug. Brummend rieb sich Mika die Stelle, kniff die Augen zu. Wofür war das denn?

Das hatte dieser Unsägliche verdient. Das und noch mehr! Ihn erst von einer Klippe zu stoßen und ihn dann zu Tode zu erschrecken. Nur wegen einem albernen Spiel. Schnaubend schüttelte Utodja das Haupt, sank gegen den Waldboden. Das war knapp gewesen. Auch wenn er nicht verstand, wieso Mikhael plötzlich gestürzt war, hatte sich der Anblick in seinen Kopf gebrannt und Panik in ihm ausgelöst. Er hatte wie von selbst gehandelt und jetzt lagen sie hier.

Schwer atmend suchte er Mikhaels Blick, der noch immer auf ihm lag und ihn anstarrte, als wäre er ein Geist. Pah, dieser Dummkopf. Utodja hätte ihn fallen lassen sollen. Dann wäre er ihn und seine Dummheit los. Ritt ihn immer nur in Ärger rein. Ganz egal wo. Dummer Guardo. Dumm ...

Wie schwer Mikhael war. Mit seinem ganzen Gewicht lag er auf ihm. Dennoch war es angenehm.

Eine Weile blieben sie so liegen, mussten wieder zur Ruhe kommen. Keiner von ihnen rührte sich. Sie lagen einfach nur da, lauschten dem Wald. Den zwitschernden Vögeln, dem Rascheln der Blätter, dem Rauschen des Meeres. Alles wirkte so friedlich.

Schweigend betrachtete Utodja seinen Guardo, der nicht die geringsten Anstalten machte, aufzustehen. Er hatte seinen Kopf auf Utodjas Brust gebettet, während sich seine Krallen in Utodjas Haaren verfangen hatten, sie drehten und damit spielten.

Das Gefühl, dass sich Mikhael an ihn schmiegte und seine Nähe suchte, wurde immer größer. Verwandelte sich in mehr, als ein Gefühl, wurde zu einem festen Gedanken, zu einer wilden Fantasie. Vielleicht wollte Mikhael ja bei ihm liegen, weil er sich bei ihm geborgen fühlte? Vielleicht gab Utodja ihm Sicherheit? Immerhin lag Mikhael in seinen Armen. Nicht umgekehrt. Und vielleicht, nur vielleicht sah Mikhael in ihm ja ... einen Alpha? Vielleicht einen Gefährten?

Himmel! Wie absurd! Völlig absurd. Mikhael als Gefährte. Lächerlich war das. Allerdings löste die Vorstellung ein heftiges Prickeln in Utodja aus und sein Körper zog sich zusammen. Mikhael als Gefährte. Ganz egal, wer das Alphatier war, jemanden zu haben, wie man es ihm immer versprochen hatte, die Vorstellung brachte Utodja in Bedrängnis und mit einem Mal fiel ihm das Atmen schwer. Überall war plötzlich Mikhaels würziger Geruch. Seine rote Mähne war direkt vor Utodjas Augen, sein Körper lag schamlos auf ihm. Hitzewellen krochen Utodjas Körper hinab und er spannte sich an, spürte, wie das Prickeln schlimmer wurde, wie sich sein Herzschlag beschleunigte. Dieses Gefühl war alles andere als neu, kam in letzter Zeit immer auf, wenn er an seinen Guardo dachte und seine Wangen begannen zu glühen.

In dem Augenblick regte sich etwas über ihm und langsam stemmte sich Mikhael hoch, sah ihm direkt ins Gesicht. Utodjas Kehle zog sich zusammen, aber er erwiderte den fragenden Blick, rührte sich nicht. Eindringlich musterten ihn die unnatürlich blauen Augen, dann kehrte dieses unmögliche Grinsen auf Mikhaels Gesicht zurück und ein Ruck fuhr durch Utodja.

Wo war Mikhaels Unsicherheit? Die, die immer zum Vorschein kam, wenn Utodja ihm zu nahe trat. Sie war fort und alles, was blieb, war dieses anzügliche Grinsen. Ein tiefes Brummen kam aus Mikhaels Kehle, anders als jedes Geräusch. Dann beugte er sich zu ihm hinab, schmiegte sich gegen Utodjas Wange und ... schnurrte?

Perplex suchte er Mikhaels Blick, doch es kam keine Erklärung. Das Grinsen war zu einem sanften Lächeln geworden und wieder streichelten die schwarzen Krallen sein Gesicht. Immer wieder. Fuhren über seine Lippen. Teilten sie.

Dann schoss Mikhael plötzlich vor, drückte ihn auf den Waldboden und presste seinen Mund auf Utodjas.

Erschrocken kreischte er auf, versuchte den Kopf wegzudrehen. Mikhael biss ihn! Biss seine Lippen! Oder ... so etwas in der Art. Knabberte an ihnen, saugte daran. Im nächsten Moment kroch eine Hand unter Utodja hindurch, legte sich auf seine Hüfte und schob sie nach oben, gegen Mikhaels Körper.

Die Hitze überschwemmte Utodja und er keuchte gegen Mikhaels Mund, worauf sich dieser fester gegen ihn drängte. Was sollte das? War das etwa ... ein Paarungsversuch?

Überfordert stemmte sich Utodja gegen die breiten Schultern, versuchte Mikhael wegzudrücken. Er brauchte Luft. Wollte nicht erdrückt werden. Der Überfall war zu heftig! Aber gleichzeitig musste er gegen den Wunsch ankämpfen, sich einfach unterzuordnen. Mikhael tun zu lassen, was auch immer er im Sinn hatte. Er würde ihn nicht aufhalten, wenn er sich mit ihm vereinen wollte, oh nein. Aber würde es glücken? Noch nie hatte Utodja darüber nachgedacht. Er war ein Maara, weder Mann noch Frau, vereinte beides in sich und sicher wollte Mikhael ein richtiges Weibchen. Eins ohne körperliche Mängel.

Aber vielleicht war es Mikhael auch gleich? Manche Menschen kümmerten sich nicht um solche Dinge, er hatte es gesehen. Weibchen, die mit Weibchen zusammen waren, Männchen mit Männchen. Vielleicht war Mikhael auch so? So oder so musste er seinem Guardo zeigen, was er wollte.

Er unterbrach den prickelnden Biss, schaffte es sich mit Hilfe seiner Schwingen hochzudrücken und packte ihn.

Sie wirbelten über den Waldboden und Utodja schwang sich auf seinen Wächter, hielt ihn unter sich und pinnte ihn in die Erde. Erstaunt wurde er angesehen, dann legten sich Mikhaels Hände auf seine Oberschenkel, streichelten ihn, warteten ab. Die Berührung ließ Utodja erschaudern und er schluckte schwer. Sachte legte er seine Hände auf Mikhaels Brust, fuhr über den Stoff seiner Kleidung. Er roch gut, so unsagbar gut.

Als nichts passierte, richtete sich Mika auf und ergriff die Hände auf seiner Brust. In seinem Kopf drehte sich alles und irgendwo tief in ihm schrie eine Stimme, er sollte aufhören. Sofort! Er konnte Utodja sowieso nicht geben, was er wollte. Er würde ihn verletzen, vielleicht sogar schwer!

Aber einem Teil von ihm war das egal. Einem dunklen Teil, der mehr und mehr die Oberhand gewann und der zu lange hinter Gittern gesteckt hatte. Wenn sich die Fledermaus nicht bald entschied, würde er entscheiden! Besitzergreifend schlang er seine Arme um den schmalen Körper, presste Utodja an sich, schloss die Augen – da erstarrte Utodja, wurde steif in seinen Armen. Was war denn jetzt los? Fragend schielte Mika zu ihm hoch, ungeduldig, bebend, aber Utodja sah ihn nicht an. Utodja schaute in eine völlig andere Richtung, hatte die Ohren hoch aufgestellt, die Augen weit geöffnet. Wieso?

Mika drehte den Kopf, folgte Utodjas Blick und im selben Moment erstarrte auch er. Ein schwacher Duft kroch in seine Nase und ein entferntes Rascheln drang an seinen Ohren.

Sofort warf er sich hoch, schubste Utodja von seinem Schoß und stockstarr hockten sie nebeneinander. Angespannt, konzentriert.

Beute. Er witterte Beute. Nicht weit von hier.

Mit einem Mal waren alle Zärtlichkeiten und anzüglichen Gedanken verschwunden und er duckte sich tief, schnupperte. Es war klein. Was es auch war, es war klein und unvorsichtig, rechnete nicht mit einem Angriff. Das war gut! Tief holte er Luft. Sein Herz raste und er wurde ungeduldig, begann hin und her zu wippen. Er wollte jagen. Wollte fangen. Aber er war nicht der einzige.

Neben ihm brummte die Fledermaus gefährlich, starrte ihn vernichtend an, setzte sich auf.

Oh nein! Das war seins! Er würde die Beute packen und dem Flattervieh vielleicht etwas übrig lassen, wenn er sich brav zurückhielt! Das da gehörte ihm!

Er rannte los, dicht gefolgt von Utodja. Ha! Das war sein Plan? Niemals! Er würde gewinnen und damit würde sich ihr Spiel entscheiden! Nicht Utodja hatte das Sagen, sondern er!

So schnell es ging, huschte Mika durch den Wald, darauf bedacht, keine Geräusche zu machen. Er sprang auf den nächsten Baum und von dort aus ging es weiter. Nur nicht zu schnell, nur nicht wieder fallen. Utodja blieb weit hinter ihm. In der Luft war er der Meister, nicht am Boden.

Doch irgendwann wurden die Äste an den Bäumen zu hoch und Mika musste wieder auf den Boden springen. Verlangsamte seinen Schritt, duckte sich tiefer. Der Geruch war jetzt intensiver, kam ihm bekannt vor. Das war ein Hase! Ein Feldhase! Oder nein, mehrere! Sehr gut, sehr gut, er musste aufpassen, dass sie ihm nicht entwischten und auseinanderjagten, die flinken Biester und dann würde er ... !

Was hast du vor? Einen Hasen mit bloßen Händen zu fangen und ihn in blutige Fetzen zu reißen?

Ruckartig blieb Mika stehen, rammte seine Krallen in den Boden. Die Realität holte ihn brutal ein, wie ein Faustschlag und er sah Sterne. Viele, viele Sterne.

Was zum Teufel machte er denn da?

Hektisch sah er sich um, musste schlucken. Da waren nur Bäume. Nichts als Bäume und Büsche und Gras. Wo war er überhaupt? Zitternd richtete er sich auf, musste sich an einem Baum abstützen, um nicht zu fallen. Seine Beine bebten und seine Lungen brannten. Stockend fuhr er sich durch die Haare, versuchte sich zu konzentrieren, wieder Herr der Lage zu werden, da fiel sein Blick auf seine Hände.

Mit einem Mal starb jede Euphorie in ihm. Jedes Glücksgefühl. Der Anblick der pechschwarzen Pranken genügte und ihm wurde schlecht. Sein Magen zog sich zusammen und er fiel auf die Knie, hatte einen säuerlichen Geschmack im Mund.

Was war nur in ihn gefahren? Er konnte doch nicht einfach alles wegwerfen! Alles vergessen, was er sich aufgebaut hatte. Nein, nein, das durfte nicht passieren! So durfte er sich nicht verhalten. Wenn ihn irgendjemand gesehen hatte, wenn irgendjemand mitbekam, was er hier tat, dann war alles aus und er war nichts weiter als eine Attraktion im Zoo oder eine Ratte in einem Labor. Schluckend presste er sich die Hände vor die Augen, japste nach Luft. Das musste aufhören. Auf der Stelle! Er war Mikhael Auclair! Ein Mensch! Er war ein Mensch. Kein Monster.

Just in dem Moment rauschte etwas an ihm vorbei, streifte ihn nur knapp und Mikhael zuckte zusammen. Verwirrt sah er auf und sein Herz blieb stehen, als er erkannte, was los war.

Utodja war an ihm vorbei gerannt, hatte die Fährte noch nicht aufgegeben, war noch immer auf die Beute aus.

In einem Naturschutzgebiet! Wenn jemand sah, wie er jagte und Fleisch fraß-...!

»U-Utodja! Nein!«, krächzte Mikhael, versuchte auf die Füße zu kommen, stolperte aber immer wieder. Mühsam stemmte er sich hoch und folgte Utodja, so schnell ihn seine Beine tragen konnte. Jede Kraft hatte ihn verlassen und seine Beine zogen, als wären sie in einem Krampf gefangen.

Gerade noch rechtzeitig erreichte er Utodja, holte sein Fledertier ein und streckte eine Hand aus. Er musste ihn aufhalten, um jeden Preis. Sie durften nichts mehr riskieren!

Mit letzter Kraft sprang er vor, packte Utodjas Arm und hielt ihn fest.

»Halt!«, brachte er hervor, schnaufte heftig. Ruckartig blieb Utodja stehen, warf den Kopf herum. Grünes Feuer loderte warnend in Utodjas Augen, aber Mika ignorierte es, genau wie das drohende Knurren, das der Flughund ausstieß. Kopfschüttelnd leckte er sich über die Lippen, suchte nach Worten.

»Das-das geht nicht ... wir-wir müssen gehen. Jetzt!«

Gehen? Utodja neigte den Kopf zur Seite, entblößte seine Fänge. Sein Guardo wollte gehen? Jetzt? Nein, das ging nicht. Sie waren so nah dran. Utodja konnte die Beute riechen, sie war ganz nahe, hatte sie noch nicht bemerkt. Mikhael musste leise sein und in Deckung gehen, dann hatten sie noch eine Chance!

Knurrend entwand er sich aus Mikhaels Griff, duckte sich und drehte sich wieder um. Das war seine Beute! Er würde sie nicht entkommen lassen. Doch bevor er weiterlaufen konnte, wurde er wieder am Arm gepackt. Fester dieses Mal und er zischte. Das tat weh. Was sollte das? Mikhael ruinierte alles, dieser Dummkopf!

»Ich sagte nein!«, fauchte Mika, hatte seine Sprache endlich ganz wiedergefunden. Utodja verstand das nicht. Er war nur ein Gendro, er sah die Konsequenzen nicht, also hielt Mika ihn fest, zog ihn zu sich und sah ihm direkt ins Gesicht.

»Wir gehen!«, gebot er dunkel, worauf das grüne Feuer aufflackerte. Mit einem Ruck entriss sich Utodja ihm, kreischte auf und etwas schwang durch die Luft.

Ein lautes Klatschen ertönte, etwas Hartes traf Mika am Kopf und er taumelte. Mit dröhnendem Schädel fiel er gegen einen Baum, blinzelte erschrocken. Für eine Sekunde sah er alles doppelt, hörte ein hohes Fiepsen. Hatte Utodja etwa . . . ? Utodja!

Seine Fledermaus verschwand wieder im Gebüsch, nutzte Mikas Verwirrung, um abzuhauen. Oh nein, so hatten sie nicht gewettet! Das ließ Mikhael nicht durchgehen!

Zähnefletschend hastete er los, folgte Utodja durchs Dickicht. Sie reizte ihn, diese Jagd. Weckte etwas in ihm, das lange geschlafen hatte und das er nicht länger unter Verschluss halten konnte. Es dauerte keine zehn Sekunden, da hatte er ihn eingeholt. Mit einem gezielten Sprung rammte er das Fledertier, brachte es zu Fall, baute sich über ihm auf und packte ihn im Nacken. Utodja kreischte, begann sich hin und her zu winden, wollte sich wieder befreien, doch dieses Mal wich Mika seinen Attacken aus, festigte seinen Griff und holte tief Luft.

Gebrüll hallte durch den Wald. Laut und giftig. Unmenschlich. Wild.

Ein Monster war erwacht.

Utodja zuckte heftig zusammen, ließ die Ohren fallen. Mit weiten Augen sah er Mikhael an. Zorn um gab ihn, einer Nebelwand gleich, während sich die scharfen Krallen immer fester in Utodjas Nacken bohrten. Ihn bedrohten. Aber Utodja ließ sich nicht mehr bedrohen. Er stemmte sich hoch, kämpfte gegen den harten Griff, bis er aufrecht stand. Wenn sein Guardo darum kämpfen wollte, wer das Alphatier war, nur zu. Es war an der Zeit klarzustellen, wer der Stärkere war.

Kapitel 19

Im Inneren

INSTINKTE, Triebe, Gelüste. Alles unter Verschluss. In Ketten gelegt und gut versteckt. Viele Jahre, viele Jahre. Und nun entfesselt. Unmenschliche Schreie hallten durch den Wald. Laut und drohend. Kehlig und schrill. Zähne schnappten zu. Krallen kratzten. Blut floss. Chaos herrschte.

Tiere flüchteten, Vögel flatterten auf – denn zwei Giganten kämpften einen ungleichen Kampf. Wie ein Sturm rollten sie über den Waldboden, fest ineinander verbissen. Gnadenlos, unbarmherzig. Es war ein Kampf ums Vorrecht! Um Respekt! Um den Rang des Alpha!

Roter Nebel hatte die Welt eingehüllt und der Raza war nicht länger in dem Wald. Er war weit weg, an einem fernen Ort. Sein Kopf hatte sich ausgeschaltet, sein Körper gehorchte nicht mehr und er mit aller Macht wehrte er sich gegen den Angreifer. Etwas in ihm war erwacht. Etwas, das keinen Namen hatte. Es war laut und schrie in einer fremden Sprache, ließ seinen Körper glühen. Entfesselte den Wunsch nach Streit. Nach einem Kampf. Nach dem Sieg! Doch seine neu gewonnene Kraft war nichts im Vergleich zu dem Wall, gegen den er ankämpfte. Riesig und unbezwingbar ragte sein Gegner über ihm auf, kämpfte brutal, aber aufgeben würde der Raza nicht! Oft genug hatte er aufgegeben, doch nicht dieses Mal.

Fauchend schnappte er nach die Klauen, die ihn schlugen, drückte sich gegen den massigen Körper, der ihn zu ersticken drohte. Hektisch rollte er über den Boden, packte seinen Gegner und brachte ihn zu Fall, wurde aber übertrumpft. Viel zu schnell reagierte sein Angreifer, drehte sich geschickt zur Seite und preschte vor, rammte ihn. Wieder wurde er in die Erde geworfen, schlug hart mit dem Kopf auf, zischte. Aber er hatte keine Zeit, um zu verschnaufen, um den Schmerz zu verarbeiten. Sein Schweif sauste durch die Luft, peitschte auf den Rücken seines Gegners. Lautes Brüllen betäubte seine Ohren, doch er kämpfte weiter, versuchte unter seinem Angreifer wegzukrabbeln. Er konnte sich aufrichten, versuchte sich zu orientieren, da griff wieder etwas nach seinen Beinen, zog sie unter seinem Körper weg und er fiel.

Knurren ertönte über ihm, Krallen grabschten nach seinen Armen, drückten sie hinunter, hielten ihn am Boden. Die Luft ging ihm aus und sein Rücken schmerzte unter dem unbeschreiblichen Gewicht. Knochen knackten und er wimmerte, biss die Zähne aufeinander. Der Schmerz war unerträglich, erdrückte ihn, zerquetschte seine Schwingen. Vielleicht sollte er –

Nein! Er durfte nicht nachgeben. Durfte es nicht zulassen. Niemand unterwarf ihn mehr, niemand! Er riss den Mund auf und schrie so laut er konnte. Mit hoher Stimme. Schriller, als jemals zuvor und es wirkte. Ein entsetzliches Kreischen ertönte hinter ihm, der Druck auf seinem Körper verschwand und er nutzte die Chance, stemmte sich hoch, breitete seine Flügel aus und schlug aus. So fest er konnte, mit aller Kraft.

Staub und Blätter wirbelten umher, er konnte sich befreien und schaffte Abstand zwischen sich und seinen Gegner. Abstand war alles! Denn so stark sie sein mochten, seine Schwingen waren im Weg, verfingen sich, wurden festgehalten. Er musste fort! Hoch in die Luft, von dort aus angreifen. Er konnte große Gewichte ziehen. Er wusste, dass er das konnte. Er würde seinen Gegner in die Luft zerren. Ihn gegen den Felsenabgrund schmettern. Dort würde er zerschellen! Ins Wasser hinabfallen und der Sieg war sein! Dann war er der Alpha!

Ah! Aufpassen!

Er durfte seinem Gegner nicht den Rücken kehren! Doch der Angreifer war listig. Nutzte seine eingeschränkte Sicht aus, versteckte sich im toten Winkel seiner Schwingen. Etwas raschelte, ein Schatten huschte an ihm vorbei. Er fuhr herum, doch zu langsam. Viel zu langsam und dann ... *Schmerz!* Er riss die Augen auf, taumelte, beugte den Oberkörper weit vor. Seine Schwingen! Seine Schwingen brannten. Schmerzten unter blutigen Kratzern. Schweiß brach ihm aus und seine Kehle schnürte sich zu. So ein Feigling. Seine Flügel anzugreifen war feige!

Angst kam in ihm auf und er warf sich herum, immer wieder, versuchte seinen Angreifer im Blick zu behalten, bis sie einen eigenwilligen Tanz aufführten. Sein Gegner war schlau, trieb ihn in die Enge, doch was sollte er tun? Er durfte ihm nicht den Rücken zukehren. Musste seine schwächste Stelle schützen. Aber sein Gegner war zu wendig, durchschaute seine Strategie. Er musste- ...! Etwas traf ihn im Rücken, presste alle Luft aus seiner Brust und er riss die Augen auf, würgte. Etwas Schweres warf sich gegen ihn, schleuderte ihn nach vorne, brachte ihn zu Fall. Aufstehen war unmöglich. Das Gewicht ließ sich auf ihn fallen, blieb dort sitzen, griff nach seinem Haar und zerrte seinen Kopf in den Nacken.

»STOPP JETZT!«, fauchte eine fremde Stimme, aber so leicht machte er es ihm nicht. Er bockte, wollte sich hochwerfen, doch in dem Moment ergriffen die Krallen seine Flügel. Ein eiskalter Schauer jagte durch seinen Körper und die Kampfeslust erlosch, wurde regelrecht ertränkt. Das Zittern erstarb und sein Atem stoppte.

»Gib auf!«, knurrte die Stimme weiter. Die Stimme ... seines Guardos? Mikhaels Stimme...?

Mikhael?

Tief holte Utodja Luft, blinzelte. Das rote Licht, das die Welt eingehüllt hatte, verschwand. Er war wieder in dem Wald. Irgendwo am Fuße der Bäume, zwischen Moos und aufgewirbelter Erde. Was war geschehen? Seine Gedanken waren wirr und bis er sich erinnerte, vergingen etliche Augenblicke. Seine Flugstunde! Er war geflogen! Und ... Mikhaels Geheimnis! Ihr Spiel! Die Beute und dann ... ! Mikhael war noch immer über ihm, hielt ihn fest im Griff. Schneller Atem wurde gegen seinen Hals gehaucht, heiß und wütend.

»Gib endlich auf!« Unerbittlich gruben sich Mikhaels Krallen in sein Fleisch, gnadenlos und spitz, versuchten ihn in die Knie zu zwingen. Blut tropfte seinen Nacken hinab, hinunter auf das Gras. Es tat weh. Schrecklich weh! Und dann wieder: »Gib auf!«

Diese Worte. Utodja kannte sie und der Schauer wurde heftiger, legte seinen ganzen Körper lahm. Es war vertraut. Das alles war so grässlich vertraut. Plötzlich konnte er sich nicht mehr bewegen, spürte nur noch Mikhaels Hände in seinem Nacken, an seinen Flügeln. Nichts anderes. Hörte nur noch seine Stimme, die unaufhaltsam befahl. Aufgeben sollte er. Aufgeben... Aufgeben.

Utodjas Augen verdunkelten sich und ihm wurde schwindelig. Die Hitze in seinem Kopf wurde unerträglich. Die Luft! Wo war die Luft? Er konnte nicht mehr atmen! Diese Hände! Diese Stimme.

»Sei brav und gib endlich auf.«

Heiser atmete Utodja aus. Er war nicht mehr in dem Wald. Der erdige Boden hatte sich in kalte glatte Fliesen verwandelt und der Gestank von künstlichem Gift tränkte die Luft. Eiserne Gitter und unzerbrechliches Glas schlossen ihn in einen winzigen Käfig und seine Hände und Füße waren mit Metallketten an den Boden gefesselt. Um seinen Hals lag ein stählernes Halsband, so schwer, dass er kaum den Kopf heben konnte.

Die Folterkammer. Er war zurück in der Folterkammer. Aber er war nicht allein. Utodjas Herz raste und in seinen Ohren rauschte es. Er machte sich klein, spürte eine fremde Präsenz hinter sich. Ganz dicht. Ganz nah.

»Gib endlich auf. Widerstand bringt dir nichts«, säuselte der Monstermensch aus der Folterkammer direkt in sein Ohr. Sprach zuckersüß, hatte sich tief über ihn gebeugt. Utodja konnte den Stoff seiner Kleider auf seinem Rücken spüren. In der Hand hielt er ein großes Messer mit spitzen Zähnen, drückte es gegen seine Flügel.

»Sei brav und sprich! Oder ich schneide dir deine hübschen Flügelchen ab. Na los, kleine Fledermaus. Mach endlich den Mund auf und zeig uns, was du kannst.«

Aber das tat Utodja nicht. Er konnte es nicht. Die Angst war zu *groß. Sein Kopf wurde immer heißer, drohte* auseinanderzubrechen und sein Körper zitterte immer heftiger. *»Wie schade. Dann muss ich dir wohl Manieren beibringen.« Der Monstermann setzte das Zahnmesser an, schnitt tief in sein Fleisch. Blut quoll hervor und Utodja schrie auf, verlor vor Schmerz fast den Verstand.*

»Das ist deine eigene Schuld. Ich hab dich gewarnt! Hör auf dich zu wehren und sprich!« Das Messer wurde herausgezogen und mit einem festen Ruck in den anderen Flügel geschlagen, traf auf den Knochen!

»NEIN!«, brüllte Utodja, warf den Kopf in den Nacken und bäumte sich auf. »Ich geb auf! Ich geb auf ... «

Erschöpft ließ er den Kopf zu Boden fallen, bohrte seine Stirn in die Erde, brüllte immer weiter, konnte sich nicht stoppen. Fürchtete den Schmerz. Fürchtete die Nähe des anderen. Mit ganzer Kraft grub er seine Finger in den Waldboden. Er hatte dem Mann aus der Kammer gehorcht und er würde Mikhael gehorchen. Seinem Alpha ... Mikhael war der Alpha und er würde aufgeben. Entkräftet sackte Utodja immer tiefer, presste die Augen fest zusammen. Mikhael hatte gewonnen, also unterwarf er sich. Bevor etwas Schlimmeres passierte.

Mit einem Mal schrie das kleine Zappelvieh wie am Spieß, wandte sich hin und her, sackte zusammen, bis es sich plötzlich nicht mehr rührte. Was sollte das? Wo war sein Kampfgeist? Hatte es keine Lust mehr zu spielen? Schwer atmend starrte das Monster auf das Fledertier hinab, fletschte die Zähne und griff noch fester zu, schüttelte Seine Beute, versuchte eine Reaktion hervorzulocken. Doch es passierte nichts. Das Vieh kauerte regungslos unter ihm, als wäre es eine leblose Puppe. Wie langweilig! Es sollte sich wieder bewegen, wieder weglaufen, sich wehren! Aber nein. Wimmernd lag es in der Erde, den Kopf auf den Boden gedrückt. Zitternd. Moment! Hieß das, Er hatte gewonnen? Tat das Zappelding, was Er wollte? Gab es endlich auf?

Ruhe kehrte ein. Niemand bewegte sich. Abwartend starrte Er auf seine Beute, neigte den Kopf zur Seite, schnupperte. Angst lag in der Luft. Kroch Ihm in die Nase, vermischte sich mit dem metallischen Duft von Blut.

Da stockte Er, zog die Augenbrauen zusammen. Der Geruch wurde immer intensiver. Von Sekunde zu Sekunde. Wurde penetrant, verlor seine würzige Note, wurde beißend, unerträglich. Urgh! Woher zum Teufel kam das ...? Das war widerlich! Fragend sah sich das Monster um. Sein Blick landete bei seinen Händen, nur ... waren da keine Hände mehr. Entsetzt weitete Er die Augen, atmete geräuschvoll aus. Pechschwarze Klauen gruben sich tief in den weißen Hals, trieften nur so vor Blut und drückten den schmächtigen Körper mit aller Gewalt auf den Boden. Seine Klauen ... Er tat das ... Er ...

Panisch schrak Mika hoch, taumelte zurück, versuchte sich zu ordnen. Oh Gott! Waren das etwa seine Hände? Wie war das passiert? Und wieso war Utodja ...? Hektisch sah er von seinen Händen auf die kauernde Gestalt am Boden, wich noch weiter zurück, schüttelte den Kopf. Nein. Nein, das hatte er nicht getan. Niemals! Niemals würde er ...! Aber er hatte. Schon wieder! Seine Brust verkrampfte und ein heftiges Stechen jagte durch seinen Körper, machte jeden Atemzug schmerzhaft. Er konnte nicht mehr atmen, nicht mehr denken. Alles drehte sich. Was hatte er getan? Was hatte er nur getan? Utodja lag völlig verschreckt am Boden, sah aus, als wäre er gerade verprügelt worden. Blutige Kratzer übersäten seine Haut, hatten seine Kleider zerrissen, seine Flügel aufgeschlitzt!

Er war das gewesen. Bei allen Göttern, ER war das gewesen! Mika stolperte, knallte rücklings gegen einen Baumstamm und sackte an diesem hinab, starrte mit weiten Augen auf das, was einmal seine Hände gewesen waren. Aber das waren keine Hände. Es waren spitze Mordwerkzeuge an denen Blut klebte! Keuchend schnappte er nach Luft, presste die Augen fest zusammen. Das war ein Alptraum, ein absoluter Alptraum. Was sollte er jetzt machen? Wieso hatte er sich nicht gezähmt? Er hatte Utodja aufhalten wollen, aber statt konsequent zu bleiben, war er schwach geworden, hatte sich hinreißen lassen! WIESO? Wieso, verdammt noch mal? Er war ein Monster, ein verfluchtes Monster!

»Ich ... gebe auf ...« Ruckartig warf Mika den Kopf hoch, als die Worte an sein Ohr drangen und seine Kehle schnürte sich zu. Utodja rührte sich noch immer nicht. Stocksteif hockte er auf dem Boden, das Gesicht halb im Gras verborgen, bebend, flüsternd, kaum verständlich.

»Ich gebe auf ... Guardo. Ich gehorche.« Gehorchen? Die Erkenntnis traf Mikhael wie ein Schlag, durchfuhr ihn wie ein Blitz und ihm wurde schlecht. Seine Augen begannen zu brennen und er wandte den Blick ab, konnte Utodja nicht ansehen. Zu groß war die Scham. Langsam hob er seine Arme, presste die widerlichen schwarzen Dinger auf seine Ohren und schloss die Augen, ließ den Kopf tief sinken. Wenn er nur könnte, würde er im Boden versinken und nie wieder hervorkommen.

»Es tut mir leid«, hauchte er heiser, erkannte seine eigene Stimme nicht. »Es tut mir leid.«

Die Zeit verging. Die Sonne wanderte an die höchste Stelle und langsam schoben sich die Wolken über den Himmel. Ruhe kehrte ein und die Anspannung verflog.

Nur langsam erwachte Utodja aus seiner Starre, brauchte viele Anläufe, bis er es wagte, den Kopf zu heben. Eine unsinnige Angst hatte ihn gelähmt, doch welcher Art sie gewesen war, wusste er nicht. Die Angst vor dem, was gewesen war, und dem, was gerade passierte, waren miteinander verschmolzen. Vor seinem Guardo brauchte er sich nicht zu fürchten, das wusste Utodja und er war wütend, dass seine alten Ängste ihn noch immer plagten. Aber es war nicht nur die Angst gewesen, die ihn daran gehindert hatten, aufzustehen. Einem wütendem Alpha musste man Respekt zeigen. So gehörte es sich und nun war es Mikhael, der diese Position hatte. Besser, Utodja blieb vorsichtig. Doch das Bild, das sich jetzt vor ihm auftat, verwirrte ihn.

Mikhael hockte unter einem Baum, hatte den Kopf gesenkt und sah ihn nicht an. Seine Arme hatte er ausgestreckt, hielt sie weit von sich weg und murmelte vor sich hin. Es waren leise Worte, die Utodja nicht verstand, aber das war unnötig. Er musste ihn nicht hören, um ihn zu verstehen. Alles an Mikhael strahlte Verzweiflung aus, sein wildes Ich war verschwunden und zurück blieb die Reue. Sie erschlug Utodja regelrecht und er schüttelte sich. Oh, wie er dieses Gefühl verabscheute. So viel Reue, nur wofür und warum? Zögernd richtete er sich auf, wägte das Für und Wider ab, ehe er seinen Platz verließ und bedächtig zu Mikhael kroch. Es kam keine Reaktion, sein Wächter sah nicht einmal auf. Wenige Längen vor ihm hielt Utodja inne, setzte sich auf den Boden, unschlüssig, was zu tun war, was er zu erwarten hatte.

Einen weiteren Ausbruch? Oder etwas ganz anderes?

Abwarten erschien ihm das Beste, also harrte er aus, blieb stumm neben ihm sitzen und betrachtete die Blutflecken, die sich zu Mikhaels Füßen sammelten. Es war eine beachtliche Menge und besorgt hob Utodja den Kopf. Er wusste, dieses Blut stammte nicht nur von Mikhael, dennoch suchte er nach Wunden, fand erschreckend viele. Betreten zog er den Kopf ein, senkte die Ohren. Schlimm sah sein Guardo aus, kam frisch aus dem Kampf. Utodja hatte ihn so zugerichtet und jetzt, wo er Mikhael als seinen Alpha anerkannte, würde er mit einer Strafe rechnen müssen. Unruhig schwenkte er seinen Schweif umher, reckte die Schultern. Wie lange Mikhael dort wohl so sitzen bleiben würde? Sein Guardo neigte dazu sich zu verkriechen, wenn er sich nicht gut fühlte und im Moment ging es ihm gar nicht gut. Was für ein Jammer, denn vor ihrem Kampf war Mikhael ein anderer gewesen. Verspielt und gut gelaunt. So wollte Utodja ihn sehen und nicht kauernd unter einem Baum.

Verstand er nicht, dass das, was passiert war, wichtig war? Dass es hatte passieren müssen? Oder hatte Utodja etwas falsch gemacht? Noch nie hatte er sich derartig von seinen Trieben leiten lassen und es hatte sich richtig angefühlt. Aber vielleicht kämpfte man so nicht um die Rangordnung? Sicher war er zu weit gegangen. Unsicherheit überkam ihn und vorsichtig hob er eine Hand, tastete nach Mikhaels Arm, während sich sein Schweif um dessen Bein wickelte.

Sofort schnellte Mikhaels Kopf hoch und verstört wurde er angesehen. Utodja bewegte sich nicht, erwiderte Mikhaels Blick eindringlich. Sein Wächter bebte am ganzen Körper, doch er sagte nicht ein Wort, zog seinen Arm nicht weg. Dafür verkrampfte er sich noch mehr, als würde er jeden Moment aufspringen und flüchten wollen. Aber auch das passierte nicht, also strich Utodja sachte über den dunklen Arm. Streichelte ihn zaghaft und liebevoll, wollte ihn beruhigen. Die blauen Augen zuckten und wichen ihm aus, sahen zu Boden, waren beschämt. Wie leicht er zu durchschauen war. Bedächtig setzte sich Utodja dicht neben Mikhael und verkreuzte ihre Finger, ignorierte das Beben und Zucken in den dunklen Händen. Ob mit Krallen, schwarz oder blutverschmiert, Utodja mochte diese Hände nach wie vor. Jetzt kannte er ihre Stärke, wusste, was er von ihnen zu erwarten hatte und ja, es war beängstigend. Aber auch beruhigend. Denn wenn er wollte, konnte sein Alpha ihn beschützen. Das war etwas Gutes.

So harrte er aus, wartete ab, doch Mikhael tat nichts. Abweisend duckte er sich, aber Utodja ließ keine Distanz zu. Etwas in ihm wusste, wenn er jetzt Distanz duldete, würde er verlieren, was sie sich heute aufgebaut hatten und das war viel. Viel mehr, als sein Guardo sah. Sich davor zu verschließen war falsch, aber wie sollte Utodja ihm das klarmachen?

Nachdenklich betrachtete er Mikhael. Dachte an seine Freude, als Utodja geflogen war, an sein verspieltes Grinsen oben auf dem Baum, an seinen seltsamen Biss und an seinen wütenden Blick bei ihrem Kampf. Eine Gänsehaut schüttelte ihn durch und er schloss die Augen, musste schlucken. Jeder einzelne dieser Momente war etwas Besonderes und Utodja würde keinen von ihnen vergessen. Heute hatte Mikhael ihm den schönsten Tag seines Lebens gegeben, das schönste Geschenk. Ganz egal, ob sie aneinandergeraten waren, sein Guardo, sein Alpha, er war die Sonne. Langsam beugte sich Utodja vor, tastete nach der klaffenden Wunde auf Mikhaels Stirn. Sofort zog Mikhael den Kopf ein, knurrte leise, doch Utodja ließ sich nicht einschüchtern. Er gurrte sanft, schmiegte sich an Mikhaels Seite, versuchte ihm zu zeigen, dass alles gut war, wollte ihm Zuneigung schenken. Sachte legte er eine Hand auf Mikhaels Gesicht und drehte es zu sich, fuhr vorsichtig mit der Zunge über die verwundete Stelle. Reinigte sie. Augenblicklich ging ein Ruck durch seinen Guardo und er versuchte sich Utodjas Griff zu entziehen. Er schien nicht zu verstehen, aber das war unwichtig. Utodja fuhr solange fort, bis sein Alpha versorgt war, dann lehnte er sich zurück und seufzte erschöpft. Von Mikhael kam nichts. Kein Wort. Verwirrt saß er da, starrte ihn an, als wäre er nicht ganz richtig im Kopf.

»Wir sehen schlimm aus«, erklärte Utodja beschwichtigend und ließ die Schultern sinken, zupfte freche Strähnen aus Mikhaels Gesicht. Sein Wächter blinzelte darauf und endlich tat sich etwas bei ihm. Er schnaubte und ein seichtes Schmunzeln legte sich auf seine Lippen.

»Ja. Das tun wir«, flüsterte er, nahm Utodjas Hand aus seinen Haaren und führte sie an seinen Mund, küsste die Fingerspitzen. Utodja Mund wurde trocken und er spürte, wie sich sein Fell unter einem heftigen Schauer sträubte.

Im nächsten Moment erhob sich sein Guardo, stand auf wackligen Beinen und atmete durch. Dann packte er ihn plötzlich und zerrte ihn zu sich. Himmel, war das ein neuer Angriff? Hatte sich Mikhael erholt? Sprang seine Laune so schnell um?

Doch nein. Ohne Vorwarnung hob sein Wächter ihn hoch, wollte ihn tragen. Erschrocken zischte Utodja, ließ die Ohren fallen und suchte Halt. Er warf seine Arme um Mikhaels Nacken, klammerte sich an die Überreste seines Oberteils und schlang seine Beine um seine Hüfte. Das war merkwürdig! Noch nie war er so getragen worden, was sollte das?

Erneut hörte er Mikhael schnauben, gefolgt von einem schwachen Kichern. Verspottete er ihn etwa? Der Unsägliche! Brummend drückte Utodja seinen Kopf gegen Mikhaels Halsbeuge, ließ geschehen, was immer sein Guardo hier veranstaltete. Ganz sanft hielt er ihn, als wäre er zerbrechlich. Die starken Arme stützten ihn und jagten wohlige Schauer über Utodjas Rücken, trotzdem war es seltsam. Schweigend ließ sich er von Mikhael halten, der sich langsam in Bewegung setzte und einen Weg durch den Wald suchte. Ihr Ziel war eindeutig, doch je länger ihr Weg andauerte, desto mehr hoffte Utodja, sie würden den Wald nie verlassen. Es fühlte sich gut an, so gehalten zu werden. Mikhael so nahe zu sein. Er schloss die Augen und seufzte zufrieden.

Es dauerte eine halbe Ewigkeit, bis Mika den Weg aus dem Wald heraus fand. Seine Sinne gehorchten ihm einfach nicht mehr und vor seinen Augen tanzten bunte Sterne. Plötzlich sah alles so gleich aus, jeder Baum, jeder Busch, die Gerüche. Er konnte sich nicht mehr orientieren und verlor irgendwann das Zeitgefühl, lief nur noch im Kreis.

Da waren tausend Stimmen in seinem Kopf, die durcheinander schrien und es unmöglich machten, sich zu ordnen. Er musste an seine Eltern denken, an das, was im Wildpark passiert war, an das IKF und daran was er Utodja angetan hatte. Er fühlte sich schäbig und ein Teil von ihm wollte nicht aus dem Wald hinaus. Was dahinter lag, jagte ihm eine Heidenangst ein. Er musste den heutigen Tag vergessen. So schnell es ging! Niemand durfte erfahren, was er getan hatte! Niemand! Er war ein Idiot gewesen, nichts weiter. Ein dummer Idiot, der nicht nachdachte und alles aufs Spiel gesetzt hatte. Und wofür? Um auf Bäumen herumzuspringen. Ha! Er konnte seine Mutter jetzt schon hören. Seinen Vater sehen.

Nein. Niemand durfte es erfahren. Was heute passiert war, würde in diesem Wald bleiben und Utodja ... Gott! Mika musste schlucken, drückte ihn sachte an sich. Nach allem, was er getan hatte, war es das mindeste, dass er ihn trug. Nicht eine Sekunde konnte er ihm in die Augen sehen. Er ekelte sich vor sich selbst. Utodja so zuzurichten war unentschuldbar! Wie sollte er das Ellie und Chris erklären, wenn sie das nächste Mal vorbeikamen? Oder auf der Arbeit? Ob Utodja ihm überhaupt noch vertraute? Immer mehr Zweifel kam in ihm hoch, lähmten ihn und machten jeden Schritt zu einer Qual. Wenn er es doch nur ungeschehen machen könnte.

Schließlich tauchte der Parkplatz zwischen den Bäumen auf und Mikhael stockte, blieb schlagartig stehen. Hitzewellen suchten ihn heim und seine Kehle wurde staubtrocken. Nur wenige Autos standen auf dem Kiesfeld. Einige PKWs, ein schwarzer Lieferwagen, doch sie reichten aus, um Mikas Nervosität ins Bodenlose zu stürzen. Vorsichtig ließ er Utodja herunter, machte ein paar Schritte vor und spähte an den Bäumen vorbei. Sein Wagen stand am anderen Ende des Parkplatz, war erschreckend weit entfernt. Viel zu weit. Sein Herz begann zu rasen und er schielte an sich hinab, betrachtete seine Hände. Die schwarze Färbung und die Krallen waren wieder fort, aber wie sah er aus? Und wie sah Utodja aus? Verflucht! Und jetzt?

Unruhig trat er von einem Fuß auf den anderen, krallte sich in seine Arme, verschränkte sie vor der Brust. Er konnte das nicht. Er konnte nicht ins Freie treten, das schaffte er nicht. Was, wenn ihn jemand sah und die falschen Schlüsse zog? Die genau genommen gar nicht falsch waren? Fluchend sackte er gegen einen Baum, ließ den Kopf auf seine Knie fallen. Er brauchte Hilfe. Irgendjemand musste herkommen. Aber wer? Verdammt, wann war er nur so ein Feigling geworden?

»Mikhael.« Schluckend hob Mika den Kopf. Utodja war zu ihm getreten, musterte ihn besorgt. Der Ausdruck in seinem Gesicht gab Mika den Rest und schnell sah er auf seine Füße, merkte, wie seine Ohren zu glühen begannen. Wie sollte er Utodja je wieder unter die Augen treten, nachdem er sich so verhalten hatten? Allerdings suchte sein Flughund weder Abstand, noch war sein Blick vorwurfsvoll. Stattdessen tastete er nach Mikas Hand, drückte sie und zog ihn auf die Beine. Dann ging er los, forderte Mika auf, ihm zu folgen.

Widerwillig gehorchte Mika ihm, verstand erst nicht, was Utodja im Sinn hatte, doch dann erkannte er es. Seine Brust zog sich zusammen und beschämt biss er die Zähne aufeinander. Dieser kleine Teufel war wirklich clever.

Schluckend fuhr er sich über das Gesicht, lief ergeben hinter Utodja her – der ihn um den Parkplatz herumführte, immer im Schutz der Bäume blieb. Sie machten erst Halt, als das Auto in unmittelbarer Nähe war. Gurrend ließ Utodja seine Hand los und deutete mit dem Kopf auf ihren Wagen.

»Hier«, meinte er leise. »Alles ist gut.«

Ja, hier waren sie. Tief atmete Mika durch, seufzte. Utodja war viel mutiger, als er aussah und so viel klüger als er. Er war wirklich einmalig. Bewahrte einen kühlen Kopf und fand eine so einfache Lösung, während Mika schlotterte wie ein verschrecktes Balg.

»Danke«, murmelte er heiser, beugte sich schnell vor und hauchte einen Kuss auf Utodjas Stirn. Mehr konnte er nicht tun, um zu zeigen, was er in diesem Moment fühlte. Besser, sie machten sich auf den Rückweg, bevor sie wirklich noch jemand entdeckte.

Vorsichtig lugte Mika nach rechts und links, ehe er Utodjas Hand ergriff und mit pochendem Herzen aus dem Schatten der Bäume trat. Unter seinen bloßen Füßen knirschte der Kies, bohrte sich in seine Haut, aber es machte ihm nichts aus. Mit gesenktem Kopf marschierte er geradewegs auf sein Auto zu, betete, dass sie niemand sehen würde. Der Weg schien endlos lang und sein Griff um Utodjas Hand wurde stärker, seine Finger schwitziger. Fast waren sie da, da blieb sein Gendro plötzlich ruckartig stehen, hinderte Mika am Weiterlaufen. Fragend drehte sich er zu ihm, doch statt einer Antwort packte Utodja sein Handgelenk, spähte lauernd auf das Auto. Was sollte das nun wieder? Die spitzen Ohren senkten sich und ein Knurren entwich Utodjas Kehle. Das bedeutete nichts Gutes! Eine böse Vorahnung kam in ihm hoch und er erschauderte, wandte sich langsam zu seinem Wagen und entdeckte, was Utodja so unruhig stimmte.

Da hockte doch tatsächlich jemand vor seinem Auto! Aber es war nicht irgendjemand.

Eingehüllt in ein langes Kleid saß ein Gendro vor seinem Wagen. Seine Haut war gräulich und aus seinem hellen Haar ragten kleine, dunkle Ohren. Neugierig schwang er seinen buschigen schwarzen Schweif hin und her, während er sein

Gesicht gegen die Fensterscheibe drückte. Perplex blinzelte Mika, neigte den Kopf. Wo zum Teufel kam der denn her und was tat er da?

»He! Was wird das?«, entfuhr es ihm und er machte einen Schritt vor, worauf der Gendro in seine Richtung schaute. Ein verdutzter Blick wurde ihm entgegengeworfen und mit einem Mal wusste Mika, was er vor sich hatte: Einen Fuchs.

Sofort duckte sich Utodja, zeigte die Zähne und drückte Mikhaels Handgelenk, versuchte seinen Guardo hinter sich zu ziehen.

Die da! Die Füchsin! Die hatte Utodja im Wald gesehen!

Mikhael war in schlechter Verfassung, niemals würde er jetzt die Pflichten eines Alphas übernehmen können, also war es an Utodja zu handeln. Brummend breitete er seine Flügel aus, schirmte Mikhael so von dem Fuchsweibchen ab. Allerdings zeigte sich diese unbeeindruckt. Nicht eine Mine verzog sie, neigte lediglich den Kopf und schnupperte. Als sie einen Schritt auf sie zu machte, knurrte Utodja noch lauter, ließ seinen Schweif auf den Boden knallen. Hinfort mit ihr! Sie durfte nicht näherkommen, sollte verschwinden! Die Warnung zeigte Wirkung. Die Füchsin blieb stehen, ließ ihre Ohren fallen. Gut, sie hatte es begriffen. Jetzt musste Utodja sie nur noch verscheuchen!

»Oh je, da haben wir ja etwas angerichtet. Alaza! Tritt zurück. Du machst ihn nervös.«

Utodja erstarrte augenblicklich, warf seinen Kopf herum. Hinter dem Auto kam ein Menschenmännchen hervor. Groß, mit langen schwarzen Haaren und doppelten Augen. Utodja ließ die Flügel fallen und duckte sich tief, spürte, wie sich sein Inneres verknotete. Er kannte diesen Menschenmann. Es war das Narbengesicht aus dem Folterlabor! Nervös wich er zurück, suchte Mikhaels Blick. Was war zu tun? Menschen durfte er nicht zurechtweisen, Mikhael musste das regeln. Instinktiv trat er hinter seinen Guardo, tastete nach dessen Oberteil. Die Füchsin war eine Sache, aber an zwei Fronten konnte keiner Kämpfen.

»Entschuldigen Sie bitte. Mein Kryptid ist mir nach unserem Spaziergang ausgebüxt. Ich hoffe, sie hat Sie nicht belästigt«, begann der andere Mann freundlich, aber Mika bekam kein Wort heraus. Er war zu einer Steinstatue mutiert, während er innerlich brüllte. Dieser Mann - er kannte ihn! Aus dem Institut. Er gehörte zum IKF und Mika traf ihn ausgerechnet jetzt. In diesem Zustand! Das war ihr Ende! Zischend holte er Luft. Utodja! Er trug kein Halsband, war nicht an der Leine! Jetzt war keine Zeit, Stein zu spielen, egal wie, er musste da irgendwie raus. Den Kerl abwimmeln, bevor er was bemerkte.

Er schluckte den Kloß in seinem Hals herunter und räusperte sich, schüttelte den Kopf.

»Nein, ist schon okay. Ich war nur überrascht, das ist alles.«

»Tatsächlich? Dann bin ich erleichtert. Wissen Sie, meine Alaza ist einfach zu neugierig. Mir davon zu laufen ist ihr liebstes Spiel. Aber hier bietet es sich ja auch an. Es muss verlockend für ihresgleichen sein. An einem Ort wie diesem. Sicher kennen Sie das.« Schnell nickte Mika, grinste kränklich, während sein Herz drohte, jeden Moment durch seine Brust zu brechen.

»Ja, klar. Dieser Ort, also, das Naturschutzgebiet ist ja auch groß. Es gibt viel zu entdecken und ist spannend. Nein, wirklich. Es ist in Ordnung«, versuchte er den Mann abzuwimmeln, doch der rührte sich nicht. Im Gegenteil. Lächelnd stand er da, musterte ihn eindringlich. Der Blick gefiel ihm nicht und Mika wurde heiß. Schnell ließ er seine Hände in seine Hosentaschen gleiten, musste schlucken.

»Verzeihen Sie, wenn ich Sie so anstarre, aber irgendwie kommen Sie mir bekannt vor. Kommen Sie öfter her?«

»Was? Äh, nein. Nein, eigentlich nicht. Wir waren heute das erste Mal hier und es ist schon sehr spät ...«

»Wirklich? Sind Sie sicher? Ich könnte schwören, wir sind uns schon einmal begegnet. Verzeihen Sie, aber Ihre Haare, die Farbe vergisst man nicht so schnell.«

Schulterzuckend wandte sich Mika ab, begann nach seinen Schlüsseln zu kramen, fand sie in seiner linken Hosentasche. Ein Glück, dass er nicht auch sie im Wald verloren hatte. »Ich hab keine Ahnung was Sie meinen.«

»Ah, natürlich. Jetzt erinnere ich mich!«

Mika hielt den Atem an.

»Wir sind uns im Institut für Kryptidforschung begegnet. Erinnern Sie sich? Es ist nicht lange her. Sie waren mit Ihrer bemerkenswerten Fledermaus dort. Wie konnte ich das vergessen. Ihr Haustier war den ganzen Tag das Gesprächsthema Nummer Eins.« Der Mann richtete seinen Blick auf Utodja, der den Kopf tief einzog. »Was für ein Zufall, dass wir uns ausgerechnet hier wiedersehen. Finden Sie nicht auch?« Zufall, huh? Mika gefiel die Art nicht, wie er dieses Wort aussprach. Es stank nach Verrat und Hinterlist. Nein, mit dem durfte er sich nicht unterhalten. Seine Alarmglocken läuteten Sturm!

»Ja, kann sein. Ich hab kein gutes Gedächtnis und- ...«

»Das macht nichts«, wurde er abrupt unterbrochen. »Ich freue mich Sie wiederzusehen. Ich mag es, Menschen mit interessanten Kryptiden kennenzulernen. Diese Kreaturen sind meine geheime Leidenschaft.« Der Blick des Mannes glitt zu Utodja, der sich hinter Mika versteckte. Ein kühler Schatten legte sich auf das Gesicht des Mannes und Mika lief es kalt den Rücken runter.

»Wirklich ausgesprochen schön. Es ist so lange her, dass ich ein Wesen wie dieses gesehen habe. Ihr Gendro ist wirklich einzigartig. Wie war sein Name?«

»Utodja«, brummte Mika, fuhr sich durch die Haare. Er wollte keinen Smalltalk unter Gendro-Liebhabern halten. Er wollte hier verschwinden!

»Utodja? Ein interessanter Name.« Der Mann wandte sich Utodja zu, beugte sich vor und nickte der Fledermaus zu. »Nun, Utodja. Ich hoffe, wir werden Freunde. Wenn Sie erlauben?« Damit machte der Mann einen Schritt vor und streckte eine Hand aus. Das Monster in Mika erwachte. Dieser schleimige Kerl wollte seine Beute berühren! Wie konnte er es wagen? Eine unsichtbare Macht ergriff von Mika Besitz, packte ihn und zerquetschte sein Herz, ließ es vor Eifersucht und Besitzanspruch nur zu ächzen. NIEMAND berührte, was ihm gehörte! Ein drohendes Grollen entwich seiner Kehle und er machte einen großen Schritt zur Seite, schirmte Utodja vor dem Mann ab und fletschte die Zähne.

»Nein. Er mag keine Fremden!«, knurrte er, worauf sein Gegenüber augenblicklich inne hielt. Schweigen kam auf. Hielt lange an. Lange genug, damit das Monster wieder hinter seinen Gittern verschwinden und die Angst zurückkommen konnte.

Eindringlich wurde er gemustert und Mika fluchte. Er hätte sich am Riemen reißen sollen, aber alles war so schnell gegangen. Binnen Sekunden hatte er die Kontrolle verloren, was er jetzt bereute. Die hellen Augen des Mannes durchdrangen ihn regelrecht und er wich seinem Blick aus, räusperte sich. Sie mussten weg hier. Sofort!

»Entschuldigen Sie. Ich wollte Ihnen nicht zu nahe treten«, begann der Mann leise, ließ seine Hand sinken. Doch der seltsame Blick blieb. Genau wie der Schatten auf seinem Gesicht. »Ich bin untröstlich. Da mache ich Ihnen nur Ärger und habe mich noch gar nicht vorgestellt. Mein Name ist Caleb Holloway.« Schließlich machte der Mann einen Schritt vor und streckte Mika freundschaftlich eine Hand entgegen, doch Mika ging nicht darauf ein. Sein Mund klappte auf und seine Augen wurden tellergroß. Caleb Holloway? Etwa ... *der* Caleb Holloway? Der Vorsitzender des IKFs? Mikas Beine verwandelten sich in bibbernde Stelzen und nur mit eiserner Willenskraft schaffte er es, sich nicht zu übergeben. Natürlich! C. Holloway! Elenor hatte schon einmal von ihm erzählt! Er war nicht irgendein Mitarbeiter des IKFs, nein, es war der Vorsitzende! Der Boss, der Kopf am Ende des Tisches! Und Mika lief ihm hier über den Weg. Ausgerechnet jetzt. Schande! Das war mit Abstand der schrecklichste Tag seines Lebens! Wie in Trance erwiderte er den Handschlag, reagierte lange nicht. Erst als Caleb Holloway seine Brauen hob und ihn vielsagend ansah, regte sich Mika wieder.

»Mikhael Auclair«, würgte er hervor, versuchte höflich und normal zu klingen, aber er versagte auf ganzer Linie. Zu seinem Erstaunen wirkte Holloway jedoch überrascht, als er seinen Namen hörte.

»Auclair? Sind Sie etwa der Sohn von David Auclair, dem Inhaber von *Auclair Inc.*?« Ja, das war definitiv sein Glückstag. Der Typ kannte auch noch seine Familie? Das war gar nicht gut. So unauffällig wie möglich versuchte sich Mika an Holloway und seinem Gendro vorbei zu manövrieren. Er musste Utodja irgendwie in das Auto bekommen, erst dann waren sie außer Gefahr. Wenn dieser Kerl irgendetwas mitbekam oder misstrauisch wurde, war's das. Dann gingen sowohl Utodja wie er an das nächstbeste Labor!

»Ja, so ist es«, brachte er hervor, schaffte es, die Autotür zu erreichen und steckte den Schlüssel ein.

»Verzeihen Sie, dass ich Sie nicht erkannt habe! Immerhin sind Sie der Sohn von einem der größten Import- und Exporthändler des Staates. Aber man sieht Ihre Familie so selten in der Öffentlichkeit, geschweige denn, dass man einen Termin bei Ihrem Vater bekommt. Sie könnten nicht zufällig ein gutes Wort bei ihm einlegen?«

Was? Machte die Firma seines Vaters jetzt etwa schon Geschäfte mit dem IKF? Fragend runzelte Mika die Stirn, hielt einen Moment inne. Das wäre ihm neu. Er hatte sich nie groß um die Firma und Geschäfte seiner Familie gekümmert, aber er wusste, dass ihnen Anteile von verschiedenen Unternehmen der Stadt gehörten. Allerdings hatte die Firma immer einen Bogen um das IKF gemacht. Wieso sollte das jetzt anders sein? Unwichtig, das ging ihn nichts an und er wollte damit nichts zu tun haben. Er wollte nur in einem Stück aus diesem Wald raus.

»Tut mir leid, ich kann Ihnen nicht helfen. Ich habe keinen Kontakt zu meiner Familie.«

»Tatsächlich? Mh, wenn ich ehrlich bin, hab ich mich schon gewundert. Ich wusste, dass David Auclair einen Sohn hat, aber wie er aussieht, wusste ich nicht. Die Privatsphäre seiner Familie ist Ihrem Vater wohl das wichtigste.«

»Tja, ich denke denke, er redet nur nicht gern über das schwarze Schaf der Familie.«

»Schwarzes Schaf? Ist das nicht eine sehr harte Bezeichnung?«

»Fragen Sie das meinen Vater.« Mit einem Ruck öffnete Mika die Fahrertür, entriegelte auch die restlichen Türen des Autos. »Wenn Sie mich jetzt entschuldigen, wir müssen los. Utodja, steig ins Auto.«

»Natürlich. Lassen Sie sich von mir nicht aufhalten. Wo mir einfällt. Waren es nicht auch Sie, der Dr. Konowalow einen Kinnhaken verpasst hat?« Mika zuckte zusammen, grub seine Finger in den Rahmen der Autotür. Das war es. Er hatte gewusst, dass so etwas kommen würde. Hätte er diesen Quacksalber doch nie angerührt! Aber statt Handschellen, einem Haftbefehl oder dem Aufmarsch des Sondereinsatzkommandos, kam nichts. Holloway lachte lediglich, nahm seine Brille ab und putzte die Gläser unliebsam an seinem Hemd.

»Oh, keine Sorge. Ich nehme an, er hatte es verdient. Dr. Konowalow ist ein guter Arzt, der Umgang mit Kunden hingegen gehört nicht zu seinen Stärken. Aber Sie scheinen auch öfter in Kämpfe zu geraten, wenn ich Sie mir so ansehe.« Langsam stieg Panik in Mika hoch und er musste hart schlucken. Schnell gab er Utodja ein Handzeichen, bedeutete ihm ins Auto zu klettern. Zum Glück verstand er die Situation und tat wie ihm geheißen.

»Nein. Wir ... äh, wir waren spazieren und haben uns verlaufen. Wir sind eine Böschung runtergefallen, das ist alles.« Die Brille landete wieder auf Holloways Nase und eindringlich wurde er gemustert. Die stechenden Augen wanderten an ihm hinab, worauf ein amüsierten Lächeln in Holloways Gesicht aufkam.

»Dabei müssen Ihnen wohl auch die Schuhe abhanden gekommen sein.« Was? Verflucht!

»Äh, ja, nein! Wir haben im Wald gespielt ... und im Eifer des Gefechts muss ich sie irgendwo stehen gelassen haben.« Erstaunt hob Holloway die Brauen und plötzlich veränderte sich sein Gesichtsausdruck.

»Oh, ich verstehe.« Schmunzelnd wandte er den Kopf zur Seite, schloss die Augen. »*Gespielt* also. Verzeihen Sie meine Indiskretion.« Moment mal, dachte der Typ etwa ...? Oh nein! Das konnte Mika nun gar nicht gebrauchen. Dass ein hohes Tier aus dem IKF glaubte, er würde irgendwelche unanständige Dinge mit Utodja treiben. Was heute im Wald passiert war, das würde nie wieder passieren! Durfte einfach nie wieder passieren! Trotzdem ging das diesen Typen absolut nichts an!

»Nein! So meinte ich das nicht! Nicht die Art von Spiel!«

»Bitte, bitte. Beruhigen Sie sich. Ich kann Sie sehr gut verstehe. Haben Sie keine falsche Scheu, das tut doch jeder.« Lachend wandte sich Holloway seiner Füchsin zu, zog sie dicht an sich heran und ließ eine Hand über ihr Hinterteil wandern. Der Gendro verzog dabei nicht eine Mine. »Zumal Ihr Kryptid wirklich außerordentlich ansehnlich ist und wie ich gehört habe, auch alle Attribute besitzt, damit man mit ihm *spielen* kann.«

Angewidert verzog Mika das Gesicht, ballte die Fäuste. Unglaublich! Wie ungeniert der Kerl darüber sprach, Utodja dabei einen abschätzenden Blick zu warf. Ein Brummen drang an Mikas Ohr. Fragend drehte er sich um, entdeckte Utodja, der im Wagen saß und nervös von einem zum anderen schaute. Seine Fledermaus hatte recht, sie sollten verschwinden, bevor das noch ausartete! Ohne auf die Worte von Caleb Holloway einzugehen, machte Mika Anstalten, sich ins Auto zu setzen, deutete mit dem Kopf in die Richtung seines Wagens.

»Ansichtssache«, meinte er nur, umklammerte die Wagentür. »Ich will nicht unhöflich sein, aber wir müssen jetzt wirklich los.« Bevor ein Einwand oder ein neuer Vorwand kam, um das Gespräch am Laufen zu halten, sprang er in den Wagen und schloss die Tür hinter sich.

»Selbstverständlich«, kam noch von Holloway, der sich nicht einen Zentimeter bewegte, ruhig an Ort und Stelle stehen blieb. Sein Blick haftete an Utodja, als er weitersprach. »Ich wünsche Ihnen eine gute Heimfahrt. Auf Wiedersehen.«

Na hoffentlich nicht.

»Ja. Wiedersehen«, murrte Mika durch das geöffnete Fenster, schaltete den Rückwärtsgang ein.

»Oh, eine Sache noch. Eine sehr interessante Gesichtsbemalung, die Sie da haben. Ist das eine Tätowierung?«

Was? Verwirrt sah Mika zu dem Mann hoch, blickte dann in den Rückspiegel. Sein Herz blieb stehen.

Da waren sie wieder. Seine Stigmata. Die Anzeichen, dass er zu weit gegangen war. Viel zu weit. Und nun hatte sie ein Ausstehender gesehen. Oh Gott ... Oh Gott.

Mit feuchten Händen klammerte er sich an das Lenkrad, suchte nach einer Ausrede, einer Erklärung. Was hatte der Kerl gerade noch gesagt? Tattoo? Er schluckte trocken, suchte den Blick des anderen Mannes. Der stand noch immer da, seinen Gendro dicht an seiner Seite, eiskalt lächelnd. Wissend ...

»J-ja. Genau. Eine Tätowierung. Ist nichts für jeden. Wiedersehen.« Damit lenkte Mika ein und fuhr so schnell es ging von dem Parkplatz, beobachtete im Rückspiegel, wie die Gestalt Caleb Holloways immer kleiner wurde. Wenn dieses Treffen ein Zufall gewesen war, fraß er einen Besen. Verdammter Mist!

»Ein höchst interessantes Gespann«, meinte Caleb Holloway, als er wenig später in seinem Auto saß. Noch lange hatte er dem Wagen seiner neusten Entdeckung hinter hergeschaut und allmählich nahm sein Plan Form an. »Ein Fledermaus-Gendro, ein Hermaphrodit obendrein, und ein Hybrid, der sich wie ein Mensch benimmt. Einzigartig! Wenn auch höchst gefährlich.« Nachdenklich fuhr er sich über die Narbe auf seiner Wange, ehe er die Arme verschränkte und die Augen schloss.

»Hast du die zahlreichen Wunden der Fledermaus gesehen? Dabei ist eure Haut extrem widerstandsfähig. Nur einer der Euren wäre dazu in der Lage, sie zu verletzen. Wenn es da nicht zu einer kleinen Meinungsverschiedenheit zwischen zwei ungleichen Artgenossen gekommen ist. Wie unverfroren, das nicht dem Institut zu melden. Findest du nicht auch? Alaza?« Das graue Gendroweibchen, das bis jetzt ruhig neben ihm gesessen hatte, regte sich. Langsam drehte sie ihm den Kopf zu und stellte die Ohren auf. Lächelte. Was für ein kluges Mädchen sie doch war, denn sie wusste, welche Konsequenzen es hatte, wenn sie es nicht tat. Seufzend ließ sie ihren Kopf in den Nacken gleiten und atmete tief ein.

»Der Geruch von Blut und Lust hing an ihnen, Meister. Ja, es gab einen Kampf. Aber einen Kampf der besonderen Art. Die Jahreszeit hat Auswirkungen auf alle. Auf Gendros und auf Hybriden.« Calebs Augen zuckten und schnaubend sah er aus dem Fenster seines Autos. Diese Stimme. Widerlich süß war sie, lieblich und sanft. Doch in Wirklichkeit nichts anderes als Gift. So faszinierend es auch war, ihrem minderbemittelten Gerede zu lauschen, so sehr verabscheute er den unnatürlichen Klang dieser Stimme. Törichtes Vieh. »Scheinbar hatten Okoye und Konowalow mit ihren Vermutungen recht«, begann er, malte gedankenverloren einen Kreis an das Autofenster. »Nur wird keiner dieser dilettantischen Dummköpfe jemals einen Finger an diese beiden Geschöpfe legen. Unregistrierter Hybrid hin, sprechende Fledermaus her, wir können nicht riskieren, sie an die Besserungseinrichtungen zu verlieren, dort könnten sie mir zu leicht entwischen. Zudem wäre es eine Vergeudung, diese beiden Kreaturen den Händen des Systems zu überlassen, wo ich ihr wahres Potential viel besser fördern könnte.« Langsam wandte sich Caleb seiner Füchsin zu, streckte eine Hand aus und fuhr sanft über ihre Wange. Eine Reaktion kam nicht, sein Gendro lächelte nur weiter. »Dennoch, je schneller wir sie aus dem Verkehr ziehen, desto besser. Eine Fledermaus frei herumlaufen zu lassen, kann ich nicht dulden. Auch keinen aufrührerischen Hybriden. Und Sie zu eliminieren kommt nicht in Frage, sie könnten DIE Lösung sein. Besonders, wenn einer von ihnen womöglich etwas *Fantastisches* in sich birgt.« Nachdenklich runzelte seine Füchsin die Stirn, beugte sich weit zu ihm hinüber.

»Wenn Sie sie für das Atrium wollen, ist der legale Weg der Leichteste, Meister. Aber Sie sollten aufpassen. Der mit den Karottenhaaren versteckt sich noch. Aber es ist nur eine Frage der Zeit, bis sein wahres Ich durchbricht. Und die Fledermaus erblüht gerade. Keine gute Zeit für ein riskantes Manöver.«

»Ah! Was war das?« Unwirsch packte Caleb das Kinn seiner Füchsin, riss ihren Kopf herum und brachte sie augenblicklich zum Schweigen. »Wir sind heute aber redselig. Scht, scht! Schweigen ist Gold, meine liebe Alaza. Von deinem undeutlichen Gebrabbel wird mir schlecht. Du willst doch nicht riskieren, dass ich meine gute Laune verliere? Das würde dir nicht zugute kommen. Du solltest an deinen erbärmlichen Partner und eure Brut denken. Was, wenn ich sie über meinen Ärger hinweg vergesse? Wäre das nicht grauenvoll? Also provoziere mich nicht.« Das Grinsen seiner Füchsin erstarb und sie rutschte in ihrem Sitz hinunter. Ruhe kehrte ein und zufrieden streichelte Caleb ihre Wange. So war es schon besser. Sein kleines Haustier hatte die ungute Angewohnheit, ständig zu brabbeln. Ihre Stimme bereitete ihm Kopfschmerzen, also musste er dieses lästige Gequassel unterbinden, sobald es Überhand nahm.

»Braves Mädchen. Niemand sollte sich an Dingen versuchen, die er nicht gut beherrscht und von denen er nichts versteht. Vergiss nicht, deine Gabe ist wider die Natur. Nutze sie mit Bedacht. Wie oft habe ich dir das schon gesagt? Oder muss ich noch deutlicher werden?« Es kam nur ein Kopfschütteln, was Caleb schließlich beschwichtigte. Er lehnte sich wieder zurück und griff nach einem Tablet, das auf der hinteren Sitzbank lag. Mit wenigen Handgriffen hatte er das Gerät eingeschaltet und öffnete eine Website. Das Konstrukt einer Landkarte wurde sichtbar, auf der sich ein kleiner runder Punkt immer weiter von seinem Standort entfernte.

»Jetzt brauche ich nur noch die passenden Informationen. Wir werden uns gewiss bald wiedersehen, *Mikhael Auclair*.«

Kapitel 20

Millimeter

Die Sonne war bereits untergegangen, als sie das Nest erreichten.

Nicht ein Wort hatte Mikhael auf der Fahrt verloren und auch Utodja hatte geschwiegen. Dabei hatten ihm viele Dinge auf der Zunge gelegen. Viele Fragen, Eindrücke, ein Wort des Dankes! Denn dieser Tag war aufregend gewesen, das Zusammentreffen mit dem Narbengesicht unheimlich, doch hauptsächlich aufregend. Aufregender als alles andere in seinem bisherigen Leben. Aber ein Blick auf seinen Guardo genügte, um zu wissen, dass Sprechen das Letzte war, was er wollte. Also hatte Utodja ruhig neben ihm gesessen und gehofft, dass seine reißende Anspannung verfliegen würde. Immerhin war der Weg weit. Es gab viel Zeit nachzudenken, durchzuatmen und sich zu beruhigen. Aber das war nicht passiert und ihre Fahrt war zu einem waghalsigen Alptraum geworden. Sein Guardo war unkonzentriert und oft hatte sich Utodja an die Halterung in der Tür geklammert, zum Himmel gebetet, dass sie lebend ihr Heim erreichen würden – und der Himmel war gnädig gewesen.

Dennoch graute es ihm vor der Vorstellung, alleine mit Mikhael in ihrem Nest zu sein. Was ihn erwartete, konnte er an einer Hand abzählen. Ein Wutausbruch, Distanz oder Reue. Der Gedanke an Letzteres ließ ihn zunehmend die Augen verdrehen. Er hatte genug davon. Genug von diesem lächerlichem Gefühl, das völlig fehl am Platz war. An diesem Abend wollte er das nicht in seinem Nest haben. Wieso nur konnte sein Guardo nicht sehen, wie wunderbar der Tag gewesen war? Das wollte sich Utodja nicht verderben lassen! Doch was sollte er dagegen tun? Mikhael ließ nicht einmal Augenkontakt zu, also blieb ihm nichts anderes übrig, als mit seinem närrischem Alpha aus dem rollenden Kasten zu steigen und zu ihrem Nest zu gehen. Kaum da sie die Wohnung betreten hatten und die Tür hinter ihnen ins Schloss fiel, rauschte Mikhael an ihm vorbei. Sagte noch immer kein Wort, sah nicht auf. Stur ging er an Utodja vorbei und ließ ihn einfach neben der Tür stehen.

»Ich kümmere mich später um die Wunden«, war alles, was er murmelte, ehe er um die Ecke in sein Zimmer verschwand. Mit eiligen Schritten, eine Stimmung verbreitend, als würde er jeden Augenblick in Panik verfallen. Regungslos blieb Utodja an der Tür stehen, wartete ab. Einen Augenblick.Eine längere Weile.Nichts.Erschöpft atmete er durch, lehnte sich gegen die Wand und schloss die Augen. Er verstand. Das stand also an der Tagesordnung. Sein Guardo hatte sich verkrochen, so wie jedes Mal, wenn er die Kontrolle verlor. Nachdenklich runzelte Utodja die Stirn, legte sie in tiefe Falten, denn der Gedanke löste etwas in ihm aus. Ein fremdartiges Rumoren und es wurde stärker, je länger die Stille in ihrem Nest anhielt. Utodja hatte die Stille immer bevorzugt, sich in ihr versteckt und nie auch nur einen Mucks in der Gegenwart eines Menschen von sich gegeben. Doch diese Zeiten waren vorbei, er wollte sich nicht länger hinter der Stille verstecken. Stille störte ihn. Mikhaels Verhalten störte ihn.

Es war so, wie sein Alpha es ihm damals gesagt hatte. Er konnte sprechen und genau das wollte er jetzt tun, allerdings musste er den Alpha in Mikhael erst hervorlocken, denn er war dieses reumütige Getue leid. Und er schämte sich nicht einmal für diesen aufrührerischen Gedanken. Entschlossen ballte er die Fäuste und stieß sich von der Wand ab. Nein, er musste sich für nichts schämen, musste sich vor nichts fürchten. Nicht mehr. Er war das Verhalten seines Wächters leid und genau das würde er ihm sagen! Eine tollkühne Idee, etwas, das er früher niemals auch nur gewagt hätte, aber es war an der Zeit den Mund aufzumachen. Das Rumoren in seinem Inneren schwoll an, wandelte sich und er holte tief Luft.

Schließlich setzte er sich in Bewegung, marschierte aufrecht durch die Wohnung und steuerte Mikhaels Zimmer an. So viel war heute geschehen, aber es reichte nicht, dass er Mikhael nur im Stillen als seinen Alpha sah. Er würde seinen Guardo damit konfrontieren. Mit allem, dann konnte er sich nicht mehr verkriechen, sondern musste so handeln, wie es ein Alpha zu tun hatte. Allerdings stockte Utodja, als er bei dem Zimmer ankam. Die Tür stand weit auf, Mikhael hatte sie nicht verschlossen und leise Worte kamen aus dem Inneren. Er sprach zu sich selbst, so leise, dass Utodja ihn nur hören konnte, wenn er sich anstrengte. Doch die Bedeutung der Worte war unwichtig, das Zimmer triefte nur so von einem Wirrwarr an Gefühlen und Utodja kannte sie alle. Angst, Verwirrung, Verzweiflung … Reue. Seine Entschlossenheit bröckelte und zurückhaltend machte er einen Schritt vor, lauschte genauer. Mikhaels Stimme klang heiser, gedämpft, anders als sonst. Viel zu oft hatte Utodja dieses komische Verhalten schon miterlebt, doch niemals hatte sein

Wächter eine solche Panik ausgestrahlt. Es verwirrte Utodja, beeinträchtigte seine Sinne. Mitleid kam in ihm auf und seine Brust wurde schwer. Er senkte seine Ohren und schließlich spähte er in den Raum hinein, stützte sich dabei am Türrahmen ab.

Mikhael saß auf seinem Schlafplatz, hatte ihm den Rücken zugedreht. Sein Kopf hing tief zwischen seinen Schultern. Ein erbärmlicher Anblick, für den Utodja ihn am liebsten tadeln würde. Kein Alpha würde sich je so schwach zeigen! So hatte er es von seinem Patre gelernt. Dem Stamm hatte sein Patre seine Sorgen nie gezeigt. Nur Utodjas Matre, wenn sie alleine waren oder glaubten, niemand würde nicht hinsehen.

Da stockte er, keuchte erschrocken und klammerte sich an den Türrahmen. Wenn er darüber nachdachte, war es immer so gewesen. Vor dem Betatier war sein Patre stets stark und gefasst gewesen, aber vor seiner Gefährtin, seinem Alphaweibchen, hatte er sein wahres Ich gezeigt. Utodjas Herz machte einen Satz und er duckte sich, bis er auf dem Boden hockte. Vielleicht täuschte er sich, aber vielleicht verhielt sich Mikhael deswegen so arglos. Dachte er etwa, Utodja wäre ...? Der Gedanke schnürte ihm die Kehle zu und in seinem Bauch wirbelte alles umher. Vertraute ihm Mikhael so sehr? Hatte er ihn etwa zu seinem ... Alpahweibchen ernannt? Nun, vielleicht passte das Wort nicht, ein richtiges Weibchen war er nicht, aber dennoch ... Wenn ja, wenn Mika ihn als Gefährten sah, wann war das geschehen? Etwa in dem Wald, als Mikhael ihn an sich gepresst hatte? Ihn so seltsam gebissen hatte? Bei allen Himmeln, hatte Mikhael ihn etwa gekennzeichnet und es war ihm entgangen? War er ... gewählt worden? Wenn das stimmte, war er ein Narr! Eine Schande für seine Art! So etwas Wichtiges nicht zu bemerken war erbärmlich!

Andererseits verbarg Mikhael noch immer sein Gesicht vor ihm. Was bedeutete das? Wie machten es Menschen? Wem zeigten sie ihre Schwächen? Wie erwählten sie jemandem zu ihrem Gefährten?

Mit kochendem Kopf starrte Utodja Mikhael an, versuchte aus ihm schlau zu werden, überlegte, was nun zu tun war. Doch eine Lösung fand er nicht. Seufzend lehnte er die Stirn gegen den Türrahmen. Was immer Mikhael getan hatte, in diesem Augenblick empfand Utodja nur den Wunsch, seinen Schmerz zu lindern.

»Es geht dir nicht gut«, murmelte er schließlich zu der auf dem Bett kauernden Gestalt. Ein Ruck fuhr durch seinen Guardo und das Flüstern erstarb. Die breiten Schultern hoben und senkten sich, ehe er zittrig sprach.

»Ich kümmere mich gleich um dich. Gleich«, hauchte er, doch Utodja schüttelte das Haupt.

»Mir geht es gut.« An seine Verletzungen hatte Utodja keine Gedanken mehr verschwendet. Ja, ein paar Stellen an seinem Körper schmerzten, doch es war nichts im Vergleich zu dem, was er dafür hatte erleben können. Jetzt waren andere Dinge von Bedeutung. Langsam kroch er auf das Bett zu und hielt kurz davor inne, griff nach der Decke.

»Ich wollte dir danken. Für heute. Deine Überraschung ist gelungen. Ich-....«

»Ach, sei still!«, zischte Mikhael plötzlich laut und scharf, fuhr ihm über den Mund. »Rede nicht so einen Mist! Danken! Das ich nicht lache!«

Mika wollte nichts davon hören! Er wollte sich nicht unterhalten! Konnte es nicht! Dieser einfältige Dummkopf kapierte überhaupt nicht, worum es hier ging!

»Wofür willst du mir danken, huh? Dass ich dich fast in den Tod gestürzt hab? Uns beide fast umgebracht hätte? Dich angegriffen hab? Und als dieser Kerl aufgetaucht ist ...!« Nein, für diesen Tag wollte er keinen verfluchten Dank. Er war hilflos gewesen! Seinen Instinkten und Ängsten ausgeliefert! Er hatte sich verhalten wie ein ...!

Fluchend krallte er sich in seine Haare, schüttelte den Kopf. Er ertrug das nicht mehr. Er war in die Stadt gezogen, um seine Vergangenheit hinter sich zu lassen und jetzt hatte sie ihn nicht nur eingeholt, nein, sie hatte ihn komplett im Griff! Alles, was er wollte, war sich in seinem Bett zu verkriechen und zu hoffen, dass dieser Holloway nichts bemerkt hatte. Dass sie niemand im Wald gesehen hatte.

»Wir gehen nie wieder dorthin!«, platzte es aus ihm heraus und er schluckte hart. »Nie wieder! Wir bleiben ab jetzt hier!« Es war einfach zu gefährlich, zu riskant. Was der Wald und Utodja in ihm auslösten, war zu gefährlich! Die Spitze des Eisberges war noch längst nicht erreicht und wenn er so weiter machte, dann ...!

Ihm wurde schlecht und er atmete schwerfällig aus. Nie wieder durfte das Monster in ihm die Oberhand gewinnen. Denn er war kein Monster! Er war keins. Aber was war er dann?

»Nie wieder? Wieso?« Fassungslosigkeit überkam Utodja und mit einem Mal stand er auf den Beinen, sah mit weiten Augen auf das Bett hinunter. Wieso sagte Mikhael solche Dinge? Das war ungerecht. Unglaublich ungerecht! Er plusterte sich auf, spürte, wie sich sein Blut zu brodeln begann.

»Du zeigst mir einen solchen Ort und sagst dann, ich darf nie wieder dorthin? Das ist grausam!«

»Unsinn! Du verstehst das nicht! Lass mich einfach in Ruhe!« Nicht verstehen? Oh doch, Utodja verstand sehr gut und es missfiel ihm, dass Mikhael ihn so viele Stufen unter ihn setzte. Behauptete, er wäre dumm.

»Doch. Ich verstehe. Und es ist grausam. Du kannst das nicht tun, Guardo.«
Mit einem heftigen Knall schlug Mikhael gegen das Bettgestell, brachte es zum
Wackeln.

»Hör auf mich so zu nennen! Ich bin nicht dein verdammter Beschützer!«,
schrie er und es überkam Utodja. Das Rumoren in ihm überschlug sich und er
fletschte die Zähne

»Du kannst es trotzdem nicht tun! Ich lasse mich nicht wieder einsperren!«,
entfuhr es ihm und im selben Moment zuckte er unweigerlich zusammen. Er
hatte seine Stimme erhoben. Bedächtig duckte er den Kopf, erwartete einen
Schlag, eine Strafe, aber Mikhael tat nichts, blieb einfach starr sitzen. Er wollte
nichts tun? Nichts sagen? Gut. Das hieß, Utodja durfte sprechen.

»Ich werde dich weiter so nennen, denn das bist du. Du bist mein Wächter,
mein Guardo. mein Alpha.«

»Das bin ich nicht! Hör auf das zu sagen!«, fauchte Mikhael, aber Utodja
sprach unbeirrt weiter.

»Du hast mir heute ein Geschenk gegeben. Du hast mich fliegen gelehrt.
Fliegen! Ich war in den Wolken, Teil des Himmels! Das war alles für mich!
Und das verstehst du nicht, willst es mir sogar wieder wegnehmen. Du bist ein
Dummkopf.« Empört glotzte Mikhael ihn an und ein Beben fuhr durch Utodja,
aber er hielt Blickkontakt, machte einen Schritt vor und kletterte auf das Bett.

»Du hast dich mir gezeigt und ich konnte dich sehen. Du hast mich nicht
gestoßen, du hast mich etwas gelehrt. Du hast uns nicht getötet, wir haben
gespielt. Du hast mich nicht angegriffen, wir haben gekämpft. Um den höchsten
Rang. Das wusstest du sehr genau.«

»Hör auf«, wisperte Mikhael schwach, schüttelte den Kopf. »Hör auf damit!«

»Ich weiß, dass du es wusstest. Und du hast gewonnen. Von jetzt an bist
du mein Alpha und ich folge dir.« Respektvoll neigte Utodja das Haupt, wich
Mikhaels Blick einen Moment aus, als Zeichen seine Unterwürfigkeit, spürte,
wie seine Wangen heiß wurden. Dann sah er wieder auf.

Angst und Ungläubigkeit standen in Mikhaels Gesicht. Doch da war noch
mehr. Ein winziger Funken - der Rest von Mikhaels wahrem Ich. Doch er
war schwach, seine Furcht viel zu stark. Es kam keine Antwort. Gehetzt saß
Mikhael auf dem Bett, während sein Blick zwischen Utodja und der Tür hin und
her huschte. Er dachte an Flucht, das erkannte Utodja. Was Mikhael brauchte,
war Bestärkung und er war gewillt, sie ihm zu geben. Langsam kletterte er
über das knarzende Bett, kroch auf Mikhael zu, der zusammenzuckte, vor
ihm zurückwich. Utodjas Herz erweichte. Noch nie war irgendjemand vor
ihm zurückgewichen. Kurz vor seinem Guardo hielt er an, konnte seine Panik
riechen. Vorsichtig streckte er eine Hand aus, streichelte über Mikhaels Wange,
fuhr die feinen Male entlang. Anders, als die dunkle Färbung seiner Hände

waren sie nicht verschwunden, hoben sich deutlich vom Rest seiner Haut ab. Bei der Berührung erzitterte sein Wächter, atmete schwerfällig aus. Er glühte vor Hitze und ein wässriger Schimmer trat in seine unnatürlichen Augen.

»Wieso versteckst du es?«, fragte Utodja schließlich leise. Die Antwort darauf kannte er längst, doch Mikhael musste es aussprechen, damit es Wirklichkeit wurde. »Es macht dir Angst, nicht wahr? Darum bist du immer angespannt. Verstellst dich. Richtig? Damit es keiner sieht. Das, was du bist.« Im nächsten Moment bereute Utodja seine Worte und ließ erschrocken die Ohren fallen. Sein Guardo pulsierte vor Erschütterung.

»Ich verstecke gar nichts! Ich ...! Ich bin nicht ...!« Wieder und wieder leckte er sich über die Lippen, schien Worte zu suchen, fand keine, wurde hektisch und dann gab er auf. Er vergrub sein Gesicht tief in seinen Händen und sein Kopf fiel hinab wie ein Stein. Viel zu schnell, viel zu tief, drückte sich plötzlich gegen Utodjas Schulter.

Utodja versteifte, unsicher, was er tun sollte, während sein Guardo immer näher rückte. Wie ein Junges, das Schutz und Trost bei seiner Matre suchte. Eine Wolke aus Verzweiflung umhüllte sie, machte es schwer zu atmen. Utodja wurde schwindlig und er schwankte, musste sich auf dem Bett abstützen. Das war zu viel für ihn. Zu viele Gefühle auf einmal!

Hätte er doch nur den Mund gehalten, dann wäre es nicht so weit gekommen. So wollte er seinen Wächter nicht sehen. Dieses Bild war schrecklich falsch. Er musste etwas unternehmen. Vorsichtig legte er eine Hand auf Mikhaels Rücken, gestattete ihm einen Moment der Schwäche. Aber nur kurz, dann tastete er nach Mikhaels Kopf, hob ihn mit beiden Händen an.

»Mach das nicht«, wisperte er sanft. »Ein Alpha zeigt keine Schwäche.«

»Ich bin kein Alpha. Ich bin gar nichts.«

»Doch, bist du. Du weißt es nur nicht. Und jetzt, stopp. Kein Gejammer. Alles ist gut, Guardo. Nichts ist passiert. Wieso also die Reue?« Er brachte Mikhael dazu sich aufzusetzen, fühlte sich fremd in der neuen Rolle, die ihm auferlegt worden war. Mikhael lud seine Angst bei ihm ab, aber das war zu viel für Utodja. Lange genug hatte er seine eigene Angst getragen, die eines anderen konnte er nicht auch noch verkraften.

Beschämt fuhr sich Mika über die Augen, sah auf das Bett hinunter. Er war wirklich erbärmlich! Ein absoluter Versager! Aber als Utodja ihm das auch noch gesagt hatte, es ihm so plump vor die Füße warf, war die eiserne Mauer, die er so sorgfältig um sich herum aufgebaut hatte, einfach in sich zusammengefallen. Er wusste nicht mehr weiter. Was in dem Wald passiert war, war falsch gewesen. Aber jetzt kannte er sie – die andere Seite. Hatte von ihr gekostet und etwas, das sich so gut anfühlte, konnte doch nicht falsch sein!

Oder doch? Trotzdem war es schwach, Utodja als Trostpflaster auszunutzen. Dabei war dieser Gendro der einzige, der verstand, was in ihm vorging. Tse, ausgerechnet Utodja.

Er hatte sich verändert. Wirkte plötzlich so viel ernster, als wüsste er genau, was hier vorging. Darum hatte Mika bei ihm Halt suchen wollen. Es war ja sonst niemand da. Niemand, an den er sich wenden konnte. Dabei brauchte er jetzt jemanden. Brauchte Hilfe. Dringend! Jemand musste ihm sagen was richtig und was falsch war.

»Ich weiß nicht, was ich tun soll«, murmelte er abwesend. »Ich weiß nicht mal wer ... was ich bin.«

Ja. Das war sie wohl. Die Frage, die seinen Guardo die ganze Zeit quälte. Utodja verstand. Die Dinge so zu nehmen wie sie waren, war nicht einfach, besonders nicht für jemanden wie seinen Mikhael. Aber wenn er nicht wusste, was zu tun war, konnte Utodja ihm zumindest einen Weg zeigen. Langsam hob er Mikhaels Kinn und lächelte.

»Zeig sie mir«, wisperte er, hörte, wie Mikhael zischend Luft holte, der Panik wieder zu verfallen schien. Schnell schüttelte Utodja den Kopf und gurrte beruhigend. »Hush, hush. Keine Furcht. Zeig sie mir. Nur mir. Sonst niemandem. Nur wir sind hier und keiner wird kommen. Ich möchte sie sehen. Bitte, Guardo.« Es zeigte Wirkung und Mikhael beruhigte sich, je länger sie sich in die Augen blickten. Dennoch haderte sein junger Alpha mit sich, kämpfte einen so harten Kampf, gegen den ihre Auseinandersetzung im Wald wie die alberne Rauferei zweier Jünglinge aussah. Schließlich schloss sein Mikhael die Augen und holte Luft. Viele, viele Male. Dann legte er den Kopf weit in den Nacken. Laut seufzend fuhr er sich über das Gesicht, wippte mit seinem Bein auf und ab. Sorge kam in Utodja hoch. Würde Mikhael den Kampf gewinnen? Und wenn nicht, was würde dann passieren? Würde er sich vor ihm verschließen? Oder ihn sogar loswerden wollen? Dann hob Mikhael seine Arme, tastete nach seinem Gesicht und Utodja hielt den Atem an.

Der trübe blaue Schleier, der die Welt einhüllte, lichtete sich und Mika blinzelte, musste die Augen zusammen kneifen. Es brannte. So wie jedes Mal. Aber was kümmerte ihn jetzt noch der Schmerz? Jetzt war eh alles egal, er war sowieso verdammt. Utodja hatte recht, wieso sollte er sich länger verstecken, wenn es eh nur eine Frage der Zeit war, bis das Monster in ihm ausbrach?

Schluckend sah er auf, suchte zögerlich Utodjas Blick. Die Fledermaus zischte, setzte sich kerzengerade auf und spannte die Schwingen.

Sie waren gigantisch! Erstaunt duckte Utodja den Kopf, zögerte, schnupperte, ehe er näher kam. Er hatte es gewusst. Vom ersten Tag an, als er in den Alptraumladen zurückgekehrt war, hatte er es gewusst. Sie waren falsch, unnatürlich. Diese blauen Augen, die wie Plastik schimmerten. Und Plastik waren sie. Die echten waren dafür umso beeindruckender! Das Weiß in seinen Augen war beinahe vollkommen verschwunden und große runde Iriden mit einer langen dünnen Pupille starrten ihn an. Wie die Seinen. Utodja neigte den Kopf, leckte sich über die Lippen. Sie waren schön, so vertraut und ein wohliges Gefühl breitete sich in ihm aus. Seine Mundwinkel zuckten und formten den Hauch eines Lächelns.

»Du ... bist kein Mensch«, flüsterte, wohl wissend, dass er damit alles riskierte. Ein heftiges Beben ging durch seinen Guardo, dann senkte er die Lider, schrumpfte vor Utodjas Augen. Wurde unsagbar klein, bis er gebeugt vor ihm saß.

»Nein«, wisperte Mikhael und Utodjas Herz blieb stehen.

Nein – Das war die Wahrheit. Er war kein Mensch. Er war nie einer gewesen, so sehr er es auch versucht hatte. Jahre lang hatte er gegen sein wahres Ich angekämpft, gegen Gefühle und Empfindungen, die ihm keiner hatte erklären können. Und er hatte den Kampf verloren. Schon vor langer Zeit. Aber alle hatten die Augen davor verschlossen. Umso härter war die Konfrontation mit der Realität. Die Sache in dem Wildtierpark hatte eine Lawine ins Rollen gebracht, die niemand mehr aufhalten konnte und jetzt war es zu spät.

Schluckend fuhr sich Mika durch die Haare, kämmte sie nach vorn, über seine Ohren, tief in seine Stirn. Jetzt wusste er es. Jetzt kannte Utodja sein Geheimnis. Aber er war selbst schuld. Er hatte sich durch sein dämliches Verhalten verraten und wenn er jetzt alles verlor, war es sein eigener Fehler. Was war er denn schon? Ein wertloses Mischwesen, ein Monster. Ein ... Hybrid. Er war nur ein dämlicher Hybrid! Er war gar nichts! Er war ein Lügner, der allen etwas vormachte und ganz sicher war er kein Alpha!

Plötzlich war da eine Hand und Mika wich zurück.

Auch Utodja zuckte zusammen, als sein Guardo vor ihm zurückschrak. Er war ganz in seine Gedanken gefallen und Utodja hatte ihn aufwecken wollen. Er war überwältigt, wusste nicht, was er sagen sollte, verlor sich in diesen Augen, die ihn immer mehr an einen satten blauen Himmel an einem schönen Sommertag erinnerten.

Allmählich begann er zu verstehen. Alles. Das Verhalten seines Guardos, seit Utodja bei ihm war, seine Worte und Blicke. Sie waren nicht die eines fehlgeleiteten Menschen. Es waren die Blicke von einem der Seinen. Die ganze Zeit hatte Utodja sein Benehmen eigenartig gefunden, weil er sich nicht wie ein Mensch verhielt. Weil er kein Mensch war! Und deswegen verzweifelte sein Guardo. Es hatte ihn schlimm getroffen. Utodja kannte das, auch er saß zwischen zwei Stühlen, die über sein ganzes Leben entschieden. Vorsichtig legte er seine Finger auf Mikhaels Gesicht, musterte ihn eindringlich, inspizierte jede Kleinigkeit, kam ihm so nahe, dass er seine Stirn gegen Mikhaels lehnen konnte. Dann schloss er die Augen, inhalierte seinen herben würzigen Duft. Ja, vertraut. Wie so vieles an ihm.

»Sie sind schön«, hörte er sich flüstern, schmiegte sich einnehmend an seinen Guardo, rückte unbewusst immer näher. »Versteck sie nicht. Wie deine Hände. Nicht verstecken.« Er tastete nach Mikhaels Arm, doch kaum da er ihn berührte, entriss sich Mikhael seinem Griff, als wäre er giftig.

»Hör auf! Gar nichts ist schön!«, entfuhr es Mika und er knurrte warnend, fletschte die Zähne. Sofort wich Utodja zurück und Mika fluchte. Da! Genau DAS passierte, wenn Utodja ihn mit diesem Scheiß reizte! Es ergriff von ihm Besitz und brachte ihn dazu, sich wie ein Tier zu verhalten! Hilflos sah er auf seine Hände, die schon wieder dabei waren sich zu verändern und Verzweiflung brach über ihn herein.

»Ich bin normal! Ein ganz normaler Mensch!«, betete er das runter, was man ihm eingetrichtert hatte, doch es klang künstlich und aufgesetzt. Wie eine auswendig gelernte Farce. »Ich bin kein Monster!«

»Ich weiß.«

Schwarze Hände ergriffen Mikas, drückten fest zu. Noch immer saß Utodja vor ihm, den Blick unbeirrt auf ihn gerichtet. Wieso machte er ihm keine Vorwürfe? Wieso war da kein Hass oder Angst ihn ihm? Nicht einmal Abscheu. Utodjas Blick war klar und wissend.

»Ich weiß«, wiederholte seine Fledermaus, fuhr mit einer Hand durch Mikas Strähnen. »Du bist kein Monster. Niemals könntest du das sein. Du bist die Sonne.« Beinahe ehrfürchtig wurde er angesehen, voller Verständnis und der Knoten in Mikas Magen löste sich minimal. »Es ist gut. Keiner wird es wissen, wenn du nicht willst. Niemand hat etwas gesehen. Im Wald. Und ich sage nichts. Mein Wort.« Er drückte ihre ineinander verschlungenen Hände an seine Brust und Mika musste schlucken. Ein Versprechen. Utodja versprach sein Geheimnis zu wahren und so albern es auch war, dieser Schwur beruhigte Mika. Sogar sehr.

Tröstend schmiegte sich Utodja an Mikhaels Kopf, wollte ihm jeden Zweifel nehmen. Er begriff, wie groß Mikhaels Angst war. Wieso stand außer Frage. Utodja kannte die Menschenwelt und sie war grausam, darum würde er niemals auch nur ein Wort darüber verlieren. Mikhael war sein Alpha und er hatte einen Schwur geleistet. Eher hackte er sich beide Flügel ab, als diesen Schwur zu brechen.

Zudem hatte sich Mikhael ihm anvertraut. Ihm allein hatte er sein wichtigstes Geheimnis gestanden und was das für Utodja bedeutete, konnte er nicht in Worte fassen. So viel Vertrauen bedeutete nur eins: Utodja lag mit seiner Vermutung richtig. Er war Mikhaels Alphaweibchen. Nein, sein Alphamaara. Er gehörte jetzt an seine Seite. Stolz und Freude regten sich in ihm und er gurrte zufrieden, ließ seinen Schweif aufgeregt durch die Luft gleiten. Er hatte einen Platz bekommen! Endlich. Es war nicht das, was man ihm versprochen hatte, aber so viel mehr, als er die letzten Sommer zu hoffen gewagt hatte. Wie also könnte er Mikhael hintergehen? Nein, dieses Geheimnis würde er mit in die Untiefen der Erde tragen.

Jetzt galt es aber, Mikhael abzulenken und ihm Mut zu machen. Die Dinge waren nicht so schrecklich, wie er glaubte und Utodja hatte bereits eine Idee, wie er ihn auf andere Gedanken bringen konnte.

»Du bist ansehnlich, Guardo. Schön und stark. Mit deinen Augen und Mustern würdest du allen Weibchen gefallen. Weibchen mögen auffällige Muster. Auch die, die wie du sind. Menschenweibchen.« Noch während er redete, kam ein neues Gefühl in Utodja hoch. Bedachte er es recht, lauerten überall Rivalen. Als Halbblut könnte sich Mikhael einen menschlichen Partner nehmen oder sich für einen Gendro entscheiden. Der Gedanke versetzte ihm einen Stich und seine gute Laune verschwand. Er musste aufpassen, sonst würde er seinen neu erworbenen Platz gleich wieder verlieren! Mikhael verlieren. SEINEN Mikhael. Als Maara hatte er ihm nicht das zu bieten, was ein richtiges Weibchen zu bieten hatte. Oder ein richtiges Männchen, wenn Mikahel lieber das mochte. Somit war seine neue Aufgabe klar. Er würde seinen Platz verteidigen, komme, was wolle. Schnell rückte er näher, gurrte tief und wickelte seinen Schweif um Mikhaels Bein.

»Aber nicht nur Weibchen gefallen deine Muster. Mir auch. Sehr. Schon vorher. Das sagte ich dir, erinnerst du dich?«

Völlig perplex starrte Mika Utodja an, blinzelte ein paar Mal. War das etwa sein Ernst? Wie um alles in der Welt konnte Utodja jetzt von irgendwelchen Weibchen und Mustern anfangen? Herr Gott! Er hatte geglaubt, Utodja würde ihn verstehen!

Seufzend fuhr er sich über die Augen, stöhnte. Tse, schön und stark. Dummes

Gebrabbel, nichts anderes gab die Fledermaus von sich. Andererseits konnte er nicht verhindern, dass ihm bei Utodjas Worten warm ums Herz wurde. Schon die ganze Zeit machte er das. Schenkte ihm Zuneigung und Aufmerksamkeit und jetzt kamen auch noch Komplimente dazu. Schluckend schielte er auf Utodjas Schweif, der sich fest um sein Bein schlängelte, während sich eine von Utodjas Händen auf seinen Oberschenkel verirrt hatte. Ihm wurde plötzlich heiß und konzentriert sah er auf das Bett hinunter. Dieses Gurren, es surrte durch die Luft, war angenehm für die Ohren. Entspannte ihn auf unerklärliche Weise.

»Was redest du da«, brummte er schließlich, sah zur Seite, als Utodja begann, kleine Kreise auf sein Bein zu malen und ihn voller Erwartung anstarrte.

»Deine Muster. Ich mag sie«, meinte Utodja, fuhr mit dem Zeigefinger unter Mikas Augen entlang. Verflucht, sie waren also noch immer nicht fort. Unruhig rutschte Mika auf dem Bett herum.

»Und diese auch.« Utodjas Finger krabbelten an sein Gesicht hinab, seinen Hals hinunter und Mika erstarrte. Was zur Hölle?

Ein eiskalter Schauer jagte seinen Rücken hinab, als Utodja seinen Hals betrachtete und die Erkenntnis traf Mika mitten ins Gesicht. Hektisch griff er sich an die Kehle. Nein, das nicht auch noch! Er warf sich über das Bett, hastete zu seinem Schrank und stellte sich dort vor die Spiegeltür, riss sich das Hemd vom Körper. Die Welt stand still. Hörte auf sich zu drehen und Mika wurde schwindelig.

»Nein ...«, hauchte er, presste seine immer schwärzer werdenden Hände gegen die Spiegelscheibe. »Nein, nein, nein.«

Sie waren gewachsen. Seine *Tattoos*. Ragten nun deutlich über seine Schultern, liefen unübersehbar an seinem Hals entlang. Nicht mehr lange und sie waren überall! Seine Knie wurden weich und er sackte auf den Boden, presste seinen Kopf gegen den Spiegel. Was ihn jetzt von der glatten Oberfläche heraus anstarrte, hatte nicht mehr die geringste Ähnlichkeit mit ihm. Was ihn ansah war ...

»Die werden mich einsperren. Die werden mich einsperren und nie wieder rauslassen.«

Mikhaels schwerer, lauter Atem hallte geräuschvoll durch den Raum. Zusammengekauert hockte er vor dem Spiegel, hatte Utodja seinen entblößten Rücken zugedreht und was Utodja sah, war überwältigend. Er sollte Mitgefühl zeigen, Mikhaels Schmerz lindern, doch er konnte nicht. Er war gefesselt von dem Anblick seines Guardos. Die Zeichen auf seinem Rücken, die Mikhael Tattoos nannte, sie waren plötzlich viel dunkler. Schienen viel größer. Sie waren wunderschön und Utodjas Herz machte einen Sprung. Aufregung erfasste ihn und er kroch zum Ende des Bettes.

Oh, wie dumm sein Guardo war, deswegen zu trauern, aber so musste es wohl sein. Er hatte nur den Blick der Menschen gelernt, sah nicht, was Utodja sah, konnte die Schönheit darin nicht erkennen. Stattdessen saß er da, gebrochen vor Kummer und Angst, wimmernd und Schluchzend.

Utodja Begeisterung schwand. Er hätte für immer hier sitzen und die geschwungenen Muster anschauen können, aber es war falsch, etwas zu bewundern, das in Mikhael solch ein Durcheinander auslöste. Langsam beugte er sich vor, lehnte sich über das Bett und streckte eine Hand aus. Beinahe wagte er es nicht, den Rücken seines Alphas zu berühren, ganz so, als würden die Muster verschwinden, wenn er sie anfasste. Je näher er ihnen kam, desto schneller klopfte sein Herz, explodierte, als seine Finger auf die heiße Haut trafen. Aber nur ganz eben. Nur sachte.

»Nicht, Guardo«, hauchte er sanft, neigte den Kopf. »Alles ist gut.«

Wie gestochen fuhr Mika herum, schlug die Hand weg, die ihn antatschte. »FASS MICH NICHT AN!«, brüllte er, verzog das Gesicht. Es reichte! Er wollte nicht angefasst werden! Von niemanden! Besonders nicht dort. Und erst recht wollte er dieses bescheuerte Gerede nicht hören! Wütend begann er auf und ab zu laufen, ballte die Fäuste.

»Halt endlich den Mund! Ich will diesen Schwachsinn nicht mehr hören! Gar nichts ist gut! Du hast keine Ahnung, worum es hier geht!«, fauchte er, spürte, wie alles in ihm hochkam und er verlor die Kontrolle, konnte sich nicht mehr bremsen. »Hast du es nicht gesehen? Im IKF? Was sie mit diesem Jungen gemacht haben? Das war nur der Anfang! Du hast nicht den geringsten Schimmer davon, was man mit Hybriden macht! Ihnen werden alle Rechte aberkannt. Sie werden aus ihren Familien gerissen, alles, was ihnen gehört, wird ihnen genommen und dann werden sie verkauft! Oder sonst wo hingeschickt! Werden getestet, wie viel Mensch wirklich in ihnen steckt. Sie werden versklavt! Versklavt, verdammt! Weil sie die Kontrolle verlieren! Das ist ein Fakt. Sie verlieren die Kontrolle und werden eine Gefahr, deswegen muss man sie einsperren! Deswegen, deswegen ...! Scheiße!« Er kniff die Augen zusammen, trat gegen das Bett, rang nach Atem. Niemand würde das jemals verstehen. Niemand verstand, wie das war! Jeden Tag. Tagein tagaus aufpassen. Sich fragen, was passiert, wenn es jemand bemerkt oder ob man sich falsch verhalten hatte. Dafür gab es keine Worte! »Du weißt gar nichts! Also sag nicht, dass alles gut wird oder dass irgendwas an diesen Verfärbungen schön ist! Es ist abnormal, es ist wie ein Ausschlag! Ein abartiger Ausschlag, den man nicht mehr los wird. Du weißt nicht, wie das ist!«

»Doch.« Mika stockte. Ruhig saß Utodja auf dem Bett, sah ihn ausdruckslos an. Nicht eine Mine verzog er. Dann, plötzlich, breitete er seine Arme aus, spreizte seine Schwingen.

»Doch, das weiß ich. Denn das ist mein Leben. Ich weiß, wie es ist.« Es war ein Schlag. Hart und fest. Ins Gesicht, in den Bauch, in die Brust. Mikas öffnete den Mund, wollte etwas sagen, doch es kam nichts heraus.

Sein Leben. Utodjas Leben ...

Gequält verzog er das Gesicht, atmete tief ein. Ja, das, was ihm am meisten Angst machte, war das, was Utodja die letzten Jahre jeden Tag erlebt hatte, am eigenen Leib, und Mika stand hier und jammerte ihm die Ohren voll! Wie feige musste er auf ihn wirken? Wie schwach? Wie konnte Utodja überhaupt nur daran denken, ihn als Alpha zu sehen? Er war widerlich. Egoistisch. Mika ekelte sich vor sich selbst. Seufzend ließ er sich auf das Bett fallen, drückte sich die Hände vor das Gesicht.

»Tut mir leid. Ich weiß, dass du es weißt. Nur du verstehst das.« Der Zorn in ihm verschwand und mit aller Macht kämpfte er gegen die Tränen, die jeden Moment drohten, seine Wangen herunterzulaufen. Scheiße, er wollte nicht heulen, wie ein erbärmlicher Idiot.

»Sie werden immer größer«, hörte er sich flüstern, presste seine Hände noch fester auf sein Gesicht, bis bunte Blitze vor seinen Augen tanzten. »Wachsen immer schneller. Ich kann sie nicht mehr verstecken. Es passiert immer öfter.« Fest biss er die Zähne aufeinander und plötzlich sprudelte es aus ihm heraus. Alles, was er immer für sich behalten hatte. Unaufhaltsam, unverfälscht.

»Mein ganzes Leben hat man mir eingetrichtert, was ich zu sein habe! Wie ich mich verhalten muss, wie ich sprechen muss, mich bewegen muss, damit es keiner merkt. Dabei war es eine Lüge. Einfach alles war eine Lüge!« Tief holte er Luft, rang um Fassung. »Ich hab alles gemacht, was sie wollten. Ich hatte so verdammte Angst. Sie sagten, wenn ich mich nicht benehme, kommen *sie* und holen mich. Aber irgendwann ging es nicht mehr, irgendwann konnte ich mich nicht mehr zurückhalten. Dann haben sie mich eingesperrt. Tage, Wochen! Mich dazu gezwungen ...!« Er brach ab, schüttelte heftig den Kopf, wollte die Erinnerung daran nicht hochkommen lassen. »Ich konnte nicht mehr so tun, als wäre alles okay und heile Welt spielen. Also bin ich weg. Aber es lief schief und jetzt geht wieder alles schief. Und keiner kann mir mehr helfen. Keiner!« Schnaubend schüttelte er den Kopf. Im Grunde war es schrecklich ironisch. Das alles.

»Gendros sind Tiere«, murmelte er, erinnerte sich genau an die Worte seiner Eltern. »Sie fühlen nicht, sie denken nicht. Sie sprechen nicht. Ich dachte immer, das ist der Unterschied. Ich weiß, wer ich bin und was ich bin. Das dachte ich wirklich, aber sie haben mich angelogen und dann kamst du und alles hat sich verändert. Alles. Und jetzt bin ich ...« Gar nichts.

Stumm hörte Utodja zu, mit blutendem Herzen. Mikhaels Ausbruch hatte ihn erschreckt, ebenso der Schlag gegen seinen Arm. Aber es tat nicht halb so weh wie das, was er hörte und sah. Es war nicht lange her, da wäre er geflohen, wenn Mikhael durchgedreht wäre, aber dieses Mal nicht. Dieses Mal war alles, was er spürte, Mitleid, denn er verstand. Was Mikhael sagte, kannte Utodja. Jedes Wort hätte auch von ihm sein können.

Aber da war noch etwas. Etwas, das er sich verbieten sollte, für das er bestraft gehörte! Denn es war unzüchtig und niederträchtig. Abschalten konnte er es trotzdem nicht – sein Herz. Es blutete nicht nur vor Mitleid. Es klopfte auch vor Freude. Eine seltsame Form der Freude, die er nicht kannte. Aber Mikhael, er hatte genau dasselbe erlebt wie Utodja. Nur auf eine völlig andere Art und welche die schlimmere war, konnte er nicht sagen. Trotzdem verband es sie, tief in Innerem.

Und mit einem Schlag verstand er alles. Konnte die Wahrheit sehen. Mikhaels Freundlichkeit, seine Sorge, wieso er sich stets für ihn eingesetzt hatte und welches Risiko er dabei eingegangen war. Mikhael hatte das alles getan, weil er Utodja verstand. So wie Utodja jetzt ihn verstand. Mikhael und er, sie waren gleich.

Ehe sich Utodja versah, bewegte sich sein Körper von alleine, überbrückte die Distanz, die sich zwischen ihm und seinem Guardo aufgetan hatte. Dann tat er, was er von früher kannte. Was seine Eltern bei ihm getan hatten, wann immer er Trauer oder Angst empfand.

Sanft schlang er seine Arme um Mikhael, drückte sich gegen seinen Rücken und spreizte seine Flügel. Hüllte sie beide fest in seine Schwingen. Ein Ruck fuhr durch seinen bekümmerten Alpha, doch Utodja gurrte nur, schloss die Augen.

»Du bist wie ich«, flüsterte er voller Erleichterung, voller Sehnsucht, vergrub sein Gesicht in dem breiten Kreuz. »Du bist wie ich.«

Schwärze umhüllte Mika und er verkrampfte, hatte nicht damit gerechnet. Die Wärme, die Utodja ausstrahlte, ließ ihn erschaudern und er schluckte schwer, wusste nicht, wie er reagieren wollte. Er wollte nicht angefasst werden, wenn man so direkt sehen konnte, was er war. Gleichzeitig genoss er die zärtlichen Berührungen und wie sich Utodja an ihn schmiegte. Es war, als wäre sie nur zu zweit auf der Welt, eingeschlossen in einem sicheren Kokon. Das leise Gurren an seinem Rücken fuhr tief in seine Knochen und eine Gänsehaut erfasste Mika. Er entspannte sich, atmete durch.

Irgendwie war es beruhigend so dicht bei Utodja zu sitzen, geschützt vor neugierigen Blicken. Zögerlich tastete er nach den Händen, die auf seiner Brust ruhten, und drückte zu, lauschte Utodjas leiser Stimme.

Wie er. Stimmte das? War er wirklich wie Utodja? Ein Teil von ihm betete, dass es nicht so war. Aber ein anderer Teil von ihm wünschte es sich. Denn Utodja schien es gar nicht zu interessieren. Er akzeptierte Mikhael so, wie er war. War es wirklich so einfach?

Hinter ihm regte sich etwas und ihre Umarmung lockerte sich. Die schützenden Schwingen öffneten sich minimal, ehe Utodjas Hände nach seinen Schultern griffen. Er musste sich drehen, rutschte herum, bis er Utodja schließlich gegenübersaß. Dann schlossen sich die Schwingen wieder und erneut saßen sie im Dunkeln. Von Angesicht zu Angesicht. Mika musste schlucken, merkte, wie sein Kopf heiß wurde. Er schaffte es nicht, Utodja in die Augen zu sehen, aber ausweichen konnte er ihm nicht. Wieder tastete die Fledermaus nach seinen Händen, ergriff sie und schmiegte sich an sie.

»Als ich jung war, ein Einjähriges, war es schwer für mich. Die anderen Jungtiere im Stamm waren anders als ich. Männchen und Weibchen. Ich war mir nie sicher, was richtig und falsch war. Meine Eltern sagten mir, ich bin ein Maara. Ich bin das eine *und* das andere. Nicht nur eins von beiden. Ich bin beides und eines Tages dürfte ich wählen. Damals verstand ich nicht, jetzt verstehe ich. Aber damals kamen die Menschen.« Utodja stoppte und Mika spürte, wie er erbebte, seine Hand fester drückte. »Der Jakobson-Ladenmensch verkaufte mich an meine ersten Besitzer als Weibchen und sagte, so soll ich sein. Meine Besitzer waren sehr nett und glaubten dem Ladenmenschen. Sie hatten ein kleines Mädchen. Ich mochte sie und hatte bald keine Angst mehr. Sie brachte es mir bei. Sprechen. Sie lernte in ihrem Nest, weil sie krank war und ich lernte mit. Viele Sommer. Bis sie entdeckten, dass ich auch ein Männchen bin. Da wurden sie plötzlich wütend, sperrten mich ein und brachten mich weg. Ich verstand das nicht.« Er seufzte leise, sprach stockend weiter. »Meine zweiten Besitzer wollten ein Männchen. Nur ein Männchen. Zum Arbeiten. Mit viel Kraft. Das formbar war. Der Ladenmensch gab ihnen mich. Ich war schon älter. Ich mochte sie nicht. Sie waren unheimlich, bestraften jeden Fehler. Jedes Versagen. Hart. Kein Essen, kein Trinken, Nächte im Regen. Angebunden. Als sie merkten, ich bin auch ein Weibchen, wollten sie mir alles Weibische austreiben. Mit Schlägen. Es tat weh und ich wehrte mich, ich biss sie. Da brachten sie mich auch weg.«

Zischend schnappte Mika nach Luft, war überfordert. Er konnte einfach nicht glauben, was er da hörte, welche Grausamkeiten Utodja erduldet hatte und es schürte seine Angst.

»Ich kann nicht nur eins sein«, fuhr Utodja beherzt fort. »Ich bin nicht nur eins, das merkte ich damals. Und ich wollte nicht nur eins sein, weil es eine Lüge war. Der Ladenmensch wollte es nicht hören, er verbat mir zu reden und log weiter. Aber ich konnte das nicht.« Schmale Finger tasteten nach Mikas Stirn und er hielt den Atem an. »Wenn man anders ist, kann man nicht so sein, wie andere es wollen. Wenn man zwei Dinge ist, ist man zwei. Ein Pilz ist kein Wasser und wird nie Wasser sein. Ich werde nie nur ein Weibchen sein, nie nur ein Männchen. Du wirst nie ein Mensch sein, aber nie nur ein Gendro. Wenn du etwas zwanghaft versteckst, bricht es aus. Was nicht kontrolliert werden muss, kann man nicht verlieren. Also ist alles gut. Wer wird es erfahren, wenn du so bist wie immer? Sag es keinem und keiner weiß es. Jene, die es erfahren, werden bleiben, denn sie sind Familie und Freunde. Das Band ist zu stark für Verrat.«

Die Hand auf seiner Stirn wanderte hinab auf seine Brust und ein wohliger Laut entwich Utodja. Warmer Atem streifte Mikas Haut und er musste schlucken. Das Geräusch ließ ihm die Röte in die Wange schießen.

»Ich mag deine Muster, Mikhael. Ich mag sie sehr. Und«, Utodja machte eine Pause, atmete tief ein, ehe er leise weiter sprach, mit viel zu verführerischer Stimme. »Ich mag dich.« Mika wusste nichts zu sagen. Er saß nur da, überwältigt von dem, was Utodja erzählt hatte. Man konnte nicht eins sein, wenn man zwei war. So simpel, so einfach, aber so deutlich. Fast war es beängstigend, wie gut Utodja seine Situation verstand. Es zulassen war seine Lösung, es akzeptieren. Das klang zu schön, um wahr zu sein.

Sich endlich so geben, wie er fühlte, heraus aus dem Käfig und weg von der Leine. Aber ob er das konnte? So, dass er wie bisher weiterleben konnte? Was, wenn er trotzdem alles verlor? Sein Zuhause, die Menschen, die ihm etwas bedeuteten. Oder hatte Utodja recht? Würden sie weiter zu ihm halten? Ellie und Chris, würden sie die Wahrheit verkraften? Würden sie ihm die ganzen Lügen verzeihen? Und Utodja …

Mika räusperte sich, leckte sich über die Lippen. Zu hören, dass er ihn mochte, obwohl er die Wahrheit kannte, ließ es in seinem Bauch flattern. Denn er mochte ihn auch. Erklären konnte er es nicht, aber da war etwas an ihm, das Mika magisch anzog. Was das nächste Problem darstellte. Oder war es kein Problem? Was hatte dieser Holloway noch gesagt? Jeder tat es … Aber DAS wollte er ja gar nicht tun! Andererseits hatte er im Wald ziemlich eindeutige Dinge mit Utodja anstellen wollen. Verflucht, das Flattern wurde zu einer brodelnde Hitze und er musste schlucken. Ganz egal, was von beidem er wollte, geben konnte er Utodja nichts. Es war schlicht nicht möglich. Ein klägliches Stöhnen entwich ihm und er presste sich die Hände vor die Augen.

»Wusstest du, dass die Menschen behaupten, ihr Gendros hättet magische Kräfte?« Utodja warf ihm einen fragenden Blick zu und neigte den Kopf weit zur Seite.

»Das ist ziemlich dumm«, erklärte er mit rauer Stimme und Mika lachte, nickte mit dem Kopf.

»Da hast du recht. Aber ich glaube, es stimmt. Du hast mich verhext.« Wie sonst sollte er sich sein grauenhaftes Verhalten erklären? Es wäre so viel einfacher, wenn man ihn verhext hätte, aber so war es nicht.

Ruhe kehrte ein und regungslos saßen sie nebeneinander. Dann raschelte es und das Bett knarzte leise.

»Mikhael. Ich will, dass du mich beißt.« Erstaunt hob Mika den Kopf, suchte Utodjas Blick in der Dunkelheit und erschrak, als er die grünen Augen direkt vor sich sah.

»Was?«

»Beiß mich. So wie im Wald.«

Mikas Mund wurde staubtrocken. Konnte Utodja jetzt schon Gedanken lesen oder was? Allerdings kapierte er nicht ganz, was seine Fledermaus wollte.

»Ich versteh nicht, was du meinst«, murmelte er unsicher. Im nächsten Moment beugte sich Utodja vor, legte eine Hand auf seinen Oberschenkel. Seine Flügel zogen sich plötzlich zusammen, schoben sie nahe aneinander. Verdammt!

»Im Wald, als du auf mir lagst. Du hast mich gebissen. Hier.« Utodjas Finger berührten seine Lippen und sein Kopf begann zu rauchen. Oh verflucht, DAS meinte er.

»Das ... äh, das war kein Biss.«

»Was war es?«

»Ein ... Kuss«, brachte er hervor, fuhr sich nervös durch die Haare.

»Kuss.« Utodja brummte kehlig, strich über sein Bein. Auf und ab. Mist, das war irritierend. »Was ist ein Kuss?«

Der Rauch wurde zu Feuer, so sehr glühte Mikas Kopf. So wie alles andere in ihm auch. Er war nicht gut darin, den Aufklärer zu spielen, zumal er genau wusste, welchen Kuss Utodja meinte. Am liebsten würde er im Boden versinken.

»Menschen machen das, um ... Zuneigung zu zeigen.«

»Zuneigung?« Plötzlich war Utodja ganz aufgeregt, kam ihm noch näher und schwankte unruhig auf der Stelle. »Du wolltest mir Zuneigung zeigen? Darum hast du das getan? Man berührt sich mit den Lippen? Für Zuneigung?«

»Äh, ja. Unter anderem.«

»Das habe schon mal gesehen. Bei anderen Menschen. Doch da war es anders, als bei uns.«

»Es gibt verschiedene Arten ...«

»Ich mochte deine Art.«

»Ach ja?« Mikas Stimme hatte sich in ein Krächzen verwandelt. Utodjas Begeisterung kam plötzlich, überrumpelte ihn, aber gleichzeitig weckte sie eine seltsame Aufregung in Mika. Sie waren sich so nahe. Zentimeter trennten sie von einander. Utodjas Atem streifte seine Wange und Mika fühlte, wie sich sein Körper gegen ihn lehnte. Die Hand auf seinem Bein streichelte ihn weiter, klammerte sich in den Stoff seiner Hose.

»Ich will dir auch Zuneigung zeigen. Mikhael. Auf deine Art.«

Mika hielt den Atem an. Stoff raschelte, Hitze stieg auf und die letzten Millimeter zwischen ihnen verschwanden.

Kapitel 21

Schall und Rauch

*U*NRUHIG *wippte Mika mit dem Bein auf und ab, schaute immer wieder zu der großen tickenden Uhr an der Wand. Zwanzig Minuten. Zwanzig Minuten waren sie schon hier und er hatte das Gefühl, sein Herz explodierte jeden Moment. Schluckend sah er sich um, schielte verstohlen von rechts nach links. Der lange Gang war leer. Außer ihnen war keine Menschenseele zu sehen. Aber so war es immer, wenn sie herkamen und jedes Mal lief es ihm eiskalt den Rücken herunter. Er hasste diesen Ort. Abgrundtief! Aber seinen Eltern war das egal. Ihnen war alles egal, Hauptsache, sie konnten ihren Willen durchsetzen. Nur aus dem Grund waren sie überhaupt in diese beschissene Klinik gefahren! Würde es nach Mika gehen, wäre er am Eingang sofort wieder umgedreht und schreiend davongelaufen. Wenn er nur daran dachte, was gleich passieren würde, drehte sich sein Magen um und sein Kopf wurde kochend heiß. Vorsichtig schielte er zu seinem Vater, der stumm neben ihm saß und nicht eine Mine verzog.*

Wieso? Scheiße, wieso hatte er sich nur zu dieser Sache überreden lassen? Er war von Anfang an dagegen gewesen, aber nein, seine Eltern hatten geredet und geredet! Hatten gar nicht mehr aufgehört und irgendwann hatte Mika nachgeben müssen. Hatte es nicht mehr hören können! Wie sie ausgerechnet darüber *sprachen und spekulierten! Gott, diese beiden waren einfach unmöglich! Oberpeinlich! Nur deswegen hatte er diesem Besuch zugestimmt. Damit sie endlich den Mund hielten und nicht mehr über... über Sex sprachen! Und jetzt saßen sie hier, vor dem Sprechzimmer ihres Arztes, des Mistkerls. Mikas Magen verknotete sich noch mehr. Dieser Mann untersuchte Mika schon sein ganzes Leben lang, hatte ihn auf die Welt geholt. Trotzdem konnte Mika ihn nicht ab, noch viel weniger, als die ganzen anderen Leute und Privatlehrer, die* seine Eltern angeschleppt hatten. Der Typ war richtig unheimlich und was er immer veranstaltete, wie der glotzte und ihn anpackte. Es stimmte Mika jedes Mal unwohl, aber auch davon wollten seine Eltern nichts hören. Das waren nur Hirngespinste und Rebellionsversuche.

Wieder schielte er zu der Uhr. Jetzt waren es fünfundzwanzig Minuten. Ach, was sollte es, er musste es versuchen! Unauffällig lehnte er sich zur Seite, richtete sich an seinen Vater.

»Lass uns gehen! Ich will nicht mit diesem Arzt reden! Ich kann den nicht ausstehen!«

»Mikhael, benimm dich. Du bist sechzehn Jahre alt und kein Kind mehr.«

»Ja, aber- ...«

»Nein, Mikhael. Wir haben das bereits ausführlich diskutiert. Das hier ist eine pure Vorsichtsmaßnahme. Du hast dich in diese missliche Lage gebracht und jetzt musst du die Konsequenzen tragen.«

Abgewürgt. Einfach so. Mika ballte die Fäuste, merkte, wie seine Augen wässrig wurden. Das alles war so ungerecht! Sein Kumpel Chris baute auch ständig Mist, aber seine Eltern würden nie so mit ihm umspringen! Ihn wie ein kleines Kind behandeln, das nichts allein auf die Reihe bekam und ihn dann zu einem Arzt schleppen, ohne zu fragen, was er überhaupt dachte. Sein Vater hörte ihm ja nicht einmal richtig zu! Verdammt, interessierte es hier denn niemanden, was er wollte? Unruhig rutschte er auf dem Stuhl herum, drehte sich ganz zu seinem Vater, warf seiner Mutter nur einen scheelen Blick zu, die sich hinter einer Zeitschrift versteckt hatte und so tat, als ginge sie das gar nichts an. Dabei war sie hier die treibende Kraft! Aber sein Vater hatte trotzdem das letzte Wort.

»Können wir die Sache nicht einfach vergessen?«, begann er von Neuem, musste sich zusammenreißen. Sein Kopf war sicher so rot wie eine Tomate. »Ich verspreche, ich halte mich zurück und mach nichts mehr in der Art, okay? Ich verspreche es! Ehrlich!«

»Dafür ist es jetzt zu spät.«

»Aber ich will das nicht! Ich mein es ernst. Ich will nicht, dass dieser Kerl ...!«

»Dr. Schneider ist ein ausgezeichneter Urologe, das weißt du. Du bist in guten Händen. Es ist das Beste für dich. Dieses Mal ist nichts passiert und wir konnten die Familie dieses Mädchens besänftigen, aber was, wenn sich das nächste Mädchen nicht mit einer Entschädigung zufrieden gibt? Oder noch schlimmer.« Sein Vater schloss die Augen und drehte endlich den Kopf, sah ihm direkt ins Gesicht und legte eine Hand auf seine Schulter. »Mikhael. So unwahrscheinlich es auch ist. Stell dir vor, das nächste Mädchen wird schwanger. Oder du verletzt sie? Und dann? Denk mal ganz genau darüber nach.«

Schwanger? Mika wich dem Blick seines Vaters aus. Das konnte jawohl nicht sein Ernst sein! Nicht noch eine Predigt zu diesem blöden Thema! Seine Eltern reagieren völlig über.

»Und wenn ich euch verspreche, dass das auf keinen Fall noch mal passieren wird?«

»Und wie willst du uns das versprechen? Du bist ein junger Mann.«

Mika öffnete den Mund, klappte ihn aber im selben Moment wieder zu und sah auf seine Füße. Das alles war einfach unglaublich schief gelaufen. Er hätte nicht auf Chris hören sollen! Aber er würde den Teufel tun und seinen Eltern sagen, dass sein Kumpel ihn dazu angestiftet hatte. Mehr oder weniger.

Den ganzen Tag sprach Chris von nichts anderem. Nur von Mädchen und wie toll Ellie war. Das waren Sachen, die Mika gar nicht hören wollte! Aber so war sein Kumpel schon immer gewesen, auch bevor das mit Ellie angefangen hatte. Und dass Mika nie Interesse an Mädchen zeigte, fand er komisch und Mika wollte unter keinen Umständen komisch wirken! Er musste normal wirken, darum war er auf dieses Date gegangen, das Chris für ihn organisiert hatte. Richtig aufgeschwatzt hatte er es ihm. Mit der Kleinen aus dem Sportclub. Das Mädel war echt hübsch, aber Mika hatte das alles nur gemacht, um nicht aufzufallen. Das Mädchen, Pauline, war nicht mal sein Typ gewesen, sie hatten nichts gemein, aber als es zwischen ihnen ernster geworden war, hatte sein Körper wenigstens mitgespielt und die Sache war ziemlich heiß geworden. Bis zu jenem unglückseligen Moment, wo alles außer Kontrolle geraten war.

Aber das konnte er seinen Eltern nicht sagen. Die würden ihn dumm und naiv nennen und ihm verbieten, den Club zu besuchen oder Chris zu treffen und er durfte das nicht verlieren! Der Club war alles für ihn! Ellie und Chris waren seine einzigen Freunde! Seine Eltern duften die ganze Geschichte nie erfahren!

Aber noch viel weniger konnte er seinem Vater das andere sagen. Dass vielleicht gar kein Grund zur Sorge bestand, weil er das Mädchen eh nicht so toll gefunden hatte und weil er … auch Jungs mochte. Irgendwie. Das Ganze war so kompliziert! Er mochte Mädchen! Wirklich! Aber Jungs waren auch interessant. Aber das konnte er jetzt nicht raushauen, dafür schämte er sich zu sehr. Über das ganze Thema konnte er mit seinen Eltern nicht sprechen, sie verhielten sich dabei immer so komisch. Nur wie sollte er sie dazu bringen, die Sache abzublasen?

»Familie Auclair?«

Die Tür zum Sprechzimmer hatte sich geöffnet und der unsägliche Arzt kam heraus. Mit einem schmierigen Grinsen stand er da und lächelte sie an. Seine Eltern standen sofort auf, begrüßten ihn, aber Mika war wie an den Stuhl gefesselt, konnte sich nicht bewegen.

Er wollte da nicht rein!

»Dr. Schneider. Vielen Dank, dass Sie uns noch so spät empfangen«, hörte er seinen Vater sagen, sah, wie er die Hand des Arztes schüttelte.

»Das ist doch selbstverständlich. Wir kennen uns so lange und unter den gegebenen Umständen ist es das Beste, wenn wir unsere Ruhe haben. Um diese Zeit hat meine Klinik bereits geschlossen, wir sind also unter uns.« Der Blick des Arztes wanderte zu Mika, dessen Kehle sich zusammenzog. »Nun, ich nehme an, es geht um die Angelegenheit, die wir am Telefon besprochen haben. Haben Sie sich schon entschieden, welcher Eingriff vorgenommen werden soll? Minimal oder radikal?«

Nein. Mikas Herz begann zu rasen und alles, woran er denken konnte, war Nein.

»Wir sind unschlüssig, deswegen sind wir ja hier. Wir brauchen eine ausführliche Beratung, was in diesem Fall angemessen ist.«

»Selbstverständlich. Machen Sie sich die Entscheidung nicht zu einfach. Ob nun Vasektomie oder Kastration, der Eingriff an sich ist ein Kinderspiel und könnte sogar ambulant durchgeführt werden, doch die Auswirkungen sind schwerwiegend. Aber das besprechen wir nicht hier im Flur. Kommen Sie doch bitte in mein Sprechzimmer und setzen sich.«

Wieder nickte sein Vater. Auch seine Mutter stimmte dem zu. Dr. Schneider deutete auf die Tür hinter ihm und machte Anstalten hineinzugehen, da drehte sich sein Vater zu ihm um.

»Mikhael. Komm.«

Aber Mika rührte sich nicht, war mit dem Stuhl verwachsen. Wie in Trance starrte er auf die drei Personen vor sich, war sprachlos, spürte, wie der Zorn in ihm wuchs. Das war einfach nicht fair! Diese drei standen da und entschieden über seinen Kopf hinweg, ob sie ihm sonst was für Körperteile abschneiden sollten. Schon wieder! Dazu hatten sie kein Recht. Sie hatten kein Recht! Ganz egal was passiert war, ganz egal, was so anders an ihm war, er wollte das nicht!

»Nein«, hauchte er dunkel, starrte zu Boden.

»Mikhael, bitte. Veranstalte jetzt kein Theater. Du hast uns schon genug Unannehmlichkeiten bereitet.«

Unannehmlichkeiten? Ihnen?! Als ob! Sie hatten es doch zu ihrer Unannehmlichkeit gemacht!

»ICH SAGTE NEIN!«, entfuhr es ihm und er sprang auf die Beine, stampfte mit einem Fuß auf. »Ich will das nicht! Ich lass mir nicht wieder was abschneiden, noch wird irgendein Eingriff gemacht!«

»Mikhael!«

»Nein! Lasst mich in Ruhe!«

Er rannte los. Von jetzt auf gleich. Drehte sich auf dem Absatz um und sprintete den Gang hinunter. So schnell ihn seine Füße tragen konnten, schneller, als sonst irgendjemand und niemand konnte ihn aufhalten. Die Stimmen seiner Eltern hallten hinter ihm her, doch je eindringlicher sie wurden, desto schneller lief er, floh aus dieser Hölle.

Es war stockdunkel, als Mika sich endlich aus seinem Versteck traute. Er war todmüde und erschöpft, denn er war den ganzen Weg von der Klinik hergelaufen. Immer gut versteckt, abseits der Wege und Straßen. Er musste aufpassen. Das Dorf, in dem er wohnte, war klein und wusste einer wo er war, wussten es alle. Aber bis jetzt hatte ihn niemand bemerkt und das sollte auch so bleiben.

Vorsichtig schlich er aus dem Schutz der Bäume und steuerte das Haus an, das vor ihm lag. Ein Glück, dass er den Weg überhaupt gefunden hatte, er war noch nie alleine oder im Dunkeln hergekommen, aber seine Sinne ließen ihn selten im Stich, und wenn es einen Ort gab, an dem er jetzt sein wollte und sich sicher fühlte, dann hier. So leise wie möglich huschte er um das Haus herum, bis er auf der anderen Seite ankam. In den Fenstern im oberen Stockwerk schien Licht, es war also jemand da. Er zögerte einen Moment. Lauernd spähte er zu der Einfahrt hinüber, lauschte konzentriert, doch er konnte kein Auto hören. Gut, das war gut. Schließlich fischte er vom Boden ein paar kleine Steine auf und begann, sie gegen das obere Fenster zu werfen. Mit jedem Treffer ertönte ein dumpfes KLONK und nach dem dritten Stein wurde schließlich das Fenster aufgerissen.

»EY! Was soll das? Wer ist da?«, donnerte eine vertraute Stimme.

»He, Chris, ich bin's!«, hauchte Mika gedämpft, sah sich immer wieder um, versuchte die Auffahrt und die anderen Fenster im Blick zu behalten. Niemand durfte ihn sehen! Die Gestalt, die oben im Fenster aufgetaucht war, entdeckte ihn schließlich.

»Mikhael? Was zur Hölle machst du da? Wieso versuchst du mein Fenster einzuschlagen?«

»Scht! Sei nicht so laut!« Mika duckte sich und trat näher an das Haus. »Kann ich hochkommen?«

»Was? Ja, klar. Wieso die Geheimnistuerei? Bist du dumm oder so?«

Verdammt, musste er so herumschreien? Der weckte noch die halbe Nachbarschaft!

»Ich sagte, halt die Klappe! Es ist was passiert und ich … kann ich jetzt hochkommen oder nicht!?«

»Chris? Was ist los?«

Eine zweite Stimme wurde laut und im ersten Moment wollte sich Mika ins nächste Gebüsch werfen, sich verstecken, doch dann stockte er. Eine weitere Gestalt tauchte am Fenster auf. Die hellen Locken gehörten hundert Prozent zu Elenor und erleichtert atmete Mika aus. Gleichzeitig wurde er unsicher. Es war Wochenende. Natürlich war Ellie bei Chris, er hätte es wissen müssen. Schluckend trat er zurück, wusste nicht, ob er die beiden wirklich stören wollte.

»Besuch, mh? Vielleicht geh ich lieber wieder.«

»Mikhael? Bist du das? Was redest du da? Wieso gehen? Wieso bist du überhaupt hier? Weißt du, wie spät es ist? Und wo sind deine Eltern?« Seine langjährige Freundin lehnte sich weit über den Fensterrahmen, schrie genauso wie Chris und Mika ballte die Fäuste. Gott, die waren beide strohdoof!

»Scht! Sei leise!«

»Was ist denn los?«, fragte sie weiter, wandte sich an Chris, der mit den Schultern zuckte.

»Keine Ahnung, Mikey steht da unten und machte einen auf Emo-Romeo.«

»Ist das wieder so ein blödes Spiel von euch? Nachtwanderungen und Mutproben? Meinte Güte, wie alt seid ihr, zwölf?«

»Du bist doch nur neidisch, weil du nie mit durftest!«, kicherte Chris darauf.

»Als ob ich an solchen kindischen Sachen Interesse hätte.«

»Und ob du sie hast, ich seh's dir an!«

Genervt verdrehte Mika die Augen, fuhr sich mit beiden Händen über das Gesicht. Er mochte die beiden wirklich, aber ihre Späße konnte er jetzt nicht gebrauchen.

»Leute, bitte!« Tief holte er Luft, schüttelte den Kopf. Er sollte wieder gehen, das war keine gute Idee gewesen. Aber wohin sollte er dann? Nachhause konnte er auf keinen Fall. Wenn seine Eltern nicht da waren, dann sicher Alfred, ihr Bediensteter, und der würde seine Eltern sofort anrufen.

»Jetzt halt mal die Luft an«, kam schließlich von Chris und er stützte sich auf dem Fensterrahmen ab. »Keine Panik, klar kannst du hochkommen. Komm ums Haus, ich mach dir auf.«

»Das geht nicht!« Chris' Eltern durften ihn nicht finden, die würden ihn sofort verraten. Dasselbe galt für seine Brüder! Die würden niemals dicht halten! Allerdings grinste Chris darauf verschwörerisch.

»Logo geht das. Wir haben das Haus heute ganz für uns alleine! Familienausflug. Leider ging's mir so schlecht, dass ich nicht mitkonnte. Und meine süße Ellita kam rüber, um mich zu pflegen. Hat gewirkt, was meinst du?« Kichernd zuckte er mit den Schulter und warf seinen Arm um Ellie. »Also, wir haben sturmfrei. Eigentlich wollten wir ein bisschen feiern, aber wenn du schon da bist, komm rein! Ich mach die Tür auf, beweg dich.« Damit verschwand Chris' Silhouette aus dem Fenster und Mika atmete auf. Wenigstens das.

»Mikhael, ist wirklich alles in Ordnung?«, hörte er Ellie fragen und musste lächeln. Die Kleine machte sich so viele Sorgen in letzter Zeit. Das war echt in Ordnung von ihr.

»Erzähl ich gleich. Bis dann.«

»Tada! Eine Tunfisch-Familienpizza! Kommt sofort!« Kichernd stieß Chris die Tür hinter sich zu und ließ einen absurd großen Pizzakarton auf den flachen Tisch in der Mitte des Raumes gleiten. »Was sagt ihr dazu, na? Wenn das mal keine schnelle Lieferung war. Macht zehn Mäuse von jedem.«

»Ein Gentleman würde seine Freundin einladen«, murmelte Elenor, worauf Chris die Augen verdrehte und sich auf den Boden fallen ließ.

»Pech, ich bin eben kein Gentleman.«

»Sogar ein Mistkerl würde seine Freundin und seinen besten Freund einladen, wenn's ihnen schlecht geht!«

»Tja, ces't la vie.«

»Weißt du überhaupt, was das bedeutet?«

»Ach, halt die Klappe!«

Stumm hockte Mika in der Ecke zwischen Chris' Bett und dem zugemüllten Schreibtisch und beobachtete skeptisch die Unterhaltung. Noch immer war er angespannt, doch das alberne Gekeife seiner beiden Freunde beruhigte ihn. Im Grunde war es total bescheuert. Die zwei machten nichts anderes, als sich zu streiten. Wieso war man mit jemandem zusammen, wenn man sich nur stritt? Das war dämlich! Andererseits war der Grund, wieso er mit Chris befreundet war, genauso dämlich.

Kennengelernt hatten sie sich an seinem ersten Tag im Sportverein. Als der Neue war Mika der Außenseiter gewesen, aber nachdem er ein paar seiner Tricks gezeigt hatte, die, die seine Eltern ihm verboten hatten, hatten sich plötzlich alle um ihn geschart. Auch Chris, der ihn als Klassenbester zu einem Kampf herausgefordert hatte. An Stärke hatte es Mika nicht mit ihm aufnehmen können, aber er war wendig und schnell, was ihm einen Vorteil gebracht hatte. Am Ende war Chris so beeindruckt von ihm gewesen, dass er sich prompt an ihn dran gehängt hatte und ihm überall hin gefolgt war. Angeblich um seinen Rivalen im Auge zu behalten. Dass er ihn als Gegner betrachtete, hatte ihn aber nicht davon abgehalten, Mika Löcher in den Bauch zu fragen. Anfangs war es ätzend gewesen, doch irgendwann waren sie Freunde geworden. Zum Glück, denn Chris war der einzige, der sich in der Schule mit ihm abgab. Alle anderen *machten sich über seine Haarfarbe oder seine spontanen Wutanfälle lustig. Nur Chris hielt zu ihm, ohne ihn wäre er aufgeschmissen. Damals, als er in die Schule gekommen war, war er zwar schon elf Jahre alt gewesen, doch es war das erste Mal, dass er eine öffentliche Schule besucht hatte. Wie gerne hätte er damals den ganzen Großmäulern die Fresse poliert! Aber er hatte sich immer zurückgehalten. Dafür hatte Chris in seinem Namen kräftig ausgeteilt. Bis er sich irgendwann mit den Falschen angelegt hatte und es an Mika gewesen war, ihm den Arsch zu retten. Die Prügelei würde er nie vergessen, denn am Ende waren sie alle im Krankenhaus gelandet. Seine Eltern waren ausgeflippt. Und Chris' Familie erst! Eigentlich waren die Garcías ziemlich locker, aber Chris hatte sich trotzdem eine Ohrfeige eingefangen, sein Vater kannte da nichts. Seine Brüder hingegen hatten ihm auf die Schulter geklopft und auch Mika hatte sich bei ihnen einen Namen gemacht. Seitdem war Mika ein Teil der Familie, wie die Garcías behaupteten und Chris und er waren unzertrennlich geworden.*

Seufzend schloss Mika die Augen, merkte, wie die Erinnerung seine Brust etwas leichter machte.

»He! Mikey?« Chris' Stimme holte ihn zurück in die Wirklichkeit und erschrocken sah er auf. Seine beiden Freunde hockten vor ihm auf den Boden, sahen ihn zweifelnd an.

»Meine Fresse, du bist wirklich neben der Spur. Du warst voll weggetreten.« Kopfschüttelnd langte Chris nach der Pizza und nahm ein Stück, hielt es Mika vor die Nase. »Hier, iss! Wenn du was im Magen hast, geht's dir besser. Ich hab extra deine Lieblingspizza bestellt, Amigo!«

Zurückhaltend nahm Mika das Stück entgegen, musste schlucken. Es roch wirklich gut, aber Appetit hatte er keinen.

»Amigo? Was bedeutet das denn?«, versuchte er sich abzulenken, worauf sich sein Freund auf die Brust haute und breit grinste.

»Ist ein altes Wort für Kumpel. Haben meine Vorfahren benutzt!«

»So ein Schwachsinn«, unterbrach ihn Ellie und schüttelte den Kopf. »Du hast in irgendeinem Buch geblättert, das Wort aufgeschnappt und plapperst doof alles nach. Am Ende heißt es Ameise.«

»Klappe, Ellita, du weißt gar nichts.«

Schweigend nahm Mika einen Bissen von der Pizza und kaute lustlos auf dem Stück herum, während er dem nächsten Streitgespräch lauschte. Sein Blick huschte dabei immer wieder von der Tür zum Fenster. Besser, er behielt alles im Blick. Allerdings entging ihm nicht, dass Ellie ihn skeptisch beäugte, nachdem der Streit beendet war.

»Okay, also was ist los?«, platzte es dann aus Chris heraus und er musterte Mika eindringlich. »Du kommst nicht ohne Grund so spät her, ganz alleine und

redest kein Wort. Raus mit der Sprache! Was ist passiert?«

Mist! Ellie dachte es und Chris sprach es aus, wie sollte man dagegen ankommen? Unruhig biss sich Mika auf die Lippe. Seine Hände wurden Feucht und er wurde nervös. Daran hatte er gar nicht gedacht. Was er den beiden erzählen sollte ... Niemals konnte er die Wahrheit sagen. Nicht in tausend Jahren. Die zwei würden sich totlachen und komische Fragen stellen. Fieberhaft suchte er nach einer Antwort, da fiel sein Blick auf Elenor. Seine Freundin trug eins von Chris' Shirts, sonst nichts. Chris war ein um einiges größer als sie, wodurch ihr das Shirt bis auf die Oberschenkel ging. Trotzdem hatte er ihre bloßen Beine direkt im Blick. Auch Chris sah so aus, als wäre er gerade aus dem Bett gefallen.

Sie saßen eng nebeneinander, die Zwei. Ihre Knie berührten sich. Irgendwann legte Chris seine Finger auf Ellies bloßen Oberschenkel. Ihre hellen Wangen erröteten sich und sie strich sich ihre dichten Locken hinter die Ohren. Chris grinste und lehnte sich gegen sie, worauf Mikas Blick auf seinen schlanken Oberkörper fiel, der sich durch das eng anliegende Muskelshirt abzeichnete. Der Anblick der beiden ließ ihn schlucken und plötzlich wusste er nicht, wo er hinschauen sollte. Seltsame Gedanken flogen in seinem Kopf herum. Ob die zwei vorhin wohl . . . ? Nein! Solche Bilder wollte er nicht in seinem Kopf haben!

»Hattest du Streit mit deinen Eltern?«, kam als nächstes von Ellie und die Pizza blieb Mika im Hals stecken. Er schluckte hart, musste husten. Ein Seufzen wurde laut und kurz hob er den Blick, sah, wie die Sorgenfalte auf Ellies Stirn immer tiefer wurde.

»Also doch. Ich wusste es. Was ist diesmal passiert? Es muss schlimm gewesen sein, wenn du deswegen wegläufst. Das bist du doch, oder?«

»Was soll die blöde Frage! Natürlich ist er das, sieht doch ein Blinder! Und überhaupt, hast du Mikey schon mal irgendwo ohne seine Chauffeure gesehen?«

»Halt die Klappe, Chris.« Bestimmt boxte Ellie ihrem Freund in den Magen, worauf dieser keuchte. Dann wandte sich Ellie wieder Mika zu. »Ignoriere ihn einfach, er hat kein Feingefühl.«

Nein, das hatte Chris allerdings nicht. Obwohl Ellie ihm da in nichts nachstand, aber das behielt Mika lieber für sich. Wieder warf er der Tür einen Blick zu, sah dann zu der Digitaluhr auf dem Nachtschrank. Es war schon ziemlich spät.

»Haben sie hier angerufen?«, murmelte er schließlich heiser, fand seine Stimme wieder. Seine Freunde warfen sich einen Blick zu, schüttelten dann aber die Köpfe.

»Nein. Niemand hat angerufen. Sollten sie das etwa?«

Schulterzuckend sah Mika zur Seite.

»*Keine Ahnung, weiß nicht.*«

»*Tse, als ob.*« Chris lehnte sich gegen seine Kommode, verschränkte die Arme. »*Wenn du echt 'nen Abgang gemacht hast, drehen sie vermutlich gerade durch und stellen das halbe Dorf auf den Kopf, auf der Suche nach ihrem Liebling.*«

»*Liebling? Pah, ihr Sklave, das bin ich!*«, knurrte Mika, wurde erstaunt angesehen.

»*Locker bleiben, Mikhael. Was haben die beiden denn wieder angestellt?*«

Angestellt? Dass klang noch harmlos!

»*Es ist nichts. Die zwei sind Arschlöcher, das ist alles! Wir hatten einen Streit und ...*« Er brach ab, schüttelte den Kopf.

»*Du lügst*«, warf Ellie dazwischen. »*Es ist nicht nichts, sonst würdest du nicht hier sitzen!*«

Wie wahr. Tief holte Mika Luft, ließ den Kopf in den Nacken fallen und lehnte sich gegen die Wand. Scheiße, wie sollte er ihnen das erklären?

»*Es ging um dieses Mädchen.*«

»*Du meinst Pauline? Die Kleine, wo ich dir das Date klargemacht hab?*«

»*Was?*« Angewidert verzog Ellie das Gesicht, sah ihren Freund an, als würde sie an seinem Verstand zweifeln. »*Du hast für Mika ein Date mit dieser Kuh ausgemacht? Ausgerechnet mit der?*«

»*Was denn? Die Kleine ist heiß!*«

»*Ach ja?*« Eine düstere Aura bildete sich um Ellie, worauf Chris abwehrend die Arme hob.

»*So hab ich das nicht gemeint! Heiß schon, aber für Mikhael! Nicht für mich! Te amo, Princesa!* «

Stöhnend verdrehte Ellie die Augen, drehte sich zu Mika.

»*Und du hast dich wirklich mit der getroffen?*«

Na toll. Wütend stierte Mika Ellie an, blähte die Nasenflügel.

»*Ja, klasse. Mach du mir auch noch Vorwürfe!*«

»*Ich mach dir keine Vorwürfe. Ich meine, ich kann sie nicht leiden, sie wirkt immer so hochnäsig. Du musst wissen, was du machst, aber das ist jetzt völlig unwichtig.*« Geräuschvoll atmete Ellie aus, hob beide Hände und machte eine besänftigende Geste. »*Du hast dich also mit deinen Eltern wegen diesem Date gestritten. Wollten sie nicht, dass du hingehst?*«

»*Ich hab's ihnen gar nicht gesagt.*«

»*Autsch! Doppelt schlecht, bei den Kontrollfreaks*«, warf Chris ein und Mika gab ihm recht. Er hatte seinen Eltern erzählt, er wäre bei Chris. Als das aufgeflogen war, war das ganze Theater nur noch beschissener geworden. Stöhnend fuhr sich Mika über die Stirn. Er saß verdammt tief in der Scheiße.

Vermutlich würden ihn seine Eltern bald gar nicht mehr rauslassen und in sein Zimmer einsperren. So wie früher.

»Und was ist dann passiert?«, hakte Ellie nach, doch Mika brauchte Zeit, musste überlegen. Das war nicht so einfach zu beschreiben.

»Es ging nicht um das Date. Es ging um das, was danach passiert ist.«

»Danach?«

»Ja.« Mika schluckte trocken, sah auf seine Hände und wünschte sich, er hätte seine Nagelfeile dabei. »Das Date ist schief gelaufen. Völlig außer Kontrolle geraten.« Das war ein guter Anfang, so viel konnte er sagen.

»Ah! Deswegen war Pauline so sauer auf dich und hat rum erzählt, du wärst ein Schlappschwanz!«Wissend haute sich Christopher auf seinen Oberschenkel. »Ich hab sie schon lange nicht mehr beim Training gesehen. Kommt sie etwa wegen dir nicht mehr?«

»Ja, vermutlich.«

»Oh, wow.«

Stille kam auf und dieses Mal war sie peinlich. Wurde noch schlimmer, als Chris vielsagend mit der Zunge schnalzte.

»Was zur Hölle hast du gemacht, dass sie so abgeht? Und dass deine Eltern sich einmischen? Oh! Lass mich raten. Du hast Mist gebaut, sie hat's bei Papi verpetzt, worauf der deine Alten angerufen hat.«

Ruckartig hob Mika den Kopf, sah Chris mit großen Augen an.

»J-ja, genau das ist passiert!«, meinte er schockiert. Woher wusste Chris das? Doch der schnaubte nur, wedelte mit einer Hand.

»Typisch! Dieses verwöhnte Balg bekommt immer was sie will und rennt heulend zu Papi. Echt peinlich, das Mädel! Dass sie ihre Alten so was regeln lässt, geht gar nicht! Manche Weiber spinnen einfach.«

Verwirrt sah Mika von einem zum anderen. War das etwa … normal? Er hatte keine Erfahrung darin, weder mit Frauen noch mit Beziehungen oder Dates. Alles, was er kannte, waren Chris und Ellie. Die beiden waren sein Vorzeigepaar, bei denen er sich alles abschaute. Aber wenn sie sagten, Pauline wäre sowieso eine Zicke, dann klang seine Geschichte gar nicht so unrealistisch. Auch wenn das, was sein Kumpel vermutete, die entschärfte Variante war.

»Sie hat echt ihre Eltern vorgeschickt, weil es mit euch beiden nicht geklappt hat?«, fragte dann Ellie, war sehr viel zurückhaltender als Chris und dafür war Mika dankbar. Er nickte beschämt. Vorgeschickt war allerdings nicht das richtige Wort und Ellies dezente Umschreibung traf es auch nicht.

Das Ganze war der Horror gewesen. Der Abend war eigentlich ganz nett gewesen. Sie hatten sich klassisch einen Film angeschaut. Das Mädel wollte unbedingt so ein altes Kino besuchen, das im Dorf wieder auf Vordermann gebracht worden war. Der Film war öde gewesen, aber das Popcorn hatte geschmeckt. Bis dahin war alles gut gelaufen und er hatte schnell gemerkt, was das Mädel im Sinn hatte. Der Horror hatte erst begonnen, als er mit Pauline in ihren Wagen gestiegen war und sie sich ein ruhiges Plätzchen gesucht hatten. Irgendwann hatte sie auf seinem Schoß gesessen, sie hatten sich geküsst. Sein ganzer Körper hatte unter Storm gestanden. Aber es war schiefgelaufen, denn Mika hatte da eine Behinderung, von der niemand etwas wusste. Die Kleine war durchgedreht und da war er aus dem Auto geflüchtet und nachhause gerannt.

»Ja«, antwortete er aber nur stumpf auf Ellies Frage. »Meine Eltern haben sich deswegen richtig aufgeregt. Sie waren wütend, sagten, ich sei verantwortungslos. Das ganze dämliche Gerede, so wie immer. Aber dieses Mal haben sie etwas verlangt, das ich nicht wollte. Ich wurde nicht mal gefragt! Sie haben es einfach so entschieden! Ich-ich konnte das nicht. Und darum bin ich weg.«

Mehr konnte er ihnen nicht erzählen. Mehr ging nicht. Angespannt saß er da, starrte konzentriert auf seine Hände, die plötzlich zu kribbeln begannen. Tief atmete er durch, versuchte ruhig zu bleiben, verschränkte schnell die Arme und versteckte seine Hände. Hoffentlich kamen jetzt keine Fragen! Hoffentlich würden sie nicht-....

»Schon klar.«

Fragend hob Mika den Kopf. Chris war aufgestanden und zu seinem Schrank marschierte, wühlte in einem Klamottenberg herum.

»Du pennst heute hier. Ellita, hol mal die Ersatzmatratze aus der Abstellkammer. Sorry, Mika, ins Bett lasse ich dich nicht. Das ist mein und Ellies Gebiet, klar? Und was du auch hörst, du darfst nicht mitmachen!«

»Chris, verdammt!«Ein weiterer Schlag wurde ausgeteilt, doch dann stand Ellie auf und holte ohne Widerworte besagte Matratze.

Es kamen keine weiteren Fragen. Sie bohrten nicht in der Wunde. Erleichtert atmete Mikhael aus, schloss die Augen. Diese Zwei. Was würde er ohne sie machen?

»Danke«, brummte er leise, worauf Chris nur grunzte.

Die Matratze landete kurz darauf auf dem Boden vor dem Bett und binnen kurzer Zeit hatten Ellie und Chris ein richtiges Nachtlager aufgebaut. Hatten etwas zu trinken, etwas zu essen und Süßkram herangeschafft und versuchten ihren niedergeschlagenen Kumpel aufzumuntern. Was auch half. Es sorgte für genügend Ablenkung und nach einiger Zeit schlief Mikhael erschöpft ein. Chris und Ellie blieben noch eine Weile wach, warteten, bis Mikhael komplett weggetreten war. Erst dann stand Chris auf und ging zum Fenster, spähte hinaus.

»Manchmal würde ich diesen beiden Idioten so gerne Eine reinhauen. Estos hipócritas«, knurrte er, worauf Ellie nickte und die Flaschen und Gläser beiseite räumte.

»Ich will gar nicht wissen, zu was sie ihn da zwingen wollten. Ich hab mich echt erschrocken, als du sagtest, er würde unten stehen«, flüsterte Ellie, trat an Chris' Seite. »Ich glaub, er war noch nie so spät allein unterwegs, oder?«

»Keine Ahnung, so wie die ihn an der Leine halten. Das kotzt mich so was von an!«

»Meinst du, sie wollten ihn wieder einsperren? So wie damals, als er plötzlich Wochen lang weg war?«

Schweigend zuckte Chris mit den Schultern.

»Keine Ahnung.«

»Es ging doch ganz sicher wieder ... darum. Darum geht es jedes Mal, wenn sie streiten.«

»Klar ging's darum. Stell dich nicht blöd. Guck ihn dir an.« Mit dem Kopf deutete Chris auf ihren schlafenden Freund und Ellie folgte seinem Blick, schielte zu Mikhaels Armen und musste schlucken. Sie waren pechschwarz geworden. Ihr Magen zog sich zusammen und sie suchte Chris' Blick, fasste nach seinem Arm.

»Du hast es keinem erzählt, oder?«

»Was? Bist du dumm? Natürlich nicht!«

»Gut. Ich auch nicht und es darf auch keiner wissen! Was seine Eltern machen ist schon schlimm. Wenn es jemand anderes bemerkt, die Polizei oder so, dann stecken die ihn zu diesen ... Hybriden.«

Es kam nur ein Nicken und Chris schielte wieder zu seinem Kumpel, hob eine Braue.

»Kaum zu glauben. Kannst du dir das vorstellen? Ausgerechnet er ist einer von denen. Er wirkt gar nicht so wie die. So wie alle immer sagen.«

»Was nur heißt, niemand hat auch nur die geringste Ahnung, wie Hybriden wirklich sind.«

Plötzlich vibrierte etwas und die beiden zuckten zusammen. Schnell langte Ellie nach ihrem Rucksack und holte ihr Smartphone heraus. Seufzend verdrehte sie die Augen, drehte Chris das Display zu.

»Das sind sie«, grollte sie dumpf und Chris fluchte leise. Stumm starrten sie auf das Handy, das nicht aufhören wollte, zu vibrieren.

»Mist und jetzt?« Chris war ratlos.

»Bleib hier und pass auf ihn auf, ich regel das schon.« Damit ging Ellie auf den Flur und nahm den Anruf entgegen.

»Guten Abend, Frau Auclair. Was gibt es denn so spät?«, säuselte sie überrascht. Am anderen Ende der Leitung hörte sie Mikhaels Mutter mit ruhiger Stimme sprechen und doch war da ein zittriger Unterton, der Ellie schlucken ließ. Beherrscht erkundigte sie sich nach ihrem Sohn, aber Ellie pokerte perfekt. »Was? Mika? Nein, leider nicht, ich hab ihn seit Freitag nicht gesehen. Ist etwas passiert? Ich bin bei Christopher.« Nervös schielte Ellie durch die Tür in Chris' Zimmer, wo ihr Freund neben dem schlafendem Mikhael auf dem Boden hockte und sie angespannt beobachtete. Mit einem kurzen Handzeichen beruhigte sie ihn. Mikas Mutter, Ynola, war ziemlich hartnäckig, aber auch wenn sie erschreckend besorgt klang, gab Ellie nicht nach. »Nein, ich bin wirklich bei Christopher und wir wollten grade einen Film schauen«, versuchte sie das Gespräch zu einem Ende zu führen, worauf Mikhaels Mutter misstrauisch wurde, sie weiter mit Fragen durchlöcherte und sogar nach den Garcías verlangte. »Chris' Eltern sind leider nicht da, die sind im Urlaub. Wann sie wiederkommen weiß ich nicht, tut mir leid. Aber ich melde mich, wenn ich etwas höre. Gute Nacht, Frau Auclair.«

Das Gespräch endete und seufzend ging Ellie zurück in Chris' Zimmer.

»Genau wie Mika gesagt hat. Ein Kontrollanruf. Alle sind in Panik«, erklärte sie und ihr Gewissen regte sich. »Sie machen sich große Sorgen.«

»Tse, na und?« Schnaubend verschränkte Chris die Arme, schüttelte den Kopf. Ellie kannte die Meinung ihres Freundes, für ihn waren Mikas Eltern einfach nur riesige Heuchler, aber so einfach war das nicht.

»Sie sind trotzdem seine Eltern!«

»Und Arschlöcher! Oder willst du ihnen sagen, dass er hier rumliegt, huh?«

»Nein.«

»Gut so!«

Ellie ließ die Schultern hängen und sah wieder zu Mikhael, verengte die Augen.

»Wir müssen etwas tun. Irgendetwas. Wir müssen ihm unbedingt helfen, damit so was nicht noch mal passiert.«

»Und was willst du machen?«

Entschlossen umklammerte Ellie das Handy in ihrer Hand, atmete tief durch. Mikhael war ihr bester Freund, er hatte für sie beide schon viel getan und jetzt waren sie es, die etwas für ihn tun konnten.

»Ich hab da eine Idee. Du musst nur mit mir an einem Strang ziehen.«

Kapitel 22

180°

»Okay, wir sind da«, meinte Mika und zog die Handbremse an.

Die Fahrt war ihm viel länger vorgekommen als sonst und er tat sich schwer damit, seine Finger vom Lenkrad zu lösen. Verstohlen schielte er durch die Frontscheibe seines Autos auf das Haus, das sich gigantisch und schneeweiß vor ihm in den Himmel schraubte, so wie fast alle Gebäude im Stadtzentrum. Hier war alles riesig, weiß und steril. Die Menschen sahen aus, als wären sie aus einem Musikvideo gestolpert und überall waren glänzende Glasfronten, die einen blendeten. Und da waren Gendros. Viele Gendros. Gekleidet in spezielle Klamotten, die ihre Herkunft zeigten, mit breiten Halsbändern um den Hals.

Mika schüttelte sich und sackte tief in seinen Sitz hinunter. Er war schon oft hier gewesen und jedes Mal war es dasselbe. Weder er noch sein Auto passten in die fortschrittliche und exorbitante Innenstadt der Metropole. Aber nun ja, jeder, der was auf sich hielt und dazugehören wollte, zog eben in die Innenstadt von Akeron. Wenn man es denn bezahlen konnte.

Für gewöhnlich versuchte er das alles auszublenden, doch heute fiel es ihm besonders schwer.

Sein Herz schlug ihm bis zum Hals und seine Beine zitterten. Vielleicht war das Ganze doch keine so gute Idee. Vor zwei Tagen hatte sich der Plan noch gut angehört, aber jetzt, wo es so weit war, wollte Mika am liebsten umdrehen und wieder wegfahren.

»Vielleicht sollten wir einfach wieder abhauen«, entfuhr es ihm und er drehte sich zur Seite, starrte die Person an, die neben ihm auf dem Beifahrersitz hockte.

Utodja wirkte alles andere als begeistert.

Er hatte sich heute besonders herausgeputzt, hatte seine besten Kleider angezogen und viel länger als sonst mit der Körperpflege verbracht – und er sah großartig aus. Mit seinen Flügeln, die elegant um seine Schultern hingen, hatte er fast etwas Aristokratisches. Ganz klar, heute wollte Utodja Eindruck schinden und bei dem Gedanken an das Warum, begann Mikas Kopf zu glühen.

Geküsst. Sie hatten sich geküsst. Himmel! Mika fasste es noch immer nicht, wusste nicht, was er denken sollte, was ihn vor vier Tagen geritten hatte. Es war Utodjas Schuld! Er hatte damit angefangen, hatte ihn dazu verführt! Mika hatte einfach die Kontrolle verloren, denn die Wahrheit war, er verzerrte sich nach Utodjas Nähe. Der Gendro stellte ihm etwas in Aussicht, worum er Chris und Elenor immer beneidet hatte. Mika hatte nie jemanden an seiner Seite gehabt, bis diese Fledermaus in sein Leben gestolpert war und Utodja entfachte eine aggressive Hitze in ihm, die ihn auffraß und in einen besitzergreifenden Vollidioten verwandelte.

Und... er war Sein!

Was auch immer das bedeutete, eine fremdartige Stimme in Kopf brüllte es jedes Mal, sobald er Utodja ansah. Sein. Woher diese Stimme auch kam, sie brüllte es, wenn Fußgänger ihn anstarrten, wenn Kunden im Laden ihn anlächelten, wenn Jakobson eine abfällige Bemerkung machte. Dabei war das, was sie ganz im Geheimen taten, verboten! Es gehörte sich nicht und so gut es auch anfühlte, niemand durfte es erfahren. Das beste wäre, er versuchte zu vergessen, was da zwischen ihnen passierte. Denn es würde nicht funktionieren, das mit ihm und Utodja.

Der verzog allerdings keine Mine. Still saß er da und starrte Mika aus seinen unergründlichen Augen an, wartete, dass sie ihrem Vorhaben nachgingen. Na großartig, wie es aussah, gab es kein Entkommen.

»Du magst die beiden doch sowieso nicht«, brummte Mika, aber wieder kam keine Antwort. Utodja legte lediglich die Ohren an und schnaubte einmal. Er meinte es also wirklich ernst, aber was wunderte er sich? Das alles war Utodjas Idee gewesen und so wie die Dinge liefen, war es klar, dass das Fledertier keinen Rückzieher machen wollte. Immerhin war Utodja der Einzige, der am Ende davon profitieren würde.

Seufzend knetete Mika seine Stirn, schüttelte den Kopf.

»Das wird so was von schief laufen«, murrte er und griff nach einer Zigarettenschachtel. Er brauchte jetzt eine Kippe! Dringend! Sonst überstand er das nicht.

»*Gyava*«, kam plötzlich scharf von der Seite und noch bevor sich Mika die Zigarette anzünden konnte, fiel ihm die Schachtel aus der Hand. Fassungslos starrte er Utodja an, der die Arme verschränkt hatte und ihn herablassend musterte.

»Wie bitte?«, entfuhr es ihm und er ballte die Fäuste. Utodja gab sich jedoch unbeeindruckt und zuckte mit den Schultern.

»Du bist ein Feigling«, erklärte er kühl und Mika brannten die Sicherungen durch. Seine Beherrschung hatte sich bereits vor Tagen verabschiedet und binnen Sekunden war er auf hundertachtzig.

»Was fällt dir denn ein! Ich bin kein Feigling!«

»Dann sei auch keiner.« Damit stieg Utodja aus dem Auto und Mika blieb allein zurück.

Dieser arrogante Teufel! Seit dem Abend im Schlafzimmer führte sich Utodja auf, wie ein bockiges Kind. Nein, das beschrieb es nicht! Er hatte völlig den Verstand verloren. Mal machte er auf superanhänglich und im nächsten Moment war er herablassend wie sonst was! Mikas Geduld hing langsam am seidenen Faden!

Nachdem er Utodja alles offenbart hatte, war es, als wäre ein Stein von seiner Brust gefallen und er hatte sich geschworen, von jetzt an seinen Gefühlen freien Lauf zu lassen. Er hatte genug von Zurückhaltung und Angst. Aber so, wie sich Utodja aufspielte, war es nur eine Frage der Zeit, bis er wieder explodierte!

Mika ließ sich nicht als Feigling abstempeln, nur weil er Zweifel hatte! Aber das kapierte Utodja nicht. Er konnte schöne Reden schwingen und auf verständnisvoll machen, aber das alles war nicht so einfach, wie er sich das vorstellte! Nur das ging einfach nicht in seinen Dickschädel! Leider hatte die Kampfmaus in einem recht: Sie waren hier und es gab kein Zurück.

Tief atmete Mikhael ein, schloss die Augen und versuchte sich zu beruhigen. Utodja war tief in seinem Inneren eben eine kleine Diva und damit musste Mika wohl leben.

»Sturkopf«, grollte er, ehe er sich hinter sich griff und eine große Schachtel vom Rücksitz hievte. Dann stieg auch er aus dem Auto. Utodja wartete auf dem Bürgersteig, während Mika um den Wagen trottete.

»So. Zufrieden?«, murrte er und verdrehte die Augen. »Da bin ich, also hör auf zu motzen. Das fängt an zu nerven.«

Allerdings kam nichts in der Richtung. Utodja schaute ihn gar nicht an. Er war versteinert und starrte mit weiten Augen und aufgestellten Ohren die Straße hinunter. Was stimmte denn nun wieder nicht?

Da war etwas! Utodja spürte es ganz deutlich und es gefiel ihm nicht.

Eigentlich hatte er vorgehabt, sich am heutigen Tag voll und ganz auf seine neue Aufgabe zu konzentrieren, denn Mikhael hatte ihn zu seinem Alphamaara auserkoren. Zu seinem Gefährten. Bei dem Gedanken schlug der Frühling in ihm Purzelbäume. Endlich wusste er, warum er sich zu seinem Guardo hingezogen fühlte und die Erklärung war so simpel wie Tag und Nacht. Mikhael brachte sein Herz zum Bluten, zum Klopfen, zum Hüpfen. Utodja hatte Mikhael erwählt. Und neulich abend Mikhael hatte auch ihn gewählt. Darum hatte

Utodja herkommen wollen, damit auch das restliche Rudel davon erfuhr. So oft, wie Mikhaels Freunde in ihrem Nest auftauchten, gab es gar keine andere Möglichkeiten, als sie so zu bezeichnen. Sie waren Mikhaels Rudel und sie mussten lernen, dass es ein neues Mitglied gab. Das war ein wichtiger Schritt, besonders für seinen Guardo. Er musste seine Position stärken und die Dinge klarstellen. Bis jetzt hatte er sich gut geschlagen, auch wenn er noch Zweifel hegte, aber dafür war Utodja ja da, denn das war seine Aufgabe. Er musste an Mikhaels Seite stehen und ihn bestärken. Heute war der wahre Mikhael gefragt, der Alpha in ihm, nicht der reuevolle Wimmerling.

Allerdings störte etwas Utodjas Aufmerksamkeit. Es war wie ein Stechen im Nacken, das immer stärker wurde und er wusste auch, was es war.

Es war ein großes Kastenauto. Es stand am Ende der Straße. Sein Guardo hatte es noch nicht bemerkt. Nicht heute, nicht gestern, aber es war immer da. Ganz schwarz war es, mit einem seltsamen Zeichen an der Seite, das wie ein halber Kreis aussah. Es kam Utodja bekannt vor. Seit ihrem Ausflug sah er es überall und jedes Mal wurde ihm eiskalt. Zuerst hatte er es auf dem Platz für die Kastenautos bemerkt, als sie den Narbenmenschen mit dem Fuchs-Gendro getroffen hatten. Dann hatte es vor ihrem Nest gestanden. Vor dem Laden. Und jetzt war es hier. Etwas stimmte nicht mit diesem Ding. Nur was?

»He! Ich rede mir dir!«

Plötzlich flippten freche Finger gegen sein Ohr und Utodja fauchte empört. Mikhael war zu ihm getreten und starrte ihn genervt und unsicher zugleich an. Genervt war akzeptable, unsicher nicht. Schnell sah Utodja noch einmal die Straße hinab, doch das Kastenauto war verschwunden. Misstrauisch verengte er die Brauen, schnupperte und schüttelte dann das Haupt. Er würde seinem Alpha später davon berichten. Jetzt waren andere Dinge von Bedeutung.

Ungeduldig verdrehte Mika die Augen, tippte mit dem Fuß auf den Boden. Utodja wirkte plötzlich so angespannt. Vorhin war er noch so selbstsicher gewesen, was also beunruhigte ihn dermaßen?

»Geht's dir nicht gut?«, fragte er darum, sah in dieselbe Richtung wie Utodja, konnte aber nichts entdecken. Dafür erkannte er *ihn* in der Ferne. Den riesigen Tower, mit dem ihm viel zu bekannten Firmenlogo. Das musste er jetzt wirklich nicht haben und ein warnender Schauer schüttelte ihn durch. Am besten sie beeilten sich. Egal, ob da etwas war oder nicht, sie sollten hier nicht unnötig rumstehen. Schließlich wanderten Utodjas Augen über seinen Körper, was ihm eine prickelnde Gänsehaut einbrachte, dann glitt ein zufriedener Ausdruck auf das ebene Gesicht und Utodja begann zu gurren. Dicht trat er an seine Seite, schmiegte sich an ihn und umfing seinen Arm mit beiden Händen, presste sich an seinen Körper.

»Doch. Sehr gut«, hauchte er.

Schnaubend verdrehte Mika die Augen, spürte, wie sein Gesicht heiß wurde. So viel zu Utodjas Launen, jetzt war er wieder kuschelbedürftig. Mitten auf der Straße! Ein paar Passanten starrten schon zu ihnen rüber. Einige beäugten sie skeptisch, andere grinsten nur, aber eigentlich war es wie immer. Egal wo sie waren, Utodja blieb der Blickfang schlechthin. Die Leute wurden Mika allerdings etwas zu aufdringlich, als die damit anfingen, unerlaubt Fotos zu schießen.

Die hatten Utodja nicht anzugaffen, verdammt! Schnell legte er seinen Arm um die Fledermaus, drückte ihn an seine Seite, während er den Gaffern böse Blicke zuwarf, seinen Kopf innig gegen Utodjas schmiegte. Utodja reagierte überrascht, doch eine Sekunde darauf wurde das Gurren noch tiefer und lauter.

»Komm, bringen wir es hinter uns.«

Damit begaben sie sich in die Höhle des Löwen.

Fünfzehn Stockwerke und zwei Schwebefahrstühle später hatten sie ihr Ziel erreicht. Vor ihnen lag die weiße Eingangstür zu Elenors und Chris' Wohnung. Vor zwei Tagen hatten sich die beiden gemeldet, weil Mika nichts von sich hören ließ, und hatten ihm prompt die Einladung zu einem Grillabend an den Kopf geworfen. Kein guter Zeitpunkt, aber Timing war noch nie ihre Stärke gewesen und Mika hatte beschlossen, das Beste daraus zu machen.

Trotzdem fühlten sich seine Knie weich an und eine ganze Weile standen sie stumm in dem großen offenen Flur. Immer wieder fuhr er sich durch die Haare und versuchte sie vor seine Ohren zu kämmen. Nicht ein goldener Ring schmückte ihn mehr, er hatte sie alle auf Utodjas Geheiß abgenommen, doch ohne sie fühlte er sich erschreckend nackt. Wenn er doch nur einen Spiegel hätte. Irgendetwas, um sicherzugehen, dass er vorzeigbar aussah. Im Gesamtbild! Aber darauf würde er wohl verzichten müssen. Hoffentlich lief alles glatt.

Fragend sah er sich um, suchte nach dem Verantwortlichen für diese Misere und fand ihn. Utodja hatte sich von seiner Seite gelöst und stand an der Fensterfront, schaute auf die Stadt hinunter. Jetzt, wo sie hier waren, war auch Utodja nicht mehr so vorlaut. Die Anspannung stand ihm ins Gesicht geschrieben. Die ganze Zeit schnupperte er, schien die Nähe von Mikas Freunden zu spüren. Irgendwann wurde er ungeduldig und Mika riss sich zusammen. Tief durchatmend drückte auf den Knopf neben der Eingangstür und wappnete sich für alles.

Stille. Nicht ein Laut war zu hören, dann ertönten schnelle Fußstapfen hinter der Tür. Mikas Kehle wurde trocken, aber er blieb standhaft, reckte die Schultern. Schließlich tat sich etwas. Ein transparenter Bildschirm erschien auf der Oberfläche der Tür und Elenor starrte sie aus einem flimmernden Rechteck heraus an.

»Hallo? - Ah! Mika, da bist du ja endlich!«, meinte sie und der Bildschirm samt Elenors Gesicht verschwand, bevor er auch nur ein Wort gesagt hatte. Im nächsten Augenblick klickte es und die Tür fuhr zur Seite. »Schön, dass du da bist!«, wurde er ein zweites Mal begrüßte und Ellie zog ihn in eine herzliche Umarmung. »Komm doch rein!« Lächelnd trat sie zurück, stockte jedoch im selben Augenblick und musterte ihn mit Erstaunen.

Mikas Herz blieb stehen und er klammerte sich in das Päckchen, dass er in Händen hielt. Da war er. Dieser ganz spezielle Blick, wenn den Leuten klar wurde, dass mit ihm etwas nicht stimmte. Scheiße, sie sah es. Garantiert! Nicht nur die Narben an seinen Ohren, auch sein Gesicht, seine Augen! Ellie würde ihn -....!

»Du siehst gut aus, Mika! Irgendwie anders, als sonst. Hast du was mit deinen Haaren gemacht?«

Was? Verwirrt blinzelte er, klappte den Mund auf. Das war alles? Wollte sie ihn verarschen?

»So in der Art«, würgte er hervor, wollte lieber keine schlafenden Hunde wecken. Dabei genügte ein Blick und er wusste, dass Ellie es bemerkt hatte. Wie konnte es auch anders sein, sie kannten sich seit Jahren! Seit Jahren. So viele Jahre hatte er gelogen.

»Ich hab Utodja mitgebracht. Das ist okay, oder?«, wechselte er schnell das Thema. Ihre Antwort ließ jedoch auf sich warten. Mika spürte ihren Blick auf sich, konnte ihre Verwunderung riechen, doch dann verschwand die Verwirrung und alles, was Mika wahrnahm, war Erleichterung.

»Natürlich, das ist doch selbstverständlich.« Ein sanftes Lächeln glitt auf ihre Lippen und fest drückte sie Mikas Hand. Dann ließ sie von ihm ab und wandte sich dem zweiten Gast zu. »Hallo, Uto-...!«

Ellie brach ab, stoppte mitten im Satz. Ihr Lächeln verschwand abrupt und sie erstarrte. Was war denn jetzt kaputt? Hatte sie doch etwas bemerkt?

Nein. Mika spürte es, noch bevor er es sah, weitete erschrocken die Augen. Seine Nackenhaare stellten sich auf und ein eisiger Schauer suchte ihn heim, brachte ihn zum Beben.

Neben ihm brodelte eine feindselige Aura und sie kam ohne Zweifel von Utodja. Grollend stand der Gendro da, hatte sich zur vollen Größe aufgerichtet, die Flügel ausgebreitet und zeigte seine spitzen Fänge. Sein Fell stand in alle Richtungen ab, während sich seine giftgrünen Augen tief in Ellie bohrten, sie regelrecht aufspießten. Es war der pure Hass. Verdammt, Mika hätte es wissen müssen! Ellie wich einen Schritt zurück, setzte ein beschwichtigendes Lächeln auf.

»Du hast dich aber verändert, Utodja«, murmelte sie, betrachtete die Fledermaus eindringlich. Was sie dachte, war klar, aber was hatte sie erwartet? Seit sie Utodja das letzte Mal gesehen hatte, war einiges passiert und von dem mageren verschreckten Ding war nicht mehr viel übrig. Vor ihr stand ein ausgewachsener gesunder Gendro – mit todbringenden Augen.

»Ich hab ihn aufgepäppelt und das Futter umgestellt«, erklärte Mika hastig, packte Utodjas Handgelenk und sah ihn warnend an. Der schnaubte einmal, duckte sich und verstummte dann wieder. Ellie beobachtete sie schweigend, nickte langsam.

»Ich verstehe«, murmelte sie mit wissendem Unterton. »Was auch immer! Kommt doch rein.« Damit trat sie zur Seite, und gab den Weg frei. Mika zögerte, ehe er ihr bedächtig folgte. Als sie in der Wohnung waren, deutete Ellie auf die Schachtel, die Mika dabei hatte.

»Hast du was zu essen mitgebracht? Ich hab doch gesagt, das musste du nicht.«

»Das ist für Utodja.«

»Ich hab genug Obst und Gemüse für ihn da.«

»Ist schon gut. Wie gesagt, es ist eine neue Futtermischung. Hat der Arzt verordnet. Und wie du siehst, bringt es was.«

Ohne zu fragen, nickte Ellie, warf Utodja einen vielsagenden Blick zu.

»Allerdings. Aber seit wann hältst du dich an das, was Ärzte sagen? Du kannst Ärzte doch nicht ausstehen.«

Bevor Mika darauf antworten konnte, hallte ein lautes Klingeln durch die Wohnung, ließ Utodja zusammenzucken und auch er verengte die Augen. Schande, war das schrill!

»Ah, das Baguette ist fertig!«, erklärte seine Freundin und drehte sich um. »Ich muss schnell in die Küche. Geht ihr schon mal vor. Chris ist draußen auf dem Balkon und versucht sich am Grill. Ich bin gleich sofort da!« Damit wuselte sie davon und ließ Mika und Utodja einfach stehen.

Ein Glück, dass sie weg war! Vernichtend starrte Utodja dem Menschenweibchen hinterher, versuchte den Zorn, der wie ein heftiges Feuer in ihm loderte, zu bändigen. Er kannte dieses Weibchen, wusste, sie war Teil von Mikhaels Rudel, doch als sie sich einfach so auf ihn geworfen hatte! Es gewagt hatte, ihm nahezukommen! Er hätte sie am liebsten erwürgt! Seine Zähne in ihren Hals geschlagen und ihre Kehle herausgerissen! Taktlose Menschen! Dumme Menschen! Aber er musste ruhig bleiben. Gnade zeigen. Sie war eben nur ein

Mensch. Sie hatte keine Ahnung, konnte nicht riechen, dass Mikhael jetzt zu ihm gehörte. Dass sie einander an jenem Abend gekennzeichnet hatten.

Ineinander verschlungen hatten sie auf Mikhaels Schlafplatz gelegen. Es war aufregend gewesen und Mikhaels Kuss-Bisse hatten Blitze durch seinen Körper gejagt. Erst war sein Guardo zurückhaltend gewesen, dann war er intensiver geworden. Utodjas ganzer Körper hatte geprickelt. Etwas, das noch nie passiert war, das nur sein Alpha auslösen konnte. Es sagte alles! Es sagte, er gehörte zu Mikhael, war ohne Zweifel erwählt worden. Denn so etwas machte man nur mit seinem Gefährten. Utodja kannte das, hatte es heimlich bei den erwachsenen Raza beobachten können, damals in den Höhlen. Zwar nie die Details, aber die Bedeutung war dieselbe und das würde dieses Menschenweibchen schon noch lernen! Dann würde sie garantiert nicht mehr wagen, seinen Alpha anzurühren!

Schnaubend schloss er die Augen, atmete durch. Er musste aufpassen, durfte seine Gefühle nicht zu offen preisgeben. Immerhin waren sie in feindlichem Territorium, im Nest von Mikhaels Freunden: Dem vorlauten Stachelkopf und seinem Weibchen.

Utodja war alles andere als begeistert gewesen, diesen Ort aufzusuchen. Aber er hatte auch die Vorteile gesehen, darum war er mitgegangen und zugegeben, das Nest der beiden unterschied sich sehr von Mikhaels Nest. Alles schien kleiner, aber höher und weitläufiger. Man hatte nicht alles im Blick und das machte Utodja nervös. Die Räume lagen dicht zusammen, waren verschachtelt, die Wände waren weiß und nicht aus rotem Stein. Und überall standen Dinge! Aber keine Pflanzen, dafür viele Gegenstände und Möbel. Sofort begannen seine Hände zu jucken und er drückte sie an seine Brust. Er musste vorsichtig sein, das war nicht Mikhaels Heim. Hier durfte er nichts anfassen. Das Letzte was er wollte, war eine Strafe von dem Chris-Menschen.

Bedächtig folgte er seinem Guardo, der gezielt durch das Nest lief, genau wusste, wohin sie mussten. Misstrauisch sah sich Utodja um, prägte sich jeden Winkel ein und verzog das Gesicht. Der Geruch der beiden war penetrant und war angefüllt von einer würzigen kribbeligen Schwere. Die beiden Menschen mussten sich vor Kurzem ebenfalls gekennzeichnet haben. Nur viel intensiver. Aber er konnte auch Mikhaels Geruch finden. Ganz schwach, aber er war da. Das beruhigte ihn, trotzdem blieb er an Mikhaels Seite. Schließlich gingen sie durch eine große Glastür und traten wieder ins Freie.

Vor ihm, in einem kleinen, offenen Raum mit direktem Blick auf den Himmel, stand der Chris-Mensch. Er hantierte an einem rauchenden Gerät, sah aber auf, als er Mikhael bemerkte.

»Ach was! Auch endlich da? Ist ja mal wieder typisch. Du tauchst erst dann auf, wenn alle Arbeit gemacht ist.«

»Ich dachte, ich wäre eingeladen? Seit wann müssen die Gäste das Essen vorbereiten?«

Sein Guardo und der Stachelkopf begrüßten sich mit einem Handschlag, grinsten einander an. Seltsam. Utodja neigte den Kopf. Bei diesem Menschenmännchen war sein Guardo recht ausgelassen. Als er das Weibchen begrüßt hatte, war er zu einem Wimmerling geworden. Das gefiel Utodja nicht. Weder, dass das Weibchen Mikhael nervös machte, noch, dass dieser Mensch ihn so unbeschwert stimmte. Das Rudel war das Rudel, etwas Besonderes, das war ihm klar, aber wenn er seinen Platz behalten wollte, musste er Teil dieses Rudels werden. Sich so schnell wie möglich mit dem Stachelkopf und seinem Weibchen gut stellen. Das war der Plan, das musste er heute schaffen. Aber wie sollte er das machen, wenn ihr Anblick ihn innerlich zum Brodeln brachte?

Schließlich entdeckte der Stachelkopf Utodja und verzog das Gesicht, machte ein schnalzendes Geräusch.

»Sieh an, Dracula ist auch da. Du hast dein Anhängsel mitgebracht, huh? Súper.«

»Ich wollte ihn nicht alleine lassen. Aber er wird sich benehmen.«

»Das will ich auch hoffen!« Schulterzuckend wandte sich der Chris-Mensch wieder dem Gerät zu und Mikhael stellte sich zu ihm, sagte Utodja, er solle sich auf einen der Stühle setzen, die an einen großen Tisch standen. Aber er setzte sich nicht. Mit stechenden Blicken traktierte er den Chris-Menschen.

Sich benehmen? Benehmen? Uh, es würde schwer werden, seinen Plan durchzuführen. Aber dieser Mensch würde noch Augen machen. Das war gewiss!

Wie nicht anders erwartet, bekam Chris die Kohlen nicht zum Glühen und es verging eine halbe Ewigkeit, bis sie endlich das vorbereitete Essen auf den Grill legen konnten. Wo Chris zwei linke Hände hatte, war Ellie jedoch bestens vorbereitet. Mit dem Aufgebot, das sie bereitstellte, konnte sie eine halbe Armee durchfüttern, aber Mika würde sich nicht beschweren. Zu einem guten und dann auch noch kostenlosen Essen sagte er garantiert nicht Nein. Ein bisschen nagte sein Gewissen an ihm, weil er nichts mitgebracht hatte, aber wer rechnete schon mit solchen Bergen, wenn die Rede von einem Grillabend war? Typisch Ellie, sie musste immer übertreiben.

Dennoch war der Abend wirklich lustig. Es war fast wie früher, bevor das Chaos im Wildtierpark alles verändert hatte. Alles lief locker und entspannt ab, ohne irgendwelchen ominösen Zwischenfälle.

Sogar Utodja verhielt sich auffallend ruhig. Bei ihnen zuhause hatte er ununterbrochen auf Mikhael eingeredet, ihn richtig dazu gedrängt sich zu *offenbaren*. Utodja machte eben gerne Nägel mit Köpfen. Bis jetzt war er aber außerordentlich still gewesen und hatte nicht ein Wort verloren. Sogar Chris gegenüber zeigte er sich von seiner besten Seite. Zumindest versuchte er es und gab sich alle Mühe, gut dazustehen. Mittlerweile hatte er sich aber entspannt und saß neben Mika auf einer weißen Sitzbank. Die Fledermaus hatte darauf bestanden, neben ihm zu sitzen. Wenn es nach ihm ginge, würde er vermutlich auch noch auf Mikas Schoß klettern, doch das war wirklich zu viel des Guten!

Aber daran war Mika selber schuld. In bestimmten Dingen war Utodja einfach gestrickt und nach dem, was zwischen ihnen passiert war, ahnte Mika, was er sich erhoffte. Immerhin hatte Mika ihn umworben, mit ihm rumgemacht ... Aber im Affekt! Im Eifer des Gefechts! So offen, vor Ellie und Chris, konnte er nicht so tun, als wäre da etwas zwischen ihnen. Für die beiden war Utodja nur ein Gendro. Noch dazu dachten sie, er wäre ein Männchen. Sie würden das nicht verstehen und er würde wie ein Perverser dastehen. Mika musste sich selbst erst einmal darüber klar werden, was er wollte. Ob er sich auf das einließ, was Utodja in ihm entfachte.

Trotzdem fühlte es sich extrem gut an, wie sich sein Gendro an seine Seite schmiegte. Ganz in Gedanken legte Mika einen Arm um ihn, aber erst, als er Ellies und Chris' erstaunte Gesichter sah, wurde ihm klar, was er da tat. Aber jetzt war es zu spät und es wäre albern, den Arm wieder wegzuziehen. Stattdessen streichelte er Utodjas Seite, der sich gegen ihn lehnte und an seinem Zauberwürfel knabberte, ihnen aufmerksam zuhörte. Dabei ging es um völlig nebensächliches Zeug. Chris sprach über den Verein, in dem er als ausbildender Lehrer in diversen Kampfsportarten arbeitete.

Die Blicke, die Ellie ihm zuwarf, ignorierte Mika hingegen so gut er konnte. Hoffentlich fing seine Freundin keine Debatte über die artgerechte Behandlung von Gendros an, denn er ahnte, wie er und Utodja in den Augen von Außenstehenden aussahen. Wenn sie das machte, dann musste Mika die Katze endgültig aus dem Sack lassen und das konnte ruhig noch etwas warten.

Gerade als er seinen Senf zu Chris' undankbaren Schülern dazugeben wollte, stieß sich Utodja plötzlich von ihm ab und sah ihn fragend an. Unzufrieden ließ er die Ohren fallen und legte eine Hand auf Mikas Brust. Was zum ...? Es dauerte aber nicht eine Sekunde, da verstand Mika und beschämt ließ er die Schultern hängen. Natürlich, wie konnte er das vergessen? Er war so ein Volltrottel!

Seufzend beugte sich er vor, vergrub sein Gesicht in Utodjas weichem Haar und küsste seine Schläfe.

»Tut mir leid, ich hab nicht dran gedacht.«Damit griff er unter die Sitzbank und holte die Schachtel hervor, die er mitgebracht hatte.

Er öffnete den Deckel, worauf Utodja zielstrebig in die Schachtel griff. Er holte einen der Blutbeutel hervor, die Mika beim Metzger für ihn besorgt hatte, und machte sich an diesem zu schaffen.

»Urg, was zur Hölle ist DAS denn?« Angewidert verzog Chris das Gesicht, glotzte Utodja an, als wäre er nicht mehr ganz dicht. Was für eine Memme.

»Siehst du doch. Blut.«

»Du fütterst ihn mit Blut?«, entsetzt beugte sich Ellie vor, machte große Augen.

Dass seine Freunde so angeekelt reagierten, überraschte ihn Mika und er runzelte die Stirn, warf Utodja einen Blick zu. Der sah von einem zum anderen, ehe er sich wieder gegen ihn lehnte und seine Zähne durch das Plastik bohrte. Wie er das schaffte, ohne eine ungeheure Sauerei zu veranstalten, war Mika ein Rätsel.

Sofort kam ein angewiderter Laut von der anderen Seite des Tisches.

»Hallo? Ich esse hier!«

Genervt verdrehte Mika die Augen. Als ob Chris noch nie Blut gesehen hätte, so oft, wie er sich schon geprügelt hatte.

»Stellt euch nicht so an! Das ist nur Blut. Er muss auch was essen.«

»Mikhael, das ist gegen die Fütterungsvorschriften des IKFs! Gendros sind Vegetarier und- ...«

»Nein, sind sie nicht«, unterbrach Mika Ellie gefasst, schüttelte den Kopf. »Utodja ist kein Vegetarier. Er ist ein Wildes, er wurde nicht genetisch modifiziert oder umerzogen. Alle Wilden sind Fleischfresser, deswegen war er damals so dünn, wegen der falschen Ernährung. Dieser Arzt hat gesagt, es ist okay, wenn ich ihn so füttere und das Blut war seine Anordnung. Der Kerl war ein Arsch, aber seht ihn euch an. Es tut ihm gut!« Ganz von selbst strich er Utodja eine Strähne aus dem Gesicht, worauf dieser die Augen schloss, sofort den Kopf zur Seite lehnte, um mehr von der Liebkosung zu bekommen. Schaumschläger. Er sollte sich mal entscheiden, ob er die arrogante Nervensäge sein wollte oder der anhängliche Klammeraffe.

Von seinen Freunden kam darauf allerdings nichts. Sie warfen sich nur skeptische Blicke zu und es wurde still. Erdrückend still. Bis sich Chris räusperte und die Braunen hochzog.

»Du hast das Vieh ja ziemlich zahm bekommen, hätt' ich nicht gedacht, Amigo.«Ungläubig stützte sich ein Kumpel mit einer Hand auf dem Tisch ab und beäugte angewidert, wie Utodja nach und nach den Beutel leerte.

»Man muss nur wissen wie. Immerhin ist das mein Job.«

»Ich mein das nicht wegen deines Jobs. Auch so. Wie ihr miteinander umgeht. Ist ja fast herzzerreißend liebevoll, mh?«

Was sollte das denn? Mikas Augen zuckten und abwehrend verschränkte er die Arme vor der Brust.

»Was willst du damit sagen?«

»Nichts, nichts! Ich mein ja nur. Ihr tut ja ziemlich vertraut. Vor ein paar Wochen ist er noch zusammengezuckt, wenn du ihn schief angesehen hast und jetzt macht er Kulleraugen und du machst Kulleraugen. Eso es amor...«

Okay, stopp! Das musste Mika sofort beenden, denn das Gespräch entwickelte sich in die vollkommen falsche Richtung!

»Ich weiß, wie man mit Gendros umgehen muss, das ist alles, kapiert? Lass diesen Schwachsinn. Von wegen Kulleraugen und amor!«

Beschwichtigend hob Chris die Arme.

»Ganz locker, Mikey. Ich hab nichts gesagt, nur laut gedacht.«

»Fangt nicht an zu streiten, sonst werfe ich euch beide raus!«, meinte Ellie, wirkte dennoch nachdenklich. »Aber ich muss schon sagen, Chris hat recht. Er hat sich ziemlich verändert. Nicht nur, dass er so zutraulich ist. Ich hab ihn vorhin fast nicht wiedererkannt. Und wie er mich angeknurrt hat. Du solltest aufpassen, dass er das nicht in der Öffentlichkeit macht.«

»Dass er sich verändert hat, liegt an der richtigen Fütterung und weil ich ihn gut behandle. Ist das jetzt falsch oder was? Er ist gesund und fühlt sich wohl. Und vorhin, das war deine eigene Schuld! Er, na ja ...« Mika brach ab, hatte sich in Rage geredet. Das war schwer zu erklären. Auch er war überrascht gewesen, leider wusste er sehr genau, wieso Utodja so auf Ellie reagiert hatte. »Er wollte dir nichts tun. Das war nur eine Warnung«, stammelte er sich zusammen, versuchte das Thema zu umgehen.

»Warnung? Weswegen, was hab ich denn gemacht?«

Ja, was hatte Ellie gemacht? Mika biss sich auf die Zunge, verkniff sich einen spitzen Kommentar. Für ihn und Utodja war das selbsterklärend, aber Ellie und Chris verstanden das nicht. Das konnten sie auch gar nicht, sie konnten es weder spüren noch riechen. Wie also sollte er es ihr so simpel wie möglich erklären?

»Du hast mich umarmt.«

Verwirrt wurde Mika angesehen und er seufzte. Dabei war Ellie bisher immer die Expertin gewesen. Dass er ihr jetzt auf die Sprünge helfen musste, war ungewohnt und unangenehm war es auch. Sein Herzschlag beschleunigte sich und er zuckte mit den Schultern, versuchte die Angelegenheit sachlich abzuwiegeln.

»Utodja sieht in mir das Alphatier und sich als mein Alphaweibchen. Mehr oder weniger.«

Erst geschah nichts. Mika wurde angeglotzt, als wäre er ein Auto. Dann ertönte schallendes Gelächter und im nächsten Moment kugelte sich Chris, haute sich auf den Oberschenkel.

»Alphatier? DU? Ha! Wie kommt er denn auf die bescheuerte Idee? Und er ist dein *Weibchen*? Ha! Deine Fledermaus hat 'nen Knall! Alphatier, ich glaub's ja nicht!«

Anders als Chris, fand seine Freundin das gar nicht komisch. Ihr Blick verdunkelte sich und Mikas Magen zog sich zusammen. Er ahnte, was kommen würde.

»So ein extrem besitzergreifendes Verhalten kommt nicht von jetzt auf gleich. Wie kommt er darauf, er wäre dein Weibchen, wo er doch ein ...« Ellie räusperte sich, brachte den Satz nicht zu ende. Na super, da kam wieder der Moralapostel zum Vorschein. »Mika, ich will mich nicht einmischen und eigentlich geht es mich auch nichts an, aber du hast doch nicht etwa ...?«

»Nein!« Um Gottes willen, genau das hatte Mika nicht gewollt. Seufzend vergrub er das Gesicht in seinen Händen, schüttelte den Kopf. »Nein, nein, so ist das nicht! Das hat andere Gründe!«

»Und welche?«

Private Gründe, verdammt noch mal! Aber das konnte Mika so nicht sagen. Manchmal verfluchte er seine Freunde für ihre Neugier, aber sie würden nicht so leicht lockerlassen.

»Es liegt an der Jahreszeit. Sie kratzt alle Gendros auf.«

»Ja, sicher, schon klar! Und weil er scharf war und es so nötig hatte, hast du dich darauf eingelassen? Uh, wirklich heiß, dein Weibchen. Da hast du wirklich das große Los gezogen.« Chris kicherte noch immer, nahm das Ganze weniger ernst als Ellie. Dafür gingen sie beide Mika gleichermaßen auf die Nerven. Ein ungutes Gefühl braute sich in ihm zusammen und er mahlte mit dem Kiefer, ballte die Fäuste, die gefährlich zu kribbeln begannen. Der eine machte sich lustig, die andere machte ihm Vorwürfe! Auf die abartigste Weise! Dabei hatten sie keine Ahnung! Was wussten sie schon? Nicht eine Sekunde länger würde er zulassen, dass sie Utodja beleidigten!

»Haltet den Mund! Utodja ist ein Hermaphrodit, kapiert? Deswegen sieht er sich als mein Alphaweibchen, als meinen Partner. Ich bin sein Besitzer, ich habe ihn praktisch unterworfen. Das macht mich zu seinem Alpha. Und du bist mir zu nahe gekommen, Elenor. Kein anderes Weibchen hat mich anzufassen«, konterte er scharf und endlich hörte Chris auf zu lachen.

Es war lange her, dass er in so einem Ton mit seinen Freunden gesprochen hatte. Laut geworden war er schon oft, wütend gewesen war er, aber noch nie hatte er so vernichtend und harsch mit ihnen gesprochen. Ein Teil von ihm bereute es, als er den verwirrten Ausdruck auf ihren Gesichtern sah, aber irgendwann war einfach Schluss! Was war denn so komisch daran, dass er das Alphatier war? Er war mehr Alpha, als Chris es jemals sein würde! Aber die beiden verstanden gar nichts. Sie waren nur Menschen! Gar nichts von dem was passiert war, war zum Lachen. Noch rechtfertigte es pausenlose Unterstellungen! Aber die beiden wären nicht Ellie und Chris, wenn sie sich nicht schnell wieder fassen würden und keine fünf Minuten später, waren sie wieder ganz die Alten.

»Wir wollten dir nicht zu nahe treten. Tut mir leid, so hab ich das nicht gemeint. Ich weiß, dass Gendros eine Bezugsperson als Alphatier suchen. Das ist normal und passiert auch bei normalen Haustieren. Entschuldige, ich wollte keinen von euch kränken«, meinte Ellie, zögerte einen Moment. Mika sah genau, dass sie vor Neugier platzte, dann sprach sie es direkt an. »Und er - oder sie ist wirklich ein Hermaphrodit?« Der Begriff schien ihr etwas zu sagen und Bewunderung trat in ihre Augen. »Das ist extrem selten. Damit hätte ich nie gerechnet, aber jetzt wo du es sagst, ja, jetzt beginnt das alles Sinn zu machen.«

»Hä? Wovon redet ihr? Dracula ist was für ein Ding?« Chris stand mal wieder auf dem Schlauch, aber damit hatte Mika gerechnet. Er verdrehte die Augen und lehnte sich zurück.

»Utodja ist sowohl weiblich wie männlich. Er hat beide Geschlechter und sieht sich als beides an. *Maara* nennt man das bei den Fledermäusen. Aber er sagt, es ist in Ordnung, wenn man ihn mit männlichen Personalpronomen anspricht.«

»Echt? So was gibt es? Abgefahren. Und das weißt du, weil du ihm unter den Rock geschaut hast, oder was?«

Okay, langsam fing Chris an zu nerven.

»Nein, das hab ich erst beim Arzt rausgefunden.«

»So, so. Halb Mann, halb Frau? Interessant. Und woher weißt du, dass er sich als Zwitter sieht, wenn er als Mann angesprochen werden will? Vielleicht sieht er sich ja auch als Frau?« Ein breites Grinsen legte sich auf Chris' Gesicht und anzüglich beäugte er die Fledermaus. Mikas Herz explodierte und seine Sicht verdunkelte sich, wurde rot. Wie konnte er es wagen, Utodja so ansehen? Den Zorn in sich unterdrückend, reckte er die Schultern.

»Ich weiß es, weil er es mit gesagt hat.«

»Ja, klar. Das schon wieder. Der unglaubliche, sprechende Gendro. Scheinbar hat dein Vieh ganz schön viele Talente. Nicht nur reden, jetzt ist er auch noch ein halbes Weib. Ha! Hab ich es nicht von Anfang an gesagt? Schau dir seine Visage an. Vor ein paar Wochen war das Vieh noch ein Hungerhaken, aber jetzt? Hübsch bleibt der Kleine, keine Frage.«

Ach und jetzt hieß es plötzlich der Kleine und nicht mehr Dracula? Manchmal könnte Mika Chris erwürgen! Aber er durfte sich nicht seinem Zorn hingeben. So war Chris nun einmal. Er ignorierte das Kribbeln in seinen Händen, schloss stattdessen die Augen und atmete durch.

»Es gefällt mir nicht, wie du über ihn sprichst«, grollte er, aber Chris blieb unbeeindruckt, zeigte mit einem Mal ein ungesundes Interesse an Utodja.

»Ja, ja. Perdon. Ich find's nur echt interessant. Hey, er beziehungsweise sie gehört doch dir. Theoretisch könntest du sie doch auch als Frau rumlaufen lassen. Würde ihr sicher stehen. Ein hübsches Mädel hat doch jeder gern an seiner Seite, auch wenn ihr die Titten fehlen.«

Allmählich begann das Gerede des Stachelkopfes an Utodjas Geduld zu nagen. Er war genauso, wie seine Vorbesitzer. Blind und im Kopf eingeschränkt!

Mikhael hätte es ihnen nicht sagen sollen! Ob Rudel oder nicht, dieses Geheimnis hatte ihm gehört. Aber dagegen sagen konnte er nichts, zumindest nicht jetzt. Mikhael benahm sich endlich wie ein richtiger Alpha und Utodja hatte ihm nicht zu widersprechen. Trotzdem sollte er den Stachelkopf endlich zum Schweigen zu bringen und dem Ganzen ein Ende setzen. Und er war kurz davor, Utodja sah es. Gut so, sein Guardo musste aufhören, sie zu verhätscheln, nur weil sie seine Freunde waren. Freunde, die so sprachen, waren keine Freunde. Sie hatten Mikhael Respekt zu zeigen! Nicht nur der Stachelkopf! Sein Weibchen ebenso! Wie sie Mikhael anstarrte. Als hätte sie das Recht, Vorwürfe zu erheben! Sie durfte sich genauso wenig ein Urteil über ihn erlauben, wie sie es über Utodja durfte, aber genau das tat sie. Ihre Augen trieften nur so vor Neugier, aber nicht eine einzige Frage würde Utodja ihr beantworten. Nicht, wenn das so weiterlief!

Der Blutbeutel war schließlich leer und Utodja legte ihn auf den Tisch, versuchte die Beleidigungen auszublenden, die der Chris-Mensch gegen ihn aussprach. Aber es war schwer und von Augenschlag zu Augenschlag bröckelten seine Vorsätze, diesen Menschen zu einem Verbündeten zu machen.

»Hey, Mikey, versuch dein Glück doch mal mit dem kleinen Zwitter, wenn du schon keine richtige Frau abbekommst. Hey! Darf ich da mal 'nen Blick drauf werfen? Ich frag mich, wie der untenrum aussieht.«

Das reichte! Wütend hob Utodja den Kopf. Dieses Männchen stellte nicht nur seinen Alpha bloß, würde er es auch nur wagen, Utodja zu nahezukommen, würde er ihm die vorlaute Kehle herausreißen! Grollend rutschte er an Mikhaels Seite, wickelte seinen Schweif fest um dessen Bein und starrte den Chris-Menschen vernichtend an.

»Du wirst mich niemals anrühren, Mensch.«

Kapitel 23

Ausbruch

»HEILIGE SCHEIßE!«

Hektisch sprang Chris auf die Beine, riss seinen Stuhl um und auch Ellie stand binnen Sekunden auf den Füßen. Erschrocken starrten sie Utodja an und auch Utodja war alarmiert.

Die plötzlichen Bewegungen und Geräusche hatten ihn aufgeschreckt und er war auf die Bank gesprungen, hatte die Flügel ausgebreitet. Angst kam auf, tränkte die Luft und machte das Atmen schwer. Na großartig! Genau DAS hatte Mika vermeiden wollen. Jetzt herrschte Panik! Auf allen Seiten! Schnell stand er auf, streckte die Arme aus, versuchte den Vermittler zu spielen.

»Locker bleiben, Leute! Und zwar alle!«, rief er, konzentrierte sich auf Utodja und sah ihm tief in die Augen. Wenn Ellie und Chris durchdrehten, war das eine Sache, aber wenn Utodja jetzt etwas anstellte, wusste er nicht, was dann passierte. »Ganz ruhig. Sie haben sich erschrocken. Sie tun dir nichts und du wirst auch nichts tun!«

Wild zuckten Utodjas Augen umher, von Ellie zu Chris und zurück zu Mika, dann beruhigte er sich langsam. Bedächtig senkte er seine Flügel und setzte sich. Gut. Okay, eine Bestie war gezähmt, ein Glück, dass Utodja dem Urteil seines Alphas vertraute. Jetzt galt es, die aufgescheuchten Hühner zu beruhigen. Allerdings war das nicht so einfach.

Entsetzt deutete Chris mit einem Finger auf Utodja, klappte den Mund immer wieder auf und zu.

»Ha- habt ihr das gehört! Ihr habt das auch gehört, richtig? Habt ihr doch, oder? Er hat...!«

»... Gesprochen...«, beendete Ellie tonlos den Satz und Chris fluchte, schlug die Hände über seinem Kopf zusammen und drehte sich weg.

»Maldito! Ich dreh durch, das Vieh spricht! Das gibt's nicht!«

»Er kann es wirklich ...«

So ging es eine ganze Zeit weiter. Ununterbrochen plapperten sie durcheinander. Waren verwirrt, überfordert, wütend. Ihre Stimmen wurden lauter, schneller und aggressiver. Wie das Grollen eines heranrollenden Sturms. Aber Mika musste diesen Sturm verhindern! Unter keinen Umständen durfte er zulassen, dass die Situation eskalierte. Denn wenn das geschah, waren sie alle erledigt! Hätte Utodja doch nur den Mund gehalten! Dabei konnte Mika seine Wut verstehen, wusste, wieso er Chris in seine Schranken gewiesen hatte. Aber mit der Tür ins Haus zu fallen war die falsche Lösung und sorgte nur für Unverständnis und Angst und das war keine gute Kombination.

»Okay, okay! Jetzt beruhigt euch. Es ist alles in Ordnung.«

»In Ordnung? IN ORDNUNG?« Hektisch begann Chris auf und ab zu Laufen. »Gar nichts ist in Ordnung! Falls du es nicht mitbekommen hast, dein verdammter Gendro hat geredet!«

»Doch hab ich. Und ich hab euch schon hundert Mal gesagt, dass er es kann.«

»Aber wir dachten, du machst nur einen Scherz. Weil wir dich so oft mit den Gendros aufgezogen haben«, hauchte Ellie darauf, ließ sich fassungslos in ihren Stuhl fallen. »Ich glaub das einfach nicht... und das war kein Trick, Mika? Ganz ehrlich?«

Ruckartig blieb Chris stehen, haute einmal gegen die Balkonwand.

»Wehe! Ich sag dir eins, Mikey, wenn das ein Trick ist, kannst du was erleben!«

»Es ist kein Trick.«

»Unglaublich!« Ellie lehnte sich zurück, wusste sichtlich nicht, was sie tun sollte. Genau wie Mika es vorausgesagt hatte, war das zu viel für sie. Die beiden waren abgebrüht, aber ein sprechender Gendro brachte vermutlich ihre ganze Weltanschauung durcheinander. Seufzend setzte sich auch Mika wieder hin, warf Utodja einen Blick zu, der das Geschehen aufmerksam beobachtete. So viel Chaos und das nur wegen seiner vorlauten Fledermaus. Wenn Chris und Ellie schon so heftig reagierten, die zwei unerschrockensten Personen auf diesem Planeten, wie würde dann die Öffentlichkeit reagieren? Vermutlich würden sie den Notstand ausrufen, weil Utodja ja so gefährlich war. Tse, lächerlich. Erschöpft schloss Mika die Augen, grinste kränklich und schüttelte den Kopf.

»Ich war auch überrascht, als ich es herausgefunden habe. Ich hab's euch doch gesagt. Er ist einzigartig.« Nein, er war mehr als das. Aber das passende Wort hatte Utodja ihm noch nicht beigebracht.

»Und … und versteht er uns? Ich meine, kann er verstehen, was ich sage?«, hakte Elenor nach, nachdem sie alle drei eine Packung Zigaretten verqualmt hatten. Zu Mikas Erleichterung normalisierte sich die Situation und die Angst wich allmählich. Besonders bei Ellie, die Utodja zurückhaltend betrachtete.

»Er versteht jedes Wort. So wie du und ich ist er sich seiner völlig bewusst«, erklärte Mika, flippte seine Kippe in den Grill.

»Unglaublich«, wiederholte seine Freundin zum x-ten Mal, während neben ihr ein abfälliges Schnauben ertönte. Es hatte verdammt viel Überredungskunst gebraucht, um Chris zurück an den Tisch zu bringen, aber schließlich hatte sein Kumpel nachgegeben. Allerdings war er extrem angespannt, bereit, Ellie jede Sekunde zu packen und mit ihr aus der Wohnung zu stürmen, sollte Utodja auch nur eine falsche Bewegung machen.

»Unglaublich? Habt ihr sie noch alle? Gendros reden nicht, verflucht! Das ist nicht normal! Mit dem stimmt was nicht, das muss irgendeine Laborratte sein.«

»Das war ich.«

Als Utodja die Stimme erhob, herrschte augenblicklich Stille.

Zugegeben, er würde lügen, wenn er sagte, dass er die Verwirrung der beiden Menschen nicht genoss. Zwar hatte sein Mikhael ihm gesagt, er sollte den richtigen Moment abwarten, bevor er den Mund aufmachte, aber bei diesen beiden gab es keinen richtigen Moment. Und jetzt war es eh egal. Sollten sie sich ruhig fürchten und große Augen machen, verdient hatten sie es für die unachtsamen Worte, die sie gegen seinen Alpha ausgesprochen hatten. Was Utodja mehr Sorgen bereitete, war Mikhaels Gemüt. Sein Guardo war gestresst. Das hatte Utodja nicht beabsichtigt, also gab auch er sein Bestes, um die Situation zu entschärfen. Knapp schielte er zu seinem Alpha, dann atmete er durch und neigte den Kopf.

»Ich war in einem … Labor. Lange. Mein Besitzer wollte es so. Doch da hab ich es nicht gelernt. Mein erster Besitzer hat es mir beigebracht.«

Es kam keine Antwort. Die beiden Menschen starrten ihn nur fassungslos an. Kein Wunder, in ihren Augen hatte er gerade ein außergewöhnliches Kunststück vorgeführt. Ihre Reaktionen konnten jedoch nicht verschiedener sein. Der Chris-Mensch reagierte mit Ablehnung und Furcht, während in dem Weibchen die Neugier wuchs.

Sie machte ein paar Anläufe, öffnete und schloss ihren Mund immer wieder, dann fasste sie sich. Sie rückte mit ihrem Stuhl zurück an den Tisch, sah immer wieder zu Mikhael, richtete sich dann aber direkt an Utodja.

»Und du kannst mich wirklich verstehen?«

»Ja.« Wie ermüdend. Menschen verstanden so wenig viel zu langsam. Dennoch war es amüsant, wie die Frau in ihrem Stuhl zusammenzuckte, als sie Utodjas Stimme vernahm.

»Aber wieso hast du nicht früher etwas gesagt? Wir haben uns doch schon so oft gesehen.«

Hörte Utodja da etwa Entrüstung? Zweifelnd runzelte er die Stirn. War sie naiv genug zu glauben, er würde so unachtsam sein? Bisher hatte sie einen klugen Eindruck gemacht. So ein Verhalten war neu.

»Menschen mögen Gendros die sprechen nicht und ich spreche nicht mit jedem.«

»Aber wieso jetzt auf einmal? Auch wenn mein Freund höchst unhöflich zu dir war, dachte ich, wir würden uns gut verstehen.«

»Ey! Woher sollte ich denn wissen, dass er uns verstehen kann?«

Nachdenklich sah Utodja von einem zum anderen, stellte die Ohren auf. Immer dieses Gerede. So viele Worte. Die beiden waren schlimm. Schlimmer als sein Guardo. Dafür fiel es der Menschenfrau scheinbar leichter, es zu akzeptieren. Auch sprach sie nicht mit kindlicher Stimme zu ihm. Sie ging davon aus, er wäre intelligent. Diese Frau, sie sah ihn als gleichwertig an. Das gefiel Utodja. Womöglich hatte er sich in ihr geirrt und ihre Dreistigkeit war nur menschliche Naivität gewesen. Ihr Männchen hingegen blieb grauenhaft, pulsierte vor Aufregung und brachte Utodjas Sinne durcheinander. Für diesen Menschenmann machte es einen Unterschied, ob er ihn verstehen konnte oder nicht. Danach entschied er, wie er sich ihm gegenüber verhielt.

Verstehen. Sprechen. Das alles war den Menschen so wichtig. Es verwirrte Utodja. Knapp sah er zu Mikhael, holte sich die stumme Erlaubnis weiterzusprechen und entschied, das Gespräch so zu lenken, dass er sein Ziel erreichte.

»Ihr seid das Rudel. Das Rudel soll alles wissen«, erklärte er schließlich.

»Unglaublich!« Ein euphorisches Lachen entfuhr der Frau und sie presste sich die Hände vor den Mund. Ein fremdes Strahlen glimmte in ihren Augen auf. Seltsam, dieser Ausdruck war Utodja neu. Kein Mensch hatte ihn je so angesehen. Er kannte die gierigen Blicke seiner Besitzer, den Wahnsinn der Foltermenschen aus dem Labor und Mikhaels funkelnde Bewunderung. Aber das? Dafür hatte er kein Wort. Freude, die Tränen auslöste, obwohl keine Tränen flossen. Freude, die schwere Erleichterung verursachte. Utodja wurde unruhig, verstand nicht, ergriff Mikhaels Hand. Hatte er dem Weibchen jetzt eine Freude gemacht oder ihr geschadet? Und wenn letztes der Fall war, was würde ihr Männchen tun?

»Gibt es noch andere wie dich? Die reden können? Die uns verstehen?«, platzte es dann aus ihr heraus. Da war kein Zeichen von Unwohlsein. Also ging es ihr gut?

»Ich weiß nicht«, murmelte Utodja, hielt immer einen Blick auf den Chris-Menschen. »Nicht die Menschensprache. Aber unsere Sprache schon.«

»Deine Rasse hat eine eigene Sprache?«

»Ja.«

»Tatsächlich? Und du beherrschst beide?«

»Ja, etwas. Ich weiß nur noch wenig. Ich hab viel vergessen.«

»Vergessen? Wieso, was ist passiert?«

Die Frau stellte plötzlich viele Fragen und unwohl rutschte Utodja auf der Bank umher, suchte immer wieder den Blick seines Guardos. Der schien aber nur erleichtert, dass sie sich nicht zerfleischten, legte ihm eine Hand auf die Schulter.

»Locker, Ellie, gibt ihm eine Pause«, beantwortete Mika für Utodja die Frage, was seine Fledermaus sichtlich erleichterte. »Als er gefangen wurde, wurde er am Kopf verletzt, er hat da auch noch eine Narbe. Deswegen weiß er vieles nicht mehr.«

»Also weiß er nicht mehr, wie seine Art gelebt hat oder wo er herkommt?«

»Doch, ein paar Dinge hat er mir erzählt. An viel erinnert er sich nicht, aber es genügt, damit er mir mit seinen verkorksten Weltanschauungen in den Ohren liegen kann.« Grinsend wuschelte Mika über Utodjas Kopf, erntete ein unzufriedenes Knurren von Utodja und ein Lachen von Ellie und mit einem Mal fühlte sich seine Brust sehr viel leichter an. Ellie kam gut mit der Sache klar, das war ein Anfang und zog Ellie mit, würde Chris über kurz oder lang auch mitziehen. Zwar hatte sein Freund eine große Klappe, aber er würde alles für Ellie tun, auf seine verrückte Art, aber mit ganzer Leidenschaft. Sie waren eben ein Team.

Gedankenverloren tastete er nach Utodjas Hand, drückte diese und holte tief Luft. Ja, das war definitiv der richtige Weg, aber von jetzt an war das Timing wichtig. Sehr wichtig sogar. Sie mussten gut aufpassen, was sie als Nächstes sagten.

Allerdings war Ellie voll und ganz in ihre Fragerei vertieft, durchlöcherte Utodja ohne Rücksicht auf Verluste. Der versuchte auch Antwort zu geben, kam aber nicht hinter Ellie her. Sie sprach viel zu schnell, benutzte Wörter, die Utodja sicher noch nie gehört hatte und nach und nach drückte er sich fest an Mikas Seite. Das war der Wink mit dem Zaunpfahl.

»Ellie, stopp! Ich sagte, mach langsam. Du überforderst ihn total. Er ist zwar frech, aber scheu bleibt er. Dein Gequassel schüchtert ihn ein.«

»Amen!« Kam von Chris, der bisher kaum ein Wort verloren hatte und nur dasaß und paffte. Beinahe tat er Mika leid, doch bei dem breiten Grinsen, das langsam wieder in sein Gesicht schlich, konnte es dem Großmaul nicht sonderlich schlecht gehen. »Lass das Vieh durchatmen, Ellita. Wenn der mit uns sprechen wollen würde, hätte er es längst getan. Was verrückt genug ist! Pah, un Gendro que habla!« Kopfschüttelnd aschte Chris auf seinen Teller und schnaubte. »Genau genommen erklärt es vieles. Er konnte uns doch von Anfang an nicht leiden. Darum hat er auch nie ein Wort gesprochen! Nicht wahr, Miss Dracula?«

»Nein«, murrte Utodja darauf, senkte die Ohren. »Ich mag nur dich nicht.«

Mika musste sich das Grinsen verkneifen, bei dem empörten Gesicht, das Chris machte und auch Ellie kicherte.

»Was? Wieso nur mich, wie kannst du mich nicht mögen, huh? Ich bin die Liebenswürdigkeit in Person und der beste Kumpel von deinem Alpha! Du solltest mich lieber mögen, Kleines, sonst bekommen wir Probleme.«

Langsam wurde es echt schwer, sich das Lachen zu verkneifen. Es war einfach nicht zu glauben. Erst herrschte Panik und jetzt konnten sich die beiden schon anzicken? Was Utodja wohl darauf antworten würde?

Dessen Ausdruck hatte sich verfinstert und Mikas Grinsen erstarb.

»Ja, das werden wir«, erklärte Utodja ernst. Das war eine Drohung. Mika wusste es sofort und spannte sich an, schielte zu Chris, der es noch nicht kapiert hatte. »Du nennst dich Freund, aber du zeigst keinen Respekt«, grollte Utodja, tippte sich an den Kopf. »Du sagst dumme Worte über Mikhael. Ohne nachzudenken, ohne auf Gefühle zu achten. Mein Guardo interessiert dich nicht. Du willst nur lachen. Wie alle Menschen. Lach über mich, aber nicht über meinen Guardo. Ich erlaube es nicht.«

Mit großen Augen wurde Utodja angesehen, dann ertönte ein Pfiff. Das Gesicht des Chris-Menschen hatte sich verändert. War weder zornig, noch gehässig. Es war leer geworden und Utodja schüttelte sich. Ein eisiger Schauer sträubte sein Fell und er kniff die Augen zusammen.

»Ich respektiere ihn nicht? Er interessiert mich nicht? Ist das so? Gendro?« Abfällig verzog der Chris-Mensch das Gesicht, verschränkte die Arme.

Eine geballte Wand aus Zorn baute sich urplötzlich vor Utodja auf und er hatte Mühe, ihr standzuhalten. Zu viele Gefühle erhoben sich, versteckten sich hinter einer glatten Oberfläche, aber tobten wie ein Sturm. Er hatte etwas Falsches gesagt. Oh ja, das hatte er.

»Escúchame, Kleines, es hat einen Grund, wieso Gendros nicht reden sollten. Wenn man keine Ahnung hat, sollte man die Klappe halten, sonst fängt man sich eine Ohrfeige ein. Nuckel du weiter an deinem Blut- to- Go- Beutelchen, aber halt dich aus unseren Angelegenheiten raus. Mikey ist unser Freund und kann für sich selber sprechen. Er braucht keinen neunmalklugen Schoßhund.«

Stechende Augen bohrten sich in Utodja, provozierten, forderten heraus, kämpften, gewannen. Alles viel zu schnell, viel zu heftig und Utodja verlor das Spiel, ehe er merkte, dass es begonnen hatte. Sein Kopf wurde heiß und er senkte den Blick, ballte die Fäuste. Mit solchen Worten hatte er nicht gerechnet, nicht von diesem Mann und sie waren wirklich wie eine tadelnde Ohrfeige.

Schweigend lehnte er sich zurück, sah nicht mehr auf. Das Alphatier dieses Nestes hatte gesprochen. Er hatte zu schweigen. Sein Plan war gescheitert.

»He! Rede gefälligst nicht so mit ihm!«, mischte sich Mika ein, ergriff Partei für seinen Flughund.

»Wieso? Du hast ihm ja auch keinen Maulkorb umgeschnallt. Wenn das Vieh den Mund aufmacht und Schwachsinn redet, halt ich sicher nicht die Klappe! Es gibt Konsequenzen und das sollte er lernen!«

Darauf konnte Mika nichts sagen, denn es stimmte leider. Utodja hatte mit Kontra zu rechnen, wenn er so etwas sagte. Trotzdem gefiel es ihm nicht, wie niedergeschlagen Utodja da saß und schnell zog er ihn zu sich, setzte ihn ohne nachzudenken auf seinen Schoß. Sofort schlangen sich Arme und Flügel um seinen Oberkörper und so verharrten sie. Von Chris kam nur ein vielsagender Blick, aber ausnahmsweise hielt er den Mund. Wenigstens das.

»Toll, jetzt hast du sein Vertrauen ins uns zerstört«, murrte Ellie darauf, stieß ihrem Freund gegen den Arm und verzog unzufrieden den Mund.

»Was, ich? Das Vieh hat doch angefangen!!«

»Er ist doch nur ein Gendro, er hat es nicht so gemeint! Er ist intelligent, ja, aber so hättest du nicht mit ihm reden sollen! Verstehst du nicht, wie unglaublich es ist, dass wir überhaupt mit ihm über so ein Thema diskutieren können?«

Und es ging von vorne los. Wieder einmal entfachte ein alberner Streit zwischen den beiden und die ein oder andere Cocktailtomate wurde geworfen. Allerdings kümmerte sich Mika nicht darum, er hatte seine ganze Aufmerksamkeit seinem Flattertier geschenkt. Sanft fuhr er über Utodjas Rücken, hörte sein missbilligendes Brummen, dachte aber nicht daran aufzuhören. Dass sich Utodja schämte, war einfach zu erkennen.

»Er ist wütend. Das ist nicht gut. Ich wollte es nicht kaputtmachen«, flüsterte ihm Utodjas Stimme ins Ohr und Mika seufzte.

»Der ist ständig wütend. Abwarten. Ist schon gut.«

Doch abzuwarten brachte nichts. Der Streit dauerte noch einige Minuten an, machte nicht nur Utodja, sondern auch Mika unruhig. Angespannt reckte er die Schultern, verengte die Augen.

Mist, je schlechter die Stimmung wurde, desto schlechter waren die Voraussetzungen für den Rest von ihrem Plan. Vielleicht sollten sie das besser auf einen anderen Tag verschieben. Niemand konnte zu viel auf einmal aushalten. Seine beiden Freunde hatten sich richtig festgebissen, reden sich immer weiter in Rage, bis Ellies Kopf plötzlich herumfuhr. Erschrocken zuckte Mika zusammen, fluchte innerlich und festigte seinen Griff um Utodja.

»Mikhael, wieso sagst du nicht auch endlich was dazu? Hast du auch nur die geringste Ahnung, was das bedeutet? Was wir alles von deinem Gendro lernen könnten? Über ihre Sichtweise, ihre Weltanschauung, ihre Kultur! Das ist fantastisch. Wer weiß alles davon?«

»Nur wir. Und dabei muss es bleiben«, erklärte Mika, hatte jetzt keinen Nerv für eine derartige Diskussion. Ellies Weltverbesserungspläne konnte er jetzt nicht gebrauchen. Allerdings stieß er auf Unverständnis.

»Was? Wieso willst du es geheimhalten? Wenn bekannt wird, wie intelligent Gendros sind, könnte das endlich die Missstände aufheben, in denen sie sich befinden!«

»Ellie, können wir ...«, versuchte er einzuwerfen, kam aber nicht weit.

»Nicht nur den Gendros, auch den Hybriden würde es besser gehen! Ihre Rechte und ihr Status müssten neu ausdiskutiert werden und die Sklaverei würde endlich beendet!«

»Können wir das ein anderes Mal besprechen?«, fragte Mika energischer, spürte, wie seine Finger zu prickelnd begannen. Über solche Themen wollte er nicht reden, sie machten ihn nervös und das wusste Ellie, aber wie so oft ließ sie sich nicht abwimmeln.

»Wenn nicht jetzt, wann dann? Mikhael, die Welt muss davon erfahren! Du und dein Utodja, ihr könntet etwas bewirken. Denk doch mal darüber nach! Wir müssen nur - ...«

»ICH SAGTE NEIN, VERDAMMT NOCH MAL!«, donnerte Mikhael und entblößte seine Fänge. Ellie verstummte augenblicklich und Chris ließ schlagartig seine Kippe fallen. »Niemand wird davon erfahren! Verstanden? Und WIR tun schon mal gar nichts! Utodja gehört zu mir, wenn, entscheide ich das! Und ich sage nein! Utodja war einmal in einem Labor, ein zweites Mal lasse ich das nicht zu. Ihr kapiert es nicht, oder? Die Welt würde nie davon erfahren. Bist du wirklich so blöd, Ellie? Du arbeitest in dem Laden! Das IKF wird davon erfahren und was tun die mit klugen Gendros? Dasselbe, was sie mit Hybriden tun! Sie wegsperren! Das wäre unser Tod! Wehe, ihr sagt auch nur ein Wort zu irgendjemanden!«

Die Ansage war hart, aber deutlicher konnte Mikhael es nicht sagen. Ellie und Chris bedeuteten ihm viel, aber seine Prioritäten lagen jetzt woanders. Es ging um so viel mehr und was Ellie sich da zusammengesponnen hatte, war Schwachsinn! Was glaubte sie, was sie tun könnten? Eine weitere Gendro-Schutz-Partei gründen? Sich gegen die Regierung stellen? Eine Untergrundbewegung aufstellen und als Rebellen die Welt retten? Bullshit! Sie würden eine Zirkusnummer werden! Alles, was Mika wollte, war seine Ruhe. Sein Leben leben! Mehr nicht. Über mehr konnte und wollte er nicht nachdenken.

Aber das verstand sie nicht. Sie sah es nicht, wusste nicht, wie hoch das Risiko war. Was auf dem Spiel stand. Der Schritt, den Mika heute wagen wollte, war schon mehr, als er sich eigentlich zutraute!

»Mikhael.«

Utodjas Stimme ließ Mika zusammenzucken und er warf den Kopf hoch, sah in die Runde. Was war passiert? Verwirrt sah er in Utodjas Gesicht, merkte erst jetzt, wie schnell er atmete und dass er am ganzen Leib bebte.

Tief durchatmend fuhr er sich über das Gesicht, stockte im selben Moment. Seine Hand ... Sie war dunkel. Es ging wieder los!

Schnell ließ er seinen Arm unter dem Tisch verschwinden, sah zurückhaltend in die Gesichter seiner Freunde. Verflucht, schon wieder! Wieder war er ausgerastet, er war so ein Volltrottel!

Unruhig leckte er sich über die Lippen, suchte nach den passenden Worten. Nach einer Entschuldigung! Doch dann stockte er.

Nein. Nein, dafür würde er sich nicht entschuldigen, denn er hatte recht. Ellie konnte sich um die ganze Welt sorgen, wenn sie wollte. Aber retten konnte sie sie nicht. Sie meinte es gut, aber sie hatte keine Ahnung und es war an der Zeit, das zu ändern.

»Mikhael, ich ...«, begann seine Sandkastenfreundin, sprach mit erstaunlich zittriger Stimme. Sofort rollte sich ein großer Stein auf Mikas Brust, erdrückte sein Gewissen. Ellie war in ihrem Stuhl ganz klein geworden, hatte glasige Augen. Sogar Chris glotzte ihn an, als hätte er nicht mehr alle Tassen im Schrank. Nur Utodja hatte sich nicht gerührt. Er saß still auf seinem Schoß und musterte ihn fragend.

Seufzend ließ Mika die Schultern fallen, lächelte kränklich und streichelte seine Wange. Nur er war nicht zurückgewichen, nur er wusste Bescheid. Die grünen Augen stellten dieselbe Frage, die sich Mika schon die ganze Zeit über stellte und ja. Jetzt war es so weit.

Mit rasendem Herzen nickte er Utodja zu, dessen Ohren nach oben schossen. Dann kletterte er von seinem Schoß. Sein Schweif blieb dabei um Mikas Knöchel gewickelt.

»Ellie, hör zu. Das Ganze ist nicht so einfach. Es ist sehr viel komplizierter.

Utodja und ich, gerade ich, ich kann das nicht machen.«

Mika atmete laut durch, sah auf seine Hände hinab. Mit einmal klingelte es in seinen Ohren und in seiner Brust raste eine Dampfmaschine. Wie sollte er anfangen?

»Ist alles in Ordnung, Mika? Du siehst gar nicht gut aus.«

Mika hörte es, roch, wie die Sorge in Ellie aufkeimte. Sie und ihre Überfürsorglichkeit. Mal sehen, wie lange die noch anhielt, wenn sie die Wahrheit kannte. Die Hände in seinem Schoß begannen zu zittern und wurden noch dunkler. Stück für Stück, bis sie vollkommen schwarz waren. Mikas Kehle zog sich zusammen.

»Ich kann … es niemandem sagen, weil es zu gefährlich ist«, würgte er schließlich hervor, konnte seinen Herzschlag in seinem ganzen Körper spüren. Er begann zu schwitzen und nach nur wenigen Sekunden, hatte er das Gefühl zu schmelzen. Seine Kleider wurden kratzig, klebten an seiner Haut und der Drang überfiel ihn, sich die Hände zu waschen.

»Ich … muss euch etwas sagen. Es ist wichtig. Es ist etwas über mich, das ihr nicht wisst.« Gott, wie sollte er es nur sagen? Er brachte das Wort niemals über seine Lippen, nicht in hundert Jahren. »Ich hab euch belogen. Die ganze Zeit. Ich konnte es euch nicht sagen, aber jetzt muss ich es. Darum sind wir beide heute hier. Damit ihr es erfahrt.«

»Was sollen wir erfahren? Mika, du machst mir langsam Angst. Was ist denn bloß los?«

Noch immer besorgt. Mikas Mundwinkel zuckten, doch ein Lächeln brachte er nicht zustande. Ihm war so heiß, dass er kaum atmen konnte. Wenn er weitersprach, verlor er vielleicht seine besten Freunde. Dabei schuldete er ihnen so viel. Auch die Wahrheit. Doch es ging nicht. Seine Zunge klebte förmlich an seinem Gaumen. Wie sollte er es nur so formulieren, dass sie es auch verstanden?

Wie in Trance starrte er auf seine Hände, überlegte fieberhaft, doch fand keine Lösung. Denn es gab dafür keine Worte. Verdammt, das brachte doch alles nichts! Ohne weiter drüber nachzudenken, handelte er. Hob schließlich mit einem Mal beide Hände, offenbarte, was er unter dem Tisch versteckt gehalten hatte.

Sofort veränderte sich die Stimmung. Die Luft lud sich auf und erstaunte Laute drangen an seine Ohren, jagten ihm grausige Schauer über den Rücken. Nur mit aller Willenskraft schaffte er es, den Kopf zu heben und in die überraschten Gesichter seiner Freunde zu sehen.

Im ersten Moment wusste er nicht, was er tun sollte, ballte seine Hände zu Fäusten, legte sie auf den Tisch. Wieder zuckten seine Mundwinkel und dieses Mal formte sich ein verzweifeltes Grinsen auf seinen Lippen.

»Ich bin kein Mensch«, entfuhr es ihm und er zuckte mit den Schultern, war im selben Moment schockiert, wie flapsig die Worte aus seinem Mund stolperten. »Ich bin keiner. Ich war es nie. Niemals, von Anfang an nicht. Ich bin ein ... ein Hybrid, ein Tigerhybrid. Darum die Krallen. Darum war alles immer so komisch. Damals, mit meinen Eltern und ... Darum kann ich niemandem von Utodja erzählen. Nicht nur wegen ihm, auch wegen mir, denn wenn sie mich finden und vom Wildpark erfahren, dann bin ich weg und Utodja ist wieder im Labor. Darum geht es nicht, es tut mir leid.«

Es war still auf dem kleinen Balkon. Erschreckend still.
Wie gebannt starrte Mika auf den Tisch, betrachtete die Krümel auf seinem Teller. Der Geruch der verglühten Kohlen kroch ihm in die Nase und er schluckte hart. Wartete. Doch es kam nichts. Keine entsetzten Laute, keine Kommentare, gar nichts. Wieso? Waren die zwei vor Schock zu Stein erstarrt? Oder waren sie weggerannt, ohne dass Mika etwas bemerkt hatte. Schließlich hob er ganz langsam den Kopf. Nein, weggerannt waren sie nicht. Seine Freunde saßen noch da, starrten ihn einfach nur an. Dann wechselten sie einen Blick miteinander und plötzlich verdrehte Chris die Augen.

»Meine Güte, war's das? Ist ja nicht zum Aushalten, das Gejammer«, murrend griff er nach der Zigarettenschachtel und zog ein Kippe hervor, zündete sie kurzerhand an. »Und? Geht's jetzt weiter im Text? Die Sache wird mir zu blöd. Siempre lo mismo contigo.«

»Was?« Entrüstet sackte Mika zusammen, glotzte seinen Kumpel völlig verwirrt an. Hatte er ihm nicht zugehört? Verstand er nicht, was er ihnen gerade anvertraut hatte? Oder glaubte er ihm nicht?

Fragend drehte er den Kopf, suchte Ellies Blick, doch auch sie war nicht im geringsten beeindruckt. Alles was sie tat, war ihn sanft anzulächeln. Dann lehnte sie sich zur Seite, holte aus dem Bierkasten zwei Flaschen hervor und hielt ihm eine entgegen.

»Hier, ich denke, das kannst du jetzt gut gebrauchen.«

Wie in Trance nahm Mika die Flasche entgegen, wusste nicht, was er sagen sollte.

»Okay, so ist es gut. Und jetzt atme ein paar Mal ein und aus. Du bist wirklich blass, nicht, dass du noch umkippst.«

»Ich verstehe nicht. Habt ihr nicht verstanden, was ...?«

»Doch Mikhael, wir haben dich verstanden. Und es ist alles gut. Entspann dich.«

»Ja, aber ...«

»Wir wissen es. Wir wissen es schon eine ganze Zeit.«

»Ihr wisst es?«

Die Welt begann sich zu drehen, verwandelte sich in ein kreisendes Karussell. Wurde schneller und schneller und ihm wurde schwindlig. Sie wussten es? Wie konnten sie es wissen? Das war unmöglich! Er hatte sich solche Mühe gegeben, damit sie es nie erfahren würden. Hatte sein Bestes gegeben, sich Jahre lang verstellt! So hart an sich gearbeitet, damit niemand etwas merkte! Was das alles umsonst gewesen?

»Wie?«, krächzte er. Das ging nicht in seinen Schädel.

»Von deinen Eltern«, warf Chris ein.

»Was?« Das konnte nicht sein! Seine Eltern waren immer gegen jeglichen Kontakt zu Chris und Ellie gewesen waren. Warum um alles in der Welt hätten sie es ihnen erzählen sollen? Das ergab keinen Sinn!

»Wir haben sie darüber reden hören, als wir mal bei dir gepennt haben. War ein Zufall. Ist ziemlich lange her. Wie alt waren wir da, Ellita? So vierzehn? Keine Ahnung.«

Seit sie vierzehn waren? Würde Mika nicht sitzen, würde er den Boden unter den Füßen verlieren und einfach fallen.

»Wieso habt ihr nie was gesagt?« Fest umklammerte er die Flasche in seiner Hand, begann zu beben.

»Wieso sollten wir? Da gab's keinen Grund zu. Es hat sich nichts dadurch geändert. Du warst immer noch derselbe Idiot wie vorher, auch wenn's ein Schock war. Damals hieß es, Hybriden sein genau wie Gendros. Tse, was für 'ne Verarschung.«

»Und das habt ihr für euch behalten? Und wolltet trotzdem weiter mit mir befreundet sein?«

»Natürlich, Mika. Was denkst du denn von uns? Selbstverständlich sind wir aus allen Wolken gefallen, aber du warst unser Freund! Und das bist du noch immer. Ich hab sowieso nie geglaubt, was uns über die Gendros und Hybriden erzählt wurde. In den anderen Staaten ist die Gesetzgebung nicht umsonst geändert worden. Nur unser Staat schotten sich davon ab. Das war mir suspekt, da hab ich nachgeforscht.«

Mika wusste nicht, was er sagen sollte. Die ganze Zeit wussten sie es? All die Jahre?

Für einen Moment glimmte Zorn in ihm hoch und er verengte die Augen. Wenn sie es schon so lange wussten, wieso hatten sie nichts gesagt? Hatte es ihnen Spaß gemacht, ihm dabei zuzusehen, wie er sich abrackerte? Hatten sie sich daran ergötzt, oder was? Wenn sie nur wüssten, was für einen Stress sie ihm erspart hätten, wenn sie ihre verdammte Klappe aufgemacht hätten!

Aber ihnen deswegen Vorwürfe zu machen war falsch. Vermutlich hatten sie auch nicht gewusst, was sie tun sollten.

»Habt ihr es jedes Mal bemerkt, wenn ich die Kontrolle verloren hab? Ihr wisst schon. Meine Hände und so?«

»Na ja, wenn man es weiß, achtet man mehr darauf. Aber in unserer Gegenwart warst du immer lockerer, dir ist das, glaube ich, gar nicht aufgefallen. Zumindest sind mir die da nicht neu.« Mit dem Kopf deutete Elenor auf Mikas Klauen. »Allerdings verstehe ich nicht, warum du Schminke im Gesicht hast. DAS ist mir sofort aufgefallen.«

Mikas Kehle zog sich fest zusammen. Es war ihr also doch aufgefallen, als er in der Tür gestanden hatte.

»Ja, das ist, weil ...«, murmelte er umständlich, zögerte. Ach verdammt, wenn sie es tatsächlich wussten, weswegen machte er noch ein Geheimnis daraus? Er griff nach einer Serviette und wischte sich schließlich das Gesicht ab. Als er die Serviette wieder sinken ließ, weiteten sich Ellies Augen und ein erstaunter Pfiff kam von Chris.

»Okay, also das *ist* neu. Seit wann sind die da?« Fragend deutete sein Kumpel auf die Muster, die auf Mikhaels Wangen lagen und seit dem Besuch im Wald nicht mehr verschwinden wollten.

»Erst seit ein paar Tagen. Sie sind größer geworden und jetzt gehen sie nicht mehr weg.«

»So wie deine komischen Tattoos, huh?«

»Ihr wisst auch davon?«

»Ay, Mikey, wie oft haben wir bei dir gepennt? Oder du bei uns? Ich kenn' deinen Rücken, seit Ewigkeiten! Frisch gestochene Tattoos sehen anders aus.«

Das war der Moment, in dem Mika wirklich einen Schluck Bier vertragen konnte. Er setzte die Flasche an und nahm einen gewaltigen Schluck. Unglaublich. Wer von ihnen hatte wohl mehr Theater gespielt? Er, um zu vermeiden, dass sie etwas merkten? Oder sie, die so taten, als würden sie nicht merken, dass er es vertuschen wollte? Das war völlig verrückt! Dieses Gespräch, die offensichtlichen Tatsachen und dass er mit den beiden darüber sprach. Einfach so! Ha! Wenn es nicht so skurril wäre, würde er lachen! Bei Utodja hatte es ihn viel mehr Überwindung gekostet, es zuzugeben.

Ah! Utodja. Ganz langsam drehte Mika den Kopf, suchte den Blick seiner Fledermaus.

Utodja hockte auf der Bank und war genauso verwundert wie sein Guardo. Auch er war völlig überrumpelt, hätte nie damit gerechnet, dass die beiden Menschen Bescheid wussten. Schon viele Sommer und Winter, wie es schien und sie hatten das Geheimnis seines Alphas bewahrt. Hatten ihn durch ihr

Schweigen beschützt und auch jetzt versuchten sie ihn zu beruhigen, gingen damit um, als wäre es normal. Das war erstaunlich. Gar ungewöhnlich für Menschen.

Utodjas Ohren fielen zur Seite und er senkte den Blick. Der Chris-Mensch, er hatte ihn falsch eingeschätzt. Wäre Mikhael ihm egal, hätte er nicht geschwiegen. Ganz sicher nicht. Ja, Utodja hatte sich getäuscht. Und Mikhael offensichtlich auch.

Zwar war sein Guardo völlig überfordert, aber besser hätte es für ihn nicht laufen können. Das Rudel akzeptierte ihn! Sah ihn noch immer als Freund. Das Band zwischen ihnen war so stark, wie Utodja es geglaubt hatte. Der Gedanke freute ihn, denn Mikhaels Angst hatte auch an ihm genagt. Jetzt gab es keinen Grund mehr für ein Versteckspiel. Gleichzeitig verspürte Utodja ein Stechen in seiner Brust. Noch war er nicht Teil dieses Rudels. Noch hatte man ihn nicht anerkannt. Seine Andersartigkeit hatten sie akzeptiert, aber noch sahen sie ihn nicht als das, was er war. Vermutlich, weil er vorhin den Chris-Menschen angegangen war. Aber sein Platz war jetzt nicht wichtig. Jetzt ging es um Mikhael und die Aussprache mit seinen Freunden.

Allerdings wusste Mika nicht, ob er sich freuen sollte. Er fühlte sich taub. Die geballte Menge an Gedanken, die auf ihn einprasselte, legte ihn einfach lahm. Da waren so viele Erinnerungen. Momente, in denen er gebetet hatte, dass die beiden es nie erfahren würden und dann war es so einfach? Sie nahmen es einfach so hin?

Wieder nahm Mika einen Schluck aus der Flasche, schüttelte nur den Kopf.

»Jetzt komm wieder runter, Amigo. Sieh es locker. Vor uns musstest du dich noch nie verstellen. Ob jetzt als Kampfkatze oder als Mensch, ist doch egal«, grinste Chris ihn breit an, worauf Mika grunzte.

»Ja, sicher. Das sagt sich so leicht.«

»Wir hatten schon Wetten abgeschlossen, ob und wann du es uns je sagst! Und ich hab gewonnen! Ellie schuldet mir jetzt so einiges, he, he!« Anzüglich nickte Chris seiner Freundin zu, die die Augen verdrehte. Ein roter Schimmer legte sich auf ihr Gesicht. Herr Gott, Mika wollte gar nicht wissen, worum die gewettet hatten. Überhaupt, was zur Hölle lief bei den beiden eigentlich falsch?

»Ihr habt gewettet? Ernsthaft? Ihr seid so was von bescheuert!«

»Ja, das sind wir. Ich hab Ellie immer gesagt, wenn du die Katze aus dem Sack lässt, dann muss schon irgendwas passieren. Und ich hatte recht. Es ist was passiert! Da sitzt es!« Mit einem Finger deutete Chris auf Utodja, der den Kopf zur Seite drehte. Jetzt war es Mika, dessen Gesicht sich heiß anfühlte und wieder nahm er einen Schluck. Chris kannte ihn zu ziemlich gut. Besser, als Mika sich selbst. Nicht zu fassen. Das taube Gefühl in ihm ließ allmählich nach und Erleichterung kam in ihm hoch.

Damit hatte er insgesamt drei Vertraute, die von seinem Geheimnis wussten. Ha, es war, wie Utodja gesagt hatte. Sie waren ein Rudel. Ein Rudel von Mitwissern.

»Oh Mann, ich komme mir wie ein Idiot vor«, murmelte er, grinste kränklich.

»Nein, Mikhael, das musst du nicht. Wir haben gewusst, wie sehr dich das belastet hat. Wir wollten dir helfen! Aber wir dachten, wenn wir etwas sagen, willst du uns nicht mehr sehen. Oder deine Eltern werfen uns raus. Ich bin wirklich froh, dass du es uns endlich gesagt hast.«

»Tja, hätte ich es mal eher getan.« Dann wäre alles vielleicht anders gekommen. Mika sah es jetzt schon vor sich. Ellie hätte ihm bei all den seltsamen Dingen geholfen, die er durchgemacht hatte, während Chris nur an den Kampfsport gedacht hätte und gewollt hätte, dass Mika ihm seine Tricks zeigt. Der Gedanke war so albern, dass Mika schmunzeln musste, aber so amüsant es auch war, so traurig war es. So hätte es sein können, wenn sie alle den Mund aufgemacht hätten. Schluckend sah er von einem zum anderen, zögerte einen Moment, bevor er weitersprach.

»Und jetzt? Was machen wir jetzt?«

»Na, was sollen wir jetzt machen? Nichts natürlich. Alles geht so weiter wie bisher. Es sei denn, du entscheidest dich zu einem zweiten Amoklauf und zeigst der ganzen Welt deine hübschen Klauen. Dann haben wir alle ein Problem, weil wir einen tobsüchtigen Hybriden versteckt haben.«

»Hör auf damit, sag nicht solche Sachen!« Genervt boxte Ellie Chris gegen den Arm, der leise fluchte, dann wandte sie sich wieder Mika zu, beugte sich weit über den Tisch. »Hör nicht auf ihn, er ist ein Arsch. Das einzige, womit er recht hat, ist, dass sich für uns nichts ändert. Und was deinen vermeidlichen Amoklauf angeht, ich hab mich informiert. Seit ich damals herausgefunden habe, was mit dir los ist, hab ich alles über Gendros und Hybriden gelesen, was ich in die Finger bekommen konnte.«

»Hast du etwa deswegen im IKF angefangen?«, hauchte Mika und sein Magen verkrampfte sich, als Elenor nickte.

»Ganz genau. Damit ich im Notfall Bescheid weiß. Jedenfalls sind diese Aggressionen das, womit das IKF gegen die Hybriden wettert. Menschen haben eine aggressive Natur und je nachdem, womit man sie kreuzt, kann das schlimme Auswirkungen haben. Deswegen leiden Hybriden oft an diesem Kontrollverlust, von dem alle sprechen. Unter dem Vorwand werden sie ihren Familien weggenommen und verlieren ihre Rechte. Es wird gar nicht versucht, ihnen zu helfen. Das IKF sagt, es sind die Instinkte und Triebe der Gendros, die dazu führen, dass Hybriden den Verstand verlieren. Dass es extreme Symptome des Wachstums und der Pubertät sind, ausgelöst durch die Kreuzung von Mensch und Kryptid. Ich sage, das ist Unsinn! Schau dich an! Du bist längst über dieses Alter hinaus, und dass dein Körper sich erst jetzt verändert, ist auch untypisch. Ich denke, was das Institut behauptet, ist Blödsinn und das sehen die anderen Staaten auch so. Aber unser Gouverneur hört nicht auf deren Einwände. Dabei sollte er das! Was deine Eltern mit dir gemacht haben, war falsch, aber es hat geholfen. Verarbeitung und Unterstützung helfen. Nicht Unterdrückung. Wenn die Menschen das nur endlich einsehen würden.«

Seufzend lehnte sich Ellie zurück, schüttelte den Kopf. Dass sie so viel Ahnung von dem Thema hatte, war Mika neu und erstaunt sah er sie an. Was sie sagte, ergab Sinn, allerdings konnte er auch noch etwas anderes heraushören.

»Wenn sie es einsehen würden, würde sich vielleicht einiges ändern. Aber ich kann das nicht, Ellie. Ich kann nicht.« Utodja hatte eben recht, er war ein Feigling und hatte Schiss vor den Konsequenzen. Als intelligenter gezähmter Hybrid öffentlich aufzutreten, schaffte er einfach nicht.

»Nein! So hab ich das auch gar nicht gemeint! Entschuldige, Mikhael. Ich will nicht, dass du etwas tust, das du nicht willst. Ich kenne das Vorgehen der Forschungsabteilung. Ich will nicht, dass du da endest!«

»Werd' ich nicht. Nicht, wenn ihr weiterhin dicht haltet.«

»Als ob wir jetzt das Maul aufreißen würden.« Kopfschüttelnd winkte Chris ab.

»Auch was Utodja angeht?«

»Ja, auch was dein kleines Monster angeht. Wir halten die Klappe.«

»Dabei war ich wirklich besorgt, als ich gehört hab, dass du dir einen Gendro anschaffst«, murmelte Ellie , warf Utodja einen Blick zu. »Du wolltest das alles immer unterdrücken und ich dachte, ein Gendro macht es dir schwerer. Aber es war eh nur eine Frage der Zeit, bis dein Interesse an den Gendros aufkommt. Und wenn ich dich jetzt so ansehe, glaube ich, dass er dir ganz gut tut.«

Da musste Mika schmunzeln, sah zu Utodja und legte eine Hand auf seinen Kopf, streichelte ihn.

»Er hat mir geholfen, das stimmt. Er weiß, wie es ist, anders zu sein und wie man damit umgehen muss. Ich schulde ihm ziemlich viel.«

»Na gut, na gut! Reicht es jetzt mit dem schleimigen Getue? Wir haben eine Runde geheult, uns ausgesprochen, bla, bla, bla. Von mir aus gründen wir 'ne Selbsthilfegruppe. Aber für heute reicht's! Anstelle zu jammern, wie schlimm es ist, ein Freak zu sein, zeig uns, was du alles kannst!«

Perplex starrte Mika Chris an und sein Mund klappte auf. Das war so typisch! Taktvoll wie immer fand Chris die passenden Worte, um den Moment zu ruinieren.

»Du bist wirklich sehr feinfühlig«, grollte er, aber sein Kumpel zuckte nur mit den Schultern.

»Ja, ja. Rede nicht, mach schon. Jetzt, wo eh alles rausgekommen ist, kannst du uns auch das sagen. Lass mich raten. Im Sportclub damals hast du die ganze Zeit betrogen, oder?«

»Was?«

»Du weißt genau, was ich meine. Null Erfahrung, aber schnell wie der Blitz und wendig wie ein Hase! Keiner war so schnell wie du, konnte so lange rennen oder so springen. Du hast deine besonderen Kräfte eingesetzt, oder?«

»Besonderen Kräfte?« Für wen hielt er ihn? Superman? »Schwachsinn, ich hab nicht betrogen. Ich bin sogar extra langsamer gelaufen, damit es nicht auffällt.«

»Und genau das bedeutet, du hast betrogen! Du hast deine Kräfte heruntergschraubt. Der Kampf war nicht fair! Wer will schon, dass man ihn gewinnen lässt! Das holen wir nach, darauf kannst du dich verlassen! Elf Jahre Revanche stehen mir zu!«

»Du hast sie doch nicht alle.«

»Und ob! Und was kannst du noch? Ich wette, dein Gehör ist super. Und deine Augen auch. Sonst würdest du nicht diese bescheuerten Kontaktlinsen tragen!«

Was zum ...? Okay, scheinbar war seine Tarnung schon vor Jahren aufgeflogen. So eine Scheiße.

»Lass das. Ich kann nichts Großartiges.« Das war ihm unangenehm. Wieso wollte Chris das plötzlich alles wissen?

»Du hast doch gesagt, du bist ein Tigerhybrid. Kannst du brüllen? Oder schnurren? Na? Miez, miez, miez?«

»Halt's Maul!«

»Was denn? Du bist doch ein halbes Kätzchen, nicht wahr? Mh, wo wir dabei sind. Wenn du ein Hybrid bist, wer von beiden war's? Hat deine Ma die Beine breit gemacht oder hat sich dein Vater mit einer Wildkatze ausgetobt? Adoptiert bist du nicht, oder?«

Die Faust, die direkt in Chris Gesicht landete, kam Mikhael leider zuvor.

»Um Himmels Willen, Christopher García! Halt deinen Mund! Du bist unmöglich! Als ob dich das auch nur im Geringsten was angeht!«

»Arg! Verdammt, eres una puta loca! Meine Nase, du hast sie gebrochen!«

»Hör mit deinem Fake-spanisch auf und heul nicht rum. Entschuldige dich bei Mikhael. Auf der Stelle!«

»Nein, nein, ist schon gut.« Mika lehnte sich zurück, wedelte mit einer Hand und verschränkte dann die Arme. »Nur zu, schlag ihn weiter. Ich genieße das sehr.«

»Ihr miesen Arschlöcher! Ich blute!«

»Wenigstens etwas! Hey, Utodja, hast du noch Hunger? Du darfst ihn gerne beißen und aussaugen! Bis auf den letzten Tropfen, dann beleidigt er deinen Alpha sicher nicht mehr.« Mit einem freundlichen Lächeln wandte sich Ellie an die Fledermaus, die die Stirn in Falten legte. Augenblicklich sprang Chris auf die Füße.

»Was? Wehe, Miss Dracula kommt mir zu nahe. Hier wird niemand gebissen!«

Allerdings war Chris nicht der Einzige, der angewidert schaute.

»Auch wenn mein Leben davon abhinge, würde ich sein Blut nicht nehmen. Nicht, wenn er schmeckt, wie er riecht«, war alles, was Utodja dazu sagte und Mika konnte sich nicht mehr halten. Brach in schallendes Lachen aus. An diesem Tisch waren alle bescheuert! Ausnahmslos!

Als sich der Himmel komplett zugezogen hatte, entschied Mikhael, dass sie über Nacht bleiben würden. Eine spontane Entscheidung, denn es war ein normaler Tag, was bedeutete, dass Mikhael morgen in den Laden musste. Allerdings tat er Utodjas Bedenken einfach ab und meinte, dass würde schon gehen. Gefallen tat das Utodja nicht. Der Gedanke, eine Nacht in einem fremden Nest zu verbringen, stresste ihn, aber sein Alpha wollte es so und scheinbar brauchte er es auch. Denn er redete die ganze Zeit mit seinen Freunden. Dass er sich ihnen offenbart hatte, tat ihm gut, genau, wie Utodja es vorausgesagt hatte. Er war entspannt wie noch nie und schien langsam warm mit der Vorstellung zu werden, dass die beiden Bescheid wussten. Er ließ sich sogar dazu überreden, seine Fänge und Klauen zu entblößen, konnte sogar darüber lachen! Auch die Plastikaugen hatte er herausgenommen. Es musste wirklich das erste Mal sein, dass er frei darüber reden konnte, ohne Angst zu haben, ausgestoßen zu werden. Utodja kannte dieses Gefühl. Ihm war es genauso ergangen, als Mikhael akzeptiert hatte, dass er ein Maara war. Es war ein gutes Gefühl gewesen und er gönnte es seinem Guardo aus vollem Herzen. Darum entschied er sich, im Hintergrund zu bleiben.

Trotzdem fühlte er ein unangenehmes Zerren in der Brust, je länger er Mikhael und seine Freunde beobachtete. Dabei zusah, wie sie erstaunt seine Krallen musterten und über seine Fangzähne scherzten. Diese Geheimnisse hatten bisher Utodja allein gehört. Mikhael hatte sich ihm anvertraut und er war etwas Besonderes für Mikhael gewesen. Doch jetzt? War er noch immer besonders, wo es auch diese beiden wussten? Die, die seinem Guardo so viel näher standen?

Beinahe war er froh, als er irgendwann aufstehen und das Waschzimmer aufsuchen musste. Die ganze Zeit dazusitzen und den drei anderen zuzuhören, sorgte dafür, dass er sich schrecklich überflüssig vorkam. Dabei hatte ein Teil von ihm gehofft, wenn Mikhael sich offenbarte und alles gut ausging, würde er Utodja den beiden als seinen Alphamaara vorstellen. Angedeutet hatte er es zwar schon, aber nahmen sie es wirklich ernst? Dieser Chris behandelte ihn noch immer wie ein Tier, das zufällig sprechen konnte und das Weibchen redete nur wirres Zeug. Was sollte er davon halten?

Dabei sollte er sich tadeln, denn das waren egoistische Gedanken. Seinem Guardo bedeutete es so viel, dass die beiden sich nicht abgewandt hatten. Das wollte er ihm nicht wegnehmen.

Als er jedoch in das Wohnzimmer des Nestes zurückkam, hielt er einen Moment inne, lauschte. Das Gesprächsthema hatte sich geändert und der Chris-Mensch lachte plötzlich laut und unsittlich.

»Nein, Amigo. Ist echt wahr! Sie hat es mir selbst gesagt. Nachdem du neulich zu Besuch im Club warst. Nun hab dich nicht so! Oder haben Hybriden keine Beziehungen?«

»Nein, so ist das nicht. Aber ich weiß nicht, ob das was für mich ist.«

»Die Kleine wird dir schon nicht den Kopf abreißen und wenn du locker bleibst, merkt sie auch nichts. Hat bis jetzt ja auch keiner.«

»Ja, keiner außer euch Idioten.«

»Was soll das heißen? Mikey, Mikey, du verletzt mein armes kleines Herz.«

»Pah, als ob. Du hast kein Herz! Und jetzt nerv nicht.«

Wovon sprachen sie da? Die Kleine? Wer war *Die Kleine*? Mit klopfendem Herzen neigte Utodja den Kopf, setzte sich wieder in Bewegung und hörte der seltsamen Unterhaltung weiter zu.

»Nein, mal im Ernst. Die Kleine ist nicht übel! Sie hat vor ein paar Wochen in der Verwaltung angefangen. Zerbrechliches Ding, aber dafür echt hübsch.«

»Du kapierst es nicht. Seit Jahren versuchst du mich zu verkuppeln und hat es bisher geklappt? Nein! Und was lernen wir daraus? Lass es einfach, das wäre viel zu kompliziert. Überhaupt, müsste es nicht Ellies Aufgabe sein, mich zu verkuppeln? Als Frau der Gruppe?«

»Ich? Nein, ich halte mich daraus. Zumal ich ja offensichtlich nicht euren Geschmack treffe.«

»Ach, sei doch nicht so, Ellita. Immer gleich am zicken. Du bist doch nur eifersüchtig.« Das grausige Kichern des Stachelkopfes ertönte und Utodja konnte durch die Wohnzimmerfenster sehen, wie er sich weit zu Mikhael beugte, ihm gegen die Schulter schlug. Worum ging es hier eigentlich?

»Das Mädel könnte dir echt gefallen, Mikey. Es würde dir gut tun, endlich mal eine Freundin zu haben. Ich kann euch miteinander bekannt machen. Willst du mal ein Bild sehen?«

Verkuppeln? Bild sehen?

Schlagartig blieb Utodja stehen, weitete die Augen. Was er da hörte, er kannte das. Er kannte es! Hatte es schon mal gehört! Vor vielen vielen Jahren. Es war ...!

Wie ein Blitz tauchten Bilder vor seinen Augen auf, fluteten seinen Kopf und ein stechender Schmerz fuhr durch eine Stirn. Er zuckte zusammen und hielt die Luft an, krallte sich in seine Haare. Was er hörte, das war, es war ... *Er sah die Höhle! Seinen Patre seine Matre! An ihrer Seite stand ein junges Weibchen aus dem Stamm. Und ein fremdes Männchen, mit einem fremden Jüngling an seiner Seite. Sie standen vor seinen Eltern, redeten auf sie ein, machten Angebote und große Avancen. Bis sein Patre nickte. Einverstanden war, das junge Weibchen vorschob. Dann war da das Gesicht seiner Matre. Die lächelte, ihn hochhob und an sich drückte.*

»Eines Tages wirst du dort stehen, Utodja. Eines Tages werden viele Patren mit ihren Söhnen und Töchtern kommen. Und wenn deinem Patre ihre Geschenke gefallen, wirst du eine große Familie bekommen und von allen geliebt.«

Ein Handel!

Utodja gefror zu Stein, riss die Augen weit auf. Dieser Mensch, dieser Chris, er schlug seinem Guardo, seinem Alpha, einen Handel vor! Sein Herz hörte auf zu schlagen und ihm wurde eiskalt. Wie? Wie konnte dieser Mensch von diesem Ritual wissen? Das konnte nicht sein. Durfte nicht sein! Utodja verkrampfte sich. Fassungslos sah er zu dem offenen Raum, starrte seinen Alpha an. Der nur verlegen grinste. Rot wurde ...

Nein. Nein! Wie konnten sie es wagen? Sie alle drei! Sie saßen da und scherzten über so etwas! In Utodjas Anwesenheit! Wo sie genau wussten, er war nebenan und konnte alles hören! Das war... AH! Wusste sein Mikhael denn so wenig? Sah er nicht, was sein Freund da versuchte? Er wollte ihm eine neue Braut aufschwatzen! Ein neues Weibchen! Und sein Guardo lachte nur darüber! Wieso? Wieso lachte er? Wieso wurde er nicht wütend? Wieso ergriff er nicht Partei für Utodja? Er brauchte kein neues Weibchen! Keine neue Braut! Er hatte ihn. Utodja war sein Partner, sein Alphamaara.

ER war gekennzeichnet worden! ER gehörte an Mikhaels Seite! Keine dumme Menschenfrau. Seine Freunde hatten es doch gerade gelernt. Mikhael war kein Mensch. Er brauchte einen richtigen Partner! Einen, der wie er war! Der ihn verstand! Aber was wussten schon die Menschen davon? Sie verstanden gar nichts! Versuchten ihm einzureden, er bräuchte eine neue Braut, obwohl sie wussten, das Utodja da war. Obwohl sie es wussten! SIE WUSSTEN ES DOCH! Das war Utodjas Platz! Seiner! SEINER! DAS WAR SEIN PLATZ! Wie konnten sie es wagen! Wie konnten sie nur! Sie waren keine Freunde! Sie waren Feinde! FEINDE! SIE GEHÖRTEN BESTRAFT!

Ein unmenschlicher Schrei hallte durch die Wohnung und alarmiert sprang Mika auf die Beine.

»Was zur Hölle war das denn?«, kam von Chris, doch Mika hörte nicht zu, starrte wie gebannt in die Wohnung. Etwas stimmte nicht, er spürte es am ganzen Körper, wie viele heftige Stromschläge. Unruhe suchte ihn heim, nahm ihm gefangen und er verzog den Mund, fletschte die Zähne. Hass lag in der Luft, ballte sich zusammen wie eine gefährliche Gewitterwolke und entlud sich mit ganzer Kraft.

»Utodja!« Er war der Ursprung dieses Sturms, kein Zweifel. Mit der Fledermaus stimmte etwas nicht und es war anders, als alles, was Mika je wahrgenommen hatte.

Neben ihnen krachte es und die große Fensterscheibe hinter ihnen ging zu Bruch. Entsetzt schrie Ellie auf, zuckte zurück und auch Chris sprang auf, wich den Scherben aus.

»Was ist denn jetzt los?«

Das lag auf der Hand! Hektisch manövrierte Mika um den Tisch herum, hastete in die Wohnung, dicht gefolgt von seinen Freunden, doch kaum da er das Wohnzimmer betrat, kam etwas auf ihn zugeflogen. Eiligst ducke er sich, wich im allerletzten Moment einer Vase aus, die neben ihm an der Wand zerschellte. Blumen und Wasser fielen zu Boden und bestürzt hielt Mika den Atem an. Er traute seinen Augen nicht, glaubte nicht, was sich da vor ihm abspielte.

Utodja spielte völlig verrückt. Zerlegte das Wohnzimmer in Schutt und Asche! Die Möbel waren aufgeschlitzt, das Futter hergerissen, Bilder von den Wänden gefegt und Regale umgestoßen. Und er hörte nicht auf! Schrie ununterbrochen, folterte Mikas Ohren.

»Utodja, was machst du?«, rief er entsetzt und ruckartig fuhr der Gendro herum, starrte ihn vernichtend an. Doch statt einer Antwort warf er das nächste Regal um, schleuderte Bücher in ihre Richtung, ließ seinen Schweif auf den Boden peitschen. Hatte er jetzt völlig den Verstand verloren?

»HEY! WAS SOLL DAS? Hör sofort auf damit, du Mistvieh! Du machst alles kaputt!«

Chris' Aufschrei ließ Mika erneut zusammenzucken. Sein Freund kochte nur so vor Wut, stampfte mit breiten Schritten auf Utodja zu. Augenblicklich wurde es dunkel. Utodja breitete seine Flügel zur vollen Größe aus, tauchten das ganze Zimmer in Dunkelheit. Grollendes Knurren erfüllte den Raum, tief und gefährlich. Oh, verdammt! Das war nicht gut!

»Chris, nicht!«

Zu spät. Utodja schoss nach vorne, sprang Chris an, umklammerte ihn mit seinem Schweif und seinen Flügeln, brachte ihn zu Fall. Scharfe Krallen bohrten sich in sein Schultern, spitze Fänge blitzten auf und schlugen sich tief in Chris' Nacken.

Schreie ertönten, Blut floss und Panik brach aus.

»NEIN, Utodja! Hör auf!«

Kapitel 24

α und β

Aufhören!

Er musste aufhören!

Sofort!

SOFORT!

Wie von Sinnen stürzte Mika nach vorne, zähmte das Monster in ihm binnen Sekunden, machte es sich Untertan und nutzte seine Macht. Laut brüllend sprang er zu dem Fledertier, jagte seine Krallen in seine Schultern und riss ihn mit ganzer Kraft von dem sich windenden Menschen weg. Schmerzensschreie ertönten, die Fledermaus wurde durch die Wohnung geschleudert, knallte gegen die nächste Wand und sackte dort zusammen. Glühende Augen bohrten sich in Mika, spitze Fänge drohten ihm, doch diese Drohung war nichts. War ein Witz! Grollend baute sich Mika auf, stellte sich zwischen das Fledertier und seine beiden Menschen, breitete die Hände aus, offenbarte seine Klauen.

»Hör sofort auf!«, warnte er mit unmenschlicher Stimme, aber die Worte drangen nicht zu dem Gendro durch. Er öffnete den Mund, stieß das Morsegeschrei aus, worauf die beiden Menschen zusammenzuckten, sich die Ohren zuhielten. Aber Mika hielt dem ekelhaften Geräusch stand, ließ sich nicht davon beeindrucken. Er buckelte, knurrte lauter. Das Flattervieh hatte scheinbar seinen Platz vergessen und Mika würde es zurechtweisen!

Aber Utodja reagierte nicht, starrte an ihm vorbei, fixierte sich auf seine Beute. Schnaubend machte er einen Schritt vor, breitete seine Schwingen erneut aus, bereit zum Angriff.

Dieser Narr! Er hatte seine Lektion beim letzten Mal wohl nicht gelernt. Machte ihm Vorwürfe und schwang Reden, wie sich ein Alpha zu verhalten hatte, aber er selbst widersetzte sich Mikas klarer Anordnung. Das würde er bereuen. Mika duckte den Kopf und in dem Moment, da Utodja nach vorne schoss, sprang er los.

Hinter ihm ertönten Schreie der Angst, als sie gegeneinanderprallten, auf den Boden krachten, sich durch die Wohnung rollten. Wildes Fauchen gegen widerliches Kreischen. Krallen kratzten, Fänge bissen, Schläge wurden ausgeteilt. Doch das Fledertier war keine Herausforderung. Mika überwältigte ihn schnell, nutzte die Kraft des Monsters in ihm zu seinem Vorteil und nagelte ihn unter sich fest, presste sein Gesicht zu Boden.

»Ich sagte, hör auf! Gehorche mir!«, schrie er in die empfindlichen Ohren. Ein heftiges Beben durchfuhr den schmalen Körper unter ihm und Ruhe kehrte ein.

Das Gekreische erstarb und alles was blieb, war lauter Atem.

Gewonnen. Erneut hatte Mika seine Position klar gemacht, starrte hinab in die grünen Augen, lieferte sich ein heftiges Duell mit ihnen. Gewann auch dieses. Utodja erschlaffte, grollte weiterhin, doch die sinnlose Feindseligkeit ebnete ab. Gut für ihn. Mika tat das nicht gern, verabscheute sich dafür, aber bei Utodja ging es nicht anders. Bei Utodja musste er der sein, der er war. Anders war der Flughund nicht zu bändigen.

Tief atmete Mika durch. Der Kampf hatte ihn aufgekratzt. Sein Körper war kochend heiß und das Blut in seinen Venen kochte wie flüssiges Feuer. Dennoch … war er ganz da. War es die ganze Zeit gewesen. Nicht eine Sekunde hatte er sich vergessen, hatte sich konzentriert und es hatte funktioniert. Er hatte die Kontrolle nicht verloren. So seltsam es auch war, es fühlte sich gut an.

»Was zum Teufel läuft hier eigentlich?«

Der plötzliche Ausruf ließ Mika hochfahren und er warf den Kopf herum, fixierte sich auf seine beiden Menschen. Sein verwundeter Freund lehnte gegen eine Wand, während seine Freundin neben ihm stand, etwas auf die Wunde an seinem Hals drückte. Doch kaum da er den Kopf in ihre Richtung drehte, erstarrten sie.

»Runter!«, befahl Ellie hektisch, packte Chris' Arm, drückte sie beide auf die Knie und sah zu Boden. Was zum … ?

Fragend neigte Mika den Kopf, verstand nicht, was das sollte, aber es gefiel ihm. Es beschwichtigte ihn, dass sie nicht über ihm aufragten, sondern sich unterordneten. Schnaubend verzog den Mund, sah dann wieder hinab auf die Fledermaus. Noch immer war Utodja aufgebracht. Blutspuren zierten sein Gesicht, verliehen ihm ein gefährliches Äußeres. Verdammt, dieser Idiot hatte alles kaputtgemacht!

Brummend setzte sich Mika auf, zog Utodja auf die Füße, was sich als Fehler herausstellte. Sofort begann Utodja wieder zu knurren, langte nach den beiden Menschen und versuchte sich aus Mikas Griff zu entwinden, biss ihn.

Der Kampf ging von Neuem los und Mika fluchte kehlig. Zur Hölle! Hatte Utodja vollkommen den Verstand verloren? Fest packte er seine Schultern, trieb ihn in eine andere Richtung, weg von seinen Freunden. Eine Rangelei entstand, war jedoch nichts im Vergleich zu ihrem vorherigen Kampf. Utodja wehrte sich mit ganzer Kraft, war völlig versessen darauf, die Menschen zu attackieren, aber das würde Mika kein zweites Mal zulassen.

Wütend zerrte er Utodja durch die Wohnung, stieß ihn schließlich in ein leeres Zimmer und schloss hastig die Tür, verriegelte sie mit dem Touch-System, das an allen Türen angebracht war.

Sofort ertönten zornige Rufe und Utodja warf sich gegen die Tür. Polterte und tobte, aber ausbrechen würde er niemals. Die Türen waren zu stabil.

»Mikhael! Mikhael, lass mich raus!«

»Nein. Du bleibst da drin.«

Damit war das Gespräch beendet. Zumindest für Mika. Bebend stand er vor der Tür, versuchte zu verarbeiten, was gerade passiert war, aber zum Grübeln war jetzt keine Zeit. Chris! Hoffentlich ging es ihm gut! Hoffentlich hatte Utodja nicht die Hauptarterie getroffen! Hektisch kehrte er der protestierenden Tür den Rücken zu und lief zurück zu Chris und Ellie.

Im Wohnzimmer herrschte reines Chaos. Der Geruch von Blut hing in der Luft und ein Wall an Emotionen traf Mika mit voller Wucht. Chris saß auf einem der demolierten Sessel, hielt sich die Schulter, während Ellie versuchte, die Wunde zu verarzten. Aber Chris scheuchte sie immer wieder weg, wollte sich nicht helfen lassen. Sie sahen schlimm aus. Alle beide. Waren fertig mit den Nerven. Ellies Augen war geschwollen und ihre Hände zitterten und Chris ... Utodja hatte ihn übel zugerichtet und der Anblick brannte sich wie glühendes Eisen in Mikas Kopf.

»Ist alles klar bei euch?«, brachte er hervor, ging langsam auf die beiden zu, doch kaum da sie seine Stimme hörten, sahen panisch auf.

Mika blieb schlagartig stehen. Sein Magen verknotete sich, als er in ihre verstörten Gesichter sah. Angst und Misstrauen wurden ihm entgegengeworfen, unaufhörlich, anklagend. Es war grauenhaft. So hatten sie ihn noch nie angesehen und es tat erschreckend weh. Er hielt diesen Blick nicht aus, verabscheute ihn. Ein Teil von ihm wollte sich am liebsten verkriechen, aber ... wieso?

Das Ächzen in seiner Brust wandelte sich in vorwurfsvolles Klopfen und er ballte die Fäuste, blähte die Nasenflügel. Diese Blicke waren nicht fair! Nicht gerechtfertigt! Die beiden hatten gewusst, was er war und sie hatten kein Recht ihn anzusehen, als wäre er ein Monster! Dafür war es jetzt zu spät. Genervt setzte er sich wieder in Bewegung und ignorierte die Blicke der beiden, ließ sich direkt neben Chris auf das Sofa fallen.

»Zeig her!«, befahl er, tastete nach der Wunde in seinem Gesicht, doch seine Hand wurde weggeschlagen.

»Nicht anfassen, verdammt! Mach, dass du wegkommst!«

»Stell dich nicht an! Ist die Wunde tief?« Fragend wandte sich Mika an Ellie, die erst zögerte, dann durchatmete und schließlich besorgt nickte.

»Ja, ist sie. Auch wenn es schlimmer aussieht, als es ist. Aber es muss versorgt werden.«

Ja, das lag auf der Hand, Mika konnte es riechen. Der metallische Geruch jagte einen Schauer über seinen Rücken und er verzog den Mund.

»Scheiße.«

»Das kannst du laut sagen!«, fuhr ihn Chris an und erstaunt hob Mika den Kopf. Sein Kumpel war außer sich, und ehe sich Mika versah, hatte er Eine sitzen. Chris Faust traf ihn frontal, aber der Schlag war schwach. Viel schwächer als das, was er sonst von Chris gewöhnt war. Wütende Augen starrten ihn aus dem komplett zerkratzten Gesicht an, nahmen ihn förmlich auseinander. »Zum Teufel, was für eine Vorstellung war das gerade! Hast du nicht gesagt, Dracula wäre gezähmt? Und friedlich? Sieht DAS friedlich für dich aus? Das Ding ist völlig durchgedreht! Hat der die Tollwut, oder was?«

»Ich weiß nicht, was passiert ist.«

»Und wieso nicht? Du bist doch sein Alphadings, was weiß ich! Ich will wissen, was da los war! Sieh dir meine Wohnung an! Sieh MICH an!« Der nächste Schlag traf das Polster und Mika legte die Stirn in Falten.

»Ich weiß! Tut mir leid! Denkst du, ich wollte das? So hat er sich noch nie verhalten, ich hab keine Ahnung, was ihn dermaßen aufgeregt hat!«

Aber Chris hörte nicht zu, war wutentbrannt. Kopfschüttelnd winkte er ab, hievte sich plötzlich hoch und schob Ellie aus dem Weg, marschierte ins angrenzende Zimmer.

»Mir egal! Ich ruf die *Unit*! Die sollen das Mistvieh einpacken und mitnehmen! Ich lass es keine Sekunde länger in meiner Bude!«

Die *Unit*? Mikas Mund klappte auf. Nein. Nein, das konnte er nicht machen! »Chris, warte!«

Hektisch sprang Mika auf die Füße, hastete hinter Chris her. Sein Kumpel konnte alles tun, was er wollte! Mika verprügeln, ihn verklagen, Utodja zur Sau machen, aber nicht das! Alles, nur nicht das!

Die *Unit* war die spezielle Sondereinheit des IKFs. Unter vorgehaltener Hand wurden sie abfällig Gendrofänger genannt, aber diese Einheit war alles andere, als ein lustiger Verein von Hundefängern. Die Unit kam, um Gendros und Hybriden *abzuholen*. Wann immer ein Hybrid durchdrehte oder ein Gendro Probleme machte, tauchten diese Leute auf und sackten ohne mit der Wimper zu zucken alles und jeden ein. Wenn es sein musste auch mit Gewalt. Ihre Gefangenen landeten dann im IKF. Genauer gesagt in den Besserungseinrichtungen für Hybriden und Gendros. Das IKF stellte diese Einrichtungen wie einen lustigen Landschulausflug dar, auf dem man den Gendros die gesellschaftlichen Werte neu vermittelte. Alles Bullshit!

Mika bezweifelte, dass es diese Einrichtungen überhaupt gab und wenn, waren sie nichts anderes, als dubiose Besserungsanstalten, in denen man den Gendros Gehorsamkeit und Unterwürfigkeit eintrichterte. Es gab keine Bilder oder Aufzeichnungen von den verschiedenen Geländen und Angehörigen und Insassen wurde verboten, darüber zu sprechen. Das bedeutete nur eins: Die Sache war ein riesiger Schwindel und die eingesackten Gendros und Hybriden, die sich nicht läutern ließen, landeten entweder in Laboren oder wurden anderweitig verkauft. Nur Gott wusste, wohin oder zu welchem Zweck. Niemals durfte er zulassen, dass Chris diese Leute herholte. So sauer er auch war, das konnte er ihnen nicht antun. Mit einem Satz war er bei Chris, packte ihn an der gesunden Schulter und zog ihn herum.

»Jetzt warte mal! Das kannst du nicht machen! Das geht zu weit!«

»Und ob ich das kann! Sieh dir an, wozu das Vieh im Stande ist! Und was es aus dir gemacht hat!« Mit einem Kopfnicken deutete Chris auf Mika, der schluckte. Er ahnte, wie er aussah, versuchte den Gedanken aber zu verdrängen.

»Nicht er ist schuld daran, ich war schon immer so. Und ihr habt vorhin gesagt, ihr wusstet es. Also tu jetzt nicht so! Verdammt, Chris, ernsthaft? Die Unit?«

»Chris, Mikhael hat recht.« Auch Ellie trat zu ihnen, schien hin und hergerissen, auf welcher Seite sie stehen sollte, ergriff jedoch den Arm ihres Freundes. »Diese Leute machen nur Probleme. Glaub mir, ich kenne sie aus dem Institut.«

»Du nicht auch noch, Elenor! Habt ihr Tomaten auf den Augen? Wieso spielt ihr die Sache runter? Mierda, Mikhael, das ist kein Kuscheltier! Das ist ein Wildes!«

Kein Kuscheltier? Zur Hölle, was glaubte Chris eigentlich, worum es hier ging? Konnte er nicht eine Sekunde lang mitdenken? Mika blähte die Nasenflügel, mahlte mit dem Kiefer. Chris würde das nie kapieren. Er war einfach zu blöd, sah nie über seinen Tellerrand hinaus und brauchte für alles viel zu lange. So war es schon immer gewesen. Und wenn er etwas schnallte, war es zu spät! Aber gut, wenn es nicht anders ging, dann eben mit der Holzhammermethode! Dann würde er sehen, was er davon hatte!

»Fein!«, fauchte Mika, schnappte sich das Telefon, das in der Wand hing, und drückte es Chris gegen die Brust. »Okay, gut! Du willst diese Leute anrufen, dann mach das. Aber dann melde ihnen zwei Gendros!«

Mit großen Augen wurde er angesehen, doch es kam kein Kontra. Chris stand nur da, das Telefon in der Hand, den Mund weit geöffnet. Er schien nicht ganz zu verstehen, während Ellie sich erschrocken die Hände vor den Mund schlug.

»Mikhael, nicht. Das kann nicht dein Ernst sein.«

»Und ob!«

»Hä? Was soll das jetzt wieder? Wieso zwei Gendros? Wieso sollte ich-...?«

»Wieso? Sieh mich an, Chris! Wie sehe ich in deinen Augen aus? Ich kann das noch nicht kontrollieren. Wenn du Utodja abholen lässt, werden sie mich auch abholen. Ich übernehme die Verantwortung für ihn. Also was ist?«

Es vergingen etliche Sekunden, bis Chris endlich verstand. Empört riss er den Mund auf, doch nicht ein Wort kam heraus. Dafür lief sein Gesicht gefährlich rot an und er verzog den Mund.

»Das ist Erpressung!«, würgte er hervor und donnerte das Telefon auf den Boden. Drohend stampfte er auf, war drauf und dran, Mika noch Eine zu verpassen, da huschte Ellie zwischen sie, hob abwehrend die Hände.

»Okay, stopp! Hört auf, alle beide.« Konzentriert atmete sie aus, sah von einem zum anderen, versuchte mit aller Macht die Fassung zu wahren. »So klappt das nicht, das ist keine Lösung. Weder die Unit zu informieren, noch euch gegenseitig anzuschreien. Bitte hört auf.«

Ihre Worte zeigten Wirkung. Zumindest bei Chris. Womöglich war es auch ihr verheultes Gesicht und ihre zittrige Stimme, die ihn zumindest dazu brachten, zurückzutreten, doch beruhigen tat er sich nicht.

»Und was sollen wir deiner Meinung nach machen? Na? Gar nichts? Es vergessen? So tun, als wäre Friede-Freude-Eierkuchen, während dahinten ein Killer in unserer Wohnung lauert?«

Darauf hatte Ellie keine Antwort. Ein paar Mal setzte sie an, doch sie blieb stumm. Dabei hatte sie vollkommen recht, das brachte alles nichts. Dafür war ihnen allen eine Sache glasklar. Rief Chris die Unit, dann war nicht nur ihre Freundschaft beendet, dann war alles aus. Doch bevor Mika noch etwas sagen konnte, stockte er, spitzte die Ohren und auch Ellie und Chris horchten auf.

Ein jämmerlicher Laut drang zu ihnen hinüber. Es war eine wimmernde, jaulende Stimme, die Mika mittlerweile nur allzu gut kannte. Ihr Ursprung kam definitiv aus dem provisorischen Gefängnis - von Utodja. Das Scharren von Krallen wurde laut und sein Name wurde gewinselt. Leise und schwach, aber laut genug, dass Mika es hören konnte. Der wild gewordene Flughund wollte aus seinem Käfig raus. Aber so einfach war das nicht. Erst mussten sie diese Angelegenheit regeln.

Zögernd sah Mika zu Ellie und Chris und für einen Moment standen sie nur da. Sahen einander nur an. Abwartend. Angespannt. Mikas Blick huschte zwischen Chris und dem Telefon hin und her, dann fluchte sein Kumpel plötzlich. Eine schnelle Bewegung genügte und mit einem gezielten Tritt gegen das Schienbein haute er Mika den Boden unter den Füßen weg. Dann stampfte er davon, zeigte ihm die kalte Schulter.

»Qué mierda!«

So scheußlich der Schmerz auch war, erleichtert sackte Mika zusammen, blieb einfach liegen. Chris war eingeknickt. Ein Glück! Aus den Augenwinkeln nahm er wahr, wie Ellie an seine Seite eilte und auf ihn einredete. Dann gab sie Mika ein Zeichen, sich kurz zurückzuziehen. Schon klar, Chris musste runterkommen und da war Mika absolut im Weg.

Er würde die Zeit nutzen, um dem kleinen Teufel einen Besuch abzustatten.

»Hoffentlich erteilt er ihm eine Lektion!«, hörte er Chris hinter ihm her zischen, als er um die Ecke bog, aber da brauchte er sich keine Sorgen machen. Mika würde Utodja die Leviten lesen und zwar, dass ihm Hören und Sehen verging!

Bei allen Himmeln! Diese dumme Menschentür wollte sich einfach nicht öffnen lassen!

Aufgebracht stand Utodja da, wusste nicht, was er tun sollte. Was er auch versuchte, er bekam die Tür einfach nicht auf, verstand nicht, wie sie funktionierte. Da war keine Klinke, so wie in Mikhaels Nest! Da war einfach nichts! Alles war glatt und völlig eben. Wie ging das? Wie konnte sie so fest verschlossen sein, wenn da kein Schloss war? Mit Schlössern kannte sich Utodja aus, man konnte sie knacken, sie zerbeißen, doch diese Tür war wie eine Mauer! Pah, Menschen und ihre dummen Erfindungen! Was brachte es ihnen eine Tür zu machen, die sich nicht öffnen ließ? Denn Utodja musste sie öffnen. Unbedingt. Musste aus diesem Raum, in den Mikhael ihn gesperrt hatte. Denn er konnte es fühlen. Konnte fühlen, wie sein Alpha immer wütender wurde, wie sich hinter der Tür gefährliche Gefühle auftürmten.

Er und seine Freunde, sie stritten, Utodja hörte es. Ihre Stimmen waren laut und es schnürte ihm die Kehle zu. Er wusste, was er getan hatte, war unentschuldbar. Einen Menschen zu beißen war ein Verbrechen, das hart bestraft wurde, das hatte Utodja bereits am eigenen Leib erfahren. Aber dieser widerliche Stachelkopf hatte es nicht anders verdient! Utodja hatte keine andere Wahl gehabt. Dieser Verräter hatte seinem Mikhael eine andere Braut aufschwatzen wollen! SEINEM Mikhael! Also hatte Utodja ihn beseitigen müssen!

Noch nie hatte er so eine Wut empfunden. Und er hatte einen weiteren Fehler gemacht. Er hatte sich gegen seinen Alpha gestellt. Auch das war unentschuldbar, aber in dem Moment hatte er nicht klar denken können.

Doch jetzt spürte er die Auswirkungen seiner Tat und kam wieder zu sich. Er musste mit seinem Alpha sprechen. Jetzt. Mikhaels Zorn wuchs stetig an. Was, wenn er sich gegen Utodja richtete? Was, wenn Mikhael ihn verstieß? Was, wenn der Chris-Mensch die Gelegenheit nutzte und weiter über ein neues Weibchen sprach? Ein richtiges Weibchen.

Der Gedanke lähmte Utodja, ließ ihn immer heftiger an der Tür kratzten. Es war nicht fair, dass sich jetzt jeder Zorn auf ihn richtete. Er war nicht der Einzige, der etwas Falsches getan hatte. Aber ihn ließen sie nicht zu Wort kommen, ihn sperrten sie weg. Das hatte sein Guardo noch nie getan.

»Mikhael!«, rief er erneut, doch seine Stimme versagte, klang jämmerlicher, als gewollt. Mit ganzer Kraft presste er seine Hände gegen die Tür, stemmte sich dagegen, doch es geschah nichts. Utodja blieb in seinem Gefängnis und ließ die Ohren sinken. Er musste hier raus und ... - Da!

Erschrocken riss er die Augen auf und sprang von der Tür weg. Er hörte Fußstapfen und sie kamen in seine Richtung! Angespannt huschte er hinter das Bett, das in dem Raum stand, wartete ab. Die Schritte waren schwer und bestimmt, doch sie waren schnell. Ihr Abstand war nicht groß. Das schreiende Menschenmännchen war es nicht, aber sie waren nicht schnell genug für das Weibchen.

Vor der Tür tat sich schließlich etwas. Ein seltsames surrendes Geräusch ertönte, dann klickte etwas und im nächsten Moment schwang die Tür auf.

Utodja hielt den Atem an, als Mikhael in den Raum stürmte, die Tür kurzerhand hinter sich zuschlug. Der laute Knall ließ ihn erbeben und er duckte den Kopf. Eigentlich hatte er vorgehabt, Mikhael sofort zu erklären, wieso er den Chris-Mensch hatte angreifen müssen, doch bei dem Anblick seines Alphas verließ ihn jeglicher Mut.

Mikhaels Blick war vernichtend. Sein Gesicht war glatt und kalt. Seine Augen glühten gefährlich und sein Gesicht war von ihrem Kampf zerkratzt. Von einem Menschen hatte diese Gestalt wenig, und als er ihn entdeckte, ihm direkt in die Augen sah, musste Utodja den Blick abwenden. Konnte nicht anders.

»Du verdammter kleiner Vollidiot!«, wurde er angeschrien und Mikhael stapfte direkt auf ihn zu. Utodjas Herzschlag setzte aus. Bevor Mikhael bei ihm ankam und nach ihm greifen konnte, hüpfte Utodja auf das Bett, entwischte den zornigen Klauen und floh auf die andere Seite des Raumes. Aber sein Guardo war flink, folgte ihm auf dem Fuße.

»Oh nein! Du läufst mir nicht davon!«

»Du musst mir zuhören, Mikhael!«

»Ich muss gar nichts! Du bewegst deinen Arsch sofort her, sonst komm ich dich holen!«

»Du wirst mich nicht anrühren! Du bist der Alpha, du hast die Pflicht, zuzuhören! Oder bist du nicht anders, als die anderen Menschen?«

Ein empörtes Fauchen folgte und Utodja gab Antwort, knurrte dunkel und spreizte seine Schwingen. Er hatte es gewusst. Mikhaels Wut war überwältigend, aber das war nicht fair. Ja, er mochte einen Fehler begangen haben und war bereit, die Strafe auf sich zu nehmen. Aber zuerst musste Mikhael ihm zuhören!

Für einen Moment standen sie regungslos in dem Zimmer. Mikhael lauernd, Utodja bereit, jeden Moment an die Decke zu flüchten, wenn nötig. Sein Guardo war bis zum Bersten angespannt. Adern traten auf seiner Stirn hervor und sein Gesicht war gefährlich rot verfärbt. Dann fand Mikhael seine Stimme wieder, holte aus und schlug auf einen unsichtbaren Feind ein.

»Was zum Teufel war das da draußen? Hast du eigentlich völlig den Verstand verloren?«, entfuhr es ihm und Utodja kniff die Augen zusammen. So laut, so intensiv. Seine Ohren begannen zu pochen und er schluckte hart.

»Ich musste es tun.«

»Gar nichts musstest du! Hast du auch nur die geringste Ahnung, was du da angerichtet hast? Was du mit ihm gemacht hast? Er ist ein Mensch, er ist nicht so wie du oder ich! Er ist zerbrechlich! Du hast ihm fast die Kehle raus gerissen! Ich dachte, du wärst mir treu, wärst … so was wie ein Freund! Und dann attackierst du die beiden Menschen, die mir am wichtigsten sind? Willst du mich verarschen?«

Die Worte waren wie ein Schlag und Utodjas Brust begann schmerzend zu zerren. So war das? Diese beiden bedeuteten ihm also so viel? Dann war es in Ordnung, wenn sie über ihn herzogen und alles kaputtmachten?

»Es ist ungerecht«, hauchte er angespannt. Wieso verstand Mikhael ihn nicht? Er hatte es doch gerade selbst gesagt. Das waren nur Menschen, sie verstanden ihre Bräuche nicht. Trotzdem stand Mikhael immer auf ihrer Seite. Verteidigte sie. Immer, immer und immer wieder! Ruckartig drehte sich Mikhael zu ihm, wandte sich von seinem unsichtbarem Gegner ab, kam direkt auf ihn zu.

»Ungerecht? UNGERECHT? Du hast einen Menschen angegriffen! Weißt du, was das heißt? Weißt du, was Chris machen wollte? Er wollte die Unit anrufen! Weißt du, was passiert, wenn die herkommen? Die nehmen dich mit! Und dann geht es zurück ins IKF! In die Folterlabore! Oder zu irgendeinem neuen Besitzer, der weiß Gott was mit dir anstellt! Willst du das?« Wieder grabschten die schwarzen Klauen nach ihm, ergriffen seinen Arm und schüttelten ihn. Utodja schrumpfte in sich zusammen. Das tat weh! Mikhaels Krallen bohrten sich durch seine Haut. Sein Alpha schien plötzlich immer größer zu werden, beugte sich tief über Utodja. »Antworte! Willst du das? Zur Hölle, Utodja, was ist los mit dir?«

Das reichte! Zischend entwand sich Utodja aus Mikhaels Griff und schüttelte den Kopf. Ob er das wollte, ob er das wollte! War das jetzt auf einmal so wichtig? Nein! Denn sein Alpha war dumm! So dumm! So unwissend!

»Und was ist mir dir?«, fauchte er mit hoher Stimme, fixierte Mikhael, zeigte ihm die Zähne. »Was war mit dir, Guardo? Da draußen! Was hast du getan?«

»Was soll das denn jetzt? Lenk nicht ab!«

»Du bist dumm, Guardo! Siehst du es nicht? Siehst du nicht, was dieser Mensch tun wollte? Was er getan hat? Die ganze Zeit hat er es getan und du hast dagesessen und nichts gesagt. Hast zugelassen, dass er mich vor dir schlecht macht, hast zugelassen, dass er dich schlecht macht! Und nicht ein Wort. Wieso bist du nicht auf meiner Seite? Was ist mit mir?«

»Was soll das? Dreh den Spieß jetzt nicht um, du bist es, der einen Fehler gemacht hat!«

»Nein! DU hast den Fehler gemacht!«, donnerte Utodja, schlug heftig mit dem Flügeln aus. Es überkam ihn. Alles brach über ihm zusammen und er konnte sich nicht mehr halten. Wann immer er ausgeschimpft worden war, hatte er es ertragen, doch dieses Mal war es anders! Dieses Mal würde er nicht schweigen! »Du hast nichts gesagt! Der Stachelkopf wollte mich verdrängen! Hat mich beleidigt! Gedemütigt! Sie haben darüber gelacht und du auch! Wieso? Wieso lachst du, wenn sie so etwas sagen? Du hättest mich verteidigen müssen. ICH bin an deiner Seite. Das ist MEIN Platz! Er gehört mir! Du hast ihn mir gegeben! Du darfst so etwas nicht zulassen. Du bist der Alpha! Du bist anders, als andere Menschen. Das hast du gesagt!«

Mika fiel aus allen Wolken, glotzte seine Fledermaus perplex an. Wie ein aufgescheuchtes Huhn lief Utodja durch den Raum, ließ seinen Schweif auf den Boden knallen und flatterte mit den Flügeln. Er war außer sich, spielte schon wieder verrückt und plapperte in einer Tour. Aber Mika verstand nicht ein Wort von dem, was er da von sich gab, wollte es nicht verstehen. Die Zeit der Rücksicht war vorbei! Er konnte ihn nicht sein Leben lang verhätscheln!

»Was redest du da? Darum geht es nicht!«, giftete er, worauf Utodja stehen blieb, ihn mit übergroßen Augen anstarrte.

»Doch! Geht es! Um nichts anderes. Du hast es versprochen! Du hast gesagt, du wärst anders, als die anderen. Alle sind weggegangen. Alle haben mich zurückgelassen. Ausgesetzt, weggegeben und verkauft! Alle, die ich gern hatte, alle, die ich nicht gern hatte. Du sagtest, du gibst mich nicht weg.«

Noch während er sprach, kippte Utodjas Stimme und die Anspannung im Raum verflog, veränderte sich und wurde drückend. Plötzlich stand Utodja direkt vor ihm. Seine Finger griffen nach Mikas Oberteil, krallten sich fest in den Stoff. Pure Verzweiflung spiegelte sich in seinen Augen wieder und Mikas Zorn bröckelte.

»Ich gehöre dir. Du bist mein Alpha. Du brauchst keine andere Braut. Du-du hast mich erwählt.« Seine Finger lösten sich von dem Stoff, fuhren kreisend über Mikhaels Brust, streichelten ihn zittrig. »Du hast mich gekennzeichnet. Ich bin dein Alphaweibchen ... Alphamaara. Dein Gefährte. Das bin ich. Nicht wahr?«

Noch immer verstand Mikhael kein Wort. Verständnislos sah er auf Utodja hinunter, runzelte die Stirn. Was faselte die Fledermaus da eigentlich? Für so was hatte er jetzt keine Zeit! Energisch packte er Utodjas Hände, löste sich von ihm und trat zurück.

»Ich hab keine Ahnung, wovon du da redest, aber was es auch ist, es ist keine Entschuldigung, für das, was du getan hast!«

»Aber du ...« Utodja brach ab und langsam kam die Erkenntnis in ihm hoch. Der Blick seines Guardos, wie er ihn ansah, sich verhielt. Er verstand nicht, was Utodja meinte.

Utodja ließ die Arme sinken, ging rückwärts von Mikhael weg, bis er gegen das Bett stieß.

»Du hast mich gar nicht ...?«, begann er, doch auch den Satz brachte er nicht zu Ende. Bittere Enttäuschung wallte in ihm hoch, schwemmte ihn weg, wie eine Welle, riss ihn in die Tiefe. Seine Beine hielten ihn nicht länger. Er taumelte, sank auf das Bett und atmete stockend aus.

Mikhael hatte ihn nicht erwählt.

Er hatte keine Ahnung, wovon Utodja sprach. Wie konnte das sein? Hatte er sich das alles nur eingebildet? Nein. Mikhael hatte ihn gekennzeichnet! Eindeutig. Im Wald und neulich Nacht. So innig, so liebevoll und stark. Aber wenn er sich geirrt hatte, wenn Mikhael nur mit ihm gespielt hatte, dann hatte er den Menschen ohne Grund angegriffen. Dann gab es keinen Platz, den er zu verteidigen hatte. Eine Steinlawine rollte über ihn hinweg, zertrümmerte ihn, zerstörte alles, was er sich in den letzten Monden aufgebaut hatte und begrub ihn tief unter sich. Sein Körper wurde taub und wie in Trance hob er seine Hände, drückte sie sich vor die brennenden Augen. Fester. Immer fester. Mikhael hatte ihn nicht gewählt. Er wollte ihn nicht. Weil ihn niemand wollte.

Sein Herz starb. Zerbrach in winzig kleine Teile und mit einem Mal fühlte er sich allein, schämte sich. Er wollte verschwinden. Irgendwo hin, wo ihn niemand sah und wo er niemanden sehen musste. Im nächsten Augenblick wurde seinen Arm gepackt und Mikhael zog ihn auf die Beine.

»Oh nein, fang nicht so an! Wag es nicht, jetzt auf die Tränendrüse zu drücken! Komm mit!« Damit zerrte er Utodja hinter sich her, öffnete die Tür mit einer einzigen Handbewegung und schleifte ihn zurück in die Wohnung. »Du wirst dich auf der Stelle bei Chris entschuldigen! Glaub nicht, dass du so einfach aus der Sache rauskommst. Chris ist stinksauer, keine Ahnung, was er macht! Also retten wir, was zu retten ist.«

Utodja wehrte sich nicht, stolperte hinter Mikhael her und sah getadelt zu Boden. Sich entschuldigen, pah. Wofür? Dass die Menschen alles tun durften, er aber nicht? Dass sie ihm etwas vorspielen durften, er aber bei jedem Fehltritt bestraft wurde?

Es war alles eine Lüge. Mikhael war nicht anders als andere Menschen! Er schrie ihn an, tat ihm weh und log. Er war genauso blind. Ganz genauso!

Der kreischende Stachelkopf und sein Weibchen erwarteten sie schon. Saßen auf dem Sofa und glotzten vorwurfsvoll zu ihnen hinüber. Grob schubste Mikhael ihn vor, stellte sich direkt hinter ihn und Utodja musste schlucken. Konzentriert starrte er zu Boden, wollte nicht in die Gesichter der beiden Menschen schauen.

»Utodja hat dir was zu sagen, Chris«, begann Mikhael, sprach so, als wäre Utodja nur ein dummes Junges. Und genauso fühlte er sich. Wie ein Junges, das etwas angestellt hatte und auf seine Strafe wartete.

Utodja ballte die Fäuste, erbebte. Der Chris-Mensch war laut und unbeherrscht und Utodja hatte sein gesamtes Nest auseinandergenommen. Ihn angegriffen und seine Position als Alphatier in Frage gestellt. Er wollte sich nicht ausmalen, was für eine Strafe ihn für dieses Vergehen erwartete und so sehr er auch dagegen ankämpfte, alte Ängste kamen in ihm hoch, flüsterten ihm grausige Dinge ins Ohr.

Sofort drückte er seine Hände an seine Brust und faltete seine Flügel wie einen Umhang um seine Schultern. Darauf schlugen sie immer zu erst ein. Hände und Flügel. Dann kam der Rest. Eine Hand packte ihn im Nacken, schob ihn noch weiter vor.

»Na los, mach den Mund auf«, drängte Mikhaels Stimme.

»Ach! Das Vieh hat mir was zu sagen? Da bin ich aber gespannt!«

Hitze fiel über Utodja herein. Sein Gesicht begann zu glühen und die Hand in seinem Nacken verwandelte sich in ein eisernes Halsband, schnürte ihm die Luft ab. Dieser Mensch, wie herablassend er sprach. Dabei war alles seine Schuld! Nicht ein Wort kam über Utodjas Lippen. Er presste die Kiefer aufeinander, ignorierte den Befehl seines Alphas eiskalt. Er wollte sich nicht entschuldigen. Bei keinem von ihnen.

»Na, was ist? Hat das Vieh plötzlich die Zunge verschluckt?«

»Nein, keine Sorge, er wird sich bei dir entschuldigen, Chris. Das ist das Mindeste.«

»Entschuldigen? Paha, dass ich nicht lache. Denkst du, damit ist es getan? Ein kleines *Tut mir leid* und alles ist vergeben und vergessen? Da muss er sich aber Mühe geben, dass ich ihm das abkaufe! Der kleine Mistkerl hat ’ne Tracht Prügel verdient, Mikey! Vielleicht wird er dann endlich zahm!«

Genug. Genug, genug, GENUG!

»DU BIST ES, DER SICH ZU ENTSCHULDIGEN HAT!«, brach es aus Utodja hervor. Wutentbrannt stieß er Mikhael von sich und zeigte anklagend mit dem Finger auf das Menschenmännchen. Hass loderte in ihm hoch, Hass und eine unendliche beißende Traurigkeit.

Er hatte genug davon, dass sie alle da standen und über ihn urteilten! Überlegten, wie sie ihn am besten demütigen und strafen konnten für etwas, an dem sie selbst schuld waren! Dazu hatten sie kein Recht! Dieser Mensch hätte für sein Weibchen doch auch gekämpft! Natürlich hätte er das! Und jetzt hatten sie alles kaputtgemacht! ALLES! Der Mann, diese Frau und Mikhael!

»Du hast mir meinen Platz weggenommen! Du hast mich schlecht gemacht! ICH habe Mikhael gewählt! Es war mein Recht! Mein Recht!«

Ehe sich Utodja versah, tat er etwas unbeschreiblich Erbärmliches. Wusste sich nicht anders zu helfen. Er fuhr herum und flüchtete zurück in das Zimmer, aus dem er gekommen war. Er wollte allein sein, wollte seine Ruhe. Nicht einen Augenblick länger ertrug er dieses gemeine Schauspiel.

»HE! Komm sofort zurück!«

Mika war drauf und dran Utodja hinterher zu rennen, glaubte nicht, was er da hörte. Was zur Hölle war denn nur in den Gendro gefahren? So ein Verhalten konnte er ihm nicht durchgehen lassen! Aber er kam nicht weit. Bevor er auch nur einen Schritt getan hatte, stellte sich Ellie in seinen Weg.

»Mikhael, warte.« Besänftigend legte sie ihm eine Hand auf die Schulter. »Ich glaube, es wäre besser, wenn ich das regle. Ich hab so eine Ahnung, was hier los ist.«

»Was, du?«

»Vertrau mir. Das Beste ist, ich rede mir ihm und du fährst Chris zum Arzt. Ich hab nicht die Utensilien hier, um die Wunde zu nähen.«

»Sie muss genäht werden?«, sprachen Mika und Chris wie aus einem Mund, sahen sich entsetzt an. Sie beide konnten Nadeln nicht leiden, das war etwas, dass sie seit tiefster Kindheit gemein hatten. Schmunzelnd schüttelte Ellie das Haupt, klopfte ihm ein paar Mal auf die Schulter.

»Ja, aber keine Panik. Es wird nicht wehtun. Sie werden es lokal betäuben, es wird nicht mal fünf Minuten dauern.«

Chris stieß einen Ekellaut aus und auch Mikas Kehle zog sich zusammen. Großartig. Jetzt hatte er nicht nur zu verschulden, dass sein Kumpel zum Arzt musste, jetzt hatte er ihm auch noch die unheimliche Begegnung mit einem Injektator eingebrockt - einem widerlichen Gerät, das Wunden binnen Sekunden zuklammerte.

Dieser Abend war alles andere als wie geplant verlaufen und der neue Plan sah alles andere als vielversprechend aus. Unsicher kratzte sich Mika am Kopf. War es so eine gute Idee, Ellie und Utodja alleine zu lassen? Andererseits war Ellie taff. Sie würde sicher klarkommen. Vermutlich.

»Und was sollen wir denen sagen? Wenn wir sagen, dass ein Gendro ihn gebissen hat...«

»Dann lügt ihr eben und sagt, es war ein Hund.«

»Ein Hundebiss sieht anders aus.«

»Dann denkt euch was aus. Die Wunde muss behandelt werden, sonst entzündet sie sich.«

Das klang übel. Seufzend fuhr sich Mika durch die Haare. Ellie war vom Fach, wenn sie das sagte, stimmte es auch. Ihnen blieb also keine Wahl. Allerdings konnte er so, wie er jetzt aussah, nicht einen Schritt vor die Tür wagen, sonst landete er schneller im IKF, als ihm lieb war. Er musste sich beruhigen, dringend.

»Okay. Ich hol meine Linsen und die Schminke, dann fahren wir.«

Zurückhaltend suchte er den Blick seines langjährigen Freunds, rieb die Finger aneinander, ehe er Chris schließlich eine Hand entgegen streckte, ihm aufhelfen wollte. Doch mehr als einen scheelen Seitenblick bekam er nicht. Schnaubend stieß Chris seine Hand weg und stand allein auf, ging an Mika vorbei. So viel zu ihrer Freundschaft.

🦇

Seufzend stand Elenor im Türrahmen und sah dabei zu, wie Mikhael und Chris in den Schwebelift stiegen, um nach unten zu fahren. Nicht ein Wort hatten die beiden miteinander gewechselt, was hauptsächlich an dem Holzkopf Chris lag.

Es gab Momente, da konnte sie einfach nur entsetzt den Kopf über ihren Freund schütteln. Andererseits wurde es auch nie langweilig mit Chris, und wenn er einmal etwas gefunden hatte, das ihm gefiel, konnte er sich voller Elan und Leidenschaft darauf stürzen. War es jetzt ein Hobby, eine Beziehung oder eine Freundschaft. Er gab immer hundert Prozent. Das war es, was sie am Meisten an ihm liebte. Seine schrecklich nervtötende, kindisch verbissene Art. Das hatten er und Mikhael gemein. Sie beide waren Sturköpfe und verhielten sich viel zu oft wie kleine Jungs. Mit der Ausnahme, dass Mikhael wusste, wann Schluss war. Chris fehlte diese Eigenschaft.

Wie gerne hätte Ellie ihm heute Abend den Kopf eingeschlagen! Als wäre die Situation nicht schlimm genug, kam er auf die Schnapsidee, die Unit einzuschalten. Als hätte er sich nicht denken können, dass diese Leute Mikhael auch mitnehmen würden! Dabei hatte Mikhael heute etwas so Wundervolles getan und sich ihnen endlich anvertraut. Nach all den Jahren. Er verdiente Respekt für so viel Mut. Und was tat Chris? Mikhael war sein bester Freund. Er hätte ihn unterstützen sollen!

Andererseits ... Der Gedanke an MIkhaels wahre Gestalt und wie er und Utodja miteinander gekämpft hatten, ließ Ellies Knie weich werden. Trotzdem blieb er ihr Mikhael. Wenn auch etwas verändert.

Nachdem von dem Lift nichts mehr zu sehen war, riss sich Ellie schließlich am Riemen und ging zurück in die Wohnung, verschloss die Tür hinter sich. Gut, jetzt hatte sie ihre Ruhe. Aber so sehr es ihr auch unter den Finger juckte, das Chaos zu beseitigen, das Utodja hinterlassen hatte, entschied sie sich dafür, erst die Fledermaus zur Rede zu stellen. Unfassbar, dass sie das überhaupt in Erwägung zog, aber wann hatte man schon einmal die Möglichkeit mit einem Kryptiden zu sprechen? Zumal sie auch noch helfen konnte. Zumindest glaubte sie das.

Zögernd ging sie durch den Flur, lauschte konzentriert, konnte aber nichts Verdächtiges hören. Die Tür zum Gästezimmer stand auf, und kurz bevor sie eintrat, hielt sie inne, wappnete sich. Der Ton machte die Musik und zum Glück wusste sie, was zu tun war. Utodja war vielleicht anders als andere Gendros, aber ein Teil von ihm war auch ein Tier und Tiere konnten Empfindungen sehr genau spüren.

Ein paar Mal atmete Ellie tief ein, lockerte ihre Schultern, dann ging sie um die Ecke und betrat das Gästezimmer.

Es war dunkel in dem Raum, aber die Lichter der Straßenlaternen gaben genug Helligkeit, dass sie etwas erkennen konnte und was sie sah, jagte einen Schauer über ihren Rücken. Hinter dem Bett, unter dem Fenster, hockte ein zusammengerolltes Bündel, einem Kokon gleich. Utodja musste sich in seine Flügel eingerollt haben. Leise räusperte sich Ellie, gab sich so zu erkennen und setzte sich schließlich vor dem Bündel auf das Bett, verschränkte die Arme.

»Utodja. Ich verlange mit dir zu sprechen«, erklärte sie mit kraftvoller Stimme. Lange kam keine Reaktion, also wiederholte sie sich. »Ich sagte, ich will mit dir reden.«

Wieder tat sich nichts. Das dunkle Bündel verharrte erst regungslos, dann tat sich etwas. Eine minimale Bewegung fuhr durch den Kokon und ein finsteres Brummen ertönte.

»Geh weg.«

Der Befehl war dumpf, aber unglaublich schwach. Ein Zittern schwang in Utodjas Stimme mit, was Ellies Herz mitleidig klopfen ließ. Sie hatte also richtig gelegen.

»Nein, das werde ich nicht tun. Das ist meine Wohnung. Mein Nest. Ich will mit dir reden, das ist mein Recht als ... Alphaweibchen dieses Nestes.« Ellie kam sich albern vor, als sie diese Worte sagte, aber es zeigte tatsächlich Wirkung. Ein Zischen drang zu ihr durch. Angespannt klammerte sie sich in die Bettkante, hielt den Atem an, wartete ab - und schließlich hoben sich die mächtigen Schwingen, breiteten sich aus und enthüllten, was sie verborgen hatten. Utodja saß auf dem Boden, das Gesicht ausdruckslos und doch könnte er nicht düsterer schauen. Der wässrige Schimmer in den gigantischen Augen entging Ellie nicht und kurz huschte ein Lächeln auf ihr Gesicht. Dieses Wesen war einfach atemberaubend und für einen Moment packte sie die Euphorie. Aber für dergleichen war jetzt keine Zeit.

Gut, wenigstens saßen sie sich jetzt von Angesicht zu Angesicht gegenüber und konnten in Ruhe über die Sache reden. Die Jungs würden das nicht hinbekommen, sie waren zu aufgebracht. Eine andere Strategie war hier gefragt, denn hier ging es um viel mehr, als simples Revierverhalten oder Rivalität.

Tief durchatmend faltete Ellie die Hände, legte sie in ihren Schoß und lehnte sich ein Stück zurück.

»So ist es gut«, meinte sie ruhiger, beobachtete Utodja ganz genau.

Etwas mulmig war ihr schon zumute, wenn sie ihn so vor sich sah. Würde es zum Äußersten kommen, käme sie nicht gegen ihn an. Sie musste also vorsichtig sein, so aufgebracht, wie er vorhin gewesen war. Seine Augen wanderten zwischen ihr und der Tür hin und her und seine Ohren hoben sich, zuckten die ganze Zeit. Ah, Ellie verstand.

»Mikhael ist weg«, erklärte sie, bereute ihre Worte noch im selben Moment, denn Utodja sprang auf, warf seine Flügel in die Luft und starrte sie entsetzt an.

»Weg? Er ist weg? Wohin? Wieso?«

»Ganz ruhig. Er kommt wieder! Er kommt ja wieder! Ich hab ihn und Chris zum Arzt geschickt. Sie sind bald wieder zurück.«

»Sicher?«

»Ja, ganz sicher.« Allerdings schien die Fledermaus ihr nicht zu glauben, wurde unglaublich nervös, starrte gehetzt auf die Tür. Kein Wunder, Ellie hätte nachdenken sollen, Mikhael hatte ihnen Utodjas Geschichte doch erzählt. »Glaub mir. Er lässt dich hier nicht zurück. So ist er nicht.«

Zufrieden war Utodja mit der Antwort trotzdem nicht. Er setzte sich wieder hin, drückte sich eine Hand vor den Mund und biss schließlich auf seinen Fingerknöcheln herum. Der Anblick fesselte Ellie und sie zögerte. Bedächtig rutschte sie von dem Bett, setzte sich zu Utodja auf den Boden und sah ihm direkt ins Gesicht. Langsam begann sie Mikhaels Affinität für diesen Gendro zu verstehen. Er war wirklich schön, hatte eine außergewöhnliche Musterung. Wenn sie nur wüsste, was in seinem Kopf vorging.

»Du hast meinem Freund ziemlich wehgetan«, begann sie schließlich ernst und Utodjas Ohren senkten sich. Sein gesamter Körper erschlaffte und mit einem Mal wirkte er nicht nur gestresst, sondern auch beunruhigt. Er presste seine Hände gegen seine Brust, streichelte seine Handrücken und schien nachzudenken. Fieberhaft.

»Wird er mich bestrafen?«

»Was?« Moment, Sekunde. Ellie kam nicht mit.

»Dieser ... Chris. Ich hab alles zerschlagen. Er wird mich bestrafen.« Utodjas Kopf fiel tief zwischen seine Schultern und schuldbewusst musterte er Ellie, deren Mund aufklappte. Hastig streckte sie die Arme aus, schüttelte den Kopf.

»Nein, nein! Niemand wird hier irgendjemanden bestrafen, das erlaube ich nicht!«

»Du? Er ist das Alphatier.«

»Na und? ICH bin das Alphaweibchen und ich sage nein, Ende. Hab keine Angst, er wird dir nicht ein Haar krümmen!«

»Du sagst, was zu tun ist?« Verwirrung kam in den grünen Augen auf und Ellie blinzelte erstaunt, kam nicht darüber hinweg, wie gut er sie verstand. Knapp schüttelte sie den Kopf, verdrängte diese Gedanken.

»Ganz genau. Bei uns Menschen ist das etwas anders. Aber auch du solltest dir nicht alles gefallen lassen, nur weil du Mikhael als deinen Alpha ansiehst.«

»Doch, das muss ich. Von jetzt an. Heute habe ich nicht gehorcht. Habe mir nicht alles gefallen lassen und dann ist so etwas passiert. Noch mal darf es nicht passieren.«

Fragend legte Ellie den Kopf zur Seite, runzelte die Stirn. Wie niedergeschlagen er plötzlich klang.

»Du hast recht. Noch mal sollte das nicht passieren. Es wird dich keiner bestrafen, aber dafür will ich wissen, was passiert ist. Wieso warst du so wütend?«

Die Antwort ließ auf sich warten. Utodja wandte den Blick ab, wich ihr aus. Scheinbar fiel es dem Gendro schwer, die richtigen Worte zu finden. Er schnaubte einige Male, knurrte etwas in sich hinein, dann sah er direkt in Ellies Gesicht. Vorwurfsvoll und am Boden zerstört.

»Jeder hat mir immer gesagt, ich sei etwas Besonderes und alle würden mich lieben. Sie sagten, ich bin die Hoffnung für den Stamm. Das war mein Platz, bis ihr Menschen mich dort weggeholt habt. Ich hab alles verloren, hatte alles aufgegeben, bis mein Guardo kam. Und jetzt nehmt ihr mir das Einzige weg, das ich will.«

Entgeistert weitete Ellie die Augen, spürte, wie ihr Herz zu rasen begann. Was sie da hörte, bestätigte nicht nur ihre Vermutung, es ging über alles hinaus. Dass ein Gendro so etwas Komplexes von sich geben konnte! Sie war sprachlos, völlig hingerissen und gleichzeitig fühlte sie sich schuldig. Sie konnte gar nicht anders, so wie Utodja sie ansah.

»Aber was haben wir dir denn weggenommen?«, fragte sie beherzt, fasste sich an die Brust. Um Gottes willen, niemals würde sie ihm etwas wegnehmen wollen, das ihm so viel bedeutete.

Utodja blinzelte einmal und rümpfte die Nase.

»Meinen Platz. Ich hatte endlich einen gefunden. Endlich. Und ihr, ihr sagt ihm, ihr habt ein Weibchen für ihn. Ein richtiges Weibchen, das er treffen soll. Ihr habt nicht zugehört. ICH bin sein Alphamaara. Ich stand direkt daneben.« Langsam drehte er sich wieder zu Ellie, suchte nach Worten. »Was für eine Wahl hatte ich? Ein echtes Weibchen … Ich musste meinen Platz schützen. Es ist alles, was ich habe. Der Händler musste weg. Ohne Händler, kein Gebot, keine neue Braut.«

Ach du Schande! Ellie ließ die Schultern hängen und ihr Mund klappte auf. Darum ging es also!

Natürlich ging es darum, so wie die Fledermaus Mikhael ansah. Selbst Chris hatte seine Kulleraugen bemerkt. Sie waren in ein enormes Fettnäpfen getreten und hatten Chaos heraufbeschworen. Was so ein kleiner Spaß auslösen konnte …

»Oh nein«, sachte tastete sie nach Utodjas Hand, berührte sie ganz eben und rückte näher. »Das hast du völlig missverstanden! Vollkommen. Niemand wollte dir deinen Platz wegnehmen oder Mikhael eine Frau andrehen! Chris ärgert ihn einfach nur gerne damit. Das macht er seit Jahren, aber das ist nichts Ernstes! Menschen nehmen nicht die erstbeste Frau zur Braut. Ganz ehrlich!«

Zweifelnd wurde sie angesehen, leckte sich über die Lippen. Wie sollten sie das nur wieder hinbekommen? Wenn Utodja ernsthaft dachte, sie wollten ihm Mikhael wegnehmen, war die Angelegenheit wirklich ernst. Aber genau das hatte Ellie befürchtet. Beziehungsweise etwas in die Richtung. Eigentlich hatte sie gedacht, Utodja wäre auf Chris und sie eifersüchtig, weil sie Mikhaels beste Freunde waren und er hätte seine Wut am Stärksten ausgelassen, dem Alphatier dieser Wohnung. Aber das Ganze hatte viel größere Ausmaße. Räuspernd fuhr sie sich durch die Haare, betrachtete den Engendro nachdenklich, ehe sie ganz vorsichtig weitersprach.

»Mikhael bedeutet dir sehr viel. Nicht wahr?«

Schnell sah Utodja zu Boden, zögerte, dann nickte er langsam.

»Ich habe ihn gewählt«, wisperte er und seine weiße Haut nahm einen dunkleren Ton an. Gleichzeitig wurde sein Gesicht erschreckend glatt. Zwei Dinge, die nicht zusammenpassten und Ellie verwirrten. Er sah plötzlich so traurig aus. Zwar versuchte er es hinter einer kalten Maske zu verstecken, aber er wirkte traurig.

»Gewählt?«

»Ja. Er mich aber nicht. Ich will nicht weg von ihm. Er bleibt mein Guardo, auch wenn er mich nie wählen sollte.«

»Was bedeutet das, gewählt?«

Für einen Moment sah Utodja sie an, als wäre sie der dümmste Mensch auf der Welt, dann atmete er durch, reckte seine Schultern und schlug einmal mit seinen Schwingen.

»Ihr Menschen macht das auch. Du hast Chris für dich gewählt und er dich. Und ihr habt einander gekennzeichnet. Ihr seid Gefährten.«

Ein Kloß bildete sich in Ellies Hals. Sie wollte etwas sagen, mit einem Mal hatte sie tausend Fragen im Kopf, denn sie konnte nicht glauben, was sie da hörte. DAS empfand Utodja für Mikhael?

»Und du hast Mikhael gewählt?«, krächzte sie heiser.

»Ja.« Der kühle Ausdruck auf Utodjas Gesicht schwand und sein Blick wurde sanft. »Er hat mich beschützt, er war immer nett. Er hat mir ein Zuhause gegeben und passt auf mich auf. Ich mag es, wenn er mich streichelt und ich mag seine Haare und Augen und Muster. Sie sind schön. Nicht hässlich, wie ihr Menschen denkt. Aber das weiß er nicht, darum ist er dumm und wird zu einem Wimmerling. Aber auch das mag ich. Mir vertraut er, mir sagt er Dinge. Mir wird heiß, wenn er da ist und ich will ihn für mich. Und wenn er mich beißt, will ich ihn noch mehr. Aber ich bin ein Maara und er nicht.«

Das gab Ellie den Rest. Wie ehrlich er war, wie offen er sagte, was er fühlte. Sie errötete, wusste nichts zu sagen. Dieses entwaffnende Liebesgeständnis war nicht für ihre Ohren bestimmt, aber endlich war das Puzzle gelöst. Utodja war in Mikhael verliebt, auch wenn er es anders nannte. Leider machte das den

Vorfall umso schlimmer. Tief atmete Ellie ein, fuhr sich über den Mund.

»Utodja, es tut mir leid. Ich entschuldige mich in aller Form bei dir, auch im Namen von Chris. Du hast recht, ich hab nicht richtig zugehört, sonst hätte ich es verstanden. Aber ich bitte dich, in Zukunft greif niemanden mehr an, ja? Auch wenn du Mikhael beschützen willst oder deinen Platz bei ihm. Bei uns Menschen laufen die Dinge anders. Okay?«

»Da ist kein Platz mehr, den ich beschützen muss.«

»Was meinst du damit? Sagtest du nicht- ...«

»Ich gehöre Mikhael, aber er hat mich nicht gewählt. Ich bin bei ihm, aber ich bin nicht Sein. Er wollte nur spielen. So bleibe ich lediglich sein Haustier.«

Nur spielen? Da irrte sich Utodja. Mikhael mochte ein Idiot sein und ausdrücken konnte er sich überhaupt nicht, aber dass er etwas für Utodja übrig hatte und ihn nicht nur als Haustier betrachtete, war mehr als deutlich. Nur wie würde Mikhael reagieren, wenn er hiervon erfuhr?

»Weißt du, ich glaube, es fällt Mikhael sehr schwer, die Dinge einzuordnen. Er hat viel durchgemacht, wegen dem, was er ist. Er musste sein wahres Ich immer unterdrücken und seine Eltern haben ihm schlimme Dinge angetan. Alles, was irgendwie mit dem Gendro in ihm zu tun hatte, wurde gezielt vernichtet.« Sie machte eine kurze Pause und haderte mit sich, entschloss sich dann aber, weiterzusprechen. Es war nicht an ihr, Utodja das zu offenbaren, aber womöglich konnte er dann Mikhaels Standpunkt besser verstehen und sah nicht mehr alles so schwarz.

»Früher, weißt du, da hatte er mal richtige Katzenohren und auch einen Schwanz, aber die wurden gegen seinen Willen amputiert - abgeschnitten, verstehst du? Damit er mehr wie ein Mensch aussieht. Und jetzt fürchtet er sich davor, sich dem hinzugeben, was er so lange verabscheut hat.«

Die Entrüstung in Utodjas Blick war groß und seine Ohren stellten sich hoch auf.

»Das wusste ich nicht.«

»Mikhael hat es uns auch nie erzählt. Chris und ich haben die Papiere seiner Eltern durchschnüffelt. Er weiß nicht, dass wir es wissen, also sag es ihm bitte nicht. Aber vielleicht verstehst du es jetzt besser. Warte erst mal ab, ich kenne ihn! Vielleicht tut er nicht das, was du erwartest, aber ich kenne den Blick, mit dem er dich angesehen hat. Zumal du wirklich etwas Besonderes bist. Er müsste dumm sein, wenn er dich nicht wählt!«

Bevor Ellie wusste, was sie tat, plapperte sie einfach los, wollte Utodja Mut zusprechen. Welche Konsequenzen es mit sich brachte, wenn sich Mikhael wirklich auf ihn einließ, darüber wollte sie lieber nicht nachdenken, zu abstrus war es. Zu gefährlich. Aber sie wollte nicht länger diese Verzweiflung in dem Gendro sehen. Sie konnte das nicht ertragen. Wann immer Tiere oder Menschen litten, litt auch sie und bei einem Wesen wie Utodja, war es doppelt so schlimm. Verliebt ... Oh je.

Seufzend stützte sie ihren Kopf in die Hand, betrachtete Utodja eindringlich. Dessen Ausdruck hatte sich erhellt und das freute sie. Gleichzeitig kam Sorge in ihr auf. Utodja hatte keine Ahnung, worauf er sich da einließ oder was seine Gefühle ins Rollen bringen könnten.

Lautes Lachen durchdrang die Stille und im nächsten Moment wurde die Haustür geöffnet. Sofort sah Ellie auf und drehte sich um.

Gekicher ertönte und zwei wohlbekannte Stimmen wurden laut. Dick und Doof waren wieder zurück und so wie das klang, hatte sich ihre Laune offensichtlich wieder gehoben. Typisch, wie kleine Kinder! In einer Sekunde zankten sie, dann waren sie wieder die besten Kumpel. Idioten. Aber es erleichterte Ellie. Scheinbar war der Arztbesuch glimpflich ausgegangen. Ein Glück!

Allerdings wurde Utodja neben ihr plötzlich sehr unruhig, schwankte von links nach rechts und hockte sich auf alle Viere, sah angespannt zur Tür. Schnell hob Ellie eine Hand, stand selbst auf.

»Warte hier. Ich werde zu ihnen gehen und schauen, ob alles in Ordnung ist. Das Beste ist, du hältst dich zurück. Ich werde die Angelegenheit klären. Einverstanden?«

Ein Hauch Skepsis lag in Utodjas Augen, als er bedächtig nickte. Gut. Wenigstens hatte er seinen Fehler eingesehen. Himmel, Ellie konnte es immer noch nicht fassen. Verliebt. Schande!

Ein paar Mal nickte sie geistesabwesend, dann raffte sie die Schultern und marschierte schließlich zur Tür, durch die ein helles Licht zu ihnen hineinschien. Bevor sie aber ins Wohnzimmer ging, warf sie Utodja noch einen Blick zu. Der Gendro hockte wieder in derselben Ecke, wie zuvor, verschmolz beinahe mit der Dunkelheit und nur zwei funkelnde Augen waren zu erkennen. Sie schenkte ihm ein kränkliches Lächeln, dann verließ sie das Zimmer.

Tatsächlich saßen Mikhael und Chris im Wohnzimmer und grinsten sich breit an. Chris hatte sich auf dem Sessel niedergelassen und zog seine Schuhe aus, die er, sehr zu Ellies Missfallen, in irgendeine Ecke pfefferte, während Mikhael daneben stand und kicherte.

»Nein, auf keinen Fall. Als Mumie gehst du noch lange nicht durch!«

»Was? Klar doch! Dann kann ich meine Schüler erschrecken.«

»Tust du doch täglich, mit deiner dämlichen Hackfresse!«

Ja, das klang ganz nach ihren Jungs und Ellies Lippen kräuselten sich. Sie waren wieder die Alten.

»He! Ist alles gut verlaufen?«, begrüßte sie die beiden und ging eiligst zu Chris. Als sich ihr Freund in ihre Richtung drehte, erschrak Ellie im ersten Moment und blieb sofort stehen.

Die Hälfte seines Gesichts und sein linkes Augen waren unter dicken Wundpflastern verschwunden und auch seine Schulter und sein Hals waren verbunden.

»Was zum . . . ?« Weiter kam sie nicht, denn Chris winkte ab, streckte einen Arm aus und zog sie dicht zu sich.

»Locker bleiben, Princesa! Sieht schlimmer aus, als es ist. Hast du selber gesagt. Das Mädel in der Notaufnahme war ein Anfänger, wollte auf Nummer sicher gehen und hat noch mal alles extra verbunden.«

Er versuchte sie in einen Kuss zu verwickeln, aber Ellie legte ihre Hände auf seine Brust und schob ihn weg, sah von ihm zu Mikhael.

»Wie? Wurde es nicht genäht?«

Allerdings ließ sich ihr Freund nicht so einfach abspeisen. Immer wieder zog er sie zu sich.

»Doch, logo. Aber es war, wie du gesagt hast. Ging extrem schnell. Ein paar Clips pro Biss und das war's.«

»Aber dein Gesicht!«

»Ja, das kleine Ungeheuer hat das Auge verletzt. Da bleibt mit Pech eine Narbe und mal sehen. Wenn der Verband ab muss, wird sich zeigen, wie viel Sehkraft übrig ist. Vielleicht brauch ich dann eine Augenklappe. Dann schule ich um und werde Pirat!«

Dieser Idiot! Genervt schlug ihm Ellie gegen den Hinterkopf, war fassungslos. Wie konnte er nur so etwas sagen, wenn es um sein Auge ging! Hatte Utodja ihn doch so schwer verletzt? Der Biss am Hals hatte viel schlimmer ausgesehen!

»Über so was macht man keine Witze! Ich hätte mitfahren und es selbst erledigen sollen«, grollte sie, schüttelte nur den Kopf.

»Ja, ja. Bleib auf dem Teppich. Zugegeben wäre ich lieber von meiner Lieblingskrankenschwester behandelt worden, aber das wird schon. Ich muss in ein paar Tagen noch mal hin. Und Mikey hier gibt uns beim nächsten Mal Einen aus! Hat er versprochen! Immerhin musste sein bester Kumpel heute Todesqualen leiden.«

Grinsend lehnte sich Chris gegen Ellies Kopf, sah aber zu Mikhael, der das Grinsen verschmitzt erwiderte, mit den Schultern zuckte.

»Da bleibt mir wohl keine andere Wahl, mh?«

Unglaublich. Prüfend sah Ellie zwischen ihrem Freund und Mikhael hin und her. Sie hatten ihren Streit wohl wirklich beigelegt und waren guter Dinge. Fast waren sie zu gut gelaunt.

»Ihr beide seid ja ziemlich gut drauf«, murmelte sie.

»Tja, wir hatten eben ein richtiges Männergespräch und haben die Sache wie richtige Kerle geklärt«, erklärte Chris und haute sich auf die Brust, worauf Ellie losprustete. Wie richtige Männer? So ein Unsinn. Vermutlich hatte Chris beim Arzt geschrien wie am Spieß, als er den Injektator gesehen hatte und Mikhael hatte seine Hand gehalten und mitgeheult. Richtige echte Männer eben.

Allerdings verging Ellie das Lachen ziemlich schnell und ihr Blick fiel auf Mikhael. Er hatte noch keine Ahnung, was Ellie herausgefunden hatte und sie bezweifelte stark, dass er von Utodjas Gefühlen wusste. Dass er ihn mochte, ja, das war klar. Aber war ihm bewusst, worum es hier wirklich ging? Dass es mehr als reine Sympathie war?

»Was macht der Wildfang?«, fragte Mikhael plötzlich, als hätte er ihre Gedanken gelesen. Ellies Mund wurde trocken, aber sie zwang sich zu einem Lächeln, spürte, wie ihre Brust schwer wurde. Was sollte sie sagen?

»Ich hab mit ihm geredet und ich weiß jetzt, wieso er durchgedreht ist«, erklärte sie schließlich.

»Ach ja? Und was war los?«Neugierig sah Chris sie an, aber Ellie antwortete ihm nicht. Das ging nur Mikhael etwas an. Ihn und Utodja. Trotzdem war da dieses mulmige Gefühl in ihrem Bauch, wenn sie an Utodjas Worte dachte. Es gab Menschen, die taten so einiges mit ihren Gendros. Unanständige Dinge und eine romantische Liebesbeziehung zwischen einem Menschen und einem Gendro wäre skandalös! Besonders, wenn man Mikhaels Herkunft bedachte. Andererseits war Mikhael auch irgendwo ein Gendro. Ein Hybrid, der es schaffte, die Kontrolle zu behalten. Gemeinsam bildeten sie ein einzigartiges Paar. Einzigartig, aber gefährlich. Für die ganze Welt und nicht zuletzt für sie selbst. Aber nur, wenn Mikhael von Utodjas Gefühlen erfuhr und wenn er sie erwiderte. Wenn ...

Von alleine würde Mikhael bestimmt nicht darauf kommen, es sei denn, Utodja sagte ihm, was er ihr gesagt hatte. Aber was, wenn der Gendro schwieg? Ellie würde die beiden ständig sehen und es wissen. Hatte sie also das Recht, den Mund aufzumachen und sich in eine Entwicklung einzumischen, die es so vorher noch nie gegeben hatte?

Mikhael war etwas Besonderes, er bedeutete ihr unglaublich viel. Was würde es aus ihm machen, wenn er sich auf diesen Gendro einließ?

»Es ist spät«, meinte sie schließlich und stieß sich von Chris ab. »Wir sollten jetzt schlafen gehen. Der Tag war anstrengend. Und du!« Mit dem Gefühl ihren besten Freund für immer zu verlieren und genau das Richtige zu tun, ging sie auf Mikhael zu und tippte ihm vorwurfsvoll gegen die Brust. »Du solltest dringen mit Utodja reden! Sofort!«

Kapitel 25

Gewählt

DAS Firmenlogo von *Auclair Inc.* thronte strahlend blau am nächtlichen Himmel, schwebte weit über den anderen Gebäuden der Stadt und grinste herablassend in Mikas Gesicht.

Abfällig verzog er den Mund, zog ein letztes Mal an seiner Kippe, ehe er den Stummel im Balkonkasten ausdrückte. Das war der einzige Nachteil an Ellies und Chris' Wohnung - sie lag viel zu nah an der Firma seiner Familie. Auf Dauer würde Mika das nicht aushalten. Tagtäglich im Schatten dieses Gebäudes leben zu müssen, war eine beklemmende Vorstellung und der Grund dafür, wieso er am Stadtrand wohnte. Seufzend schloss er die Augen, atmete tief ein. Die Luft war kühl und angefüllt von dem typischen Großstadtduft. Eine blumige frische Kälte, gemischt mit dem Geruch von Menschen, Gendros und Abgasen. Schon verrückt, aber irgendwie mochte er das. Schweigend ließ er seinen Blick über die bunten Gebäude und Straßen wandern und im selben Moment erfasste ihn ein bedrückendes Gefühl.

Ellie und Chris waren schon vor einer ganzen Weile schlafen gegangen, während er sich auf den Balkon verzogen hatte. Er war todmüde, doch das Letzte, woran er jetzt denken konnte, war Schlaf. Nach dem heutigen Tat ratterte sein Schädel und er war sich nicht sicher, was passierte, wenn er zurück in das Gästezimmer ging. Er konnte von Glück sprechen, dass der Abend so glimpflich ausgegangen war. Chris hatte sich wieder beruhigt. Auf der Fahrt zum Arzt hatten sie zwar hauptsächlich gestritten, aber danach war es besser geworden. Es war gar nicht so einfach gewesen, seinem Kumpel zu erklären, wie Gendros die Welt sahen beziehungsweise wie Utodja die Welt sah. Chris hatte viele pikante Fragen gestellt, Mika hatte so gut geantwortet wie er konnte und einiges hatte er sich zusammenreimen müssen. Aber er hatte Chris davon überzeugen können, dass Utodja nicht noch mal durchdrehen würde. Gott sei Dank! Chris mochte ein Idiot sein, aber auf ihn verzichten konnte Mika nicht. Genauso wenig auf Ellie. Ha! Wenn Mika ihr erzählen würde, dass Chris beim Arzt fast gekotzt hätte, würde er ihn sicher erwürgen. Der Gedanke war zu komisch und Mika musste grinsen.

Dennoch bekam er Ellies seltsames Verhalten nicht mehr aus dem Kopf. Nachdem sie zurückgekommen waren, hatte sie ihn die ganze Zeit so komisch angestarrt. Und dann das Gerede, dass er mit Utodja sprechen sollte. Wann Mika mit dem Fledertier abrechnete, war seine Sache! Trotzdem war es merkwürdig gewesen.

Worüber hatte sie sich wohl mit Utodja unterhalten? Er konnte sich nicht vorstellen, dass Utodja sich ihr wirklich anvertraute. Sonst traute er doch auch niemandem, wieso auf einmal ihr? Wo er anfangs doch so eifersüchtig auf sie gewesen war. Vielleicht lag es ja daran, dass Ellie eine Frau war. Aber das war Utodja zum Teil auch. Irgendwie.

Mann, was für ein Chaos. Angespannt fuhr sich Mika über das Gesicht, ehe er sich von dem Geländer abstieß und einen Blick in die Wohnung warf. Stille herrschte. Die Lichter waren erloschen. Ellies und Chris' Stimmen waren längst verstummt, nur Chris' Schnarchen drang an Mikas feine Ohren. Schließlich glitt sein Blick zum Gästezimmer.

Die Tür stand noch offen und nicht ein Mucks war zu hören. Ab und an raschelte es leise, doch sonst tat sich nichts. Großartig. Entnervt kratzte sich Mika im Nacken. Alles in ihm sträubte sich dagegen, in dieses Zimmer zu gehen. Genau genommen hatte Utodja eine ordentliche Abreibung verdient! Er musste lernen, dass es Konsequenzen gab, wenn er einen Menschen angriff und dass Mika ihm nicht alles durchgehen ließ! Alpha hin oder her! Nur wusste Mika, wenn er jetzt in dieses Zimmer ging, würde er hundert Prozent die Beherrschung verlieren. Fast hätte er alles verloren und das nur, weil sich das Fledertier irgendeinen Schwachsinn zusammenreimte. Ein bisschen Augenklimpern und Gurren machte das nicht wieder gut!

Vielleicht hatte Chris doch recht. Utodja war nun mal ein Wildes. Ganz egal, wie lange er schon unter Menschen lebte, vielleicht würde man ihn nie zähmen können. Ihn einschüchtern oder verängstigen, ja, aber das würde nichts bringen. Ein Gendro wie Utodja gehörte einfach nicht an die Leine und wenn ihn nicht mal sein Alpha kontrollieren konnte, was würde er als nächstes tun? Die Leute im Pet4You angehen? Oder jemanden mitten auf der Straße attackieren?

Aber was wäre die Alternative? Wohin sollte er ihn bringen? In einen Wildtierpark? Oder einen Zoo? Klar, er könnte ihn gehen lassen, die Freiheit hatte er sich redlich verdient, aber würde er alleine zurechtkommen? Irgendwo in der Wildnis? Fern von Mika?

Nein. Nein, Mika musste die Sache mit ihm klären. Ein für alle Mal. Er hatte Utodja versprochen, er dürfte bei ihm bleiben, also musste er sich an die Regeln halten. Tief durchatmend setzte sich Mika in Bewegung, ging ins Wohnzimmer und schloss die Balkontür hinter sich. Mit bestimmten Schritten steuerte er das Gästezimmer an und gab der halb geöffneten Tür einen Stoß. Dunkelheit herrschte in dem Zimmer, doch das machte ihm nichts aus. Auch im Dunkeln konnte er hervorragend sehen und es dauerte nicht eine Sekunde, bis sein Blick auf das pechschwarze Knäuel an der Decke fiel.

Da hing er, am anderen Ende des Raumes, eingehüllt in seine Schwingen. Doch kaum da Mika über die Türschwelle trat, öffnete sich der Kokon und verspiegelte Augen blitzten ihm entgegen. Eine Mischung aus Enttäuschung und Wut ballte sich in Mika zusammen und er legte die Stirn in tiefe Falten. Dieser dämliche Trottel! Fast hätte er alles zerstört! Dabei hatte Mika ihm vertraut. Und wofür? Für ein Desaster!

Stumm sahen sie einander an, rührten sich nicht, dann raschelte es wieder. Langsam löste sich Utodja von der Decke und landete einige Meter vor Mika auf dem Boden. Für einen Moment verharrte Utodja, schwankte auf der Stelle, schien unsicher, ob er flüchten oder näherkommen sollte. Dann öffnete er den Mund, schloss ihn aber wieder und sah auf seine Hände, rieb nervös die Finger aneinander. Dieser Schaumschläger! Jetzt stand er da, trat von einem Fuß auf den anderen und glotzte ihn an, als könnte er kein Wässerchen trüben. Wenn er glaubte, der Dackelblick zog dieses Mal, hatte er sich geschnitten! Ohne weitere Worte schloss Mika die Tür, wandte sich ab und zeigte Utodja die kalte Schulter. Schweigend setzte er sich auf das Bett und schlüpfte aus seinen Schuhen. Er hatte die Schnauze gestrichen voll für einen Abend.

Das war nicht gut. Gar nicht gut, gar nicht gut.

Gehetzt stand Utodja da, zerbiss sich die Lippen, rang nach Worten, fand aber keine. Bis jetzt hatte er den Rat des Menschenweibchens befolgt und war in diesem Zimmer geblieben, doch sie hatte ihr Versprechen nicht gehalten. Sie hatte mit Mikhael reden wollen, doch es hatte nicht funktioniert. Mikhael war nach wie vor wütend und es war wie ein Stich ins Herz. Unsicher beobachtete er, wie sein Guardo auf dem Bett saß und sich auszog. Er wollte sich für die Nacht bereit machen, verlor aber nicht ein Wort. Schenkte ihm nicht einen Blick. Seine Aura war so feindselig, dass Utodja nicht wusste, was er tun sollte und zaghaft machte er einen Schritt vor.

»Mikhael«, begann er, stellte die Ohren auf. Es kam keine Reaktion. Mikhael streifte sein Shirt ab und pfefferte es auf einen Stuhl neben dem Bett. Der Anblick ließ Utodja erschaudern und er schüttelte sich, verdrängte jeden unzüchtigen Gedanken. Er wagte noch einen Schritt vor, schluckte schwer.

»Mikhael«, wiederholte er lauter, doch alles, was er bekam, war Stille. Sein Guardo stand auf, drehte sich von ihm weg und zog seine Hose aus. Die Unruhe in Utodja stieg an, löste ein inneres Beben in ihm aus, das ihn heftig durchschüttelte, sich nicht kontrollieren ließ. Er verstand nicht, was das sollte.

Er hatte damit gerechnet, dass Mikhael ihn anschrie und bestrafte, sobald er zurückkam, aber es kam gar nichts und Utodja wusste nicht, wie er damit umgehen sollte. War er zu weit gegangen? Wollte Mikhael nie wieder mit ihm sprechen? Würde er ihn fortgeben? Nein, das durfte nicht passieren!

Mit klopfendem Herzen sah er dabei zu, wie sich Mikhael in das Bett legte, die Decke bis zum Hals zog und ihm erneut den Rücken zudrehte. Wollte er etwa schlafen? War das sein Ernst? Hilflos sah sich Utodja in dem Raum um, blinzelte. Das Beben in ihm war nicht auszuhalten und schließlich trat er näher an das Bett, blieb an dessen Ende stehen und umklammerte das Gitter.

»Mikhael. Es tut mir leid. Ich wollte nicht, dass ...«, er brach ab, musste schlucken. Was sollte er sagen? Er hatte den Chris-Menschen angreifen und verletzen wollen, aber er hatte nicht gewollt, dass so etwas passierte. Er hatte nicht nachgedacht und vergessen, dass die beiden nur Menschen waren. Dumme Menschen, die es nicht besser wussten. Er hätte nachsichtiger sein sollen, aber Mikhael würde das nicht verstehen. Er wollte ja nicht einmal zuhören. Angespannt betrachtete Utodja die Gestalt in dem Bett und seine Brust zog sich zusammen.

»Hasst du mich? Wirst du mich weggeben?«

Urplötzlich fuhr Mikhael hoch, schlug die Decke weg und starrte Utodja vernichtend an, der sofort zurückwich, sich tief duckte. Aber eine Antwort bekam er nicht. Mit einem Ausdruck, als würde er ihn jeden Moment zerfleischen, starrte sein Alpha ihn an, knurrte leise. Sofort ging Utodja in die Hocke, wollte keine weitere Konfrontation. Das hielt er nicht aus.

»Nein«, grollte Mikhaels Stimme finster, verlor jeden menschlichen Ton. »So leicht mache ich es mir nicht. Allein dass du fragst, ist erbärmlich! Chris hat recht, ich sollte dir eine Tracht Prügel verpassen. Du hast nicht auf mich gehört, du hast meinen besten Freund angegriffen und mein Vertrauen missbraucht! Und ich will gar nicht wissen, was du und Ellie ausgeheckt habt! Ich will, dass du den Mund hältst! Ich will nichts mehr von dir hören, dich nicht mal sehen! Also halt die Klappe und lass mich in Ruhe!«

Stockend holte Utodja Luft, ballte die Fäuste. So hatte Mikhael noch nie mit ihm gesprochen. So abfällig und verhasst. Es tat schrecklich weh und er schloss die Augen.

»So ist es gut. Ich hab genug von deinem Gendro-Scheiß! Ich bin dein Alpha, sagst du? Dann fang an, mich so zu behandeln!«

Beschämt nickte Utodja, sah zu Boden.

»Und ... und das Weibchen?«, wisperte er, konnte nicht anders. Diese Frage bohrte sich wie ein Eisenkreisel in sein Herz und hinterließ ein klaffendes Loch. Er musste es wissen.

»Welches Weibchen?«

»Das Menschenweibchen, von dem dein Freund sprach.« Utodja zögerte, hob vorsichtig den Kopf und suchte Mikhaels Blick. »Wirst du sie treffen?«

»Was zum...? Arg, Gott!« Stöhnend schlug sich sein Guardo die Hände vor die Augen, unterdrückte seinen Zorn sichtlich. »Ich werde keine Frau treffen! Klar so weit? Chris hat Schwachsinn gelabert. Er labert immer Schwachsinn! Vierundzwanzig Stunden am Tag! Ich will keine Frau, ich will gar nichts. Und Ellie und Chris sind auch nicht deine Feinde oder Rivalen! Verstanden? Sie sind meine Freunde und werden es immer bleiben. Du wirst mich mit ihnen teilen müssen, und wenn du das nächste Mal Scheiße baust, werde ich ihn nicht aufhalten! Hast du das jetzt verstanden?«

»Ja«, antwortete Utodja schnell. Jedes einzelne Wort war wie eine Ohrfeige und seine Ohren pochten vor Scham.

»Gut, dann haben wir das geklärt. Und jetzt Ruhe!« Ruckartig drehte sich Mikhael um und legte sich wieder hin. Utodja rührte sich nicht. Für eine lange Zeit wagte er es nicht, sich zu bewegen. Saß da und starrte auf den holzigen Boden. Er fühlte sich schrecklich, wollte vor Verlegenheit in der Erde versinken. So ausgeschimpft zu werden und das von seinem Guardo, ließ sein Gesicht glühen und seine Augen verräterisch brennen.

Erst, als sich Mikhael beruhigt hatte und sein lauter unregelmäßiger Atem leiser geworden war, hob Utodja den Kopf und schielte zum Bett hinauf.

Wieso nur? Wieso hatte er nicht auf seinen Alpha hören können? Er würde sein neues Heim verlieren und dieses Mal war es seine eigene Schuld. Aber das Schlimmste war, er würde Mikhael verlieren. Seine Zuneigung, seine Zärtlichkeit, seinen Schutz, seine Stärke ... Aber vielleicht gab es noch einen anderen Weg. Vielleicht hatte er noch eine Chance, wenn er von nun an alles tat, was Mikhael wollte. Es widerstrebte Utodja, nie wieder hatte er sich derartig unterordnen wollen, aber bei Mikhael war das etwas anderes. Schluckend stand er auf, trat mit wackligen Beinen neben das Bett. Die Worte lagen ihm bereits auf der Zunge, aber er brauchte Ewigkeiten, um sie auszusprechen.

»Darf ich bei dir liegen?«, hauchte er heiser, worauf sich Mikhaels Kopf in seine Richtung drehte. Utodja erstarrte, wandte schnell den Blick ab. Immer fester umklammerten seine Finger das Gittergestell, aber aufgeben wollte er nicht. »Darf ich bei dir liegen? Im Bett? Neben dir? Wie gestern? Wie die Tage davor?«

Der Zorn in Mikhaels Augen schwoll gefährlich an und schnell beugte sich Utodja vor, streckte eine Hand aus.

»Bitte«, fügte er hinzu, hörte, wie seine Stimme versagte und sich in ein Krächzen verwandelte.

Angespannt harrte er aus, die Hand unterwürfig ausgestreckt. Wenn sein Guardo ihn jetzt abwies, würde die Verbindung zwischen ihnen brechen und alles, was da gewesen war, zu Asche zerfallen. Hoffentlich war der Himmel gnädig, hoffentlich würde Mikhael ihm noch eine Chance geben.

Lange wurde er angesehen. Die großen blauen Augen spießten ihn regelrecht auf, dann richtete sich sein Guardo plötzlich auf. Ein Ruck fuhr durch Utodja und konzentriert sah er auf seine Füße hinab. Stoff knisterte, das Bett quietschte, dann spürte er heißen Atem an seiner Hand. Ein heftiger Schauer krabbelte über seinen Körper und er atmete zittrig ein. Im nächsten Augenblick ertönte ein derber Fluch und der Atem an seiner Hand verschwand. Die Decke wurde herumgeworfen, Kissen durcheinander gewühlt und sein Guardo rückte an den äußersten Rand des Bettes, sah ihn giftig an.

»Du machst mich echt fertig!«, fauchte er, deutete mit dem Kopf auf die freie Seite des Bettes. »Ich will keinen Mucks hören und du bleibst mir vom Leib!«

Erleichterung kam in Utodja auf und sein Herz flatterte. Noch hatte er ihn nicht verloren. Noch stand er in seiner Gunst und sei es nur ein kleines Bisschen. Schnell huschte er um das Bett herum, kletterte auf die leere Seite, doch kaum, da er auf dem nächtlichen Lager saß, wandte sich Mikhael wieder ab.

Die Stille kehrte zurück und verwirrt blinzelte Utodja, fühlte die Erleichterung in sich mit einem Schlag sterben. Womöglich hatte er sich zu früh gefreut. Verziehen hatte er ihm noch nicht.

Niedergeschlagen betrachtete er den Rücken seines Alphas. Diese Kälte war unerträglich, das war er nicht gewohnt. Nicht von Mikhael, der ihm immer so schnell vergeben hatte. Immer auf seiner Seite gewesen war. Ihn verstanden hatte. Aber vielleicht war das das Problem. Mikhael verstand nicht, denn er wusste es nicht. Sein unwissender Wächter ... Wie von selbst bewegte sich Utodjas Arm, streckte sich in Mikhaels Richtung, wollte durch die roten Haare fahren, über die nackte Haut streicheln. Mikhaels ganzer Körper pulsierte vor Wärme, zog ihn an wie das Licht die Motte. Doch bevor seine Finger die bloße Haut berührten, hielt Utodja inne, wagte es nicht. Schnell zog er die Hand wieder zurück, drückte sie an seine Brust.

»Ich wollte nur, dass du kein anderes Weibchen nimmst«, wisperte er schließlich, wusste nicht, ob Mikhael zuhörte, doch es war ihm gleich. Er musste es aussprechen. »Ich dachte, du hättest mich gewählt. Ich dachte, wenn ich nichts tue, kommt jemand anderes, den du lieber magst, denn ... « Er holte Luft, schloss die Augen, sprach so leise, dass er sich selbst kaum hörte. »Ich habe dich gewählt. Mikhael. Ich will dich. Für mich allein. Als Gefährten.«

Es kam keine Reaktion und Utodja senkte den Kopf. Was hatte er auch erwartet? Mit ächzender Brust wickelte er sich in seine Schwingen und legte sich neben seinen Guardo, versuchte Abstand zu halten. Aber es tat weh. Gestern hatten sie noch Arm in Arm gelegen, fest aneinander geschmiegt. Mit dem Gedanken schloss Utodja die Augen, wollte der grausamen Wirklichkeit entfliehen.

Mika hingegen lag stocksteif da und starrte mit weiten Augen in die Dunkelheit, während sein Herz raste, wie ein Presslufthammer. Schande, DAS bedeutete also *gewählt...*?

Menschliche Nachtlager waren unbequem. Utodja würde nie verstehen, wie man so schlafen konnte. Einfach nur da zu liegen, auf der Seite, auf dem Rücken oder sogar auf dem Bauch. Es verursachte Kopfschmerzen und machte den Körper steif. Nach all den Sommern hatte er sich zwar damit arrangiert, aber die einzig wahre Art, wie man richtig schlafen konnte, war kopfüber, eingehüllt in die eigenen Flughäute, Haut an Haut mit den Familien- und Stammmitgliedern. Allerdings war es nicht das Bett, das ihn wach hielt oder der fehlende Körperkontakt. Es waren die grausigen Schatten der Nacht, die einem in den Kopf schlichen, einem Dinge zuflüsterten und grauenhafte Bilder zeigten. Die ganze Nacht hatten sie Utodja gequält. Nicht ein Auge hatte er zugetan, zu angespannt war er gewesen, zu rastlos. Dabei hatte er schlafen wollen! Dringend. Er ertrug die erdrückende Wirklichkeit nicht. Doch es war ihm nicht geglückt. Die Gedanken an das, was ihn erwartete, hatten ihn wie ein mit Nadeln besetztes Tuch umklammert und nicht losgelassen.

Was würde passieren, wenn Mikhael aufwachte? Würde er noch immer zornig sein? Ihn noch immer abfällig ansehen? Ihm den Mund verbieten? Seine Erfahrung hatte Utodja gelehrt, dass sich die Launen und Gefühle der Menschen schnell änderten. Besonders wenn sie schliefen. Am nächsten Morgen waren die Dinge oft wieder gut und sie waren versöhnlich gestimmt. Aber Mikhael war kein Mensch. Er war wie Utodja und Ihresgleichen waren nachtragend. Fehler wurden nur langsam verziehen und gestern hatte sich Mikhael wie ein richtiger Alpha verhalten. Von dem freundlichen Mikhael war nichts mehr da gewesen. Würde er trotzdem sein Wort halten? Würde er ihn wirklich nicht wegschicken? An nichts anderes konnte Utodja mehr denken, hatte in der nächtlichen Finsternis keinen Ausweg gesehen. Sie hatte ihn verschlungen und in ein tiefes Loch gezogen. Himmel sei Dank, war die Dämmerung nahe. Bald würde die Sonne aufgehen, es war nur eine Frage der Zeit.

Müde blinzelte Utodja. Er war erschöpft und seine Augen fühlten sich wund an. Unmittelbar vor ihm lag sein Guardo. Der Anblick seines bloßen Rückens und der geschwungenen Muster hatte nur für wenig Ablenkung gesorgt und Utodja mehr Schmerzen zugefügt, als er zugeben wollte. Jemandem so zu verfallen. Noch dazu jemandem, der halb Mensch war … Er war wahrlich erbärmlich, doch dagegen ankämpfen konnte er nicht. Diese Gefühle und Gedanken waren so fremd und neu und aufregend gewesen und jetzt taten sie mehr weh, als all die Schläge und Erniedrigungen, die er hatte ertragen müssen. War es ihm denn nicht vergönnt, jemanden zu finden, der ihn wollte? Wie man es ihm versprochen hatte? Musste er alles Gute auf dieser Welt verlieren, sobald er es gefunden hatte? Das war unfair. Er wollte Mikhael nicht verlieren. Nicht ihn, nicht sein neues Heim. Alles, was er wollte, war seinem Guardo nahe sein.

Dem Drängen in seinem Inneren nachgebend, schob Utodja einen Arm unter seinen Flügeln hervor, ließ ihn über das Bett wandern. Fast berührten seine Finger Mikhaels Rücken, er konnte seine Wärme auf seiner Haut spüren. Tief atmete er ein, während ein Schauer über seinen Körper kroch. Er war ein Dummkopf, wenn er das jetzt tat, wenn er die Grenze überschritt, die sein Alpha aufgestellt hatte. Aber es war schwer. Er sehnte sich so sehr nach ihm, dass es ihm albern vorkam. Womöglich machte er durch eine einzige Berührung alles kaputt … Aber er war so warm. Es war so unfair.

Da war etwas! Ein Geräusch.

Utodja erstarrte, stellte die Ohren auf und zog seine Hand blitzschnell wieder weg. Dumpfe Töne drangen an sein Ohr, sickerten durch die Wand zu ihm durch. Da waren leise Stimmen. Vorsichtig hob Utodja den Blick, schielte zum Kopfende des Bettes und runzelte die Stirn. Die Geräusche kamen von nebenan, wo Mikhaels Freunde schliefen. Augenblicklich zog sich seine Kehle zusammen und er hielt den Atem an.

War es etwa schon so weit? War jetzt Zeit aufzustehen? So früh? Oder hatten seine Sinne ihm einen Streich gespielt? Mikhael neben ihm rührte sich zumindest nicht, noch ertönte das widerliche Piepsen, das sie jeden Morgen weckte. Seltsam. Aber Utodja wusste, alle Menschen erwachten zu einer anderen Zeit. Vielleicht mussten diese beiden früher los, als Mikhael. Angespannt harrte er aus, lauschte. Es klang nicht danach, als wollten sie sich für den Tag bereit machen. Im Gegenteil.

Im nächsten Augenblick wurden die Stimmen lauter. Die Menschen nebenan unterhielten sich. Lachten. Klangen ausgelassen. Utodjas Herz zog sich zusammen. Dann wurde es plötzlich still und die Stimmen verstummten. Etwas hatte sich verändert. Die Luft wurde plötzlich schwer und ein feiner würziger Duft stieg auf. Aber es war nicht der Geruch des Tages. Es war ... wilder.

Utodja schloss die Augen, schluckte hart. Natürlich. Wie konnte er so dumm sein? Es war Paarungszeit. Und sie nagte nicht nur an ihm, sie hatte wohl auch Auswirkungen auf die Menschen.

Stumm lag er da, lauschte der Stille, ließ seine Gedanken wandern. Der Chris-Mensch musste ein guter Liebhaber sein, wieso sonst sollte sich das Ellie-Weibchen auf einen ungehobelten Gefährten wie ihn einlassen? So oder so, die beiden waren Gefährten. Utodja verstand ihre Beziehung nicht, doch sie war intensiv. Beneidenswert.

Unruhe befiel ihn. Schluckend schielte er zu dem nackten Rücken vor sich. Bilder erschienen in seinem Kopf. Von dem Menschenmann und seinem Weibchen. Wie sie sich kennzeichneten, übereinander rollten, sich bissen ... Utodjas Atem beschleunigte sich. Seine Augen saugten sich an Mikhael fest, an seinen Mustern, der ebenen Haut, den geschwungenen Muskeln und plötzlich verschwamm das Bild vor seinem Auge. Die beiden Menschen veränderten sich, nahmen andere Gestalt an – wurden zu Mikhael und ihm.

Utodjas Blut begann zu rauschen und er hielt den Atem an.

Was würde seinem Guardo gefallen? Welche Vorlieben hatte er? Der Gedanke jagte einen Blitz durch Utodjas Körper. Sein Guardo war zwar ein Männchen, aber bis jetzt war er nicht abgeneigt gewesen oder angeekelt. War auf Utodja eingegangen.

Vielleicht fand Mikhael das anziehend? Mochte nicht nur Weibchen, sondern auch Männchen? Oh, was für ein Glück das wäre! Mehr als Glück, das ihn, Utodja, zu so jemanden führte.

Vielleicht wollte sein Guardo auch mehr als eine einfache Eroberung? Vielleicht einen Kampf? So wie im Wald. Ein Weibchen konnte ihm so etwas nicht geben, aber als Maara konnte er es. Er konnte ihm alles geben.

Unruhig reckte er sich, musste sich zusammenreißen. Die Vorstellung war betörend. Sehnsucht explodierte in ihm und er musste keuchen, biss sich auf die Lippen.

Wenn das geschah, wenn Mikhael ihn kennzeichnete und ihn doch noch erwählte, war es besiegelt. Dann konnte er ihn nicht mehr wegschicken. Nie wieder. Dann gehörten sie zueinander, gehörten einander. Oh, wenn er ihn nur berühren könnte!

»Oh Mann!«

Langsam hielt Mikhael das nicht mehr aus. Genervt verdrehte er die Augen, schnappte sich das Kopfkissen und drückte es sich aufs Gesicht.

Es war einfach nicht zu fassen. Da hatten Ellie und Chris gestern den Weltuntergang durchlebt und jetzt hatten die beiden nichts Besseres zu tun, als die ganze Nacht herumzupoltern, wie die Wahnsinnigen und sonst was zu treiben! Das Schicksal hasste ihn. Ganz sicher. Irgendwo saß irgendjemand, der ihn abgrundtief verabscheute und ihm nach dem gestrigen Tag und dieser schlaflosen Nacht in die Hölle schicken wollte! Als hätte er nicht genug andere Probleme.

Konzentriert atmete Mika aus, starrte zermürbt auf das gegenüberliegende Fenster. Trotz des Kissens auf seinem Ohr fühlte sich sein Schädel an wie in einem Schraubenstock. Aber was erwartete er? Er hatte die ganze Nacht nicht geschlafen und sich so weit wie möglich an die Bettkante gedrängt, um Utodja bloß nicht zu nahezukommen. Nicht nur, dass es unbequem gewesen war, es hatte sein Hirn zu Matsch verarbeitet. Denn kaum, da sie sich gestern hingelegt hatten, hatte sein Kopf beschlossen, einen auf Achterbahn zu machen und ihn mit tausend Gedanken bombardiert. Mehr als für ihn gut waren ... Und jetzt wusste er nicht mehr, wo oben und unten war. An nichts anderes hatte er denken können, außer an Utodja und er war maßlos überfordert. War Utodja vielleicht doch eine Gefahr für andere? Sollte er ihn doch bestrafen? Was er aber nicht eine Sekunde aus seinem Kopf bekommen hatte, waren Utodjas Worte.

Gewählt ... Schon vorher hatte er davon gesprochen, aber Mika hatte nicht zugehört. Dafür hatte er die ganze Nacht damit verbracht, darüber nachzudenken und jetzt war er sich ziemlich sicher, was es bedeutete. Was alles noch komplizierter machte.

Gewählt! Pah, das war völlig verrückt. Utodja hatte nicht mehr alle Tassen im Schrank! Gleichzeitig löste der Gedanke ein inbrünstiges Gefühl in ihm aus. Er war gewählt worden. ER! Dabei war er nichts Halbes und nichts Ganzes. Trotzdem sah Utodja darüber hinweg.

Gewählt! Das Wort gefiel ihm immer besser. Klar machte es ihm auch Angst, doch je öfter er daran dachte, desto mehr schwoll seine Brust an vor Stolz und Glück. Flatterte regelrecht.

Gewählt ... Von einem Gendro. Das verpasste dem euphorischen Gefühl in ihm einen Dämpfer. Wie zur Hölle sollte er damit umgehen? Tat er das, was er wollte, gab's am Ende nur noch mehr Chaos. Aber er wollte sich nicht länger verstellen. Es war zum Verrücktwerden!

Knurrend vergrub er sein Gesicht in den Kissen, versuchte den Kopf klar zu bekommen, wollte endlich schlafen.

Dann ruckelte das Bett und im nächsten Moment spürte Mika feine Krallen seine Wirbelsäule hinabfahren.

Er war wach. Wie lange konnte Utodja nicht sagen, doch sein Guardo war wach. Immer weiter ließ er seine Finger wandern, hatte sich nicht länger beherrschen können. Das Verlangen nach seinem Guardo war zu groß, der

Wunsch, sich zu versöhnen überwältigend. Besonders, wenn er an das verdrehte Menschenpaar dachte, das trotz aller Eigenart so innig zueinanderhielt.

Aber es war nicht nur der Wunsch nach Vergebung. Es war mehr. Sehr viel mehr, das in ihm brodelte, ihn antrieb. Gediegen fuhr er über die heiße Haut, wollte Zuneigung geben, wollte Mikhaels Aufmerksamkeit. Und es wirkte. Sein Guardo zuckte, atmete geräuschvoll aus, also ließ Utodja seine Finger weiterwandern, lockte kleine Reaktionen hervor und die Luft um sie herum begann zu knistern. Erst an seinem Hosenbund hielt Utodja inne, musste schlucken. Er konnte sie sehen. Die Narbe, die seine Familie Mikhael zugefügt hatte.

Vorsichtig krabbelten seine Finger weiter, erreichten die unebene Stelle, streichelten sie und ... urplötzlich fuhr Mikhael herum, warf sich hoch und packte Utodjas Hand.

Was sollte das denn auf einmal? Empört glotzte Mika in Utodjas Gesicht, spähte in der Dunkelheit zu ihm hinüber. Dass die Fledermaus wach gewesen war, hatte er schon vor einer ganzen Zeit bemerkt, aber er hatte versucht, es auszublenden. Allerdings war es damit jetzt vorbei. Angespannt saß er da, Utodjas Hand fest umklammert, schwer atmend. Was das Fledertier auch geritten hatte, dort durfte ihn niemand anfassen! Niemand! Überhaupt, was fiel dem Vieh ein? Hatte Mika nicht gesagt, er sollte ihn in Ruhe lassen? Und dann wagte er es, ihn anzutatschen? Dachte er, ein bisschen streicheln reichte, um alles, was passiert war, wieder gutzumachen?

Er riss den Mund auf, wollte Utodja genau das an den Kopf donnern! Aber er konnte nicht. Die gigantischen Augen sahen ihn voller Erwartung an und jedes Wort blieb ihm im Hals stecken. Fluchend biss Mika die Zähne aufeinander, brachte es nicht über sich.

So verharrten sie. Stillschweigend, ohne sich zu bewegen. Er und Utodja – der vor Hitze nur so glühte, voller Erwartung und Reue war. Mika konnte es mit jeder Faser seines Körpers spüren. Konnte die Aufregung fühlen, die von ihm ausging, die Unruhe. Das Verlangen. Die grünen Augen funkelten hitzig, die helle Haut war gerötet.

Mikas Atem beschleunigte sich. Wie schön er war. Wie anziehend ... und er war Sein. Er wusste, er musste nur die Hand ausstrecken und Utodja würde ihm gehören. Er war der Alpha, er durfte sich nehmen, was er wollte. Durfte sich seinen Partner aussuchen. Das war sein Privileg. Auch wenn er ihn zuvor abgewiesen hatte, er wollte es. Wollte ihn mit Haut und Haar. Wollte ihn seit Tagen, seit Wochen! Wollte ihn sich einverleiben, von der seidigen rauen Haut kosten, ihn kennzeichnen und ... !

Es ging nicht. Er packte das nicht. Mit rauchendem Schädel drehte sich

Mika weg, konnte Utodja nicht eine Sekunde länger in die Augen sehen und löste seinen Griff um dessen Hand. Diese Situation war beschissen! Absolut beschissen! Er wollte im Boden versinken. Jetzt sofort.

Fluchend rutschte er zurück an die Bettkante, brachte so viel Abstand zwischen sich und Utodja, wie es nur ging. Doch weit kam er nicht. Utodja hatte seine Hand ergriffen, bevor er sie wegziehen konnte, hielt ihn an Ort und Stelle. Langsam beugte sich die Fledermaus vor, kam ihm immer näher, begann leise zu gurren. Mika hielt den Atem an. Zaghaft schnupperte Utodja an ihm, suchte seinen Blick, schmiegte sich gegen seine Hand. Einnehmend. Irritierend. Mika lief das Wasser im Mund zusammen und mit einem Mal konnte er sich nicht mehr bewegen. Wie gebannt starrte er in die grünen Augen, klammerte sich mit der freien Hand in das Laken. Wie heiß es plötzlich geworden war. Viel zu heiß ... Im nächsten Moment schlängelte etwas über das Bett, sein Bein hinauf und er erschauderte. Utodjas Schweif wickelte sich um seinen Knöchel, jagte einen Schauer seinen Rücken hinab. Zentimeter trennten sie von einander. Utodjas Gesicht schwebte direkt vor ihm, war ihm gefährlich nahe. Warmer Atem streifte seine Lippen und er schüttelte sich, spürte, wie sein Körper ihn verriet und sich vorbeugte.

Wie sollte er ihm auch widerstehen? Es war unmöglich! Unmöglich ... Benebelt hob er die Arme, fuhr zittrig durch die feinen Haare, umfing das blasse Gesicht mit den Händen.

Für eine Weile saßen sie nur so da, schwankten vor und zurück.

»Wir ... sollten das nicht tun«, brachte Mika mühsam hervor, sprach unsagbar langsam. Er kämpfte mit sich. Wie die anderen beiden Male davor auch. Und wieder würde er den Kampf verlieren. Er wusste es. Er würde immer verlieren, denn er war es leid zu kämpfen, war es leid, abzuwägen, was richtig oder falsch war. Er wollte nicht mehr nachdenken!

Sachte hob er Utodjas Kinn, fuhr mit dem Daumen über die weichen Lippen und – Utodja preschte plötzlich vor, überrumpelte Mika und presste seine Lippen auf Mikas. Was zum ...?

Der Angriff kam unerwartet und ehe sich Mika versah, wurde er umgeworfen, landete keuchend auf der Matratze. Utodja schwang sich auf ihn, ließ nicht von ihm ab.

Der metallische Geschmack von Blut verteilte sich auf Mikas Zunge und er packte Utodjas Schultern, versuchte die wild gewordene Fledermaus von sich wegzudrücken. Es gelang ihm nicht. Utodja hatte sich an ihm festgesaugt, wollte sich nicht lösen, drängte sich immer stärker gegen ihn.

Er ... war schwerer geworden. Seine Konturen härter. Fluchend riss sich Mika los, warf den Kopf zur Seite und knurrte leise. Augenblicklich hielt Utodja inne, sah ihn verunsichert an, leckte sich über die blutigen Lippen. Seine Lider flackerten und er schüttelte sich, setzte sich auf. Kurz zögerte er, dann griff er nach dem Oberteil, das er trug, streifte es umständlich ab und breitete seine Flügel zur vollen Größe aus, präsentierte sich ihm in voller Pracht.

Ein pechschwarzer Himmel erhob sich über Mika, in dessen Mitte ein schneeweißer Körper thronte. Es verschlug Mika den Atem. Seine Sinne schalteten sich ab und er hob die Hände, legte sie auf Utodjas Hüften, fuhr fahrig über den wohlgeformten Körper.

In seiner Brust explodierte etwas. Krachend und heftig. Wie ein Vulkan! Es pumpte Feuer durch seine Venen, entfachte ein unaufhaltsames Inferno. Er packte Utodjas Oberschenkel, zog ihn mit einem Ruck näher zu sich. Fixierte seine Beute.

SEIN!

Das gehörte ihm! Das alles!

Ruckartig warf er sich hoch, packte Utodjas Kopf und zerrte ihn zu sich, schlang einen Arm um seine Teile. Küsste ihn richtig. Küsste ihn leidenschaftlich - und Utodja ging darauf ein. Machte begierig alles nach, was Mika ihm zeigte.

Dann stieß Utodja ihn wieder weg, ergriff Mikas Hände und drückte ihn aufs Bett hinunter. Fauchend protestierte Mika, schnappte nach Utodja, verfehlte ihn aber. Ein abfälliges Grinsen wurde ihm entgegengeworfen, provozierte ihn bis ins Mark und er fletschte die Zähne. Er würde sich von diesem Flattervieh nicht zum Narren halten lassen!

Die Reaktion kam sofort, war heftig. Einen dumpfen Schrei ausstoßend stieß Utodja zu ihm hinab, wie ein Pfeil, die langen Fänge drohend gefletscht. Doch gebissen wurde Mika nicht.

Schnaubend senkte Utodja die Lider, neigte den Kopf zur Seite. Erschrocken zuckte Mika zusammen, keuchte leise. Etwas Feuchtes fuhr über seinen Hals! Brachte ihm einen heftigen Schauer ein. Utodjas Lippen ... ! Seine Zunge ... !

Langsam fuhr sie Mikas Hals entlang, hinterließ eine feuchtkalte Spur. Viel zu lasziv, viel zu verführerisch. Blitze jagten durch seinen Körper und er warf den Kopf in den Nacken, gab der Fledermaus mehr Angriffsfläche.

Sachte nippte Utodja an der salzigen Haut, saugte an ihr. Erst zaghaft, dann intensiver – und Mikhael mochte es, wehrte sich nicht dagegen. Dabei könnte er sich mit Leichtigkeit befreien. Dass er es nicht tat, spornte Utodja an. Mikhael unter ihm zuckte, wandte sich hin und her und es gefiel Utodja. Er hatte lange darauf gewartet, hatte schließlich den ersten Schritt gewagt. Sein Alpha war zu unentschlossen, dachte zu viel nach. Das war das Menschliche an ihm, denn nachzudenken gab es nichts! Im Gegenteil, es war simpel, es musste geschehen, jeder Teil seines Körpers schrie danach und Utodja war gewillt, alles zu tun, damit sein Mikhael ihm verzieh. Damit er sich anders entschied. Damit er ihn doch wählte.

Begierig knabberte er an Mikhaels Hals, konnte seinen Herzschlag spüren, roch das Blut, das durch seine Adern schoss. Heiß und süß. Nicht lauwarm, wie aus einer Plastiktüte. Utodja lief das Wasser im Mund zusammen und er spürte ein seltsames Kribbeln an seinen Fängen. Wie es wohl schmeckte? Mikhaels Blut?

Verlangen überkam ihn und er öffnete seinen Mund, entblößte seine Zähne, zwickte erst spielerisch in Mikhaels Hals. Dann stärker. Sehr viel stärker.

Mikas Kampfeswille erlosch völlig, schmolz dahin und er keuchte jämmerlich, ergab sich der sinnlichen Liebkosung und bereute es noch im selben Moment. Spitze Nadeln bohrten sich in seinen Hals, durchstießen die dünne Hautschicht und ein stechender Schmerz lähmte ihn. Entsetzt weitete er die Augen, riss den Mund auf. Utodja, er ...!

»Ni...nicht!«, brachte er hervor, wollte sich gegen den Übergriff wehren, doch er kam nicht gegen Utodja an, war wie benebelt. Der Sog an seinem Hals wurde fester, bekam etwas Prickelndes und irgendwann ließ der Schmerz nach, verwandelte sich nach und nach in Lust. Auf einmal kam ihm alles viel zu kratzig vor. Das Bettlaken, seine Kleider.

Er durfte das nicht zulassen! Durfte sich nicht hinreißen lassen!

Hektisch warf er sich hoch, wirbelte Utodja herum, nagelte die Fledermaus unter sich fest. Verwirrung spiegelte sich in den grünen Augen wieder, doch dann erschlaffte Utodja. Sank ergeben gegen die Kissen und begann wieder zu gurren, während sich seine Arme um Mika schlangen.

Die Verführung war überwältigend, drängte Mika dazu, sich zu nehmen, was ihm zustand! Aber er konnte nicht. Niemals. Es würde nicht funktionieren.

Schwer atmend sackte er auf Utodja hinab. Was sein Gendro wollte, war klar, aber Mika würde ihn enttäuschen. Mit klopfendem Herzen lehnte er sich gegen Utodjas Stirn, worauf dessen Gurren lauter wurde. Die Hände auf seinem Rücken begannen ihn zu streicheln, tasteten sich unauffällig an seinem Rücken hinab. Was er vorhatte, war klar und dieses Mal ließ Mika es zu, erstarrte, als die warmen Finger sein Steißbein erreichten, jene verbotene sensible Stelle berührten. Stromschläge durchzuckten seinen Körper, kratzten heftig an seiner Selbstbeherrschung. Es fühlte sich gut an, verflucht gut und in diesem Moment hasste er sich für das, was er war.

Schluckend hob er den Kopf, sah in das zerzauste Gesicht. So erwartungsvoll, so gierig. Aber er würde ihm nicht geben können, was er wollte. Er würde ihn verletzten. Es ging nicht. Er durfte nicht! Aber er wollte ihn. Für sich. An seiner Seite.

Verwirrt spannte sich Utodja an, wusste nicht, wie ihm geschah. Aus dem Nichts heraus stoppte sein Guardo, hörte einfach auf. Was hatte das zu bedeuten? Wieso zog er sich zurück? Hatte Utodja etwas falsch gemacht? Gefiel es Mikhael nicht, wenn er die Initiative ergriff? Wollte er als Alpha die Kontrolle? Wenn es so war, würde sich Utodja fügen. Oder lag es daran, dass er ihn gebissen hatte? Hitze stieg Utodja zu Kopf und er ließ die Ohren fallen, spürte, wie sich sein Magen vor Scham und geheimen Verlangen verknotete.

Es war umwerfend gewesen. Noch nie zuvor hatte er ein anderes Lebewesen gebissen, hatte noch nie Blut getrunken. Nur das aus den Tüten. Ihm gefiel der Geschmack und die Konsistenz, aber es von einem lebenden Wesen zu nehmen, wenn es noch kochte! Noch floss - Oh! Sein Körper erzitterte und er schluckte.

»Wieso stoppst du?«, raunte er heiser, reckte seine Schultern. »Weil ich mich genährt hab? War das falsch? Muss man vorher fragen? Dann tue ich es nicht wieder! Nur ...« Er zögerte, ehe er leise weiter sprach, kaum hörbar. »Nur weise mich nicht ab. Nicht noch einmal, Guardo. Nicht schon wieder.«

Es kam keine Antwort. Mikhaels Augen blieben geschlossen, dafür sprachen seine Hände eine andere Sprache. Streichelten seine Seiten, malten Kreise auf seine Oberschenkel. Runde, runde Kreise.

»Nein«, wurde ihm ins Ohr gehaucht und er erzitterte, schlang seinen Schweif fester um Mikhaels Bein. Diese raue Stimme. Er mochte sie. Mochte sie so sehr. »Ich weise dich nicht ab, ganz sicher nicht. Aber was du willst, kann ich dir nicht geben. Niemals. Verstehst du? Aber ...« Eine weitere Pause entstand und Mikhael atmete tief ein und aus, haderte sichtlich mit sich, spannte ihn auf die Folter. »Ich will mit dir zusammen sein. Trotz allem! Obwohl ich *das* bin. Es spricht gegen alles, woran ich glaube und je sein wollte und vielleicht reicht das nicht. Trotzdem will ich es. Es zerreißt mich!«

Verunsicherte blaue Augen musterten ihn. Es war ein zerbrechlicher Blick, der keine Abweisung ertrug und Utodja ging das Herz auf. Ein wohliges Gefühl breitete sich in ihm aus und schließlich befreite er seine Flügel. Umständlich schlang er seine Schwingen um sich und Mikhael, streichelte gurrend die breite Brust vor sich, konnte Mikhaels Herzschlag spüren.

Sein dummer, dummer Mensch. Liebevoll leckte er über Mikhaels Wange, seinen Hals hinab und über die Wunde, die er ihm zugefügt hatte. Mikhael zuckte darauf, grummelte leise und Utodja schloss die Augen. Tief einatmend lehnte er sich gegen die breiten Schultern vor ihm, schmunzelte voller Glückseligkeit. Es war besiegelt. Vielleicht nicht durch eine körperliche Vereinigung, aber durch etwas anderes. Durch etwas, das Utodja so lange verachtet hatte: Durch Worte.

»*Elgido* ...«, hauchte er, bevor sie ins Schweigen verfielen. »Elgido.« *Erwählter.*

Kapitel 26

Beunruhigende Entwicklungen

»Nun gut, belassen wir es dabei. Alles Weitere wird sich in den folgenden Monaten klären. Damit ist die heutige Sitzung beendet. Ich bedanke mich für Ihr Erscheinen.«

Dumpfes Klopfen erhob sich, als die flimmernden Mitglieder des Parlaments dem Gouverneur ihre stumme Zustimmung gaben. So wie jedes Mal hatte es niemand gewagt, den Staatsvorsitzenden in seiner Rede zu unterbrechen. Dabei waren längst nicht alle Angelegenheiten besprochen worden, die an der Tagesordnung standen. Doch so machte es Gouverneur Satoshi Kamiya immer. Er pickte sich die Themen, die seines Erachtens nach von höchster Bedeutung waren, heraus und setzte sie an den Anfang der wöchentlichen Parlamentssitzung.

Caleb Holloway verabscheute diese Zusammentreffen zutiefst. Gleichwohl sah er es als seine Pflicht an, als Vorsitzender des Instituts für Kryptidforschung, anwesend zu sein. Die Politik im Auge zu behalten war ein notwendiges Übel, das Holloway bereitwillig in Kauf nahm. Sicher hatte es seinen Reiz an der Spitze eines Staates zu stehen und die Scharaden der Staatsoberhäupter zu beobachten, allerdings musste ihr Staat an erster Stelle beschützt werden und das war es, was ihn weitaus mehr reizte.

Weder interessierte es ihn, was seine Kollegen aus den einzelnen Kommunen zu berichten hatten, noch welche Gemeinden mit welch auch immer gearteten Problemen zu kämpfen hatten. Die Befehlsgewalt über den Heimatschutz zu haben war viel verlockender und in Anbetracht seiner Position weitaus lukrativer - und darum ging es Holloway. Darum saß er dieses Schmierentheater aus. Weil es um den Schutz seines Staates ging. Seiner Heimat. Seiner Spezies. Er war nicht dumm. Er war sich seiner Position und der Relevanz seiner Arbeit durchaus bewusst. Sein Ansehen war hoch und er wurde geschätzt, stand mit Rat und Tat zur Seite, wenn es sein musste. Politik war die Kunst des Schauspiels. Ein Leichtes für Caleb und überaus profitable.

So harrte er die meiste Zeit der Sitzungen geduldig aus, hörte zu, beobachtete und lernte. Sprach nur, wenn er aufgefordert wurde oder den Drang verspürte, etwas beitragen zu müssen. Was selten, jedoch gezielt passierte. Und gelernt hatte er viel. Besonders über ihren konservativen rückschrittlichen Gouverneur. Es hatte etwas Gutes, dass sich Kamiya nicht in seine Angelegenheiten reinreden ließ und sich nicht groß mit der Politik der anderen Staaten der Allianz auseinandersetzte. Schon einige Male hatte deswegen die Koalition mit den anderen Staatsoberhäupter auf Messers Schneide gestanden, aber der alte Mann war schlau und wusste, wie er seine Ziele durchsetzen konnte. Caleb befürwortete dieses Vorgehen, kam es ihm und seinen Plänen doch vortrefflich zugute.

Was er jedoch nicht billigen konnte, war dieser abrupte Abbruch der Sitzung. Denn am heutigen Abend hatte er etwas zu sagen. Nur war es nicht für jeder Manns Ohren bestimmt.

»Gouverneur Kamiya«, unterbrach er darum die Aufbruchsstimmung, die allmählich aufkam und erhob sich. Ein gutes Duzend leuchtende, flackernde Augenpaare sahen von dem großen länglichen Tisch zu ihm auf, wirkten erstaunt und neugierig zugleich. Selten nahm jemand das Wort, nachdem die Sitzung offiziell beendet worden war, aber Caleb kümmerte sich nicht um derartige Lappalien. »Bitte verzeihen Sie meine Unhöflichkeit, doch ich muss etwas mit Ihnen besprechen. Unter vier Augen, wenn Sie gestatten.«

Skeptisch wurde er gemustert, bevor Gouverneur Kamiya nickte und erneut Platz nahm, sich dabei auf den Gehstock, den er stets bei sich trug, stützte.

»Wenn es sein muss, aber machen Sie es kurz. Meine Zeit ist knapp!«

»Natürlich. Ich werde Ihre kostbare Zeit nicht länger als nötig in Anspruch nehmen, aber ich habe eine äußerst wichtige Angelegenheit mit Ihnen zu besprechen.«

»Ich verstehe. Verehrte Parlamentsmitglieder - Diese Angelegenheit werden wir alleine diskutieren. Ich verabschiede mich.«

Ein Zögern ging durch die Menge, ehe sich die einzelnen Mitglieder schließlich erhoben, ihre Transmitter deaktivierten und nacheinander aus Calebs persönlichen Räumlichkeiten verschwanden, sich ins Nichts auflösten. Damit war die holografische Übertragung beendet.

Glücklicherweise. Viel länger hätte Caleb die Anwesenheit der anderen Parlamentsmitglieder nicht ertragen. Das Surren der Projektoren und das grelle Licht taten seinen empfindlichen Augen nicht gut. Doch so handhabe das Parlament es nun einmal. Schon seit Jahren. Die Treffen waren leider unvermeidlich und genauso langwierig und nicht jeder hatte zum vereinbarten Termin Zeit. Es war wesentlich einfacher, alles über Holografie und Transsensoren zu organisieren, obwohl die Qualität der Übertragung bei so manchem Abgeordneten zu wünschen übrig ließ. Doch das war nicht weiter von Belangen. Auf diese Art konnte jeder ein paar Stunden erübrigen, ohne seinen aktuellen Aufenthaltsort verlassen zu müssen und so konnte Caleb in Ruhe mit dem Gouverneur sprechen. Über eine gesicherte Leitung und ohne neugierige Augen und Ohren.

Schweigend nahm Caleb wieder platz, betrachtete den Vorsitzenden stumm, während er darauf wartete, dass auch das letzte Parlamentsmitglied verschwunden war. Der Gouverneur nutzte die Zeit und sichtete mit gewichtiger Mine irgendwelche Unterlagen, während sich Caleb zurücklehnte und das Schauspiel betrachtete.

Sein Gendro, Alaza, stand dabei unmittelbar hinter ihm. So wie die ganze Sitzung über. Caleb war stets der Einzige, der es sich erdreistete, sein Haustier mit zu den Sitzungen zu bringen, aber im Angesicht seiner Position konnte er sich dies erlauben. Viel konnte die vorlaute Füchsin nicht, aber zumindest als Statussymbol genügte das Vieh.

Schließlich waren sie alleine. Es war still geworden und die Hologramme der übrigen Mitglieder hatten ihren hellen blauen Schimmer mit sich genommen, sodass Dunkelheit den Raum erfüllte. Mit einem Räuspern machte Caleb auf sich aufmerksam, wartete geduldig, bis Kamiya die Sichtung seiner Dokumente beendete.

»Nun denn. Worum geht es? Wenn Sie eine private Unterredung fordern, nehme ich an, die Angelegenheit, über die Sie mit mir sprechen möchten, ist heikel?«

»So ist es, Gouverneur. Ich dachte, ich spreche erst persönlich mit Ihnen, bevor die Information an die Öffentlichkeit gerät.«

»Ah, ah. Verstehe. Es handelt sich also um Ihr Fachgebiet. Gibt es etwa ein Problem mit den Kryptiden, Caleb?«

»Ich fürchte, ich muss das bejahen.«

Kamiyas Gesichtsausdruck wurde ernst und seine dichten weißen Brauen zogen sich zusammen.

»Inwiefern darf ich das verstehen? Ist es dieses Mal wirklich ein schwerwiegendes Problem, so wie vor sieben Jahren oder nur eine Ihrer unbegründeten Überreaktionen? Als Ihr Vater, ruhe er in Frieden, noch Vorsitzender des IKFs war, kamen bei Weitem nicht so viele Anfragen und Forderungen von Ihrem Institut.«

Bei den Worten zwang sich Caleb zu einem Lächeln, ignorierte den Kommentar zu seinem Vater und senkte das Haupt. Er wusste, dass der Gouverneur viele seiner Bedenken als Unsinn oder Panikmache abtat. Genau, wie sein unseliger Vater es früher immer getan hatte. Nur sahen diese beide Narren nicht, was Caleb tagtäglich im Institut sah und er war es leid, dass dieser alte senile Mann seine Sorgen abfällig belächelte. Umso praktischer war es, dass Kamiya den Vorfall vor sieben Jahren ansprach.

Damals hatte das Institut eine Gendrokolonie auf der Insel vor der Küste ausfindig gemacht, deren Entwicklung mehr als bedenklich gewesen war. Intelligent und sozial hoch entwickelt, hatten sie eine große Bedrohung dargestellt. Eine Bedrohung, die Caleb schon seit Jahren in den Kryptiden sah und jene Kolonie hatte seine Befürchtungen untermauert. Darum hatte er die Situation als gefährlich eingestuft und dem Parlament die Angelegenheit schonungslos dargelegt: Sie hatten aggressive Gendros in ihrem Vorgarten, die oben drein auch noch fliegen konnten und sich von Blut ernährten. Das hatte ausgereicht und die *Umsiedlung* der Kolonie war angeordnet worden. Leider waren die meisten dabei unter tragischen Umständen umgekommen und nur wenige Exemplare hatten in der Obhut des Instituts überlebt - bis diese irgendwann entwischt waren. Glücklicherweise hatte Dr. Okoye dabei etwas Außergewöhnliches entdeckt, was die Situation für Caleb persönlich grundlegend geändert hatte. Laut der Ethologin zeichnete die Kryptiden dieser Kolonie nicht nur ihre Intelligenz aus, sie besaßen eine besondere Fähigkeit. Letzteres hatte Caleb sicher unter Verschluss gehalten, wohl wissend, was geschehen würde, wenn diese Neuigkeit publik wurde. Eine Bedrohung blieb die Kolonie, doch ihr Nutzen hatte sich dadurch verdreifacht. Leider hatten sie bisher nur einen Kryptiden mit diesen Fähigkeiten gefangen und dieser war ihnen kurz darauf abhandengekommen.

Seit jenem Vorfall vor sieben Jahren erhielt das IKF jedenfalls die Aufmerksamkeit, die es verdiente und dieses Mal würde Caleb sichergehen, dass man ihn ernst nahm. Doch er ging es langsam an. Einen Schritt nach dem anderen machend.

»Es handelt sich nicht um eine Überreaktion, Gouverneur.« Knapp sah sich Caleb über die Schulter, befahl mit einer lockeren Handbewegung einen seiner zwei bediensteten Gendros her, die an der Tür zum Konferenzsaal standen. Augenblicklich bewegte sich einer der hundeartigen Kryptiden, kam mit gesenktem Kopf zum Tisch gelaufen und schenkte Holloway Wasser aus einer Karaffe ein. Bevor er einen Schluck nahm, atmete er beton nachdenklich aus und schloss die Augen.

»Allerdings sind es auch nicht die Kryptiden, die betroffen sind. Nicht direkt zumindest.«

»Sondern?«

Mit einem Seitenblick schielte Caleb zu dem Parlamentsvorsitzendem, nahm einen ausgiebigen Schluck.

»Es sind die Hybriden.«

Erst kam lange keine Reaktion. Kamiya beäugte ihn zweifelnd.

»Die Hybriden«, wiederholte der alte Mann und lehnte sich in seinen Stuhl zurück. »Nun, Caleb. Ehrlich gesagt bin ich wenig überrascht über diese Neuigkeit. Immerhin ist es allgemein bekannt, dass diese Wesen Probleme machen. Aber dafür haben wir ja auch ein System entwickelt, das mit diesen Problemen fertig wird. Und dieses System funktioniert.«

»Da bin ich mir nicht so sicher, Gouverneur. Jeder weiß, dass Hybriden sehr labile Kreaturen sind, mit einer instabilen Psyche. Unser System besagt, dass Hybriden, die in ihrer Pubertät auffällig werden und dem Kontrollverlust und damit dem Verlust ihrer Menschlichkeit zum Opfer fallen, vorerst ihre Bürgerrechte verlieren und von unserer Unit in die Besserungsanstalten gebracht werden. Natürlich zu Rehabilitationszwecken, auch wenn das leider selten erfolgreich ist. Viele dieser *Kinder* entwickeln sich so weit zurück, bis sie nur noch auf dem Stand eines einfachen Kryptiden sind und dementsprechend behandelt werden. Die Gene sind zu stark.«

»Dessen bin ich mir durchaus bewusst, Caleb. Worum geht es also wirklich?«

Kurz zögerte Caleb, machte absichtlich eine längere Pause, ehe er ernst weitersprach.

»Ich bin für eine Optimierung des Systems.«

»Wie bitte?«

»Sie haben mich richtig verstanden. Das System bedarf einer dringenden Überholung. Sie müssen wissen, dass unser Institut in letzter Zeit beunruhigende Entwicklungen beobachten musste. Bei den Hybriden, aber auch bei den Kryptiden.«

»Was für Entwicklungen?«

Ah, sehr gut. Innerlich gratulierte sich Caleb, während seine äußerliche Fassade ernst blieb. Nun hatte er den Fisch an der Angel. Er faltete die Hände und legte sie auf den Tisch.

»Unser System versagt. Immer mehr Hybriden entgehen uns oder werden unter Verschluss gehalten, bis es zu fatalen Gewaltausschreitungen kommt. Selbstverständlich kann man die Familien verstehen, die ihre Kinder versteckt halten, um sie vor dem großen bösen IKF zu beschützen.« Er schnaubte amüsiert. »Nur sehen sie nicht, welcher Gefahr sie sich und ihren Mitmenschen damit aussetzen. Erst kürzlich mussten wir einen Hybriden seiner Mutter entziehen, weil er bei einer Auseinandersetzung die Kontrolle verlor und einen Menschen beinahe getötet hat. Es geschah im Eifer des Gefechts, bei einer dummen Jugendrauferei, doch sehen Sie sich die Folgen dessen an.«

Caleb tippte auf ein Bedienfeld, das vor ihm in der Tischplatte eingelassen war und in der Mitte des Tisches erschien ein weiteres Hologramm. Grausame Szenebilder wurden in die Luft projiziert, der verstümmelte Körper eines Elfjährigen wurde sichtbar und Caleb konnte hören, wie Kamiya zischend einatmete. Kein Wunder, die Bilder des Opfers waren nichts für schwache Nerven.

»Verzeihen Sie diese drastische Maßnahme, doch solche Bilder häufen sich bei uns im Institut. Die Menschen kommen mit ihren Problemen zu uns und nicht in einfache Krankenhäuser. Etwas Gutes hat es, wir können diese Vorfälle von der Presse fernhalten. Aber wer weiß, wie lange uns das noch gelingt? Es handelt sich hier um ein Problem, das über den pubertären Kontrollverlust und die Degenerierung hinausgeht. Wenn die Hybriden weiterhin unserem System entschlüpfen, sind solche Bilder lediglich der Anfang.« Mit einem Kopfnicken deutete Caleb auf die Hologrammfotos. »Ein Hybrid ist unserem System bereits zwanzig Jahre lang entgangen und jetzt stellt sich heraus, dass er in mehrere Unfälle verwickelt war und zunehmend auffälliger wird. Durch unsere speziellen Einrichtungen, hätten wir dem entgegenwirken können, doch es hat nicht funktioniert. Wer weiß, wie viele Hybriden dort draußen herumlaufen und eine potentielle Gefahr darstellen?«

»Ich verstehe«, murmelte der Gouverneur langsam. Sein entsetzter Blick lag immer noch auf dem schwer verletzten Kind, dessen Foto über ihren Köpfen schwebte. Schließlich räusperte er sich, schien sich zu fassen.

»Und worauf wollen Sie nun hinaus, Caleb? Was wollen Sie tun? Wir können nicht alle Hybriden von Geburt an ihren Familien wegnehmen, wenn die Chance besteht, dass sie- ...«

»Sie missverstehen mich. Ich würde niemals auf die Idee kommen, Familien ihren Nachwuchs zu entreißen. Aber ich bin für eine offizielle Meldepflicht.«

»Wie bitte? Sie wollen ...«

»Bitte! Lassen Sie mich ausreden«, fuhr Caleb dem Gouverneur über den Mund, wusste, er ging damit ein Risiko ein, aber das musste er in Kauf nehmen. »Ich kann mir vorstellen, wie das in Ihren Ohren klingen muss. Ich will niemanden brandmarken oder dergleichen. Aber im Angesicht der letzten Entwicklungen muss eine Registrierung erfolgen. Bei allen Hybriden. Das macht es uns einfacher, einen Überblick zu bekommen und die Gewaltausschreitungen in Grenzen zu halten. Oder wollen Sie solche Bilder täglich in den Nachrichten sehen?« Wieder zeigte Caleb auf die Fotos, tippte ein weiteres Mal auf das Bedienfeld und weitere Bilder wurden gezeigt. Weitere Opfer, weitere

Unfälle. Der Gouverneur erwiderte nichts darauf, doch das Entsetzen wuchs sichtlich in ihm.

»Verstehen Sie, Gouverneur Kamiya, so können wir Vorbeugungen treffen. Es ist nur eine Frage der Zeit, bis die Schwäche unseres Systems an die Öffentlichkeit gerät. Wer soll unsere Bürger beschützen, wenn nicht wir? Wenn die Leute nicht sehen, dass eine Gefahr von ihren Liebsten ausgeht, weil sie es nicht wahrhaben wollen? Objektivität ist gefragt und diese Menschen haben sie nicht. Es ist dringend notwendig, dass wir härtere Maßnahmen ergreifen.«

»Und Sie glauben, eine Meldepflicht gewährleistet das?«

»Hundert Prozent. Auffällige Hybriden können sofort identifiziert und aus der Gesellschaft entfernt werden. Der genaue Entwicklungsverlauf des Kontrollverlustes kann viel besser beobachtet und Verbrechen schneller aufgeklärt werden. Die Kryptiden werden bereits seit einem Jahr mit einem Identifikations-Chip ausgestattet und es hat geholfen, bestimmte Probleme in den Griff zu bekommen. Es ist an der Zeit, dies auch bei den Hybriden durchzuführen. Sie werden sicher verstehen, dass dies von höchster Wichtigkeit ist. Wir können diese Kreaturen nicht weiter verhätscheln, nur weil sie uns ähnlich erscheinen. Wir müssen härter durchgreifen. Härtere Strafen erteilen, im Notfall zur Euthanasie greifen.«

»Nun lassen Sie aber mal die Pferde im Stall, Caleb!« Kamiya erhob seine Stimme, schlug mit der flachen Hand auf den Tisch und augenblicklich verstummte Caleb. »Mit einer Registrierung kann ich mich noch anfreunden. Ich werde diese Überlegung dem Rest des Parlaments vortragen, bevor es zu einer endgültigen Entscheidung kommt. Aber eine Euthanasieverordnung werde ich nicht unterstützen!«

»Verzeihen Sie mir, vielleicht war ich voreingenommen, was diesen Punkt angeht. Aber verstehen Sie, ich sehe sehr viele Dinge im Institut. Höre viel, lese die Berichte. Verzeihen Sie, aber in diesem Bereich bin ich der Experte und kann mir eine bessere Meinung bilden. Nicht umsonst wurde meinem Institut die gesamte Verantwortung bezüglich der Kryptiden übertragen.« Gewagt, aber nötig. Zu Calebs Verwunderung reagierte der Gouverneur gelassen, wenn auch mit scharfem Ton.

»Das mag stimmen, dennoch ist dieser Schritt zu gewagt. Die Kritiken der Öffentlichkeit wären niederschmetternd, von der Empörung ganz zu schweigen. Das kann ich nicht zulassen.«

»Ich verstehe.« Erst zögerte Caleb, dann sprach er jedoch weiter, musste diese einmalige Chance nutzen. »Wenn Sie dies dem Parlament tatsächlich vortragen wollen, sollten wir womöglich schnell eine weitere Sitzung einberufen, in der wir uns mit der Gesetzesgrundlage bezüglich der Kryptiden auseinandersetzen.«

»Die Gesetzesgrundlage?« Erstaunt hob Kamiya die Brauen, beäugte Caleb lange und eindringlich, ehe sich ein schmales Lächeln auf sein Gesicht legte. »Kann es sein, dass es das war, was Sie von Anfang an wollten, Caleb? Und dass Sie die Angelegenheit mit der Meldepflicht nur vorgeschoben haben?«

Ganz so senil war der Alte dann wohl doch nicht. Caleb hatte damit gerechnet, dass er ihm schnell auf die Schliche kommen würde, besonders, wenn er es so offen ansprach. Aber nun gut, so konnte er zwei Fliegen mit einer Klappe schlagen, wie man so schön sagte.

»Ich gestehe, ganz unrecht haben Sie nicht, auch wenn die Registrierung ein signifikanter Teil dessen ist.«

»Ihnen missfällt folglich die Gesetzesgrundlage bezüglich der Kryptiden.« Seufzend lehnte sich Kamiya zurück. »Ich sollte wohl erboster sein, aber wenn man denkt, in welcher Position Sie sind, wundert es mich nicht. Also bitte, fahren Sie fort.«

Na also. Warum nicht gleich so? Mit gewichtiger Mine verschränkte Caleb die Finger.

»Unsere Gesetze sind veraltet, Gouverneur Kamiya«, begann er, »verabschiedet in den Anfangszeiten, als uns die Kryptiden noch fremd waren. Seitdem sind Jahrzehnte vergangen und die Situation hat sich drastisch verändert. Wir sollten die Gesetze überarbeiten. Und ich rede nicht nur davon, eine Registrierung für Hybriden einzuführen. Wir sollten einen Schritt weiter gehen und ihre Verbreitung grundlegend unterbinden, ihre ... Zeugung, wenn Sie verstehen. Dafür brauchen wir eine strikte Regelung, was die Vermischung von Gendros und Menschen angeht.« Caleb machte eine kurze Pause, streckte eine Hand aus und strich Alaza über den Arm. »Zoophilie ist strafbar, jedoch ist es nicht unüblich, dass man sich einen Kryptiden als Gespielen hält. Privat spricht nichts dagegen, doch unter gewissen Umständen sollte eine Zwangssterilisation vorgenommen werden. Auch weil Kryptiden gerne in speziellen Etablissements angeboten werden, was den Faktor verschlimmert. Auch sollte den Hobbyzuchten entgegengewirkt werden. Wenn wir die Geburtenkontrolle nicht verschärfen und den Überblick über die Anzahl der Kryptiden in unserer Gesellschaft verlieren, sind sie uns bald zahlenmäßig überlegen. Sehen Sie sich die anderen Staaten an. Wir können von Glück sprechen, dass die Allianz den Staaten diesbezüglich keine übergreifende Gesetzgebung aufzwingt, so wie in anderen Bereichen.«

Abermals runzelte Gouverneur Kamiya die Stirn. Er schwieg lange, nickte dann schließlich.

»Nun, in einer Sache gebe ich Ihnen recht. Die Kryptiden vermehren sich und werden zunehmend zu Spottpreisen unter der Hand verkauft. Auch die Anzahl der Hybriden nimmt zu, was unter den von Ihnen genannten Umständen womöglich zu einem ernsthaften Problem führen kann. Allerdings muss ich Sie beschwören, auf Ihre Wortwahl zu achten. Selbst wenn die Kryptiden uns zahlenmäßig überlegen sind, was kümmert es uns? Sie sind einfache Haustiere, höchstens Dienstboten. An Intelligenz können sie es mit uns nicht aufnehmen. Ganz gleich, was die übrigen Staaten dazu meinen, sie sind nichts als wilde Tiere, die uns ähnlich sehen, sich zähmen lassen und denen man Kunststücke beibringen kann. Eine seltsame Laune der Evolution. Doch hätte die Evolution gewollt, dass die Kryptiden die vorherrschende Rasse des Planeten wird, wäre es auch so gekommen. Eine Gefahr sehe ich nicht in ihnen. Doch wenn man Ihnen so zuhört, Caleb, könnte man meinen, Sie würden das glauben. Ist es das, was Sie publik machen wollen? Das Gendros eine Gefahr darstellen und Hybriden ausgesondert gehören? Möchten Sie wirklich wissen, wie sich das für mich anhört?« Vielsagend sah Kamiya Caleb an, sprach nicht weiter, doch was er sagen wollte, war mehr als deutlich. Allerdings waren diese Anschuldigungen lächerlich.

»Ich möchte keine Hetzjagd beginnen. Alles was ich fordere, sind strenge Regelungen.«

»Das ist gut. Ich will nämlich nicht, dass in Umlauf gerät, dass einer der Parlamentsmitglieder womöglich radikale Ansichten vertritt und das wegen Haustieren.« Kamiya schmunzelte, worauf Caleb mit einem kühlen Lächeln antwortete.

Radikale Ansichten. So nannte er das also. Aber wie man es nannte, war Caleb relativ gleich, ihm ging es um die Durchführung seines Plans. Denn Kamiya verschloss die Augen vor einer simplen Tatsache, war sich ihrer nicht bewusst und Caleb würde den Teufel tun und schlafende Hunde wecken.

Wüssten dieser alte Narr oder die Parlamentsmitglieder, wie intelligent Kryptiden wirklich waren und zu was sie im Stande waren, würde sich ihre Meinung schlagartig ändern. Womöglich würden sie die falschen Entscheidungen treffen, so wie die übrigen Staaten, und diesen minderbemittelten Kreaturen mehr Freiheiten und Rechte geben, als für irgendjemanden gut war. Also behielt Caleb diese Informationen unter Verschluss. Denn je mehr die Gendros domestiziert wurden, je mehr man sie in die menschliche Gesellschaft und Kultur integrierte, desto gefährlicher wurden sie. Ihr Potential war besorgniserregend groß und so war es nur eine Frage der Zeit, bis sie sich über die Menschen erheben würden.

Denn was kaum jemand wusste, war etwas, das die Wissenschaftler und Forscher des IKFs schon vor einiger Zeit herausgefunden hatten. Die Kryptiden waren keine Laune der Natur, kein seltenes Phänomen. Laut den neusten Erkenntnissen waren sie der nächste Schritt der Evolution, eine Abzweigung des Homo sapiens. Stärker, schneller, langlebig und weitaus anpassungsfähiger, ausgestattet mit einer Kraft, von der die Menschheit nur träumen konnte. Es war eine bahnbrechende Entdeckung und höchst gefährlich. Denn die Engendros wurden nicht nur zahlreicher, sie wurden klüger und entwickelten sich stets weiter. Je mehr sie in ihre Welt eingebunden wurden, je mehr sich die Genpoole vermischten, desto schlimmer wurde es.

Der Fledermaus-Gendro und sein Hybrid-Besitzer waren der eindeutige Beweis. Zwei einzigartige Exemplare, die Caleb in seinem Vorhaben bestärkten, aber auch noch etwas anders in ihm geweckt hatten. Noch nie hatte es einen Hybriden gegeben, der sich über zwanzig Jahre dem System entziehen konnte und trotz seiner Degenerierung imstande war, ein menschliches Bewusstsein aufrechtzuerhalten. Die Fledermaus hingegen war ein Fall für sich. Caleb hatte nicht damit gerechnet, je wieder ein Wesen dieser Gattung zu sehen und dann tauchte eins mitten in seiner Stadt auf. Die Maßnahmen, die vor sieben Jahren getroffen worden waren, hatten also keinen Erfolg erzielt. Denn außer den Fledermäusen gab es bisher keine Gendros auf so hohem Niveau, die außerhalb des Institutes geboren worden waren. Oder die jene Fähigkeit beherrschten, wie es die Fledermäuse taten.

Sie beide, der Hybrid und die Fledermaus aus Akeron, mussten verschwinden und Caleb wusste bereits, wie. Er wollte sie für sich. Für seine Sammlung ... und für etwas anderes. Etwas persönlicheres. Was jedoch Hand in Hand mit seinem Plan ging.

Denn unabhängig von seinen persönlichen Wünschen, war die Lage kritisch. Kryptiden mit annähernd menschlicher Intelligenz und übermenschlichen Fähigkeiten, waren eine Gefahr für die menschliche Rasse. Sie gehörten aus der Gesellschaft entfernt. Wenn nicht bald gehandelt wurde, würden es in kurzer Zeit die Menschen sein, die an der Leine spazieren gehen durften.

Aber es war zu früh, den Gouverneur einzuweihen. Noch war Caleb nicht bereit, sein Zepter aus der Hand zu geben. Was ohne Zweifel passieren würde, wenn er mit diesen Entdeckungen an die Öffentlichkeit trat. Noch lag die Leitung des IKFs, der Unit und die gesamte Überwachung der Kryptiden in seinen Händen und so sollte es bleiben. Er brauchte nur noch eins. Die Zustimmung dieses alten Mannes, damit er alles in die Wege leiten konnte. Tief atmete er durch, besann sich. Er durfte jetzt nicht den Kopf verlieren oder etwas Falsches sagen, das gefährdete nur sein Vorhaben.

»Gouverneur Kamiya, ich weiß, mein Anliegen ist heikel und wird viel Zeit und Arbeit beanspruchen. Die Kryptiden und alles, was mit ihnen in Verbindung steht, liegt in meinem Metier. Ich erkläre mich dazu bereit, das Parlament nicht weiter damit zu behelligen und alles Weitere selbst in die Hand zu nehmen, sobald mein Antrag verabschiedet ist – natürlich, nachdem er ausreichend geprüft wurde. Sie sind ein kluger, weiser Mann. Ich weiß, dass Sie die Notwendigkeit dahinter verstehen.«

»Das tue ich allerdings«, meinte Kamiya darauf. Der Alte lehnte sich zurück, fuhr sich einige Male über das Kinn, dann stand er plötzlich auf. »Nun gut. Nach wie vor sehe ich weder in den Hybriden noch in den Kryptiden eine Gefahr, aber wenn ich mir die Fakten ansehe, sehe ich auch, wozu das alles führen kann. Ich werde eine weitere Sitzung einberufen, sobald es sich ermöglicht. Bis dahin werden Sie wie bisher vorgehen. Wenn Ihnen gefährlichen Hybriden oder Kryptiden gegenüberstehen, handeln Sie nach Vorschrift. Die Prozedur dürften Sie ja in- und auswendig können. Bisher konnten wir Ihnen und dem Institut vertrauen, Sie leisten hervorragende Arbeit. Genau wie Ihr Vater vor Ihnen. Und wenn Ihr Institut aufgrund von Sicherheitslücken und einem fehlerhaften System nicht richtig arbeiten kann, muss gehandelt werden.«

»Das sehe ich genauso. Ich danke Ihnen.« Aus Höflichkeit erhob sich Caleb, als der Gouverneur ihm den Rücken zu drehte. Innerlich gratulierte er sich zu diesem Erfolg, unterdrückte jedoch mühelos jedes verräterische Lächeln. Interpretierte er Kamiyas letzte Anordnung wortwörtlich, hatte er Caleb genau das gegeben, was er benötigte, um den nächsten Schritt durchzuführen. Noch war es nicht offiziell, er würde die nächste Parlamentssitzung abwarten müssen, aber hatte er Kamiya auf seiner Seite, würden die übrigen Mitglieder auch für die neuen Gesetze stimmen und das bedeutete, er hatte sein Ziel erreicht. Dann würde er diesen Kreaturen Einhalt gebieten! Bevor noch mehr *Wunderkinder* dieser Rasse entsprangen.

»Ich verabschiede mich, Caleb.« Der Alte nickte noch ein letztes Mal und Caleb erwiderte dies.

»Gouverneur Kamiya.«

Schließlich flackerte das bläuliche Hologramm und der Gouverneur verschwand.

Für einen Moment blieb Caleb stehen, konnte sich das Lächeln nicht länger verkneifen. Gemächlich ließ er sich auf seinem Stuhl nieder, ergriff seine Tasse und nahm einen Schluck.

»Das lief ja höchst erfreulich«, meinte er, drehte den Kopf zur Seite und schnippte mit den Fingern. Der Hunde-Gendro, der ihm zuvor Wasser eingeschenkt hatte, setzte sich sofort in Bewegung, marschierte auf die andere Seite des Raumes und betätigte dort einen Schalter. Ein Surren ertönte und schließlich fuhr die Rollowand zu Calebs Linken hoch. Licht flutete den kleinen Konferenzsaal in Holloways Anwesen und zufrieden warf er einen Blick durch die große Glaswand. Betrachtete sein Atrium. Der kreisrunde Raum mit der

Panzergalskuppel lag in der Mitte seines Anwesens, war das Glanzstück seines Hauses und beherbergte so manch seltenen Gendro. So sehr er diese Kreaturen auch verabscheute, so entbehrten sie nicht einer gewissen Anmut und sie hinter Gittern zu sehen, dort, wo sie hingehörten und keinen Schaden anrichteten, war zutiefst befriedigend.

Schon seltsam. Bisher hatte er geglaubt, dass das Kronjuwel seiner Sammlung die im IKF geborene sprechende Silberfüchsin war, die noch immer ruhig hinter seinem Stuhl stand. Sein Vater hatte ihm vor Jahren dieses ganz spezielle Präsent überreicht und er hatte es dankend angenommen. Oh, wie naiv er damals gewesen war. Wie blind. Allerdings hatte es nicht lange gedauert, bis er ihre wahre verräterische Natur erkannt hatte. Spätestens als die Füchsin angefangen hatte, ihm alles nachzuplappern und sein Vater sich vor Begeisterung überschlagen hatte, war ihm klar geworden, was wirklich hinter diesem Geschenk steckte. Doch er hatte das Spiel seines Vaters nicht mitgespielt. Im Nachhinein war alles ihre Schuld. Alazas. Aber was erwartete man schon von einer dummen Laborratte? Sie war unglaublich und gefährlich zugleich.

Leider war seine Sammlung unvollständig. Es wurde Zeit, dass er diesen Umstand änderte und dank Kamiya konnte er nun das Vergnügen mit der Arbeit kombinieren.

»Wer hätte gedacht, dass Kamiya so schnell auf meine Forderungen eingeht. Typisch. Zeig jemandem ein Bild von einem toten Kind und schon gehen sie nacheinander in die Knie. Erbärmlich.« Gemächlich trank er den letzten Schluck aus seiner Tasse und stellte sie scheppernd auf den Tisch, drehte sich mit seinem Stuhl herum. Wie immer lag ein eingebranntes Lächeln in dem grauen Gesicht seiner Füchsin und Caleb schmunzelte. »Aber das ist gut für uns. Zwar ist mein Antrag noch nicht durch, doch durch die unbedachten Worte dieses Narrs kann ich nun tun und lassen, was ich will. Zumindest, was unseren Freund Auclair angeht. Bis diese Einfaltspinsel den Rest legal und offiziell abgehandelt haben, muss ich wohl oder übel die Füße stillhalten.« Lächelnd beugte er sich vor, streckte eine Hand aus und wie auf Kommando beugte sich die Füchsin vor, ließ sich von Holloway über die Wange streicheln. »Freust du dich? Alaza? Sehr bald wirst du neue Geschwister zum Spielen haben. Und sie werden wie du sein. Dann kannst du dich endlich mit jemandem unterhalten, der deinem Niveau entspricht. Ist das nicht wundervoll?«

Caleb konnte das Zögern in dem Gendro praktisch riechen und doch bröckelte ihr Lächeln nicht eine Sekunde. Dann nickte sie ergeben.

»Ja. Sicher, Meister.«

»Das dachte ich mir.« Seufzend ließ er von dem Gendro ab und erhob sich, ging zu der Glaswand und spähte in das Atrium. Er hatte es ganz im Sinne seiner Schätze angelegt, einer Waldlichtung gleich. Sein eigenes kleines

Wunderland. »Am besten, ich leite noch heute alles in die Wege. Muss ich noch länger warten, werde ich ungeduldig und das wäre unschön, nicht wahr? Alaza? Zumal uns die Zeit davonrennt. Ich *will* diese Fledermaus.«

Der weibliche Gendro antwortete nicht, wusste, dass jedes Wort nur Öl ins Feuer goss. Ihr Meister war ein launischer Mensch und obwohl er stets mit ihr sprach und sie zum Antworten provozierte, schwieg sie. Hatte gelernt, wann sie den Mund zu öffnen hatte. Doch heute fiel es ihr besonders schwer. Die ganze Menschenversammlung über hatte sie gehorsam hinter ihrem Meister gestanden und dem langweiligen Gespräch zugehört. Die Menschen hatten immer das Bedürfnis, viel zu reden und sich mitzuteilen. Das war lästig, aber sie war es gewöhnt. Allerdings taten ihr mittlerweile die Füße weh und sie hatte genug von dem langweiligen Geplapper. Heute war ein besonderer Tag und sie konnte nicht mehr länger warten. Ihr Meister forderte ihre Geduld erstaunlich lange heraus und obwohl sie wusste, dass sie mit ihm vorsichtig umgehen musste, wagte sie einen Schritt vor, gab sich charmant.

»Meister«, begann sie höflich, worauf sich ihr Herr erstaunt umdrehte.

»Ja?«, fragte er freundlich, aber mit eiskalten Augen. Typisch Mensch, sie spielten so gerne Verstecken. Taten das eine, dachten aber das andere. Und Alazas Worte waren sicher nicht, was ihr Meister hören wollte. Sie sah die Empörung gut versteckt hinter seinem glatten Lächeln, aber da musste sie durch, sie hatte keine andere Wahl.

»Es ist Donnerstag«, meinte sie leise, senkte den Kopf und faltete ihre Hände vor ihrer Brust.

»Ja, dessen bin ich mir bewusst« , war jedoch alles, was sie als Antwort bekam und ihr Herr wandte sich ab. Seine Stimme war noch eisiger geworden und ihre Kehle zog sich zu.

»Sie haben versprochen, dass ich sie jeden Donnerstag sehen darf«, drängte sie weiter.

»Tatsächlich? Habe ich das versprochen? Das waren meine Worte?«

»Ja, das waren sie.«

»Mh. Wenn du das sagst, wird es wohl so sein … Ah! Ja, natürlich. Ich erinnere mich. Wie konnte ich es vergessen? Verzeih mir, meine süße Alaza.«

Eine Spur Erleichterung glitt auf ihr Gesicht und Vorfreude breitete sich in ihr aus. Sie hatte sich in den letzten Wochen besondere Mühe gegeben, den Wünschen ihres Herrn zu entsprechen. Es war nicht einfach, in ihm zu lesen, dabei war sie jetzt schon sehr lange an seiner Seite. Seit sie ein Jungtier gewesen war. Damals hatte sie geglaubt, dieser Mann wäre ihre Rettung. Alles war ihr besser erschienen, als eine Zukunft in dem grausigen Institut. Leider war das ein Irrtum gewesen, ein großer Irrtum. Anfangs war ihr Meister freundlich gewesen. Einem Bruder gleich. Dann mehr wie ein Vater. Dann ein Bewerber .... Ein grausamer Bewerber, der sich nahm, was er wollte, der sich zum Alpha aufschwang und jeden verschwinden ließ, der sich ihm in seinem Reich widersetzte. Bei ihm zu sein war, als säße man in einem Feuerrad. Es ging nicht mit ihm, aber ohne ihn ging es auch nicht.

Viele schlimme Jahre hatten sie erwartet, bis sie von *ihm* erfahren hatte. Dem Geheimnis ihres Herrn. *Er* war etwas ganz besonderes, auch für ihren Meister. Nie ließ er jemanden in seine Nähe, versteckte ihn, als wäre er ein Schatz. Dabei hatte er es von allen am Schwersten, tief versteckt in den Gewölben des Hauses. Allein und traurig. So wie Alaza es gewesen war. Er, nur er allein, hatte das Leben an diesem Ort lebenswert gemacht und sie war von der unnatürlichen Zuneigung, die sie für ihren Herrn empfunden hatte, befreit worden. Doch die Launen ihres Herrn waren gefährlich. Er war gekränkt gewesen, als er erfahren hatte, dass sie sich zu seinem Geheimschatz schlich, dass sie sich vereint und Nachkommen gezeugt hatten. Sehr gekränkt. Und er war zornig geworden.

Seitdem hatte ihr Meister sie in der Hand, verlangte alles und noch mehr. Aber sie tat stets was er wollte, sie war nicht so dumm, ihn herauszufordern. Sie musste nur die richtigen Momente abwarten und tat sie das Richtige, bekam sie was sie wollte. Es war ein Spiel mit dem Feuer. Doch jetzt trübte sich ihre Freude, denn das Lächeln schwand plötzlich aus dem Gesicht ihres Meisters. Die Nase rümpfend drehte er sich weg, sah hinaus in sein Atrium.

»Ich kann mich aber auch erinnern, dass ich sagte, dass du sie nur sehen darfst, wenn du brav bist. Leider muss ich sagen, dass du in letzter Zeit alles andere als brav warst. Läufst mir davon, stellst Forderung, antwortest nicht manierlich. Ich weiß nicht, ob du es wirklich verdient hast, sie zu sehen.«

Die Worte waren wie ein Speer in ihr Herz und Alaza senkte die Ohren, neigte den Kopf tief.

»Aber ... «

»Wo mir einfällt. Der Wurf müsste jetzt alt genug sein, um ihn anzubieten. Leider haben sie deine Farben geerbt. Sehen aus wie nackte weiße Ratten. Vielleicht bringen sie mir auch gar nichts ein, dann muss ich sie wohl doch zu Wintermützen verarbeiten lassen. Aber keine Sorge, da du dich ja wie eine Hure an alle Männchen des Hauses wirfst, kann ich dich jederzeit wieder decken lassen. Vielleicht finde ich ja ein Fuchsmännchen, das das übernimmt.«

Alaza hielt den Atem an und das ewige Lächeln, das ihr Herr ihr eingebrannt hatte, verschwand schlagartig. Dieser widerliche Mensch! Alaza hätte es wissen müssen! Sie hatte schon so viel ertragen, das konnte er ihr nicht antun. Auch wenn sie gelernt hatte, in seiner Gegenwart niemals ihre Deckung zu verlassen, gelang es ihr dieses Mal nicht. Ihre Welpen! Er durfte sie nicht weggeben! Unruhe machte sich in ihr breit und ihr Fell sträube sich, stand in alle Richtungen ab.

»Meister ...«, begann sie, wurde jedoch scharf unterbrochen. Die Hand ihres Herrn landete hart und laut auf Glasscheibe der großen Kuppel.

»Ah! Was hab ich dir beigebracht? Wann hast du den Mund aufzumachen? Und was hast du dann zu sagen? Na? Hast du das etwa schon wieder vergessen? Ich bin enttäuscht. Sehr enttäuscht. So wirst du sie wohl nie wiedersehen.«

Alazas Augen zuckten und sie ballte die Fäuste, unterdrückte ein Knurren. So wie fast alles, das von ihrem ursprünglichen Ich übrig war. Wenn sie sich jetzt wie eine der Ihren verhielt, würde sie noch tiefer fallen und das bedeutete, sie würde ihre Welpen und ihr Gefährten nie wiedersehen.

Kapitel 27

Aufgescheucht

EIN gequältes Stöhnen entfuhr Mika und verschlafen presste er die Augen zusammen, verzog das Gesicht. Verdammt, sein Kopf fühlte sich an wie in einem Schraubenstock und sein Nacken war stocksteif! Was für eine beschissene Nacht. Seufzend atmete er durch, kam nur langsam wieder zu sich. Um ihn herum war es dunkel und verwirrt runzelte er die Stirn. Wenn ihn seine innere Uhr nicht täuschte, musste es schon spät sein. Wieso war es noch so dunkel? Und wieso fühlte er sich so seltsam? Als wäre er gefangen? Aber in einem weichen, warmen Gefängnis. Irgendetwas stimmte hier ganz und gar nicht. Mit aller Macht schüttelte er den Schlaf ab, drehte den Kopf und erschrak heftig. Unmittelbar vor ihm schwebte Utodjas Gesicht. Die großen Augen waren geschlossen und mit einem Mal begriff Mika, was los war. Es war seine Fledermaus! Utodja hatte ihn in seinen Fängen! Hatte sich dicht an ihn gepresst und sie in seine schützenden Flügel eingerollt.

Schnaubend verdrehte Mika die Augen. Nach ihrem kleinen Techtelmechtel gestern war er ziemlich schnell weggetreten. Hatte nicht einmal mitbekommen, dass Utodja einen Burrito aus ihnen gemacht hatte. Verrücktes Flattervieh. Verlegen betrachtete er das schneeweiße Gesicht, das in ihrer dunklen Zweisamkeit regelrecht leuchtete. Von Sekunde zu Sekunde schlug Mikas Herz schneller. Seine Fledermaus. Die ihn gewählt hatte. Er musste lächeln, spürte die Wärme die von Utodja ausging.

Umständlich wühlte er einen Arm hervor, strich zärtlich über Utodjas Wange, hauchte einen Kuss auf seine Stirn, wobei sein Körper erbebte, irgendwie zu schwanken schien. Wenn diese Kopfschmerzen nur nicht wären. Er brauchte frische Luft, dann ging es ihm sicher besser und wer weiß? Wenn sie dann noch Zeit hatten, könnten sie einfach hier liegen bleiben. An nichts denken.

Die Ruhe genießen.

Nur er und Utodja. *Sein* Utodja.

Vorsichtig drehte er den Kopf, wollte das Fledertier nicht wecken, suchte einen Ausweg aus dem Kokon, fand aber keinen. Ihm wurde schwindlig und alles schien sich plötzlich zu drehen. Angestrengt schloss er die Augen, legte den Kopf weit in den Nacken und atmete tief ein. Schande, was war denn nur los mit ihm? Als er die Augen jedoch wieder öffnete und nach oben schaute, fuhr es ihm eiskalt den Rücken runter und entsetzt schrie er auf, machte einen Satz, der auch Utodja weckte.

»Mikhael? Was ist?«

Mika antwortete nicht. Panisch klammerte er sich an Utodja, warf seine Arme und Beine so fest es ging um den schmalen Körper.

Scheiße! Das konnte nicht wahr sein! Er musste träumen! Die Welt! Sie stand Kopf! Oben war plötzlich unten! Über ihm war der Boden! Das Bett! Das hin und her schwankte. Wie ein Schiff! Ihm wurde kotzübel. Immer fester krallte er sich an Utodja, hatte das Gefühl den Halt zu verlieren! Unsichtbare Hände griffen nach ihm, zerrten und zogen und das Einzige, was ihn hielt, waren Utodjas Arme.

»Was ist hier los?«, fauchte er hektisch, hörte nur ein Keuchen von Utodja. Er verstand gar nichts mehr, kniff die Augen fest zusammen.

Erschrocken zischte Utodja, hatte Mühe, sich und seinen Guardo an Ort und Stelle zu halten. Er verstand nicht, was los war. Bis gerade eben war noch alles gut gewesen. Mikhael hatte ruhig in seinen Armen geschlafen und sich von ihm halten lassen. Aber jetzt drehte er durch, hatte Utodja aus dem Schlaf gerissen und zerrte an ihm herum, brachte sie zum Schwanken.

Dabei hatte Utodja endlich tun können, wonach es ihm schon so lange verlangte: Kopfüber, Haut an Haut mit seinem Guardo schlafen. So, wie die Seinen es taten. Kuscheln hatte seine Mutter es immer genannt. Es war das, was Liebende taten, wenn sie sich gewählt hatten und einander nahe sein wollten. Und es war so wohltuend gewesen. So herrlich vertrau. Utodja mochte den Anblick von Mikhaels schlafendem Gesicht. Wenn er friedlich aussah. Er hatte sich nicht einmal gewehrt, als Utodja ihn in seine Arme gezogen und sie beide hochgehievt hatte. Er war so viel leichter gewesen, als vermutet, aber umso wärmer und hilfloser. Doch davon war jetzt nichts mehr übrig. Mikhael klammerte sich zu stark an ihn, bohrte seine Krallen in Utodjas Arme, verlagerte immer wieder sein Gewicht und Utodja verlor den Halt. Schließlich öffnete er seine Schwingen, hatte keine andere Wahl. Er befreite sie aus dem Schutz seiner Flügel und kalte Luft traf sie.

Es wurde heller um sie herum und mit einem Mal sah Mika, wo er sich befand. Zur Hölle, sie hingen abwärts von der verfluchten Zimmerdecke! Er hatte keine Ahnung, wie Utodja das hinbekommen hatte, aber es gefiel ihm ganz und gar nicht!

»Lass mich runter!«, fauchte er aufgebracht, hatte das Gefühl, jeden Moment auf den Boden zu knallen und sich das Genick zu brechen. Zu seiner Erleichterung nickte sein Gendro, versuchte ihn zu beruhigen. Nur klappte das nicht. Er wollte nicht beruhigt werden, er wollte hier herunter!

»Hush, hush. Stillhalten. Kein Gezappel«, befahl Utodja ruhig, sah an ihnen hinab oder ... hinauf? Mika wusste nicht genau, wohin er sah, doch dann spürte er, wie Utodjas Schweif an seinem Fuß zog, versuchte, ihn von Utodjas Hüfte zu lösen. »Du musst die Beine runter lassen.«

WAS? Wie stellte sich er das vor? Er konnte sein Gleichgewicht nicht halten. Im Gegensatz zu Utodja er hatte nämlich keinen Schweif mehr! Aber wenn er nicht wie ein Sack Kartoffeln fallen wollte, musste er ihm wohl vertrauen. Umständlich löste er seine Beine von Utodjas Körper, spürte, wie er in der Luft taumelte, vorne überkippte!

»Scheiße!«

Er fiel! Hatte das Gefühl, in der Mitte durchzubrechen - doch nichts passierte. Utodjas Schwingen stützten ihn, halfen ihm bei der seltsamen Luftakrobatik und schließlich wurde er sanft auf dem Bett abgesetzt.

Mit einem Keuchen plumpste Mika auf die Matratze, rang nach Atem. Verwirrt sah er zu Utodja hoch, war drauf und dann ihn anzubrüllen, was das sollte, aber ihm fehlte schlicht die Luft. Stattdessen sah er dabei zu, wie seine Fledermaus elegant von der Decke segelte und leise neben ihm auf dem Bett landete.

»Mach das nie wieder!«, brachte er irgendwie hervor, fasste sich an die Brust. Utodja hingegen schien nur verwirrt, nickte aber ergeben und streckte sich auf dem Bett aus, legte sich einfach hin. Pah, der hatte die Ruhe weg! Was würde der wohl sagen, wenn man ihn tausend Meter aus einem Hochhausfenster hielt! Erschöpft ließ sich Mika hinten überfallen, landete in den Kissen und schluckte. Was für ein Morgen.

Eine Weile blieben sie eng nebeneinander liegen. Mika beruhigte sich wieder, drehte schließlich den Kopf und sah zu Utodja. Der lag ruhig neben ihm, betrachtete ihn erwartungsvoll. Sofort kroch eine vertraute Hitze in Mikas Wangen. Dieser Blick. Damit hatte er ihn um den Finger gewickelt. Von der ersten Sekunde an. Es war einfach nicht zufassen. Tief durchatmend fuhr er sich über das Gesicht, dann drehte er sich auf die Seite, wandte sich Utodja zu, der zu seinem Erstaunen sofort näher rückte. Er überrumpelte ihn, drückte ihn gurrend an seine helle Brust. Feine Krallen fuhren über Mikas Seite, kreisten einige Male auf seiner Hüfte, ehe sich die schwarzen Arme um seine Taille schlangen. Mikas Herz überschlug sich und im ersten Moment wusste er nicht, was er tun sollte. Wenn Chris jetzt hereinplatzte und sah, wie Utodja ihn hier hielt! Schande, das würde sein Ego zerschmettern. So war er noch nie gehalten worden! Als wäre er etwas Zerbrechliches, als würde er jemandem gehören.

Sein erster Impuls war, sich aus dieser Pose zu befreien. Er war immerhin das Alphatier! Doch die verführerische Wärme seiner Fledermaus jagte jeden negativen Gedanken fort und schließlich gab Mika nach. Zaghaft sackte er gegen die weiße Brust, legte eine Hand auf Utodjas Rücken und erwiderte die Umarmung. Streichelte Utodja zärtlich zwischen den Schulterblättern, worauf Utodja wohlig brummte.

»Also. Was war das gerade?«, murmelte Mika irgendwann, worauf Utodja den Kopf fragend zur Seite neigte. »Wieso zum Henker hingen wir an der Decke?«

»Zum Schlafen«, antwortete Utodja zweifelnd, sah ihn an, als wäre er der dümmste Mensch auf der Welt. Oh nein, so sollte er gar nicht erst anfangen.

»Ha, ha, sehr witzig. Sehe ich aus wie eine Fledermaus? Ich kann so nicht schlafen.«

»Nein, du nicht. Aber ich. Meine Art schläft so und ich wollte so mit dir schlafen. Denn so schläft man richtig. Das ist bequem. Von jetzt an schlafen wir immer so.«

Stöhnend fiel Mika zurück in die Kissen, vergrub sein Gesicht tief im Stoff. Ab jetzt wollte Utodja immer so pennen? Na, das konnte ja noch heiter werden. Brummend lugte er aus dem Kissen hervor, sah zu Utodja hoch, der sich über ihn gebeugt hatte, ihn mit seinen Strähnen kitzelte.

»Geht es dir nicht gut?«

»Doch, doch, ist schon gut. Hab nur Kopfschmerzen von deiner Rumhänge-rei.«

Erstaunt stellte Utodja die Ohren auf, kam ihm noch näher und sah ihn mit weiten Augen an.

»Kopfschmerzen? Vom Kopfüberschlafen?«

»Ja.«

»Das ist schlecht. Dabei habe ich extra deinen Kopf gehalten.«

»Tja, hat nicht funktioniert.«

»Hm.«

Stumm blieb Mika liegen, versuchte sich etwas zu ordnen. Wenigstens ließen die Kopfschmerzen nach und er schüttelte sich. Sich nochmal in die Decke einzurollen brauchte auch nichts mehr, es blieb nicht mehr viel Zeit, bis der nervtötende Alltag sie wieder hatte.

Doch just in dem Moment spürte er eine Bewegung neben sich. Das Bett ruckelte, Utodja rückte wieder näher und einer seiner Flügel schwang sich über ihn.

Dicht drängte sich Utodja gegen seinen Guardo, überlegte angestrengt. Wenn Mikhael nicht gern an der Decke hing, blieb ihnen wohl nur diese Möglichkeit. Überaus schade, er hatte diese Nacht besser geschlafen, als alle anderen davor. Zufrieden strich er über Mikhaels Brust, genoss den verwunderten Blick, der ihm zugeworfen wurde. Die unwissende Seite an ihm hatte Utodja schon immer angezogen, auch wenn er sein Alpha war. Und jetzt war es offiziell. Noch hatten sie sich nicht vereint, aber Mikhael hatte ihn endlich gewählt. Endlich! Seine Worte und seine Blicke hatten für sich gesprochen – und Utodja hatte seine Spuren auf ihm hinterlassen. Wenn etwas zählte, dann das!

Gurrend warf er einen Blick auf Mikhaels Hals, entdeckte dort die geschwollene Bisswunde. Ein Schauer suchte ihn heim und er beugte sich vor, leckte über die Stelle, worauf sich sein Mikhael schüttelte. Das Gesicht seines Guardos wurde mit einem Mal entsetzlich rot. Utodjas Biss hatte also Auswirkungen auf ihn. Es hatte ihm gefallen, Utodja wusste das, denn er hatte sie miteinander verbunden. Hatte Mikhael in sich aufgesogen und dieser Teil brodelte heftig in ihm, weckte niedere Gelüste. Diese Jahreszeit war wirklich boshaft.

»Von jetzt an, sind wir eins«, hauchte er schließlich. »Du bist in mir, fließt in mir. Ich habe mich von dir genährt und dich aufgenommen. Und auch du hast dich entschieden. Nicht wahr? Mikhael? Du hast mich gewählt. Als Alphaweibchen ... Alphamaara.«

Mika fiel aus allen Wolken. Er nahm seine ganze Kraft zusammen und stemmte sich hoch, stieß Utodja von sich und warf die Beine über die Bettkante. Himmel, Utodja hatte doch keine Ahnung, wovon er da sprach! Er hatte ihn nicht ...! Oder hatte er ihn doch ... ?

Schande, Mika wusste nicht mehr, wo ihm der Kopf stand! Dachte er an gestern, begann sein ganzer Körper wie verrückt zu kribbeln. Es war so schwer gewesen, sich zurückzuhalten, dabei hatte er sich nach Utodja verzerrt. Tat es noch immer. Aber sich mit einem Gendro einzulassen, war absurd! Oder hatte sich sein verstand jetzt völlig verabschiedet?

Eine Hand tastete nach seinem Arm.

»Elgido?« *Erwählter. Geliebter.*

Zur Hölle! Die Welt brach zusammen.

»Um Gottes willen, Utodja!«

Fluchtartig sprang Mika auf, fuhr sich durch die Haare, begann auf und ab zu tigern. Das war verrückt, völlig verrückt! Mit einem Ruck blieb er stehen, holte tief Luft. So sehr er sich auch wünschte, er konnte jetzt nicht weglaufen und sich irgendwo verkriechen. Das wäre erbärmlich. Nein, sie mussten das endlich klären, also nahm er seinen Mut zusammen und sagte Dinge, von denen er nicht geglaubt hatte, sie jemals laut auszusprechen.

»Weißt du überhaupt, was du da tust? Du solltest dir das ganz genau überlegen! Sieh mich an. Ich bin nichts. Ich bin kein Mensch, ein richtiger Gendro bin ich auch nicht. Ich kann dir vielleicht nie geben, was du willst. Du wirst bei mir vielleicht nie glücklich. Also nenn mich nicht so. Such dir jemand anderen, den du so nennen kannst. Noch hast du die Chance! Ich bin ein Alibi-Alpha, für mehr tauge ich nicht!«

Nur stimmte das nicht. Was sein Guardo sagte, war so falsch, wie nur irgendetwas. Leider sah er es nicht. Dafür sah Utodja umso mehr, roch die Furcht in ihm. Sah seine Anspannung. Alles unnötig, alles Unsinn. Schnell kletterte er von dem Bett und trat zu Mikhael, erfasste sein Gesicht und schüttelte den Kopf.

»Nein, Guardo«, begann er energisch, legte zwei Finger auf Mikhaels Mund. Sein Alpha verstummte darauf und seufzend ließ Utodja die Schultern hängen. Das Ellie-Weibchen hatte recht. Sein Mikhael war unendlich verwirrt, wusste nichts. Nicht, wo er hingehörte, nicht was er tun sollte. Dabei hatte er es sich doch längst eingestanden. Es war der Mensch in ihm, der ihm immer wieder Steine in den Weg legte und es war Zeit, dass Utodja es ihm ein für alle Mal klar machte.

Bestimmt strich er die Haare aus Mikhaels Gesicht, klemmte sie hinter seine Ohren. Ohne die Ringe sah man die Narben, die er so sehr hatte verstecken wollen, ganz deutlich und Utodja lächelte sanft.

»Es ist gut«, begann er und ergriff Mikhaels Hand. Ein Beben durchfuhr seinen Alpha und sachte hauchte Utodja einen Kuss auf seine Hand, presste sie an seine Brust. »Ganz gleich, welche Worte du sagst, es ist entschieden. Mein Platz ist bei dir. Und deiner bei mir. Unumkehrbar, Elgido. Dein Kopf und dein Bauch sagen dir, was richtig ist. Instinkte und Gefühle. Darauf hörst du und nur darauf. Nicht auf den Menschen, nicht auf den Gendro. Und jetzt kein Gewimmer mehr. Der Alpha an meiner Seite wimmert nicht.«

Instinkte. Gefühle. Sie sagten, was richtig und falsch war? Mikas Herz raste. Was Utodja da sagte, es war einleuchtend. Mehr als das. Jede Faser seines Körpers wusste es. Tief in seinem Inneren wusste er, was er insgeheim wollte und wenn er sich weiter dagegen wehrte, würde er nie glücklich sein. Niemals. Er würde gefangen bleiben in diesem Teufelskreis und das wollte er nicht! Er war es leid, im eigenen Körper gefangen zu sein!

Er war, was er war und vor ihm stand, wonach er sich immer gesehnt hatte. Was er so begehrte, dass er sich in Grund und Boden schämte. Scheiße, er war gewählt worden! Zum Alpha ernannt worden und es hatte ihm gefallen. So wie seine Fähigkeiten ihm immer gefallen hatten! So wie er immer neugierig auf das gewesen war, was in ihm steckte. Utodja hatte recht! Der Alpha dieses Geschöpfs musste stark sein, durfte sich keine Blöße geben oder jammern. Denn Utodja hatte mehr verdient, als das. Er hatte den Besten verdient und der wollte Mika sein!

Entschlossen machte er einen Schritt vor, ergriff Utodjas Schultern.

»Was muss ich tun?«, krächzte er mit zittriger Stimme. »Wenn ich jemanden wählen will. Offiziell? Was muss ich tun?«

Utodjas Mine wurde sanft. Seine Schwingen breiteten sich zur vollen Größe aus, schlangen sich um seinen Körper.

»Du hast es schon getan«, hauchte er und Gefühle krochen in Mika hoch, die er lange verdrängt hatte. Ein ganzer Schwarm von Schmetterlingen wirbelte in ihm herum, wurde zu einem Tornado und er packte Utodjas Kopf, verfing sich in den schwarzweißen Zotteln. Ein kehliges Brummen entwich ihm, worauf Utodja seine Fänge entblößte, warnend fauchte. Sofort regte sich etwas in Mika und seine Augen zuckten. Sollte er ihm nur drohen, es beeindruckte ihn nicht.

Tief beugte er sich über das Fledertier, tat es ihm gleich, zeigte seine Zähne und knurrte. Forderte ihn heraus. Doch es kam zu keinem Spiel. Die Fledermaus gehorchte ihrem Alpha schnell und neigte ergeben den Kopf. Sehr gut. Brav.

Zufrieden vergrub Mika sein Gesicht in Utodjas dichten Haaren, worauf dieser zuckte, die Ohren hob und senkte. Es sah albern aus, aber auch liebenswürdig. Schmunzelnd atmete er ein, inhalierte Utodjas Duft. Er roch gut. Verführerisch gut. Heiß. Wie Moos und Honig. Musste an der Paarungszeit liegen. Der Paarungszeit . . .

Ein dumpfes Grummeln unterbrach den Moment und fragend sah Mika auf Utodja hinab, der seufzte, eine Hand auf seinen Bauch legte. Vielsagend wurde Mika angesehen und ein unerklärlicher Tatendrang erfasste ihn. Seine Gefährte hatte Hunger! Also war es an ihm, etwas zu essen zu beschaffen. Denn seine Aufgabe war, ihn zu beschützen und zu versorgen. Woher diese schwachsinnigen Gedanken kamen, wusste er nicht, aber es war ihm egal. So gehörte es sich.

»Alles klar. Gehen wir frühstücken.« Damit angelte er nach seinen Kleider. Es war verrückt, aber auf einmal fühlte er sich unbeschwert, richtig erleichtert und es war ein verdammt gutes Gefühl!

Chris erwartete sie mit einem breiten Grinsen in der Küche, als sie zehn Minuten später aus dem Gästezimmer krochen. Der Geruch von Kaffee schwebte in der Luft und weckte Mikas Lebensgeister.

»Morgen«, begrüßte sein Kumpel sie süffisant, hob kurz seinen Becher, ehe er einen ausgiebigen Schluck nahm. Mika musste bei dem Blick hart schlucken, spürte, wie seine Ohren zu kribbeln anfingen, aber er kämpfte gegen die Scham.

Ob die beiden etwas mitbekommen hatten? Die Wände waren nicht sonderlich dick hier und vorhin hatte er ziemlich herumgeschrien. Für einen Moment dachte er daran, Utodja einfach zu packen und aus der Wohnung zu flüchten, doch er unterdrückte den Impuls und zuckte lässig mit den Schultern, nickte Chris knapp zu.

»Morgen. Gibt's Frühstück?«

»Aber sicher, Romeo.«

Genervt verdrehte Mika die Augen. Also hatten sie gelauscht. Großartig. Ihm war klar, wie das ab jetzt ablaufen würde. Spitze Kommentare von der Seite, bis einem von ihnen der Kragen platzte und es zum nächsten Kampf auf Leben und Tod kam.

»Sehr gut. Wir haben Hunger und sind spät dran.« Mehr sagte Mika nicht, als er weiter in die Küche ging, Utodja direkt auf seinen Versen. Als die Fledermaus jedoch in Chris' Blickfeld geriet, verdunkelte sich dessen Ausdruck und seine Lippen kräuselten sich.

»Sieh an, da ist ja dein Anhängsel. Und? Gut geschlafen, Dracula?«

Mika ging nicht darauf ein. Er wusste, dass Chris jedes Recht hatte, wütend zu sein, aber auf Streit hatte er keine Lust. Schnell zog er Utodja zu sich, trat vor den Kühlschrank trat und schaute hinein.

»Ignoriere ihn einfach«, hauchte er dem Gendro zu, war aber nicht leise genug.

Geräuschvoll landete Chris' Becher auf dem Küchentisch.

»Ihn ignorieren? Ernsthaft, Mikey? Nach allem, was gestern war? Wolltest du ihm nicht die Leviten lesen?«

Fluchend biss sich Mika auf die Lippen. Ja, er hatte Utodja in der Tat das Fell über die Ohren ziehen wollen, aber er hatte es nicht fertiggebracht.

Eine unangenehme Stille breitete sich aus, bis Chris schnaubte, den Kopf schüttelte.

»War ja klar! Er prügelt mich halb tot und anstelle ihn zu bestrafen, machst du ihm 'ne Liebeserklärung und alles ist vergeben und vergessen. Das ist echt fair!« Mit der flachen Hand haute er empört auf den Tisch, worauf Utodja einen Satz machte, die Ohren zurücklegte und leise knurrte.

Ein Schalter legte sich in Mika um. Ein Schalter, um den viel zu lange ein dickes Schloss gehangen hatte. Zorn wallte in ihm hoch, verdrängte jede Scham und er verzog den Mund.

Mit einem Knall schlug er den Kühlschrank wieder zu, griff ruckartig nach Utodja und zerrte ihn zu sich, presste ihn an seine Seite und riss den Mund auf. Doch bevor er auch nur ein Wort brüllen konnte, bekam Chris eine Kopfnuss.

»Meine Güte, Chris! Jetzt reg dich nicht künstlich auf. Ich dachte, ihr habt euch gestern ausgesprochen.«

Elenor war aus dem Nichts aufgetaucht, tadelte ihren Freund mit feuerrotem Gesicht. Verdutzt sah Mika von einem zum anderen, während sich Chris seinen Dickschädel hielt und wütend vor sich hin keifte. So viel dazu.

Mika verdrehte die Augen und schielte zu Utodja. Was hatte Chris denn erwartet? Dass er Utodja verletzte? Ihn schlug? Niemals! Fest drückte er seine Lippen gegen Utodjas Stirn und schloss die Augen. Im Grunde hatte er eine Strafe verdient, aber dieses eine Mal drückte Mika ein Auge zu. Chris musste das verstehen. Ende.

Tatsächlich war es damit auch vorbei. Irgendwie hatte Ellie das Monster, das sie ihren Freund nannte, gezähmt und die Stimmung lockerte sich. Zwar nörgelte Chris leise weiter und warf Utodja böse Blicke zu, doch dann beruhigte er sich und nahm einen Schluck Kaffee. Ellie hingegen platzierte das restliche Frühstück auf dem Tisch.

»Ihr zwei habt euch also vertragen?«, fragte sie beiläufig, als alle am Küchentisch saßen. Chris grunzte.

»Klar doch. Und zwar sehr einnehmend.« Im selben Moment zuckte er und fluchte, hatte scheinbar einen ordentlichen Tritt gegen das Schienbein kassiert.

»Die Dinge sind geregelt«, kam Utodja Mika zuvor, worauf er erstaunt zu dem Flughund sah. Utodja saß dicht neben ihm, drängte sich mit einem Mal besitzergreifend an seine Seite.

»Mikhael hat eine Wahl getroffen«, verkündete Utodja klar und deutlich. Eindringlich sah er zu dem Ellie-Weibchen und dem Chris-Menschen. Was er zu sagen hatte, war wichtig und sie hatten zuzuhören! Sein Guardo sah sie noch immer als Rudel an, also würde Utodja das auch tun, selbst wenn er den Groll, den der Chris-Mensch gegen ihn hegte, deutlich wahrnahm. Nie wieder durfte es zu solchen Missverständnissen kommen, eine Klärung war also unumgänglich. Fest grub er seine Klauen in Mikhaels Oberteil, während seine andere Hand nach dessen Hals tastete, die Wunde bedeckte.

»Mikhael braucht keine neue Braut. Nie mehr. Er ist mein Alpha! Er hat mich gewählt und ich habe mich genährt. Er ist jetzt in mir. Ein Teil von mir. Das habt ihr hinzunehmen.«

Die dummen Blicke der beiden Menschen waren köstlich und Utodja wusste, die Botschaft war angekommen. Zumindest bei dem Weibchen, die vor Verzückung die Hände vor den Mund schlug.

»Oh, das ist großartig! Ich hatte schon Sorge, nachdem ich gestern mit Utodja gesprochen hatte. Also habt ihr geredet? Alles wichtige geklärt? Also ALLES? Und ihr habt einander *gewählt*? Ihr beide?«

Seufzend schüttelte Mika den Kopf. Utodjas kleine Ansprache machte ihn verlegen, bestärkte ihn aber auch und mit angeschwollener Brust legte er einen Arm um seine Fledermaus. Er nickte nur, sah vielsagend in die Gesichter seine Freunde, schluckte jede Unsicherheit runter.

Ein Teil von ihm hatte sich vor der Reaktion der beiden gefürchtet, aber er war es leid, sich verstecken zu müssen. Endlich hatte er jemandem, der zu ihm gehörte und er wollte sich nicht dafür schämen müssen. Ellie und Chris wussten, was er war. Sie hatten kein Recht, seine Wahl in Frage zu stellen oder blöde Kommentare von sich zu geben. Leider war Chris ein hirnloser Prolet und ein schäbiges Lachen entfuhr ihm.

»Dios mio, *gewählt*? Ernsthaft? So nennt man das jetzt? Lasst den albernen Quatsch.«

»Reiß den Mund nicht so weit auf, du bist ja nur neidisch, *Wilfredo*«, konterte Mika scharf und verschränkte die Arme. Das würde er nicht auf sich sitzen lassen. Ließ er Chris mit diesem Mist durchkommen, würde er ewig darauf herumreiten. Wenigstens ging sein Plan auf, denn als jener Name fiel, den Chris wie ein dunkles Geheimnis zu verbergen versuchte, lief das Gesicht seines Freundes rot an.

»Ach ja?« Mit einem gefährlichen Grinsen auf den Lippen beugte sich Chris vor, deutete auf Utodja. »Neidisch auf was? Ein halbes Weib? Gratuliere! Mikey hat endlich eine Freundin. Ah, sorry, einen Freund … oder so was. Und es ist ein kleines scharfes Plüschtier.«

Oh, wie gerne würde Mika jetzt über den Tisch springen und Chris an die Gurgel gehen! Konzentriert kniff er die Augen zusammen und atmete durch. Nur nicht aus der Haut fahren. Grinsend lehnte er sich zurück, vergrub sein Gesicht ein weiteres Mal in Utodjas feinem Haar und tat etwas, das er niemals zuvor getan hatte. Vor niemandem. Er schnurrte. Kehlig und laut, schielte dabei frech zu Chris, der ihn mit tellergroßen Augen anglotzte.

»Wir sind beide Plüschtiere. Und diese Plüschtiere sind mitten in der Paarungszeit. Ich habe also noch eine aufregende Zeit vor mir.«

Ha, schlagfertig! Mika gratulierte sich zu dem Kommentar und zu Chris'
dämlichem Gesichtsausdruck. Sogar Utodja sah ihn erstaunt an. Aber sie
hatten genug gespielt. So gerne er Chris weiter triezen würde, sie mussten sich
ranhalten.

Wenn Mika eins nicht gebrauchen konnte, dann einen wütenden Chef. Also
widmeten sie sich dem Frühstück, von dem besonders Utodja angetan war.
Ganz gleich, was Ellie auftischte, er wollte alles probieren. Chris' neugierige
Blicke versuchte Mika währenddessen auszublenden, bis sich sein Freund
plötzlich zu ihm herüber lehnte.

»Aber jetzt mal im Ernst«, begann Christopher vertraulich, nickte in Utodjas
Richtung. »Ein Zwitter? Ich mein, ein Hermaphrodit? Ist das denn was für
dich? Wie soll das überhaupt gehen? Wenn er beides hat? Stehst du jetzt auf
so was? Mir ist das egal, solange du zufrieden bist! Aber etwas seltsam ist es
schon, findest du nicht? Du weißt doch gar nicht, woran du bist. Mann oder
Frau. Ich glaub nicht, dass ich das könnte.«

Ausdruckslos starrte Mika Chris an, wusste nicht, was er dazu sagen sollte.
Ob er im Boden versinken oder seinem Kumpel doch lieber Eine reinhauen
sollte. Doch so unangebracht der Kommentar auch war, Mika wusste, dass er
es nicht böse meinte. Er war eben nicht der Feinfühligste. Zumal die Antwort
im Grunde so einfach war. Sie auszusprechen hingegen erforderte erstaunlich
viel Anstrengung.

»Es ist mir egal, was er ist. Das spielt keine Rolle«, erklärte Mika gedämpft,
gab sich so locker wie möglich und versuchte gleichzeitig den gigantischen
Kloß in seinem Hals zu ignorieren. »Ich mag ihn, nicht sein Geschlecht. So
was war mir eigentlich noch nie wichtig.«

Ein paar Sekunden passierte nichts. Chris starrte ihn nur an, dann fuhr er
sich über den Mund und klopfte Mika auf die Schulter, nickte zustimmend.

»Noch nie, mh? Okay, wie du meinst, Amigo. Wie heißt es so schön, leben
und leben lassen. Solange du damit klarkommst, ist alles gut. Es wurde sowieso
Zeit, dass du dein Singledasein beendest. Ich meine, du als riesige Katze, er
als Zwitter-Fledermaus, was kann da noch schiefgehen? Hey, das ist fast wie
in dieser alten Zeichentrickserie! Was meinste, sollen wir euch jetzt Tom und
Jerry nennen?«

Bevor Chris mit seinem Gerede die Situation noch peinlicher machte, stopfte
Mika ihm ein Brötchen in den Mund.

»Halt einfach die Klappe, okay?«

»Okay«, kam die genuschelte Antwort.

»Gut.«

»Finde ich auch.«

Damit nahm sich Mika eine Tasse Kaffee und trank einen ordentlichen

Schluck. Eine Zigarette wäre jetzt genau das Richtige. Zumindest würde sie seine zitternden Finger beruhigen. Jetzt gab es wirklich gar keine Geheimnisse mehr zwischen ihnen. Fühlte sich gar nicht mal schlecht an.

Die Neuigkeit, dass sein bester Freund endlich nicht mehr single war, versetzte Chris in Hochstimmung. Als sie wenig später die zertrümmerte Wohnung verließen, ließ er es sich nicht nehmen, anzügliche Witze zu reißen und hörte nicht damit auf, bis sie den Fahrstuhl des Gebäudes erreichten. Es war genau so, wie Mika es vorausgesehen hatte. Es kam ein dummer Spruch nach dem nächsten und es nervte ihn gewaltig!

Gleichzeitig erleichterte es ihn, dass der gestrige Tag und die neusten Ereignisse keine schwerwiegenden Probleme heraufbeschworen hatten, denn Mika war sich nicht sicher, wie viel ihre Freundschaft noch aushielt. Zwar redeten Chris und Elenor immer von *Best Friends, bis in den Tod*, aber die Realität sah anders aus. Andererseits hatten sie es wirklich locker aufgenommen, dass er kein Mensch war, und machten einfach weiter, als sei nichts passiert. Sie akzeptierten ihn, wie er war und vor allem akzeptierten sie Utodja. Auch wenn Chris Witze riss und Ellie viel zu neugierig war, Mika wusste, dass sie es ihm gönnten. Sich für ihn freuten. Ohne Vorwürfe, ohne Feindseligkeit und er war ihnen unendlich dankbar dafür.

Der Fahrstuhl kam schließlich und sie stiegen ein, fuhren nach unten. Seufzend fuhr sich Mikhael über den Nacken, schielte zu Utodja, der dicht neben ihm stand. Der Gendro wirkte relativ zufrieden, machte sich nichts aus Chris' Sprüchen, sondern beäugte ihn nur verächtlich, was Mika zum Grinsen brachte. Zu blöd, dass er heute arbeiten musste. Er hatte keine Lust auf das Pet4You, Jakobson oder die Kunden. Er hatte keine Ahnung, ob er es schaffte, Utodja so lange fern zu bleiben.

Ihn nicht anzugaffen oder zu berühren erschien ihm plötzlich unsagbar schwer, jetzt, wo er es offiziell durfte. Vor allem aber musste er aufpassen, dass er ruhig blieb. Einige Kunden waren sehr aufdringlich, kamen nur in den Laden, um die berüchtigte Fledermaus zu sehen. Allein der Gedanke sorgte dafür, dass sich Mikas Magen zusammenzog. Zu denen musste er auch noch nett sein. Zulassen, dass sie Utodja tätscheln, als wäre er nichts weiter, als ein Haustier. Zum Kotzen war das! Dabei könnten sie genauso gut in den Wald. Das würde allen mehr bringen. Jetzt, da die Katze aus dem Sack war, wollte Mika sich ausprobieren! Alles rauslassen, das er all die Zeit hatte unterdrücken müssen. Aber nein, die Arbeit rief.

Irgendwann erreichten sie das Erdgeschoss und stiegen aus, steuerten die große Schiebetür an, die zur Straße führte.

»Wir sehen uns dann später«, verabschiedete sich Mika und hob eine Hand, was Chris erwiderte.

»Geht klar. Und bleibt geschmeidig, ihr Turteltäubchen!«

»Ja, ja, du mich auch.« Abfällig winkte Mika ab, schüttelte nur den Kopf. Die automatischen Schiebetüren öffneten sich und sie traten ins Freie, da fuhr ein Schock durch Mika. Schlagartig blieb er stehen, weitete die Augen und hielt die Luft an. Seine Nackenhaare stellten sich auf und neben ihm zischte Utodja, legte die Ohren an.

Etwas stimmte nicht!

Die Luft brannte!

Hunderte Gefühle prasselten auf ihn ein.

Anspannung umklammerte ihn.

Sie wurden beobachtet!

Da war etwas!

Jemand!

Und dann ... !

»ZUGRIFF!«

Etwas prallte mit ihm zusammen. Hart und schwer. Traf ihn seitlich, packte seine Arme, verdrehte sie ihm auf den Rücken. Er wurde gegen die Hauswand gepresst, warf sich hektisch herum, kämpfte gegen seinen Angreifer, versuchte sich mit aller Macht zu befreien, doch ein zweiter Gegner kam dazu. Er löste den Ersten ab und der Griff um seine Arme verstärkte sich. Sein Handgelenk wurde verdreht und schmerzhaft schrie er auf.

»Scheiße, was soll das?«

»Keine Bewegung!«, wurde ihm ins Ohr geschrien und er kniff die Augen zusammen, zischte. Zu laut! Viel zu laut! Was war hier los?

Umständlich drehte er den Kopf, suchte nach seinen Freunden, nach Utodja. Doch was er sah, ließ ihm das Blut in den Adern gefrieren. Da waren Männer! Unzählige Männer, in schwarzen Uniformen und mit Schusswaffen! Sie kesselten sie ein, hatten Chris und Ellie in eine Ecke gedrängt, bedrohten sie mit ihren Waffen und Utodja ... ! Zwei Männer hatten sich auf ihn gestützt, ihn in die Knie gezwungen, drückten ihn zu Boden. Einer hockte auf ihm, drückte ihm ein Knie ins Rückgrat, während der andere ihm eine Waffe an die Stirn hielt!

Wie konnten sie es wagen!

Laut brüllte Mika auf, warf sich ein weiteres Mal gegen seine Angreifer, wollte sich losreißen und - SCHMERZ!

Alle Luft wich aus seinen Lungen und ein Blitz jagte durch seinen Körper. Er sackte zusammen, presste den Kopf gegen die Hauswand. Seine Seite, etwas war in seine Seite gerammt worden. Er konnte sich kaum bewegen, hob schwerfällig den Kopf, sah zu Utodja. Seine Fledermaus bewegte sich nicht mehr, war in eine Schockstarre verfallen und starrte ins Nichts. Nein! Was sollte das alles?

»Aufhören! Lassen Sie uns in Ruhe! Sie haben kein Recht dazu!«

»Recht? Oh, ich denke, sie haben sehr wohl das Recht dazu.«

Ein weiterer Mann trat zu ihnen und als Mika sein Gesicht erkannte, atmete er zischend ein.

»Sie?«, brachte er hervor, wurde jedoch abfällig belächelt.

»In der Tat. Wenn ich mich recht entsinne, hatte ich ein baldiges Wiedersehen versprochen, nicht wahr?«

Mika musste hart schlucken, mahlte mit den Kiefern. Es war Caleb Holloway, Vorsitzender des IKFs. Zweimal schon waren sie sich über den Weg gelaufen, im Institut und in dem Waldstück. Der Kerl hatte erschreckend viel über ihn gewusst und in Rätseln gesprochen, aber das hier ging zu weit!

»Dann stecken Sie hinter all dem?«

»Du meinst diesen Überfall? Ja, das geht wohl auf mein Konto. Ich entschuldige mich dafür. Aber ich sah mich leider dazu gezwungen, zu diesen Maßnahmen zu greifen.«

»Welche Maßnahmen? Was wollen Sie überhaupt von uns? Rufen Sie Ihre Köter sofort zurück und lassen meine Freunde frei!« Sein Blick huschte von Ellie und Chris zu Utodja, der noch immer am Boden lag, mittlerweile von vier Männern umstellt war.

»Köter?« Beleidigt schüttelte Holloway den Kopf. »Das ist aber eine abfällige Bezeichnung für meine lieben Kollegen. Aber es zeigt, dass du nicht weißt, mit wem du es zu tun hast. Lass mich dich mit der Spezialeinheit des Instituts für Kryptidforschung bekanntmachen: Der Unit.«

»Die Unit?«

Erst jetzt fielen Mika die Schilder auf den schusssicheren Westen auf, die eindeutig die Buchstaben *U N I T* abbildeten. Ihm wurde schlecht und seine Wut verwandelte sich in Angst. Wieso zur Hölle war die Unit hier? Noch dazu in Begleitung des Vorsitzenden des Instituts?

Moment mal! Mika wurde kochend heiß. Dieser Holloway hatte sie damals im Wald erwischt und gestern war er mit Chris bei einem Arzt gewesen. Wegen eines angeblichen Hundebisses. Waren sie etwa durchschaut worden? War Holloway deswegen hier?

»Ja, so ist es gut. Etwas mehr Ehrfurcht ist in der Tat angebracht. Besonders in Anbetracht deiner Situation.« Lächelnd kam Holloway auf Mika zu, ging an Ellie und Chris vorbei, würdigte sie keines Blickes. Bei Utodja hingegen hielt er inne und Mika spannte sich an. Grinsend beugte sich Holloway zu dem Gendro hinab und fuhr durch Utodjas Haare, was diesen zusammenzucken ließ.

»Ah. Und hier ist die berüchtigte Fledermaus. Der sagenumwobene, sprechende Gendro. Einzigartig. Und gefährlich.«

Mika überschlug sich vor Zorn.

Mit einem Satz stieß er sich von der Wand ab, schüttelte seine Angreifer ab und rauschte nach vorne, nur um zwei Sekunden später von drei anderen aufgehalten zu werden.

»Fass ihn nicht an!«, fauchte er mit unmenschlicher Stimme und augenblicklich hatte er Holloways Aufmerksamkeit. Erstaunt wurde er angesehen, doch da war nicht nur Erstaunen in den hellen Augen, Mika sah noch mehr. Sah darüber hinaus, konnte hinter die Maske dieses Mannes blicken. Konnte Gefühle wahrnehmen und wortlose Gedanken wittern. Es war ein wütender Strudel aus Verachtung und Empörung und es entfachte den Wunsch in ihm, diese glatte Visage zu zerfetzen.

»Wie bitte?«, meinte Holloway vorwurfsvoll, als spräche er mit einem unartigen Kind.

»Ich sagte, nimm deine Finger von ihm! Auf der Stelle!«

Erst geschah nichts, dann erhob sich Holloway, kam direkt auf Mika zu. Unmittelbar vor ihm stoppte er, musterte Mika eindringlich, dann kehrte das schmierige Lächeln auf sein Gesicht zurück.

»Verzeih, bin ich dir zu nahe getreten? Siehst du es nicht gerne, wenn ich diesen Gendro berühre? Bedeutet dir dein Haustier so viel?«

»Er ist mehr als ein Haustier! Und jetzt Schluss mit diesem Unsinn. Lassen Sie uns gehen!«

»Ich fürchte, das kann ich nicht.« Knapp sah Holloway zur Seite, deutete auf Ellie und Chris. »Ich bedaure, dass Zivilisten in diese Angelegenheit verstrickt wurden. Ort und Zeit dieses Zusammentreffens sind wirklich ungünstig.«

Was sollte das wieder bedeuten? Mika verstand kein Wort. Als sein Blick jedoch über Holloways Kopf hinwegglitt, erstarrte er.

Da standen Passanten! Überall! Auf der anderen Straßenseiten, hinter den Absperrungen. Sie glotzten zu ihnen hinüber, andere hatten ihre Handys gezückt. Es wurde geredet, getuschelt und erst da wurde sich Mika bewusst, wo sie sich befanden.

Sie waren mitten in der Innenstadt, nahe am Zentrum und langsam begann Mika, zu begreifen. Sie waren in eine Falle geraten! Um sie herum waren alle Zufahrten gesperrt, schwarze Autos und Vans kesselten sie ein und überall waren Soldaten der Unit. Das alles war eine Farce! Eine Inszenierung! Und sie standen voll im Mittelpunkt. Mikas Inneres verkrampfte.

Sein Mund wurde staubtrocken und finster sah er in das Gesicht des anderen Mannes, der noch immer lächelte, langsam nickte.

»Ich sehe, du beginnst zu verstehen. Also überlege dir genau, was du tust, Mikhael Auclair. Bedenke, welche Konsequenzen dein Handeln hat und dann wirst du mir brav zuhören.«

Das war eindeutig eine Drohung! Worauf Caleb Holloway es auch abgesehen hatte, es war nichts Gutes und mit einem Mal überkam Mika der Drang, sich loszureißen und wegzulaufen. Weit weg. Dahin, wo er sicher war. Wie er es immer tat hatte, wenn alles eskalierte. Sein Blick huschte zu Ellie und Chris. Dann zu Utodja.

Nein. Nein, er konnte sein Rudel nicht im Stich lassen!

Widerwillig nickte er, worauf Holloway den Männern, die ihn festhielten, ein kurzes Zeichen gab und er losgelassen wurde. Knurrend warf er den elenden Hundefängern einen Blick zu, dann wandte er sich an Holloway, musste schlucken. Jetzt nur nicht die Nerven verlieren! Er hatte keine Ahnung, was das für Waffen waren, die auf seine Freunde gerichtet wurden, aber er wollte nicht herausfinden, was passierte, wenn man sie abfeuerte.

»Also, was wollen Sie? Was soll dieses Theater?«, grollte er schließlich, ballte die Fäuste.

»Oh, als Theater würde ich es nicht bezeichnen. Viel mehr als eine Angelegenheit der öffentlichen Sicherheit.«

»Öffentliche Sicherheit? Glauben Sie, wir haben heimlich eine Bombe gebaut, oder was?«

»Nein«, meinte Holloway ruhig, schloss die Augen. »Es geht hier nicht um irgendwelche Sprengsätze.«

»Also haben Sie diese Geschütze wegen der paar Zivilisten aufgefahren?« Mika schnaubte verächtlich, pokerte so gut er konnte.

»Auch das ist nicht korrekt. Die schlichte Tatsache ist, dass ich meines Amtes walten muss, wenn ich einen Verstoß gegen die Vorschriften bemerke. Ursprünglich hatte ich vorgehabt, alles etwas diskreter aufzuziehen. Leider gestaltete sich das schwierig, da du von deinem ursprünglichen Tagesablauf abgewichen bist. Als wir bei deiner Wohnung eintrafen, war leider niemand zuhause, was meine Suche erschwerte. Glücklicherweise ist diese Fledermaus bei uns im Institut registriert und wurde gechipt. So kam ich auf diese Adresse.«

Mika schnappte nach Luft. Tagesablauf? Bei ihm zuhause? Dieser Typ hatte ihn überwacht? Und über Utodjas Chip gefunden? Fluchend kniff Mika die Augen zusammen. Er hatte gewusst, dass dieser Chip ihnen noch Ärger machen würde! Nervös rieb er die Hände aneinander.

»Was genau wollen Sie?«, krächzte er, merkte, wie seine Stimme versagte. Langsam hob der Vorsitzende des IKFs eine Hand, legte sie auf Mikas Brust und fuhr über den Stoff seines Hemdes.

»Ich will nur meine Arbeit machen. Ich nehme an, dir ist bekannt, was meine Arbeit ist, nicht wahr?« Holloway hob den Blick, sah direkt in Mika Gesicht. »Ich ziehe auffällige Engendros und Hybriden aus dem Verkehr. Darum bin ich hier.«

Ein eiskalter Schauer lief Mika über den Rücken und der Boden unter seinen Füßen begann zu schwanken.

»Soll heißen?«

Holloways Lächeln verwandelte sich in eine ernste Mine. Ruckartig zog er sich von Mikhael zurück, senkte abschätzig die Lider und breitete die Arme aus.

»Ich werde es nicht länger billigen, dass ein gefährlicher Hybrid frei in meiner Stadt herumläuft. Und ich werde dem ein Ende setzen. Ein für alle Mal. Ergreift ihn.«

Kapitel 28

Vorbereitet

Das war's. Mikhaels Kopf hörte auf zu arbeiten. Die Welt begann sich zu drehen, der Boden wurde zu Treibsand und die Luft war kochender Dampf. Er konnte sich nicht mehr bewegen, war wie gelähmt. Es war passiert. Das, wovor er sich sein Leben lang gefürchtet hatte: Er war aufgeflogen.

Der Schweiß brach ihm aus und Panik überfiel ihn. Gehetzt öffnete er den Mund, rang nach Worten, fand aber keine. Hände grabschten nach ihm, zwangen seine Arme auf den Rücken, zerrten an ihm, als wäre er störrisches Nutzvieh. Sein Nacken wurde gepackt, vornüber gebeugt und er keuchte auf. Flucht! Das war das erste Wort, das ihm in den Sinn kam. Er musste fliehen! Weg von hier! Aber es ging nicht. Seine Beine waren schwer wie Blei.

»I-ich-...!«, begann er, suchte nach Ausflüchten, nach Erklärungen. Als Kind hatte er sie so oft aufsagen müssen, hatte sie mit seiner Mutter immer wieder durchgekaut. Aber sein Kopf war leer. Da war nichts. Ihm fiel nichts ein und bevor er auch nur ein weiteres Wort sagen konnte, wurde er unterbrochen.

»Genug. Schaffen Sie ihn weg. Danach befassen wir uns mit der Fledermaus.«

Die Männer ergriffen ihn, versuchten ihn vorwärts zu schieben. Ihn abzuschieben. Weit weg, hinter Schloss und Riegel. Wegen dem, was er war ... Wegen ...! Nein!

Mikas Lebensgeister erwachten und er rammte die Füße in den Boden. Nein, er durfte jetzt nicht schwächeln, durfte keine Blöße zeigen! Er war Utodjas Alpha und so einfach würde er sich nicht wegschaffen lassen! Egal was sie waren, Mensch, Hybrid oder Gendro, keiner durfte sie so behandeln!

Hastig fuhr er herum, suchte nach Utodja, der den Kopf gehoben hatte, panisch zusah, wie Mika weggezerrt wurde. Sofort versuchte Utodja sich aufzurichten, war aus der Schockstarre erwacht. Ein drohendes Krächzen ausstoßend, schlug er mit seinen Flügeln, ließ sein Schweif auf den Boden klatschen, doch bevor Mika etwas tun konnte, wurde wieder er zu Boden gedrückt. Zornentbrannt schrien die Söldner Utodja an, erhoben ihre Waffen und- ...!

Ein Blitzschlag traf Utodjas Schläfe. Kurz und hart. Ließ die Fledermaus heftig zucken. Jämmerlich aufkreischen. Voller Schmerz. Voller Angst!

Alles überschlug sich. Die Welt geriet aus den Fugen und das Monster explodierte.

Mika brüllte auf, riss sich los und sprang nach vorne, warf Utodjas Angreifer zu Boden, rollte sich auf ihn.

»Du elender Mistkerl!«, schrie er, war wie von Sinnen – und schlug zu. Ließ seine Fäuste auf das Gesicht des Mannes niederprasseln. Schlug auf seinen Helm ein, hämmerte tiefe Beulen in das Metall; fuhr seine Krallen aus, zerkratzte sein Gesicht! Zerfetzte alles, ihm zwischen die Finger kam! Er würde ihn auseinandernehmen! Niemand tat seinem Gefährten weh! Dafür würde er bezahlen!

Ein rasender Schmerz durchzuckte Mika, jagte durch seinen Körper und er verkrampfte. Er stoppte mitten in der Bewegung, fiel zur Seite, keuchte auf. Seine Sinne verschwammen, da war kein klarer Gedanke mehr, nur noch Schmerz!

Und noch mehr Schmerz!

Immer wieder!

Seine Lungen brannten, seine Augen schmolzen. Blitze tanzten, überall! In ihm, vor ihm, zerrissen ihn. Stimmen schrien. Stimmen, die er kannte, nicht zuordnen konnte, irgendwo in dem Blitzgewitter. Dann hörte es schlagartig auf.

»Das reicht jetzt! Tot nützt er mir nichts.«

Schwer atmend lag Mika da, spürte seinen Körper nicht, konnte nicht denken, nicht fühlen. Alles tat weh, jeder Muskel, jedes Glied. Stöhnend kniff er die Augen zusammen, konnte sich nicht rühren. Vor seinen Augen kreiste alles, aber eine Sache sah er. Neben ihm. Es war ein Gesicht und er kannte dieses Gesicht. Es war Utodja, der ihn schockiert anstarrte. Den er hatte beschützen wollen.

»Aber, aber, meine Herren. Sie haben reichlich übertrieben. Eine Betäubungseinheit hätte gereicht«, drang dumpf an Mikas Ohren und er blinzelte, versuchte den Kopf zu heben. Er sah Beine. Viele Beine. Dann waren da Hände. Sie zerrten ihn auf die Füße und er schrie vor Schmerz. Er taumelte, doch die Hände hielten ihn fest, verdrehten ihm die Arme. Kaltes Metall schnappte zu und er wurde herumgezerrt, sollte sich bewegen. Aber wohin? Wohin sollte er gehen?

Angestrengt sah er hoch, verengte die Augen. Da war etwas Dunkles, Großes. Es war eckig. Ein Auto? Nein, es war einer dieser Vans. Moment. Ein Van? Mit aller Macht begann er sich zu wehren, ignorierte den stechenden Schmerz, der ihn durchfuhr. Er würde nirgendwo hingehen!

»La-... lassen Sie mich los!«, brachte er hervor, konzentrierte sich, kämpfte gegen die aufkeimende Panik. Er musste sich zusammenreißen! Denn sonst ...!

»Aufhören! Lassen Sie ihn in Ruhe!« Eine schrille Stimme erhob sich urplötzlich und Mika hob schwerfällig den Kopf. Es war Ellie, sie mischte sich ein. Vernichtend starrte sie Holloway an, versuchte sich aus dem Griff des Söldners zu befreien.

»Was Sie hier machen, überschreitet Ihre Befugnisse! Sie dürfen das nicht!«

»Meine Befugnisse? Der Gouverneur persönlich gab mir die Erlaubnis mit gefährlichen Hybriden so zu verfahren, wie ich es für richtig halte. Und einen Hybriden wegzusperren, der einen Menschen derartig zusammengeschlagen hat, dass er eine Gesichtsrekonstruktion benötigt und der ohne Sinn und Verstand ein Mitglied der Unit anfällt, erscheint mir hier das richtige Verfahren zu sein. Oder widersprechen Sie mir da, junge Frau?«

Holloway wusste also auch über den Vorfall im Wildtierpark Bescheid? Mika schmeckte seine Magensäure auf der Zunge, sah, wie Ellie blass wurde. Dann fasste sich und schüttelte den Kopf.

»Dafür wurde er schon bestraft! Er hatte er gute Gründe!«

»Natürlich, das glaube ich gern. Wo Fehler gemacht werden, wird immer nach Gründen gesucht. Genug davon. Ich fürchte, wenn Sie sich noch ein weiteres Mal einmischen, muss ich Sie festnehmen und abführen lassen. Also halten Sie sich da raus.«

Der Mann, der hinter Ellie stand, packte ihren Arm und stieß sie zur Seite, erntete einen derben Fluch von Chris, der Ellie auffing.

Desinteressiert wandte sich Holloway ab. Er verschränkte die Hände hinter dem Rücken und musterte Mika zum wiederholten Male, ließ seine Augen über seinen Körper wandern - ein Blick, der Mika durch Mark und Bein ging. Noch nie war er so gemustert worden, als wäre er ein Stück Fleisch, dessen Wert es zu begutachten galt. Es war widerlich!

»Ich muss zugeben, es ist beschämend, dass ich es nicht eher bemerkt habe. Wo es doch so offensichtlich ist«, begann Holloway nachdenklich, trat zu ihm und packte sein Kinn, drehte es grob zur Seite und betrachtete seine Ohren. »Spätestens unsere zweite Begegnung hätte mir die Augen öffnen müssen, Mikhael Auclair. Amüsant, nicht wahr? Wer hätte gedacht, dass der Sohn von David Auclair ein räudiger Hybrid ist?«

Hass und Übelkeit wucherten in Mika, vermischten sich mit einer grässlichen Hilflosigkeit. Scheiße, was sollte er jetzt machen? Weglaufen konnte er nicht.

Er hatte Schwierigkeiten, sich überhaupt zu konzentrieren, aber etwas musste er tun! Irgendetwas! Denn wenn er nichts tat, dann, DANN ...! Dann würde er wie Utodja enden. Oder in eine dieser Anstalten gesteckt. Oder an sonst wen verkauft. Als Haustier. Als Sklave. Ohne Rechte. Sie beide wären verloren.

»Wo mir einfällt. Wäre es nicht eine Schande, wenn das an die Öffentlichkeit geriet?«, fuhr Holloway fort. »Der Sohn eines so großen Unternehmers ist nichts weiter, als ein degenerierter Mischling. Da werfen sich mir Fragen auf, die sicher auch die Presse interessieren. Bist du adoptiert? Oder gezüchtet? Biologisch gezeugt? Mit welcher Kreatur hatte dein Erzeuger zu schaffen? Oder deine Erzeugerin? Welches ist das Elterntier und welcher Gattung gehörte es an? Fragen über Fragen, die *Auclair Inc.* zweifelsfrei ruinieren würden.«

Mika schnappte nach Luft. Dieser Mistkerl sollte seine Familie in Ruhe lassen! Seine Eltern und er hatten vielleicht Schwierigkeiten, aber wenn die Wahrheit herauskam, war's das! Holloway hörte nicht aber auf, sprach immer weiter, drängte ihn in eine Ecke, aus der es kein Entkommen gab.

»Ganz zu schweigen von den anderen Auswirkungen. Selbst wenn man die Besserungsanstalten übersteht, können die wenigsten Hybriden in ihr altes Leben zurückkehren. Zudem müssen diese beiden Personen hier einer genaueren Befragung unterzogen werden. Sie haben verschleiert, dass ein labiler Hybrid frei herumläuft. Das wird rechtliche Konsequenzen haben.«

»Nein! Die beiden haben nichts damit zu tun!«, entfuhr es Mika und er machte einen Schritt vor, schüttelte die Männer, die ihn festhielten, ab. Erst taumelte er, dann fasste er sich, doch Holloway zeigte sich unbeeindruckt.

»Ist das so?«

»Ja! Lassen Sie sie daraus!«

»Ich fürchte, so ohne Weiteres geht das nicht. Allerdings gäbe es einen ganz einfachen Weg, wie wir das alles regeln können.«

So war das also. Verächtlich schnaubte Mika, mahlte mit dem Kiefer. Jetzt kam also die Wahrheit ans Licht. Dieser Kerl verfolgte einen Plan! Deswegen war dieses Aufgebot hier. Schluckend schielte er zu der Menschenmasse, die sich um die Absperrungen gebildet hatte. Er musste ruhig bleiben. Unbedingt! Tief atmete er ein, bereute seine Worte bereits jetzt.

»Was für ein Weg?«

Holloways Grinsen wurde noch breiter und er trat dicht zu ihm, nickte den Soldaten der Unit zu, die ihre Waffen senkten.

»Es ist ganz leicht«, wisperte der Vorsitzende des IKFs, strich über Mikas Wange. Angewidert rümpfte Mika die Nase, rührte sich jedoch nicht. »Ich würde das alles hier vergessen und ein Auge zudrücken. Es gehen viele Hybriden durch unser Netz, einer mehr würde nicht weiter auffallen. Alles, was du mir dafür geben musst, ist die Fledermaus.«

Entsetzt riss er die Augen auf, wich zurück.

»Was?« Es ging ihm um Utodja? Dieser Mistkerl hatte es auf Utodja abgesehen?

Da fiel es Mika wie Schuppen von den Augen. Was das hier alles sollte, was das für eine beschissene Show war! Dieser Dreckskerl nutzte seine Position aus, um zu bekommen, was er wollte! Schon im Wald hatte er Interesse an Utodja gezeigt, aber legal würde er ihn nicht bekommen, denn abkaufen konnte er ihn Mika nicht und ihn einfach einzuziehen erforderte eine komplizierte Prozedur! Und was machte man, wenn man viel Einfluss hatte? Man umging die Gesetze! Aber so einfach würde er es ihm nicht machen!

»Vergessen Sie es! Nicht in tausend Jahren gebe ich ihn her. Utodja gehört zu mir!«

»Die Fledermaus geht in den Besitz des Instituts, so oder so. Weigerst du dich, muss ich dich wohl einsperren lassen. So verfährt man mit schwer erziehbaren Hybriden, du hast es gerade selbst erlebt. Wer weiß, womöglich würde ich dich sogar erwerben? Einen so weit entwickelten Hybriden wie dich gab es noch nie. Ich kenne den ein oder anderen Wissenschaftler, der dich nur zu gerne in die Finger bekommen würde. Doch das alles liegt in deinen Händen. Du hast die Wahl.«

Dieser Bastard versuchte ihn zu erpressen! Wie gern würde Mika ihm Eine reinhauen! Ihm das eklige Grinsen rausprügeln! Sich dann auf die Kerle stürzen, die Utodja in ihrer Gewalt hatten und sie in Stücke reißen! Ohne Rücksicht auf Verluste! Ohne sich von ihren Taserwaffen einschüchtern zu lassen! NIEMAND legte Hand an Utodja. Er hatte endlich jemanden gefunden, der ihn nahm, wie er war und das ließ er sich von niemandem mehr wegnehmen!

»Niemals!«, fauchte er, fletschte die Zähne.

»Ich denke, du solltest diese Entscheidung überdenken. Ich kann es mir auch einfach machen und dich und deinen Gendro auf der Stelle konfiszieren. Hybriden dürfen keine Haustiere besitzen. Noch dazu eine Art, die als äußerst gefährlich eingestuft ist. Du hast keine Ahnung, was du dir da angelacht hast, mein junger Freund. Ich lasse kein zweites Mal zu, dass sich diese Art zu einer Bedrohung entwickelt.« Bedrohung? Was für eine Bedrohung? Was faselte dieser Mann da?

»Utodja ist keine Gefahr, er würde niemandem jemals schaden!«

Holloway ging nicht auf ihn ein, verdrehte voller Ungeduld die Augen.

»Wähle, Auclair. Wenn nicht, wirst du in einer Anstalt landen und deine Freunde und Familie hinter Gittern.«

Verdammt! Gehetzt sah Mika von einem zum anderen. Was sollte er nur tun? Niemals würde er Utodja hergeben! Aber was war die Alternative?

Ellie, Chris, seine Eltern, sein ganzes Leben - Alles stand auf dem Spiel!

Welche Wahl hatte er? Keine. In diesem Moment saß er in der Falle. Ohne Ausweg, ohne Rettungsanker und jede Hilfe war weit entfernt. Sein Atem beschleunigte sich und ihm wurde schwarz vor Augen. Plötzlich war da so viel. So viel, das auf ihn einstürmte. Dieses widerliche Grinsen, die steigenden Menschenmassen, die einschneidenden Handschellen, die Waffe an seinem Kopf ... Und Utodja. Ein Kribbeln erfasste ihn, wanderte seinen Körper hinab und er spürte die Hilflosigkeit über ihn hereinbrechen. Scheiße, er konnte gar nichts tun und er hasste sich dafür!

Stopp!
Stopp, stopp, stopp!
Knurrend stemmte sich Utodja gegen die Menschen, die ihn festhielten, riskierte erneut, von einem künstlichen Blitz gestraft zu werden. Er konnte es nicht länger mit ansehen! Sein Guardo wurde gefoltert! Vor seinen Augen! Durch grausame Menschenworte. Von dem Mann aus den Folterlaboren. Und er sollte aufhören. Er wollte nicht länger sehen, wie dieser Mensch um seinen Guardo herumschlich. Ihm mit Worten Angst machte. Er hatte genug davon! Genug von den Menschen, die sich hinaufschwangen und auf andere hinabblickten, als hätten sie das Recht, über alles zu herrschen. Dieses Recht gebührte nicht ihnen! Sie waren nichts! Und der mit dem Narbengesicht spielte sich ihr als Anführer auf! Als Großer Alpha von allen. Er hatte den Befehl gegeben, Mikhael zu packen, ihn mit Blitzen zu quälen und auch jetzt quälte er ihn. Utodja spürte es. Er konnte alles spüren, was Mikhael spürte. Seine Angst, seine Verzweiflung ... und er sah *es*. Wie es alle sahen! Sein Geheimnis, das er immer hatte verstecken wollen. Es wurde sichtbar, breitete sich aus. Von Augenblick zu Augenblick mehr. Je mehr der Mensch mit der Narbe redete, desto schlimmer wurde es.

Mikhaels Muster. Sie wuchsen. Die Schwärze kroch seine Fingerspitzen hinauf und färbte seine Arme ein. Stück für Stück. Dunkle Linien breiteten sich in seinem Gesicht aus und die geschwungenen Muster auf seinem Rücken kletterten über seine Schultern, wie Spinnen.

»Sieh einer an. Das ist also dein wahres Ich?«, spottete der Narbenmann weiter, lachte schäbig und es war wie ein Stich in die Brust. Dieses Monster verspottete seinen Alpha!

Doch Mikhael wehrte sich nicht. Wieso nur? Er hatte die Macht, das alles zu beenden! Er war stärker, als dieser falsche Mensch. Schneller, als die schwarzen Männer mit ihren Blitzstöcken. Warum handelte er nicht, wieso ließ er sich so hinterhältig unter Druck setzen? Um ihn zu schützen? Pah! Mikhael musste ihn nicht beschützen. Dieses Mal nicht! Dieses Mal würde Utodja seinem Alpha den Rücken frei halten! Schluss mit der Furcht! Mikhael musste handeln! Aber er war wie gelähmt, rührte sich nicht.

»Das ist also deine Entscheidung?«, sprach der Narbenmann weiter, wagte es, seine Hand auf Mikhaels Wange zu legen. Angespannt hielt Utodja die Luft an. Was würde seine Antwort sein? Utodja kannte sie, wusste, Mikhael würde sich nicht beugen, aber er musste es hören. Er musste einfach!

»Du gibst dich stur? Für einen Gendro? Du willst alles aufgeben? Alles verraten? Freunde, Familie? Für dieses Ding?«

Ein Beben erfasste Utodja, aber er ignorierte die harschen Worte, fixierte sich auf Mikhael. Doch nichts. Keine Reaktion. Sein Alpha war ein verfluchter Stein geworden!

»Wie schade. Ich hatte mehr erwartet. Nun gut, nehmen Sie ihn in Gewahrsam. Bringen Sie ihn in Anlage C.«

Der Narbenmensch schüttelte den Kopf, seufzte hörbar und legte seine unverschämte Hand auf Mikhaels Brust.

»Ich befürchte, das war's für dich, Auclair. Du hattest die Chance. Jetzt wirst du dort landen, wo du hingehörst und dein geflügeltes Spielzeug geht an mich.«

Horror spiegelte sich in Mikhaels Augen wieder und in Utodja erwachte etwas. Brach aus, mit der Macht eines Vulkans. Genug! Genug! Sein Alpha konnte nicht handeln, aber er konnte es!

Tief holte Utodja Luft, riss sein Maul auf und schrie.

Er schrie, so laut er konnte, so hoch er konnte, mit ganzer Kraft. Eine Schallwelle fegte über den Platz und Schreie wurden laut. Die Menschen zuckten zusammen, hielten sich die Ohren zu, gingen in die Knie - und den Moment nutzte Utodja. Mit ganzer Kraft warf er sich hoch, stieß seine Angreifer von sich und schnappte nach ihren Blitzstöcken, entriss sie ihnen. Mit einem Ruck befreite er seine Schwingen, breitete sie zur vollen Größe aus, schlug aus und stieß sich vom Boden ab. Jagte hinauf in die Luft, ignorierte die jämmerlichen Schreie der Menschen, ignorierte, wie sie wie feiges Getier wegrannten. Dann stürzte er hinab, wie ein Sperr. Direkt auf seine Beute zu. Auf den Narbenmenschen! Traf ihn mit voller Wucht, mit seinem ganzen Körper. Er riss ihn von den Füßen, zerrte ihn fort von seinem Guardo und holte mit dem Blitzstock aus, rammte ihn neben seinen Kopf in den Boden. Entsetzte blaue Augen starrten ihn an, doch die Furcht darin reichte Utodja nicht! Er sollte noch mehr Furcht spüren! Sollte Schmerz spüren! Er, der Anführer des Folterlabors! Der es wagte, seinen Alpha anzurühren. Rasend riss Utodja den Mund auf, brüllte so laut er konnte. So laut wie noch nie zuvor. Aus tiefster Seele.

»Du wirst ihm kein Leid zufügen, dreckiger Mensch!«

Panik brach aus.

Schreie wurden laut, die Menschen wichen zurück, flohen vor dem sprechenden Gendro. Dem Gendro, der die Unit und den Vorsitzenden des IKFs in die Knie gezwungen hatte.

»Gesprochen! Dar Engendro hat gesprochen!«, hallte es von überall her. Verwirrung herrschte, Angst lag in der Luft. Alles ging drüber und drunter.

Das war ihre Chance! Die ganze Zeit über hatte Chris die Klappe gehalten, hatte brav getan, was Ellie und er immer wieder durchgekaut hatten: Er hatte niemanden attackiert und die Nerven behalten. Eine Disziplin, in der er grottenschlecht war, aber die Praxis hatte er bestanden und jetzt war es Zeit für Plan B!

Vielsagend warf er Ellie einen Blick zu, holte sich ihre Zustimmung und als sie nickte, handelte er. Er fuhr herum und entwaffnete den beschissenen Wachhund, der ihn die ganze Zeit über in seinen Griffeln hatte, in Sekundenschnelle. Mit seiner Ausbildung war es ein Leichtes für ihn, seinen Gegner zu überwältigen. Angeschlagen waren sie beide, Draculas Schrei hatte irgendwas bei ihnen ausgelöst, aber er wusste, wie er sich fokussieren konnte, was er in so einer Situation zu tun hatte. Ein gezielter Schlag reichte und der Mistkerl lag am Boden.

Dann ging er auf den Kerl los, der Ellie festhielt. Er schlug ihn K.O., warf den regungslosen Körper zu Boden, durchsuchte ihn und fand, was er brauchte. Jackpot! Ellie hatte mit ihrer Recherche ganze Arbeit geleistet.

»In Deckung!«, rief er, zündete die Rauchbombe in seiner Hand und warf sie mitten auf die Straße.

Weiße Nebelschwaden stiegen auf, versperrten die Sicht.

Hustend duckte Mika den Kopf, kniff die Augen zusammen. Das weiße Zeug, das auf einmal aufgetaucht war, brannte in den Augen wie Hölle! Langsam verstand er gar nichts mehr, die Dinge gerieten völlig außer Kontrolle. Utodja! Wo war Utodja? Hektisch hob Mika den Kopf, versuchte, im Nebel etwas zu erkennen. Die Fledermaus war völlig übergeschnappt. Den Vorsitzenden des IKFs anzugreifen und auch noch zu sprechen ... vor aller Augen! Er musste den Verstand verloren haben! Sie mussten hier weg! Sie alle, so schnell es ging, sonst würden sie noch mit einer Kugel im Kopf enden!

Im nächsten Moment griff etwas nach seiner Schulter und er wurde herumgezerrt. Keuchend fauchte er, wehrte sich sofort gegen den unsichtbaren Angreifer.

Als er jedoch herumfuhr, stockte er, weitete erstaunt die Augen. Chris! Es war Chris, der ihn hinter sich herzog, ihn durch den Nebel manövrierte.

»Zur Hölle, was machst du?«

»Was wohl, dich hier rausholen!«

»Nein, wir können nicht ohne Utodja weg!«

Er bekam keine Antwort. Chris zerrte ihn einfach weiter, grunzte nur. Mika versuchte sich aus seinem Griff zu befreien, doch er kam nicht weit, hatte keine Kraft mehr. Blind taumelte er hinter ihm her, versuchte zu Atem zu kommen. Der Rauch machte ihm Kopfschmerzen und die Handschellen erschwerten das Laufen. Dann war da ein Schnappen, ein metallisches Geräusch. Sie ließen das Chaos hinter sich, die aufgebrachten Stimmen verstummten und dann - Schwarz! Ein erneutes Schnappen ertönte. Fragend sah sich Mika um, versuchte herauszufinden, wo sie waren. Es war stickig und die Decken hingen tief. Sie mussten irgendwo reingegangen sein, in irgendeinem Gebäude.

»Wo sind wir?«

»Keine Zeit für Fragen. Beeilt euch!«

Erschrocken machte Mika einen Satz. Ellie stand hinter ihm! Und neben ihr … Utodja. Ein Stein fiel von seinem Herzen und ohne nachzudenken lief er zu ihm. Er konnte ihn nicht an sich drücken, doch einnehmend schmiegte er seinen Kopf gegen Utodjas, musste schwer schlucken.

»Himmel, ich dachte, sie hätten dich erwischt und … !«, er brachte den Satz nicht zu ende, holte tief Luft. Gott sei Dank. Gott sei Dank. Utodja erwiderte seine Geste, umfasste sein Gesicht mit beiden Händen und betrachtete ihn besorgt. Doch alles, worauf Mika starren konnte, war die Brandwunde an seiner Schläfe. Diese elenden Bastarde! Er hätte das verhindern müssen. Er hatte versagt. Auf ganzer Linie.

»Was dachtest du, Romeo? Das wir deine fliegende Ratte sich selbst überlassen? Schwachsinn!«

Sofort hob Mika den Kopf, sah wieder zu Chris, der den Kopf schüttelte.

»Für Smalltalk ist jetzt keine Zeit! Kommt, schnell!« Ellie unterbrach aber das Gespräch, noch bevor es anfangen konnte, packte Utodja am Arm und zog ihn weiter. Chris machte dasselbe bei Mika und führte ihn durch das dunkle Gebäude.

»Wo zur Hölle sind wir?«, fragte Mika erneut, als sie an etlichen Autos und anderen Fahrzeugen vorbeimarschierten.

»Das unterirdische Parkhaus unter dem Haus«, erklärte Ellie knapp, bog um eine Ecke.

»Es gibt hier ein Parkhaus?«

»Ja, ist nur für die Anwohner.« Chris folgte seiner Freundin im Laufschritt, zerrte Mika gnadenlos weiter, der kaum mithalten konnte.

»Wieso waren wir noch nie hier?«

Auch dieses Mal blieb die Antwort aus. Ellie und Chris führten sie quer durch die Parkanlage und blieben dann vor einem kleinen Auto stehen. Chris ließ von ihm ab und stellte sich vor die Fahrertür. Mit einem simplen Knopfdruck öffnete sich der Wagen und Chris stieg ein, während sich Ellie am Kofferraum zu schaffen machte.

»Wessen Auto ist das?«, hauchte Mika fassungslos, verstand immer weniger.

»Meins«, antwortete Ellie knapp und holte zu seiner Verblüffung eine Zange aus dem Kofferraum. »Dreh dich um«, befahl sie als Nächstes und Mika spurte. Es dauerte nicht lange, da lagen die Handschellen auf dem Boden, wurden von Ellie aufgefischt und mit der Zange im Kofferraum verstaut. »Los, steig ein! Schnell, wir haben nicht viel Zeit!«

»Was genau wird das hier, Ellie?«

»Steig ein!«

Widerwillig gehorchte Mika, stieg fluchend in das Auto.

Als Utodja Mikhael jedoch folgen wollte, hielt das Weibchen ihn auf.

»Warte! Eine Sekunde, ja?« Die Menschenfrau sah ihn unsicher an und Utodja schluckte. Das Ellie-Weibchen hatte ihn aus dem künstlichen Nebel geholt und weg von seiner Beute gezerrt. Warum wusste er nicht, aber er spürte, wie aufgewühlt sie war, unter welchem Druck sie stand. Aber er spürte nur gute Absichten, also nickte er, sah unruhig dabei zu, wie sie wieder an das Kastenauto ging und ein komisches Gerät herausholte. Unsicher schielte er zu Mikhael in den Wagen. Was auch immer sie vorhatte, konnten sie das nicht in dem rollenden Ungeheuer machen? Dort, wo Mikhael war?

»Hör zu, Utodja«, begann sie ernst, griff nach seiner Hand und drückte zu. »Das wird jetzt extrem wehtun, aber es ist wichtig, dass du stillhältst und mich machen lässt? Verstehst du?«

Nervös sah er auf das Gerät in ihrer Hand, das der Zange viel zu ähnlich sah. »Muss ich das tun?«

»Wenn wir hier heil rauskommen wollen, ja. Sonst musst du hierbleiben.«

Auf keinen Fall. Utodja ballte die Fäuste, nickte schließlich.

Niemals würde er zurückbleiben. Wo Mikhael hinging, ging auch er hin und wenn das Schmerzen bedeutete, würde er das hinnehmen.

»In Ordnung. Dann beug den Kopf und halt still.«

Mit klopfendem Herzen gehorchte Utodja, neigte den Kopf, spürte die Hand des Weibchens im Nacken und erschauderte.

»Versuch bitte nicht zu schreien, eure Gendrohaut ist so verflucht dick, ich kann für nichts garantieren«, waren ihre letzten Worte, ehe sich ein glühender Schürhaken in Utodjas Nacken rammte. Er riss die Augen auf, wollte schreien, hielt sich jedoch zurück. Er durfte nicht schreien, durfte es nicht. Aber es tat erschreckend weh. Er streckte ein Hand aus, stützte sich an dem Kastenauto ab, während das Weibchen ihm den Kopf von den Schultern brannte! In seinem Nacken herumstocherte. Dann war da ein Ruck und Utodja keuchte, sackte zusammen. Etwas Heißes sickerte seinen Hals hinab und der Geruch von Blut breitete sich aus.

»Sehr gut! Das hast du sehr gut gemacht!«, kam von dem Ellie-Weibchen und schluckend sah sich Utodja um. Sie hielt das Gerät noch in der Hand, doch jetzt war da noch mehr. Etwas sehr Kleines, Flaches. Der Chip. Sie warf ihn auf den Boden und trat mit ihrem Schuh drauf, vernichtete ihn.

»Mit dem Ding hätten sie uns überall gefunden. Aber jetzt ist es weg!« Sie holte ein Tuch hervor und drückte es Utodja in den Nacken, schenkte ihm ein mitleidiges Lächeln. »Tut mir leid, bitte steig ein. Und zieh deine Flügel ein!«

Zögernd gab Utodja nach, schlang seine Schwingen um seine Schultern, unterdrückte den Schmerz, der seinen Rücken dabei durchzuckte und kletterte in den rollenden Kasten. Sofort war Mikhael an seiner Seite, schloss ihn in seine Arme und sah nach seinem Nacken. Sachte drückte er das Tuch wieder auf die Wunde, küsste Utodjas Stirn. Das tat gut. Sehr gut sogar und er sackte gegen Mikhaels Brust. Fast hätte er ihn verloren. An die Menschen. Himmel, was für eine Ironie.

»Alle drin? Okay, dann kann's losgehen!«, damit startete Chris den Wagen und sie fuhren los, hinaus aus dem Parkhaus. Auf der anderen Seite des Gebäudes kamen sie wieder auf die Straße. Sirenen waren zu hören, Krankenwagen, Polizei, vermutlich noch mehr Wagen der Unit. Schluckend rutschte Mika auf der Rückbank des Autos hinunter, hielt Utodja dabei fest im Arm. Der Schock saß tief. Sein Herz raste noch immer und sein Kopf drehte sich wie ein Karussell.

»Wir müssen aus der Stadt raus«, hörte er Ellie mit Chris diskutieren und sah nach vorne.

»Ja, ich weiß. Route A ist aber blockiert. Baustelle. Lass uns Route D nehmen.«

»Die ist aber langsam.«

»Dafür die Sicherste. Die vom IKF sind jetzt erst mal beschäftigt. Bis die wieder einsatzbereit sind, sind wir längst aus deren Radar verschwunden.«

»Könnt ihr mir mal verraten, was hier los ist?«, unterbrach Mika ihr Gerede, als er seine Stimme endlich wiedergefunden hatte. Ellie sah sich zu ihm um, während Chris ihm nur einen kurzen Blick durch den Rückspiegel zuwarf.

»Wir retten deinen Arsch, das ist hier los, Mikey.«

»Ja, aber wie? Und dieses Auto... und die Zange und der Chip!«

»Bleib ruhig, Mikhael. Atme erst einmal tief durch. Du bist völlig durch den Wind. Diese Mistkerle haben dich hart rangenommen. Euch beide.« Beherzt musterte Ellie sie, dann verschwand ihr Gesicht kurz aus Mikas Blickfeld und tauchte gleich wieder auf. Ihm wurde eine Flasche Wasser entgegengehalten. »Trinkt was, dann geht's euch besser.«

Ohne Widerworte nahm Mika das Angebot an und tatsächlich tat das kühle Nass ziemlich gut. Er reichte Utodja die Flasche, richtete sich aber wieder an Ellie.

»Was... was ist mit euch?«, schaffte er schließlich zu formulieren, worauf Ellie lächelte.

»Keine Panik, uns geht's gut.«

»Aber sie haben euch festgehalten.«

»Tse, na und? Ein Schlag und die Versager lagen am Boden. Gegen mich kommt keiner an!«

Ah, stimmte. Mikas Kopf arbeitete noch viel zu langsam und hatte vergessen, wie stark Chris eigentlich war.

»Aber ich bin Nichts, im Vergleich zu Dracula«, fuhr Chris fort. »Die Show war echt abgefahren. Und ich dachte, du wärst sauer auf mich gewesen, dabei hast du deinen Superschrei für die richtigen Fieslinge aufgespart, mh?«

Da hatte Chris recht. Mika hatte zwar keine Ahnung, wie er es gemacht hatte, aber Utodjas Schrei hatte allen Anwesenden übel zugesetzt. Den Typen von der Unit war richtig schlecht geworden - und Holloway auch.

»Geschieht den Mistkerlen recht! Wenn ich es nur selbst getan hätte, aber … ich war wie erstarrt!« Wütend sah Mika auf seine Hand, stockte im selben Moment. Sie war dunkel. Sein ganzer Arm war schwarz! Erschrocken hob er den Kopf, beugte sich vor und sah in den Rückspiegel. Bei dem Augenblick gefror ihm das Blut in den Adern. Was ihn da anstarrte, war eine Katastrophe! Verstecken konnte er jetzt nichts mehr. Jetzt halfen keine Piercings mehr, keine langen Haare, keine Schminke, keine Ausflüchte. Solche Tattoos machte sich keiner und solche Augen konnte man sich nicht operieren lassen. Jetzt war alles vorbei. Ein für alle Mal. Er war vollständig zu dem geworden, was er so lang verabscheut hatte. Fluchend lehnte sich Mika zurück, sackte zusammen und versuchte sich zu beruhigen. Das alles durfte einfach nicht wahr sein. Es war ein Alptraum. Ein wahr gewordener Alptraum.

»Wohin fahren wir?«, brachte er schließlich hervor. »Und was ist das für ein Auto?«

»Das sagte ich doch schon, Mika. Das ist mein Auto.«

»Seit wann habt ihr ein zweites Auto? Und seit wann habt ihr Zugang zu diesem Parkhaus? Und wieso zum Teufel hast du eine Survival-Ausrüstung im Kofferraum?«

»Für den Fall der Fälle«, warf Chris dazwischen, der sie kreuz und quer durch die Stadt dirigierte.

»Was für einen Fall der Fälle?«

»Für so was, wie das hier.« Kränklich grinste Ellie, doch dann bröckelte ihre aufmunternde Fassade und sie sackte in ihrem Sitz zusammen, wurde ernster. »Wir sind schon sehr lange auf einen Notfall wie diesen vorbereitet. Seit Jahren, ehrlich gesagt. Seit wir wissen, was du bist.«

Was? Entsetzt weitete Mika die Augen, rutschte ein Stück vor.

»Seit ihr es wisst? Aber das wisst ihr doch schon seit Jahren, habt ihr gesagt!« Ellie nickte, presste die Lippen aufeinander.

»So ist es. Wir haben befürchtet, dass so was irgendwann mal passiert. Als das damals mit deinen Eltern war und du die drei Tage bei Chris untergekommen bist, haben wir beschlossen, dir zu helfen! Du bist unser bester Freund. Wir wollten nicht, dass man dich einfach abschiebt. Also dieser Notfallplan.«

»S-seit damals?«

»Ja. Deswegen hab ich auch im IKF angefangen. Damit ich alles über Gendros weiß. Und über Hybriden. Dass Chris mit dem Kampfsport weitergemacht hat, kam uns auch zugute.«

»Irgendeiner muss deinen Arsch ja beschützen, Amigo«, warf Chris grinsend dazwischen.

»Was? Ihr seid doch bescheuert! Nur wegen mir- ...!«

»Ist schon gut, Mika. Das war unsere Entscheidung. Genau wie das hier. Wir hatten mehrere Notfallpläne, je nachdem, was passieren könnte. Das irgendwann die Unit auftaucht, erschien uns am Wahrscheinlichsten, darum hab ich etwas recherchiert, um genau zu wissen, was uns erwartet. Wir hatten einige Hintertüren. Das hier ist die Fluchtauto-Variante.«

Mikas Kehle zog sich zusammen. Das war jawohl ein schlechter Scherz. Wer war so dumm und richtete sein Leben derart nach jemand anderem? Das war verrückt. Völlig verrückt!

»Ihr spinnt, ihr spinnt total«, hauchte er fassungslos, fiel zurück gegen den Sitz. Sie hatten das für ihn getan. Nur für ihn. Für einen erbärmlichen Feigling, der ihre ganzen Mühen überhaupt nicht wert war. Was sollte er nur sagen?

»Danke!«

Utodja war überwältigt, sprach das einzige Wort aus, das ihm in den Sinn kam. Zittrig streckte er die Hände aus, berührte die Schultern von Mikhaels Freunden. Niemals hätte er ihnen so tiefe Loyalität zugetraut, so tief sitzende Zuneigung. Alles hatte er nicht verstanden, doch genug um zu wissen, dass diese beiden alles getan hatten, um Mikhael zu beschützen. Sie hatten Fluchtwege herausgesucht, hatten alles vorbereitet. Fast war es wie damals.

Damals, als Utodja mit seinen Eltern geflohen war. Doch dieses Mal hatte es geklappt. Sie waren entkommen und niemand war getötet worden. Dank diesen beiden. Obwohl sie Menschen waren. Gütige Menschen, sogar Chris. Sie waren wahrhaftig Mikhaels Rudel und Utodja begann ihre Verbindung zu begreifen. Eine Verbindung die er, der in Isolation aufgewachsen war, ohne Artgenossen, Freunde oder einen Stamm, nicht verstanden hatte.

»Ich danke euch, ihr habt uns geholfen. Uns gerettet. Mikhael gerettet. Meine Schuld reicht tief.«

»Uh, Dracula will die Friedenspfeife rauchen! Ich bin gerührt. Ellita, wir haben Eindruck geschindet. Jetzt werde ich sicher Trauzeuge!«

»Rede keinen Unsinn, dafür haben wir jetzt keine Zeit.«

»Von wegen! Gib mir mal den USB-Stecker aus dem Handschuhfach.«

»Wozu?«, fragte Ellie , tat jedoch, wonach sie gefragt worden war.

»Na, wozu wohl? Wir sind auf der Flucht. Da brauchen wir epische Fluchtmusik!« Damit steckte er den Stecker ein und eine widerliche Rapmusik ertönte. Mika verdrehte die Augen bei dem Müll, der aus dem Lautsprecher kam. Fluchtmusik, auf so etwas kam auch nur Chris. Wenn der Kerl wenigstens Musikgeschmack hätte. Schluckend legte er den Kopf in den Nacken und schloss die Augen. Das alles war zu viel für ihn und er war froh, als sich Utodja wieder an seine Seite schmiegte, beruhigend sein Bein streichelte. Was seine Fledermaus zu Ellie und Chris gesagt hatte, hatte ihn gerührt, doch es drückte nicht im Geringsten aus, was er fühlte. Nicht im Geringsten.

»Und jetzt?«, würgte er irgendwann hervor. »Was machen wir jetzt? Wohin fahren wir?«

»In unser persönliches Safehouse, Amigo.«

»Und wo ist das?«

»Ich weiß nicht, ob ich dir das sagen sollte. Das wird dir nicht gefallen.«

»Sag mir einfach, wohin wir fahren, verdammt!«

»Na, zu Ma und Pa. Wir fahren zu deinen Eltern. Das ist der sicherste Ort im Moment.«

Kapitel 29

Goldener Käfig

»*N*EIN! *NEIN, ich will das nicht! Ich will nicht!*«

Nur mit Mühen schaffte es David Auclair die Krallen seines siebenjährigen Sohnes von der Haustür zu lösen und hob ihn umständlich hoch.

»*Mikhael, beruhige dich! Wir haben dir doch alles erklärt. Es wird alles gut, glaub mir.*«

»*Nein! Ich will nicht zu diesem Arzt! Ich mag nicht!*«

Wild schlug das Kind um sich, zerfetzte dabei den Anzug seines Vaters, der zischend Luft holte. Eine kleine Faust landete in seinem Gesicht und schlug ihm die Brille von der Nase. Keuchend musste er loslassen, und ehe er sich versah, war das kleine Ungetüm aus seinen Armen gesprungen und rannte zurück ins Haus. Nur, um dort von seiner Mutter abgefangen zu werden.

»*Mikhael! Hör auf!*«*, befahl sie, packte den Wildfang im Nacken und augenblicklich hielt der Junge inne. Was nicht hieß, dass er aufhörte, sich zu wehren. Murrend fischte David seine Brille vom Boden auf und rückte seine Krawatte zurecht, sah an sich hinab. Der Anzug war hinüber, doch daran hatte er sich längst gewöhnt. Sein launischer Sohn hatte schon einige seiner Anzüge auf dem Gewissen und viel zu oft schlich sich der Gedanke in seinen Kopf, ihm die Krallen zu ziehen. Doch das würde er niemals übers Herz bringen. So wie er es kaum übers Herz brachte, was sie heute vorhatten. Doch es war zu seinem Besten. Eines Tages würde er das verstehen. Stumm sah er dabei zu, wie seine Frau das störrische Kind aus dem Haus führte.*

»*Ich will nicht zu diesem Arzt! Der macht komische Sachen!*«*, kreischte sein Sohn. Seine rotbraunen Haare standen in alle Richtungen ab und sein aufgebauschter Schweif schwang wild durch die Luft.*

»*Er macht keine komischen Sachen, er kann dir helfen.*«

»Ich will aber nicht, dass er mir hilft! Ich will nicht!«

»Mikhael!« Ynola Auclair blieb ruckartig stehen, ging vor ihrem Sohn in die Hocke und umfasste seine schmalen Schultern mit beiden Händen, schüttelte ihn schwach. »Hast du nicht gesagt, du willst mit anderen Kindern spielen?«

»Ja, aber ...!«

»Hast du nicht gesagt, du würdest alles tun, was wir sagen?«

»Aber ...!«

»Hatten wir nicht gesagt, das ist die Bedingung dafür, dass du in die Schule darfst?«

»Ich will aber nicht, dass man mir wieder was abschneidet! Ich will das nicht! Das letzte Mal hat es wehgetan! Ganz lange! Bitte, Mama, ich bin auch brav! Ich muss nicht in die Schule! Ich will nicht mehr!«, rief der Junge jämmerlich und hob die Hände, presste sie sich auf die Ohren, die von frischem Narbengewebe gezeichnet waren. Ynolas Augen zuckten. Sie stand auf und schob ihren Sohn weiter.

»Eines Tages wirst du uns dafür dankbar sein.«

Unter Fauchen und Kratzen verfrachtete sie das Kind zum Auto, doch je näher sie dem Wagen kamen, desto heftiger wehrte er sich, trat um sich, brüllte und weinte. Da handelte David.

»Das genügt jetzt.«

Schnell zog er ein präpariertes Tuch hervor, presste es dem Jungen auf den Mund, der erschrocken aufkreischte. Es dauerte eine ganze Weile, doch dann erschlaffte das Kind und schließlich fielen seine Augen zu. Schuldig schluckte Ynola, warf David einen vielsagenden Blick zu. Er seufzte schwermütig und hob das Kind hoch, drückte seinen Sohn fest an sich. In diesem Moment verabscheute er sich abgrundtief.

»Ich weiß, was du sagen willst, aber es war nötig. So wird er die Fahrt über ruhig sein und kann kein Aufsehen erregen. Er ... er wird nichts von der Prozedur mitbekommen und wenn er aufwacht, wird alles vorbei sein. So ersparen wir ihm den Stress.«

Damit öffnete David die Autotür und legte den bewusstlosen Jungen auf die Rückbank.

»Okay! Wie lange genau wollen wir noch hier drin sitzen?«

Genervt warf sich Chris herum und schaute auf die Rückbank. Aber eine Antwort bekam er nicht. Alles, was ihn erwartete, war Stille. So wie die letzte halbe Stunde auch. Seit sie ihr Ziel erreicht hatten, war es mucksmäuschenstill in dem Wagen und niemand sagte auch nur ein Wort. Sie saßen nur da, lauschten dem monotonen Geräusch des Scheibenwischers, während über ihnen die Welt unterging. Unmittelbar vor ihnen, mitten im Nirgendwo und mehr als vier Stunden von der Stadt entfernt, stand ein mächtiges altes Landhaus. Wie ein gewaltiger grauer Bauklotz, der nicht hierher gehörte, saß es zwischen den Bäumen und starrte sie aus seinen dunklen Fenstern heraus an. Ein Anblick, der aus einem schlechten Horrorfilm stammen könnte. Nur war das hier kein Film, sondern die Realität. Der Horror blieb allerdings, war greifbar und glotzte ihnen direkt ins Gesicht.

Mika rührte sich nicht. Stumm saß er auf dem Rücksitz, war tief in das unbequeme Polster gerutscht und kaute auf seinen Fingernägeln herum. Dieses Haus. Es weckte zu viele Erinnerungen. Allein sein Anblick lähmte ihn und ein säuerlicher Geschmack breitete sich auf seiner Zunge aus.

Von allen Orten auf der Welt, warum musste es ausgerechnet dieser Ort sein? Erst hatte er geglaubt, er hätte sich verhört, aber Chris hatte es mit dem Fluchtplan ernst gemeint. Das war also ihre Rettung? Das Landhaus der Familie Auclair? Das war ein verfluchter Scherz. Ein schlechter Witz. Dennoch waren sie hier. Er konnte das alles einfach nicht fassen. Er hatte alles getan, um hier herauszukommen und ausgerechnet seine besten Freunde brachten ihn wieder zurück! Das war ein Alptraum!

Hektisch begann er den Kopf zu schütteln, erwachte aus seiner Starre und schloss die Augen.

»Nein«, begann er heiser, »Nein. Das ist keine gute Idee. Wir sollten verschwinden!«

»Was? Willst du mich verarschen? Wir sind den ganzen Weg hergefahren, also gehen wir da jetzt rein. Deine Alten sind auf so etwas vorbereitet, wir haben alles mit ihnen abgesprochen.« Zur Hölle, was? Mikhaels Augen wurden gigantisch und er beugte sich vor, starrte von Chris zu Ellie.

»Ihr habt sie eingeweiht?«

Schuldbewusst nickte Ellie.

»Ja, sie wissen Bescheid. Als du in die Stadt gezogen bist, hat mich deine Mutter gebeten, ein Auge auf dich zu haben. Und du weißt, das ist ein großer Schritt für sie. Da haben wir sie eingeweiht und sie haben ihre Hilfe angeboten. Ich hab vorhin eine Nachricht losgeschickt.«

»Also sind alle über diesen Notfallplan informiert, nur ich nicht?«

Ein Grunzen kam von Chris, der die Augen verdrehte und sich wieder gerade hinsetzte, durch die Frontscheibe schaute.

»Tja, sieht so aus.«

Fluchend schüttelte Mika den Kopf, presste sich die Fäuste vor die Augen. Dafür gab es keine Worte. Alle hatten sich verschworen, für den Fall, dass er Mist baute! Scheinbar trauten sie ihm gar nichts zu. Ganz egal, ob sie am Ende recht hatten, es war ein derber Schlag. Als hätten alle nur auf den Moment gewartet, in dem er versagte! Aber jetzt da reinzugehen - er packte das nicht!

»Mikhael, hast du nicht vor einiger Zeit mit deiner Mutter gesprochen und ihr ein Friedensangebot gemacht? Du solltest das nicht so schwarz sehen. Hier sind wir vorerst sicher. Deine Eltern haben ihr Haupthaus offiziell in der Innenstadt. Keiner weiß, dass sie in Wirklichkeit in diesem Landhaus wohnen. Also ist es ein gutes Versteck. Wir können zur Ruhe kommen, überlegen uns die nächsten Schritte und ihr, na ja, könnt euch aussöhnen?«, schlug Ellie vor und streckte ihren Arm aus, tastete nach Mikhaels Schulter. Doch die Geste war alles andere als tröstend. Grob schlug Mika die Hand weg, stierte Ellie vernichtend an.

»Was? Glaubst du, ich veranstalte hier ein Versöhnungsdrama? Ganz sicher nicht! Ob jetzt hier oder im IKF, beides sind Gefängnisse! Das ist wie die Wahl zwischen Pest und Cholera!« Wütend haute Mika gegen den Vordersitz, sackte dann vornüber. Das alles wurde ihm zu viel und die stickige Luft in dem Wagen machte es immer schwerer zu atmen.

Er brauchte ein paar Minuten, hörte, wie Ellie und Chris zu diskutieren begannen, versuchte sich zu ordnen und spähte durch das Fenster. Sie wussten es also. Sie wussten von diesem Plan. Hatten ihn vermutlich mit Ellie und Chris zusammen ausgeheckt. Unglaublich!

Seine Kehle schnürte sich zu und langsam sah er an sich hinab, zupfte an dem Hemd, das er trug, rieb über seine ausgeblichene Jeans. Wie sollte er ihnen so gegenübertreten? In diesen Klamotten? In dieser Situation? Wenn er aussah, wie das Monster aus ihren Träumen? Er spürte ihre Enttäuschung bereits jetzt. Schluckend fuhr er sich durch die Haare, kämmte sich die Strähnen tief ins Gesicht. Scheiße, das war erbärmlich. Jetzt anzukommen, nachdem er mit großen Tönen weggegangen war, zeigte nur, dass sie recht gehabt hatten. Mit allem.

»Was für ein großes Nest. Das ist dein Zuhause?«

Mikas Herz machte einen Satz, als die Stimme an sein Ohr drang. Utodja neben ihm sah mit großen Augen hinaus in den Regen und bewunderte das Anwesen ehrfürchtig. Mika hatte ihn vollständig ausgeblendet, seit sie vor dem Haus geparkt hatten, obwohl er die ganze Zeit dicht bei ihm saß. Seine Verwunderung brachte Mika beinahe zum Schmunzeln, doch für mehr reichte es nicht. Mit einem schiefen Lächeln tätschelte er Utodjas Kopf, ehe auch er wieder hinaus auf das Haus blickte.

»Nein, das ist nicht mein Zuhause. Das ist *mein* Folterlabor, mein Gefängnis.

Und genau da müssen wir jetzt hin.«

Mit einem unguten Gefühl im Magen stieg Utodja aus dem Kastenauto und folgte den anderen den steinigen Pfad zum Eingang des riesigen Nestes hinauf.

Elenor und Chris liefen an Mikhaels Seite, redeten auf ihn ein und wollten ihm Mut machen, aber es funktionierte nicht. Utodja rechnete ihnen ihre Versuche, seinem Guardo die Unsicherheit zu nehmen, hoch an, doch sie sahen nicht, was er sah. Fühlten nicht, was er fühlte. Die Luft vibrierte. Mikhael hinterließ eine Aura der Anspannung, die über Utodja hinwegschwemmte, wie eine große Welle. Sie standen Mikhael nicht bei, sie kesselten ihn ein, nahmen Utodja obendrein seinen Platz weg. ER gehörte an Mikhaels Seite, wenn sie das Nest seiner Familie betraten! Das verlangte die Höflichkeit.

Andererseits wusste Utodja nicht, ob er diesen Menschen Höflichkeit entgegenbringen wollte. Sie mochten Mikhaels Familie sein, doch was sie in Mikhael auslösten, gefiel Utodja nicht. So wie dieser Ort. *Sicher* hatten Elenor und Chris ihn genannt, doch das steinerne Nest war groß wie ein Fels. War eine kühle Festung, die bedrohlich über ihnen ragte. Mikhael wirkte erschreckend klein in ihrem Schatten. Wie ein verschrecktes Junges und Utodja ging es genauso. Auch ihm jagte dieses Nest zittrige Schauer über den Rücken und sein Fell sträubte sich. Viel war in der Stadt passiert, der Schock saß ihm und seinem Mikhael in den Knochen, doch diese Gefahr war vorerst gebannt. Lag eine Neue vor ihnen?

Zutiefst beunruhigt blieb er stehen, griff nach der Hand des Weibchens und hielt sie auf, während Mikhael und Chris weiterliefen.

»Elenor«, begann er, hatte genau wie bei Mikhael Schwierigkeiten, ihren seltsamen Menschennamen auszusprechen. »Mikhaels Eltern, sind sie gefährlich?«, fuhr er fort, sah sie ernst an. Erstaunt hob die Menschenfrau die Brauen.

»Was? Wie kommst du darauf?«

Nun war es an Utodja, verwirrt zu schauen. Verstand sie nicht, was er meinte? Sah sie es wirklich nicht? Wenn dem so war, waren die Menschen noch blinder, als er dachte. Denn es war offensichtlich. Sein Guardo fürchtete sich. Auf eine Art, die Utodja fremd war und es machte ihn unruhig, umklammerte ihn wie eine Würgeschlange.

»Sie haben ihm wehgetan. Werden sie es wieder tun?« Nur das war von Bedeutung, nur das zählte, denn wenn es so war, würde Utodja handeln. Sein junger Alpha hatte erst vor Kurzem seine Kraft gefunden und mit den Ältesten hatte man sich nicht anzulegen. Das gebot der Respekt. Waren die Ältesten aber eine Gefahr, ging Mikhaels Schutz über alles.

Das Ellie-Weibchen starrte ihn jedoch an, als wäre er nicht mehr ganz richtig im Kopf. Kurz schielte sie zu Mikhael und ihrem Männchen, dann umfasste sie Utodjas Hand und blieb mit ihm stehen.

»Utodja, hör zu«, flüsterte sie, sprach im Vertrauen. »Ich weiß nicht, was Mikhael dir erzählt hat, aber zwischen ihm und seinen Eltern, das ist alles sehr kompliziert. Sie sind keine bösen Menschen. Mikhael ist ihr Sohn und sie lieben ihn. Auf ihre verkorkste Art zumindest. Sie werden ihm nichts tun, aber«, besorgt warf sie sich einen Blick über die Schulter, ehe ihre Augen von oben bis unten über Utodja glitten, »vielleicht solltest du dich etwas zurückhalten. Versteh mich nicht falsch, aber nur über Gendros zu reden wurde in diesem Haus als Sünde angesehen und jetzt bringt Mikhael auch noch einen her. Wo er auf der Flucht ist. Einfach wird das nicht.«

Nein, das klang nicht einfach. In Utodjas Ohren klang das völlig verdreht. Schnaubend senkte er die Ohren und schlug einmal mit seinen Flügeln.

»Das ist dumm«, murrte er, entwand sich aus Elenors Griff und ging an ihr vorbei. »Das ist sein Heim. Er nennt es Gefängnis, ihr sagt kompliziert. Ihr bringt ihn her und sagt es ist sicher, aber er hasst diesen Ort. Dabei sollte er sich hier am wohlsten fühlen. Das alles ist falsch.«

Schnell eilte er an Mikhaels Seite und ließ das Ellie-Weibchen stehen. Vielleicht hatte sie recht mit dem, was sie sagte, aber Utodja kannte es nicht, dass Eltern ihren Nachwuchs absichtlich verletzten und er hatte Mikhaels Narben gesehen. Wegen ihnen wurde Mikhael wütend und schrie. Solchen Menschen traute er nicht und er würde seinen Guardo beschützen. Also ging er gemeinsam mit ihm den Weg zu dem unheilvollen Ort.

Es war das Tor zur Hölle, kein Zweifel. Als Mika vor der großen schweren Doppeltür stand, kam ihm nur dieser Gedanke. Er stand vor dem Tor zur Hölle und war er einmal darin, kam er so schnell nicht wieder heraus.

Leider stimmte es. Sie hatten keine andere Wahl, das hier war vorerst der einzige Ort, an dem sie sicher waren. Wo sollten sie sonst hin?

Dennoch brachte er es nicht über sich, die veraltete bronzefarbene Klingel zu drücken, die rechts neben der Tür in der Wand eingelassen war. Die immer größer zu werden schien. Er wollte den Arm heben, versuchte es wirklich, doch seine Glieder waren schwer wie Blei, gehorchten ihm nicht und trotz des Regens, begann sein Kopf zu glühen. Was sollte er sagen?

Das Glühen verwandelte sich in eine siedende Hitze und plötzlich verschwamm alles vor seinen Augen, verwandelte sich in einen bunten, formlosen Brei. Was sollte er sagen? Was würde jetzt passieren? Er hatte sie enttäuscht.

Er hatte alle enttäuscht. Nicht nur seine Eltern. Auch Ellie, Chris und vor allem Utodja. Nichts drang mehr zu ihm durch, sein Körper wurde taub und er hatte das Gefühl, sich aufzulösen. Vom Regen davon gespült zu werden. Ins Nichts. Dann war da eine Hand, drückte die Seine und der Regen stoppte. Erstaunt blinzelte Mika.

Über ihm hatte sich ein pechschwarzer Himmel ausgebreitet, der ihn vor dem ekligen Nass abschirmte, ihm Schutz bot. Mit rasendem Herzen sah er zur Seite und entdeckte Utodja. Da war keine Regung in dem ebenen Gesicht und doch sagten seine Augen so viel. Was auch geschah, Utodja würde ihm beistehen. Für Furcht war da kein Platz.

Der Druck an seiner Hand wurde stärker, dann neigte Utodja den Kopf, blickte zu der Klingel und tat, was Mika nicht konnte. Er betätigte sie. Eine dumpfe Glocke ertönte, ließ Mika zusammen zucken. Jetzt gab es kein Zurück mehr. Zum Glück hielt ihn Utodja fest, sonst würde er auf der Stelle umdrehen und davonrennen. Aber er war oft genug davon gerannt. Es war, wie sein Gendro gesagt hatte. Er musste sich den Dingen stellen. Er war jetzt der Alpha. Weglaufen kam nicht in Frage. Tief atmete Mika durch, hielt Utodjas Hand fest umschlungen, während angespannt auf die Tür starrte. Mit jeder verstreichenden Sekunde klopfte sein Herz schneller, und als sich die Tür schließlich öffnete, hielt er den Atem an. Ein großer Mann trat hervor, blickte ungläubig auf ihre Gruppe hinab, bis sein Blick bei Mika hängen blieb.

»Herr Mikhael? Sind Sie es?«

Erstaunt keuchte Mika auf, sackte vor Erleichterung zusammen und weitete die Augen. Das gab's doch nicht! Mit vielem hatte er gerechnet, doch nicht damit!

»Alfred!«, entfuhr es ihm und er machte einen Schritt vor, begrüßte den Mann vor ihm mit einer knappen Umarmung. »Ich wusste nicht, dass du immer noch hier bist!«

»Wo sollte ich sonst sein? Gleichwohl ist es eine Überraschung, Sie hier zu sehen.« Lächelnd erwiderte der Mann Mikas Umarmung, wenn auch leicht resigniert.

»Ja, das war auch eine Überraschung für mich. Aber es tut gut, dich zu sehen!«

»In der Tat, das beruht auf Gegenseitigkeit.«

Was sollte das denn? Empört sah Utodja von Mikhael zu dem fremden Menschenmännchen, legte die Ohren an. Wer auch immer er war, er war keiner von Mikhaels Familie! Er roch ganz anders, hatte nichts mit ihm gemein. Wieso also tat sein Elgido so vertraut mit diesem Menschen? Umarmte ihn sogar! Das gefiel Utodja nicht und er fletschte die Zähne. Gehörte dieser Mensch etwa zu denen, die seinem Guardo Leid zu gefügt hatten? Wenn ja, war es unerhört, dass er so vertraut mit ihm umging!

»Alfred, alter Kumpel. Lange nicht gesehen. Wie geht's?«, begrüßte nun auch der Chris-Mensch das Menschenmännchen, tat ebenfalls so, als wäre der Fremde ein Verbündeter. Sachte haute er ihm gegen die Schulter, erntete aber nur ein missbilligendes Schnauben.

»Wie ich sehe, sind Sie nicht allein«, murmelte der schwarz gekleidete Mensch, warf Mikhael einen Blick zu, der schief grinste.

»Nein bin ich nicht. Lässt du uns rein?«

»Gewiss.«

Das Männchen trat zur Seite, machte dem Rudel Platz. Der Stachelkopf und sein Weibchen nahmen das Angebot sofort an und auch Mikhael machte Anstalten hineinzugehen. Doch Utodja rührte sich kein Stück. Misstrauisch spähte er ins Innere des Nestes, konnte nichts außer einem langen Gang erkennen. Brummend schüttelte er das Haupt, hielt Mikhaels Arm fest. Er wollte dort nicht hinein. Nicht, wenn er nicht wusste, was sie erwartete.

»Was ist denn?«, fragte Mikhael, als sich Utodja nicht bewegte, aber er antwortete nicht, spähte den fremden Menschen finster an.

»Du brauchst keine Angst haben. Zumindest nicht vor ihm. Das ist Alfred, er ist Bediensteter im Haus und hat sich früher um mich gekümmert. Er ist ein Freund.«

Freund? Wie ein Freund sah er nicht aus und ganz gleich, was sein Guardo auch sagte, es beschwichtigte ihn nicht im Geringsten. Abfällig grunzte er, worauf das Männchen die Stirn runzelte.

»Herr Mikhael, wer ist das?«, fragte Alfred ernst, worauf Mika zögerte. Alfred wiederzusehen und nicht sofort mit seinen Eltern konfrontiert zu werden war eine unglaubliche Erleichterung. Früher war Alfred lange Mikas einziger Spielkamerad gewesen, allerdings missfiel ihm, wie er Utodja ansah und schob das Kinn vor.

»Das ist Utodja, er gehört zu mir«, erklärte er knapp, zog seine Fledermaus zu sich. Auch wenn sein Herz auf Grundeis lief, er würde von Anfang an mit offenen Karten spielen, so viel stand fest. Die Katze war aus dem Sack, wieso sich also etwas vormachen? Schlimmer konnte es eh nicht mehr kommen.

»Das ist ein Engendro, Herr Mikhael.«

Mika legte die Stirn in Falten, festigte seinen Griff um Utodjas Schulter.

»Und?«

»Engendros ist der Zugang zum Haus untersagt. Das wissen Sie. Ich kann ihn nicht hineinlassen.«

Im ersten Moment wusste Mika nicht, was er sagen sollte, klappte den Mund auf. Was zum Teufel? Angewidert verzog er das Gesicht, blähte die Nasenflügel. Diese Schiene wollten seine Eltern also fahren? Immer noch? Nach allem, was passiert war? Zur Hölle damit!

»Wirklich, Alfred? Keine Engendros im Haus? Sag meinen Eltern, das ist Schwachsinn und sie wissen, warum! Utodja gehört zu mir, also kommt er mit. Ende.«

Damit stampfte Mika an ihm vorbei, zog Utodja mit sich. Er war dieses Schmierentheater leid! Als würden sie nicht schon tief genug in der Scheiße sitzen! Fluchend schüttelte er den Kopf, fuhr sich einmal über das Gesicht. Und er hatte wirklich Schiss gehabt herzukommen. Vor diesen Leuten brauchte man sich nicht zu fürchten, sie waren einfach nur erbärmlich ... und es tat mehr weh, als er zugeben wollte. Im Flur angekommen trat er zu Ellie und Chris, die auf sie gewartet hatten und ihre nassen Jacken auszogen. Alfred folgte ihnen, nahm die Kleider ohne weitere Worte entgegen, warf Utodja jedoch unzufriedene Blicke zu.

»Es hat sich überhaupt nichts verändert«, murmelte Ellie schließlich und seufzte melancholisch. Recht hatte sie. Ein Blick genügte und Mika wusste, alles war noch genau wie vorher.

Die hohen Zimmerbögen, die langen Flure, die Steinböden. Fast war es so, als wäre die Zeit hier einfach stehen geblieben. Als er klein gewesen war, hatte Mika dieses Haus verabscheut. Trotzdem weckte der Anblick der runden Eingangshalle mit der Wendeltreppe so viele Erinnerungen in ihm. Wie der Geruch nach altem Moos, Holz und Feuer. Er war im ganzen Haus und bedeutete nur eins: Der Kamin musste brennen. Unangebracht für die Jahreszeit, doch seiner Mutter konnte es nie warm genug sein. Wann immer es draußen ungemütlich geworden war, hatte sie den Kamin angezündet und sich mit ihm auf das Schaffell vor dem Feuer gesetzt. Eine Gänsehaut fuhr Mikas Rücken hinunter und gleichzeitig schnürte sich seine Brust zu. Diese Erinnerungen taten weh, denn sie erinnerten ihn daran, wie es früher gewesen war und jetzt überschattete so viel Mist diese wenigen schönen Momente.

»Elgido?«

Utodjas Stimme holte ihn zurück aus seinen Gedanken und er atmete durch. Utodja war noch immer besorgt. Kein Wunder, dass er misstrauisch reagierte, wenn Mika selbst nicht wusste, was er fühlten sollte. Mit einem knappen Kopfschütteln tat er Utodjas Bedenken ab, vergrub für eine Sekunde das Gesicht in den nassen schwarzweißen Haaren und seufzte lautlos.

»Alles okay. Keine Sorge.« Zwar nahm ihm Utodja das nicht ab, aber Mika musste sich jetzt auf etwas anderes konzentrieren. »Alfred, wo sind meine Eltern?«, brachte er schließlich hervor und drehte sich dem Angestellten des

Hauses zu, der ihre Jacken in einem Schrank verstaute.

»Sie befinden sich im Salon. Ich werde sie sofort informieren, dass Sie eingetroffen sind. Bitte, nehmen Sie im Wohnzimmer platz, während - ...«

»Nicht nötig, Alfred.«

Mika erstarrte, traute sich im ersten Moment nicht, sich umzudrehen. Seine Knie wurden weich und eine gefährliche Hitze steckte seinen Kopf in Brand. Hinter ihm ertönten schwere Schritte auf dem marmorierten Steinboden, kamen direkt auf ihn zu und er verengte die Augen. Es war also so weit. Darth Vader kam aus seinem Loch gekrochen. Nichts zu machen. Mika wusste, was ihn erwartete. Wer ihn erwartete. Also atmete er durch, wappnete sich und drehte sich um – und da stand er. David Auclair. Zu Mikas Verblüffungen vollkommen leger gekleidet. Die oberen zwei Knöpfe des weißen Hemds waren geöffnet und zu der schlichten dunklen Hose trug er Hausschuhe. Keine Krawatte, kein Anzug, keine polierten Lackschuhe, kein tadelnder Blick. Sein Vater sah ihn mit ohnmächtiger Sorge an, aus denselben blauen Augen, wie Mika sie hatte, versteckt hinter einer gerahmten Brille. Es war albern, dass er dieses Ding immer noch trug, wo er sich seine Augen längst hätte lasern lassen können. Wirklich albern ...

Stille hüllte sie ein. Schweigend standen sie sich gegenüber, musterten einander sprachlos. Unsicherheit wallte in Mika hoch, als er sah, wie fassungslos sein Vater ihn beäugte und der Wunsch, seinen Kopf in eine Papiertüte zu stecken, wurde immer größer. Aber verdammt, so war nun mal die Realität! Das entstellte, widerliche Monster, das sein Vater vor sich sah, war Mikas wahres Ich! Etwas, das sein Vater viel zu lange verleugnet hatte, also sollte er ihn nicht derart entrüstet anglotzen!

»Mikhael? Bist das wirklich du?«, ertönte schließlich die Stimme seines Vaters und Mika erschauderte unweigerlich. Wie er da stand, der *Herr des Hauses*. Ihn mitleidig anstarrte. Ihn, das schwarze Schaf der Familie. Oh, dieser Heuchler! Eine plötzliche Wut schäumte in Mika hoch und er hatte Mühe, sich zu beherrschen. Immer tiefer bohrten sich seine Krallen in seine Handinnenflächen und in seiner Brust begann es zu brodeln. Jetzt standen sie hier und glotzten einander dämlich an, aber wenn er an den Tag zurück dachte, an dem alles eskaliert war, wollte losbrüllen! Dem Mistkerl alles an den Kopf donnern, was ihm auf der Seele lag! Aber er brachte es nicht über sich. Es war immer dasselbe. Egal wie aufgewühlt er war, er fühlte sich jedes Mal wie ein dummer Junge, wenn ihn dieser Mann ansah. Jedes Mal.

Sein Vater setzte sich schließlich in Bewegung, kam auf ihn zu und blieb unmittelbar vor ihm stehen.

»Oh, Mikhael... Sieh dich an. Wie konnte es nur so weit kommen?«

»Vater«, war alles, was Mika zustande brachte, würgte das Wort regelrecht hervor. Doch statt einer harschen Predigt, einem prompten Rauswurf oder einer Beleidigung, sah sein Vater ihn nur an, legte ihm eine Hand auf die Schulter und seufzte schwermütig. Was zum ...? Verwirrt blinzelte Mika, neigte den Kopf. Was sollte das denn? Bevor er aber etwas sagen konnte, wandte sich sein Vater zu Ellie und Chris.

»Es ist also eingetreten, was wir befürchtet haben«, stellte er fest und zaghaft trat Ellie vor, nickte.

»Ja, so ist es.«

»Ich verstehe. Danke für deine Nachricht, Elenor. Als wir hörten, was passiert ist, waren wir in heller Aufregung. Es ist gut, dass ihr hergekommen seid. Kommt, gehen wir ins Wohnzimmer. Die Eingangshalle ist nicht der passende Ort, um so etwas zu besprechen. Wir ...« Abrupt hielt sein Vater inne und ein Ausdruck glitt auf sein Gesicht, den Mika noch nie bei ihm gesehen hatte: Das blanke Entsetzen. »Was um alles in der Welt ist DAS?« Schockiert deutete er auf Utodja und seine Worte bohrten sich wie ein giftiger Stachel in Mikas Herz. Schon wieder wagte es jemand, abfällig von seinem Gefährten zu sprechen. Ganz gleich wer, ganz gleich, wo er war, das ließ er sich nicht gefallen.

»Das ist Utodja«, verkündete er energisch, baute sich zur vollen Größe auf und zog seine Fledermaus an seine Seite. »Er gehört zu mir. Ich habe ihn gewählt!«

Zweifelnd wurde Mika angesehen und gleichzeitig wich jede Sorge aus den Augen seines Vaters. Seine Züge wurden hart und er schüttelte den Kopf.

»Was redest du da für einen Unfug? Ist dir klar, was du getan hast? Du bringst dieses Wesen einfach so in mein Haus? Zu dieser Zeit? Das ist ein...«

»Kryptid, ich weiß!«, fuhr Mika ihm über den Mund, hatte die Schnauze voll. Vielsagend breitete er die Arme aus. »Wenn in diesem Haus wirklich keine Kryptiden willkommen sind, dann sollten sich wohl einige von uns umdrehen und wieder verschwinden.«

Es war lange her, dass er seinem Vater die Sprache verschlagen hatte und zugegeben, es erfüllte ihn mit Genugtuung. Vielmehr wirkte David peinlich berührt, aber er fasste sich schnell wieder.

»Mäßige deine Stimme, du weißt sehr genau, wie das gemeint war. Nicht ich bin es, der sich zu rechtfertigen hat, Mikhael. Ganz sicher nicht.«

»Ach, tatsächlich?«

»Allerdings. Oder bist du es, der eine Nachricht erhalten hat, dass dein einziges Kind von der gefährlichsten Einheit des Staats gejagt wird und auf der Flucht ist? Und dann vor dir auftaucht und aussieht wie das Monster aus einer Horrorgeschichte? Mit einem anderen Monster im Schlepptau, das uns alle in Gefahr bringt? Wer von uns hat sich also zu rechtfertigen?«

Das hatte gesessen und Mika verstummte, biss sich auf die Lippen. Der

Stachel in seiner Brust bohrte sich immer tiefer und er musste schwer schlucken. Nein! Nein, er würde nicht klein beigeben. Nicht vor Utodja und seinem Rudel!

»Utodja ist kein Monster und ich auch nicht. Ob du es wahr haben willst oder nicht, ich bin dein Sohn!« Damit drehte er sich um, sah Ellie und Chris ernst an. »Ich sagte doch, das hier war eine bescheuerte Idee. Wir verschwinden wieder, auf der Stelle! Es gibt andere Orte, an die wir gehen können.«

»Mikhael.«

Eine weitere Stimme mischte sich in die Unterhaltung ein. Nur war sie viel leiser. Schlich sich ohne Vorwarnung heran und ein heftiger Schauer jagte über Mikas Rücken. Wie gestochen warf er sich herum, spannte sich an.

Sie war auch da. Natürlich war sie auch da, das war ihr Haus. Nicht das seines Vaters, es gehörte ihr. Genau wie früher kam sie nur dann hervor, wenn es wirklich ernst wurde. Meldete sich nur dann zu Wort, wenn es heikel wurde. Auch wenn man sie nicht wahrnahm, so stand sie immer in der Nähe, wusste, wie man sich anzuschleichen hatte. Eine der wenigen guten Eigenschaften, die Mika von ihr geerbt hatte.

Doch mehr war da nicht. Sie war genauso wie sein Vater. Verlogen und heuchlerisch bis ins Mark. Mika öffnete den Mund, schloss ihn aber wieder. Er hatte dieser Frau nichts zu sagen, wollte sie nicht einmal sehen. Ganz egal, was sie mit Chris und Ellie vereinbart hatte, sie jetzt zu sehen, machte alles schlimmer.

Völlig entgeistert kam sie auf ihn zu, wirkte noch entsetzter als sein Vater, hatte die Hände vor den Mund gehoben und schüttelte in einer Tour den Kopf.

»Mikhael«, hauchte sie, als sie vor ihm stand, streckte ihre zitternden Hände aus, berührte ihn aber nicht, musterte ihn, als wäre er ein Fremder. Im nächsten Moment blitzte ein Funken in ihren Augen auf, den Mika nur zu gut kannte, doch er reagierte zu spät. Ein lautes Klatschen hallte durch die Eingangshalle, ließ alle Anwesend zusammenzucken.

»Du Dummkopf!«, zischte sie und erschrocken riss Mika die Augen auf. Er hatte die Ohrfeige kommen sehen und doch schockierte sie ihn. Ihr Zorn verflog so jedoch schnell, wie er aufgekommen war und plötzlich tasteten zwei Hände nach seinem Gesicht, umfingen es sanft.

»Du Dummkopf. Dich so lange nicht zu melden«, wiederholte sie leiser. Ihr gequälter Blick schnürte ihm die Brust zu und mit einem Mal wusste er nicht, was er tun sollte. Er stand nur da, spürte, wie der Hass in ihm bröckelte. Wie bittere Enttäuschung und Scham in ihm hochkamen.

Schnell wich er ihrem Blick aus, starrte auf seine Füße, fühlte sich mit einem Mal schrecklich unwohl in seiner Haut. Seine Ohren begannen zu pochen und der feuchte abgetragene Stoff auf seiner Haut kratzte plötzlich widerlich. Am liebsten würde er ihn sich vom Leib reißen. Und seine Haut gleich mit! Schande, wieso schaffte sie es mit nur einem Blick, dass er sich wie der Schuldige fühlte? Das war ungerecht.

Sie waren eingekesselt! Überfordert sah Utodja von einem zum anderen. Da waren plötzlich so viele fremde Gesichter, zu viele potentielle Gegner, er wusste nicht, auf wen er sich konzentrieren sollte. Auf das Männchen von der Tür? Oder auf das Männchen mit den Doppelaugen? Oder auf das Weibchen, das aus dem Nichts gekommen war und die Hand gegen seinen Guardo erhoben hatte? Panik stieg in ihm hoch. Angespannt legte er die Ohren an, duckte sich tief und entschied sich. Das Weibchen! Sie war die größte Gefahr! Sie hatte seinen Mikhael attackiert, brachte ihn durcheinander und kam ihm viel zu nahe! SEINEM Elgido!

Mit einem Satz hastete er vor, kreischte laut auf und drängte sich zwischen Mikhael und das Weibchen, scheuchte sie von ihm weg.

Die Stimmung änderte sich schlagartig. Alle gerieten in Aufruhr, die Luft lud sich auf, doch Utodja scherte sich nicht darum. Knurrend fletschte er die Zähne, schlug mit seinem Schweif auf den Boden und baute sich vor Mikhael auf, fixierte sich auf das Weibchen, das zurückgewichen war.

»Utodja, nein, hör auf!«, hörte er Mikhael hinter sich, zischte ihn aber nur an. Er sollte still sein. In dieser Angelegenheit hatte er nichts zu sagen. Es mochte sein Nest sein, seine Brutstätte, doch er gehörte Utodja! Sein Alpha hatte sich nicht einzumischen, wenn sein Alphamaara seinen Platz verteidigte! Erst recht gegen so eine dreiste ...!

Utodja stockte, blinzelte, als er das fremde Weibchen genauer betrachtete - und erst da bemerkte er es. Es war nicht nur ein vertrauter Geruch, der ihm in die Nase kroch, vor ihm stand ... ein weiblicher Mikhael! Dieses Weibchen sah ganz genauso wie sein Guardo aus und erstaunt stellte er die Ohren auf, öffnete den Mund. Sie hatte dieselben großen Plastikaugen, dieselben roten Haare und ... Moment! Fragend neigte Utodja den Kopf, reckte den Hals und schnupperte. Da war noch mehr als Mikhaels Duft an ihr. Viel mehr. Erstaunt trat er noch näher, breitete seine Flügel aus, musterte sie von oben bis unten. Himmel, dieses Weibchen, sie ...!

Sie verengte urplötzlich die Augen, als Utodja ihr zu nahe kam, duckte sich und entblößte schneeweiße spitze Fänge, machte einen Satz nach vorne. Erstaunt wich Utodja zurück, ging in die Hocke und hob seine Klauen. Ein Konter! Sie wollte ihm tatsächlich die Stirn bieten! Warnend riss sie den Mund auf, stieß einen Schrei aus, den Utodja noch nie zuvor gehört hatte. Kein Menschenschrei! Kein Abwehrschrei! Es war ein kehliges, kreischendes Geräusch, das in den Ohren schmerzte! Sie fühlte sich bedroht! Verwirrt schlug Utodja mit den Flügeln, drohte ebenfalls, stieß seinen Morseschrei aus. Und hatte Erfolg. Das fremde Weibchen schüttelte ihren Kopf, schien kurz orientierungslos und auch hinter ihm hörte er die Menschen fluchen. Aber die waren unwichtig, waren keine Bedrohung. Sofort konzentrierte er sich wieder auf seinen Gegner, doch als das Weibchen den Kopf wieder hob, schossen plötzlich zwei spitze kleine Ohren unter ihrem welligen Haar hervor, zuckten wild.

Bei allen Himmeln! Er hatte es gewusst! Tief atmete Utodja ein, wusste nicht, wie er reagieren sollte. Dieses Weibchen. WAS war sie? Sie sah aus wie ein Mensch, aber das war sie nicht. Sie war kein Mensch! Unverdeckt starrte sie ihn an. Fest und bestimmt. Forderte ihn heraus. Doch Utodja hielt dem nicht stand. Dieses Spiel war zu verwirrend, zu stark. Das Weibchen ging weiter auf ihn zu und Utodja wich mit jedem Schritt weiter zurück.

»Ynola!« Plötzlich stürmte das Menschenmännchen mit den Doppelaugen zu ihnen, stellte sich vor das Weibchen. Wütend sah er Mikhael an und Utodja stockte. Zwar hatte er die vorhin Worte gehört, doch jetzt sah er es mit eigenen Augen. Dieses Menschenmännchen war eindeutig Mikhaels Patre. Der Alpha dieses Nestes. Das Vatertier. Die Ähnlichkeit bot keinen Zweifel, nur sah Mikhael seiner Matre noch ähnlicher.

»Pfeif dieses Vieh auf der Stelle wieder zurück! Ich hab doch gesagt, es richtet nur Unheil an!«, giftete das Vatertier aufgebracht, deutete mit dem Finger auf Utodja, der die Stirn in Falten legte. Dieses Männchen wollte sein Weibchen beschützten. So, wie es Chris bei Ellie getan hatte. Allerdings war er ein Mensch, Utodja roch es ganz genau.

»Vieh?«, fauchte sein Guardo darauf, legte eine Hand auf Utodjas Schulter und drückte fest zu. »Utodja nennst du ein Vieh? Und was ist mit ihr? Soll ich auch sagen, ruf dein Vieh zurück?«

»Wie bitte? Was erlaubst du dir? Das kann man nicht miteinander verglei-chen!«

»Doch kann man! Utodja gehört zu mir, Mutter zu dir. Also ist Utodja mein Vieh und sie dein Vieh! Also ruf sie zurück, sie bedroht Utodja.«

»ER ist eine Bedrohung für SIE! Ein Gendromännchen um diese Jahreszeit hier herzubringen ist unverantwortlich von dir.«

Da lachte Mikhael auf und auch Utodja blinzelte verwundert. Oh, darum ging es dem Männchen mit den Doppelaugen also?

»Ist das dein Ernst, Vater? Nur darum machst du dir Gedanken? Ob Utodja sie besteigen will? Was ist, wirst du ihr nicht mehr gerecht? Ein einfacher Mensch kommt mit der Paarungszeit wohl nicht so gut klar, huh?«

»Was nimmst du dir heraus? Rede nicht so über deine Mutter!«

»Was es um so schlimmer macht!«

»*HUSCH*!«

Ein Fauchen jagte durch die Eingangshalle, so laut und schrill, dass Utodja sich die Ohren zuhalten musste – und er war nicht der Einzige. Alle wurden von dem plötzlichen Geräusch überrascht, sahen ehrfürchtig zum Ursprung des Schreis. Aufrecht stand das fremde Weibchen vor ihnen, sah vorwurfsvoll auf Mikhael und ihr Menschenmännchen hinab, rümpfte die Nase.

»Ihr beide benehmt euch unmöglich«, tadelte sie streng, wenn auch mit ruhiger Stimme. »Wir haben Gäste und ihr benehmt euch wie Platzhirsche. Ihr seid keine Kinder mehr. Keiner von euch.« Seufzend schüttelte sie den Kopf, legte ihre kleinen spitzen Ohren an und im nächsten Moment waren sie in ihren Haarwellen verschwunden.

»Ich bitte um Verzeihung. Alle sind aufgebracht. Entschuldigt diesen Vorfall«, meinte sie, richtete sich zurückhaltend an Ellie und Chris, die nur nickten, sprachlos waren. Dann drehte sie sich zu Utodja. Kurz musterten sie einander, dann senkte das Weibchen das Haupt, schnupperte. Schließlich wandte sie sich an Mikhael.

»Du hast diesen Engendro gewählt?«, fragte sie zu Utodjas Verblüffung und auch sein Guardo runzelte die Stirn.

»Ja?«

»Du weißt, was das bedeutet? Gewählt zu haben?«

»Ja.«

»Sie ist zweigeschlechtlich.«

»Ich weiß.«

Es entstand eine Pause und lange sah das Weibchen Mikhael an, ehe ein mitleidiger Funken in ihre Augen trat. Dann nickte sie.

»Ich verstehe.« Damit wandte sie sich wieder an Utodja. »Mein Sohn mag dich gewählt haben, aber das ist mein Nest. Bedrohe mich nie wieder und komm mir nie wieder so nahe. Weder mir, noch meinen Mann.«

Langsam nickte Utodja und das Weibchen tat es ihm gleich.

»Gut. Gehen wir ins Wohnzimmer und besprechen in Ruhe, wie es weitergeht. Es gibt viele Dinge zu klären.«

Und alle gehorchten.

Der Duft von Gebäck und Tee breitete sich in dem geräumigen Wohnzimmer aus, als Alfred ein beladenes Tablett auf dem Sofatisch abstellte, doch niemand bediente sich an den Leckereien. Eine drückende Stille hatte sich ausgebreitet und alle Augen ruhten auf der Dame des Hauses. Alle, außer

Mikas. Unzufrieden hockte er in einem der üppigen Ohrensessel und kaute auf seinem Daumennagel herum. Er konnte noch immer nicht glauben, dass er tatsächlich hier war. Dass er hier saß, in diesem Haus. Es war, als wäre er in einem seiner Alpträume gefangen. In welcher Realität würde er sonst hier sitzen, zusammen mit seinen besten Freunden und seinem neuen Partner und sich Tee servieren lassen, während seine Eltern ihm gegenübersaßen und alles, was ihnen sonst so wichtig gewesen war, mit Füßen traten? Solange Mika denken konnte, war es immer oberste Priorität gewesen, den Schein zu wahren! Nichts Wichtigeres hatte es gegeben. Und jetzt? Jetzt legte seine Mutter eine Vorstellung der Extraklasse hin und fing mit Utodja Streit an. Obendrein offenbarte sie ihr größtes Geheimnis vor den Augen anderer! Das musste an Utodja liegen, kein Zweifel. Immerhin war er der erste Gendro seit Jahrzehnten, der das Haus betrat. Was immer von dem alten Ego seiner Mutter übrig war, hatte sich bei seinem Anblick geregt. Ha! Wer war es jetzt, der die Kontrolle verlor? Knapp schielte Mika zu Utodja, der vor ihm auf den Boden hockte und seine Mutter voller Neugier betrachtete. Mehr Neugier, als für ihn gut war. Sachte fuhr Mika ihm über den Kopf, worauf ein Räuspern laut wurde.

»Das ist es also, wofür du unser Geld gebraucht hast«, begann sein Vater, brach das Eis und griff nach einer Tasse Tee. »Um dir einen Gendro zu kaufen.«

Was zum Henker? Sie waren kaum zwanzig Minuten hier und schon ging das ganze Theater von vorne los?

»Ich habe ihn nicht gekauft. Ich habe ihn freigekauft. Das ist ein Unterschied. Er sollte eingeschläfert werden. Ich habe ihn gerettet. Das wüsstet ihr, wenn ihr mal nachgefragt hättet!«

»Das hätten wir, aber du wolltest nicht mit uns sprechen. Dabei hattest du versprochen, dich zu melden«, erwiderte seine Mutter bitter und der Punkt ging an sie. Schnaubend schüttelte Mika den Kopf, fuhr sich über den Mund. Sie machten es sich zu einfach!

»Ich hatte wichtigere Dinge zu tun.«

»Ja. Was dabei herausgekommen ist, sehen wir ja jetzt«, kopfschüttelnd lehnte sich sein Vater gegen das Sofa, auf dem er saß. Sein selbstgefälliger Blick brachte Mika binnen Sekunden auf hundertachtzig, doch bevor er explodieren konnte, legte Ellie eine Hand auf seine Schulter.

»Bitte, Vorwürfe bringen niemandem etwas«, meinte sie beschwichtigend. »Was passiert ist, war nicht Mikhaels Schuld, er hat sich genau richtig verhalten. Wenn wir ehrlich sind, wissen wir auch nicht wirklich, was passiert ist. Alles ging sehr schnell, aber wir danken Ihnen, dass Sie uns aufgenommen haben. Ich weiß, das war nicht selbstverständlich.«

»Dank ist unangebracht. Mikhael ist unser Sohn und unsere Vereinbarung war eindeutig. Aber wie konnte es dazu kommen? Deine Nachricht war sehr knapp, Elenor. Erzählt uns genau, was vorgefallen ist.«

Es kam lange keine Antwort. Ellie, Chris und Mika warfen sich knappe Blicke zu, dann räusperte sich Elenor, ergriff das Wort und begann schließlich die ganze Geschichte zu erzählen.

Als Ellie fertig war, sahen seine Eltern Mika sprachlos an und sein Vater fuhr sich über die Stirn.

»Das Institut für Kryptidforschung? Du hast ernsthaft das Institut gegen dich aufgebracht?«, hauchte er tonlos und Mikas Brust zog sich zusammen. Schnell schüttelte er den Kopf.

»Ich hab gar nichts getan! Ich hab die Füße stillgehalten. Gut, es gab ein oder zwei Zwischenfälle ... Aber die waren privat! Die Öffentlichkeit hat nichts davon mitbekommen, das schwöre ich!«, rechtfertigte er sich lauthals.

»Wieso ist dann Caleb Holloway persönlich bei dir aufgetaucht?«

»Ich weiß es nicht! Ich hab keine Ahnung. Ich, also wir ... wir haben ihn im Institut gesehen, bei Utodjas Registrierung. Und dann einmal im Wald. Utodja brauchte frische Luft, musste raus aus der Stadt. Und der Typ war auch da.«

»Und du denkst, dort hat er dich durchschaut?«

»Nein! Niemand hat mich durchschaut! Ihr habt mir oft genug eingetrichtert, wie ich mich zu verhalten habe. Niemand hat was gemerkt. Aber ...« Sofort biss sich Mika auf die Lippen, hielt inne, aber es war schon zu spät. Er hatte sich verplappert.

»Was aber?«

Zögernd schielte Mika zu seiner Fledermaus, war hin und her gerissen. Wenn er die Wahrheit sagte, würden seine Eltern ganz sicher Utodja die Schuld an allem geben. Aber er würde aus der Nummer so oder so nicht mehr herauskommen.

»Holloway will Utodja. Ich weiß nicht, wie er das mit mir rausbekommen hat, aber er war hinter Utodja her und hat versucht, mich zu erpressen. Es ist, wie Ellie gesagt hat. Ich hab mich geweigert ihm zu geben, was er wollte, da hat er gedroht, mich wegzusperren und Utodja mit Gewalt an sich zu reißen. Das konnte ich nicht zulassen!«

»Das heißt, du hast alles wegen diesem Gendro aufs Spiel gesetzt?«, fragte sein Vater fassungslos und Mikas Herz begann zu rasen. Dasselbe hatte Holloway auch gesagt. Verstand denn niemand, dass Utodja es wert war?

»Ich hatte keine andere Wahl!«

»Natürlich hattest du die, Mikhael.«

»Nein, die hatte er nicht«, kam plötzlich von seiner Mutter. Langsam erhob sie sich, ging um das Sofa herum und stellte sich vor das große Glasfenster, sah hinaus. »Mikhael hat diesen Gendro gewählt. Er hatte keine andere Wahl.«

Mikas Kehle zog sich zusammen und finster sah er zu seiner Mutter. Sie so sprechen zu hören machte ihn nur noch wütender, denn es bestätigte seinen Verdacht, dass sie alles wusste. Die ganzen Geheimnisse ihrer Art, die er unter Mühen selbst hatte entschlüsseln müssen.

»Was auch immer. Wer der Ursprung allen Übels ist, liegt trotzdem auf der Hand«, mit einem knappen Nicken deutete sein Vater auf Utodja. »Dir einen Kryptiden zu kaufen, nach allem, was passiert ist, ist unverantwortlich. Ohne dieses Ding wäre nichts von all dem passiert. Ich dachte, du hättest deine Lektion gelernt. Aber da haben wir uns wohl getäuscht. Sieh, wohin es dich geführt hat. Und das alles nur, wegen dieses Dinges!«

Das reichte! Mika sprang auf die Füße, doch bevor er auch nur irgendetwas tun konnte, ging seine Mutter dazwischen und warf seinem Vater einen scharfen Blick zu.

»Unterstehe dich, sie Ding zu nennen. Sie ist kein Ding, sie ist sein Alphaweibchen. Oder bist du so blind geworden, dass du es nicht mehr sehen kannst?«, grollte sie empört und der strenge Ausdruck auf dem Gesicht seines Vaters bröckelte. Verstohlen schielte er zu Mika, ehe er die Augen schloss und sich geschlagen gab.

»Natürlich ist sie kein Ding«, fuhr er fort, sprach plötzlich mit erschreckend sanfter, müder Stimme. Seufzend nahm er seine Brille ab und knetete seinen Nasenrücken. »Verzeiht mir, ich wollte niemanden beleidigen. Allerdings kam diese Nachricht sehr plötzlich. Nach allem, was wir durchgemacht haben, war es ein Schock zu hören, dass unser Sohn ...«

»Zu dem geworden ist, das ihr so sehr hasst?«, zischte Mika und erntete dafür einen vorwurfsvollen Blick seines Vaters.

Für einen Moment herrschte Stille, dann atmete seine Mutter laut aus, sackte in sich zusammen und wirkte noch kleiner, als sie es eh schon war. Das hatte Mika immer am meisten an ihr verabscheut. Sie konnte hart wie ein Fels sein, toben wie ein Sturm, doch einen Augenblick später war sie sanft wie ein Lamm und wirkte beinahe zerbrechlich. Ihr böse zu sein fiel ihm unsagbar schwer, aber nichts würde gut machen, was sie ihm angetan hatte.

»Mikhael, wir hassen dich nicht. Wir hassen auch nicht, was du bist, das wäre absurd. Wichtig ist jetzt, dass ihr hier seid. In Sicherheit. Alles andere kann warten.«

Zögernd mahlte Mika mit den Kiefern, bevor er sich widerwillig setzte. Kochend starrte er auf seine Füße und rieb die Hände aneinander. Schon wieder fühlte er sich mundtot gemacht und das durch eine so simple Aussage.

»Und dass ist also das Mädchen, dass du gewählt hast?«, begann seine Mutter plötzlich, wechselte abrupt das Thema. Vielsagend deutete sie auf Utodja, der seine Ohren aufstellte und zögerlich Mikas Blick suchte. Es war ein erbärmlichen Versuch Smalltalk zu betreiben, andererseits war es wichtig, dass seine Eltern begriffen, wie es um Utodja und ihn stand.

»So ist es«, raunte er darum, beugte sich vor und legte seine Arme um Utodja. »Aber Utodja ist kein Mädchen. Er ist ein Maara. Ein Hermaphrodit und damit intersexuell, wie du schon sagtest.«

»Das sehe ich. Aber sie kann Kinder gebären, somit sehe ich sie als Frau an. Deine Frau.«

Was für eine bescheuerte Einstellung, aber Mika hatte keine Lust darüber zu diskutieren. Wenn seine Mutter glaubte, die Wogen glätten zu können, nur weil sie Utodja anerkannte, täuschte sie sich. Auf den plumpen Versuch ging Mika nicht ein. Schulterzuckend schloss er die Augen, vergrub sein Gesicht in Utodjas Haaren, drückte ihn für einen Moment so fest an sich, wie er konnte. Ganz egal, wie das hier ausging, seine Eltern würden sowieso nie wieder mit Utodja in Kontakt treten, also was sollte es.

Seine Fledermaus reagierte mit einem überraschten, aber zufriedenen Gurren und wickelte sein Schweif fest um Mikas Bein, was ihm das Blut in die Wange schießen ließ. Im nächsten Moment ertönte ein Kichern und er sah auf. Lächelnd schaute seine Mutter zu ihnen rüber.

»Und sie ist willig«, fügte sie amüsiert hinzu und Mika fiel aus allen Wolken, spürte, wie in ihm etwas zu brodeln begann.

»Das geht dich nichts an.«

»Natürlich, ich weiß. Ich hoffe nur, du weißt, was dir nun bevorsteht. Wenn du dich für sie entschieden hast, weißt du auch, welche Jahreszeit ansteht. Sie muss gedeckt werden, sonst wird es für euch beide unangenehm.«

Zur Hölle, nein, das musste er sich nun wirklich nicht antun.

»Spiel dich nicht so auf, nur weil du aus heiterem Himmel entschieden hast, deine dämliche Maskerade zu beenden. Ich weiß, was ich tue und ich weiß sehr genau, welche Jahreszeit ist. Du hast mir einen Dreck beigebracht, aber ich hab selber recherchiert. Ich bin kein Idiot!«, keifte er, schlug auf die Armlehne des Sessels, worauf seine Mutter die Augen schloss.

»So habe ich das nicht gemeint.«

»Ist mir egal. Hör einfach auf zu reden. Du wolltest mir nie etwas beibringen, also fang jetzt nicht damit an. Dafür hab ich Utodja!«

»Ähm . . . okay, perdon, aber ich muss da mal was klarstellen, ja?«, durchbrach Chris die hitzige Diskussion, hatte beschwichtigend beide Hände gehoben und stand ganz langsam von dem anderen Sofa auf. »Ich hoffe, das nimmt jetzt

keiner persönlich, ich weiß, die Lage ist ziemlich beschissen, aber ... Ynola ...
Du bist auch eine von denen? Auch so ein Gendro? Schon immer?«

Sprachlos sah Mika seinen Kumpel an. Chris' Timing war noch nie perfekt gewesen, aber das sprengte alles. Andererseits war die Frage berechtigt.
Schnaubend verschränkte Mika die Arme, sah zu seinen Eltern. Wie würden
die beiden Heuchler jetzt reagieren? Ihm auch eine Lüge auftischen? Oder
durchdrehen und sie alle einfach rauswerfen?

»Ja, Mutter«, meinte er darum, hob beide Brauen. »Sag's ihm. Bist du schon
immer so gewesen?«

»Mikhael«, mahnte sein Vater, doch seine Mutter hielt ihn zurück und legte
ihm die Hände auf die Schultern. Sie wirkte angespannt, rang sich aber ein
kränkliches Lächeln ab.

»Ja«, erklärte sie mit leiser Stimme. »Ich würde so geboren. Ich bin ein
Kryptid. Was meinen Sohn zu einem Halbblut macht - einem Hybrid, wie ihr
sie nennt.«

Was? Mika riss den Mund auf, glotzte seine Mutter verstört an. Hatte sie das
gerade wirklich gesagt? Hatte sie jetzt völlig den Verstand verloren, oder was
war los?

Ellie und Chris reagierten nicht weniger schockiert.

»Echt? Increíble, darauf wär' ich nie gekommen.«Verblüfft klatschte Chris
in die Hände. »Du siehst gar nicht aus, wie eine von denen. Ich hab nie was
bemerkt! Nichts gegen dich, Dracula, aber bei dir sieht man's. Und bei Mikey
mittlerweile auch. Aber du? Abgefahren.«

»Wir haben Vorkehrungen getroffen, damit man es nicht bemerkt. Genau wie
bei Mikhael. Und so soll es bleiben. Niemand darf davon erfahren«, beendete
sein Vater das Gespräch, bevor Chris seine taktlose Rede weiterspinnen konnte.

Als Mika das alles hörte, überkam es ihn. Die Fassungslosigkeit überrannte
ihn und in seinem Kopf legte sich ein Schalter um. Das war unglaublich.
Einfach unglaublich! Sie posaunten das, was sie ihm damals einfach vor die
Füße geklatscht hatten, unverblümt heraus. Als wäre es nichts. NICHTS!

»Großartig! Eins-A Vorstellung! Ganz klasse!«, entfuhr es ihm und mit
einem Mal war alles andere vergessen. Der Stress mit dem IKF, seine Freunde,
Utodja. Sein Kopf war leer und nur noch ein Gefühl beherrschte ihn. Wut!
»Gratuliere, Chris, du hattest recht, meine Mutter ist es! Mein Vater hatte seine
Triebe nicht im Griff und hat eine Wildkatze bestiegen! Und geschwängert! Es
ist ein Wunder! Ynola Auclair ist ein Engendro! Wer hätte das gedacht?«

Er wusste, seine Worte trieften nur so vor Sarkasmus, wusste, dass er seinen
Eltern damit wehtat, doch es war ihm scheißegal. Sie hatten es Chris und Ellie,
die NICHTS damit zu tun hatten, einfach so gesagt, während sie es ihm Jahre
verschwiegen hatten! Jahre! Er trat aus, traf den Sessel, in dem er gesessen

hatte, mit voller Wucht.

»Eine große Überraschung, nicht wahr? Aber von irgendwo muss ich es ja haben! Tja, tut mir leid, der Apfel fällt nicht weit vom Stamm! So gerne ihr das auch gehabt hättet!«

»Mikhael. Das reicht jetzt«, fuhr ihn sein Vater ihn an, stand ebenfalls auf, aber Mika ließ sich nicht einschüchtern. Das hatte er sein ganzes Leben lang getan.

»Oh nein, ich hab gerade erst angefangen!«, schrie er, konnte sich nicht länger zügeln. »Mein ganzes Leben habt ihr mich angelogen! Mein ganzes Leben lang! Habt mir gesagt, ich wäre nicht normal! Dass Gendros etwas Schlechtes sind, dass sie nur wilde Tiere sind, von denen man sich fernhalten soll! Dass ich gegen das ankämpfen muss, was ich bin! Als wäre ich etwas Ekelhaftes, Abscheuliches! Dass ich mich mein Leben lang verstecken muss, wenn ich mich nicht kontrollieren würde! Ich hatte Todesangst, dass man mich entdeckt! Und wofür? Um herauszufinden, das alles eine große Lüge war! Damit ihr es jetzt in die Welt herausschreit?«

»Wir schreien gar nichts heraus und wir haben dich nicht belogen. Wir haben uns etwas anderes für dich erhofft. Ein besseres Leben«, versuchte sein Vater ihn zu beruhigen, scheiterte aber kläglich.

»In dem ihr mir meine wahre Herkunft verschweigt? Gendros sind schlecht, Mutter? Ja?« Wütend fuhr Mika herum, breitete die Arme aus. »Wirklich? Sind sie das? Das hast du mir gesagt und was ist mit dir? Die ganze Zeit warst du einer!«

»Du bist nicht der Einzige, der Opfer gebracht hat, Mikhael!«, donnerte seine Mutter im nächsten Moment und ihre Stimme bekam etwas Kreischendes, etwas Unmenschliches. So wie Mika es schon bei sich selbst erlebt hatte. Böse wurde er angesehen, spürte, wie sich seine Nackenhaare aufstellten.

»Opfer nennst du das?«, grollte er dunkel, schnaubte amüsiert. »Du hast dich für dieses Leben entschieden. Du wolltest unbedingt ein Mensch sein, aber mir habt ihr keine Wahl gelassen!«

»Weil wir nicht wollten, dass du wie die anderen endest. Du hast doch selber gesehen, wie die Menschen mit unseresgleichen umgehen. Ich weiß, wie es ist, dort draußen als Engendro zu leben. Die Menschen haben mir lange vor deiner Geburt die Freiheit genommen. Mir die Krallen gezogen, mich in Ketten gelegt und für ihre Unterhaltung benutzt. Ich wollte nicht, dass mein Kind dasselbe durchmachen muss.«

»Also sperrt ihr mich in dieses Haus ein und erzählt mir, ich wäre eine Laune der Natur?«

»Nicht nur du hast darunter gelitten. Glaubst du, das hat uns Freude bereitet? Es war eine Qual, dich so zu sehen. Doch es war zu deinem Besten. Wir mussten dich beschützen.«

Oh nein, so einfach kam sie da nicht raus. Auf die Tränendrüse zu drücken brachte nichts! Der Zug *Es tut mir viel mehr weh als dir* war schon lange abgefahren! Sie hatten keine Ahnung, was sie ihm angetan hatten!

»Ihr habt mich eingesperrt«, raunte er vernichtend, stampfte mit einem Fuß auf, wusste, sie hatten das alles schon einmal durchgekaut, konnte sich aber nicht bremsen. »In dieses Haus. Zwölf Jahre lang. Ihr habt mir meine Ohren abgeschnitten. Ihr habt mir meinen Schwanz abgeschnitten! Ihr wolltet mich sterilisieren lassen! Ihr habt mich verstümmelt! Ich wollte das nicht, aber euch war das egal! Es war euch vollkommen egal, ihr habt nicht ein einziges Mal gefragt, was ich will. Ich hab nie gesagt, dass ich ein Mensch sein will, aber ihr habt mich dazu gezwungen! Tja, tut mir leid, euch zu enttäuschen, aber ich bin kein Mensch! Ich bin keiner! Ich bin ein Gendro!« Damit drehte sich Mika um und stampfte davon. Er ertrug ihre Gegenwart nicht länger. Wenn sie ihn jetzt rauswerfen wollten, nur zu! Er war ganz sicher nicht auf die Gnade dieser Heuchler angewiesen oder würde heile Welt spielen.

»Mikhael, warte! «, folgte ihm die Stimme seiner Mutter, klang tief getroffen. Schritte ertönten hinter ihm, wollten ihm folgen, doch mit einem Mal stoppten sie. Aus den Augenwinkeln sah Mika eine pechschwarze Wand, die sich vor seiner Mutter aufbaute und die Gelegenheit nutzte er, um zu verschwinden.

»Nein«, sagte Utodja bestimmt, hatte sich dem Muttertier in den Weg gestellt und seine Schwingen ausgebreitet. Er hatte lange genug geschwiegen und sich diesen schrecklichen Kampf angehört, hatte sich zurückgehalten, wie es Elenor gesagt hatte, aber nun war es genug. Ernst sah er das Weibchen vor sich an, verengte die Augen.

»Du wirst ihm nicht nachgehen«, erklärte er, senkte drohend das Haupt, worauf das Weibchen zurückwich, sich die Hände vor den Mund schlug, als sie seine Stimme hörte. Doch Utodja reagierte nicht auf ihren Schreck, schnalzte abwertend mit der Zunge. Er kannte die Reaktionen auf seine Sprachkenntnisse mittlerweile und sie beeindruckten ihn nicht.

»Du … du kannst auch …?«, begann Mikhaels Matre stockend, fasste sich aber wieder. »Lass mich vorbei, ich muss zu ihm. Er missversteht uns.«

»Ich weiß.« Seufzend senkte Utodja die Arme, schielte über seine Schultern hin zu der Treppe, die Mikhael hinaufgerauscht war. Sein Guardo war so aufgewühlt, dass Utodja selbst hier unten noch seine Anspannung spüren konnte. Fast war es wie damals, als seine Matre ihn angerufen hatte. Es betäubte Utodjas Sinne. Aber er verstand auch das Weibchen. Mikhael war ihr Junges, ihr Spross und er sah, dass sie sich um ihn sorgte. Sie und ihr Männchen. Sie beide sorgten sich und das war etwas, womit Utodja nicht gerechnet hatte. Nicht nach den Geschichten, die er über sie gehört hatte. Was in ihnen vorging, war beinahe greifbar, schwebte überall in der Luft. Ein verwirrendes Zusammenspiel aus Bitterkeit und Schuld. Aber auch Reue und Zuneigung. So tiefe Zuneigung, dass sich Utodjas Brust zusammenzog.

Diese beiden waren Mikhaels Eltern, kein Zweifel. Aber leider waren sie dumme Eltern.

»Ich werde dich nicht zu ihm lassen, Matre«, erklärte Utodja sanfter als gewollt. »Du bist seine Mutter, deine Gefühle sind stark. Aber seine auch. Er wird dich nicht hassen, aber er ist wütend und verletzt. Was ihr getan habt, war falsch. Darum gehst du nicht zu ihm. Ich werde gehen. Und ihr kommt uns nicht nach.«

»Aber er ...«

»Nein, Matre. Du hast es gesagt. Ich bin sein Alphaweibchen - sein Alpha-maara. Ich kümmere mich darum. Oder willst du, dass wir jetzt gehen? Ist deine Enttäuschung so groß?«

»Nein, selbstverständlich nicht.«

»Dann gehe ich zu ihm.« Das war das Beste. Sein Mikhael war zu aufgewühlt, konnte nicht klar denken. Er war zu stark verletzt und ging einer von den anderen ihm nun nach, würde der Kampf niemals enden. Es war seine Aufgabe, Mikhael zu beruhigen und das so schnell wie möglich. Seine Eltern würden gnädig sein und ihnen einen langen Aufschub gewähren, doch die Menschen aus dem Folterlabor sicher nicht. Sie würden nicht ruhen oder streiten, sie würden handeln. Also musste das Rudel schnell Frieden schließen. Denn arbeiteten sie nicht Hand in Hand, war das ihr Ende.

Fest entschlossen nickte Utodja dem Weibchen noch einmal zu, drehte sich dann um und Mikhael folgte dorthin, wo immer er auch hingegangen war.

Kapitel 30

Die Sünde

Dieses Nest war unglaublich! Utodja hatte schon viele Besitzer gehabt, hatte schon viele Häuser gesehen, doch keines war wie dieses gewesen. Geräumig, mit hohen Decken und verschlungen Fluren und Zimmern. Es war unheimlich, denn man wusste nie, was einen hinter der nächsten Ecke erwartete. Gleichzeitig reizte es ihn, jeden Winkel zu erkunden. Es war wie ... ein Labyrinth! Voll mit Möbeln, Gegenständen und Türen!

Ehrfürchtig folgte er Mikhaels Geruch, war die Treppe hinaufgestiegen, um dort einen weiteren langen Gang vorzufinden. Von seinem Guardo war nirgends eine Spur zu sehen und doch wusste Utodja genau, wohin er gehen musste. Sein Ziel war eine Tür am Ende des Ganges. Es war eine seltsame Tür, aus dickem weißem Holz, mit vielen Verriegelungen und Schlössern und einer seltsamen kleinen Öffnung in der Mitte, die jedoch verschlossen war. Verwirrt neigte er den Kopf, schnupperte skeptisch. Wozu brauchte man so viele Verriegelungen an nur einer Tür? Das gefiel ihm nicht und ein Schauer lief seinen Rücken herunter. Diese ganzen Schlösser, sie erinnerten ihn an die Käfige, in die man ihn gesperrt hatte und er wich zurück. Nein. Dort wollte er nicht hinein. Ein ungutes Gefühl beschlich ihn und sein Inneres verwandelte sich in einen Knoten, denn es bestand kein Zweifel. Sein Guardo befand sich hinter dieser Tür. Er konnte ihn wittern, hörte, wie er auf und ab ging und leise murmelte. Was bei allen Himmeln befand sich hinter dieser Tür, dass Mikhael freiwillig dort hineinging? Wo man von außen so einfach absperren konnte.

Unschlüssig beäugte er die Tür, haderte mit sich. Seine Sinne schrien ihn an, lieber nicht dort hineinzugehen. Doch sein Guardo war dort und er hatte eine Aufgabe zu erledigen. Kurz schielte er den Flur hinunter, sah in die Richtung, aus der er gekommen war und lauschte. Dumpf konnte er die Stimmen der anderen hören, die sich rege unterhielten, noch immer aufgebracht waren. Es wunderte Utodja nicht, bei den Dingen, die ans Tageslicht gekommen waren. Wirklich erstaunlich, Mikhaels Familie.

Hinter der Tür polterte es und schließlich fasste sich Utodja. Tief atmete er ein, wappnete sich gegen jede Gemütsschwankung seines Guardos, dann ergriff er die Klinke und schob die Tür einen Spalt auf. Bedächtig spähte er ins Innere - und japste nach Luft.

Es war ... wie ein Urwald! Ein richtiger Urwald, aber in einem Zimmer. Obwohl, nein, es war kein Zimmer, was Utodja sah. Der abgedunkelte Raum vor ihm war fast so groß, wie Mikhaels Nest! Fassungslos schob er die Tür ganz auf und bestaunte, was sich vor ihm auftat.

Es war ein Raum wie kein anderer. Wo man auch hinsah, standen große Pflanzen und Blumen. Von der Decke des Raumes hingen dicke Stricke, wie Lianen. Waren überall, verwandelten das Zimmer in ein undurchsichtiges Wirrwarr! Der Anblick war vertraut, erinnerte ihn an sein eigenes Zimmer und ein wohliges Gefühl breitete sich in ihm aus. Dann waren da Möbel! Doch sie sahen nicht aus wie Möbel. Sie waren hoch, mit Stufen und Leitern und Vorsprüngen zum Klettern! Und sie hatten Löcher, in die man schlüpfen konnte, wie richtige Höhlen! Auf dem Boden waren dichte Teppiche ausgelegt, hoch und flauschig und die Wände waren mit seltsamen bunten Steinen versehen, die hoch hinaufreichten. Und die Fenster! Sie waren so groß! Mit ... Gittern davor? Utodja stockte und seine anfängliche Begeisterung schwand. Dieser Ort ...? Was war das nur? Was war es?

»Verschwinde! Ich will niemanden sehen!«, hallte es aus den Untiefen des Urwaldzimmers und Utodja versteinerte. Die Wut, die ihm entgegengeschleudert wurde, brachte seine Knie zum Zittern, doch er wusste, sie war nicht gegen ihn gerichtet. Vorsichtig schloss er die Tür hinter sich und betrat den Raum, setzte langsam einen Fuß vor den anderen, während er die Lianenstricke zur Seite schob, den Ursprung der Stimme suchte, die sich tief im Inneren des Zimmers versteckt hielt.

»Was ist das hier?«, hauchte er, legte den Kopf weit in den Nacken und entdeckte winzige falsche Sterne an der Decke.

»Ich sagte RAUS!«, rief die Stimme weiter und Utodja folgte ihr.

»Ist das etwa dein Zimmer? Mit Schlössern vor der Tür und Gittern vor den Fenstern?«

»Ja, gut erkannt! Und mit einer praktischen Essensdurchreiche in der Tür und eigenem Badezimmer, um mich für Wochen einzusperren! RAUS!«

»Dann ... ist es kein gutes Zimmer.«

Wieder polterte es und Utodja schluckte.

»NEIN! Es ist ein verfluchtes Gefängnis!« Mikhaels Silhouette tauchte aus dem Nichts heraus auf, baute sich vor Utodja auf wie ein Berg. Vernichtend starrte sein Guardo ihn an und deutete bebend auf die Tür. »Ich sagte raus! Kannst du nicht einmal tun, was ich dir sage? Ich will meine Ruhe!«

Nur stimmte das nicht. Es war eine Lüge. Ohne Zweifel. Aber Utodja würde es ihm nicht auf die Nase binden. Schweigend verengte er die Augen, blieb an Ort und Stelle. Ein Teil von ihm fürchtete Mikhaels Ausbruch, doch er würde dem Stand halten. Also schüttelte er den Kopf, erfasste Mikhaels Arm und drückte ihn sachte nach unten.

»Nein. Ich werde bleiben.«

»Ach ja? Und wieso? Solltest du nicht unten bei den anderen sein?«

»Bei den anderen?«

»Ganz genau! Sie alle hocken doch da unten! Bei ihr! Und himmeln sie an, als wäre sie ein gefallener Engel, der sich endlich offenbart hat, während ich nur der undankbare Sohn bin, den sie gnädigerweise aufnimmt. Zum Kotzen ist das!«

Utodja zögerte, wusste nicht, wie er Mikhaels Gefühle einordnen sollte. Es war nicht nur Wut, die ihn antrieb. Irgendwie fühlte es sich an wie Eifersucht, dch wenn es so war, verstand Utodja es nicht. Da war vieles, das er nicht verstand. Viele Fragen, die sich in ihm zusammenballten. Er wollte Mikhaels Wut gewiss nicht schüren, doch die Neugier war zu stark.

»Du hast nie erzählt, dass deine Mutter eine von uns ist«, sprach er schließlich das aus, was ihm schon die ganze Zeit auf der Zunge lag. Dabei hätte er es wissen müssen. Nur einer kam in Frage, Muttertier oder Vatertier. Zwar wusste er, dass auch Menschen Jungtiere von anderen Matren aufnahmen, aber davon hatte Mikhael nie erzählt. Er wurde immer nur wütend bei dem Thema. Auch jetzt reagierte er unwirsch, gestikulierte wild mit den Händen.

»Oh nein! DU bist einer von ihrer Art! Ich bin nur ein Halbblut. Du hast es doch gehört! Ein Halbblut, das sie Jahre lang angelogen hat! Ich wusste es nicht! Ich hatte keine Ahnung, bis das im Wildpark passiert ist!«

»So lange?«

»Ja, so lange, verdammt!«

Das war wirklich eine lange Zeit. Mikhael hatte ihm gesagt, er war kurz nach diesem Vorfall in die Menschenstadt gezogen und dann hatten sie sich getroffen.

»Sie sieht nicht aus, wie eine von uns«, hakte er bedächtig nach.

»Natürlich nicht! Madame hatte ja auch tausend Operationen. Viel mehr als ich, damit man nichts merkt.«

»Aber wie konnte das glücken? Niemand hat je etwas bemerkt?«

»Ihr Arzt ist eine Koryphäe auf dem Gebiet. Er ist ein Bekannter der Familie und wird gut bezahlt. Das sagt alles.«

Bezahlt. Utodjas Augen zuckten. Das bedeutete, sie hatte Geld dafür gegeben, damit niemand etwas sagte. Und sie hatte Geld gegeben, um wie ein Mensch auszusehen. Wieso? Utodja konnte das nicht verstehen. Wieso sollte einer der Seinen ein Mensch sein wollen? Dafür auch noch dieses für die Menschen so wertvolles Gut ausgeben?

Nachdenklich betrachtete er seinen Alpha, der wie eine sprudelnde Quelle vor ihm stand, die jeden Moment überschäumen würde. Mikhael war verraten worden. Von seinen Blutsverwandten, von denen, die ihm nahe standen. Dafür gab es keine Worte. Doch vielleicht missverstand Mikhael seine Eltern, sah ihre Bemühungen nicht, den Fehler gut zumachen. Sie waren alle eine Familie, ein großes Rudel, ein gemischter Stamm aus vielen. Wenn sein Alpha sich von ihnen abwenden wollte, würde Utodja ihm folgen, aber vielleicht bestand noch eine andere Möglichkeit.

»Sie ist unsere Matre. Willst du ihr denn nicht vergeben?«, fragte er darum, bereute es aber im selben Augenblick. Ruckartig fuhr Mika herum, schlug mit der Hand auf eine Wand ein.

»Sie ist nicht unsere Matre! Nenn' sie nicht so! Sie ist eine Heuchlerin! Nichts weiter!«

»Deine Matre ist meine Matre. Und meine wäre deine geworden.«

»Ist mir egal! Du hast keine Ahnung! Du kennst die beiden nicht! Erst recht nicht sie! Also nimm sie nicht in Schutz! Gerade du! Du hast sie doch gehört! Wie sie von dir gesprochen hat! Sieht dich als Frau, nur weil du zufällig Kinder kriegen kannst. Was für ein Schwachsinn.«

»Unrecht hat sie nicht. Ich kann es. Junge bekommen. Denke ich. Und ein Teil von mir ist ein Weibchen.«

»Ach ja? Wie war das noch? Du hasst es, nur als eins von beiden angesehen zu werden? Ist das jetzt vergessen, oder was?«

»Nein.« Seufzend ließ Utodja die Schultern hängen. Diese Unterhaltung war anstrengend und Mikhaels Stimme steigerte sich immer mehr, wurde immer lauter. Ganz gleich, was er auch sagte, Mikhael zu besänftigen schien unmöglich. Dabei wollte er nur die Wogen glätten. Sein Alpha war voller Verbitterung, etwas, das Utodja nur in Maßen verstand. Über all den Hass hinaus, der auch angebracht war, was war mit der Familie? Damals im Stammen waren die Matren so wichtig gewesen. Hatten alles zusammengehalten, Auseinandersetzungen geschlichtet, die Jungen großgezogen. Schluckend schloss Utodja die Augen, ließ den Kopf hängen. Er würde alles dafür geben, noch einmal in den Armen seiner Matre zu liegen. Ihre Wärme zu spüren. Aber sie war fort und es tat ihm weh, dabei zuzusehen, wie sein Guardo seine verlor.

»Willst du sie wirklich hinter dir lassen, Elgido? Deine Familie? Alle begehen Fehler und es ist an ihnen, sich zu entschuldigen. Aber sie auf ewig verfluchen? Wir Raza leben lange. Ihr *Mashka*, ihr Katzenartigen, auch. Und wir wissen nicht, was noch passiert. Willst du im Bösen auseinandergehen? Angefüllt von Zorn und Trauer?«

Erst kam keine Antwort. Mikhael starrte ihn nur an, fletschte die Zähne. Eine Weile stand er einfach nur da, schwankte auf der Stelle, doch dann schüttelte er den Kopf. Wieder und wieder. Murmelte Worte, die Utodja nicht verstand.

»Oh nein! Hör auf damit! Hör auf MIR ein schlechtes Gewissen zu machen! Auf wessen Seite stehst du eigentlich? Stell dir vor, *deine* Eltern wären für den ganzen Mist verantwortlich, den du erlebt hast! Stell dir vor, *sie* hätten dich an die Menschen verkauft! Sie hätten dich verabscheut, weil du ein Maara bist! Was dann?«

Das war eine schwere Frage und Utodja legte die Stirn in Falten. Der Gedanke beunruhigte ihn, hinterließ einen bitteren Beigeschmack.

»Ich weiß es nicht. Ich wäre wütend und enttäuscht. Aber sie sind tot. Ich werde es nie wissen.«

Mikhaels Augen zuckten und er presste die Lippen aufeinander, wich Utodjas Blick aus. Ein Hauch von Reue umgab ihn, doch nur für einen Augenschlag. Einen Augenschlag, den Utodja nutzte. Er ging auf Mikhael zu, schlang seinen Schweif sanft um dessen Bein.

»Hasst du sie? Mikhael? Obwohl sie sich gekümmert haben? Auf falsche Art, doch sie haben sich gekümmert. Sie sind deine Eltern, sie sorgen sich.«

»Und das entschuldigt alles?«, brüllte sein Wächter, schüttelte Utodjas Schweif ab und begann wieder auf und ab zu gehen, blieb dann urplötzlich stehen und zeigte mit einem Finger auf ihn. »Weißt du noch, was du mir damals gesagt hast? Dass es der Horror war, als sie dir deine Flügel abschneiden wollten? Mir haben sie sie abgeschnitten, Utodja! Sie haben sie mir abgeschnitten ...« Mikhaels Stimme versagte und er fiel vor Utodjas Augen in sich zusammen, sackte auf das große Bett, das im Boden eingelassen war, und vergrub sein Gesicht in den Händen. »Schau doch, was sie mit mir gemacht haben.«

Sofort ging Utodja in die Hocke, wollte auf Augenhöhe mit seinem Alpha sein und kroch auf das Bett zu. Unsicher wanderte sein Blick über Mikhael, wägte ab, was er tun sollte. Sein Guardo bebte vor unterdrücktem Zorn, war kurz davor, um sich zu schlagen. Einen weiteren Kampf wollte er nicht riskieren und er war sicher, er würde unterliegen.

»Ich mache das nicht«, spie Mikhael hinter vorgehaltenen Händen aus, brachte Utodja zum Zucken. »Heile Welt spielen und ihnen vergeben, nur weil sie uns aufgenommen haben. Das geht einfach nicht! Ich will das nicht!«

Es half alles nichts. An Versöhnung war nicht zu denken und Utodja wagte es nicht, das Monster in Mikhael zu reizen. Langsam beugte er sich vor, wollte seinen Kopf gegen Mikhaels schmiegen, ihn beruhigen, doch in dem Moment sprang sein Guardo plötzlich auf die Füße. Erschrocken fiel Utodja hinten über und landete auf dem Boden.

»Ich hab keinen Bock mehr auf dieses ganze Theater!« Fauchend stampfte sein Alpha um das Bett herum, zu einer weiteren Tür. Riss sich auf dem Weg dahin das noch immer feuchte Hemd vom Körper. »Vermutlich sollen wir auch noch nach ihrer Pfeife tanzen, solang wir hier sind. Pah! Am besten sperren wir dich gleich ein, damit dich niemand sieht. Oder, nein – hacken wir dir doch gleich alles Verdächtige ab! Flügel, Schwanz, es ist ja genug da! Ha, oder sie wollen es wieder mit Geld regeln. Wollen diesen Holloway bestechen und dann bin ich schuld an ihren Unannehmlichkeiten!«

Utodja rappelte sich wieder auf, folgte seinem Guardo schweigsam und blieb an der Tür zu dem angrenzenden Waschzimmer stehen, klammerte sich an den Rahmen. Der Ausbruch seines Alphas wurde immer schlimmer und langsam begann er sich, unwohl zu fühlen. Was Mikhael sagte, jagte ihm grausige Schauer über den Rücken. Über so etwas scherzte man nicht. Zumal er wusste, dass die Menschen dazu fähig waren. Das Bild des wahnsinnigen Mannes aus dem Labor blitzte vor seinen Augen auf, wie er das kalte Messer in sein Fleisch gerammt hatte. Ein bedrängtes Brummen entfuhr ihm und er schüttelte den Kopf, wollte den Gedanken von sich werfen.

»Deine Eltern werden uns nichts tun«, murmelte er, doch seine Stimme klang schwach. Darauf grunzte sein Mikhael nur, lachte dunkel.

»Sie werden tun, was SIE für richtig halten! Was wir denken, spielt keine Rolle. Die würden diese Leute aus dem Institut für eine Verhandlung herholen und uns nichts sagen! Weil sie glauben, alles besser zu wissen!«

»Aber das wäre unüberlegt und dumm.«

»NATÜRLICH WÄRE ES DAS!«, donnerte sein Alpha, fegte die Behälter von der Ablage über dem Waschbecken und stützte sich auf dem Becken ab. »Natürlich wäre es das, aber so weit denken sie nicht! Sie denken gar nicht nach ... überhaupt nicht ... über nichts ...«

Es wurde still, doch Mikhaels Zorn flaute nicht ab. Schwer atmend stand sein Alpha vor dem Waschbecken, hatte die Finger fest um den kühlen weißen Stein geklammert. Der Anblick missfiel Utodja zutiefst und er entschied, etwas zu tun. Auch das war seine Aufgabe. Er musste dafür sorgen, dass das Alphatier ruhig blieb. Also ging er durch den kleinen fensterlosen Raum, hielt neben Mikhael inne und legte eine Hand auf seinen bloßen Rücken. Ein Ruck fuhr durch Mikhael, Utodja wappnete sich sofort, doch es passierte nichts.

Mikhael hob lediglich den Kopf, starrte voller Verachtung in den Spiegel über dem Becken und Utodja tat es ihm gleich, erschauderte, bei dem Anblick. Jetzt sahen sie sich noch ähnlicher. Es gab kaum einen Unterschied. Niemand könnte sagen, wer das Halbblut war und wer nicht. Mikhaels Muster waren nun überall. Waren über seinen gesamten Körper gewandert, die dunklen Male unter seinen Augen waren bis zu seinen missgestalteten Ohren gewachsen und seine Pupillen waren dünne Schlitze. Er sah wild aus, sein Alpha. Wie ein Raubtier und Utodja mochte dieses Bild. Unterschiedlicher konnten sie nicht sein, waren wie Tag und Nacht, Sonne und Mond. Doch sie gehörten zueinander. Unverkennbar.

Schließlich wanderte sein Blick von Mikhael zu seinem eigenen Spiegelbild. Augenblicklich zog sich Utodjas Kehle zusammen und ein unsichtbarer Stein rollte sich auf seine Brust. Langsam hob er eine Hand, legte sie auf die glatte Oberfläche. Wieso nur war es immer dasselbe? Wann immer er sich selbst sah, hatte er das Gefühl, nicht richtig zu sein. Es war zermürbend.

»Du und dein dämlicher Spiegeltick«, raunte Mikhael plötzlich und wie gestochen zog Utodja die Hand weg, sah zu seinem Alpha, der sich aufgerichtet hatte. Nun gerade neben ihm stand. Über ihm ragte, wie ein Fels. Auf ihn hinunterschaute. Seinen Blick über Utodja schweifen ließ. Erst fragend. Dann eindringlich. Dann intensiv.

Utodjas Augen zuckten und der Stein verschwand, verwandelte sich in etwas viel Leichteres, Flatterndes. Er machte einen Schritt zurück, brachte Abstand zwischen sich und Mikhael, musterte ihn ebenfalls.

Er war so groß. So stark. Das hatte Utodja schon immer an ihm gemocht. Er musste schlucken und sein Herzschlag beschleunigte sich, hämmerte fest gegen seinen Brustkorb und Hitze erfasste ihn. Nahm ihn gefangen wie eine prickelnde Welle und er erinnerte sich an die gestrige Nacht, als er von Mikhaels Armen umschlungen worden war. Wie er wohl ausgesehen hätte? Als einer der Seinen? Mit Schweif und Ohren? Ohne menschliche Reue, ohne menschliche Gedanken. Trieben und Instinkten ausgeliefert und - zwei große Hände grabschten nach seinem Gesicht, umschlossen es grob und Utodja riss die Augen auf, wollte sich aus dem Griff entwinden, doch Flucht war unmöglich. Mikhael hatte ihn fest in seinen Fängen, belauerte ihn mit gierigem Ausdruck. Und dann griff er an! Erschrocken japste Utodja auf, als Mikhael ihn zu sich zerrte, seine Lippen auf Utodjas presste. Besitzergreifend, verlangend. Hektisch wurde er gegen eine Wand getrieben, in eine Ecke gedrängt, während Mikhael nicht eine Sekunde von ihm abließ.

»Was machst du?«, hauchte Utodja panisch, wusste nicht, was er tun sollte. Mikhaels Augen hatten sich voll auf ihn fixiert, verschlangen ihn mit Haut und Haaren. Utodjas Beine wurden weich, wie sein Widerstand und Verlangen erwachte in ihm. Unangebrachtes Verlangen. Aber es war da und es wurde stärker, als Mikhaels Hände von seinem Gesicht glitten und sich in sein dichten Strähnen verfingen.

»Etwas Verbotenes«, wisperte sein Guardo verschwörerisch. »Etwas, das ich nie durfte. Aber ist mir egal! Ich werd's tun. Unter ihrem Dach! Unter ihren Augen!«

»Aber ...« Weiter kam Utodja nicht. Mikhael überfiel ihn erneut, schnappte nach seinem Mund, klemmte ihn zwischen seinem Körper und der Wand ein.

»Kein Aber! Sie haben es zu begreifen! Du gehörst mir! Und ich nehme mir, was mir gehört!«

Mika konnte sich nicht mehr bremsen. Seine Wut hatte die Oberhand gewonnen und das Monster in ihm tobte. Brüllte vor Zorn und Frust. Und das Schlimmste war, Mika wehrte sich nicht dagegen, ließ das Monster frei. Er hatte genug davon, alles in sich hineinzufressen. Nicht eine Sekunde länger würde er sich beherrschen! Er wollte wütend sein! Und er wollte mehr. Er wollte sich beweisen. Wollte der ganzen Welt zeigen, was er war! Ein Halbblut! Ein Gendro! Ein Alphatier! Utodjas Alphatier. Schnaufend sah er hinab auf die Fledermaus, inhalierte tief.

Schon die ganze Zeit über konnte er Utodjas verführerischen Duft wittern, nahm ihn überall wahr. Wusste, wonach es seinem Fledertier verlangte. Utodja machte kein Geheimnis daraus, zeigte es ganz offen, versuchte nichts zu verbergen. Und es kratzte Mika auf. Er spürte die Hitze seines Gendros, konnte den schlanken, bebenden Körper spüren. Bebend drückte er seine Stirn gegen Utodjas und verlor sich in den giftgrünen Augen. Was es auch war, das ihn zu dieser Fledermaus zog, er hatte keine Worte dafür. Dabei war er alles, was Mika immer gefürchtet hatte. Aber vielleicht war es genau das. Utodja war das Verbotene. Das Gefürchtete. Die Sünde durch und durch und er verzerrte sich nach ihm. Wollte sich nicht länger zurückhalten. Von heute an würde er nur noch das machen, was Utodja gesagt hatte! Nur noch auf seinen Bauch hören, auf seine Instinkte und Gelüste!

Begierig haschte er nach den verführerischen Lippen, teilte sie grob, spürte, wie der anfängliche Widerstand erlosch. Mit einem Ruck packte er Utodjas Hände, presste sie gegen die Wand. Die Fledermaus drängte sich plötzlich gegen ihn und Mika genoss es. Gediegen fuhr er mit seiner Zunge den seidigen Hals entlang, griff nach seinem Oberteil und entblößte Utodjas Oberkörper. Die Fledermaus gab einen wohligen Laut von sich und ein Grinsen legte sich auf Mikas Gesicht. Immer weiter wanderte er an Utodja hinunter, küsste das seltsame dreieckige Mal auf seinem Arm.

Utodja keuchte, musste die Augen verdrehen. Bald konnte er sich auf nichts anderes mehr konzentrieren, wagte es nicht, sich zu bewegen. Was sein Guardo tat, ließ ihm das Blut in den Kopf schießen. Mikhael küsste ihn, zwickte ihn mit seinen Zähnen ...! Jedes Mal, wenn seine Fänge seine Haut reizten, erzitterten seine Knie und ihm wurde kochend heiß. Es war zu viel. Zu viel Zuwendung, sie überschwemmte ihn.

Schließlich gaben seine Beine nach und er sackte an der Wand hinunter. Sein Guardo ließ von ihm ab, funkelte ihn aus wilden Augen heraus an. Verzweifelt streckte Utodja die Arme aus, suchte seine Wärme, wollte ihn spüren. Es war an der Zeit, dass Mikhael seiner Pflicht als Alpha nachkam und sich nahm, was ihm gehörte. Doch kaum, da Mikhael bemerkte, was Utodja wollte, flaute seine Wildheit ab. Er wurde unsicher und schließlich zog er sich zurück. Von jetzt auf gleich. Saß schwer atmend vor ihm, musterte ihn mit glasigem Blick.

»Was ist? Wieso hörst du auf?«, krächzte Utodja, richtete sich auf. Keine Antwort kam. So verharrten sie. Regungslos. Einander anstarrend. Fragend stellte er die Ohren auf, doch Mikhael wich seinem Blick aus, war tiefrot angelaufen. Er presste die Lippen aufeinander, öffnete den Mund, klappte ihn wieder zu.

»Das ... könnte problematisch werden«, brachte er schließlich hervor, schielte an Utodja hinab. »Wegen dem, was du bist und wegen dem, was ich bin ...«

Utodja verstand nicht.

»Wieso? Weil ich ein halbes Männchen bin? Ich bin auch ein halbes Weibchen, ich kann alles, was ein richtiges Weibchen kann.«

»Nein, nicht deswegen. Das spielt keine Rolle, ich ... ! Es ist, weil ich ...« Wieder brach sein Guardo ab, suchte nach Worten. »Ich bin ein Halbblut, ein Tigerhybrid. K-katzenartig ... Da gibt es Eigenarten. Körperlich. Eigenarten, die dir schaden können. Mit denen ich anderen geschadet habe.«

Katzenartig? Eigenarten?

Oh! Natürlich. Utodja begann zu verstehen. Sein Alpha war ein Tiger. Ein Kater! Kater waren mit Stacheln bestückt, um sich besser zu paaren zu können. Davon hatte er gehört. Bei Gendros und Hybriden gab es das also auch und es machte Sinn. Alles machte jetzt Sinn! Schnell rückte er näher, suchte Mikhaels Blick.

»Deshalb die Zurückhaltung?«

»Ja ...« Mikhael knirschte mit den Zähnen.

»Weil du glaubst, du schadest mir?«

»JA!«, donnerte Mikhael. »Natürlich werde ich das! Und das will ich nicht. Nicht noch mal ... !«

Verdammt, das funktionierte nicht. Natürlich funktionierte es nicht! Mika hatte sich hinreißen lassen und gehofft, dass es vielleicht doch klappte. Es war so lange her, seit ihn jemand berührt hatte und er sehnte sich verzweifelt danach. Einmal, nur einmal hatte er jemandem nahe sein wollen, aber es würde nicht klappen. Er sollte es einfach aufgeben! Dank dieser *Behinderung* würde er niemals mit jemandem zusammen sein können. Entrüstet wandte er sich ab, wollte aufstehen, doch Utodja hinderte ihn daran. Er richtete sich auf und schlang seine Flügel um ihn, sperrte sie in einen engen, heißen Kokon.

»Lauf nicht weg, Elgido«, hauchte seine Fledermaus eindringlich, tastete nach seinen Händen. Küsste sie. »Dazu gibt es keinen Grund.«

Mikas Kehle zog sich zusammen. Noch immer glimmte ein grünes Feuer in Utodjas Augen, zog ihn magisch an. Angespannt atmete er aus, wurde von einer heftigen Gänsehaut durchgeschüttelt.

»Du gehst nicht weg«, wisperte Utodja ihm ins Ohr, machte es Mika unendlich schwer, die Fassung zu behalten. »Du musst nicht weggehen oder dich schämen. Wir sind anders, als die Menschen.«

Utodjas Finger waren plötzlich überall, versuchten ihn zu verführen. Mikas Körper wurde schwer wie Blei.

»Ich sagte, ich kann nicht!«, krächzte er.

»Wir sind keine Menschen«, wiederholte seine Fledermaus besänftigend. »Wir sind besonders.«

Besonders? Wovon redete er da? Das ergab keinen Sinn. Oder . . . ? Moment. Perplex weitete Mika die Augen. Meinte er etwa ...?

»Unsere Körper sind auch besonders, Mikhael. Anders, als die der Menschen. Nicht so zerbrechlich. Nicht so schwach. Wir gehen nicht kaputt. Du wirst mir nicht schaden. Ich kann dir geben, was immer du willst.«

Nicht so schwach ... Mikas Sinne spielten verrückt. Er konnte nicht mehr richtig zuhören, starrte Utodja wie gebannt an. Daran hatte er nie gedacht, hatte es völlig verdrängt. Gendros waren *keine* Menschen. In keiner Hinsicht. Dafür waren sie beide wie füreinander geschaffen. Mikas Herz überschlug sich und Feuer schoss durch seine Venen. Hunderte von Szenarien spielten sich plötzlich vor seinen Augen ab. Hunderte Dinge, hundert neue Möglichkeiten! Utodja konnte es? Wirklich? Sich auf ihn einlassen? Ihn berühren, ohne zu schreien? Ohne sich zu verletzen? Es machte ihm nichts aus?

Es gab kein Zurück mehr. Das Monster überrannte ihn. Schob alles Rationale bei Seite. Begierde erwachte in Mika. Unstillbare Begierde. Sein Verstand setzte aus, existierte nicht mehr. Er packte Utodja, zog ihn mit einem Ruck an sich. Dieses Wesen begehrte ihn! Wollte ihn. Er war perfekt. Einfach vollkommen! Mika musste sich nicht mehr fürchten, sich nicht zurücknehmen. Nie mehr!

Er schnappte sich Utodja, hob ihn kurzerhand hoch. Erschrocken kreischte das Fledertier auf, schlang seine Beine um ihn, erzitterte und das Monster grollte hungrig. Hatte seine Beute gefunden.

Endlich. Endlich war es so weit. Lange genug hatte Utodja darauf gewartet, dass sein Alpha seine Scheu ablegte. Einnehmend schmiegte er sich an den markanten Körper, gurrte verlangend. Sein Alpha trug ihn aus dem Waschzimmer, taumelte zu dem Bett, warf ihn auf die Matratze. Ein Schmerz zuckte durch seine Schwingen und er wollte sich aufrichten, wollte sich anders platzieren, doch er kam nicht dazu. Ein Gewicht wälzte sich auf ihn, pinnte ihn auf das Bett hinunter. Besitzergreifend, keinen Widerstand duldend. Utodjas Herzschlag setzte aus. Genau das war es, was er gewollt hatte! Wonach er sich gesehnt hatte! Zu jemandem zu gehören. Einen Alpha zu haben. Sich mit ihm zu vereinen ...

Erwartungsvoll drückte er sich in die Decke, als sich Mikhaels schwerer Körper auf ihm niederließ und eine aufregende Angst ergriff von ihm Besitz.

Ehe er sich versah, wurde er wieder attackiert. Heftiger als vorher. Fänge bissen ihn, Krallen kratzten über seine Haut und sinnliche Bisse wurden auf seinen Hals gedrückt. Ein Arm schlang sich unter seinem Rücken durch, drückte ihn nach oben und Utodja erzitterte. Sein Körper reagierte wie von selbst und er schloss die Augen.

Rohes Verlangen schwemmte über sie hinweg. Alles andere verschwand. Wurde zu einem großen Wirrwarr aus Hitze und Lust. Stöhnen erfüllte die Luft und irgendwann wusste er nicht mehr, wo sein Alpha anfing und wo er aufhörte.

Kapitel 31

Erledigt

DER Regen hatte aufgehört. Das war das erste, was Utodja wahrnahm. Das betäubende Prasseln des Regens war verstummt und alles, was blieb, waren feine Schlieren an den vergitterten Fenstern. Fenster, durch die Schatten geworfen wurden. Gruselige Schatten, die das Bett wie einen Käfig aussehen ließen.

Unwohl reckte Utodja die Schultern, versuchte den stechenden Schmerz zu ignorieren, der durch seine Flügel jagte und träge öffnete er die Augen. Sie lagen jetzt schon lange hier. Länger, als dass es Utodja aushalten konnte. Sein Körper war schwer wie ein Stein, seine Beine fühlten sich taub an und sein Unterleib prickelte. Doch ein Entkommen gab es nicht. Er musste in dieser unbequemen Pose ausharren, fest umschlungen von Mikhaels starken Armen.

Sein Alpha schlief. Stunden waren es jetzt, in denen er da lag und ruhte. Draußen war es bereits dunkel geworden, aber Utodja lag wach. An Schlaf war nicht zu denken. Genau genommen war alles, an das er denken konnte, sein erschöpfter, ausgelaugter Körper. Was passiert war, hatte ihn überwältigt. Anfangs war es nicht sehr angenehm gewesen, aber dann hatte es ein heftiges Ende gefunden.

Wie konnte das sein? Wie konnte etwas Schmerzhaftes plötzlich so anregend werden? So betörend? Von Mikhael gehalten zu werden, war ohnegleichen. So etwas hatte er noch nie erlebt. Sein Herz flatterte in Erinnerung an Mikhaels Liebkosungen, während seine Wangen vor Scham und Freude brannten. War eine Paarung immer so innig? Und was wurde nun von ihm erwartet? Wieder zuckte ein Schmerz durch seinen Rücken und er stöhnte leise, schloss gequält die Augen. Genug, es reichte. Umständlich richtete er sich auf und befreite sich aus Mikhaels Armen. Schwieriger war es jedoch, seine Schwingen zu lösen. Mikhaels ganzes Gewicht lag auf ihnen und sie unter seinem Körper wegzuziehen, erwies sich als mühsame Aufgabe. Dennoch meisterte er sie, ohne seinen Guardo zu wecken. Der schlief einfach weiter, brummte nur und drehte sich um. Kurz wanderte Utodjas Blick über Mikhaels entblößten Körper und ein Schauer krabbelte über seinen Rücken. Sein Anblick war fesselnd, weckte erneut Utodjas Gelüste, aber er konnte einfach nicht länger dort liegen.

Seufzend kletterte er aus dem Bett und stolperte, kaum, da er einen Fuß auf den Boden gesetzt hatte. Verwirrt sah er sich um und entdeckte eine dicke Wurzel, die sich um das Bett rankte. Aber da war nicht nur eine. Im matten Dämmerlicht erkannte er viele Wurzeln. Sie stammten von den Pflanzen aus dem Zimmer, deren Vasen aufgebrochen waren und die mit einem Mal im ganzen Raum wucherten. Auch blühten alle Blumen farbenfroh und kräftig, trotz der Dunkelheit. Utodja runzelte die Stirn, legte den Kopf zur Seite und tastete nach einer der Blüten, strich sachte über die zerbrechlichen Blätter. Seltsam. Was war hier passiert? Eine Antwort fand er nicht und er war zu ausgelaugt, um sich weiter den Kopf zu zerbrechen. Er ließ von den Blumen ab und trottete in das Waschzimmer, suchte seine Kleider und fand sie auf dem Boden verteilt. Der vom Regen aufgeweichte Stoff war mittlerweile getrocknet, roch aber unangenehm und fühlte sich klamm an. Etwas anderes hatte Utodja aber nicht, also zwängte er sich in das Oberteil, ignorierte den beißenden Schmerz der Kratzer und Bisswunden, die Mikhael ihm im Eifer ihres Liebesspiels zugefügt hatte.

Als er angezogen war, fiel sein Blick für einen Moment auf den Waschspiegel und er schluckte. Wieder erwartete ihn jener fremde Anblick, doch als er sich selbst in die Augen sah, traf ihn plötzlich eine Erkenntnis. Wie ein Blitzschlag.

Er war jetzt Mikhaels Gefährte. Sie hatten sich vereint und einander gekennzeichnet. Von jetzt an wurde von ihm erwartet, die Jungen seines Alphas zu gebären. Als sein Alpha*weibchen*.

Junge . . .

Utodjas Eingeweide zogen sich zusammen. Er stolperte, musste sich am Beckenrand abstützen. Darüber hatte er nicht nachgedacht, als er Mikhael aufgefordert hatte, sich mit ihm zu paaren. Dabei war eine Paarung genau dafür da! Aber Utodja . . . er wollte keine Junge. Nicht jetzt. Vielleicht nie. Immerhin war er auch ein Männchen. Wenn er Junge zur Welt brachte, würden ihn alle nur noch als Weibchen ansehen. Oder?

Wieso hatte er nicht früher darüber nachgedacht, er war ein Dummkopf! Gebar er keine Junge, würde er nie die Anerkennung seines neuen Rudels bekommen! Auf keinen Fall wollte er in ihren Augen versagen, aber was, wenn er sowieso versagte? Weil er ein Maara war? Ein fehlerhaftes Weibchen? Wenn er überhaupt keine Junge gebären konnte? Oh Himmel!

Schnell wandte er sich ab, ertrug weder seinen eigenen Anblick, noch die Gedanken, die damit aufkamen. Lautlos huschte er aus dem Waschzimmer und warf seinem Alpha einen scheelen Blick zu. Der schlief noch immer, hatte nichts mitbekommen. Utodjas Brust ächzte und er sackte gegen eine Wand, ließ die Ohren hängen.

Eine Weile stand er nur da und betrachtete das Zimmer. Wohl fühlte er sich aber nicht. Weder konnte er seinen Alpha noch das Bett ansehen, ohne dass Chaos in ihm ausbrach. Plötzlich wirkte alles so klein, so eng. Wie in den zahllosen Käfigen, in denen er gesteckt hatte. Er brauchte Platz, brauchte Luft …! Also entschloss er sich, das Zimmer zu verlassen. Nicht die beste Idee, aber so kam er womöglich auf andere Gedanken.

Leise öffnete er die Tür, huschte auf den Flur und schloss die Tür wieder hinter sich. Frische Luft strömte ihm entgegen und er atmete auf. Schon besser. Angestrengt lauschte er, konnte die anderen im unteren Geschoss wahrnehmen. Ob es wohl Neuigkeiten gab?

Zögernd setzte sich Utodja in Bewegung, ging den ganzen Weg zurück und stieg die Treppe hinab.

In der Eingangshalle war es dunkel. Vereinzelte Lampen brannten und neugierig sah sich Utodja um, spähte in das große Zimmer mit den vielen Sesseln. Elenor und Chris saßen dort auf einem Sofa und redeten miteinander. Mikhaels Patre war auch da, saß in einer Ecke. Er las etwas, sprühte Funken vor Anspannung und räusperte sich immer wieder. Was hatte ihn wohl so aufgebracht? Erst wollte Utodja auch in das Zimmer gehen, sich zu ihnen setzen, da geriet etwas anderes in sein Blickfeld und er stellte die Ohren auf.

Ein Lichtstrahl fiel in die Halle, kam aus einer halb geöffneten Tür auf der anderen Seite. Jemand bewegte sich dahinter, Utodja konnte es hören. Neugierig reckte er den Hals, schnupperte. Es war nicht der schwarz gekleidete Mensch, der dort auf und ab ging, es war Ynola, Mikhaels Matre. Utodja verengte die Brauen, schielte die Treppe empor. Mikhaels Worte waren sehr deutlich gewesen, gleichwohl zog ihn etwas zu diesem Weibchen. Es war lange her, dass er einen der Seinen gesehen hatte und dann noch ein Weibchen, das erfolgreich an der Seite ihres Alphas lebte und dessen Junges geboren hatte. Wenn er mit ihr sprach, würde er womöglich alles besser verstehen. Die Menschenwelt, seinen Alpha und sich selbst.

Nach einigem Hin und Her setzte sich Utodja schließlich in Bewegung und ging vorsichtig auf die Tür zu, schob sie einen Spalt auf und spähte hinein.

Vor ihm lag eine große, weiße Küche. Sie war aus demselben Holz, wie die Tür zu Mikhaels Zimmer, mit hohen Deckenbögen und einer Feuerstelle in der Mitte. Und dort stand sie. Rührte in den vielen silbernen Töpfen, die dort standen und dampften. Ein köstlicher Geruch hing in der Luft und Utodja lief das Wasser im Mund zusammen. Ihm war nicht aufgefallen, wie hungrig er war. Seit dem Frühstück in Ellies und Chris' Nest hatte er nichts mehr gegessen. Vorsichtig schob er seinen Kopf durch die Tür, angezogen von dem einladenden Duft, da fuhr Mikhaels Matre herum. Ihre Ohren schossen aus ihrem Haar hervor und Utodja erstarrte.

Angespannt sahen sie einander an, Utodja duckte sich, mochte den intensiven Augenkontakt nicht, dann entspannte sich Mikhaels Matre. Ihre Haltung lockerte sich und ihre Ohren verschwanden wieder in ihren Locken. Sie wandte sich den Töpfen zu und ignorierte Utodja. Mehr kam nicht. Verunsichert blieb Utodja an der Tür stehen. Eine Weile geschah nichts. Er beobachtete das Weibchen, bis schließlich ein langer Seufzer kam. Mikhaels Matre hielt inne und legte den Kopf in den Nacken.

»Alfred ist ein vorzüglicher Koch«, erklärte sie mit ihrer hohen Stimme, warf ihm einen verstohlenen Blick zu. »Aber wenn Gäste im Haus sind, ist es an mir, für Essen zu sorgen. So gehört es sich.«

Utodja runzelte die Stirn. Das Friedensangebot war offensichtlich, trotzdem antwortete er nicht. Er nickte nur und kam zurückhaltend näher, zog einen der seltsam hohen Stühle hervor und setzt sich vorsichtig an den Tisch - Alles unter ihren wachsamen Blicken. Fragend runzelte die Gendrofrau die Stirn, schnupperte einmal, dann seufzte sie erneut und setzte ein schiefes Lächeln auf.

»Wie ich sehe, hat mein Sohn dich also für sich beansprucht. Ich hätte es wissen müssen. Er ist ein Hitzkopf. Sich zu kontrollieren fiel ihm schon immer schwer, aber das hätte ich ihm nicht zugetraut. Aus reinem Trotz heraus seinen Frust an dir auszulassen ist rücksichtslos.«

Utodjas Augen zuckten und plötzlich durchfuhr ein Stich seine Brust. So wie sie redete, hörte es sich an, als habe Mikhael ihn nur gehalten, um seinen Eltern eins auszuwischen. Ein Funken Wahrheit mochte darin stecken, aber das war nicht der einzige Grund!

»Mikhael hatte mich schon vorher gewählt. Bevor das alles passiert ist«, gab er kühl zurück und schlug mit den Flügeln, worauf Ynola ihn warnend ansah.

»Aber angerührt hat er dich bis dahin nicht, nicht wahr?«

Überrascht blinzelte Utodja. Das war direkt. Zu direkt und er senkte den Blick. Leider stimmte, was sie sagte. Aber hätte diese Frau Mikhael alles Nötige beigebracht, wie es die Pflicht einer guten Matre war, wäre sein Guardo überhaupt nicht verunsichert gewesen und sie wären bereits damals in dem

Wald eins geworden! Sie hatte nicht das Recht, von oben herab zu sprechen.

»Aber das hat er heute«, verkündete Utodja darum, setzte sich gerade hin. »Wir haben uns vereint.«

»Ich weiß, das habe ich gehört. Wie wir alle.«

»Gut. Dann wissen es jetzt alle. Er hat seinen Frust nicht ausgelassen, er hat mich gehalten. Es war kein Trotz, es war Zuneigung. Er ist der Alpha, ich sein Gefährte. Er hat seinen Platz verteidigt.«

Ynola blinzelte einmal und ließ ihren Blick demonstrativ über Utodjas angeschlagenen Körper wandern, musterte auffallend lange die sichtbaren Bisswunden an seinem Nacken und die Kratzspuren an seinen Armen. Zweifelnd hob sie eine Braue, dann widmete sie sich wieder den Töpfen.

»Seinen Platz verteidigt? So nennst du das? Nun gut, wenn du das sagst.«

Was zum ...? Dieses Weibchen, nahm sie ihn nicht ernst? Verspottete sie etwa Mikhaels und seine Vereinigung? Erkannte sie ihn etwa nicht als Mikhaels Gefährten an? Stellte sie ihn auf die Probe? Knurrend ließ Utodja seinen Schweif auf den Boden peitschen, öffnete den Mund und hatte plötzlich das dringende Bedürfnis, sich zu rechtfertigen. Mikhael hatte ihn nicht nur genommen, um seiner Familie zu trotzen! Das stimmte nicht.

»Mikhael hat diese Wahl für sich getroffen. Er hat mich gewählt! Aus Zuneigung! Es ist gut so. Er hat das Richtige getan!«

Die Antwort war ein Fauchen, das in den Ohren schmerzte und Utodja duckte sich, als Ynola einen großen Satz nach vorne machte.

»Tatsächlich? Wieso siehst du dann aus wie ein Flickenteppich? Und wieso bist du nicht oben bei ihm, sondern schleichst hier unten herum? Hat er wirklich das Richtige getan? Ich spreche nicht von seiner Wahl, seine Zuneigung zu dir ist unverkennbar. Ich spreche davon, ob er sich seinem Alphaweibchen aus Trotz aufgedrängt hat.«

Aufgedrängt? Mit einem Mal fühlte sich Utodja in die Ecke getrieben, wusste nicht, wohin er schauen sollte. Die wachen Katzenaugen durchdrangen ihn und plötzlich fühlte er sich ertappt. Verunsichert senkte er die Ohren.

Trotz. War es nur Trotz gewesen, der Mikhael dazu gebracht hatte, auf Utodjas Aufforderung einzugehen? Der ihn seine Angst, jemand anderen zu berühren, hatte vergessen lassen? Utodja wusste es nicht, aber zu sagen, er hätte sich aufgedrängt, war falsch. Utodja hatte es gewollt. Sehnsüchtig. Das Ergebnis spielte keine Rolle, auch er hatte zugebissen und gekratzt!

Düster verengte er die Augen. Diese Katzenfrau war trickreich. Er musste aufpassen, was er sagte.

»Mikhael hat getan, was ein Alpha zu tun hat, auch wenn ...« Utodja stoppte mitten im Satz, spürte, wie noch weitere Worte aus ihm hinaus wollten. Auch wenn er es sich nicht eingestehen wollte, es gab da etwas, das ihn beschäftigte und es war einer der Gründe, weswegen er Mikhaels Matre überhaupt aufgesucht hatte. Er wollte seinen Alpha nicht vor dem Rudel schlecht machen, aber war er verwirrt. Wegen vieler Dinge. Kurz sah er zu der Kartenfrau hinüber, blickte zu Boden und beendete seinen Satz. »Auch wenn es unangenehm war. Anfangs.«

Erst kam keine Antwort, nur ein nachdenkliches Brummen. Dann nickte Mikhaels Matre plötzlich und ihr tadelnder Blick wurde sanft, viel zu wissend und es trieb Utodja das Blut in die Wangen.

»Ich verstehe. Darum bist du nicht bei ihm, mh?«, schnurrte sie leise. »War es das erste Mal, dass du gedeckt wurdest?«

Die Frage war überraschend beschämend, verknotete Utodjas Brust. Bedächtig nickte er.

»Wie lange warst du in Gefangenschaft?«

Misstrauisch legte Utodja den Kopf zur Seite, zögerte. Das war ein Thema, über das er nicht sprechen wollte. Zumal es unwichtig war.

»Sieben Sommer.«

Mikhaels Matre seufzte, stellte die Feuerstelle aus und öffnete einen Schrank. Energisch wühlte sie darin herum und warf dabei alles achtlos auf den Boden, was ihr in die Quere kam. Daher hatte Mikhael das also.

»Du solltest froh sein, dass mein Sohn dein Erster war, Kleines. Es gibt genug Monster da draußen, glaub mir. Und so lange, wie du in ihrem Netz warst, kannst du von Glück reden, dass es nicht eher passiert ist.« Schließlich holte sie eine kleine Dose aus dem Schrank und nahm zwei kleine Pillen heraus, legte sie vor Utodja auf den Tisch. »Das ist für deine Verletzungen. Nimm sie und sie werden sich schnell schließen.«

Skeptisch beäugte Utodja die zwei kleinen runden Pillen, verzog den Mund. Menschenmedizin. Sie war stark und wirkte wahre Wunder, aber er traute ihr nicht. Andererseits ließ Mikhaels Matre kein Nein zu, also blieb Utodja nichts anderes übrig, als sie zu schlucken.

»So ist es gut, braves Mädchen«, lobte sie, stellte ihm dann ein Glas Wasser hin. »Trink das.«

Ohne Widerworte leerte er das Glas, ließ Ynola dabei nicht aus den Augen. Es war höchst seltsam, wie hilfsbereit sie war. Sicher, sie strahlte eine gewisse Strenge aus, aber Mikhaels Geschichten nach, hatte er ein herzloses Ungetüm erwartet. Das passte nicht im Geringsten zu dem kleinen zierlichen Weibchen. Sie sah noch so jung aus, nicht viel älter als Mikhael selbst. Dafür verrieten ihre Augen ihr wahres Alter, erzählten Utodja ihre Geschichte. Und es bestätigte seine Ahnung. Mikhaels Eltern waren nicht die Ungeheuer, für die er sie hielt, sie hatten sich nur wie welche benommen, um ihr Junges zu schützen. Wäre Utodja an ihrer Stelle, was hätte er getan? Wenn Mikhael ein normaler Mensch wäre und ihm ein Junges machen würde? Würde er erlauben, dass man es wie einen Gegenstand behandelte? Dass man es ihm entriss und verkaufte? In Folterlabore steckte oder zu herzlosen Besitzern gab?

Der Gedanke an Nachwuchs drehte ihm den Magen um und er schlang die Arme um sich, legte sich die Flügel um die Schultern. Was, wenn aus ihrer Vereinigung wirklich ein Junges hervorging? Oder noch schlimmer, was wenn nicht?

»Keine Sorge, diese Tabletten sind sehr gut. Sie werden die Wunden im Nu schließen«, holte ihn Mikhaels Matre plötzlich aus seinen Gedanken und streichelte seinen Kopf, missverstand sein Verhalten.

Die Geste irritierte Utodja, ließ sein Herz im selben Augenblick ächzen. Nachdenklich betrachtete er seine neue Matre und ein seltsamer Gedanke formte sich in seinem Kopf, hervorgerufen durch die erschreckend freundliche Liebkosung. Sicher, es war demütigend, aber womöglich kannte sie die Antworten. Es gab ... Dinge. Dinge, die er nicht wusste, die ihn belasteten. Dinge, die er Elenor nicht fragen konnte, weil sie ein Mensch war. Aber vielleicht wusste Mikhaels Matre Rat. Also sprang Utodja über seinen Schatten und vergaß seinen Stolz.

»Ist es immer unangenehm?«, fragte er leise, suchte zurückhaltend Ynolas Blick. Erstaunt hob diese den Kopf, dann lächelte sie beschwichtigend.

»Du bist zweigeschlechtlich und anders beschaffen, als eine richtige Frau. Mit Sicherheit kann ich es nicht sagen.«

Das war alles? Sie müsste es doch wissen, immerhin hatte sie schon ein Junges geboren und hatte einen Alpha. Grunzend verdrehte Utodja die Augen. Das war keine große Hilfe.

Andererseits ... War es überhaupt angebracht, solche Fragen zu stellen? Aber was, wenn sich seine Befürchtungen bestätigten? Was, wenn er trächtig wurde? Was, wenn er die Erwartungen seines Alphas nicht erfüllte? Plötzlich waren da so viele Fragen und sonst war keiner da, der ihm helfen konnte. Sich räuspernd sah er zur Tür, rückte dann näher und sprach im Vertrauen.

»Und«, begann er, haderte mit sich. Wenn er etwas Falsches sagte, brachte er Mikhael vielleicht in Verruf. »Und mal angenommen, ich kann meinem Alpha keine Junge gebären? *Will* keine Jungen gebären ... Wird er mich verstoßen? Wärst du verstoßen worden? Wird man auf jeden Fall trächtig?«

Mit großen Augen wurde er angestarrt, dann blinzelte Mikhaels Matre ungläubig und Utodja scholt sich. Hätte er doch bloß nichts gesagt! Im nächsten Augenblick begann sie zu lachen. Sie hielt sich eine Hand vor den Mund und kicherte, klang dabei wie eine maunzende Katze.

»Herr je, weißt du denn so wenig? Obwohl, es ist nur verständlich, wenn du so früh deiner Familie weggenommen wurdest.« Sie ergriff seine Hand und drückte zu. »Armes Ding. Es hat dich vermutlich niemand über die Eigenarten deiner weiblichen Seite aufgeklärt, oder? Vermutlich war das alles sehr verwirrend für dich.«

Erstaunt nickte Utodja, wusste nichts zu sagen. So unangenehm es ihm auch war mit ihr zu reden, war diese Frau wirklich dieselbe, von der Mikhael gesprochen hatte? Dann wurde ihr Ausdruck jedoch hart und sie festigte ihren Händedruck.

»Zuerst einmal, nein. Mach dir keine Sorgen. Natürlich wird man nicht sofort trächtig und verstoßen wird er dich auch nicht. Eine Garantie auf Nachwuchs gibt es nie«, erklärte sie, musterte Utodja plötzlich eindringlich und schüttelte dann den Kopf. »Mein Sohn ist ein Dummkopf. Halbblüter pflanzen so gut wie nie fort und die Chancen auf eine Trächtigkeit bei der ersten Paarung sind auch gering, trotzdem war das, was ihr getan habt, kopflos.«

Utodja wusste nicht wieso, aber aus irgendeinem Grund gab er ihr Recht. Was sie getan hatten, war kopflos gewesen, aber nicht nur Mikhael trug Schuld daran. Utodja hatte ihn bedrängt. Sich nun zu beschweren kam ihm wie Verrat vor. Gleichzeitig tat es gut, über diese Dinge zu reden. Erleichtert atmete er durch und schloss die Augen. Nicht trächtig hatte sie gesagt. Dass es normal war, hatte sie gesagt. Bei allen Himmeln, hoffentlich hatte sie recht.

»Vieles ist verwirrend, wenn man ein Maara ist. Ich hätte nie geglaubt, einen Alpha zu bekommen, nachdem ich aus meinem Stamm gerissen wurde. Aber Mikhael ist ein guter Alpha. Ihn stört nicht, was ich bin. Und mich stört nicht, was er ist.«

»Ja, das hab ich gesehen. Ich muss zugeben, ich dachte dasselbe von meinem Sohn. Dass er immer alleine bleiben muss. Es war nie unsere Absicht ihm zu schaden, aber hättest du die Wahl, würdest du für dein Junges nicht auch das Einfachere wollen?«

»Das Einfache ist nicht immer das Richtige.«

»Nein, natürlich nicht. Nur haben wir das viel zu spät bemerkt.«

»Darum die Lügen?«

»Ja, darum die Lügen. Ich dachte, ich erspare ihm, was ich erlebt habe. Im Endeffekt habe ich ihm genau dasselbe zugemutet. Hätte ich gewusst, dass der Gendro in ihm so stark ist, hätte ich anders gehandelt.«

»Für Reue ist es jetzt zu spät, Matre. Der Schaden ist da.«

»Ja, ich weiß. Du hast getan, was wir nicht konnten. Ihn akzeptiert, wie er ist. Du bist anders als wir, du weißt damit umzugehen. Sogar dich selbst kannst du akzeptieren, trotz deiner Defizite.«

Defizite? Sie meinte Fehler. Schnaubend reckte Utodja seine Flügel. Was sie sagte, klang sehr abwertend, doch sie schien es nicht zu bemerken.

»Gefällt es dir nicht, dass er einen Maara als Gefährten hat?«

Eine unangenehme Pause entstand, die Utodja nicht einordnen konnte, dann schüttelte Ynola den Kopf.

»Für meinen Mann ist es schwerer. Das Konzept ist ihm fremd und eine normale Frau wäre wünschenswert gewesen, nach all seinen Problemen. Aber es ist, wie es ist und genau genommen bist du ja eine Frau.«

Schon wieder sprach sie so unbedacht und langsam begann Utodja zu verstehen, was Mikhael meinte. Sie war direkt, die Katzenfrau, in der Tat. Direkt und ohne Rücksicht. Fast wie ein Jungtier, das nicht darauf achtete, welche Auswirkungen seine Worte hatten.

»Nein«, stellte er darum klar, sah ihr fest ins Gesicht. »Ich bin beides. Äußerlich mehr Männchen, darum darfst du *Er* zu mir, aber ich bin beides. Ich habe die Gabe zu gebären und die Gabe zu zeugen.«

»Aber du hast einen männlichen Alpha. Wieso es so kompliziert machen?«

»Weil es nicht einfach ist. Es gibt Maara, die haben eine geschwollene Brust, sehen mehr wie Weibchen aus und sagen Er zu sich. Und es gibt andere, die mehr wie Männchen aussehen und Sie sagen. Es ist, wie es ist. Und ich will nichts davon aufgeben. Ich will beides, erobern und erobert werden. Aber nur bei Mikhael.«

Ynola wirkte verwirrt, musterte Utodja lange, dann drehte sie den Kopf weg, lächelte schmal.

»Nur bei Mikhael, mh?«, wiederholte sie leise, sah auf ihre Hände hinab. »Nun, erobert hast du ihn, nur auf welche Art verstehe ich noch nicht. Dass er dich überhaupt zu sich geholt hat und was das zwischen euch ist, kann ich nicht verstehen. Aber es ist intensiv. So besitzergreifend habe ich ihn noch nie gesehen. Du hast einen guten Alpha aus ihm gemacht. Es ist nicht das, was wir für ihn wollten, aber damit müssen wir uns abfinden.«

Zumindest versuchten sie es. Bei Mikhael sah das anders aus. Er versuchte sich mit nichts abzufinden, er wollte nicht verzeihen und keinen Neuanfang wagen. Dennoch brachte Utodja es nicht über sich, das zu sagen, also schwieg er, beobachtete die Katzenfrau neben sich. Die Stimmung schlug um, wurde drückend und Utodja reckte sich.

»Warum hilfst du mir? Wieso sagst du mir das alles? Wieso hast du Mikhael nichts gesagt? Ihm nichts beigebracht?«, fragte er darum, wollte das Thema wechseln.

»Ich dachte, wenn ich Mikhael vor all dem bewahre, entwickelt er sich in eine andere Richtung. Aber jetzt? Ich habe mich heute aus purem Leichtsinn verraten, weil ich mich sicher fühlte. Er muss mich dafür hassen. Aber nun ja, du bist eine Frau. Dir kann ich mehr beibringen, als ihm.«

»Nein, jede Hilfe wäre gut gewesen.«

»Vermutlich. Aber jetzt lässt es sich nicht mehr ändern. Er ist hier und du bist auch hier. Es ist lange her, dass jemand wie du um mich war. Es reizt mich, das muss ich gestehen. Mein Mann ist keine solche Herausforderung, wie ein richtiger Kryptid oder unser halbwüchsiger Tunichtgut.«

Halbwüchsig? Langsam fragte sich Utodja, ob Mikhaels Eltern ihren Sohn vielleicht genauso wenig kannten, wie er sie. Denn ihn so zu nennen, war schlicht abfällig. Sein Guardo war ein stattlicher Alpha. Etwas, das sie nicht hatte.

»Wieso hast du einen Menschenalpha gewählt, wenn er nicht reizvoll ist?«

Da beugte sich Ynola vor, stützte sich auf dem Tisch ab und schloss die Augen.

»So kann man das nicht sagen. Aber es war wohl umgekehrt. Er hat mich gewählt.«

»Aber wieso? Er ist ein Mensch.«

»Eine gute Frage. Wusstest du von Anfang an, was Mikhael ist?«

»Nein.«

»Dann hast du deine Antwort. Es war mir gleich. Ich entschied mich aus demselben Grund für David, wie du dich für Mikhael. Mika mag aussehen wie ich, aber sein Charakter ist der seines Vaters. Rau an der Oberfläche, sanft darunter. David ist ein guter Mensch. Einer der wenigen. Er hat mich gerettet.«

Ein wohliges Gefühl breitete sich in Utodja aus und er senkte die Ohren. Wie warm sie von ihm sprach. Sie musste wirklich viel für dieses Menschenmännchen empfinden. Trotzdem verstand er nicht ganz.

»Gerettet?«

»Ja. Ohne ihn wäre ich nicht da, wo ich heute bin. Er hat mir ein Leben als freier Mensch ermöglicht. Freiheit ist kostbar, sie ist alles. Für sie habe ich einen großen Preis bezahlt.«

So wie ihr Sohn, aber auch das behielt Utodja für sich. Verstehen tat er es aber noch immer nicht. Sie, die so hilfsbereit war, so sanft von ihrem Alpha sprach und sich ehrlich um ihr Kind sorgte, wie hatte sie so skrupellos sein können? Andererseits würde Utodja keine andere Möglichkeit sehen, würde auch er tun, was nötig war, um die zu schützen, die er liebte. Darum hatte er den seltsamen Narbenmenschen aus dem Institut angegriffen. Der Wunsch, jemanden beschützen zu wollen, konnte einen in ein blindes Monster verwandeln.

»Hat dein Alpha dich die Menschensprache gelehrt?«, hakte er weiter, ließ seiner Neugier freien Lauf.

»Ja. Die Sprache der Menschen ist komplex, sie meinen nicht immer das, was sie sagen. Überhaupt sagen sie viel, wenn der Tag lang ist. Sie machen aus allem ein Aufsehen. Doch ja, er brachte es mir bei. So wie deine Vorbesitzer dir?«

Utodja nickte.

»Ich dachte immer, ich wäre der Einzige.«

»Oh nein, du täuscht dich. Mein Mann besitzt eine große Firma, die überall Kontakte hat. Auch zu dem Institut. Es gibt viele Engendros, die sprechen können, doch sie scheinen alle auf mysteriöse Weise zu verschwinden. Ich ... ich hatte Freunde. Wir alle lebten verschleiert. Doch sie sind weg. Zwei wurden von der Unit aufgespürt. Diese dubiose Spezialeinheit unter Caleb Holloway. Mein Mann glaubt, etwas stimmt da nicht, aber er mischt sich nicht ein. Er will Mikhael und mich aus dem Schussfeld haben.« Mikhaels Matre ballte die Fäuste und ihr Mund wurde schmal. »Darum haben wir Mikhael so oft kontaktiert. Ihn davor gewarnt in diese Stadt zu ziehen. Er wollte nicht hören und jetzt ist alles aus dem Ruder gelaufen.«

Besorgt legte sie die Stirn in Falten und auch Utodja schluckte. Was sie da sagte, klang beängstigend. Dass die Folterkammer ein gefährlicher Ort war, wusste er, aber Gendros verschwanden? Gendros, die wie Mikhaels Matre lebten? Versteckt und im Geheimen? Wie viele von ihnen gab es denn noch?

»Die Menschen wissen so wenig über uns«, fuhr Ynola fort, wirkte mit einem Mal sehr angespannt. »Und sie wollen nichts lernen. Sie haben Angst vor uns und wir sind so dumm und wehren uns nicht. Darum beanspruchen sie uns für sich und legen uns in Ketten, aber sie wissen nichts. Nichts über unsere Kultur, unsere Sprache. Nur weil viele ihre Sprache nicht sprechen ...«

»... heißt es nicht, dass wir es nicht können«, beendete Utodja ihren Satz und verzog den Mund. »Menschen mögen nichts, was sie nicht kennen. Nichts, was klüger ist, als sie.«

»So ist es. Das habe ich früh gelernt. Ihre Sprache zu lernen war eine Sache, ihre Gebräuche eine andere. Ich lebe jetzt schon viele Jahre unter den Menschen und beobachte sie. Darum habe ich mich entschieden, als einer von ihnen zu leben. Ich wollte kein Sklave mehr sein, kein kleines Haustier. Ich wollte wie sie sein.«

»Aber wieso sollte man als Mensch leben wollen? Sich selbst aufgeben? Das kann ich nicht verstehen.«

Ynola öffnete den Mund, dann stockte sie jedoch, sah direkt an Utodja vorbei. Fragend folgte er ihrem Blick und verstand. Hinter ihm, in der Halle, war Mikhael aufgetaucht, stand auf der Treppe und stierte zu ihnen in die Küche. Sofort ließ sie seine Hand los, räusperte sich und drehte sich weg.

»Genug davon. Hören wir auf in der Vergangenheit zu graben. Die Gegenwart ist wichtiger.« Damit stand Ynola auf, inspizierte noch einmal ihre Töpfe und nickte. »Das Essen dürfte jetzt bald fertig sein. Ich werde den anderen Bescheid geben.«

Mit einem kurzen Kopfnicken verabschiedete sie sich, dann verschwand sie durch eine angrenzende Tür, ließ Utodja in der Küche zurück. Das war eine abrupte Flucht, allerdings konnte Utodja verstehen, wieso sie so schnell das Weite suchte. Ihm ging es genauso, denn Mikhaels schwere Schritte kamen immer näher.

Mika war mit einem mulmigen Gefühl in der Magengegend aufgewacht und das Gefühl war stärker geworden, als er das Bett neben sich leer aufgefunden hatte. Da war kein Utodja gewesen, kein schmaler warmer Körper, kein duftendes Haar. Dann war die Erkenntnis über ihn hereingebrochen und hatte ihn getroffen wie ein Schlag ins Gesicht. Er hatte die Grenze überschritten und mit Utodja geschlafen. Sein Inneres hatte sich verknotet und war zu einem riesigen undefinierbaren Emotionsmatsch geworden. Er wusste, er war egoistisch gewesen und doch schwebte die ganze Zeit Utodjas Gesicht vor seinem geistigen Auge. Die geröteten Wangen, die verschwitzend Strähnen, sein glasiger Blick ...
Allein der Gedanke, ihn nicht bei sich zu haben, hatte wehgetan. Und es hatte ihn auch wütend gemacht. Sein Alphamaara hatte an seiner Seite zu sein! Musste an seiner Seite sein! Also hatte er sich aus seinem Bett gewühlt, hatte sich so schnell es ging angezogen und wäre beinahe noch über eine blöde Wurzel gestolpert. Scheinbar hatten sie im Eifer des Gefechts einen Pflanzenkübel umgestoßen, aber Mika hatte keinen Kopf gehabt, sich auch noch darum zu sorgen, also war er aus seinem Zimmer gehastet, um Utodja zu suchen – nur um ihn in der Küche zu finden. Bei *ihr*! Von der Treppe aus hatte er beobachtet, wie sich das scheinheilige Weib bei seinem Gefährten einschleimte, ihn umgarnte und ihr liebevolles Lächeln aufsetzte.
Es reichte langsam! Niemals würde er zulassen, dass Utodja auf ihre Lügen hereinfiel!
Schnellen Schrittes lief er durch die Küche und sah seiner Mutter vernichtend hinterher. Tse, die feige Kuh hatte die Flucht ergriffen.
»Was wollte die denn?«, raunte er düster, blieb unmittelbar vor Utodja stehen. Doch seine Fledermaus antwortete nicht. Mit großen Augen wurde Mika angesehen, dann wich Utodja seinem Blick plötzlich aus, starrte konzentriert auf seine Füße und ... wich zurück?
Das Gefühl in Mikas Innerem überschlug sich und sein Gewissen meldete sich. Schrie auf ihn ein. Es war lange her, dass Utodja vor ihm zurückgewichen war. Sehr lange - und es schnürte seine Brust zu. Nervosität brach über ihn herein und auch er sah zu Boden, räusperte sich.
Eine grauenhafte Stille erhob sich zwischen ihnen. Wuchs höher und höher. Erdrückte Mika und er fühlte sich scheußlich. Oben in seinem Zimmer hatte er die Kontrolle verloren. Wieder einmal. Mist, wieso konnte man nicht auf

Knopfdruck im Boden versinken? Dabei wollte er in Utodjas Nähe sein. Unbedingt. Verlegen kratzte er sich am Hinterkopf, suchte Utodjas Blick, und als er in die grünen Augen sah, machte sein Herz einen heftigen Sprung. Hämmerte wie verrückt gegen seine Brust.

»Du warst nicht da, als ich aufgewacht bin«, begann er schließlich.

»Nein«, war Utodjas Antwort, klang viel zu bedrückt. Etwas, das Mika gar nicht gefiel. So sollte Utodja nicht klingen!

»Hat sie irgendwas zu dir gesagt?«, brummte er, deutete mit dem Kopf auf die angrenzende Wohnzimmertür, hinter der seine Mutter verschwunden war. Aber Utodja schüttelte nur den Kopf, verneinte wieder. Na, wenigstens das. Zögernd kam Mika näher und Utodjas Unsicherheit wuchs schlagartig an, war förmlich greifbar und hinterließ einen bitteren Beigeschmack. Nur wenige Zentimeter vor seiner Fledermaus hielt Mika inne, riss sich am Riemen. Bedächtig tastete er nach Utodjas Hand, verschränkte ihre Finger.

»Geht's dir gut?«

Erst kam nichts, Utodja musterte ihn nur skeptisch, zögerte sehr lange, dann ließ er die Ohren sinken.

»... Ich weiß nicht«, murmelte er leise, klang wie ein Kind, das etwas verbrochen hatte und es brach Mika das Herz.

Aus einem Impuls heraus schlang er seine Arme um Utodjas Taille, drückte ihn sanft an sich. Zärtlich umfasste das makellose Gesicht mit den Händen und küsste ihn. Immer wieder. Seinen Mund, seine Wangen, seine Stirn, alles. So lange, bis ein schwaches Lachen zu ihm durchdrang. Ganz langsam entspannte sich Utodja und ein Stein fiel von Mikas Herzen.

»Ist zwischen uns alles klar?«, fragte er zurückhaltend und Utodja nickte verlegen.

»Ja, ich denke schon.«

Gott sei Dank! Stöhnend sackte Mika zusammen, lehnte seinen Kopf gegen Utodjas Stirn. Mann, er hatte wirklich Glück, dass Utodja so verständnisvoll war. Auf seine Weise zumindest. Er hatte etwas Besseres verdient, als einen Trottel wie ihn.

»Ich war verwirrt«, gestand Utodja nach ein paar Momenten, brach das Eis zwischen ihnen. »Darum hab ich mit deiner Matre geredet. Sie sagte, wir sind kopflose Dummköpfe, aufgeheizt durch die Paarungszeit.«

Mika konnte nicht anders, ein Lachen entfuhr ihm, aber gleichzeitig stach es in seiner Brust. Verwirrt, mh? Egal was Utodja sagte, hoffentlich lag seine Zurückhaltung nicht doch an Mikas *Behinderung*. Aber herausfinden würden sie das wohl erst, wenn sie es noch mal versuchten.

»So kann man's auch sagen«, meinte er, hauchte einen sanften Kuss auf Utodjas Schläfe. Ein wohliges Seufzen wurde laut und Utodja trat näher, lehnte sich zaghaft gegen ihn. Die drückende Wolke, die sich über sie gelegt hatte, löste sich immer mehr auf, wurde wieder zu der innigen Vertrautheit, die sonst zwischen ihnen herrschte.

»Also bist du nicht sauer auf mich?«, brummte Mika.

»Nein. Du hast getan, was ein Alpha zu tun hat. Ich bin nicht wütend, wenn du es nicht bist.«

»Ich? Wieso ich?«

»Weil ich nicht weiß, ob ich dir Junge schenken kann.«

»Junge?« Mika klappte den Mund auf und fast fielen ihm die Augen heraus. Junge? Utodja meinte Kinder? Wie zum Teufel kam er darauf, dass Mika Junge haben wollte? Das hatte ihn beschäftigt? Himmel, nein! »Äh, hör zu, keine Ahnung, was du genau meinst, aber im Moment will ich keine Junge. Okay? Und du doch sicher auch nicht?«

Utodjas Augen wurden tellergroß und Mika fluchte innerlich. Hatte er etwa das Falsche gesagt? Wollte Utodja etwa doch ...? Dann hatten sie ein Problem, denn Mika war ein Hybrid. Die Chance, dass er Nachwuchs zeugen konnte, war gleich null. Allerdings blitzte Erleichterung in Utodjas Augen auf und er zog ihn in eine feste Umarmung, verlor jede Scheu.

»Das ist gut. Du hast recht, Elgido. Nicht jetzt. Nicht jetzt.«

»Also kein böses Blut?«

Statt einer Antwort schloss Utodja die Augen, streckte sich ihm entgegen und schmiegte seinen Kopf gegen Mikas, gurrte leise. Das Geräusch hatte er vermisst und er grinste, drückte Utodja an sich. Er war noch mal davongekommen. Sachte verwickelte er Utodja in einen Kuss, seufzte zufrieden, als seine Fledermaus auf ihn einging. Das Flattern in seinem Inneren explodierte und sein Griff wurde fester. Schande, er war diesem dämlichen Flattervieh völlig verfallen.

Eine ganze Zeit verging, ohne dass sie voneinander abließen. Ihr Kuss wurde intensiver, verspielter und Utodjas Gurren stachelte Mika an, brachte ihn in Stimmung und - ...

»He! Habt ihr zwei es jetzt mal bald? Eure schmalzige Soap-Opera erträgt ja kein Schwein!«

Stöhnend verdrehte Mika die Augen, als er Chris' Stimme hörte, und schielte zur Seite. Die Tür zum Wohnzimmer stand einen Spalt auf, was so viel bedeutete, wie dass alle ihr Gespräch mitbekommen hatten. Großartig. Zu blöd, dass Utodja hier hin geflüchtet war. Zu gerne würde er jetzt oben mit ihm liegen. Oder bei sich zuhause, in ihrem Nest. Sich faul auf dem Sofa ausstrecken und schmusen. Aber ohne Publikum! Das war etwas, das allein Utodja vorbehalten war.

»Klappe!«, gab er als Antwort, ließ Utodja nicht aus den Augen und fuhr mit dem Daumen über seine Unterlippe, worauf die Fledermaus nach ihm schnappte, ihn herausfordernd ansah. Ah, so war das also. So viel zu seiner Unsicherheit, jetzt wurde er wieder frech! Grinsend duckte sich Mika, ließ seine Fänge aufblitzen und ein Ruck ging durch Utodja. Aufgeregt wirbelte sein Schweif durch die Luft und er spannte die Flügel. Er war bereit zur Flucht und Mika war bereit ihn durch dieses verfluchte Haus zu jagen. Sie hatten lange nicht mehr richtig ... gespielt!

»Ich geb' dir gleich Klappe, Kampfkatze! Bewegt eure Ärsche hier hin! Und zwar inmediatamente!«

Gott, Chris ging ihm auf den Geist. Wütend fuhr Mika herum, starrte die Wohnzimmertür böse an.

»Ich sagte, halt die Klappe, wir sind beschäftigt!«

»Und ich sagte, kommt sofort her! Ihr könnt später rummachen, ich mein's ernst. Hier gibt's was, das ihr euch ansehen solltet.«

Was zur Hölle? Mika war drauf und dran, Utodja einfach zu packen, ihn sich über die Schulter zu werfen und mit ihm nach oben zu verschwinden. Doch er zögerte. Chris hatte zwar eine große Klappe, aber etwas störte ihn an seinem Tonfall. Er klang erstaunlich ernst. Ein ungutes Gefühl breitete sich in Mika aus und er sah zu Utodja, der seinen Blick erwiderte - Sie waren sich einig. Da stimmte was nicht. Seufzend ergriff er Utodjas Hand und ging schließlich mit ihm ins Wohnzimmer.

Sie waren alle da. Ellie und Chris. Seine Eltern. Sie alle glotzten auf den Beamer, der ein großes Fernsehbild an die Wand projizierte. Die Luft knisterte regelrecht, tiefe Sorge lag auf den Gesichtern seiner Freunde, während seine Eltern nur geschockt dastanden, sich nicht rührten.

»Was ist los?«, fragte Mika beunruhigt, wusste nicht, ob er die Antwort hören wollte. Ellie war die Einzige, die auf ihn reagierte. Seine Freundin war angespannt bis ins Mark. Dann deutete sie auf den Beamer.

»Es ist in den Nachrichten«, hauchte sie.

Mika wurde eiskalt. In den Nachrichten? Was war in den Nachrichten? Fest drückte er Utodjas Hand, kam tiefer in den Raum und stellte sich direkt vor die TV-Wand, weitete die Augen.

»Elgido ... Das sind wir.«

Utodjas Stimme drang kaum zu ihm durch, war wie ein fernes Echo. Mika konnte nicht antworten, konnte nichts sagen. Nur nicken. Ja. Das waren sie.

Dort. Im Fernsehen.

Zwei Nachrichtensprecherinnen glotzten sie durch die Projektion heraus an. Sprachen ein unverständliches Kauderwelsch. Die eine saß in einem Studio, die andere war in einem Konferenzraum. Wurde live ins Studio geschaltet.

»... Wie ist die Lage vor Ort?«, fragte Sprecherin Nr. Eins und das Bild von Sprecherin Nr. Zwei wurde größer, nahm die gesamte Oberfläche ein.

»Im Stadtzentrum von Akeron herrschen noch immer Chaos und Verwirrung. Obwohl die Räumungsarbeiten vorangehen, ist das Gebiet noch immer weitläufig abgesperrt, da die Suche nach den beiden Flüchtigen noch im Gange ist. Hier im Konferenzzentrum des Instituts für Kryptidforschung bereiten sich alle auf die Stellungnahme des Vorsitzenden Caleb Holloway vor, die in Kürze vorgetragen wird.«

»Man könnte also sagen, die Lage ist angespannt?«

»In der Tat. Was nach dem fehlgeschlagenen Einsatz der Spezialeinheit des Instituts, kurz Unit genannt, kein Wunder ist. Die Unit selbst steht schon länger in der Kritik für ihr drastisches Vorgehen. Am heutigen Morgen hat sich die Situation aber zugespitzt und ist letztendlich eskaliert.«

»Können Sie uns die Situation noch einmal schildern? Seit den Ereignissen kursieren immer mehr Gerüchte. Die Menschen reden von einem Anschlag, von entlaufenden Tieren, sogar von einem sprechenden Kryptiden war die Rede.«

»So ist es. Tatsächlich handelte es sich bei dem Vorfall um eine misslungene Festnahme zweier Engendros. Laut des Pressesprechers des Instituts, kam es bei dem Versuch, zwei flüchtige gefährliche Kryptiden einzufangen, zu einer verehrenden Auseinandersetzung. Die Fehlzündung einer Rauchbombe führte schließlich zu einer Panik, bei der mehrere Menschen verletzt wurden. Das Institut für Kryptidforschung bedauert den Vorfall zutiefst und hat sich, aufgrund der großen öffentlichen Empörung, zu einer Stellungnahme bereit erklärt. Im Vorfeld gab es bereits Ankündigungen, dass das Institut aufgrund des Vorfalls einige Vorgehensweisen grundlegend überarbeiten wird. Genauere Informationen wurden bis jetzt aber unter Verschluss gehalten und seitdem werden immer mehr Stimmen laut, die eine Erklärung fordern.«

»Und diese Erklärung werden wir jeden Moment hören.«

Erneut änderte sich der Fokus. Sprecherin Nr. Eins wurde wieder eingeblendet, schaute ernst in die Kamera. Mikas Hände waren schweißnass.

»Meine Damen und Herren, in wenigen Minuten hören Sie die Übertragung der Stellungnahme des Instituts für Kryptidforschung bezüglich des Vorfalls in der Innenstadt. Demnach sind zwei hochgefährliche Kryptiden auf der Flucht.

Sollten Sie etwas Verdächtiges beobachten, kontaktieren Sie umgehend die Unit - und jetzt schalten wir live in das Institut.«

Wieder änderte sich das Bild. Zeigte den Raum, in dem Sprecherin Nr. Zwei gestanden hatte. Doch die war nirgends zu sehen. Dafür ein Rednerpult mit etlichen Mikrofonen. Gemurmel war zu hören, viele Menschen hockten vor dem Pult, saßen auf Stühlen. Wichtig aussehende Leute liefen umher und dann hielt Mika die Luft an. Ein Mann trat ins Bild. Stellte sich vor das Rednerpult. Schaute sie direkt an. Durch die Projektion hinweg. Caleb Holloway.

»Verehrte Damen und Herren. Am heutigen Morgen, 7:15 Uhr Ortszeit, war die Spezialeinheit des Instituts für Kryptidforschung im Einsatz, um zwei kryptide Wesen festzunehmen. Hierbei handelte es sich um ein Exemplar der Fledermausgattung und um einen Hybriden, der sich als dessen Besitzer ausgab und sich viele Jahre frei unter uns bewegte. Getarnt und unter falscher Identität.«

Zwei holografische Bilder wurden eingeblendet, nahmen den ganzen Bildschirm ein und drehten sich unentwegt um sich selbst. Sie zeigten zwei Gesichter. Mikas und Utodjas Gesichter. Mika rang nach Atem, spürte, wie er den Boden unter den Füßen verlor.

»Bereits seit einiger Zeit hat unser Institut ihre Aktivitäten beobachtet, die von verbalen Angriffen, Betrug, Identitätsdiebstahl, Körperverletzung bis hin zu versuchtem Mord gehen. Nachdem sich unser Institut der Wahrheit dieser Anschuldigungen versichert hatte, haben wir die beiden Wesen aufgespürt und versucht sie am heutigen Morgen zu stellen. Leider unterschätzten wir unsere Gegner. Die Kreaturen attackierten uns, nahmen Geiseln und entzündeten eine gestohlene Rauchbombe. Bis dato gab es nur einen derart exzessiven Widerstand gegen die Unit.«

Ein Symbol wurde neben Holloway abgebildet und ein erschrockener Ausruf hallte durch das Wohnzimmer. Mit einem Satz sprang Utodja vor, warf sich vor die Beamerwand und streckte eine Hand aus. Mit hoch aufgestellten Ohren tastete er nach dem Symbol, dem Logo der Unit, einem halbrunden Kreis.

»Ich kenne das«, begann er zu flüstern, sprach in Rätseln. »Ich kenne es. Ich kenne es! Mikhael!«

Doch kein Wort kam über Mikas Lippen, hilflos sah er von Utodja wieder auf die Nachrichtensendung, wo Holloway weitersprach.

»Das entstandene Chaos sorgte dafür, dass die Wesen, samt ihrer Geiseln, entkommen konnten, der Verkehr in der gesamten Innenstadt für viele Stunden lahmgelegt und zahlreiche Menschen verletzt wurden. Was heute im Stadtzentrum geschehen ist, war ein herber Schlag für unser Institut und hat das Vertrauen der Bürger in unsere Spezialeinheit erschüttert. Es war nicht bloß ein Beispiel schlechter Organisation, wir haben uns überschätzt und vergessen, dass Handschellen und Käfige nicht ausreichen, um die Gewalt der Natur zu zähmen. Und es sollte uns - als Menschen - die Augen öffnen.

Die jüngsten Ereignisse haben gezeigt, dass Kryptiden, trotz aller Sicherheitsvorkehrungen, nicht das sind, für was wir sie halten. Auch wenn wir sie domestizieren, dürfen wir nicht vergessen, dass sie wilde Tiere sind. Der heutige Vorfall sowie die sich häufenden Vorfälle der letzten Monate haben uns dazu bewogen, die Gesetze bezüglich der Haltung von Kryptiden und Hybriden zu überarbeiten. Diese lauten wie folgt.«

Holloway warf einen kurzen Blick auf ein transparentes Tablet, ehe er fortfuhr.

»Von heute an haben sich alle Hybriden in unserem Institut zu registrieren. Dies ist eine notwendige und überfällige Vorsichtsmaßnahme, um Vorfälle wie diese zu vermeiden. Des Weiteren dürfen künftig nur noch ungefährliche Rassen gehalten und gezüchtet werden. Illegale Hobbyzuchten werden untersagt und die betroffenen Tiere in Gewahrsam genommen. Ebenso wird eine Zwangssterilisation bei allen auffälligen Kryptiden und Hybriden vorgenommen. Zudem ist das Institut, mit der Unterstützung des Gouverneurs, zu dem Schluss gekommen, feindselige Rassen zu dezimieren, falls sie eine aktive Bedrohung darstellen. Dies bezieht sich auf wilde Rassen, die nahe an Städten nisten sowie auf die Kryptiden der Vulkaninsel Orkus. Das Betreten dieser Gebiete wird vorerst untersagt, da es vor sieben Jahren einen ähnlichen Aufruhr gab, der seinen Ursprung auf besagter Insel hatte. Damals konnten wir dies abwehren und auch dieses Mal wird es uns gelingen, das Problem unter Kontrolle zu bringen. Meine Damen und Herren, unser Institut ist sich bewusst, dass diese Regeländerungen drastisch sind, jedoch allein der Sicherheit der Bürger unseres Staates dienen. Für weitere Fragen steht unserer Behörde zu jeder Zeit zur Verfügung. Sollten Sie die beiden flüchtigen Wesen oder ihre Geiseln sehen, halten Sie sich fern und kontaktieren Sie umgehend die Unit.«

Eine Pause entstand und Holloway blickte direkt in die Kamera. Setzte ein wissendes Lächeln auf.

»Was auch passiert, bitte geraten Sie nicht in Panik. Wir wissen, dass diese Wesen da draußen sind. Wir werden sie finden und wir werden sie einfangen und die Sicherheit in Akeron wieder herstellen. Vielen Dank für ihre Aufmerksamkeit.«

Die Übertragung wurde abgebrochen. Der Beamer schaltete sich aus und das Bild an der Wand verschwand. Es war totenstill in dem Wohnzimmer. Niemand wagte es auch nur zu atmen oder sich zu bewegen. Bis Utodja die Stille durchbrach.

»Ich kenne es ...«, hauchte er erneut, nahm den Blick nicht von der glatten Wand. Ganz eben fuhr er mit den Fingern über die helle Tapete, ehe er mit einem Ruck seine Klauen in das beschichtete Papier schlug. Eisige Kälte breitete sich in dem Wohnzimmer aus und Mikas Nackenhaare stellten sich warnend auf. Utodja erhob sich. Sein Gesicht hatte sich verdunkelt und mit düsterem Blick starrte er ihn an.

»Sie waren es. Sie haben es getan. Die *Unit*. Ihr Zeichen, ich habe es damals gesehen. Das schwimmende Land, Orkus, war meine Heimat und sie waren die Monster, die alle getötet haben! Meine Matre, meinen Patre, meine Familie ... Sie haben sie geholt. Und jetzt wollen sie wieder da hin und sich alle anderen holen, die dort leben. Und dann kommen sie hier hin. Niemand ist mehr sicher.«

Kalter Schweiß lief Mikas Rücken hinunter. Er war wie erstarrt, wusste nicht, was er tun oder sagen sollte. Zu viel Informationen prasselten auf ihn ein, drohten ihn zu ersticken. Ganz langsam drehte er sich um, suchte den Blick seiner Eltern, seiner Freunde - bis Chris das aussprach, was in ihm vorging.

»Verflucht ... und jetzt?«

Alle Augen richteten sich auf ihn. Fragend. Nach einer Lösung suchend.

»Mikhael, was sollen wir jetzt machen?«, hauchte Ellie mit dünner Stimme.

Aber Mika antwortete nicht. Er stand nur da und starrte ins Nichts.

Sie hatten eine Lawine losgetreten, die nicht aufzuhalten war.

Fortsetzung folgt ....

ENGENDRO - Das Geheimnis der Krpyitden

wird fortgesetzt in RAZA - Im Reich der Fledermäuse

Ausschnitt

Aufgeregt spähte Utodja durch das Geäst des Waldes, wagte nicht, sich zu bewegen. Sein Herz raste vor Erwartung und jeder Muskel in seinem Körper war angespannt.

Stille herrschte um ihn herum. Die Hölzer waren viel zu ruhig und aus seinem Versteck in den Baumkronen konnte er erkennen, dass nicht ein Tier durchs Unterholz huschte. Keiner wagte es, seinen Unterschlupf zu verlassen, denn ein Raubtier ging um. Gepackt von Raserei, gesteuert von seinen Trieben – und perfekt getarnt.

Zittrig atmete Utodja ein, schloss die Augen und spitzte die Ohren, lauschte konzentriert. Nichts. Keine Spur von dem wilden Jäger. Nur der Wind, der verheißungsvoll durch die Blätter strich. Ein prickelnder Schauer krabbelte über seinen Rücken und er leckte sich über die Lippen, öffnete die Augen.

Wäre er doch nur vorsichtiger gewesen. Wäre er früher in Deckung gegangen, dann wäre es nicht so weit gekommen. Aber jetzt war es zu spät. Er saß in der Falle und Flucht war unmöglich. Nicht, ohne entdeckt zu werden, denn der Jäger war nahe, kein Zweifel. Utodja sah ihn nicht, hörte ihn nicht, doch er war da. Er spürte die lauernden Augen auf seiner Haut und erbebte. Sein ganzer Körper zuckte regelrecht vor Tatendrang, aber er durfte nicht übermütig werden. Vorsicht war geboten ... große Vorsicht.

Er hob den Kopf, sah hinauf in den Himmel. Es dämmerte bereits und bald würde der Himmel komplett schwarz sein. Dann war er im Vorteil. Die Nacht war sein Verbündeter, trotzdem konnte er nicht mehr lange ausharren.

Er brauchte ein neues Versteck! Ein Besseres! Ein letztes Mal ließ er seinen Blick durch den Wald streifen, ehe er sich duckte, den Baum direkt gegenüber anvisierte. Er war hoch gewachsen, der Stamm breit, die Äste dick. Dort würde er einen guten Überblick haben, perfekt versteckt hinter den dichten Blättern. Langsam senkte er das Haupt, breitete seine Schwingen zur vollen Größe aus und suchte sein Gleichgewicht. Er musste sich beeilen! Der Baum war vielleicht nur wenige Flügelschläge entfernt, doch die genügten, damit der Jäger ihn entdeckte. Ihn zu seiner Beute machte ... Der Gedanke schüttelte Utodja durch und sein Schweif schwang aufgeregt umher.

Schließlich setzte er an, holte mit seinen mächtigen Schwingen aus, wollte sich abstoßen und – hinter ihm knackte es und ein Ruck fuhr durch seinen Körper. Utodja schrie auf. Jemand hatte ihn gepackt! Zerrte an seinem Schweif, brachte ihn ins Straucheln. Er verlor den Halt und fiel. Stürzte hinab, prallte gegen Äste und Zweige und knallte schließlich auf den Boden.

Der Aufprall war hart, traf ihn unvorbereitet und er spürte, wie alle Luft seiner Brust entwich. Ein widerlicher Schmerz durchzuckte seinen Rücken, doch er hatte keine Zeit, sich zu ordnen. Über ihm war ein Schatten. Sprang von Ast zu Ast, kam den Baum hinabgeklettert, direkt auf ihn zu. Der Jäger! Er hatte ihn gefunden!

Utodja riss die Augen auf, fauchte kreischend und drehte sich um, stemmte sich auf alle Viere. Er musste fort von hier! Schnell, schnell, schnell!

Lesen sie weiter in

RAZA - Im Reich der Fledermäuse

(vrsl. Erscheinungsdatum Ende 2019 / Anfang 2020c
Änderungen vorbehalten)

Lightning Source UK Ltd.
Milton Keynes UK
UKHW010629270521
384471UK00001B/248